미니어처리스트

THE MINIATURIST
by Jessie Burton

Copyright ⓒ Peebo & Pilgrim Limited 2014
All rights reserved.

Cover design ⓒ Katie Tooke
Model making and photography ⓒ www.andersenm.com

Illustration ⓒ Dave Hopkins/Phosphor Art

Korean Translation Copyright ⓒ Viche, an imprint of Gimm-Young Publishers, Inc. 2016
This Korean edition published by arrangement with The Agency Group LONDON through
Duran Kim Agency.

THE
MINIATURIST

미니어처리스트

제시 버튼 장편소설 | 이진 옮김

비채

린다, 에드워드 그리고 핍에게

페트로넬라 오트만의 캐비닛 하우스,
암스테르담 국립미술관.

작가 노트

VOC는 네덜란드 동인도회사를 일컫는 말로, 네덜란드어 '페레이너흐더 오스트인디스허 콤파니Vereenigde Oost-Indische Compagnie'의 약자다. 1602년에 설립된 VOC는 아프리카, 유럽, 아시아와 인도네시아 제도를 항해하는 무역선 수백 척을 거느렸다.

1669년까지 VOC는 5만여 명의 직원과 육십여 명의 베빈드헤버르*, 십칠 명의 레헨트*를 두었다. 1671년 암스테르담 주식거래소에서 VOC의 주가는 액면가의 570퍼센트에 달했다.

네덜란드 주 연합**의 훌륭한 농업 환경과 부유한 재정 상태 덕분에 네덜란드의 극빈자는 영국, 이탈리아, 프랑스, 스페인의 극빈자보다 훨씬 더 잘 먹었다고 전해진다.

부유한 자들은 산해진미를 즐겼다.

* 해외무역이나 채권투자 등을 통해 부를 축적한 17세기 네덜란드의 신흥 시민 계층.
** 1581년에 최초로 명명된 현 네덜란드의 정식 국명. 19세기 초에 네덜란드 왕국으로 바뀜.

은을 털어가자, 금을 털어가자, 없는 것 없이 잘도 해 놓고 살았구나.
값진 세간들 잘도 차려 놓고 살았구나.

〈나훔서〉 2장 10절

예수께서 성전을 떠나 나오실 때에 제자 한 사람이
"선생님, 저것 보십시오.
저 돌이며 건물이며 얼마나 웅장하고 볼 만합니까?" 하고 말하였다.
예수께서는 "지금은 저 웅장한 건물들이 보이겠지만
그러나 저 돌들이 어느 하나도 제자리에 그대로 얹혀 있지 못하고
다 무너지고 말 것이다" 하고 말씀하셨다.

〈마가복음〉 13장 1~2절

(모든 성경구절은 브란트 가家에서 보관하던 성경에 표시된 구절에서 발췌함.)

THE
MINIATURIST

암스테르담, 구 교회[*]

1687년 1월 14일 화요일

죽은 자에게 친구가 없었으므로 장례식은 조용히 거행될 예정이었다. 그러나 암스테르담에서 말은 곧 물과 같다. 소문이 물밀 듯 퍼져나가서 교회 동쪽 구석 공간은 북적인다. 길드[**] 조합원과 그 부인들이 꿀에 꼬이는 개미떼처럼 입을 벌린 묘지로 몰려든다. 그 광경을 그녀가 성가대석 뒤에서 지켜본다. 잠시 후 동인도회사 직원과 선장, 여성 레헌트, 제과상, 그리고 여전히 널찍한 챙 모자를 쓰고 있는 그 남자도 합류한다. 그녀는 그를 동정하려 애쓴다. 증오심과 달리 동정심은 상자에 담아 치워버릴 수 있으니까.

개혁가들이 유일하게 철거하지 않은, 새로 페인트칠한 교회 지붕은 웅장하고 아름다운 배의 뒤집힌 선체처럼 높이 솟아 있다. 그 지붕은 이 도시의 영혼을 비추는 거울이다. 대들보에는 백합과 칼을 들고 심판을 받는 예수, 파도를 가르는 황금빛 배, 초승달 위에 앉아 쉬는 성모마리아가 그려져 있다. 여자는 옆자리의 낡은 접이

[*] 암스테르담에서 가장 오래된 교회이자 건축물.
[**] 중세 시대에 상공업자가 모여 만든 상호 부조적 동업 조합.

식 의자를 올린다. 그녀의 손가락이 선반●에 새겨진 그림 위에서 머뭇거린다. 한 자루의 동전을 똥처럼 싸고 있는 남자의 모습이다. 얼굴에 씁쓸한 웃음이 새겨져 있다. 그래서 뭐가 달라진 걸까? 그녀는 생각한다.

그럼에도 불구하고.

오늘 예배에는 죽은 자들까지 참석하고 있다. 시신 위의 시신, 흙 위의 해골을 가리고 있던 석판이 조문객 발치에 쌓여 있다. 교회 바닥 아래로 여자의 턱뼈, 상인의 골반, 뚱뚱한 귀족의 속 빈 갈비뼈 들이 있다. 저 밑에는 온전한 시체가 거의 없다. 어떤 것은 빵 한 쪽 길이도 되지 않는다. 사람들은 그 농축된 슬픔에서 고개를 돌리고, 아무리 작은 석판이더라도 멀리 떨어져 서려 애쓴다. 그렇다고 비난할 수는 없다.

사람들 틈에서 여자는 자신이 이곳에 온 이유를 훔쳐본다. 소녀는 탈진하고 슬픔에 휩싸인 채, 바닥의 구멍 옆에 서 있다. 자신을 바라보는 사람들의 시선을 소녀는 거의 의식하지 못한다. 운구인이 신도석으로 걸어 들어온다. 그들의 어깨에 놓인 관은 류트●● 케이스처럼 안정감이 있다. 그들의 표정을 살펴보면 개중 몇 명은 이 장례식을 영 못마땅해한다는 걸 알아차릴 수도 있을 것이다. 펠리콘의 소행일 거라고, 여자는 생각한다. 늘 하던 독설을 그들의 귀에도 퍼부었을 것이다.

이런 의식에서는 대체로 규율을 엄격하게 지키기 마련이라 최고 행정관은 위쪽에, 평민은 그 아래 앉지만 오늘은 누구도 신경 쓰지 않는다. 이 도시의 어떤 성스러운 가정에서도 이런 시신이 나온 적

● 중세 교회의 수도사석, 성가대석의 접이식 의자 밑에 달린 선반. 대개 정교한 조각이 새겨져 있다.
●● 기타와 비슷한 모양의 초기 현악기.

은 없을 거라고, 여자는 생각한다. 여자는 바로 그 희귀함과 반항을 사랑한다. 위기 속에 지어진 암스테르담은 이제 이 도시가 지닌 돈의 안락을 묵묵히 지켜줄 확실성을, 반듯한 삶의 행로를 갈망하고 있다. 이런 날이 오기 전에 떠나야 했다고, 여자는 생각한다. 죽음이 너무 가까이 다가왔다.

운구 행렬을 둘러싸고 있던 사람들이 흩어진다. 특별한 의식도 없이 관이 구덩이 속으로 들어가고 소녀가 가장자리로 다가간다. 소녀는 어둠 속으로 작은 꽃다발을 던진다. 찌르레기 한 마리가 날개를 파닥거리며 교회 회벽 위로 날아간다. 사람들이 고개를 돌려 주의가 분산되지만 소녀는 꿈쩍도 하지 않고, 성가대석에 앉아 있는 여자 또한 마찬가지다. 펠리콘이 마지막 기도를 읊조리는 동안 두 사람 모두 꽃잎이 그리는 포물선을 바라본다.

운구인들이 새 석판의 자리를 잡자 하녀가 사라져가는 어둠 곁에 무릎을 꿇고 앉아 흐느껴 울기 시작한다. 탈진한 하녀가 쏟아지는 눈물을 감추려는 노력조차 하지 않자, 품위도 교양도 없는 태도를 비난하듯 혀 차는 소리가 들린다. 성가대석 가까이에 있던 실크 드레스 차림의 여자 둘이 수군거린다. "행동거지가 저따위니 결국 이런 꼴이 나지." 한 명이 웅얼댄다.

"사람들 앞에서도 저 모양이니 집안에서는 행동거지가 들짐승이나 다름없을 거야." 친구가 대답한다.

"그러게. 하지만 벽에 붙은 파리처럼 사는 것도 나쁠 건 없겠지. **윙윙.**"

그들은 터져나오는 웃음을 억누른다. 성가대석에 있던 여자는 도덕적 격언을 새긴 선반을 짚은 자신의 손끝이 하얗게 변해 있음을 깨닫는다.

교회 바닥이 다시 한 번 봉인되고, 사람들이 만든 원이 허물어지고, 죽은 자는 꼼짝없이 갇혀버린다. 스테인드글라스에서 걸어나온 성인 같은 소녀는, 초대하지 않은 위선자들에게 답례로 인사한다. 사람들은 도시의 꼬불거리는 거리로 빠져나가며 수다를 떨고, 소녀와 그녀의 하녀도 팔짱을 끼더니 신도석 사이로 걸어나간다. 대다수의 남자는 책상과 계산대로 돌아갈 것이다. 암스테르담을 더 번창하게 하려면 끊임없이 노력해야 할 테니까. 고된 노력이 우리에게 영광을 가져다주었다고, 나태함은 우리를 바다로 밀어낼 거라고, 사람들은 말한다. 더구나 높아지는 수위가 피부에 와닿는 요즈음이다.

교회가 텅 비자 여자가 성가대석에서 일어선다. 아무에게도 들키고 싶지 않아 서둘러 움직인다. **달라질 수 있어,** 여자가 말한다. 그녀의 속삭임이 교회 벽에 부딪혀 울려퍼진다. 새로 덮은 석판을 찾은 순간 여자는 장례를 황급히 해치웠음을 알아차린다. 다른 석판보다 화강암이 비교적 따뜻하고, 끌로 새긴 묘비명에 흙이 아직 남아 있다. 이 모든 일이 일어났고, 또 지나갔다는 사실이 믿어지지 않는다.

그녀는 자신이 시작한 일을 끝내기 위해 무릎을 꿇고 주머니에 손을 넣는다. 이것은 그녀의 기도다. 손안에 들어갈 정도로 조그만 미니어처 집. 방 아홉 칸에 다섯 사람이 들어 있다. 고도의 정교한 기술로 엄청난 시간을 들여 만든 집이다. 여자는 조심스럽게 자신의 선물을 항상 놓고 싶었던 자리에 놓는다. 거칠어진 손가락으로 차가운 화강암의 평안을 빌면서.

교회 문을 여는 순간, 여자는 본능적으로 넓은 챙 모자, 펠리콘의 망토, 실크 드레스 입은 여자들을 찾는다. 그중 누구도 보이지 않는다. 모두 사라졌다. 교회에 갇힌 찌르레기의 소음마저 없었다면 이 세상에 그녀 혼자 남겨진 기분이었을 것이다. 이제 떠날 시간이지만 여자는 새를 위해 교회 문을 열어준다. 그녀의 노력을 알아차렸으면서도 새는 신도석 뒤로 날아가버린다.

그녀는 서늘한 교회의 내부를 문으로 차단하고 돌아선다. 태양을 마주하면서, 도시를 에워싼 운하들을 지나 바다로 향한다. 찌르레기야, 여자는 생각한다. 교회가 안전하다고 생각한다면, 난 널 자유롭게 해줄 수 없어.

**1686년 10월 중순
암스테르담, 헤렝라흐트 운하**

임금이 즐기는 맛난 음식은 바라지도 말아라.
그것을 먹으면 화를 입는다.

〈잠언〉 23장 3절

THE
MINIATURIST

제
1
부

밖에서 안으로

새신랑의 집 계단에 서서, 넬라 오트만은 돌고래 모양 쇠 문고리를 들었다가 놓고는 쿵 하는 소리에 당황한다. 그녀가 올 줄 알고 들 있을 텐데 아무도 나오지 않는다. 시간도 미리 정해두었고, 브란트가 사용한 고가의 모조 양피지에 비하면 너무나 얇은 엄마의 종이에 편지도 써보냈다. 화환도, 약혼 기념 컵도, 결혼 침대도 없이 한 달 전 순식간에 해치운 결혼식을 감안하면 이건 결코 환대가 아니라고, 그녀는 생각한다. 넬라는 조그만 트렁크와 새장을 계단에 내려놓는다. 나중에 2층으로 올라가 그녀의 방과 책상을 찾으면, 고향 집에는 이 대목을 각색해서 전해야 할 것이다.

맞은편 벽돌 건물 쪽에서 바지선 선원들의 웃음소리가 들려오자 넬라가 운하 쪽을 돌아본다. 왜소한 사내아이가 생선바구니를 들고 있는 여자를 들이받는다. 반쯤 죽은 청어가 여자의 스커트 자락을 타고 바닥으로 미끄러진다. 여자의 앙칼진 목소리가 넬라의 신경을 긁는다. "멍청이! 멍청이!" 여자가 소리를 지른다. 눈이 먼 소년은 흙바닥에서 은제 장신구를 찾기라도 하는 듯 더듬거리며 떨어진 청어를 찾는다. 소년의 손가락은 날렵하고, 바닥 더듬기를 두려워하지 않는다. 청어를 잡자 소년은 자신이 낚은 월척을 들고 키득거리면서 내빼기 시작한다. 다른 한 팔을 앞으로 뻗은 채로.

넬라는 조용히 그를 응원하면서, 10월의 귀한 온기를 느낄 수 있을 때 느껴보려고 잠시 그 자세로 서 있는다. 헤렝라흐트 가의 이 지역은 아름다운 풍광으로 이름이 높은 '골든 벤드Golden Bend'지만, 오늘 이 널찍한 길은 갈색빛이고 평범하다. 진흙 빛깔 운하 위로 솟아오른 집들이야말로 장관이다. 수면에 대칭으로 드리워진 그림자가 웅장하고도 아름답다. 이 도시의 자부심 속에 박힌 보석들처럼. 지붕 위로 대자연이 그 장관에 보조를 맞추려 애쓴다. 샛노랗거나 살구 빛깔인 구름마저도 이 영광의 도시가 누리는 호사를 떠올리게 한다.

넬라는 다시 문 쪽으로 돌아선다. 이제 보니 문이 조금 열려 있다. 원래 열려 있었던가? 잘 모르겠다. 그녀는 문을 밀고 텅 빈 공간을 들여다본다. 대리석 바닥에서 서늘한 기운이 올라온다. "요하네스 브란트?" 조금은 겁에 질린 채, 큰 소리로 불러본다. 게임이라도 하자는 건가? 1월까지 여기 서 있어야 하는 건 아니겠지. 넬라의 잉꼬 피보가 새장 철창에 날개 끝을 대고 파르르 떨자 가냘픈 울음소리가 대리석 바닥으로 떨어진다. 어느덧 잠잠해진 뒤쪽의 운하마저도 숨을 죽이고 있는 것 같다.

어둠 속을 더 깊이 들여다보면서 넬라는 한 가지 사실을 확신한다. 누군가 그녀를 지켜보고 있다. **힘내, 넬라 엘리자베스!** 문 안쪽으로 들어서며 그녀가 자신을 다독인다. 남편은 그녀를 포옹하고 키스해줄까? 아니면 사무적인 태도로 악수를 할까? 결혼식 때는 전혀 그런 행동을 하지 않았다. 그의 가족은 한 명도 없었고 그녀의 가족만 조촐하게 모였다.

시골 소녀에게도 교양이 있다는 걸 보여주기 위해 넬라는 몸을 숙여 신발을 벗는다. 앙증맞은 가죽 신발은 물론 그녀가 가진 가장 좋은 신발이다. 이렇게 된 마당에 그럴 필요가 있었는지 모르겠다. **품위를 지켜**, 넬라의 엄마는 말했다. 그러나 품위를 지키자니 여간 불편한 게 아니다. 그녀는 바닥에 신발을 털썩 내려놓는다. 그 소리가 누군가를 깨우거나 쫓아내길 바라면서. 엄마는 그녀의 상상력이 지나치다며 '구름 속의 넬라'라고 불렀다. 풀 죽은 신발은 맥없이 바닥에 뒹굴고, 넬라는 문득 바보가 된 것 같은 기분이 든다.

밖에서 두 여자가 서로를 부른다. 넬라가 돌아서지만, 열린 문틈으로 한 여자의 뒷모습만 보인다. 황금빛 머리카락 위에 모자를 쓰지 않은 키 큰 여자가 저물어가는 어스름한 햇살을 향해 걸어간다. 아센덜프트에서 여기까지 오느라 느슨해진 머리카락이 산들바람에 삐져나온다. 머리카락을 뒤로 넘기면 더는 감당할 수 없을 정도로 초조해질 것 같아 머리카락이 얼굴을 간질이도록 내버려둔다.

"동물농장이라도 차리려고?"

홀의 어둠 속에서 누군가 단호하고도 빠른 말투로 말한다. 넬라의 살갗이 오그라든다. 그녀의 예감이 옳았다고 해서 살갗에 돋은 소름이 사라지진 않는다. 넬라는 어둠 속에서 미끄러지듯 걸어나온 사람이 손을 내미는 것을 지켜본다. 반감의 표현인지 환대의 표현인지 분간하기 어렵다. 꼿꼿하고 호리호리한 여자. 칠흑처럼 검은색 드레스를 입었고, 머리에 쓴 흰색의 모자는 풀을 먹여 완벽하게 다림질했다. 머리카락은 단 한 올도 삐져나오지 않았고, 희미하고도 야릇한 육두구*향이 풍긴다. 눈동자는 잿빛이고 입매는 근엄

* 육두구나무의 열매로, 양념이나 향료로 쓰임.

하다. 얼마나 오랫동안 저기 서서 날 지켜보았을까? 그녀를 보고 피보가 짹짹거린다.

"애는 피보예요." 넬라가 말한다. "제 잉꼬."

"보아하니 그렇네." 여자가 말하며 그녀를 훑어내린다. "듣자하니 그렇다고 해야 하나. 다른 짐승은 없다고 봐도 될까?"

"작은 개가 한 마리 있는데 집에 두고 왔어요."

"잘했어. 집 안을 엉망으로 만들 테니까. 가구를 긁어대고 말이야. 그런 작은 개는 프랑스 사람이나 스페인 사람처럼 굴지." 여자가 단정적으로 말한다. "제 주인처럼 경망스러워."

"생긴 건 꼭 쥐를 닮았지요." 복도 어딘가에서 또 하나의 목소리가 들려온다.

여자가 얼굴을 찌푸리며 잠시 눈을 감는다. 넬라는 여자를 바라보면서, 도대체 대화를 엿듣고 있는 또 다른 사람은 누굴까 생각해본다. 내가 저 여자보다 열 살은 어리겠다고, 넬라는 생각한다. 그런데도 여자의 피부는 참 매끄럽다. 여자가 넬라 곁을 지나 문으로 향한다. 여자의 걸음걸이에는 기품이 있다. 의식적이고, 도도하다. 문 앞에 놓인 단정한 신발을 보고 용인하는 듯 짧게 고개를 끄덕이고는 새장을 들여다보며 입술을 굳게 다문다. 두려움 속에서 피보가 깃털을 날린다.

주의를 분산시켜야겠다는 생각에 반갑게 그녀의 손을 잡아보지만, 넬라의 손길에 여자는 움찔한다.

"열일곱 살치고는 뼈가 제법 단단하네." 여자가 말한다.

"넬라라고 해요." 손을 빼며 그녀가 대답한다. "열여덟이고요."

"네가 누군지는 알아."

"진짜 이름은 페트로넬라예요. 하지만 집에선 다들 절……."

"다 들었어."

"이 집 가정부이신가요?" 넬라가 묻는다. 복도의 어둠 속에서 차마 참지 못하겠다는 듯 키득거리는 웃음소리가 새어나온다. 여자는 웃음소리를 무시하고 창밖으로 무지개 빛깔 황혼을 바라본다. "요하네스 씨 계신가요? 제가 그분의 부인인데요." 여자는 여전히 아무 말도 하지 않는다. "한 달 전에 결혼했어요. 아센델프트에서." 넬라가 말한다. 지금은 계속 말하는 것 말고는 달리 할 수 있는 일이 없다.

"오빠는 지금 집에 없어."

"오빠라고요?"

어둠 속에서 또 한 번 키득거리는 소리가 들려온다. 여자가 넬라의 눈을 똑바로 본다. "난 마린 브란트야." 그녀가 말한다. 마치 그렇게 말하면 알아들어야 한다는 듯이. 눈빛은 강렬하지만 목소리가 약간 불안정해지고 있음을 넬라는 감지한다. "오빠는 지금 집에 없어." 마린이 말을 잇는다. "있을 거라고 생각했는데, 없네."

"그럼 어디 있죠?"

마린은 다시 먼 하늘을 바라본다. 그녀의 왼손이 허공에서 양치식물의 잎사귀처럼 펼쳐지자 계단 근처의 어둠 속에서 두 사람이 모습을 드러낸다. "오토." 그녀가 말한다.

한 남자가 그들에게 다가온다. 차가운 발을 바닥에 굳게 딛고 서서, 넬라가 침을 꿀꺽 삼킨다.

오토는 피부색이 어둡다. 온통 어두운 갈색이다. 옷깃 밖으로 나온 목, 소매 밑으로 나온 손목과 손 모두 끝없이 어두운 갈색이다. 두드러진 광대뼈, 턱, 널찍한 이마, 구석구석 전부 다. 넬라는 평생 그런 남자를 본 적이 없다.

마린은 상황에 맞게 대처하려고 계속 그녀를 관찰하는 것 같다. 오토의 커다란 눈 속에 넬라가 미처 감추지 못한 놀라움을 알아차리는 기색은 없다. 그가 고개 숙여 인사하자 넬라는 무릎을 굽혀 인사한다. 배어나온 피가 침착해야 한다고 일깨워줄 때까지, 넬라는 입술을 깨문다. 그리고 광을 낸 호두처럼 반짝이는 그의 피부를, 그의 머리 위로 뻗어나온 부스스한 머리카락을 바라본다. 다른 남자들의 머리카락처럼 빳빳하고 번들거리지 않고, 보드라운 한 줌의 털 같다.

"난⋯⋯." 그녀가 말한다.

피보가 찍찍거리기 시작한다. 오토가 양손을 내민다. 그의 널찍한 손바닥 위에는 파턴* 한 켤레가 놓여 있다. "이걸 신으세요." 그가 말한다.

암스테르담 억양이지만 혀를 굴리는 발음 때문에 말이 따듯하고 액체 같다. 파턴을 받아들 때 넬라의 손가락이 그의 피부를 스친다. 넬라는 굽이 있는 신발을 허겁지겁 신어본다. 지나치게 크지만 감히 크다고 말하지 않는다. 적어도 차가운 대리석 바닥에 발바닥이 직접 닿지는 않는다. 가죽 끈은 나중에, 위층에 올라가서 묶어야지. 위층에 올라갈 수 있을까. 이 홀을 통과할 수 있을까.

"오토는 오빠의 하인이야." 마린이 말한다. 그녀의 시선은 여전히 넬라에게 고정되어 있다. "이쪽은 코넬리아. 우리 집 가정부. 코넬리아가 널 돌봐줄 거야."

코넬리아가 앞으로 나선다. 넬라보다 나이가 조금 많아 보인다. 아마 스무 살이나 스물한 살 정도. 키도 조금 더 크다. 코넬리아가 떨떠름한 미소로 넬라를 맞이한다. 그녀의 파란 눈동자가 새 신부를 훑어내리고, 떨리는 넬라의 손을 쳐다본다. 넬라는 미소를 짓는다. 하녀의 호기심에 속이 타서, 가까스로 공허한 감사 인사 비슷한 말을 뱉어낸다. 마린이 그녀의 말을 잘라주어서 넬라는 고맙기도 하고 부끄럽기도 하다.

"2층을 보여줄게." 마린이 말한다. "네 방이 보고 싶겠지."

넬라가 고개를 끄덕인다. 코넬리아의 눈에 장난기가 스친다. 새장에서 새어나온 태평한 새 울음소리가 높은 천장에 부딪혀 튕기고, 마린은 손목을 까딱하는 동작만으로 코넬리아에게 새장을 부엌에 가져다놓으라고 지시한다.

"부엌에선 연기가 날 텐데." 넬라가 항의하자 마린과 오토가 돌아선다. "피보는 밝은 걸 좋아하거든요."

코넬리아가 물동이를 흔들듯 새장을 흔들어본다.

"제발 조심해줘." 넬라가 말한다.

마린이 코넬리아와 눈을 마주친다. 하녀는 곧장 부엌으로 향한다. 불안해하는 피보의 가냘픈 울음소리와 함께.

⚹

위층에 올라간 넬라는 새 방의 화려함에 주눅이 든다. 마린은 기분이 언짢아 보인다. "코넬리아가 수를 너무 많이 놓았네." 그녀가 말한다. "하긴, 우린 오빠에게 결혼은 한 번뿐이길 바라니까."

이니셜을 수놓은 쿠션들, 새 침대보와 새로 단 두 벌의 커튼. "운하의 습기를 막으려면 두툼한 벨벳이 필요해." 마린이 말한다. "원래 여기는 내 방이었어." 그녀가 덧붙이고는 이제 막 나타나기 시작한 별들을 바라보려 창가로 다가가 창틀에 손을 올려놓는다. "하지만 전망이 좋아서 너한테 주기로 했어."

"아뇨, 그러지 마세요." 넬라가 말한다. "그냥 쓰세요."

두 사람이 서로 마주 본다. 포도 덩굴 잎사귀에 둘러싸이고, 새 둥지 속에 파묻히고, 화단 위에 솟아오른 브란트Brandt의 'B'로 뒤덮인 수많은 리넨 제품에 둘러싸인 채. 그 모든 B가 그녀의 처녀 시절 성姓을 삼켜버렸다. 쿠션들은 속을 꽉 채워서 통통하게 부풀어 있다. 넬라는 불안해하면서도 한편으로는 책임감을 느끼며, 그녀의 영혼이 담긴 실의 향연을 손가락으로 쓸어본다.

"너희 조상이 대대로 살았다는 아센덜프트는 따듯하고 건조하니?" 마린이 묻는다.

"가끔 습할 때도 있어요." 넬라가 말하며 몸을 숙이고는 어설프게 신은 큼지막한 파턴을 고쳐 신어본다. "제방이 항상 제 역할을 하지는 못해서요. 동네가 크지는 않지만 그래도……."

"우리 집안은 너희 집안처럼 오래된 가문은 아니지만, 따스하고 건조하고 잘 지어진 집에 살고 있어. 사실 그런 게 다 무슨 의미가 있어?" 마린이 넬라의 말을 자른다. 이건 질문이 아니다.

"그럼요."

"아프콤스트 세이트 니에트Afkomst seyt niet. 족보란 아무짝에도 쓸모가 없다." 마린이 말을 잇는다. **아무짝에도**라는 말을 강조하기 위해 쿠션 하나를 쿡 찌르면서. "펠리콘 목사가 지난주 일요일 설교에서 그렇게 말했고 난 그 말을 성경의 빈 페이지에 받아 적어놨어. 조심하지 않으면 물이 범람할 거야." 그 생각을 떨쳐내듯 그녀가 몸서리를 친다. "네 어머니가 편지를 쓰셨더라." 그녀가 덧붙인다. "여행경비를 지불하시겠다고 말이야. 우리로서는 용납할 수 없는 일이었어. 두 번째로 좋은 바지선을 보냈는데, 기분 상하진 않았지?"

"아뇨, 아니에요."

"다행이네. 우리 집에서 말하는 두 번째로 좋은 바지선이란 새로 페인트칠해서 벵골 실크를 가득 실은 배야. 다른 배는 오빠가 쓰고 있었어."

넬라는 남편이 자기를 마중하러 돌아오지 않고 가장 좋은 바지선을 타고 어디를 갔는지 궁금하다. 그녀는 부엌에 혼자 있을 피보를 생각한다. 불 가까이, 프라이팬 가까이. "하인이 둘뿐인가요?" 넬라가 묻는다.

"둘이면 충분해." 마린이 말한다. "우리는 놀고먹는 사람들이 아니라 상인이야. 성경에 이르기를, 부를 과시해선 안 된다고 했어."

"그럼요. 그러면 안 되죠."

"그러니까 내 말은, 만약 과시할 게 남아 있다면 그렇단 얘기지." 마린이 쳐다보자 넬라는 시선을 피한다. 방 안의 햇빛이 사그라지기 시작하고 마린은 초마다 불을 붙인다. 값싼 수지 초다. 향기로운 밀랍 초였으면 좋았을 텐데. 고기 냄새를 풍기는, 연기 나는 초가 넬라에겐 놀랍다. "코넬리아가 네 이름을 온 사방에 수놓는 것 같던데." 마린이 어깨 너머로 말한다.

정말 그렇다고, 넬라는 생각한다. 못마땅한 표정으로 그녀를 훑어보던 하녀를 떠올리면서. 코넬리아의 손가락은 빨갛게 부었겠지. 그런 그녀를 어떻게 나무랄 수 있을까?

"요하네스는 언제 오는 건지…… 왜 집에 없는 거죠?" 넬라가 묻는다.

"너희 어머니 말씀이, 암스테르담에서 네가 아내로서의 삶을 시작할 날을 손꼽아 기다렸다던데," 마린이 잠시 멈추었다가 말을 잇는다. "정말 그랬니?"

"네. 그런데 그러려면 우선 남편이 있어야겠죠." 그 뒤로 이어진 침묵, 서리를 품은 침묵 속에서 넬라는 마린의 남편은 어디 있는지 궁금하다. 지하 저장고에 숨겨놓았나. 그녀는 쿠션 한 개를 보고 미소를 지으며 터져나오는 웃음을 억누른다. "전부 다 너무 예뻐요." 그녀가 말한다. "이러실 필요까진 없었는데."

"다 코넬리아가 한 거야. 난 손재주가 없어."

"그럴 리가요."

"내 그림은 죄다 걷었어. 이런 게 네 취향에 더 맞을 것 같아서." 마린이 벽을 가리킨다. 벽에는 깃털과 발톱을 그대로 지닌 암수 한 쌍의 사냥감 새를 유화로 그린 그림이 걸려 있다. 더 안쪽 벽에는 어느 사냥꾼이 포획해 줄로 목을 매단 토끼 그림이 걸려 있다. 그 옆 그림에는 중국식 문양을 입힌 접시에 굴이 수북이 담겨 있고, 와인을 엎지른 잔과 탐스럽게 익은 과일 한 바구니가 접시에 그늘을 드리우고 있다. 굴의 무언가가, 속을 드러낸 굴의 열려 있음이 그녀를 불안하게 한다. 넬라의 엄마는 고향 집 벽을 성화聖畫로 채웠는데. "이 그림들은 다 오빠 거야." 마린이 꽃을 흐드러지게 담은 꽃병을 가리키며 말한다. 꽃은 실물보다 강렬하고 과하게 채색되었고, 반쪽짜리 석류가 꽃병 아래 놓여 있다.

"고맙습니다." 넬라는 잠자리에 들기 전에 저 그림을 벽 쪽으로 뒤집어놓기까지 얼마나 걸릴지 궁금하다.

"오늘 저녁엔 여기서 식사를 하는 게 좋겠지?" 마린이 말한다. "먼 길을 왔으니."

"먼 길을 왔죠. 그렇게 해주시면 감사하겠어요." 넬라는 피 묻은 새의 부리들, 탁한 눈동자들, 한때 포동포동했으나 쪼그라들었을 살들을 바라보며 속으로 몸서리친다. 새들을 보고 있자니 문득 단

것이 먹고 싶다는 생각이 든다. "혹시 마지팬* 있나요?"

"아니. 우린 설탕을 많이 먹는 편이 아니라서. 설탕은 사람의 영혼을 병들게 하잖아."

"엄마는 마지팬을 여러 가지 모양으로 만드셨거든요." 찬장에는 항상 마지팬이 있었다. 그것은 오트만 부인이 남편의 용인을 얻은 유일한 쾌락이었다. 가족의 입속에서 녹아들던 아몬드 가루 반죽의 인어, 배, 설탕 입힌 보석 목걸이. 이제 난 더 이상 엄마의 딸이 아니라고, 넬라는 생각한다. 언젠가는 나도 작고 축축한 손, 과자를 달라고 조르는 목소리를 위해 여러 모양의 설탕 과자를 만들겠지.

"코넬리아한테 헤렌브로트**하고 하우다 치즈** 가져오라고 얘기할게." 마린의 말이 넬라를 몽상 밖으로 끌어낸다. "백포도주 한 잔하고."

"고맙습니다. 혹시 요하네스가 언제 올지 아세요?"

마린은 코를 벌름거린다. "이게 무슨 냄새지?"

넬라는 본능적으로 손을 쇄골로 가져간다. "저한테서 나는 냄새인가요?"

"너한테서 나는 냄새니?"

"엄마가 향수를 사주셨어요. 백합향이에요. 그 향을 말씀하시는 건가요?"

마린이 고개를 끄덕인다. "그거네." 그녀가 말한다. "백합향." 그러고는 나지막이 기침을 한다. "사람들이 백합을 뭐라고 하는지는 알아?"

---

* 아몬드를 으깨어 설탕과 버무려 만든 과자.
** 6세기경에 처음 제조하기 시작해 13세기부터 해외로 수출한 네덜란드를 대표하는 치즈. 흔히 영어식으로 '고다 치즈'라고 부른다.

"아뇨."

"일찍 피고 일찍 지는 꽃."

그 말을 남기고 마린이 문을 닫는다.

외투

다음 날 새벽 4시, 넬라는 여전히 잠을 이루지 못한다. 수를 놓은 번쩍거리는 물건들, 진동하는 수지 타는 냄새. 기이하고도 낯선 환경 탓에 마음이 편하지 않다. 그림 액자들은 그대로다. 아직은 벽쪽으로 돌려놓을 용기가 없다. 침대에 누워 있자니, 지금 이 순간으로 그녀를 이끈 사건들이 피곤한 머릿속에서 소용돌이친다.

이 년 전 아버지가 세상을 떠났을 때, 아센딜프트 사람들은 시뇨르• 오트만이야말로 맥주의 아버지였다고 말했다. 아버지가 곤드레만드레 취한 프리아포스••와 다름없다는 사실이 혐오스러웠지만 유감스럽게도 그 말은 사실이었다. 아버지는 빚으로 가족을 옭아맸다. 수프가 묽어졌고, 고기를 구경하기 힘들어졌고, 하인들은 달아났다. 아버지는 네덜란드인이 으레 그러하듯 거센 바다와 싸우며 방주를 짓지 않았다. "자고로 주머니에 돈이 떨어지지 않게 하는 남자하고 결혼해야 해." 그녀의 엄마가 펜을 들며 말했다.

"하지만 전 내세울 게 없잖아요." 넬라가 대답했다.

• 성인 남성의 이름에 붙이는 존칭.
•• 그리스 신화에 나오는 번식과 다산의 신.

엄마가 혀를 찼다. "네 자신을 봐. 여자들이 가진 게 뭐가 있니?"

그 말에 넬라는 얼어붙었다. 다른 사람도 아닌 엄마가 자신을 폄하하자 낯선 불안감이 엄습했고, 아버지로 인한 슬픔은 어느덧 자신에 대한 슬픔으로 바뀌었다. 그녀의 두 동생 카렐과 아라벨라는 식인종 놀이나 해적 놀이를 하면서 계속 밖에서 놀아도 되었다.

그러나 넬라는 이 년에 걸쳐 숙녀가 되기 위한 훈련을 했다. 그런 자세로 딱히 갈 곳이 없었다는 게 불만이긴 했지만 새로운 자세로 걸었고, 태어나서 처음으로 고향을 떠나고 싶다는 욕망을 느꼈다. 그녀는 광활한 하늘을 외면했고, 흙먼지가 겹겹이 쌓인 전원이라는 감옥만 보았다. 처음으로 몸을 꽉 조이는 코르셋을 입었고, 단정한 손가락을 지판 위에서 움직이며 류트 연주 실력을 갈고 닦았고, 엄마의 비위를 맞출 정도로만 고분고분했다. 올해 6월, 엄마가 여기저기 말을 해둔 덕분에 도시에 살고 있던 남편의 지인과 연결되었고, 마침내 결실을 맺기에 이르렀다.

편지 한 통이 도착했다. 겉봉의 필체는 단정하면서도 물 흐르듯 유려했으며 자신감이 넘쳤다. 엄마는 넬라가 편지를 읽는 것을 허락하지 않았다. 일주일 후, 넬라는 자신이 암스테르담에서 왔다는 요하네스 브란트라는 상인 앞에서 류트를 연주해야 한다는 사실을 알게 되었다. 갈색으로 변해가는 아센델프트의 평야 위로 해가 낮아질 무렵, 낯선 남자가 찾아와 무너져가는 그들의 집에 앉아 그녀의 연주를 들었다.

넬라가 보기에 남자는 감동한 것 같았다. 연주가 끝나자 그는 잘 들었다고 했다. "내가 류트를 좋아해요." 그가 말했다. "아름다운 악기지요. 우리 집 벽에도 두 개가 걸려 있는데, 몇 년 동안 아무도 연주한 적이 없어요." 요하네스가 그녀에게 손을 내밀었고, 넬라는 그 손을 받아들였다. 카렐은 '서른아홉 살이래! 되게 늙었다!'라고 소리를 질렀다. 그 손을 거절했다면 고마운 줄도 모르는 아이처럼 보였을 것이다. 그리고 멍청한 짓이었을 것이다. 마린의 표현처럼, 아내로서의 삶 외에 여자가 어떤 다른 선택을 할 수 있을까?

9월에 아센델프트에서 치러진 결혼식 이후, 두 사람의 이름이 교회 명부에 기재되었고 요하네스는 오트만의 집에서 간단히 저녁 식사를 한 뒤 떠났다. 베네치아에 배로 물건을 실어보내야 하는데 자기가 직접 해야 한다면서. 넬라와 그녀의 엄마는 고개를 끄덕였다. 자신의 권력을 암시하듯 뻐딱하게 미소 짓는 요하네스는 너무도 매혹적이었다. 결혼식을 치르던 날 밤, 새 신부 넬라는 지난 몇 년간 그랬던 것처럼 뒤척이는 여동생과 머리부터 발끝까지 뒤엉킨 채 잤다. 그러나 그녀는 다 잘될 징조라고 생각했다. 아센델프트의 타오르는 불꽃에서 새로운 여자로 솟아오르는 자신의 모습을 상상해보았다. 아내가 된다는 것, 그리고 그와 함께 다가올 모든 것을……

복도에서 들려오는 개 짖는 소리에 그녀가 몽상에서 깨어난다. 남자 목소리가 들려온다. 요하네스가 분명하다. 남편이 암스테르담에 돌아왔다. 조금 늦긴 했지만 어쨌든 왔다. 넬라는 신혼 침대에서 일어나 멍한 눈빛으로 연습을 한다. **돌아오셔서 기뻐요. 여행은 어땠어요? 네, 너무 행복해요. 행복하고말고요.**

그러나 감히 내려갈 엄두가 나지 않는다. 그를 만나는 설렘도 극도의 긴장감을 억누를 정도는 아니다. 가슴에 번져가는 불안감에 휩싸인 채 그녀는 말을 어떻게 시작해야 할지 생각해본다. 그리고 결국 파턴을 신고 나이트가운 위에 숄을 걸친 다음, 복도로 살금살금 걸어나간다.

개들의 발톱이 타일 바닥을 긁는다. 개들은 털 속에 바닷바람을 품은 채 꼬리로 가구를 때린다. 마린이 요하네스를 맞이한다. 넬라는 두 사람의 대화를 엿듣는다.

"난 그런 말 한 적 없어, 마린." 요하네스가 말한다. 그의 목소리는 낮고 덤덤하다.

"그 얘긴 이제 그만해. 어쨌든 돌아와서 기뻐. 오빠가 무사히 돌아오기를 기도했어." 마린이 그를 살피려고 어둠 밖으로 나선다. 그녀가 들고 있는 촛불의 불꽃이 낮아지며 춤을 춘다. 난간에 기대서서, 넬라는 요하네스가 입은 낯설고 두툼한 여행용 외투와 푸줏간 주인의 손처럼 투박한 손가락을 바라본다. "피곤해 보이네." 마린이 말을 잇는다.

"왜 아니겠니. 런던의 가을은 정말……."

"끔찍하지. 런던에 갔었구나. 이리 줘."

마린이 손을 내밀어 외투를 벗는 그를 돕는다. "오빠 야위었네. 집을 너무 오래 비웠어."

"야위지 않았어." 그가 마린에게서 돌아선다. "레제키! 다나!" 그가 이름을 부르자 개들이 익숙하게 그를 따른다. 넬라는 그 희한한 이름을 되새겨본다. **레제키, 다나.** 아센델프트에서 카렐은 키우던 개들을 '주둥이'와 '까망눈'이라고 불렀다. 멋들어진 이름은 아니지만 특징과 외모를 완벽하게 반영하는 이름이었다.

"참," 마린이 말한다. "그 아이가 왔어."

요하네스가 잠시 멈칫하지만 돌아보지는 않는다. 어깨가 축 늘어지고, 머리가 가슴 쪽으로 조금 숙여진다. "아," 요하네스가 말한다. "그래."

"그 아이가 왔을 때 오빠가 있었으면 좋았잖아."

"나 대신 네가 잘했겠지."

마린이 입을 다문다. 그녀의 창백한 얼굴과 오빠의 닫힌 등 사이에서 침묵이 자란다. "잊지 마." 그녀가 말한다.

요하네스가 손가락으로 머리를 쓸어넘긴다. "어떻게 잊겠니?" 그가 대답한다. "어떻게?"

마린은 무슨 말을 할 듯하다가 이내 팔짱을 낀다. "너무 춥다." 그녀가 말한다.

"추우면 들어가서 자. 난 일해야 해."

그가 문을 닫자 마린이 오빠의 외투를 어깨에 걸쳐본다. 넬라는 몸을 앞으로 더 숙이며 기다란 외투의 섬유 속에 얼굴을 묻는 마린을 본다. 난간에서 끼익 소리가 나자 마린이 외투를 홱 벗어 던지며 어둠 속을 쳐다본다. 마린이 복도에 있는 벽장을 열 때 넬라는 방으로 돌아가 기다린다.

몇 분 뒤 복도 끝 마린의 방문이 닫히는 소리가 들리자 넬라는 옆으로 걸어 계단을 내려간다. 그녀는 홀 벽장 앞에서 멈추어 선다. 외투가 고리에 걸려 있을 거라 기대했지만 바닥에 구겨져 있다. 무릎을 꿇고 앉아 망토를 집어 드니 지친 한 남자와 그가 다닌 도시들의 눅눅한 향기가 배어난다. 외투를 고리에 걸어놓고 나서 넬라는 남편이 사라진 방으로 다가가 노크를 한다.

"이거야 원." 그가 말한다. "내일 아침에 얘기하자고."

"저예요. 페트로넬라. 넬라."

잠시 후 문이 열린다. 요하네스가 그곳에 서 있다. 그의 얼굴은 어둠 속에 있다. 그의 어깨는 너무도 넓다. 반밖에 차지 않았던 아센델프트의 교회에서 그는 이렇게 위압적인 남자가 아니었다.

"에스포사 미아!"• 그가 말한다.

넬라는 그 말이 무슨 뜻인지 알아듣지 못한다. 그가 촛불의 불빛 속으로 한 걸음 물러서자 햇볕에 그을리고 지친 얼굴이 보인다. 마린과 똑같은 잿빛 눈동자는 거의 투명에 가깝다. 그녀의 남편은 왕자님이 아니다. 번들거리는 머리카락은 칙칙한 금속 빛깔이다. "저 왔어요." 그녀가 말한다.

"왔군요." 그가 그녀의 나이트가운을 가리킨다. "자지 않고."

"인사하러 왔어요."

그가 앞으로 나서며 그녀의 손에 키스한다. 그의 입술은 그녀가 상상했던 것보다 훨씬 보드랍다. "아침에 얘기해요, 넬라. 무사히 도착해서 기뻐요. 정말 기뻐요."

그의 시선은 어디에도 오래 머물지 않는다. 요하네스가 발산하는 역동적인 피로감이 수수께끼 같다는 생각을 하면서, 넬라는 그의 방에서 풍기는 강렬하고도 사람을 불안하게 하는 싸한 사향내를 맡는다. 요하네스는 서재로 보이는 노란 불빛 속으로 물러서더니 문을 닫는다.

넬라는 잠시 기다리며 칠흑 같은 어둠 속 계단을 올려다본다. 마린은 분명히 잠들었겠지. 나의 작은 새가 잘 있는지 한번 확인해봐야지.

부엌으로 이어진 계단을 발끝으로 내려가 보니 잉꼬의 새장이 열린 화덕 옆에 걸려 있다. 죽어가는 불씨가 새장의 철망을 보드랍게 비춘다. "하녀들은 다 위험해." 그녀의 엄마가 말했다. "그중에서도 도시의 하녀들이 더 악질이란다." 왜 악질인지 엄마는 딱히

• 스페인어로 '나의 아내'.

그 이유를 설명하진 않았다. 다행히 피보는 살아 있고, 넬라를 알아보고 횃대에 올라 깃털을 곤두세우고는 깡충깡충 뛰며 딱딱거리는 소리를 낸다. 피보를 위층으로 데려가고 싶은 마음이 굴뚝같지만 마린의 말을 거역했을 때 그녀가 무슨 짓을 할지 생각해본다. 코넬리아가 초록색 깃털로 장식한 조그만 새의 다리 구이를 저녁 식사로 준비하겠지. "잘 자, 피보." 넬라가 속삭인다.

침실 창문으로 헤렝라흐트 운하에서 피어오른 안개가 스며들고, 그 위로 떠오른 동전만 한 달이 보인다. 커튼을 치고 어깨의 숄을 여민 넬라는 여전히 거대한 침대를 경계하며 한쪽 구석에 앉는다. 그녀의 남편은 암스테르담의 부자이고, 도시의 유력한 중개상이며, 바다와 바다가 제공하는 온갖 풍요의 황제다. "누군가의 부인이 되지 않으면 삶이 고달파져." 그녀의 엄마가 언젠가 말했다. "왜요?" 넬라가 물었다. 아버지에 대한 끊임없는 짜증이 사후에 남긴 빚 때문에 분노로 변해가는 것을 목격한 그녀였기에, 오트만 부인이 왜 딸을 자신과 똑같은 위험에 빠뜨리지 못해 안달하는지 물은 것이었다. 넬라의 엄마는 미친 사람 보듯 그녀를 쳐다보았지만 이번에는 이유를 설명해주었다. "왜냐하면 시뇨르 브란트는 도시의 양치기이고 네 아버지는 한 마리 양이었으니까."

넬라는 침대 맡 테이블 위에 놓인 은주전자를, 매끄러운 마호가니 책상을, 터키 양탄자를, 관능적인 그림들을 본다. 아름다운 추가 달린 시계가 나지막이 시간의 흐름을 알려준다. 시계판에는 해와 달이 그려져 있고 시계바늘에도 세공 장식이 되어 있다. 지금껏 넬라가 본 시계 중 가장 아름답다. 모든 게 새것처럼 빛나며 부유함을 드러낸다. 부유함의 언어는 배운 적이 없지만 이제 배워야겠다는 생각이 든다. 넬라는 바닥에 떨어진 쿠션을 주워 짙은 붉은색 실크 침대보 위에 쌓아놓는다.

열두 살의 넬라가 처음 피를 흘렸을 때, 엄마는 그 출혈이 곧 "자식을 낳을 수 있으니 안심해도 된다는 증거"라고 말했다. 마을 곳곳에서 산고 끝에 울려퍼지는 아이 울음소리를 듣고, 얼마 못 가 교회로 향하는 관을 보며 자란 넬라는 그것을 안심해도 될 일이라고 생각해본 적이 없었다.

사랑은 리넨 헝겊 위의 핏자국보다 훨씬 더 모호했다. 매달 비치는 피는 넬라가 생각하는 사랑, 육체적이면서도 육체를 초월한 사랑과는 관련이 없어 보였다. "그게 사랑이란다, 페트로넬라." 목이 졸려 죽기 직전까지 까망눈을 끌어안고 있는 아라벨라를 바라보며 그녀의 엄마가 말했다. 마을의 악사들도 사랑에 관한 노래를 부르긴 했지만, 주로 사랑이라는 미명에 감춰진 고통을 노래했다. 진정한 사랑은 시궁창의 꽃이고, 꽃잎은 피어나지 못한다. 사람들은 사랑을 위해 모든 고통을 기꺼이 감수할 것이며, 그래서 한없이 행복하지만 혼란의 구렁텅이에 빠져버린다.

오트만 부인은 항상 주위에 적당한 신랑감이 없다고 불평했다. 동네 청년들을 "건초나 질겅거리는 놈들"이라고 불렀다. 딸의 미래는 도시에, 요하네스 브란트에게 있었다.

"하지만 **사랑** 말이에요, 엄마. 제가 그 사람을 사랑하게 될까요?"

"여자는 사랑을 원해." 엄마가 칠이 벗겨져가는 아센델프트의 담벼락에 대고 과장되게 소리쳤다. "복숭아를 원하고 거기에다 크림*까지 원하는 게 여자야."

넬라는 아센델프트를 떠나는 게 옳다고 들으며 자랐다. 아무도

• 자른 복숭아에 크림을 얹어서 먹는, 단순하고 전통적인 디저트가 있다.

눈치채지 못했지만 마지막에는 그녀 자신도 그곳을 뜨기만을 기다렸다. 더는 카렐, 아라벨라와 함께 난파선 놀이를 하고 싶지 않았다. 아무리 그렇다고 해도, 환자 침상을 지키는 간호사처럼 암스테르담의 텅 빈 신혼 침대에 앉아 있는 지금 이 순간 밀려드는 실망감을 막을 수는 없다. 남편도 반겨주지 않는데 도대체 나는 왜 여기 왔을까? 코넬리아의 경멸 어린 눈빛, 마린의 날 선 목소리, 요하네스의 무관심에 좌절감을 느끼며 넬라는 황량한 침대 위로 올라가 쿠션 틈으로 파고든다. **크림은 고사하고 복숭아도 못 가진 여자네,** 넬라는 생각한다.

　그러기 힘든 시간인데도 집은 여전히 깨어 있는 것만 같다. 앞문이 열렸다 닫히는 소리가 들리고, 위층의 또 다른 문이 여닫히는 소리가 들린다. 수군거리는 소리, 복도를 가로지르는 발소리가 이어지고, 그 뒤로 집 안은 무거운 정적에 휩싸인다. 적막 속에서 그녀는 귀를 기울인다. 그림 속 토끼와 썩은 석류 위로 실오라기처럼 가느다란 달빛이 스며든다. 마치 집 자체가 숨을 쉬는 것 같은 위선적인 정적이다. 그러나 넬라는 감히 다시 침대를 벗어나지 않는다. 첫날밤이니 그럴 수는 없다. 지난여름 류트를 연주했던 기억은 어디론가 사라지고, 넬라의 머릿속에서 들리는 소리라고는 청어 장수가 시골 말투로 외치던 말뿐이다. **멍청이, 멍청이!**

새 알파벳

커튼을 걷어 아침 햇살을 들이고 나서 코넬리아가 이불이 구겨져 있는 넬라의 침대 발치에 선다. "어젯밤 시뇨르가 런던에서 오셨어요." 이불 밑으로 비죽이 나온 조그만 발에 대고 그녀가 말한다. "아침식사 같이 하세요."

넬라는 베개에서 고개를 번쩍 든다. 얼굴이 아기천사처럼 퉁퉁 부었다. 헤렝라흐트 가의 모든 하녀가 움직이는 소리가 들린다. 집 앞 계단의 먼지를 닦아내느라 대걸레가 물동이에 부딪히는 소리가 낮은 종소리처럼 울려퍼진다. "내가 얼마나 잤지?" 그녀가 묻는다.

"충분히 주무셨어요." 하녀가 대답한다.

"석 달은 잔 것 같네. 마법에라도 걸려서."

코넬리아가 웃는다. "그것 참 대단한 마법이네요."

"무슨 뜻이야?"

"아무것도 아니에요, 마담.•" 그녀가 손을 내민다. "일어나세요. 옷 입혀드릴게요."

• 성인 여성에 대한 존칭.

"넌 늦게까지 깨어 있더라."

"그랬죠. 아, 내가 그랬나?" 코넬리아의 말투는 무례하다. 그녀의 자신감이 넬라를 불안하게 한다. 엄마의 하녀 중 누구도 이런 식으로 말하지 않았다.

"밤중에 현관문 여는 소리가 나던데. 위층에서 문소리도 났고. 분명히 들었어." 그녀가 말한다.

"그럴 리가요." 하녀가 대답한다. "마담이 올라가시기 전에 투트가 다 잠갔어요."

"투트?"

"전 오토를 그렇게 불러요. 오토는 별명을 짓는 게 한심하다고 생각하지만 전 별명 부르는 게 좋거든요." 코넬리아는 속치마를 넬라의 머리 위로 입히고 나서 은사 섞인 파란 드레스도 입힌다. "시뇨르가 드레스 비용을 대셨어요." 그녀가 말한다. 목소리가 경탄으로 가득 차 있다. 그러나 선물을 받은 넬라의 흥분은 이내 잦아든다. 소매는 너무 길고, 코르셋은 아무리 조여도 너무 커서 몸이 쪼그라든 것 같다.

"마담 마린이 재봉사한테 치수를 보내셨는데⋯⋯." 코르셋을 더세게 조여도 남는 리본 길이에 당혹스러워하며 코넬리아가 혀를 찬다. "어머님께서 편지로 알려주셨거든요. 이 리본을 다 어쩐다?"

"재봉사가 잘못 받아적었나보네." 리본을 휘감은 하녀의 팔을 내려다보며 넬라가 말한다. "엄마가 내 치수를 모를 리가 없잖아."

✢

넬라가 식당에 들어섰을 때 요하네스는 두툼한 서류를 펼쳐놓고 오토와 이야기를 나누고 있다. 아내를 본 순간 그가 고개 숙여 인사한다. 재미있어하는 듯한 표정이다. 그의 눈빛은 한결 또렷해졌다. 생선 빛깔에서 부싯돌 빛깔로 변했다. 마린은 레몬 워터를 홀짝이며 서 있다. 요하네스의 머리 위쪽 벽에 붙은 거대한 지도 속, 끝없이 펼쳐진 종이 바다 위의 땅덩어리에 시선을 고정한 채.

"드레스 고마워요." 넬라가 가까스로 입을 뗀다. 오토는 한쪽 구석으로 물러나 요하네스의 서류를 양손 가득 들고 기다린다.

"이게 그중 하나인가 보네." 요하네스가 대답한다. "몇 벌을 주문했거든요. 근데 내가 상상한 것과는 다르네요. 좀 큰 거 아닌가? 마린, 드레스가 좀 큰 거 아니니?"

마린이 자리에 앉고는, 무릎의 검은 바탕 위에 놓인 헐거운 타일 한 조각처럼 완벽한 흰색 사각형으로 냅킨을 접어놓는다.

"안타깝게도 그런 것 같아요." 넬라가 말한다. 그녀의 목소리에 담긴 떨림이 당혹스럽다. 아센델프트와 암스테르담 사이를 오간 편지의 어느 지점에서 새 신부의 몸이 줄어들어 웃음거리가 되었을까. 넬라는 턱없이 긴 소매를 추어올리지 않겠다고 다짐하며 지도를 바라본다. 노바 홀란디아•가 보인다. 해변을 수놓은 야자수, 청록색 바다, 검은 얼굴들이 시선을 끈다.

"걱정 말아요." 요하네스가 말한다. "코넬리아가 줄여줄 테니까." 그의 손이 조그만 맥주잔을 감싸쥔다. "앉아서 뭣 좀 들어요."

다마스크 식탁보 한복판에 놓인 접시에 딱딱한 고기 한 점과 잔 생선 한 마리가 있다. "오늘 아침은 검소하게 차렸어." 오빠의 잔을 바라보며 마린이 말한다. "겸손의 표현이라고나 할까."

• 1644년 네덜란드의 탐험가 아벨 타스만이 오스트레일리아 대륙을 발견하고 '새로운 네덜란드'라는 뜻의 '노바 홀란디아Nova Hollandia'라고 명명함.

"혹은 스릴로 즐기는 궁핍함이거나." 요하네스가 중얼거리며 청어를 한 점 찍어든다. 그가 조용히 씹는 소리를 빼면 식당 안은 조용하다. 그들 사이를 가로막은 빵은 말라 있고, 아무도 건드리지 않는다. 남편의 얼굴에 순식간에 슬픔의 아우라가 번질 수 있음을, 마린이 떨어뜨린 외투처럼 시무룩해질 수 있음을 깨닫고 넬라는 두려움을 삼키려 애쓰며 자신의 빈 접시를 물끄러미 바라본다. "누나가 어떤 음식을 먹게 될지 생각해봐." 남동생 카렐이 말했건만. "암스테르담에선 딸기도 금물에 담갔다가 먹는다던데." 남동생이 이 광경을 보면 얼마나 실망할까.

"마린, 이 고급 맥주 좀 마셔봐." 마침내 요하네스가 말한다.

"맥주 마시면 소화가 안 돼." 그녀가 대답한다.

"돈과 수치심으로 이루어진 암스테르담의 식단이로군. 넌 네 자신을 못 믿는 거야. 한번 마셔봐. 도전해보라고. 요즘 이 도시에서는 도무지 용기라는 걸 찾아볼 수 없다니까."

"몸이 좋지 않아서 그런 것뿐이야."

그 말에 요하네스는 웃지만 마린의 얼굴은 웃음기 없는 고통으로 일그러진다. "패피스트!"• 마린이 중얼거린다.

자기수양의 아침식사 중에 요하네스는 전날 아내의 도착 시각에 맞추어 집에 오지 못한 일을 사과하지 않는다. 그의 대화 상대는 여동생뿐이다. 넬라는 기름기 많은 생선에 닿지 않도록 결국 소매를 걷어붙일 수밖에 없다. 오토는 그만 물러나도 좋다는 명령을 받는다. 그는 서류를 조심스럽게 움켜쥔 채 고개를 숙인다. "잘 처리

• 엄격한 금욕을 추구하는 개신교 신자들이 상대적으로 교리가 엄격하지 않은 로마 카톨릭 교도를 폄하해 부르는 말.

해줘, 오토." 요하네스가 말한다. "고마워." 넬라는 요하네스와 거래하는 사람들도 오토 같은 하인을 두고 있는지, 아니면 요하네스가 유일한지 궁금하다. 오토의 표정에서 불편한 기색을 찾아보지만 오토는 자신감 넘치고 노련해 보인다.

금괴의 가격, 화폐의 가치를 지닌 그림, 바타비아에서 그의 물건을 싣던 짐꾼의 부주의함. 마린은 맛깔스러운 요하네스의 소식을 열정적으로 흡입한다. 그가 내키지 않아하면 마린이 달려든다. 증발해버릴지 모를 영광을 행여 놓칠세라. 마린은 그에게서 담배, 실크와 커피, 시나몬과 소금 매출에 관한 정보를 얻는다. 요하네스는 데지마에서 쇼군이 금과 은의 반출을 규제하기 시작했다는 이야기를 한다. 장기적으로 타격을 받겠지만 동인도회사는 자존심보다 이윤을 우선시하는 방침을 고수한다는 이야기도.

이 모든 새 정보에 넬라는 술에 취한 듯한 기분이 들지만 마린은 꼿꼿하게 고개를 든다. 반탐의 술탄과 맺은 후추 협정은 어떻게 됐어? 그게 동인도회사에는 어떤 영향을 미칠까? 요하네스는 마린에게 동인도회사의 요청으로 나무가 포화 상태가 되는 바람에 암본에서 정향 재배자들이 반란을 일으켰다는 이야기를 들려준다. 마린이 폭동의 정확한 원인을 묻자 요하네스가 얼굴을 찌푸린다. "지금쯤 상황이 바뀌었을 수도 있어. 하지만 그걸 알 수가 있어야지."

"바로 그게 문제야." 마린이, 그가 롬바르디아의 어느 재단사에게 보낼 실크에 대해 묻는다. "수입권을 누가 가져갔어?"

"기억이 안 나." 그가 말한다.

"누구였어, 오빠? 누구였냐고?"

"헨리 필드. 영국 동인도회사 상인." 그가 대답한다.

마린이 주먹으로 테이블을 내려치며 말한다. **"영국 놈들."** 요하네스는 그녀를 바라볼 뿐 아무 말도 하지 않는다. "이게 어떤 의미인지 생각해봐, 오빠. **생각** 좀 해보라고. 자그마치 이 년이야. 결국 다른 사람 주머니에 들어가게 만들다니. 그동안 우린……."

"하지만 영국인들이 우리 하를럼* 리넨을 샀잖아."

"헐값에 샀지."

"그 사람들도 우릴 두고 그렇게 말해."

금괴에서 술탄, 영국인에 이르기까지, 마린의 어휘는 놀랍다. 요하네스는 분명 넘어선 안 될 선을 넘고 있다. 동인도회사의 시시콜콜한 사건들을 이렇게 다 꿰고 있는 여자가 마린 말고 또 있을까?

넬라는 자신이 투명인간처럼 느껴지고 무시당하는 것 같은 기분이 든다. 이곳에 온 첫날인데도, 두 사람 모두 그녀에게 단 한 마디 묻는 법이 없다. 그러나 돈벌이에 관한 논쟁 덕분에 넬라에게 남편의 처진 눈꺼풀을 관찰할 기회가 주어진다. 그의 피부는 햇볕에 그을렸다. 그에 비하면 그녀와 마린은 유령에 가깝다. 넬라는 해적 모자를 쓴 그의 모습과 먼 바다의 검푸른 파도를 헤치며 나아가는 그의 배를 상상해본다.

거기서 한 술 더 떠 요하네스의 나체를 그려보면서 식탁 아래에서 그녀를 기다리고 있을 그것을 상상해본다. 그녀의 엄마는 넬라에게 아내가 남편에게서 기대할 수 있는 것에 대해 이야기해주었다. 불끈 솟아오른 고통의 막대, 아마도 그리 오래가지는 않을 고통, 다리 사이로 물을 흘릴 촉촉한 조개. 정확히 어떤 일이 벌어지는지 알 수 있을 정도로 아센델프트에는 암양과 숫양이 많았다. "전 그런 아내가 되고 싶진 않아요." 그녀가 엄마에게 말했다. "다

• 네덜란드 서부의 도시.

른 종류의 아내란 없어." 되돌아온 답변이었다. 딸의 표정을 보고 오트만 부인은 태도를 조금 누그러뜨리며 넬라를 품에 안고 그녀의 배를 어루만져주었다. "네 몸이 열쇠란다, 아가. 네 몸이 바로 열쇠야." 넬라가 그 열쇠로 정확히 무얼, 어떻게 열어야 하냐고 물었을 때 그녀의 엄마는 얼버무렸다. "네가 살 집을 갖게 되는 거지. 다행이지 뭐냐."

두 사람이 자기 얼굴에 나타난 기억을 읽을지 모른다는 두려움에 넬라는 접시만 바라본다. "그 얘긴 이제 됐고." 마린이 말한다. 시누이에게 마음을 읽힌 것 같아 넬라는 깜짝 놀란다. 요하네스는 여전히 영국인 이야기를 하면서 잔 바닥에 남은 맥주를 비운다.

"프란스 미어만스한테 그 부인의 설탕 얘기는 했어?" 마린이 끼어든다. 요하네스의 침묵에 그녀의 얼굴이 굳어진다. "창고에서 그냥 **썩고** 있다고, 오빠. 수리남에서 일주일 전에 도착했는데 어쩔 건지 아직 얘기도 안 했다니. 그 사람들이 기다리고 있잖아."

요하네스가 유리잔을 내려놓는다. "네가 아그네스 미어만스의 돈벌이에 그렇게 관심이 많은 줄 몰랐다." 그가 말한다.

"아그네스가 얼마나 우릴 무너뜨리고 싶어하는지 알잖아."

"그거야 네 생각이지! 그 여잔 내가 최고라는 걸 알기 때문에 나한테 설탕 유통을 맡긴 거야."

"그럼 오빠 그걸 팔아주고 거래를 끝내면 되겠네. 그 설탕에 뭐가 걸려 있는지 잊지 마."

"내가 파는 물건 중에 넌 유독 설탕만 채근하잖아! **레케르헤이트*** 는 어떻고? 달콤한 음식에 대한 갈망은? 너의 그 목사가 뭐라고 할

• 맛있는 음식, 혹은 식탐.

까?" 요하네스가 자신의 아내를 돌아본다. "마린은 설탕이 영혼에 해롭다고 생각하거든요, 넬라. 그러면서도 내가 설탕을 팔아치우길 원하죠. 당신 생각은 어때요?"

넬라는 마지팬을 달라고 했다가 묵살당했던 일을 떠올린다. 그의 갑작스러운 관심이 고맙다. 영혼과 지갑. 넬라는 생각한다. 여기 두 사람은 영혼과 지갑에 집착하고 있다고.

"난 단지 홍수 속에서 살아남으려고 발버둥치는 것뿐이야." 마린이 말한다. 그녀의 목소리에 긴장이 감돈다. "난 신이 두려워. 오빠 안 그래?" 마린이 작은 삼지창처럼 자신의 포크를 움켜쥔다. "제발 설탕을 팔아. 설탕 판매상 길드가 없는 건 우리한테 오히려 이득이야. 우리가 원하는 가격으로, 원하는 사람한테 팔 수 있으니까. 빨리 팔아치워. 그게 최선이야."

요하네스가 여전히 식탁 한복판에 놓여 있는, 아무도 건드리지 않은 고깃덩어리를 바라본다. 넬라의 배에서 꼬르륵 소리가 난다. 손으로 조용히 시킬 수 있다는 듯 넬라는 본능적으로 배를 움켜쥔다. "오토는 우리의 새로운 자유무역에 동의하지 않을걸." 요하네스가 문 쪽을 흘금 쳐다보며 말한다.

마린은 자신의 삼지창으로 다마스크 테이블보를 찍는다. "오토는 네덜란드 사람이야. 실용주의자라고. 오토는 사탕수수 농장은 본 적도 없어."

"거의 볼 뻔했지."

"오토는 우리 **사업**을 우리만큼이나 잘 알아." 마린의 잿빛 눈동자가 요하네스를 꿰뚫을 듯 본다. "오빠도 그 점에 동의하잖아?"

"오토 생각을 대변하지 마." 요하네스가 말한다. "오토는 날 위해서 일해. 널 위해서가 아니라. 그리고 이 테이블보는 30길더▪야.

그러니까 더는 내 물건에 구멍을 내지 말아다오."

"부두에 갔었어." 마린이 내뱉는다. "행정관들이 어제 아침에 세 명을 익사시켰어. 한 명씩 차례로. 목에 맷돌을 달아서 자루에 넣어 바다에 던졌어."

복도 쪽 어딘가에서 접시 깨지는 소리가 들린다. "레제키, 이 녀석!" 코넬리아가 소리를 지르지만 넬라는 식당 한구석에 곤히 잠들어 있는 요하네스의 개 두 마리를 본다. 요하네스가 눈을 감고 있다. 넬라는 설탕, 오토의 견해, 그들을 무너뜨리려 애쓰는 아그네스 미어만스와 익사했다는 사람들이 무슨 관계가 있다는 건지 궁금하다.

"사람이 어떻게 물에 빠져 죽는지에 대해서라면 나도 알고 있어." 그가 중얼거린다. "넌 내가 인생을 대부분 바다에서 보냈다는 걸 잊은 것 같구나."

요하네스의 목소리에 경고가 담겨 있지만 마린은 멈추지 않는다. "부두를 청소하는 사람한테 왜 익사시켰냐고 물었어. 하느님을 섬길 돈이 없었대." 숨을 몰아쉬며 마린이 말을 멈춘다.

의자에 축 늘어진 요하네스는 비탄에 잠긴 표정이다. "난 하느님은 모든 걸 다 용서하는 줄 알았는데, 마린?" 그가 말한다. 대답을 원하는 질문 같지는 않다.

실내 공기는 후덥지근하고 분위기는 싸하다. 얼굴이 벌겋게 달아오른 코넬리아가 나타나 접시를 치우고 요하네스는 의자에서 일어선다. 세 여자가 기대에 찬 눈빛으로 바라보지만 그는 손을 내저으며 식당을 나선다. 마린과 코넬리아는 그게 어떤 의미인지 알고 있는 것 같다. 마린은 아침식사에 가져온 책을 집어 든다. 넬라가 제목을 확인한다. 호프트의 희곡,《진정한 바보》*.

"얼마나 자주 집을 비우죠?"넬라가 묻는다.

마린은 책을 내려놓다가 한 페이지가 식탁 위에서 구겨지자 혀를 끌끌 찬다. "오빤 떠났다가, 돌아왔다가, 다시 떠나." 그녀가 한숨을 쉰다. "너도 곧 알게 될 거야. 별로 어렵지 않으니까. 누구든 알게 돼 있어."

"그게 어려운 일인지 아닌지를 물은 게 아니에요. 그리고 프란스 미어만스는 누구죠?"

"코넬리아, 페트로넬라의 잉꼬는 오늘 어때?" 마린이 묻는다.

"괜찮아요, 마담." 코넬리아는 넬라의 시선을 피한다. 오늘은 키득거리지도 않고, 얄미운 말도 하지 않는다. 뭔가 걱정이 있는 듯 피로해 보인다.

"신선한 공기를 쐬어줘야 해요." 넬라가 말한다. "부엌은 불 때문에 연기가 자욱할 텐데. 제 방에서 날아다니게 해주고 싶어요."

"그랬다간 귀한 물건들을 쪼아댈걸." 마린이 말한다.

"그러지 않을 거예요."

"아니면 창문 밖으로 날아가버리거나."

"문을 닫아둘게요."

마린은 소리 내어 책을 덮고 밖으로 나간다. 하녀는 허리를 펴고, 자신의 안주인이 떠난 자리에 서서 파란 눈을 가늘게 뜬다. 그 상태로 잠시 머뭇거리다가 하녀도 밖으로 나간다. 넬라는 도로 의자에 털썩 앉아 요하네스의 지도를 멍하니 바라본다. 식당 문이 아직 열려 있어서 마린과 요하네스가 서재에서 속삭이는 소리가 들린다.

"이런 젠장, 마린, 너 이것 말고 다른 할 일은 없는 거냐?"

"오빠한텐 이제 아내가 있어. 또 어딜 가려고?"

"나한텐 사업도 있거든."

"일요일에 무슨 사업을 한다는 거야?"

"마린, 넌 이 집이 무슨 요술로 돌아가는 줄 알아? 가서 설탕 상태를 확인하려고."

"그 말 못 믿겠어." 마린이 쏘아붙인다. "용납 못 해." 넬라는 남매 사이에 고조되는 긴장을 느낀다. 짧은 시간 동안 침묵의 언어가 가장자리까지 차오른다.

"여동생이 이따위로 말하는 걸 용납할 오빠가 나 말고 또 있을까? 네 말이 곧 법은 아니야."

"어쩌면. 하지만 오빠가 생각하는 것보다는 법에 가까워."

요하네스가 문밖으로 나서고 넬라는 벨벳이 바람을 머금는 소리를 듣는다. 그리고 바깥세상이 다시 한 번 차단된다. 넬라는 문 쪽을 흘금 쳐다본다. 그녀의 시누이가 현관홀에 서 있다. 얼굴을 두 손에 파묻고 어깨를 축 늘어뜨린 마린은 비참해 보인다.

트롱프뢰유*

마린이 위층으로 올라간다. 그녀의 발소리가 멀어지자, 넬라는 주인을 찾아 울고 있는 피보를 보러 아래층으로 내려간다. 놀랍게도 피보의 새장은 전시용 부엌에 걸려 있다. 여기선 음식을 만들지 않는다. 요리는 복도 맞은편 부엌에서 한다. 전시용 부엌은 브란트가의 도자기 식기를 전시하는 장소로만 쓰인다. 지글거리는 팬이나 냄비도 없고, 벽에도 얼룩 하나 없다. 피보가 깨끗한 공기를 마신 지가 얼마나 되었는지 넬라는 궁금하다. 그리고 무엇보다 도대체 누가 이런 호의를 베풀었는지 궁금하다.

오토는 조그만 보조탁자 앞에 앉아 저녁때 사용할 은식기를 천천히 닦고 있다. 오토는 키가 크진 않지만 어깨가 넓다. 의자에 비해 체구가 너무 커 보인다. 문간에 서 있는 그녀를 보고 오토가 피보의 새장이 걸린 곳을 가리킨다. "아주 시끄러운 녀석이더라고요." 그가 말한다.

"미안. 내 방에 두려고 했는데……."

* 눈속임으로 착시를 일으키는 그림. '속임수 그림'이라 부르기도 한다.

"전 그 소리가 듣기 좋아요."

"아," 그녀가 말한다. "다행이네. 여기로 데려와줘서 고마워."

"제가 데려온 게 아니에요, 마담."

마담. 그가 하는 마담이라는 말이 왠지 정겹게 느껴진다. 그의 셔츠는 티 없이 깨끗하고, 반듯하게 다렸으며, 실밥도 얼룩도 없다. 옥양목 아래 움직이는 그의 팔에서 의식하지 않는 우아함이 배어난다. 몇 살이나 되었을까. 서른, 어쩌면 그보다는 조금 어릴지도. 부츠는 장군의 군화처럼 반짝인다. 그의 모든 것이 너무도 새롭고 너무도 낯설다. 자신의 집에서, 완벽하게 옷을 갖추어 입은 하인으로부터 마담이라고 불리는 것이 그녀의 존재감에 정점을 찍는다. 넬라의 마음은 고마움으로 벅차오르지만 오토는 알아차리지 못하는 것 같다.

넬라는 얼굴을 붉히며 새장으로 다가가 창살 틈으로 손을 넣어 잉꼬를 어루만진다. 피보가 나지막이 칵, 칵, 소리를 내며 마치 무언가를 찾는 듯 부리로 깃털을 훑는다.

"이 녀석 고향이 어디죠?" 오토가 묻는다.

"나도 몰라. 삼촌이 사오셨어."

"그럼 아센델프트의 알에서 깨어난 건 아니군요?"

넬라는 고개를 젓는다. 이렇게 화사하고 이국적인 생명체는 아센델프트에서 결코 태어날 수 없다. 넬라는 머쓱하면서도 한편으로는 현기증이 난다. 오토는 그녀의 고향 마을 이름을 알고 있다. 그녀의 엄마가, 그리고 시내 광장에 모여 있는 노인과 어린 학생들이 이 남자를 보면 무슨 생각을 할까?

오토가 포크 하나를 들어 보드라운 천으로 닦는다. 통에 든 것을 전부 다 꺼내 하나씩 닦는다. 넬라는 손가락 끝이 하얗게 변할 만큼 새장의 철창을 세게 움켜잡고는 목을 길게 빼면서 광을 낸 부엌 타일 벽을 따라 천장까지 올려다본다. 누군가 천장에 트롱프뢰유를 그려놓았다. 천장 회반죽 위에 가짜 하늘을 향해 솟아오른 둥근 유리 지붕이 그림으로 그려져 있다.

"시뇨르 브란트가 만드셨어요." 그녀의 시선을 따라가며 오토가 말한다.

"기발하네."

"속임수죠." 그가 대답한다. "습기 때문에 조만간 떨어져버릴 거예요."

"하지만 마린은 이 집이 건조하다고 하던데. 그리고 가문의 역사따위는 아무짝에도 쓸모없는 거라고 하던데."

오토가 미소를 짓는다. "그럼 마담 마린과 전 의견이 다르네요."

마린이 한 말 중에 어떤 것을 지칭하는 건지 넬라는 궁금하다. 넬라는 벽에 설치된 거대한 찬장을 훑어본다. 커다란 통유리 안쪽에 다양한 접시와 도자기 제품이 전시되어 있다. 이렇게 엄청난 수집품은 본 적이 없다. 고향 집에는 델프트 도기• 몇 개 말고는 거의 식기가 없었다. 대부분의 식기는 팔아야 했다.

"이 접시들 속에 시뇨르의 세계가 있지요." 오토가 말한다. 자부심, 혹은 부러움이 배어나는지 알아보려고 넬라는 그의 말에 귀 기울이지만 어느 쪽도 아니다. 오토의 말투는 세심하고 중립적이다. "델프트, 데지마, 중국," 그가 말을 잇는다. "도자기 속에 대양을 가로지르는 세계가 담겨 있어요."

"남편은 남이 대신 돌아다니게 해도 될 만큼 부자 아니야?"

• 네덜란드의 델프트에서 만들어진 연질軟質 도기.

오토는 자신이 닦는 나이프를 바라보며 얼굴을 찌푸린다. "부는 자신이 직접 일구어야만 합니다. 누구도 대신 해줄 수 없어요. 조심하지 않으면 손가락 사이로 빠져나가버리지요." 보드라운 헝겊을 사각형으로 반듯하게 접으며 그가 말을 맺는다.

"그래서 열심히 일하는 거야?"

오토는 넬라의 질문을 잠시 생각해보더니, 손가락을 빙글빙글 돌리며 위로 올려 그들의 머리 위로 솟은 가짜 유리 지붕을, 가짜 깊이를 가리킨다. "시뇨르의 주가는 계속 올라가고 있지요."

"그러다가 가장 높은 곳에 이르면 어떻게 되는 거지?"

"늘 일어나는 일이 일어나겠지요, 마담. 넘치기 시작할 거예요."

"그다음엔?"

"그다음엔," 그가 말한다. "가라앉거나 헤엄을 치거나 둘 중 하나죠." 오토가 커다란 수프 스푼을 집어 들고 볼록한 부분에 왜곡된 자신의 모습을 비춰본다.

"오토도 바다에 같이 나가?"

"아뇨."

"왜 안 가? 오토는 남편의 하인이잖아."

"저는 이제 항해는 하지 않습니다." 넬라는 인간이 만든 이 땅에서 그가 얼마나 오래 살았는지 궁금하다. 높은 제방과 인간의 투지로 버티고 있는 이 땅에. 마린은 오토가 네덜란드인이라고 했다. "시뇨르의 영혼은 바다에 있어요." 오토가 말한다. "전 그렇지 않고요, 마담."

넬라는 피보가 들어 있는 새장에서 손을 거두고는 벽난로 옆에 앉는다. "남편의 영혼에 대해 어떻게 그렇게 잘 알아?"

"저도 눈과 귀가 있지 않습니까?"

넬라는 깜짝 놀란다. 그렇게 당돌한 답변은 기대하지 않았다. 하지만 그러고 보니, 코넬리아도 자유롭게 자신의 생각을 표현했다. "그야 그렇지. 난……."

"바다는 육지와 전혀 다르답니다, 마담." 오토가 말한다. "바다는 어느 한 곳도 그 자리에 그대로 머물지 않아요."

"**오토는.**"

마린이 문간에 서 있다. 오토가 일어선다. 닦은 식기가 반짝이는 무기처럼 그의 앞에 가지런히 놓여 있다. "오토는 일하는 중이야." 마린이 넬라에게 말한다. "할 일이 많아."

"전 오토한테 시뇨르에 대해……."

"식기는 그 정도면 됐어, 오토." 마린이 말한다. "편지를 보내야 하잖아."

마린이 돌아서서 사라진다. "마담." 사라지는 발소리를 들으며 오토가 속삭인다. "벌집을 쑤시고 싶으세요? 그래봐야 벌에 쏘일 뿐이에요."

그 말이 충고인지 명령인지, 넬라는 갈피를 잡을 수 없다. "새장 문은 닫아두겠습니다." 피보 쪽으로 고갯짓을 하며 그가 덧붙인다. 넬라는 부엌 계단을 올라가는 그의 발소리를 듣는다. 절도 있으면서도 부드러운 그 소리를.

선물

이틀 뒤 밤, 넬라는 요하네스의 손길이 그녀에게 닿아 새로운 삶을 시작하게 되기를 기다린다. 침실 문을 열어놓고 자물쇠를 참나무패널 벽에 걸어놓지만 아침에 눈을 떠보면, 그녀도 자물쇠도 건드리지 않은 상태 그대로다. 그는 밤늦도록 일하는 것 같다. 한밤중에 현관문이 삐걱거리며 열리는 소리가 들리고, 해가 하늘을 낮게 가르는 이른 새벽에도 종종 그 소리가 들린다. 일어나 앉으면 흐릿한 햇살이 그녀의 눈에 스며들고, 곧이어 자신이 여전히 혼자라는 깨달음이 밀려온다.

옷을 갖춰 입고 나면, 넬라는 1층과 2층 방들을 서성거리며 돌아다닌다. 혹 손님이 찾아와도 눈에 띄지 않을 저택 안쪽 방들은 한결 수수하다. 웅장한 실내장식은 모두 거리 쪽으로 창문이 난 방에만 있다. 저택 앞쪽 방들은 아무도 없을 때, 아무도 가구를 닦게 하지 않거나 반들거리는 바닥에 진흙 발자국을 내지 않을 때, 가장 아름답다.

그녀는 대리석 기둥과 빈 벽난로를 이리저리 살펴보고, 볼 줄도 모르는 그림을 본다. 그림이 참 많기도 하다! 십자가 같은 돛대가 하늘을 찌를 듯 솟아 있는 배, 더워 보이는 풍경, 죽어가는 꽃, 변색된 뿌리채소처럼 뒤집힌 해골, 줄이 끊어진 비올•, 제멋대로 들어선 술집과 무희, 황금접시, 에나멜을 입힌 조개껍데기 컵. 그림을 쓱 훑어보는 것만으로도 속이 울렁거린다. 가죽에 금박을 입힌 벽지에서는 여전히 돼지가죽 냄새가 희미하게 배어나 아센델프트 농장의 기억을 떠올리게 된다. 그토록 떠나고 싶어했던 동네의 기억을 떠올리는 게 내키지 않아 고개를 돌리면 거대한 성화들이 벽에 걸려 있다. 예수와 함께 있는 마리아와 마르다, 가나의 혼인잔치, 지혜로운 노아와 거대한 방주 그림이다.

넬라는 코넬리아가 광을 내어 전시용 부엌 벽에 걸어둔 두 개의 류트를 바라본다. 그중 한 개를 고리에서 빼내려는 순간, 어깨에 제지하는 손길을 느끼며 넬라가 놀라서 펄쩍 뛴다.

"그건 연주용이 아니야." 마린이 쏘아붙인다. "네가 연주하는 순간 망가질 예술작품이야."

"절 미행하셨어요?" 넬라가 묻는다. 마린이 대답하지 않자 넬라가 류트를 톡톡 쳐본다. "손질을 하지 않아서 줄이 늘어졌어요."

마린은 돌아서서 계단을 올라간다. 2층 복도 끝 마린의 방은 아직 가보지 못했다. 넬라는 멀리서 열쇠 구멍을 바라보면서, 도대체 저 안에 어떤 황량한 감옥이 펼쳐져 있을지 생각해본다. 화가 난 넬라는 하마터면 그 방으로 쳐들어갈 뻔한다. 도대체 자기가 뭔데 이래라저래라 해? 이 집 안주인은 결국 나인데.

그러나 넬라는 일단 방으로 돌아가 혼란에 휩싸인 채 그림 속 새들의 피 묻은 깃털, 파충류 같은 부리와 구부러진 콧구멍을 본다.

• 16-18세기에 유럽에서 널리 쓰인 현악기. '감바'라고도 부른다.

세상에, 마린은 음악도 싫어하잖아! 류트가 벽에 걸어두라고 만든 물건이 아니란 것도 모르나?

　지시사항을 전달할 때나 윽박지르는 용도로 엄선된 성경구절을 읽어줄 때를 제외하면 마린은 넬라와 섞이지 않는다. 성경 한 구절을 함께 읽기 위해 가족을 홀에 불러모을 때, 넬라는 그것이 바로 마린의 임무임을 깨닫고 놀란다.

　고향 집에서는 아버지가 정신이 맑을 때 그 일을 했고, 지금은 열세 살이 되어 충분히 숙련된 카렐이 동생들과 엄마에게 성경을 읽어준다.

　때로 마린은 거실의 초록색 벨벳 의자에 앉아 가계부를 정리한다. 넬라의 시누이는 집안의 회계 업무를 처리하느라 바빠 보인다. 숫자의 기둥이 그녀에게는 익숙한 악보인가 보다. 마린에게는 숫자가 돈을 고요한 멜로디로 바꾸는 음표인가 보다. 넬라는 남편의 사업에 대해, 프란스와 아그네스 미어만스의 설탕에 대해 묻고 싶지만 마린과의 대화는 도무지 쉽지 않다.

　셋째 날, 넬라는 마린이 기도하듯 고개를 숙이고 앉아 있는 응접실로 살며시 들어간다. 언제나처럼 회계장부가 무릎 위에 펼쳐져 있다.

　"마린?"

　마린의 얼굴에 대고 직접 이름을 부르기는 처음이다. 넬라는 자신의 말에 담긴 당돌함을 느낀다. 친근함을 끌어내보려는 그녀의 시도는 무위로 끝나버린다.

　마린이 고개를 획 든다. 그녀는 보란 듯이 펼쳐진 장부 위에 펜을 내려둔 다음, 의자의 섬세한 나뭇잎 세공에 손을 올린다. 마린의 차가운 잿빛 눈동자를 바라보면서 넬라는 지난번 류트를 두고 나눈 대화의 앙금이 아직 남아 있음을 느낀다. 넬라의 표정을 살피는 시누이의 시선에 두려움이 밀려든다. 마린의 펜촉에서 잉크 한 방울이 번져나온다.

"늘 이런 식인가요?" 넬라가 불쑥 내뱉는다.

대범한 질문에 두 사람 사이의 분위기가 살벌해진다. 거의 알아차릴 수 없을 정도로 마린의 등이 꼿꼿해진다. "**이런 식**이라니?"

"통 얼굴을 못 봐서요."

"오빠 얘기를 하는 거라면, 내가 분명히 말하는데, 살아 있어."

"어디서 일을 하죠?" 절박한 넬라는 좀 더 구체적인 답변을 들을 수 있는 질문으로 바꾸어 묻는다. 그 질문은 첫 번째 질문보다 더 이상한 효과를 일으킨다. 마린의 얼굴이 가면으로 변한다.

"여기저기." 절제되고 긴장된 목소리로 마린이 대답한다. "거래소, 부둣가, 구舊 호흐스트라트의 동인도회사 사무실."

"그럼…… 그런 데서 정확히 무슨 일을 하죠?"

"나도 알았으면 좋겠다, 페트로넬라……."

"알고 계시잖아요. 다 알고 계신 거 알아요."

"진흙을 황금으로 바꾸지. 물을 돈으로 바꾸고." 마린이 쏘아붙인다. "다른 사람의 물건을 좋은 값에 팔아. 배에 물건을 싣고 바다에 나가고. 내가 보기에는 다들 오빠를 좋아하는 것 같아. 그게 내가 아는 것 전부야. 거기 있는 그 화로 좀 가져다줄래? 발이 얼음장 같아."

넬라는 그게 마린이 자신에게 말한 가장 긴 문장이라고 생각한다. "불을 지피면 되잖아요." 조그만 화로 하나를 마린에게 가져다주며 그녀가 대답한다. 마린은 한 발로 밀어서 화로의 위치를 잡는다. "어디서 일하는지 보고 싶어요. 조만간 가서 만나볼래요."

마린이 펜을 안에 끼워둔 채 장부를 덮고 낡은 가죽 커버를 바라본다. "나라면 그러지 않겠어."

넬라는 그 이상 질문을 하지 말아야 한다는 걸 알고 있다. 왜냐하면 보나마나 안 된다는 말만 들을 테니까. 그러나 도저히 참을 수 없다. "왜요?"

"오빠 바쁘니까."

"마린……."

"네 어머니한테서 이런 생활을 하게 될 거라는 얘기를 들었을 거 아냐!" 마린이 소리를 지른다. "시골 공증인하고 결혼한 게 아니잖아."

"하지만 요하네스는……."

"페트로넬라! 오빠는 일을 해야 해. 너는 누군가와 결혼을 해야 했고."

"하지만 마린은 안 했잖아요. 아무하고도 결혼하지 않았잖아요."

마린의 턱이 굳어지고 넬라는 승리감을 느낀다.

"안 했지." 마린이 대답한다. "하지만 내가 원하는 건 항상 다 가졌어."

　　　　　　　　🜨

다음 날 아침, 마린은 〈잠언〉 한 구절과 〈욥기〉의 유황 이야기를 읽은 다음, 〈누가복음〉의 깨끗한 물 이야기로 끝을 맺는다.

"그러나 부요한 사람들아, 너희는 불행하다. 너희는 이미 받을 위로를 다 받았다. 지금 배불리 먹고 지내는 사람들아, 너희는 불행하다. 너희가 굶주릴 날이 올 것이다. 지금 웃고 지내는 사람들아, 너희는 불행하다. 너희가 슬퍼하며 울 날이 올 것이다."

마린은 빠르게, 리듬도 없이 읽어내려간다. 지루하게 반복되는 흑백 타일 위로 울려퍼지는 자신의 목소리가 창피하다는 듯이. 그녀는 마치 구명보트처럼 독서대를 붙잡고 있다. 시누이가 성경을 읽을 때 넬라는 고개를 들고 그녀를 바라본다. 왜 마린은 결혼도 하지 않고, 손가락에 금반지도 끼지 않고, 아직 이 집에 살고 있을까. 그녀의 바가지를 감당할 만한 남자가 없는 건가. 넬라는 심술궂은 생각이 주는 쾌감을 음미한다.

이 사람들이 바로 나의 새 가족인가? 넬라가 스스로에게 묻는다. 숨어서 키득거리는 것 외엔 웃을 일이 없는 사람들 같다. 코넬리아가 해야 할 일은 끝이 없다. 아래층에서 철갑상어를 끓이고 있지 않으면 참나무나 장미목 가구에 광을 내거나, 끝도 없는 위층 마룻바닥을 닦거나, 시트 먼지를 털거나, 유리창을 닦고, 닦고, 또 닦는다. 노동이 신성하다는 것은 누구나 다 알고 있다. 그것이 바로 네덜란드 사람들이 더럽고 위험한 쾌락에 빠지지 않는 이유다. 그러나 코넬리아는 어딘가 순수하지 않아 보인다.

오토는 성경 강독에 귀를 기울이며 의미심장한 표정을 짓고 있다. 넬라와 눈이 마주치자 서둘러 시선을 피한다. 성스러운 명상 시간에 그런 인간적 교감을 하는 것은 거의 죄악인 것 같다. 요하네스는 기도하는 자세로 양손을 모아 쥐고는 시선을 문에 고정하고 있다.

넬라는 자신이 처한 상황에 대해 어머니에게 편지를 써보려고 방으로 돌아온다. 그러나 선택한 단어들은 도무지 그녀의 마음을 담지 못하고 지금 느끼는 감정에도 부합되지 않는다. 넬라는 자신이 느끼는 당혹감을, 마린과의 대화를, 다양한 나라의 언어를 구사하지만 사랑을 말하지 않는 남편을, 자신들만의 세계를 숨긴 채 웃음조차 또 하나의 언어로 쓰는 하인들을 설명할 수 없다. 대신 넬라는 그들의 이름을 끼적여본다. **요하네스, 오토, 투트.** 머리가 거대한 마린을 그린 다음 종이를 구겨 벽난로 불에 조금 못 미치게 던진다.

한 시간 뒤, 남자들의 목소리와 개 짖는 소리, 요하네스의 웃음소리가 계단에 울려퍼진다. 넬라는 창밖으로 운하 길을 내다본다. 어깨에 밧줄을 맨 인부 세 명이 보인다. 소매를 걷어붙인 그들이 막 이 집을 나서는 참이다.

방에서 나와 보니 마린은 이미 홀에 내려가 있다. "오빠!" 그녀가 성난 목소리로 낮게 외친다. "도대체 **뭐 하는 짓이야?**"

넬라는 난간을 따라 조용히 움직인다. 세 남자가 홀에 놓고 간 물건을 보는 순간 넬라는 숨을 헉 들이켠다.

거실의 타일 바닥 한복판에 캐비닛이 하나 놓여 있다. 크고 웅장한 그 물건은 요하네스의 키 절반 정도 높이다. 짧막하게 구부러진 여덟 개의 다리가 받치고 있고 한 벌의 겨자색 벨벳 커튼이 앞쪽에 드리워져 있다. 요하네스는 공간을 확보하기 위해 성경 독서대를 옆으로 치워놓고 캐비닛 옆에 서 있다. 그는 한 손을 캐비닛 위에 올려놓고 반짝이는 목재를 찬찬히 살펴본다. 미소가 잦아들 줄 모른다. 그는 싱그러워 보이고 그 어느 때보다 미남으로 보인다.

마린은 조심스럽게 캐비닛으로 다가간다. 캐비닛이 그녀 쪽으로 쓰러지거나 제멋대로 움직일 수도 있다는 듯이. 레제키가 낮게 으르렁거리며 뒤로 물러선다. "지금 장난하는 거야?" 마린이 묻는다. "얼마나 들었어?"

"마린, 제발 한 번이라도 돈 얘기 좀 안 할 수 없니." 요하네스가 말한다. "소일거리를 찾아보라고 네가 그랬잖아."

"난 이런 흉물스러운 물건 사오라고 한 적 없어. 저 커튼 **사프란**˚으로 물들인 거야?"

"소일거리?" 넬라가 계단에 서서 그의 말을 되풀이한다. 마린이 홱 돌아서며 그녀를 바라본다. 겁에 질린 표정이다.

"이거 당신 거예요!" 요하네스가 소리치고는 잠시 멈추었다가 말을 잇는다. "결혼 선물." 그가 캐비닛 옆면을 두드린다. 커튼이 움찔하는 것처럼 보인다.

"그게 뭔데요?"

"참나무와 느릅나무로 만들었다는군요. 느릅나무가 견고하죠." 요하네스가 말한다. 그걸로 새로 맞은 아내가 기다리는 설명이 다 된다는 듯이. 그가 마린을 바라본다. "관을 짤 때도 그걸 쓰잖아."

마린의 입이 가느다란 줄을 그린다. "어디서 샀어?"

요하네스가 어깨를 으쓱한다. "부두에서 만난 남자가 죽은 목수의 목공소에서 캐비닛을 몇 개 가져왔다고 하더라고. 내가 거북 등딱지하고 백랍을 대서 보수를 좀 했어."

"이런 걸 왜 샀어?" 마린이 묻는다. "페트로넬라에겐 그런 물건이 필요하지 않아."

"교육을 위해서." 요하네스가 대답한다.

˚ 크로커스 꽃으로 만드는 샛노란 가루로, 주로 음식에 색을 낼 때 사용한다.

"뭘 위해서요?"

요하네스가 레제키를 향해 손을 뻗지만 개가 뒷걸음친다. "이리 와, 아가. 이리 온."

"싫은가 봐요." 넬라를 따라 계단을 내려온 코넬리아가 말한다. 넬라는 코넬리아가 자기를 두고 말하는 건지 개를 두고 말하는 건지 궁금하다. 그녀의 표정으로 보아, 그리고 레제키의 뒷목 털이 곤두서는 것으로 보아, 둘 다인 모양이라고 넬라는 생각한다. 코넬리아는 공격 태세를 취하듯, 마치 군인처럼 빗자루를 앞세우고 서 있다.

"교육?" 경멸에 가득 찬 목소리로 코웃음 치며 마린이 묻는다. "페트로넬라한테 무슨 교육이 필요해?"

"많은 교육이 필요하지." 요하네스가 말한다.

교육은 필요 없다고, 넬라는 생각한다. 난 열여덟 살이에요. **여덟** 살이 아니고. "이게 뭐죠, 시뇨르?" 자신의 혼란을 감추려 애쓰며 넬라가 묻는다.

마침내 요하네스가 커튼에 손을 뻗어 과장된 몸짓으로 커튼을 젖힌다. 여자들이 모두 숨을 헉 들이켠다. 캐비닛 내부가 드러난다. 아홉 칸으로 나뉘어 있다. 어떤 칸은 올록볼록한 황금색 벽지로 마감했고 어떤 칸은 나무패널로 마감했다.

"이건…… 집이네요." 넬라가 말한다.

"당신 집이죠." 흐뭇한 표정을 지으며 요하네스가 그녀의 말을 바로잡는다.

"이 집은 관리하기가 한결 수월하겠네." 위층 방들을 보려고 목을 길게 빼며 코넬리아가 말한다.

캐비닛 집의 정교함이 놀랍다. 마치 실제 집이 줄어든 것 같다.

실제 집을 반으로 잘라 내부를 드러낸 것 같다. 아홉 칸의 방, 작업용 부엌, 응접실, 습기를 피해 석탄과 장작을 보관하는 고미 다락방까지. 완벽한 복제품이다. "비밀 창고도 있어요." 작업용 부엌과 전시용 부엌 사이의 마룻바닥을 들어 빈 공간을 드러내 보이며 요하네스가 말한다. 전시용 부엌의 천장에도 똑같은 눈속임 페인트를 칠했다. 넬라는 오토와 나눈 대화를 떠올린다. **넘치기 시작할 거예요.** 가짜 유리 지붕을 가리키며 오토가 말했지.

레제키가 으르렁거리며 캐비닛 주위를 맴돈다. "얼마 주고 샀어, 오빠?" 마린이 묻는다.

"골조는 2천," 요하네스가 침착하게 말한다. "커튼 때문에 3천이 됐지."

"3천? 3천 길더? 제대로만 쓰면 한 가족이 몇 년은 살 수 있는 돈이야."

"마린, 저녁식사로 청어만 먹는데도 **넌** 일 년에 2천 길더 이하로 살아본 적이 없어. 미어만스 건도 있는데 뭐가 걱정이냐?"

"오빠가 그 일을 제대로 하고 있으면 걱정 안 하지."

"단 한 번이라도 좀 **조용히 해.**"

마린은 마지못해 목조 공예품에서 물러선다. 오토가 부엌에서 나와 새로 도착한 물건을 유심히 살펴본다. 오토의 행동이 역효과를 일으키기 시작한 것을 감지한 요하네스는 조금 맥이 빠진다.

거북 등딱지로 만든 외관을 보니 주황색과 갈색으로 물들던 아센델프트의 가을이, 카렐과 양손을 잡고 정원수 밑에서 빙글빙글 돌던 기억이 떠오른다.

백랍이 마치 금속 혈관처럼 목재에 퍼져 있다. 캐비닛의 표면 전체에, 심지어 다리까지 섬세하게 물 흐르듯 박혀 있다. 나무와 등딱지 속에 묘한 전율이 있다. 심지어 벨벳 커튼의 감촉에서도 이상한 힘이 느껴진다.

아센딜프트에서도 장난감 집을 선물받은 부잣집 아이들이 있었지만 이 집처럼 웅장하진 않았다. 아버지가 술로 가산을 탕진하지 않았다면 그녀도 이런 집을 가질 기회가 있었을지 모른다. 그래봐야 식품 저장실이나 리넨 용품, 하녀, 가구 관리법을 배우기 위한 자그마한 교육용 집이었을 것이다. 넬라는 결혼을 했으니 이런 집은 필요 없다고 믿고 싶다.

넬라는 자신을 바라보며 미소 짓는 요하네스를 본다. "복도 바닥도 똑같네요." 발밑의 흑백 타일을 가리키며 그녀가 말한다. 그녀는 조심스럽게 미니어처 네모들에 손가락을 대어본다.

"이태리 대리석이죠." 요하네스가 말한다.

"난 마음에 안 들어." 마린이 말한다. "레제키도 싫어하잖아."

요하네스가 쏘아붙인다. "못된 암컷들의 취향이로구나."

마린의 얼굴이 벌겋게 달아오른다. 마린은 현관 밖으로 나가서 문을 쾅 닫는다.

"어딜 가시는 걸까요?" 겁에 질린 표정으로 코넬리아가 묻는다. 그녀와 오토는 창밖으로 마린이 어디로 가는지 지켜본다.

"멋진 깜짝 선물이 될 거라고 생각했어요." 요하네스가 말한다.

"하지만 시뇨르," 넬라가 말한다. "이걸로 제가 뭘 해야 하죠?"

요하네스가 약간 멍한 표정으로 그녀를 쳐다본다. 그는 엄지와 검지로 벨벳을 문지르다가 다시 커튼을 닫는다. "그건 당신이 생각해봐요."

요하네스는 서재로 들어가 딸깍 소리를 내며 문을 잠근다. 오토와 코넬리아는 부엌으로 서둘러 내려간다. 홀의 벽을 맴돌며 낑낑거리는 레제키와 단둘이 남겨진 넬라는 자신이 받은 선물에 대해 생각한다. 맥이 빠진다. 이런 걸 갖기엔 너무 나이가 많다고, 그녀는 생각한다. 이 작품을 누가 볼 것이며, 저 의자에 누가 앉을 것이며, 왁스 음식을 누가 먹을 것인가? 이 도시에는 그녀를 찾아와 이 물건을 보고 감탄해줄 친구도, 가족도 없다. 이 캐비닛은 그녀의 무력감, 억류된 여성성을 상기시켜주는 물건일 뿐이다. **당신 집이에요**, 라고 그녀의 남편은 말했다. 그러나 이 조그만 방에, 아홉 칸의 막다른 골목에 누가 살 수 있단 말인가? 아무리 외관이 웅장하다 해도, 아무리 아름답게 만들어졌다 해도 도대체 어떤 남자가 이런 선물을 산단 말인가?

"난 이런 교육 필요 없어." 그녀가 소리 내어 말한다. 레제키가 낑낑거린다. "무서워하지 마." 넬라가 레제키에게 말한다. "장난감일 뿐이야." 이걸 잘라서 모자나 만들어볼까. 커튼을 젖히며 넬라가 생각한다.

안을 드러낸 집을 바라보고 있자니 왠지 불안해진다. 느릅나무와 거북 등딱지로 만든 캐비닛 속 움푹한 공간이 그녀를 처다보는 것만 같다. 마치 방이 눈동자인 것처럼. 부엌에서 격앙된 목소리가 들려온다. 주로 코넬리아의 목소리이고, 그보다 낮은 목소리로 오토가 대답한다. 넬라는 다시 한 번 조심스럽게 캐비닛에 손을 얹어본다. 벨벳과는 달리, 광을 낸 돌처럼 단단한 재질이 서늘하다.

마린은 밖으로 나갔고 두 사람은 부엌에 있으니, 피보를 데려다가 날게 해주어야겠다는 생각이 든다. 요하네스는 알아차리지 못할 거고, 피보가 날아다니는 모습을 보면 기분이 좋아질 것 같다. 그러나 캐비닛에서 돌아서서 계단으로 향하는 순간, 그녀의 마음은 2층 맨 끝 방, 마린의 방 열쇠 구멍으로 향한다. 인형의 집이 준 모욕 따윈 잊어버리자고 스스로를 달래며 넬라는 겨자색 커튼을 닫는다. 가고 싶은 곳은 어디든 갈 수 있어.

요하네스의 선물을 타일 바닥에 덩그러니 남겨두고 넬라는 위층 마린의 방으로 향한다. 갑자기 혈관 속의 피가 걷잡을 수 없이 빠르게 돌기 시작한다. 피보는 어느새 잊었다. 그러나 홀에서 느꼈던 대범함은 금세 잦아든다. 들키면 어쩌지? 스커트 자락이 허용하는 범위 내에서 최대한 빨리 복도를 가로지르는 동안 상상력이 나래를 펼친다. 들키면 난 어떻게 될까?

넬라는 무거운 문을 열어젖힌다. 마린의 은신처 앞에 서는 순간, 눈앞에 펼쳐진 놀라운 광경에 모든 경계심이 사라져버린다. 너무도 당혹스럽다.

침입

　문간에 선 넬라는 자신의 눈을 의심한다. 수녀의 방처럼 조그만 공간에 수도원 전체를 채우고도 남을 만큼 물건이 많다. 마린이 왜 널찍한 방을 기꺼이 포기하고 넘치도록 꽉 찬 이 환상의 감방으로 옮겨온 것인지 의문이 든다.

　거대한 뱀의 허물이 깃발처럼 천장에 매달려 있다. 만져보니 종잇장처럼 얇다. 한때는 이국적인 새의 몸에 붙어 있었을 온갖 무늬와 형태의 깃털들이, 그녀가 뻗는 손끝에 닿는다. 넬라는 본능적으로 초록색 깃털을 찾는다. 피보의 것과 비슷한 깃털이 보이지 않아 안도한다. 손바닥보다 더 큰 나비 한 마리가 벽에 박혀 있다. 나비의 하늘색 날개에는 검은색 소용돌이가 포개져 있다. 방 안에서 온갖 냄새가 진동한다. 가장 진한 향은 육두구향이지만 백단유•의 싸한 향기도 있고, 정향과 후추향도 벽에 배어 있다. 열대기후와 경고의 향기들이다.

　넬라는 조금 더 안으로 들어가본다. 소박한 나무진열장에는 그

• 백단향의 나뭇조각을 증류하여 얻는 황색 기름으로, 끈끈하고 진하며 휘발성이 있다.

녀로서는 감히 짐작조차 할 수 없는 온갖 짐승의 노랗게 변색된 해골들이 진열되어 있다. 기다란 턱, 납작한 두개골, 억세고 날카로운 이빨. 커피콩처럼 반짝거리는 딱정벌레 등껍질들이 햇살에 무지갯빛을 머금고 붉은 기운을 띤 검은색으로 반짝인다. 뒤집힌 거북 등딱지가 그녀의 손길에 가볍게 흔들린다. 말린 식물과 열매, 꼬투리, 씨앗, 사람을 몽롱하게 하는 향기의 근원이 사방에 널려 있다. 무엇이든 손에 넣고 싶어하는 암스테르담 사람들의 열망을 담고 있긴 해도, 이 방은 암스테르담의 방이 아니다. 이것은 네 벽 안에 담아놓은 공화국의 영토다.

아프리카 대륙의 지도가 있다. 상당 부분이 미지의 영역인 거대한 지도다. 서부 해안 중앙에 동그라미 쳐진 곳은 포르토노보라는 곳이다. 그 위에 마린의 단정한 필체로 써놓은 질문이 있다. **날씨? 음식? 하느님?** 인도 지도도 있다. 거기에는 수많은 동그라미와 화살표로 방 안에 있는 동식물의 출처를 표시했다. 말루쿠 1676, 바타비아 1679, 자바 1682. 마린은 결코 가본 적이 없을 곳들이다.

창가에 놓인 테이블 위에 노트가 펼쳐져 있다. 이 모든 것의 상세한 분류가 적혀 있는 것 같다. 마린의 글은 말보다 매끄럽다. 올해 초 그녀의 엄마가 받은 편지를 통해 넬라는 이미 그 사실을 알고 있다. 다시 한 번 침입자의 긴장이 밀려든다. 좀 더 머물면서 보고 싶은 마음이 간절한 만큼 그녀 스스로 걸려든 이 덫이 두렵다. 나는 이 집의 안주인이 아니라고, 아센델프트의 어린 아라벨라와 다를 게 없다고, 넬라는 생각한다. 저 안쪽 선반에 이상하게 생긴 램프가 하나 있다. 새의 날개에 여자의 머리와 가슴이 달려 있다. 넬라는 손을 뻗어 차갑고 두꺼운 금속을 만져본다. 램프 옆에는 책이 한 무더기 쌓여 있다. 책장에서 습기를 머금은 돼지가죽 냄새가 진하게 풍긴다. 넬라는 맨 위에 있는 책을 한 권 꺼내 든다. 위층으로 사람이 올라오진 않을까 걱정하기엔 마린의 독서 취향이 너무도 궁금하다.

첫 번째 책은 《바타비아 호의 불운한 항해》다. 네덜란드 주 연합에 사는 사람이라면 대부분 코르넬리즈의 선상 반란 사건, 선상 노예와 생존자의 살해에 가담했던 악명 높은 여성 루크레티아 얀스의 이야기를 잘 알고 있다. 넬라와 마찬가지로 넬라의 엄마는 그 이야기의 외설성을 혐오했다. "얀스라는 여자 때문에 여자들이 예전처럼 항해를 할 수 없게 된 거란다. 차라리 잘된 일이지." 넬라의 아버지는 생전에 말하곤 했다. "여자가 배에 타면 재수가 없어."

"여자들이야 남자한테 받은 운을 되돌려주는 것뿐이지요." 그럴 때면 오트만 부인이 쏘아붙였다.

넬라는 책을 덮어 제자리에 돌려놓고는 들쭉날쭉한 책등을 손끝으로 조심스럽게 쓸어내린다. 책이 상당히 많다. 제목을 전부 다 읽어보고 싶지만 꾸물거릴 틈이 없다는 것도 알고 있다. 고급스러운 종이를 문질러보면서 이런 취미 생활을 유지하는 데 마린이 적지 않은 돈을 썼겠다고, 넬라는 생각한다.

《바타비아 호의 불운한 항해》 밑에는 하인시위스•의 책이 있다. 그가 살인죄로 이 나라에서 추방되었다는 사실은 모두 알고 있다. 소지만으로도 범죄나 다름없는 이 책을 마린이 갖고 있다니 놀랍다. 새그만의 《연감》, 스테파누스 블랑카르트••의 《어린이 질병》, 본 테코의 《니우 호른 여행기》도 있다. 넬라는 책들을 뒤적여본다. 본

• 네덜란드의 물리학자이자 작가. 헤이그에서 술 취한 친구들과 함께 살인에 가담한 혐의로 1677년 네덜란드에서 추방됨.
•• 17세기 네덜란드의 물리학자이자 의학자, 곤충학자.

테코의 책에는 여행 이야기와 온갖 시련, 근사한 목판화, 거센 파도와 난파선, 멋진 일출과 배를 집어삼키는 바다 이야기가 있다. 해안선을 새긴 목판화도 있는데, 거대한 파도가 커다란 증기선을 떠받치는 배경을 뒤로하고 두 남자가 서로 마주 보고 있다. 첫 번째 남자는 팔다리를 검은 고리로 빈틈없이 꿰어놓고, 코에는 코걸이를 한 채 손에는 창을 들고 있다. 또 다른 사람은 옛 네덜란드인의 옷차림을 하고 있다. 표정은 똑같지만 각자 경험의 폭에 갇혀 무표정하게 서 있는 두 사람 사이의 거리는 뒤에 펼쳐진 바다보다도 넓다.

책등이 부드러운 것을 보니 자주 읽은 것 같다. 책을 도로 올려놓으려는데 글씨가 빼곡하게 적힌 종이 한 장이 책갈피에서 떨어진다. 떨어진 종이를 집어 드는 순간, 종이에 적힌 내용이 그녀의 몸에 전율을 일으킨다.

사랑해요. 사랑해요. 머리끝부터 발끝까지, 당신을 사랑해요.

넬라는 입천장이 간지럽다. 멍한 상태로 책을 제자리에 돌려놓지만 그 특별한 편지는 손에서 놓을 수가 없다. 편지에는 글이 더 남아 있다. 다급하게 써내려간 듯 춤추는 글씨는 마린의 필체가 아니다.

당신은 창문으로 스며드는 햇살,
그 햇살 속에서 나는 따스해집니다.
천 시간이 흘러도 생생할 한 번의 손길. 나의 사랑……

고통이 넬라의 팔을 관통한다. 누군가 그녀의 팔을 세게 움켜쥐고 놓아주지 않는다. 마린이 하얗게 질린 얼굴로, 마치 헝겊인형처럼 넬라를 돌려세운다. 편지가 바닥에 떨어진다. 발로 편지를 감추려는 순간, 마린이 그녀를 밀친다. "내 책 봤어?" 마린이 소리를 지른다. "봤냐고!"

"아뇨, 전……."

"봤구나. 책 펼쳐봤어?"

"펼쳐보진 않았어요……."

마린이 넬라를 잡은 손의 위치를 옮긴다. 그녀의 손아귀가 부르르 떨린다. "마린." 넬라가 헐떡거리며 말한다. "아파요. 너무 아파요." 마린은 그 뒤로도 몇 초간 더 붙잡고 있다. 넬라는 팔을 비틀어 손길에서 벗어난다. "남편한테 말할 거예요. 당신이 무슨 짓을 했는지 보여줄 거예요." 넬라가 소리친다.

"우린 배신자를 좋아하지 않아." 마린이 씩씩거리며 말한다. "나가. **지금 당장.**"

넬라는 비틀거리며 물러섰다, 서둘러 달아나려다가 뱀 껍질과 부딪힌다. "이건 네 물건이 아니야!" 마린이 넬라의 등에 대고 소리친다. 그녀가 방문을 세게 닫자 향신료 냄새가 잦아든다.

외딴섬 같은 자신의 침대로 무사히 돌아온 넬라는 베개에 대고 중얼거린다. 입안이 바짝 마르고 정신은 혼미하다. **천 시간이 흘러도 생생할 한 번의 손길.** 그 글을 쓴 잉크는 비밀의 묘약이다. 마린은 결혼을 하지 않았으니까.

휘갈겨 썼지만, 마린의 글씨가 아니라는 것을 넬라는 안다. 그 방에 들어가지 말아야 했는데. 어쩌면 마린은 어둠 속에서, 날 붙잡으려고 기다리고 있었던 걸까? 넬라는 천장 대들보 위에 매달려,

깃털들 틈에서 발을 흔들어 파턴을 떨어뜨리고, 창문으로 스며드는 시적인 햇살에 몸을 녹이는 시누이의 모습을 상상해본다.

넬라의 상상 속에서 마린이 움직이기 시작한다. 칙칙한 검은 드레스에서 육두구 향기를 풍기며 마치 불사조처럼 마린이 솟아오른다. 백합향도 아니고, 그 어떤 꽃향기도 아니다. 이 도시의 온갖 상징에 휩싸인 마린은 그 상징이 지닌 권력의 딸이다. 그녀는 남몰래 지도를 분석하고 표본에 주석을 단다. 그 외 다른 것에도 주석을 달고 있지만 딱히 무엇인지 말하기가 어렵다. 넬라는 마린의 피부에서 배어나는 향료 냄새를 상상하고, 다마스크 식탁보 위에 울려 퍼지던, 오빠에게 사업을 어떻게 해야 하는지 일러주던 그녀의 목소리를 듣는다. 도대체 이 여잔 누구인가? **머리끝부터 발끝까지, 당신을 사랑해요.**

다음 날 동이 트기 직전, 넬라는 전시용 부엌으로 살금살금 내려간다. 집 안은 온통 정적에 휩싸여 있다. 오토와 코넬리아마저 깊이 잠들어 있다. 한 치도 주저하지 않고 단호하게, 넬라는 피보의 새장을 내린다. 그러고는 피보를 자신의 방으로 데려간다. 마린의 방에 매달려 있는 깃털을 생각하니 잉꼬를 가까이 두어야겠다는 생각이 든다.

스미트 명부

피보가 넬라의 머리 위로 기쁨에 겨워 퍼덕거리고 짹짹거리며 날아다닌다. 검은 눈이 반짝인다. "마린이 네 목을 벨지도 몰라." 차가운 아침 바람에 숄을 단단히 여미면서 넬라가 작은 새에게 말한다. 그리고 그런 일이 일어날 확률을 가늠해본다. 훤한 대낮에 생각해보니 조금 우습게 느껴지지만 이 집안의 규율은 도무지 종잡을 수 없다. 가라앉거나 헤엄치거나 둘 중 하나라고, 넬라는 생각한다. 하루가 지났는데도 멍 자국이 와인 한 방울처럼 남아 있다. 마린이 팔을 움켜쥘 땐 정말 아팠다. 아찔할 정도였다, 정말로. 요하네스는 자기 여동생이 하는 짓을 모르는 걸까? 마린이 자기 아내를 노골적으로 증오하는데도 요하네스는 여동생의 버르장머리를 고쳐놓을 생각을 하지 않는다.

날카로운 노크 소리에 넬라의 가슴이 철렁 내려앉는다. "들어오세요." 넬라가 말한다. 자신의 불안한 목소리에 화가 난다.

방문 앞에 창백한 얼굴의 마린이 서 있다. 넬라는 검은빛으로 변해가는 멍 자국을 드러내 보이려고 일어서며 숄을 내린다. 뻣뻣하게 군은 자세로, 마린은 넬라 대신 침대 발치에 앉아 있는 잉꼬를 바라본다. 마린은 가슴에 책을 한 권 들고 있다. 가냘픈 손가락이 책을 꼭 움켜쥔다.

"이 방에 둘 거예요." 넬라가 말한다.

"이거." 마린이 갈라진 목소리로 말하며 책을 내민다.

"뭐죠?"

"《스미트 명부》. 이 도시에 사는 모든 장인과 사업가의 명부야."

"《스미트 명부》가 나한테 왜 필요하죠?" 마린이 알아차리지 못하게 책을 흘금거리며 넬라가 묻는다.

"집을 꾸며야지."

"어떤 집을요?"

"저 캐비닛을 비워두면, 넌 오빠의 선물을 낭비하는 죄를 저지르는 거야. 그걸로 뭐든 해야지."

"전 딱히 뭘 하고 싶지가······."

마린이 서둘러 말을 잇는다. "이건 오빠가 도장을 찍고 서명한 약속어음이야." 마린이 명부에서 어음 다발을 꺼내 다급하게 펼쳐 보인다. "어음을 받은 상인은 스탓하위스*에서 그걸 현금으로 교환할 수 있어. 넌 액수를 쓰고 서명만 하면 돼." 마린이 마치 악마를 멀리하려는 듯 어음책을 넬라에게 내민다. "한 번에 1천 길더 이상은 안 돼."

"저한테 왜 이걸 주시는 거죠, 마린? 성경 말씀에 부를 과시하는 건 옳지 않다고 했는데요." 넬라가 말한다. 그러나 그렇게 말하면서도 막상 돈을 보니 흥분이 된다. 넬라는 아버지가 돌아가신 끔찍했던 그날로부터, 아라벨라가 동전통에서 단추 하나와 뒤집힌 거미 한 마리 외에 아무것도 발견하지 못했던 그날로부터, 아직 원하는 만큼 멀리 와 있지 않다. 넬라의 안도감을 마린은 결코 이해할 수 없을 것이다.

"일단 받아, 페트로넬라."

두 사람 사이에 익숙해진 얼룩처럼 공격성이 번져간다. 천천히 어음책을 받아들면서, 넬라는 자신의 시누이가 얼마나 비참해 보이는지 알아차린다. 만약 이게 게임이라면 우리 둘 다 진 거라고, 넬라는 생각한다. 그러나 손끝으로 어음책을 쓸어내리는 순간, 넬라는 보이지 않는 힘을 느낀다.

"남편이 이 일에 대해 뭐라고 할까요?"

마린의 얼굴에 피로감이 스친다. "걱정 마." 문을 닫기 전에 그녀가 말한다. "네 남편은 아무 할 일이 없는 게 얼마나 위험한지 누구보다 잘 알고 있으니까."

마린이 나간 뒤 넬라는 시누이와 연애편지 생각을 접으려 애쓴다. 그녀는 《스미트 명부》를 책상으로 가져가 펼쳐본다. 업종별, 알파벳순으로 깔끔하게 정리되어 있다. 약제상, 천문학자, 잡화상, 초콜릿 만드는 사람, 오페라 대본작가, 자물쇠 장수 등등 이 책에 실어달라고 마커스 스미트에게 돈을 지불한 온갖 상인의 이름이 적혀 있다. 광고는 그들이 직접 손글씨로 썼고 딱히 규격은 없다.

창밖으로 보이는 운하는 활기가 넘친다. 뱃사람들이 바람에 밴 겨울의 추위에 대해 떠들고, 저쪽에서는 빵을 파는 사람이 빵 값을 외치고, 어린아이 둘이 후프와 막대를 들고 소리를 지른다. 그러나 집 안은 너무도 고요하고 적막하다. 그녀의 방에서 들리는 건 황금 시계추가 가볍게 흔들리는 소리뿐이다. 책장을 넘기던 중, M 아래 항목이 넬라의 눈길을 끈다.

미니어처리스트MINIATURIST

칼베르스트라트 태양 간판.

베르겐 출신.

브뤼허스의 위대한 시계 제조공 루카스 윈델브레크를 사사.

모든 것, 그러나 아무것도 아닌 것.

미니어처리스트라는 항목 밑에는 한 명만 등록되어 있다. 넬라는 광고의 간결함, 묘한 울림이 마음에 든다. 베르겐이 어디 있는지, 미니어처리스트가 무슨 일을 하는지, 그 시계 제조공이 실제로 대단한 사람인지는 알 수 없다. 미니어처리스트는 암스테르담 출신이 아니다. 그것만은 분명하다. 그렇다면 이 도시 길드의 조합원도 아닐 것이다. 길드 조합원이 돈을 벌 수 있는 영역에서 비조합원이 일하는 것은 불법이다. 아버지가 가르쳐준 사실이다. 레이던 출신인 아버지는 자신의 몰락이 맥주 탓이라기보다는 가혹한 길드의 규율 탓이라고 말했다. 미니어처리스트의 길드는 있을 리가 없는데. 이런 광고가 《스미트 명부》에 올라 있는 것 자체가 놀랍다.

마린이 나가고 한결 홀가분해진 넬라는 자신의 반항심이 견고해졌음을 느낀다. 버릇없는 아이 다루듯 그녀를 몰아세워놓고 마린은 사과조차 하지 않았다. 지도를 숨겨놓고 유세하는 마린, 항상 닫혀 있는 요하네스의 문. 자기들만의 은신처에 숨어 있는 코넬리아와 오토, 그리고 자르고 광을 내고 닦아내고 칼을 휘두르는 그 두 사람만의 조용한 언어.

넬라는 잡념을 떨쳐버리려 벌떡 일어선다. 아무 할 일이 없는 것은 위험하다고 마린이 말했다. 넬라는 캐비닛을 좋아할 수 없다. 그것은 여성성에 대한 모욕이다. 넬라는 어음책을 훑어본다. 평생 이렇게 많은 잠재적 현금을 가져보기는 처음이다.

피보가 요하네스의 값비싼 그림들 주위를 맴돈다. 넬라는 펜을 들고 자신의 분노를 휘갈겨 써내려간다.

안녕하세요, 선생님.

《스미트 명부》에서 광고를 보고 도움을 청하고자 합니다.

저는 방 아홉 칸짜리 미니어처 집을 하나 가지고 있는데, 캐비닛 안에 설계되어 있습니다. 세 가지 부탁을 드리고 답신을 기다리겠습니다. 확실히 단정할 수는 없지만 작은 물건을 만드는 기술을 사사하셨다고 알고 있습니다. 제가 부탁드리는 물건을 만드는 것은 분명 무척 수고스러운 일일 테니, 대가는 충분히 지불하겠습니다.

첫째, 줄이 달린 류트 한 개

둘째, 색종이가 가득 담긴 약혼 기념 컵 한 개

셋째, 마지팬 한 상자

헤렝라흐트 가 돌고래 간판 집, 페트로넬라 브란트 올림.

그녀의 새 성은 그녀가 십팔 년 동안 써왔던 성에 비해 너무 짤막하고 퉁명스럽게 느껴진다. 마치 몸에 맞지 않는 옷을 입는 것처럼 불편하다. 그녀는 이름을 지우고 대신 **감사합니다, 넬라 오트만**이라고 쓴다. 그가 알아차릴 거라고, 넬라는 생각한다. 어쩌면 웃을지도 모른다. 그녀는 300길더와 편지를 주머니에 넣고, 코넬리아의 어지러운 조리대에서 늦은 아침식사를 얻어먹을 수 있을지 보려고 부엌으로 내려간다. 빵 한 조각, 혹은 고기 한 점이라도. 청어만 아니면 다 괜찮다.

코넬리아는 거위에게 당근을 먹이고 있다. 당근을 쑤셔넣는 행위의 잔인함에 코넬리아는 조금도 위축되지 않는다. 코넬리아 뒤쪽에서는 오토가 핀을 뾰족하게 갈아서 호두에 구멍을 뚫는다. 그가 무얼 하는 건지 궁금하지만 묻지 않는다. 물어봐야 언제나처럼 대충 얼버무릴 게 빤하다. 불 위에 소스가 지글거리고 있다. 코넬리아와 오토는 누가 보아도 오두막에서 자신들의 식사를 준비하는 부부 같다. 스스럼없이 가깝게 지내는 두 사람을 보면서 넬라는 비참해진다. 그녀는 주머니 속 편지를 움켜쥐고 이 집에 새로 들어온 그녀를 길들이려는 요하네스와 마린에 대한 반격을 감행할 힘을 끌어모으려 애쓴다. 우리 집을 꾸며보려고요, 마린. 당신이 싫어하는 것들로.

"거기 아프세요, 마담?" 코넬리아가 묻는다. 흙 묻은 당근 껍질이 오렌지색 띠처럼 그녀의 손에 늘어져 있다.

넬라는 숄을 여민다. "무슨 소리야?"

"팔이요."

"엿보고 있었어?"

오토가 코넬리아를 흘금 쳐다본다. 그러나 하녀는 웃는다. "마담 마린은 꼭 할퀴려고 껍질 밖으로 나오는 게와도 같지요! 우린 그러려니 하니까 마담도 그렇게 하세요." 코넬리아가 껍질을 내려놓는다. "새를 위층으로 가져가셨던데요." 그녀가 감동받은 듯한 표정으로 말한다. "제가 한 가지 귀뜸해드릴게요. 마담 마린은 검은색 옷만 입으시거든요. 그런데 그 속은 전혀 사정이 달라요."

"그게 무슨 소리야?"

"코넬리아." 경고하는 듯한 목소리로 오토가 말한다.

"안감 말이에요." 기어이 얘기를 하고 말겠다는 듯 코넬리아가 말을 잇는다. "모든 드레스의 안감이 흑담비 모피와 벨벳이에요. 우리한테는 **세력 있는 자들의 교만을 꺾고** 하고 〈에스겔서〉를 인용하시면서, 정작 본인은 남몰래 모피를 입고 돌아다니신다니까요."

"정말?" 넬라가 웃는다. 코넬리아의 말이 너무도 놀랍다. 용기를 얻은 넬라는 숄을 내려 그녀에게 상처를 보여준다.

코넬리아가 휘파람을 분다. "그거 꽤 가겠는데요." 그녀가 말하고는 오토를 흘금 쳐다본다. "하지만 결국 없어질 거예요. 모든 게 다 그렇듯이."

푸근한 반응을 기대했던 넬라는 갑자기 바보가 된 기분이 든다. "어제 밤늦도록 안 잤어?" 멍을 감추며 넬라가 묻는다.

"왜요, 마담?" 코넬리아는 당근 껍질을 불길 속에 던져놓고 대걸레를 집어 든다. 넬라가 이 질문을 던질 때마다 친근함이 빠져나가는 것 같다.

"목소리를 들은 것 같아서."

코넬리아는 구정물이 담긴 양동이를 바라본다. "저흰 너무 피곤해서 아무 소리도 못 들었는데요." 오토가 말한다.

다나가 어둠 속에서 걸어나와 넬라의 손에 코를 대고 킁킁거린다. 바닥에 등을 대고 배를 드러낸다. 배에 작고 검은 점이 있다. 코넬리아는 이것을 애정의 표현이라고 생각한다. "요즘엔 그런 짓 잘

안 하는데." 코넬리아가 말한다. 목소리에 부러움이 배어 있다. 넬라는 돌아서서 위층으로 올라간다. "여기요, 마담." 코넬리아가 그녀를 부른다. 손바닥을 내밀고 있다. 버터를 바른 뜨거운 빵. 넬라가 빵을 받아든다. 이 집에서 화해의 선물은 조금 이상한 방식으로 다가온다.

"어디 가세요, 마담?" 오토가 묻는다.

"밖에. 그건 **허락**하겠지? 칼베르스트라트에 갈 거야."

그 말에 코넬리아가 대걸레를 물동이에 넣는다. 물이 가장자리에 출렁거린다. 수면이 깨어진 거울 같다.

"거기가 어딘지는 아세요, 마담?" 오토가 다정하게 묻는다.

버터가 넬라의 손목으로 흘러내린다. "찾아봐야지." 넬라가 말한다. "길은 잘 찾는 편이야."

오토와 코넬리아가 다시 한 번, 길게 눈빛을 주고받는다. 알아차리기 힘들 정도로 희미하게 고개를 젓는 오토의 모습을 넬라는 놓치지 않는다.

"제가 따라갈게요, 마담." 코넬리아가 말한다. "바람도 쐴 겸."

"하지만……."

"코트를 입으셔야 할 텐데요." 오토가 말한다. "바깥 날씨가 무척 추워요."

그러나 코넬리아는 숄만 집어 들고 넬라를 밖으로 떠민다.

칼베르스트라트에서

"이런 젠장!" 코넬리아가 중얼거린다. "오토 말이 맞네. 올겨울은 무지 춥겠어요. 근데 칼베르스트라트에는 왜 가시려고요?"

"어떤 사람한테 편지를 전하려고." 넬라가 대답한다. 스스럼없이 캐묻는 코넬리아의 태도가 언짢다.

"누구한테요?"

"특별한 사람은 아니고. 어느 기능공."

"그렇군요." 코넬리아가 몸을 떤다. "고기가 빨리 들어와야 할 텐데. 그래야 3월까지 버틸 수 있을 텐데. 웬일로 아직 고기 한 점을 안 보내시는지 모르겠네. 이상도 하지."

"누가 고기를 안 보내?"

"별거 아니에요." 코넬리아가 운하 쪽을 바라보며 말하고는 넬라에게 팔짱을 낀다. "그런 사람이 있어요." 젊은 여자 둘이 서로 꼭 붙어 빠른 걸음으로 헤렝라흐트 가를 걸어 시내 중심가로 향한다. 아직 견디기 힘들 정도는 아니지만 서서히 추위가 다가오고 있음을 넬라는 느낀다. 자신의 팔에 닿는 코넬리아의 팔을 느끼며, 넬라는 서로 몸이 맞닿는 낯선 기분에 대해 생각해본다. 아센딜프트에서는 하녀나 하인과 이렇게 허물없이 지낸 적이 없다. 대부분 이런 행동을 내켜하지 않는다.

"오토는 왜 안 오는 거지?" 넬라가 묻는다. 코넬리아가 아무 말도 하지 않자 그녀가 다시 묻는다. "오토가 거절하는 걸 봤어."

"오토는 항상 가장 마음 편한 곳에 머물러요." 코넬리아가 대답한다.

"**가장 마음 편한 곳?**" 넬라가 웃는다.

하녀가 얼굴을 찌푸린다. 넬라는 이번에도 **별거 아니에요** 하는 대답을 듣지 않기를 바란다. 그런데 정말 그런 대답이 아니다. 오토에 관해서라면 코넬리아는 할 말이 많다.

"투트는 자기 운명이 양날의 검이라고 생각해요." 하녀가 말한다. "여기 있지만 어떻게 보면 여기 있지 않지요."

"무슨 소린지 모르겠어."

"오토는 포르투갈 노예선에 끌려간 적이 있거든요, 마담. 다호메이*의 포르토노보에서 수리남으로 가는 배였어요. 부모님은 돌아가셨고요. 그때 시뇨르는 서인도회사에 방문한 길이었지요. 거기서 사탕수수 정제 시설에 사용할 구리를 팔고 계셨거든요."

"그래서 어떻게 됐어?"

"시뇨르가 투트의 처지를 보고는 이곳으로 데려오셨어요."

"요하네스가 데려왔구나."

코넬리아가 입술을 깨문다. "때로는 돈이 기도보다 빠르죠."

"마린 앞에선 그런 말 하지 마."

코넬리아는 그녀의 말을 무시한다. 마린의 집게발에 대한 험담

• 아프리카 서부에 있는 베냉공화국의 옛 이름.

을 향해 열려 있던 창이 어느새 닫혀버린 모양이다. "여기 처음 왔을 때 오토는 열여섯 살이었어요." 코넬리아가 말한다. "전 열두 살이었고요. 오토처럼 저도 이 집이 처음이었어요."

넬라는 지금의 자신처럼 이 집에 처음 왔을 때 두 사람의 모습을 상상해본다. 그때도 마린이 복도의 어둠 속에 숨어 있었을까? 오토가 등지고 온 세상은 어떤 세상일까? 물어보고 싶은 마음은 굴뚝같지만 그가 얘기하고 싶을지 의문이다. 야자수 이야기라면 들어본 적이 있지만 포르토노보의 더위와 수리남이라는 나라는 상상조차 할 수 없다. 오토는 그 모든 것을 벽돌 건물과 운하, 그리고 그가 알지 못하는 언어와 맞바꾸었다.

"오토는 진정한 네덜란드 신사예요." 코넬리아가 말한다. "그런데 사람들은 다르게 생각하죠." 넬라는 코넬리아의 목소리에서 날카로움을 감지한다. "처음 여기 왔을 땐 한 달 동안 말을 하지 않았어요. 듣기만 했죠. 항상 듣기만 했어요. 그 커피콩 같은 피부색, **마담도** 쳐다보시던데요." 조금 멋쩍어하며 그녀가 덧붙인다.

"난 쳐다보지 않았어." 넬라가 항의한다.

"다들 쳐다봐요. 여기 사람들 대부분이 그런 사람을 본 적이 없으니까요. 예전에 사람들이 집으로 찾아오던 시절에는 여자들이 자기 새를 그 사람 머리 위에, 마치 머리카락이 둥지인 양 올려놓기도 했어요." 코넬리아가 잠시 말을 멈춘다. "그러니 마담 마린이 잉꼬를 싫어하는 게 당연하죠."

두 사람은 계속 걷는다. 운하 길들은 이상하게 숨죽이고 있고, 그 얇게 사이를 흐르는 느린 갈색 물길 가장자리에는 살얼음이 끼어 있다. 넬라는 젊은 흑인 남자의 모습을, 그의 머리카락 속에서 새들이 지저귀고, 여자들이 그의 머리카락을 잡아당기는 모습을 상상한다. 자신이 그에 대해 일종의 환상을 품고 있음이 분명해지자 넬라는 부끄럽다는 생각이 든다. 요하네스는 그를 다른 사람들과 다를바 없이 대한다. 오토는 분명 똑같은 사람이다. 그러나 그의 목소리와 그의 얼굴은…… 아센델프트에 있는 사람이라면 아무도 믿지 않을 것이다. "그런데 왜 여자들이 더는 찾아오지 않는 거야?" 넬라가 묻는다.

그러나 대답은 듣지 못한다. 코넬리아가 두 개의 설탕 원뿔• 그림과 '아노드 마크브레드'라는 이름이 적힌 간판의 제과점 앞에 멈추어 선다. "마담." 코넬리아가 재촉하며 말한다. "우리 여기 잠깐 들러요." 넬라는 단 한 번이라도 권위를 내세워보고 싶지만 빵 굽는 냄새를 맡는 순간 도저히 유혹을 떨쳐버릴 수 없다.

가게 안은 달콤한 열기로 가득하다. 가게 안쪽 아치문 뒤편으로 스토브 열기에 얼굴이 벌겋게 달아올라 땀을 흘리는 뚱뚱한 중년 남자가 보인다. 그들을 본 남자의 눈이 휘둥그레진다. "한나! 친구 왔어!" 그가 허공에 대고 소리친다.

여자가 모습을 드러낸다. 코넬리아보다 약간 나이가 들어 보이고, 단정하게 모자를 썼지만 옷에는 밀가루와 설탕이 묻어 있다. 그녀의 얼굴이 환해진다. "콘플라워!" 그녀가 소리친다.

"콘플라워?" 넬라가 의아해한다.

코넬리아가 얼굴을 붉힌다. "안녕, 한나."

"그동안 어떻게 지냈어?" 한나가 두 사람에게 가게에서 가장 시원한 구석자리에 앉으라고 손짓한다. 한나가 '폐점' 간판을 세워놓는다. 그녀가 지나간 자리에 시나몬 향이 풍긴다.

• 15세기 무렵부터 유럽에서는 정제된 설탕을 판매, 유통하기 위해 원뿔 형태의 덩어리로 만들었다.

"이 여편네가 지금 뭐하는 거야!" 남자가 소리친다.

"제발, 아노드. 오 분만." 한나가 말한다. 부부는 서로 노려보더니 잠시 후 남자가 스토브 쪽으로 돌아서서 성난 리듬으로 쟁반을 쾅쾅거린다. "아침엔 벌집에서 꿀을 따고," 한나가 중얼거린다. "오후엔 마지팬을 만들어야 해. 저 사람 건드리지 않는 게 좋아."

"하지만 지금 피하면 나중에 더 많이 봐야 하잖아." 근심 어린 얼굴로 코넬리아가 말한다.

한나가 코넬리아를 흘겨본다. "하지만 네가 왔으니까 지금은 널 봐야지."

넬라는 반짝이는 마룻바닥, 솔질한 카운터, 거부할 수 없는 선물처럼 가게 창가에 높이 쌓인 빵을 바라본다. 코넬리아가 칼베르스트라트가 아닌 이곳으로 자신을 데리고 온 이유가 궁금하지만 달콤한 케이크 냄새가 기막힌다. 도대체 콘플라워는 누굴까? 제과점 주인의 아내를 본 순간 한결 순해지고 다정해진 이 사람은. 코넬리아의 성품마저 바꾸어놓는 이 말의 세례는 너무도 갑작스럽고 이상하다. 그녀는 코넬리아가 첫날 아침 오토를 투트라고 부른다면서 했던 말을 떠올린다. **오토는 별명을 짓는 게 한심하다고 생각하지만 전 별명 부르는 게 좋거든요.**

케이크를 포장하는 종이는 고급스러워 보이고 진홍색, 파란색, 초록색, 구름 빛깔 흰색까지 다양하다. 코넬리아가 의미심장한 눈빛으로 한나를 보며 턱 끝을 움직이자 여자는 그 의미를 이해하는 것 같다. "마담," 한나가 넬라에게 말한다. "한번 둘러보세요."

넬라는 고분고분하게 가게 안을 거닌다. 와플도 보고, 향료를 섞은 비스킷도 보고, 시나몬과 초콜릿 시럽, 오렌지와 레몬케이크, 과일을 넣은 롤도 구경한다. 아치문 안쪽에서, 식어서 좀처럼 떨어지지 않는 벌집 쟁반을 내리치는 아노드를 바라보며, 넬라는 소곤거리는 한나와 코넬리아의 대화를 엿들으려 애쓴다.

"프란스와 아그네스 미어만스는 오직 우리 시뇨르가 유통해주길 원했어." 코넬리아가 말한다. "그 사람들은 시뇨르가 사업을 해외로 확장하고 있다는 걸 알거든. 마담 마린도 옆에서 부추기셨어. 마담 마린은 설탕을 싫어하실뿐더러, 설탕은 전부 **그 사람들 것인데**도 말이야."

"그 사람들, 큰돈 벌겠네."

코넬리아가 코웃음을 친다. "그럴 수도 있겠지. 그런데 내가 보기엔 다른 이유가 있는 것 같아."

한나는 코넬리아의 말을 무시한다. 한나는 사업 쪽에 더 관심이 있다.

"하지만 왜 여기선 안 팔아? 지금 이 불량배들을 통제할 길드도 없어서 이 도시의 설탕 상당 부분이 밀가루에, 백악에, 그것 말고도 별의별 걸 다 집어넣는 허접한 정제소에서 나오고 있잖아. 네스가나 번스 가에는 더 훌륭한 빵을 만들 수 있는 요리사나 제빵사가 많은데."

아노드가 마침내 벌집을 쟁반에서 떼어놓고 큰 소리로 욕을 내뱉는다.

"뭣 좀 드세요." 한나가 넬라에게 밝은 목소리로 말을 건넨다. 그녀가 카운터로 가더니 조그만 꾸러미를 들고 온다. 여자의 눈에 담긴 연민에 혼란스러워진 넬라가 꾸러미를 풀어보니 동그랗게 튀긴 빵이 들어 있다. 설탕과 시나몬 가루를 뿌린 빵이다.

"고마워요." 오븐에 불을 붙이는 아노드를 바라보며 넬라가 말한다. 오직 뚱뚱한 제과점 주인에게만 관심이 있는 척하면서.

"한나, 아무래도 또 시작인 것 같아." 코넬리아가 속삭인다.

"처음엔 확실하지 않다더니."

"맞아. 하지만⋯⋯."

"네가 할 수 있는 일은 없어, 콘플라워. 고개를 숙여. 그렇게 배웠잖아."

"한나, 난⋯⋯."

"쉿. 이것 받아. 이게 거의 마지막이야."

넬라는 둘이 주고받는 보따리를 본다. 순식간에 한나의 손에서 빠져나와 코넬리아의 치맛자락 속으로 들어간다.

"그만 가봐야 해." 코넬리아가 일어서며 말한다. "칼베르스트라트에 가봐야 하거든." 코넬리아가 힘주어 그 말을 하는 동안 얼굴에 그늘이 스친다.

한나는 코넬리아의 손을 잡는다. "나 대신 문 한 번 걷어차줘." 그녀가 말한다. "오 분 휴식시간 끝났고, 이제 가서 아노드를 도와야 해. 누가 들으면 빵틀을 내리치는 게 아니라 갑옷에 망치질하는 줄 알겠다."

밖으로 나가자 코넬리아가 서둘러 따라붙는다. "한나는 누구야?" 넬라가 묻는다. "왜 널 콘플라워라고 불러? 그리고 왜 문을 걷어차달라고 해?"

그러나 코넬리아는 뚱한 표정을 지을 뿐 말이 없다. 한나와의 대화가 뜻밖에도 우울한 분위기를 드리운다.

칼베르스트라트는 운하에서 떨어진 길고 번화한 거리로, 수많은 상인이 부지런히 장사 준비를 하고 있다. 이곳 상인들은 이제 송아지나 젖소를 팔지 않지만, 인쇄소와 염색 가게, 바느질 도구 판매

상과 약제상 한복판에서 풍겨오는 진하고 역한 말똥 냄새가 코를 찌른다.

"코넬리아, 뭐가 잘못됐어?"

"아니에요, 마담." 마지못해 나온 퉁명스러운 대답이다. 넬라는 어느새 태양 간판을 찾았다. 벽돌담에 걸린 간판에 실제로 조그만 석조 태양이 새겨져 있다. 찬란한 금빛으로 칠한, 지상으로 내려온 천상의 몸체, 환한 돌의 섬광이 구체 주위에서 빛을 발산한다. 간판이 너무 높은 곳에 있어서 넬라가 만질 수 없다. 태양 아래, 글귀가 새겨져 있다. **인간은 눈에 보이는 모든 것을 장난감으로 여긴다.**

"**그러니까 남자는 평생 어린애지.** 요샌 통 들을 일이 없는 속담이네." 코넬리아가 아련한 표정으로 말한다. 코넬리아는 무언가를 찾는 듯 거리를 위아래로 훑어본다. 넬라가 작고 허름한 문을 두드린다. 거리의 소음과 어수선함 속에서 거의 들릴락 말락 한 소리다. 넬라는 미니어처리스트가 모습을 드러내기를 기다린다.

대답이 없다. 코넬리아는 추워서 발을 구른다. "마담, 안에 아무도 없나 봐요."

"기다려봐." 넬라가 말하고 다시 문을 두드린다. 거리 쪽으로 창이 네 개 나 있고, 그중 하나에서 인기척이 보인 것도 같은데 확신할 수는 없다. "계세요?" 그녀가 소리치지만 대답은 들리지 않는다. 달리 도리가 없다. 그녀는 편지와 함께 어음을 최대한 문 안쪽으로 깊이 밀어넣는다.

넬라는 그제야 코넬리아가 곁에 없음을 깨닫는다. "코넬리아?" 그녀가 칼베르스트라트를 두리번거리며 소리친다.

하녀의 이름이 넬라의 목 안에서 잦아든다. 미니어처리스트의 집에서 몇 미터 떨어진 곳에서, 웬 여자가 그녀를 쳐다보고 있다.

아니, 그냥 쳐다보는 게 아니다. 뚫어져라 본다. 거리를 오가는 사람들 틈에 서서 그녀는 넬라의 얼굴에 시선을 고정하고 있다. 넬라는 태어나서 처음으로 옴짝달싹 못 하도록 꿰뚫리는 것 같은 기분을 느낀다. 찬찬히 살피는 여자의 눈빛이 마치 차가운 광선처럼 자신을 해부하는 것 같다. 자신의 몸에 대한 의식이 그녀를 채운다. 여자는 웃지도 않고 넬라를 들이마신다. 그녀의 갈색 눈동자는 엷은 오후 햇살 속에서 거의 오렌지 빛깔로 반짝이고, 아무것도 쓰지 않은 머리카락은 엷은 황금색 실 같다.

서늘하고 날카로운 선명함이 넬라의 뼛속으로 스며든다. 넬라는 숄을 단단히 여민다. 여자는 여전히 그녀를 뚫어지게 바라보고 있다. 세상의 모든 것이 더 환해지고, 더 선명해진 것 같다. 태양은 여전히 저 멀리, 구름 뒤에 있는데도. 넬라는 오래된 벽돌 때문에, 습기를 머금은 돌 때문에 갑자기 오한이 나는 거라고 생각한다. 그럴 수도 있다. 지금껏 그토록 침착하고, 사람을 얼어붙게 만드는 호기심 어린 눈빛으로 넬라를 쳐다본 사람은 없었다.

수레를 끌고 달려가던 소년이 넬라를 들이받을 뻔한다. "하마터면 발 부러질 뻔했잖아!" 넬라가 소년의 등에 대고 소리친다.

"그런 적 없는데요!" 수레를 밀던 소년이 되받아친다.

넬라가 돌아보니 여자는 사라지고 없다. "잠깐만요!" 넬라는 칼베르스트라트를 내달리며 빛나는 밀밭 빛깔 머리카락을 늘어뜨린 여자의 뒷모습을 찾는다. 구름 뒤에서 태양이 나와 넬라의 시야를 흐트러뜨린다. "원하는 게 뭐죠?" 좁은 골목길로 사라지는 여자의 모습을 보고 넬라는 사람들을 세게 밀치며 달린다. 좁은 골목길로 들어서는 순간 그녀의 모습이 보일 것 같아 가슴이 두근거리지만 정작 눈앞에 나타난 사람은 코넬리아다. 코넬리아는 얼굴이 벌겋게 달아오른 채 골목 끝 거대한 문 앞에서 혼자 떨고 있다.

"그 여자 어디 갔지? 넌 여기서 뭐하고 있는 거야? 금발 여자 못 봤어?"

코넬리아는 느닷없이 문을 힘껏 걷어찬다. "해마다 이렇게 해요." 그녀가 말한다. "제가 얼마나 행운아인지 기억하기 위해서."

"뭐?"

코넬리아가 눈을 감는다. "제가 예전에 살던 집이거든요."

칼베르스트라트 상인들의 소음은 이제 골목길의 촘촘한 벽돌담 속에 묻힌다. 넬라는 코넬리아가 발로 찼던 문에 손을 대고 중심을 잡는다. 문 위에 그림 간판이 박혀 있다. 이 도시의 상징색인 검은색과 빨간색 옷을 입은 아이들이 커다란 비둘기 주위에 모인 그림이다. 그 밑의 글귀는, 재치라고는 찾아볼 수 없는 운율로 썼다.

아이들이 불어나 이 건물이 신음합니다.
부디 도와주세요. 우리 선생님들이 신음합니다.

"코넬리아, 고아원에는 어쩐 일로?"

그러나 하녀는 이미 삶과 빛과 소음이 있는 대로를 향해 걷고 있다. 넬라는 그 뒤를 쫓아갈 수밖에 없다. 여전히 신비로운 눈빛을 지닌 여자의 시선에 멍해진 상태로.

☘

헤렝라흐트 가로 돌아온 넬라는 마린이 캐비닛을 그녀의 방으로 옮기라고 지시했음을 깨닫는다. 방문을 통과하기에는 너무 커서 집 앞에서 들어 올렸다고 한다.

"홀에 둘 순 없잖아." 마린이 말하며 커튼을 젖히자 아홉 개의 빈 방이 드러난다. "너무 커서 햇빛을 다 가려."

캐비닛의 무단 침입 외에도, 넬라의 방에서 백합향이 진동한다. 그리고 그날 밤, 넬라는 아센델프트에서 가져온 향수병이 쓰러져 바닥으로 흐른 향수가 침대 밑을 엉망으로 만들었음을 깨닫는다.

"인부가 그랬어." 유리조각을 내밀며 넬라가 해명을 요구하자 마린이 말한다. 마린의 말을 믿을 수 없는 넬라는 수놓은 신혼 쿠션들을 향수 얼룩 위에 던져놓는다. 그녀를 비웃는 것만 같은 결혼의 상징들이 가려지자 속이 다 후련하다. 묵직한 쿠션들이 냄새를 빨아들였으면.

넬라는 침대에 누워 새장 안에서 쩍쩍거리는 피보의 소리를 듣는다. 엄마가 준 지각없는 선물로 가득 찬 공기를 마시면서 넬라는 오토와 코넬리아를 떠올린다. 노예 소년, 고아 소녀. 코넬리아는 고아원에서 어떻게 헤렝라흐트로 오게 되었을까? 그녀 역시 오토처럼 '구조된' 것일까? 너도 구조되었니? 넬라는 자신에게 묻는다. 지금까지 상황으로 보아서는 이곳에서의 삶은 탈출과는 정반대인 것 같다. 어두운 방 안에서 넬라는 칼베르스트라트에서 보았던 엷은 금발과 특별한 눈동자를 떠올려본다. 그 눈동자는 요하네스의 그림 속에 나오는 짐승들처럼, 넬라의 껍질을 벗기고 한 점 한 점 해부하는 것만 같았다. 그러면서도 한편으로 넬라는 자신에게 모든 것이 집중되는 듯한 기분이 들었다. 그 여자는 왜 번화가에서 날 보며 서 있었을까? 달리 할 일이 없었을까? 도대체 왜?

잠에 빠져들 무렵, 넬라는 가짜 천장의 존재하지 않는 깊이를 바라보면서 커다란 은쟁반들을 돌리고 있는 요하네스의 모습을 상상해본다. 불안한 나선형의 악몽 속으로 빨려들어가다가, 고통스러워하는 개의 소리 같은 짧고 높은 울음소리에 잠에서 깨어난다. 레제키인 모양이라고, 넬라는 생각한다. 잠이 확 달아나고 가슴은 두근거린다.

다마스크 천처럼 무거운 정적이 또다시 내려앉고, 넬라는 텅 빈 캐비닛을 돌아본다. 캐비닛은 마치 늘 방 한구석에 있었던 것처럼 자리를 지키고 있다. 웅장하게, 마치 그녀를 관찰하듯이.

배달

　그로부터 사흘 뒤, 코넬리아는 마린과 함께 푸줏간에 갔다. "같이 가도 돼요?" 넬라가 물었다. "우리 둘이 다녀오는 게 빨라." 마린이 재빨리 답했다. 요하네스는 구 호호스트라트의 동인도회사 사무실에 나갔고, 오토는 뒤쪽 텃밭에서 내년 봄에 수확할 구근을 심고 씨앗을 뿌리고 있다. 텃밭은 그의 왕국이다. 오토는 종종 텃밭에 나가 울타리 모양을 새로 만들거나 토양 수분에 대해 요하네스와 의논한다.

　피보에게 주려고 몰래 숨겨둔 땅콩을 들고 홀을 가로지르던 넬라는 다급히 문 두드리는 소리에 화들짝 놀란다. 넬라는 땅콩을 주머니에 넣은 다음 빗장을 젖히고 육중한 문을 연다.

　젊은 남자가 계단 위에 서 있다. 그녀보다 나이가 조금 더 들어 보인다. 숨이 턱 막힌다. 그는 이 공간을 전부 다 점령하려는 듯 긴 다리를 넓게 벌리고 서 있다. 창백한 얼굴 위로 짙은 색 머리카락이 헝클어져 있고 광대뼈는 완벽한 대칭을 이루고 있다. 옷차림은 세련되었지만 매무새는 단정치 않다. 고급스러운 가죽 코트 밑으로 소매 단이 삐져나와 있고 코트보다 더 새것 같은 부츠는 결코 놓아주지 않겠다는 듯이 종아리에 딱 붙어 있다. 끈 풀린 셔츠 위로 드러난 삼각형 모양의 피부에 주근깨가 보인다. 그의 몸은 그자체로 하나의 이야기다. 불확실한 결말을 안고 느닷없이 시작되는 이야기. 그가 자기 모습이 눈부시다는 것을 알고 있는 것만 같아서, 넬라는 자신의 모습도 그렇게 보이기를 바라며 문틀에 기대선다.

"배달 왔어요." 미소를 지으며 그가 말한다. 그의 목소리에 넬라는 화들짝 놀란다. 억양이 특이하고, 리듬 없이 단조롭다. 네덜란드 말을 알고 있긴 하지만 모국어가 아닌 게 분명하다.

레제키가 그를 보고 짖기 시작한다. 남자가 머리를 쓰다듬으려는 순간 레제키가 으르렁거린다. 넬라는 그의 빈손을 바라본다. "배달할 땐 아래쪽 간이 문을 이용하셔야죠." 그녀가 말한다. 개의 반응 때문에 그녀의 긴장감이 증폭된다.

그가 다시 미소를 짓는다. "참, 그렇죠. 항상 잊어버리네." 그의 아름다움에 왠지 불안해진 넬라는 비록 밀쳐내기 위해서라도 그의 광대뼈를 한 번 만져보고 싶다. 뒤쪽에서 인기척이 나서 돌아보니 요하네스가 앞으로 나서며 넬라와 남자 사이에 선다.

"요하네스? 일하러 나가신 줄 알았어요." 그녀가 놀라며 말한다. "당신 왜……."

"여긴 어쩐 일이지?" 요하네스가 남자에게 묻는다. 목소리가 속삭인다고 느껴질 만큼 경직되어 있다. 그는 넬라의 놀란 표정을 외면하고 으르렁거리는 레제키를 집 안쪽으로 몬다.

젊은 남자는 태연히 재킷 안으로 손을 넣으면서도 허리를 곧게 펴고 다리를 가지런히 놓는다. "소포 배달왔어요." 그가 말한다.

"누구 앞으로?"

"넬라 오트만."

넬라의 처녀 시절 이름을 조심스럽게 발음하면서 남자가 요하네스와 눈을 맞춘다. 넬라는 남편이 긴장하고 있음을 느낀다. 젊은 남자가 소포를 높이 들어 보인다. 넬라는 소포에 그려진 태양 표시를 알아본다. 미니어처리스트가 벌써 물건을 다 만들었나? 궁금해진 넬라는 소포를 빼앗아 위층으로 달려가고 싶은 욕구를 간신히 억누른다. "당신네 선생님께서는 일처리가 빠르시군요." 조금이라도 평정을 지켜보려는 마음에 그녀가 말한다. 이건 나한테 온 물건이라고, 넬라는 생각한다. 남편한테 온 게 아니고.

"아내가 말하는 선생님이 누구지?" 요하네스가 그에게 묻는다.

젊은 남자가 웃으며 소포를 내밀자 넬라는 소포를 받아 가슴에 품는다. "저는 잭 필립스라고 합니다. 버먼지 출신이고요." 그가 말하며 넬라의 손을 잡는다. 그의 키스는 건조하고, 보드랍고, 전율을 남긴다.

"버, 먼, 지?" 그녀가 되새긴다. 넬라는 이 특별한 단어에 어떤 그림도 연관 지을 수 없다. 이 특별한 남자에게 그 지명은 아무 의미가 없다.

"런던 시 외곽이지요. 동인도회사에서도 가끔 일합니다." 잭이 말한다. "제 일을 할 때도 있고요. 고향에서는 배우였어요."

홀에서 레제키가 짖는다. 레제키가 짖는 소리가 구름 낀 하늘에 울려퍼진다. "누가 자네한테 이 일의 대가를 지불하나?" 요하네스가 묻는다.

"이 도시의 모든 사람이 저에게 배달을 시키고 대가를 지불합니다, 시뇨르."

"이번에는 누가 지불했나."

잭이 한 걸음 뒤로 물러난다. "부인 되시는 분입니다, 시뇨르." 그가 말한다. "부인께서 하셨습니다." 그가 넬라에게 인사를 한 다음 호기롭게 계단을 내려간다.

"들어가요, 넬라." 요하네스가 말한다. "사람들 이목이 있으니 일단 문을 닫읍시다."

들어가니 오토가 부엌 계단에 곡괭이를 들고 서 있다. 뾰족한 날이 햇살에 반짝인다. "누가 왔습니까, 시뇨르?" 그가 묻는다.

"아무도 아니야." 요하네스 말에 오토가 고개를 끄덕인다.

요하네스는 넬라에게 돌아선다. 홀의 제한된 공간 속에서 더 커진 것처럼 보이는 요하네스 앞에서 그녀의 몸이 작아진다. "소포 속에 뭐가 들어 있나요, 넬라?"

"당신이 사다주신 캐비닛에 들어갈 것들이에요." 류트와 마지팬, 약혼 기념 컵을 보고 그가 뭐라고 할까 궁금해하며 넬라가 말한다.

"아, 잘했군요."

넬라는 그가 좀 더 호기심을 보여주기를 기대하지만 그 이상의 반응은 없다. 요하네스는 왠지 초조해 보인다. "위층에 가서 열어봐도 될까요? 저하고 같이 가서 보셔도 되고요." 그가 함께 가주기를 기대하며 넬라가 제안한다. "결혼 선물이 어떻게 발전하는지도 보실 겸."

"일해야 해요, 넬라. 당신 사생활을 지켜드리리다." 그가 말하고는 불안한 미소를 지으며 한 손으로 서재를 가리킨다.

사생활 따윈 필요 없다고, 침묵 속에서 넬라는 외친다. 당신이 나한테 조금이라도 관심을 보여준다면 저런 물건 따윈 던져버릴 수도 있다고. 그러나 요하네스는 이미 사라지고 없다. 레제키는 언제나처럼 터덜터덜 그 뒤를 따른다.

✤

버먼지 출신 잭 필립스의 모습에 여전히 흥분한 상태로, 넬라는 거대한 침대 위로 올라가 소포와 함께 앉는다. 접시 하나 크기의 묵직한 소포는 매끄러운 종이로 싸고 끈으로 묶였다. 태양 표시 주변에 대문자로 이런 글귀가 적혀 있다.

모든 여자는 자신의 운명을 설계하는 건축가다.

넬라는 그 글귀를 두 번 읽는다. 배 속에서 깃털 하나가 팔랑거리는 것 같은 흥분이 당혹스럽게 밀려든다. 여자는 자기 자신의 운명은 고사하고 아무것도 설계하지 못한다고, 그녀는 생각한다. 인간의 운명은 신의 손에 달려 있으며, 특히 남편의 손길이 몸에 닿은 뒤 출산이라는 쓰라린 고통을 겪어야 하는 여자의 운명은 더더욱 그렇다.

그녀는 첫 번째 물건인 조그만 은색 상자를 꺼내 손바닥 위에 올려놓는다. 상자 위에는 N과 O가 새겨져 있고 꽃과 덩굴이 그 주위를 감싸고 있다. 넬라는 조심스럽게 뚜껑을 젖혀본다. 미니어처 경첩은 기름이 잘 쳐져 있어서 소리 없이 열린다. 안에는 커피콩 크기의 마지팬이 들어 있다. 달콤한 아몬드 설탕의 맛을 상상하는 순간 혀의 미각이 살아난다. 그녀는 손톱 끝으로 마지팬을 만졌다가 혀끝에 대어본다. 마지팬은 진짜다. 심지어 장미수 향기까지 풍긴다.

넬라는 두 번째 물건을 꺼낸다. 류트는 그녀의 검지보다 짧다.

실제로 조율된 줄이 달려 있고 음표의 소리를 담기 위해 나무로 만든 몸체는 불룩하다. 이런 물건은 본 적이 없다. 이토록 섬세한 기술, 정성, 아름다움은 본 적이 없다. 그녀는 조심스럽게 줄을 당겨 보고 낮게 배어나오는 선율에 경탄한다. 아센델프트에서 요하네스 앞에서 연주했던 곡의 선율을 넬라는 이제 혼자 연주하고 있다.

다음으로 꺼낸 것은 그녀가 주문한 약혼 기념 컵이다. 한 쌍의 남녀가 가장자리를 따라 두 손을 깍지 끼고 있는 컵의 반경이 곡식 한 알보다 작다. 신혼부부는 그들만의 세계에서 컵에 든 음료를 함께 마시고 있다. 그녀와 요하네스가 지난 9월 그래야 했던 것처럼. 넬라는 두 사람이 아버지의 포도밭 앞에서 머리에 쌀알과 꽃잎을 흩뿌린 채 백포도주를 마시는 모습을 상상해본다. 조그만 컵은 실제로는 한 번도 일어나지 않은 일의 기념품이다. 마린에 대한 반항심으로 저지른 일인데, 오히려 넬라의 기분이 야릇해지고 비참해진다.

소포 포장지를 버릴 생각으로 주워 들었다가 그 안에 뭔가 더 들어 있음을 발견한다. 그럴 리가 없다고, 그녀는 생각한다. 우울은 호기심으로 바뀐다. 내가 주문한 물건은 전부 침대 위에 있는데.

세 개의 물건이 포장지 속에서 침대 커버 위로 떨어진다. 허겁지겁 첫 번째 상자를 열어보니 두 개의 아름다운 나무의자가 있다. 의자 팔걸이에 무당벌레 크기의 사자들이 새겨져 있고 등판은 초록색 벨벳을 씌워 구리 못으로 고정했다. 팔걸이마다 바다괴물들이 아칸서스* 잎사귀 속에서 꿈틀거린다. 넬라는 이 의자를 본 적이 있다. 지난주, 아래층 응접실에서 마린이 바로 이 의자에 앉아

---

* 지중해 연안에 자생하는 가시가 있는 다년초 식물.

있었다.

슬슬 불안감을 느끼며 넬라는 다음 물건을 들어본다. 작지만 묵직한 물건이 헝겊에 싸인 채 그녀를 기다린다. 헝겊을 벗겨내니 요람이 들어 있다. 섬세한 꽃무늬를 새겨넣은 참나무 몸체를 주석으로 만든 흔들다리가 지탱하고 있다. 머리 부분은 레이스로 가장자리를 둘렀다. 나무가 빚어낸 소리 없는 기적, 그 조그만 존재감에 넬라는 목이 멘다. 넬라는 요람을 손바닥 위에 올려놓는다. 제대로 흔들린다. 마치 저절로 움직이는 것처럼.

넬라는 요람을 침대 위에 얹어놓는다. 이건 실수라고, 그녀는 생각한다. 다른 사람이 주문한 물건일 거라고. 의자와 요람. 여자들이 미니어처 집을 채우려고 흔하게 고르는 것들인가 보네. 하지만 난 주문한 적 없는데. **결코** 주문한 적 없어. 그녀가 세 번째 물건의 포장을 풀어본다. 안쪽에 또 한 겹의 파란 포장지를 벗기고 나니 한 쌍의 미니어처 개가 나온다. 휘핏* 종인 개의 몸체는 나방보다 작고, 은빛이 감도는 잿빛 털로 뒤덮여 있으며, 머리가 콩알만 하다. 두 마리 개 사이에는 노란 뼈가 있다. 노란색으로 칠한 정향 한 조각이다. 냄새를 맡아보니 틀림없는 정향이다. 넬라는 개를 들고 가까이 들여다본다. 갑자기 온몸에 전류가 흐른다. 여느 개가 아니다. 레제키와 다나다.

마치 무언가에 찔린 듯 넬라가 물건들을 떨어뜨리며 침대에서 벌떡 일어난다. 불을 켜지 않은 방 한구석의 어둠 속에서 캐비닛이 새로운 식구들을 기다리고 있다. 커튼은 여전히 젖혀져 있다. 마치 꼴사납게 들추어진 치맛자락처럼. 넬라는 바닥에 뒹구는 개들을

---

* 그레이하운드와 비슷하게 생긴 날쌘 개. 흔히 경주용으로 기른다.

흘금 바라본다. 똑같은 옆구리의 굴곡과 빛깔, 유선형의 근사한 귀. 정신 차려, 넬라 엘리자베스. 그녀가 중얼거린다. 이 개가 코넬리아의 화로 옆에 웅크리고 있는 그 개라고, 누가 그래?

그녀는 미니어처 개들을 불빛에 비추어본다. 몸뚱이는 약간 폭신하고, 관절이 서로 연결되어 있고, 잿빛 쥐가죽은 귓불처럼 보드랍다. 넬라는 개들을 뒤집어본다. 그 순간 둔탁한 쿵 소리와 함께 심장이 멎는 것 같다. 한 마리의 배에 조그만 검은 점이 있는데, 다나의 점과 위치가 똑같다.

넬라는 주위를 둘러본다. 누가 숨어 있나? 넬라는 침착하려 애쓴다. 있긴 누가 있겠냐고, 넬라는 생각한다. 요즘보다 더 혼자였던 적이 없는데. 도대체 누가 그녀를 골탕 먹이려는 걸까? 코넬리아에겐 그런 게임을 할 돈이 없거니와 그런 생각을 할 겨를도 없다. 오토도 마찬가지다. 그가 왜 낯선 사람에게 편지를 쓰겠는가?

넬라는 침범당한 것 같은 기분, 새 신부의 어리석음이 철저히 관찰당하는 것 같은 기분이 든다. 마린의 소행이라고, 넬라는 생각한다. 결혼한 요하네스와 거추장스러운 나에 대한 복수일 거라고. 마린은 나의 백합 향수를 쓰러뜨렸고, 마지팬을 못 먹게 했고, 내 팔을 억세게 잡았다. 《스미트 명부》를 내게 준 사람도 마린이다. 그런 마린인데, 날 겁주려고 미니어처리스트를 매수하지 못할 이유가 있을까? 마린에게 이것은 또 한 번의 심심풀이 장난일 뿐이다.

그러나 **심심풀이**와 **재미**는 어쩐지 마린 브란트와 쉽게 연관 지을 수 없는 단어이다. 넬라가 생각해도 그건 말이 되지 않는다. 아마도 요하네스가 여행을 다니며 구해왔을 책과 표본 들을 제외하면 마린은 쥐처럼 먹고 수녀처럼 돈을 쓴다. 이건 마린의 행동일 리 없다. 이런 짓을 하려면 돈을 써야 하기 때문이다. 그러나 주문하지 않은 물건을 바라보면서 넬라는 마음 한구석으로 차라리 이 모든 게 마린의 소행이기를 바란다. 마린이 아니라면, 내게 벌어진 이 해괴한 일은 과연 무엇이란 말인가?

누군가 넬라의 삶을 들여다보았고, 삶을 뒤흔들고 있다. 만약 이 물건이 실수로 배달된 게 아니라면…… 그렇다면 요람은 아직 한번도 쓰지 못한 결혼 침대와 영원히 순결을 지키게 될 것 같은 그녀에 대한 조롱이다. 감히 누가 그토록 무례한 장난을 치는 걸까? 개는 지나치게 세밀하고, 의자도 지나치게 정확하고, 요람은 지나치게 암시적이다. 미니어처리스트는 그녀의 사생활을 완벽하게 파악하고 있는 것 같다.

다시 침대로 올라간 넬라는 이 물건들이 일으킨 혼란에 대해, 날카로운 두려움과 함께 휘몰아치는 호기심에 대해 곰곰 생각해본다. 이런 식으론 안 된다고, 넬라는 생각한다. 가까운 사람들에게서는 물론이고 멀리 있는 사람에게서도 이런 괴롭힘 따위는 당하지 않을 거라고.

쉬지 않고 째깍거리는 시계추 소리에 귀 기울이며, 설명할 수 없는 물건들에 둘러싸인 채, 그녀는 미니어처리스트에게 두 번째 편지를 쓴다.

선생님,

버먼지 출신의 잭 필립스를 통해 제가 주문한 물건을 전해주셔서 감사합니다. 기술이 참으로 놀랍습니다. 손끝에서 기적을 만드시네요. 마지팬은 특히 훌륭합니다.

넬라의 펜이 잠시 머뭇거린다. 그러나 마음이 바뀌기 전에, 펜촉은 열정적으로 종이 위에 글을 풀어낸다.

그러나 제가 기대하지 않았던 것까지 배달하셨더군요. 정확하긴 하지만, 휘핏 종은 이 도시의 수많은 사람이 키우는 개이기 때문에 운 좋게 시뇨르의 추측이 맞았던 것 같습니다. 그러나 저는 저일 뿐 그 수많은 사람이 아니고, 이 개와 요람, 의자는 제 것이 아닙니다. 동인도회사 고위직 상인의 아내로서 한낱 기능공에게 주눅 들진 않습니다. 시간과 노고에 감사드립니다만, 앞으로는 일체의 거래를 중단하겠습니다.

신의 가호가 있기를 바라며,
페트로넬라 브란트

그녀는 배달 온 물건들을 이불 속에 숨기고 코넬리아를 부른다. 마음이 바뀌기 전에 새로 써서 봉한 편지를 하녀의 손에 쥐여준다. 마음을 바꿀 가능성이 꽤 높다는 것을 자신도 알고 있다. 어쩌면 지금 거절하는 것은 하나의 도전, 놀라운 작품에 숨겨진 의미일 수도 있지만 이제 그건 영원히 밝혀지지 않을 거라고, 넬라는 생각한다. 아니야, 그녀가 이내 생각을 고친다. 그건 단지 너의 상상일 뿐이야.

코넬리아가 주소를 읽는다. "또 그 기능공한테 가요? 그 누군가에게로?" 그녀가 묻는다.

"열어보지 마." 넬라의 명령에 하녀가 고개를 끄덕인다. 어린 안주인의 절박한 말투에 처음으로 하녀가 입을 다문다.

코넬리아가 칼베르스트라트를 향해 떠난 뒤에야 넬라는 자신이 주문하지 않은 작품을 함께 돌려보내지 않았음을 깨닫는다. 그녀는 그것을 이불 밑에서 하나씩 꺼내 캐비닛 안에 넣는다. 모두 제 집처럼 편안해 보인다.

바지선

다음 날, 코넬리아는 활기를 되찾은 것 같다. "어서요, 마담." 하녀가 힘찬 걸음으로 들어오고 마린이 그 뒤를 따른다. "머리 좀 정돈해드릴게요. 한데 모아서 안으로 싹 숨겨버려요!"

"그게 무슨 소리야, 코넬리아?"

"오늘 밤 은세공업자 길드에서 열리는 파티에 오빠가 널 데려간대." 마린이 말한다.

"남편 생각인가요?"

마린이 캐비닛을 쳐다본다. 염탐하는 눈길을 커튼이 차단하고 있다. "오빠 파티를 좋아해." 그녀가 대답한다. "그리고 네가 같이 가는 게 옳다고 생각해."

이제야 본격적인 모험이 시작되는 모양이라고, 넬라는 생각한다. 남편이 드디어 자신의 작은 뗏목을 폭풍이 몰아치는 암스테르담 최상류층의 바다에 띄워볼 생각이군. 일등 항해사인 남편이 안내자가 되어주겠지. 미니어처 개와 요람 생각을 애써 떨쳐버린 넬라는 마린이 보는 앞에서 침대 밑으로 몸을 숙여 백합 향수를 손가락으로 찍은 다음 목에 문지른다.

마린이 나간 뒤 넬라는 코넬리아에게 칼베르스트라트에 갔던 일은 어떻게 되었냐고 묻는다. "또 아무도 없던데요." 하녀가 대답한다. "그래서 문 밑으로 밀어넣고 왔어요."

"태양 간판 집? 아무도 못 봤어?"

"쥐새끼 한 마리도요, 마담. 그리고 한나가 안부 전해달래요."

⚘

"마린, 왜 같이 가지 않고?" 그날 저녁, 그들을 태울 바지선을 기다리며 요하네스가 묻는다. 그는 모자 없이, 검은 벨벳으로 만든 아름다운 슈트에 빳빳하게 풀을 먹인 흰 칼라가 달린 셔츠를 받쳐 입고, 오토가 거울처럼 광을 낸 송아지가죽 부츠를 신었다. 오토는 한 손에 옷솔을 들고 그의 곁에 서 있다.

"모든 상황을 감안해볼 때 오빠가 부인과 함께 있는 모습을 보여주는 게 좋을 것 같아서." 마린이 그를 빤히 쳐다보며 말한다.

"모든 상황을 감안해볼 때? 그게 무슨 뜻이죠?" 넬라가 묻는다.

"사람들하고 이야기를 해, 오빠." 마린이 말한다. "부인 자랑도 하고……."

"내가 당신을 소개할게요, 넬라." 여동생을 향해 얼굴을 찌푸리며 요하네스가 말을 자른다. "그런 의미일 거예요."

"프란스 미어만스와 얘기해, 오빠. 오늘 밤 거기 올 테니까." 마린이 심각한 표정으로 말을 잇는다. "그 부부를 저녁식사에 초대해."

놀랍게도 요하네스는 고개를 끄덕인다. 그는 왜 여동생이 저런 식으로 말하는 것을 용납할까?

"오빠, 약속할 수 있어?"

"**마린.**" 참다못한 요하네스가 쏘아붙인다 "내가 한 번이라도 내 일을 그르친 적 있든?"

"없지." 마린이 한숨을 쉰다. "아직은."

⚹

넬라는 입안이 바짝 마르고 가슴은 생선바구니처럼 요동친다. 은세공업자 길드로 향하는 바지선 여행은 집 밖에서 남편과 처음으로 단둘이 있는 시간이다. 침묵 때문에 질식할 듯한 데다 머릿속에서 울려퍼지는 목소리가 얼마나 큰지 요하네스에게도 들릴 것 같다. 지도가 있는 마린의 방에 대해, 오토와 함께 탔다는 노예선에 대해 남편에게 묻고 싶다. 조그만 개와 요람, 아름다운 미니어처 류트 얘기도 하고 싶다. 칼베르스트라트에서 그녀를 뚫어지게 보던 여자 얘기는 하지 않을 생각이다. 그것만큼은 혼자 간직하고 싶다. 어쨌든 그녀는 입을 떼지 못한다.

요하네스는 무심히 손톱 밑을 청소하고 있다. 손톱 밑에서 파낸 것들이 보트 바닥에 떨어지고, 그는 넬라가 자신을 바라보고 있음을 깨닫는다.

"카르다몸•이에요." 그가 말한다. "자꾸 손톱 밑에 끼네요. 소금처럼."

"그렇군요."

넬라는 배 안의 공기를 한껏 들이마신다. 그가 다닌 나라들을 암

• 서남아시아산 생강과 식물 씨앗을 말린 향신료.

시하는 향기를, 그의 모공에 밴 시나몬향을 마신다. 그에게서는 싸한 사향내가 풍긴다. 그가 집으로 돌아오던 날 밤 그의 서재에서 맡았던 냄새. 남편의 갈색 얼굴, 햇볕과 바람에 탈색되고 거칠어진 너무 긴 머리카락이 야릇한 욕망의 방아쇠를 당긴다. 딱히 그에 대한 욕망이라기보다는, 두 사람이 마침내 함께 누울 때 어떤 기분일지 알고 싶은 욕망이다. 오늘 밤 파티가 끝나면 그 일을 치르게 될까? 두 사람 다 와인에 취한 상태로 마침내 그렇게 될까?

물이 잔잔하고 뱃사공이 노련해서 바지선이 아니라 집이 움직이는 것만 같다. 그러나 말을 타는 게 더 익숙한 넬라는 이 차분한 움직임이 오히려 불안하다. 평온해야 할 그녀의 기분도 평온과는 거리가 멀다. 넬라는 손바닥 사이에서 느껴지는 초조함을 떨쳐버리려 애쓴다. **당신을 사랑하려면 어디에서 시작해야 하죠?** 너무도 어마어마한, 외면할 수 없는 질문이 그를 바라보는 내내 넬라의 머릿속에서 맴돈다.

넬라는 은세공업자 길드의 연회장이 어떤 모습일지 상상하는 데 집중하려 애쓴다. 물기를 머금은 불빛, 커다란 동전 같은 접시, 식탁마다 그득한 음식.

"길드에 대해 뭘 알고 있어요?" 그녀의 생각을 흩어놓으며 요하네스가 묻는다.

"아무것도요." 그녀가 대답한다.

요하네스는 한 번의 끄덕임으로 그녀의 무지를 이해하고, 넬라는 자신의 무지가 그의 머릿속에 흡수되는 광경을 지켜본다. 좀 더 똑똑하게 말할 수 있으면 좋으련만. "은세공업자 길드는 돈이 아주 많아요." 그가 말한다. "굉장히 돈 많은 길드 중 하나죠. 길드는 경기가 좋지 않을 때 업자를 보호하고, 도제를 양성하고, 판매 수단을 제공하지만, 한편으로는 작업량을 결정하고 시장을 통제해요. 그게 바로 마린이 그렇게 설탕을 팔려고 안달하는 이유고요."

"무슨 뜻이죠?"

"무슨 뜻이냐 하면, 초콜릿과 담배, 다이아몬드, 실크, 책 같은 경우에는 시장이 열려 있거든요. 그런 제품을 위한 길드는 따로 없어요. 내가 부르는 게 값이고, 프란스와 아그네스 미어만스가 부르는 게 값이란 얘기죠."

"그런데 우린 왜 은세공업자 길드 파티에 가는 거죠?"

그가 미소 짓는다. "공짜 식사를 할 수 있으니까요. 농담이에요. 사람들은 내가 고객 수를 늘려주기를 바라고 있어요. 내가 그런 일을 하는 걸 보여주는 건 좋은 일이죠. 난 그 사람들을 신비의 정원으로 안내하는, 담장에 난 구멍이거든요."

넬라는 그의 정원이 얼마나 신비로운지, 그가 실제로 얼마만큼의 돈줄을 쥐고 있는지 궁금하다. 마린은 요하네스가 캐비닛 집에 돈을 쓴 것이 몹시 못마땅한 눈치였다. 오토는 또 뭐라고 했던가? **넘치기 시작할 거예요.** 사람들은 그가 고객 수를 늘려주기를 원한다. 그러나 어쩌면 그는 그럴 수 없을지도…… 한심한 생각 따윈 집어치우자고, 그녀는 생각한다. 넌 지금 헤렝라흐트에 살고 있어.

"마린은 당신이 프란스 미어만스의 설탕을 팔기를 간절히 바라고 있는 것 같던데요."

그녀가 용기를 내어 묻는다. 그리고 이내 자신의 결정을 후회한다. 긴 침묵이 흐른다. 얼마나 긴 침묵인지, 그 이상 침묵을 견디느니 차라리 죽는 게 낫다는 생각이 들 지경이다.

"그게 사실 아그네스 미어만스의 농장이거든요." 요하네스가 마침내 대답한다. "프란스가 농장 관리를 맡았죠. 아그네스의 아버지가 아들 없이 작년에 세상을 떠났어요. 비록 죽는 그 순간까지 정력은 잦아들 줄 몰랐지만." 넬라가 얼굴을 붉히는 것을 보고 그가 말을 멈춘다. "미안해요. 내가 너무 말을 함부로 했네요. 아그네스의 아버지는 형편없는 인간이었어요. 어쨌든, 아그네스가 아버지의 사탕수수밭을 물려받게 되었지요. 아버지가 그렇게 노력했건만 결국 서류에 딸의 이름이 올라가게 된 거죠. 그런데 그 여자가 농장을 프란스한테 넘겼어요. 하룻밤 사이에 설탕 덩어리 때문에 두 사람은 돈에 눈이 멀어버렸어요. 둘은 바로 그걸 기다리고 있었거든요."

"무얼 기다리고 있었다는 거죠?"

그가 얼굴을 찌푸린다. "절호의 기회. 그 설탕은 지금 내 창고에 있고 내가 그걸 팔아주기로 약속했거든요. 내 여동생은 그 사실을 의심하고 있지만."

"왜요?"

"왜냐하면 마린은 집에 앉아서 이런저런 생각만 하지 실제로 거래가 성사되는 과정의 미묘함을 잘 모르니까요. 난 이십 년 가까이 이 일을 해온 사람이에요. 너무 오래했죠." 그가 한숨을 쉰다. "조심조심 걸어야 하는데, 마린은 엘리펀트elephant처럼 밟아 뭉개려고 해요."

"그렇군요." 엘리펀트가 뭔지 모르지만 넬라는 그렇게 대답한다. 우아한 꽃 이름 같은데, 요하네스가 여동생을 칭찬하는 것 같지는 않다. "요하네스, 마린이 아그네스 미어만스와 **친구 사이**인가요?"

요하네스가 웃는다. "두 사람은 아주 오랫동안 알고 지냈어요. 때론 너무 속속들이 아는 사람을 사랑하기란 쉽지 않지요. 그게 내 대답이에요. 그렇게 놀란 표정 짓지 말아요."

그의 말이 한 조각 얼음처럼 그녀의 가슴에 박힌다. "정말 그렇게 생각해요, 요하네스?"

"사람을 깊이 알게 되면요, 넬라, 달콤한 몸짓과 미소의 이면을 알게 되면, 우리 모두가 숨기고 있는 분노와 측은한 두려움을 보게 되면, 그땐 그저 용서하는 수밖엔 없어요. 용서야말로 우리 모두에게 절실히 필요한 것이죠. 그리고 마린은 용서를 썩 잘하는 편이 아니고요." 그가 잠시 말을 멈춘다. "이 사회에는 사다리가 있고…… 아그네스는 그 사다리를 오르고 싶어해요. 문제는, 아그네스가 결코 풍경을 즐길 줄 모른단 거죠." 장난기를 머금은 그의 눈이 반짝인다. "어쨌든 프랑스가 연회장에서 가장 커다란 모자를 쓰고 있을 거고, 아그네스가 프랑스에게 그 모자를 쓰게 했을 거라는데 1길더를 걸겠어요."

"이런 파티에 부인들도 자주 참석하나요?"

그가 미소를 지으며 말한다. "여자는 특별한 경우를 제외하면 보통 프로이비다스*이죠. 하지만 암스테르담의 숙녀에게는 프랑스와 영국에서는 누릴 수 없는 자유가 있어요."

"자유요?"

"여기선 여자들이 혼자 돌아다닐 수 있잖아요. 연인이 서로 손을 잡을 수 있고요." 그가 다시 한 번 말을 멈추고 창밖을 내다본다. "이 도시는, 당신이 길을 제대로 찾기만 하면 절대 감옥이 아니에요. 물론 외국인들은 **어떻게 저럴 수가! 어머나 세상에!**를 연발하면서 혀를 차겠지만, 다 부러워서 그러는 거예요."

"그렇겠네요." 넬라가 대답한다. 이번에도 그가 사용하는 낯선

• '금지되다'라는 뜻의 스페인어.

언어를 이해하지 못한다. 감도 못 잡는다. **프로이비다스**. 그의 집에 머물기 시작한 지 오래되진 않았지만 요하네스는 외국어를 자주 사용했고 그럴 때마다 그녀는 매혹되었다. 잘난 척을 하는 것 같진 않았고 모국어로는 결코 표현할 수 없는 무언가를 표현하려 애쓰는 것처럼 보였다. 넬라는 문득 그 어떤 남자도, 아니 그 어떤 사람도, 오늘 밤 요하네스처럼 그녀와 대화해준 적이 없었음을 깨닫는다. 이해하기 힘든 온갖 암시에도 불구하고, 요하네스는 그녀를 동등한 인간으로 대하고 있고, 그녀가 이해할 거라고 생각하고 있다.

"이리 와요, 넬라." 그가 말한다.

약간의 두려움과 함께 넬라는 순순히 그에게 다가간다. 그가 그녀의 턱 끝을 조심스럽게 위로 들어올리며 긴 목을 드러낸다. 넬라는 그를 쳐다보고 두 사람은 마치 시장에 나온 노예와 주인처럼 서로를 훑어본다. 그가 양손으로 그녀의 얼굴을 감싼 뒤 그녀의 어린 뺨의 윤곽을 쓰다듬는다. 그녀가 몸을 앞으로 숙인다. 그의 손끝은 거칠다. 그러나 넬라는 이 순간을 기다려왔다. 그의 손길에 그녀는 머리가 지끈거린다. 그녀는 눈을 감고 엄마의 말을 떠올린다. **여자는 사랑을 원해. 복숭아를 원하고 거기에다 크림까지 원하는 게 여자야.**

"은 좋아해요?" 요하네스가 묻는다.

"네." 넬라가 숨을 몰아쉰다. 헛소리를 해서 이 순간을 망치지 말아야지.

"은보다 더 아름다운 건 없지요." 요하네스가 말한다. 그의 손이 얼굴에서 떨어지는 순간 넬라는 눈을 번쩍 뜬다. 목을 길게 빼고 있는 자세가 부끄럽다. "당신의 목을 위해 목걸이를 주문할게요."

머릿속에 소용돌이치는 생각들 때문에 그의 목소리가 아득하게 들린다. 넬라는 뒤로 물러서며, 마치 다시 숨결을 불어넣으려는 듯

목을 문지른다. "고마워요." 넬라는 자신의 목소리를 듣는다.

"당신은 이제 한 사람의 아내예요. 우리가 당신을 치장해주어야 해요."

요하네스가 미소를 짓지만 그 말은 넬라에게 잔인하게 들린다. 그녀의 배 속에서 두려움이 돌덩이처럼 딱딱해진다. 넬라는 딱히 할 말이 없음을 깨닫는다.

"당신을 아프게 하지 않을 거예요, 페트로넬라." 그가 말한다. 넬라는 끝없이 지나치는 집의 행렬을 바라본다. 다리를 바짝 오므리면서 넬라는 삽입의 순간을 상상한다. 몸속 무언가가 찢어질까? 두려워하는 것만큼 아플까? 그게 어떤 느낌이건, 피할 수 없으며 이겨내야 한다는 것을 그녀는 알고 있다.

"진지하게 말하는 거예요." 요하네스가 말한다. "아주 진지하게." 이번에는 그가 그녀에게로 몸을 숙인다. 소금과 카르다몸 냄새 속에서, 그의 묘한 남성성이 그녀를 제압하려는 듯 위협적으로 느껴진다. "넬라, 넬라, 내 말 듣고 있어요?"

"네, 요하네스. 듣고 있어요. 난…… 당신은 날 아프게 하지 않을 거예요."

"맞아요. 날 두려워할 필요 없어요."

그 말을 하면서 요하네스는 운하를 따라 늘어선 집들을 바라본다. 넬라는 마린의 여행 책자에서 보았던 그림을 떠올린다. 원주민과 정복자, 그리고 그들의 몸 사이에 존재하는 드넓은 오해. 어느덧 밤이 깊었다. 조그만 배의 불빛들을 바라보면서 넬라는 완전히 혼자인 듯한 기분을 느낀다.

결혼 피로연

    은세공업자 길드의 연회장은 넓고 북적인다. 사람들의 눈과 입이 모자 가장자리에서 하늘거리는 깃털들과 뒤섞인다. 그들 주위로 은식기에 은식기가 포개어지는 소리, 벽에 부딪히는 남자들의 웃음소리, 키득거리는 여자들의 웃음소리가 울려퍼진다. 어마어마한 양의 음식이 준비되어 있다. 흰색 다마스크를 씌운 기다란 테이블이 줄지어 놓여 있고, 닭 요리, 칠면조 요리, 설탕에 절인 과일, 다섯 가지 고기를 넣어 만든 파이가 있고, 나뭇가지 모양의 은촛대가 있다. 요하네스가 넬라와 팔짱을 끼고 어지러운 테이블들을 스치며 마호가니 패널 벽에 바짝 붙어 걷는다. 그들 뒤로 수군거리는 소리와 숨죽인 웃음소리가 들려오는 것만 같다.

    다른 부인들은 미끄러지듯 제자리를 찾아간다. 다들 앉을 자리를 아는 것 같다. 모두가 검은 드레스를 입고 있고, 레이스 장식으로 덮인 흰 젖가슴은 훤히 드러나 있다. 유독 한 여자가 촛불의 불빛 속에 반짝이는 검은색 옥돌처럼 기민하게 눈을 굴리다가 넬라에게 시선을 집중한다. 그녀의 시선은 칼베르스트라트에서 보았던 여자의 시선과 다르지 않다. "웃어요, 그리고 내 옆에 앉아요." 요하네스가 그녀에게 노련한 미소를 지어 보이며 말한다. "사람들을 상대하기 전에 우선 속을 좀 채웁시다." 음식이 없었다면 산 채로 잡아먹혔을지도 모른다고, 넬라는 생각한다.

그들은 첫 번째 코스로 게 요리가 준비되어 있는 테이블에 자리를 잡는다.

"난 음식에서 자아를 많이 발견하는 편이에요." 요하네스가 게 전용 포크를 들며 말한다. 반짝이는 은식기와 늠름한 와인 주전자를 바라보면서 넬라는 그 말이 무슨 뜻인지 생각해본다. 다른 사람들과 함께 있으니 마린과의 갈등은 잊힌다. 요하네스는 상냥하다. 그는 모여드는 사람들의 시선을 의식하면서, 마치 이십 여 년의 세월에 걸쳐 험난한 칠대양을 함께 헤쳐온 반려자인 듯 어린 아내와 이야기를 나눈다.

"새로 만든 치즈에 박힌 쿠민 씨는, 내가 기쁨을 누릴 수 있는 사람이란 사실을 일깨워줘요." 요하네스가 큰 소리로 말한다. "델프트 버터는 정말 품질이 좋고 맛이 진하죠. 다른 버터들과는 전혀 달라서 엄청난 만족감을 줘요. 델프트에 도자기를 팔러 가면 버터를 몇 조각 사와요. 코넬리아가 만든 마저럼*과 자두를 넣은 맥주는 성공적인 거래보다 더 큰 기쁨을 안겨줘요. 당신도 한 번 맛을 봐야 하는데."

"어머니도 만들 줄 아셨어요." 넬라가 대답한다. 쩝쩝거림과 딸그락거림으로 가득한 만찬의 소음에 넬라는 주눅이 들기 시작한다. 설탕을 뿌린 과일 조각처럼 선명한 방 안의 에너지에 넬라는 진이 빠진다.

• 흔히 말려서 허브로 쓰는 식물.

"여름철 이른 아침으로 먹는 무화과와 사워크림." 넬라의 기분에 아랑곳 않고 요하네스는 말을 이어간다. "그야말로 특별한 기쁨이죠. 어린 시절로 날 데리고 가요. 지금 기억나는 건 그 맛뿐이지만." 그가 그녀를 바라본다. "당신도 물론 어린 시절을 기억하겠죠? 아주 오래전은 아닐 테니까."

넬라는 그의 말에 담긴 날카로움이 의도한 것인지, 아니면 밖에서 사람들과 어울리면서 관찰당할 때 나타나는 일종의 예민함인지 궁금하다. 어쨌든 그의 말에는 동의하고 싶지 않다. 지금 이 순간 그녀의 어린 시절은 믿을 수 없을 정도로 멀게 느껴지고, 그 자리에는 불확실성과 낮게 깔린 끝없는 혼란이 있다. 배 속에서 두려움의 돌멩이가 메스꺼운 불안감들로 쪼개어진다. 넬라는 이 불협화음이, 이 대화의 음색이, 이 위압적인 낯선 것들의 침입이 싫다.

"요람을 떠난 지는 한참 되었는데요." 그녀가 웅얼거린다. 문득 미니어처리스트가 보낸, 주문하지 않은 요람이 떠오른다. 그 순간 이전보다 더 망망대해 한복판에 홀로 떠 있는 것처럼 느껴진다.

"음식에 담긴 추억들……." 요하네스가 말한다. "음식은 그 자체로 하나의 언어예요. 파스닙•, 순무, 리크••, 꽃상추. 하지만 아무도 듣는 사람이 없을 때만 아작아작 씹을 수 있죠. 그리고 생선도 있죠! 가자미, 넙치, 서대, 대구. 내가 정말 좋아하는 생선들이에요. 하지만 그것 말고도 우리 공화국의 강과 바다가 내주는 것이라면 뭐든 마다하지 않아요."

넬라는 그의 말이 어딘지 방어적이라는 느낌이 든다. 마치 그런 이야기들이 그녀가 근심의 샛길로 빠져들지 않도록 막아주기를 바

• 배추 뿌리와 비슷하게 생긴 채소.
•• 큰 부추와 비슷하게 생긴 채소.

란다는 듯이. "바다에 있을 때는 무얼 먹나요?" 보조를 맞추어보려고 넬라가 용기를 내어 묻는다.

그가 포크를 내려놓는다. "다른 사람."

넬라가 웃음을 터뜨린다. 수줍은 웃음이 두 사람 사이로 떨어져 식탁보 위에 내려앉는다. 요하네스는 게살 한 점을 또 한 번 입에 넣는다. "식량이 떨어지면 사람을 잡아먹을 수밖에요." 그가 말한다. "하지만 난 그보다는 감자를 선호하죠. 이 도시에서 내가 가장 좋아하는 식당은 이스턴 아일랜드의 내 창고 근처에 있어요. 그 집에서 만드는 뜨거운 감자가 가장 포슬포슬해요." 그가 접시 위의 게를 푹 찌른다. "나만의 비밀장소죠."

"하지만 저한테 방금 말했잖아요."

그가 포크를 내려놓는다. "이런." 그가 말한다. "말해버렸네." 그녀에게 꼼짝없이 당했다는 듯한 표정을 짓더니 다시 게로 시선을 돌린다. 딱히 할 말이 떠오르지 않아서 넬라도 접시 위에 펼쳐져 있는 여린 살점, 잉크 같은 색의 집게발, 성난 듯 붉은빛을 띤 껍질을 바라본다. 요하네스는 다리 하나를 뜯어 포크로 흰 섬유질을 긁어내면서 은세공업자 한 명에게 인사를 건넨다. 넬라는 자신의 접시에 담긴 게살을 겨우 한 점 맛본다. 짭짤한 맛이 이 사이에 낀다.

요하네스는 자기 게를 다 파먹고 난 뒤 그녀를 남겨두고 일어선다. "오래 걸리지 않을 거예요." 그가 한숨을 내쉬며 말한다. "일해야지." 그는 일이 고역이라는 듯이 말하며 구석에 서 있던 남자들 틈에 자리를 잡는다.

남편이 자리를 뜬 뒤 넬라는 자신이 무방비 상태로 노출된 것 같은 기분이 들지만, 그러면서도 남편이 변신하는 모습을 매혹당한 채 지켜본다. 일, 판매 수수료, 무역현황 이야기가 따분했을지언정 그는 전혀 티를 내지 않는다. 멋진 옷을 입고 가죽 구두를 신은 사람들 틈에서 그는 얼마나 미남인가. 웃음소리가 그들의 모자 위로 울려퍼지고 그들은 고개를 뒤로 젖힌다. 기울어진 달 같은 얼굴, 적갈색 뺨, 조그만 게살 묻은 턱수염 들의 한복판에 검게 그을린 얼굴로 미소를 머금은 요하네스가 있다.

저런 사람이라면 사랑할 수 있을 거라고, 넬라는 생각한다. 저런 사람의 아내가 되는 게 어려울 리 없다고. 사랑이 찾아와야 해. 그렇지 않으면 난 살 수 없으니까. 아마도 사랑은 서서히 자라나겠지. 오토가 심은 겨울 씨앗처럼.

견습공들이 요하네스에게 접근하기 시작한다. 그들은 자기가 만든 물건을 보여주고, 요하네스는 하나하나 받아들어 섬세한 손길로 은물병과 꽃병을 만져본다. 그의 칭찬에 어느 견습공이 기뻐하며 달려나간다. 다른 상인들은 한 걸음 뒤로 물러나 요하네스가 예술에 관한 토론의 장을 펼치는 것을, 꽃무늬가 아닌 바다 풍경 세공의 이점에 대해 설명하는 것을 경외의 눈길로 쳐다본다. 그는 박식해 보이고, 관찰력이 뛰어나 보이고, 태생이 달라 보인다. 그는 이름들을 받아 적고, 은상자를 주머니에 넣고, 어느 견습공에게는 동인도회사에서 보자고 한다.

넬라는 두 번째 요리를 보고 있다. 양고기 수프와 양파 소스를 뿌린 조개 한 접시. 주위를 두리번거리던 여자가 그녀에게 다가온다. 허리는 꼿꼿하고, 머리는 정성스럽게 꼬아 틀어 올린 다음 검은 벨벳 머리띠로 고정했다. 머리띠에는 조그만 진주알이 박혀 있다. 넬라는 속으로 작은 기적을 일으켜주신 하느님에게 감사한다. 코넬리아의 훌륭한 바느질 솜씨 덕분에 넬라의 드레스는 이제 몸에 꼭 맞다.

여자가 넬라의 테이블 옆에서 멈추어 서더니 무릎을 굽혀 인사한다. "듣기론 어린 아가씨라던데. 남편이 혼자 버려두던가요?"

넬라가 접시 가장자리를 붙잡는다. "열여덟 살이에요."

여자가 허리를 쭉 펴고 연회장을 훑어본다. "어떻게 생긴 분인지 궁금했어요." 그녀는 여전히 나지막한 목소리로 말하고 있다. "이제 보니 브란트 씨가 다른 모든 물건에 적용하는 것과 똑같은 기준을 부인한테도 적용했군요. 오트만이라는 이름은 **너무** 구식이네요. 〈전도서〉에서 뭐라고 했더라? 명예가 값진 기름보다 좋다." 염려하는 듯한, 감탄하는 듯한 말투지만 넬라의 약점을 건드리는 무언가가 있다.

넬라는 의자에서 빠져나오려 하지만 테이블 상판과 그녀의 풍성한 스커트 자락이 작당이라도 한 듯 그녀를 붙잡는다. 넬라가 허둥대는 모습을 바라보면서 여자는 침착하게 넬라의 인사를 기다린다. 마침내 넬라가 테이블 다리와 의자 사이의 좁은 공간에서 빠져나와 몸을 앞으로 숙이고는, 여자의 검은 브로케이드 스커트에 가까이 얼굴을 대며 마치 질식해가는 한 마리 까마귀가 날개를 펼치듯 드레스 자락을 펼친다.

"어머, 이러지 마세요." 여자가 말한다. **진작 말씀하셨어야죠, 마담.** 넬라는 생각한다. "난 아그네스예요. 프란스 미어만스가 제 남편이고요. 프린셍라흐트 가의 여우 간판 집에 살고 있어요. 프란스가 사냥을 좋아해서 그 간판을 골랐답니다."

그녀가 베푼 친밀감이 어정쩡하게 공중에 맴돈다. 마린에게서 침묵으로 우위를 점령할 수 있음을 배운 넬라는 가만히 미소만 지을 뿐이다.

아그네스가 자신의 머리를 매만지는 순간, 넬라는 자신에게 무엇이 있어야 했는지 깨닫는다. 아그네스의 열 손가락에서 반짝이는 반지. 조그만 루비, 자수정, 그리고 금속성 초록빛을 띤 에메랄드. 귀한 보석을 보란 듯이 끼고 다니는 건 네덜란드 사람답지 않다. 보석으로 치장한 여자들 대부분은 옷섶에 숨기고 다닌다. 넬라는 이런 식으로 번쩍거리는 마린의 손가락을 상상해본다.

넬라의 침묵에 아그네스는 경직된 미소로 답하고 말을 잇는다. "사실 우린 이웃사촌이에요. 같은 헤뷔르터*에 속해 있으니까요."

아그네스 미어만스는 말을 묘하게 힘들게 한다. 그녀가 하는 말은 즉흥적이지 않다. 거울 앞에서 우아하게 말하는 법을 연습이라도 한 걸까. 넬라는 오만한 여자의 머리를 둘러싸고 있는 작은 진주알들의 후광을 바라본다. 젖니 크기의 진주알들이 샹들리에의 춤추는 불빛 속에서 반짝인다.

아그네스는 마린보다 나이가 조금 더 많아 보이지만 가냘프고 수수한 얼굴은 전혀 늙지 않았다. 점도, 햇볕에 그을린 흔적도 없고, 눈 밑의 검은 반달도, 흙과 아이의 흔적도 없다. 그녀는 천상의 존재 같다. 지상에서 세월을 보낸 사람 같지가 않다. 빠른 동작으로 연거푸 깜빡이다가 고양이의 나른함으로 반쯤 내리뜨곤 하는 어두운 눈빛을 제외하면. 아그네스는 넬라의 은빛 드레스와 잘록한 허리를 바라본다. "어디 출신이에요?" 그녀가 묻는다.

"아센델프트요. 제 이름은 페트로넬라예요."

"흔한 이름이네요. 여기서도 많이들 쓰죠. 아센델프트는 살기 좋은가요?"

넬라는 아그네스의 치아가 살짝 변색되어 있음을 알아차린다. 넬라는 자신을 시험하는 듯한 이 여자에게 해줄 가장 훌륭한 대답을 생각해본다. "그곳을 떠난 지가 오늘로 열하루째인데요, 마담.

한 십 년은 된 것 같아요."

아그네스가 웃는다. "어린 시절에는 시간이란 게 좀처럼 닳지 않는 초와 같지요. 그나저나 마린은 당신을 어떻게 찾았을까요?" 그녀가 묻는다.

"어떻게 찾았냐고요?"

아그네스가 넬라의 말을 중단시키며 웃는다. 가볍게 내뱉는 숨, 호흡으로 표출되는 경멸. 이건 대화가 아니다. 아그네스는 일방적으로 활을 쏘아대고는 상대방에게 화살이 꽂히는 것을 지켜보고 있다. 그녀의 목소리에는 줄곧 이 상황을 재미있어하는 느낌이 배어나지만, 넬라는 이 과장된 자신감 이면에 무언가 다른 것이, 그녀가 이름붙일 수 없는 어떤 것이 있음을 감지한다. 넬라는 아그네스를 똑바로 쳐다보고 미소를 지어 보이면서 자신의 불안감을 더 희고, 더 어린 치아로 방어한다.

닭 요리와 뭉근하게 끓인 과일, 병에 든 와인이 쿨렁거리는 소리가 두 사람 사이를 뚫고 들어올 듯 위협한다. 하지만 마치 자석에 이끌리듯 아그네스에게 마음을 빼앗긴 넬라는 그 모든 것을 밀어낸다.

"요하네스 브란트의 신부라니." 아그네스가 숨을 내쉬며 다정하게, 그러나 집요하게 넬라의 팔을 잡아 의자에 앉힌다. "**정말** 오래 걸렸잖아요. 마린이 얼마나 기뻤을까. 마린은 늘 요하네스가 자식을 낳아야 한다고 했어요. 하지만 요하네스는 상속자 얘기만 나오면 펄펄 뛰었지요."

"그게 무슨 말씀이세요?"

"어떻게 장담하느냔 거죠. 아름다운 다리 사이에서 못생긴 아이가 나오고, 기품 있는 부모에게서 망나니가 나오고, 지혜로운 부모 사이에서 멍청한 아이가 나오기도 하니까요. 재미있는 얘기죠. 물론 요하네스야 항상 그렇지만. 하지만 누구나 결국은 다 남겨두고 떠나야 하잖아요."

아그네스가 요하네스의 이름을 함부로 부르고 그에 대해 이러쿵저러쿵 말하는 게 너무도 무례하고 불손하게 느껴진다. 넬라는 모욕당한 기분이지만 대꾸할 말을 찾지 못한다. 요하네스가 도대체 이 이상한 여자에게 어떤 상황에서 상속자 이야기를 했을지 상상조차 할 수 없다.

아그네스는 술병을 들어 와인을 두 잔 따른다. 두 사람은 한동안 말없이 앉아, 서서히 취해가는 사람들, 다마스크 테이블보에 그려진 항구의 파도, 비어가는 접시들의 반짝거림, 마지막으로 내어오는 요리들을 바라본다. "아센델프트에서," 한 벌의 카드패처럼 넬라를 훑어보며 아그네스가 말한다. "골든 벤드까지 오시다니 바타비아행만큼이나 먼 길이었겠네요." 아그네스는 가상의 머리카락을 한 쪽 귀 뒤로 넘기면서 반지 낀 손가락들을 다시 한 번 번쩍인다.

"조금요."

"하지만 우리처럼 완벽한 사랑은, 정말 드물죠! 프란스가 날 완전히 버려놨지 뭐예요." 그녀가 무언가를 공모하듯 속삭인다. "요하네스도 당신을 버려놓겠지만요."

"그랬으면 좋겠네요." 넬라가 대답한다. 이런 자신이 한심하다.

"프란스는 정말 괜찮은 남자예요." 아그네스가 말한다. 묻지도 않은 질문의 대답이 하나의 도전처럼 맴돌고, 그 말에 담긴 묘한 반항기가 느껴진다. 혹시 이런 게 세련된 대화인가. 스스럼없는 대화인 척하지만 사실은 전투적이고 사람을 불안하게 하는 대화.

"그 흑인도 만났겠네요?" 아그네스가 말을 잇는다. "진짜 **신기하**

던데. 우리 수리남 영지에도 흑인이 수백 명이 살고 있는데 직접 만나본 적은 한 번도 없어요."

넬라가 와인을 한 모금 마신다. "오토를 말씀하시나보네요. 수리남에 가보셨어요?"

아그네스가 웃는다. "재미있는 분이시네!"

"안 가보셨어요?"

아그네스의 얼굴에서 미소가 사라진다. 거의 애도하는 듯한 표정이다. "그 영지를 우리가 물려받은 것이야말로 하느님의 자비로 우심의 훌륭한 본보기라고 할 수 있어요, 마담. 그걸 노리고 있는 남자 형제들이 없거든요. 나 혼자뿐이죠. 목숨을 걸고 석 달간의 항해를 할 수는 없었지만 하느님이 저에게 아버지의 설탕을 하사하셨어요. 그런데 내가 배에 갇혀 있으면 어떻게 아버지의 뜻을 받들 수 있겠어요?"

와인 기운이 코끝까지 번져온다. 그 사실을 알 리 없는 아그네스가 몸을 앞으로 숙인다. "내 생각엔 그 검둥이가 아마 **엄밀한** 의미의 노예는 아닐 거예요." 그녀가 말한다. "요하네스는 우리가 그렇게 부르는 걸 용납하지 않아요. 내가 아는 암스테르담의 여성 레헨트 두 명이 검둥이를 데리고 있어요. 난 음악을 연주하는 검둥이가 마음에 들더라고요. 세입 징수관은 셋이나 두었는데, 그중 한 명은 여자이고 **게다가** 비올까지 연주할 줄 알지 뭐예요! 태양 아래 있는 건 뭐든지 살 수 있다는 반증이 아니겠어요? 하지만 그 검둥이는 요하네스에게 어떤 존재일까요? 다들 궁금해해요. 요하네스가 어느 날 집으로 데리고 와서는……."

"아그네스." 목소리를 듣고 넬라가 서둘러 일어선다. "아닙니다." 그들 앞에 선 남자가 넬라에게 뻣뻣한 드레스 자락을 펄럭이고 예의를 갖출 필요가 없음을 알리는 손짓을 하며 말한다.

아그네스의 날렵한 손가락이 무릎 위에서 꼬인다. "제 남편 미어만스예요." 그녀가 말한다. "이쪽은 페트로넬라 오트만."

"페트로넬라 브란트." 방 안을 둘러보며 그가 말한다. "알아요."

그 순간, 서 있는 남자와 그 곁에 앉아 있는 여자의 모습은, 호화롭게 차려입고 보이지 않은 끈으로 연결되어 있는 두 사람의 모습은, 넬라가 본 가장 완벽한 결혼의 이미지다. 두 사람의 일체감은 가히 위압적이다.

프란스 미어만스는 요하네스보다 조금 어려 보인다. 큼직한 얼굴은 바람과 태양에 거칠어지지 않았다. 깨끗하고 널찍한 턱으로 조개 다섯 개는 한꺼번에 먹어치울 것 같다. 그는 모자를 하나 들고 있는데 챙이 연회장에 있는 누구의 것보다도 넓다. 요하네스, 당신이 1길더 땄어요, 넬라가 생각한다. 이것 말고 그녀의 남편은 또 어떤 내기에 이기고 있을까.

미어만스는 곧 뚱뚱해질 타입이라고 넬라는 상상한다. 이곳에서 제공되는 음식의 양으로 보아 그렇게 될 확률이 높다. 그에게서 비에 젖은 개와 나무 타는 냄새가 난다. 부인에게서 나는 과일향 머릿기름 냄새보다 야성적이다. 그가 몸을 앞으로 숙이고 반짝이는 스푼을 집어 든다. "혹시 은세공업자십니까?" 그가 묻는다.

맥 빠지는 농담에 아그네스가 애써 미소를 지어 보인다. "오늘 밤 요하네스하고 얘기할 거지?" 그녀가 묻는다.

미어만스는 본능적으로 고개를 들고 방 안을 훑어본다. 요하네스는 넬라의 테이블에서 멀어져 이젠 보이지 않는다. "그래야지." 그가 말한다. "그 친구 창고에 설탕이 벌써 이 주째 있잖아."

"우리가, 당신이, 시한을 정해야 해. **그 여자**가 설탕을 안 먹는다고 해서 다른 사람들도 안 먹는 건 아니니까." 아그네스가 따분하다는 듯 숨을 하! 하고 내쉬고는 와인 한 잔을 더 따른다. 그녀의 손이 가냘프게 떨린다.

넬라가 일어선다. "남편을 찾아봐야겠어요."

"저기 오시네요." 고상한 목소리로 아그네스가 말한다. 프란스 미어만스는 모자 가장자리를 잡는다. 아그네스는 요하네스가 다가오자 천천히 무릎을 꺾어 인사하는 반면, 프란스 미어만스는 허리를 꼿꼿하게 펴고 가슴을 불룩하게 내민다.

"마담 미어만스." 요하네스가 말한다. 두 남자는 서로에게 고개 인사를 하지 않는다.

"시뇨르." 아그네스가 숨을 내쉬며 말한다. 그녀의 검은 눈동자가 요하네스가 입고 있는 고급스러운 코트를 훑어내린다. 넬라가 보기에 아그네스는 손을 뻗어 요하네스의 벨벳 옷깃을 쓰다듬고 싶은 욕구를 가까스로 억누르고 있는 것 같다. "오늘 밤에도 언제나처럼 마술을 부리시는군요."

"마술이 아닙니다, 마담. 그저 저일 뿐이죠."

아그네스가 테이블보에 시선을 집중하고 있는 자신의 남편을 바라본다. 자신의 목을 바라보는 아그네스의 시선이 느껴지기라도 한 듯 미어만스가 입을 연다. "안 그래도 설탕 얘기 좀 하려고……." 그가 말끝을 흐린다. 넬라는 반쯤 가려진 그의 얼굴에 드리워진 구름을 본다.

"언제쯤 팔 수 있을까요?" 아그네스가 묻는다. 그녀의 질문이 허공에 맴돈다.

"알아보고 있습니다, 마담."

"물론 그러시겠지요, 시뇨르. 그 점은 의심하지 않지만……."

"희망봉에선 판 리베크●가 부정부패를 저질렀어요. 먼 교역국들의 이 빌어먹을 통치자들 때문에," 요하네스가 말한다. "바타비아에선 뇌물이, 동양에서는 암시장이 횡행하죠. 그곳 사람들은 좋은 물건을 갈구하고 있고, 그 사람들한테 난 곧 마담의 물건이 갈 거라고 얘기를 하고 있어요. 결국엔 서인도제도가 우리 모두를 구원하지 않을까 생각합니다만, 저는 부인의 설탕을 바우르서■로 가져가진 않을 생각입니다. 거래소는 서커스판이고 브로커들은 미쳐 날뛰는 하피●● 같거든요. 이 설탕은 신중하게, 배급량을 조절해가면서 해외 시장에 풀어야……."

"영국은 안 돼요." 아그네스가 끼어든다. "전 영국인이 싫어요. 그자들이 수리남에서 우리 아버지에게 저지른 일을 생각하면……."

"영국으론 안 갑니다." 요하네스가 그녀를 안심시킨다. "설탕은 잘 보관하고 있어요." 그가 노련하게 덧붙인다. "원하신다면 직접 가서 확인해보셔도 좋습니다."

"자넨 상당히 특이한 생각을 갖고 있군." 미어만스가 말한다. "네덜란드 사람이라면 보통 그런 보물은 그 품질을 감안할 때, 자국에서 소비시키려고 할 텐데 말이야. 값도 꽤 많이 받을 수 있고."

"내가 보기에 그런 식의 자기애는 자멸적인 행동이야." 요하네스가 말한다. "누구에게도 도움이 안 돼. 해외에서 우린 못 믿을 사람으로 통하고 있어. 난 그런 사람이 되고 싶은 생각은 없네. 두 사람 설탕의 명성을 드높이는 편이 낫지 않겠나?"

● 네덜란드 동인도회사의 일원으로 케이프 식민지 최초의 지도자이자 남아프리카공화국의 민족을 구성하는 아프리카너의 시조.
●● 그리스로마 신화에 나오는 괴물.

"일이 잘 풀리건 안 풀리건, 우린 자네한테 믿고 맡겼어."

"집에 설탕 원뿔이 한 개 있어요." 뜨거운 물에 향료를 부으며 아그네스가 끼어든다. "너무도 아름답고 **단단**해요. 다이아몬드처럼 단단하고 강아지처럼 사랑스럽죠. 아버지가 늘 하던 말씀이었어요." 그녀가 목의 레이스를 만지작거린다. "깨고 싶어 죽겠어요."

넬라는 자신의 와인 잔에 남은 찌꺼기를 바라보며 약간 취한 상태로 몸을 흔든다.

"두 분을 위해 베네치아로 갈 생각입니다." 요하네스가 말한다. "사려는 사람이 많을 거예요. 두 분의 설탕이 도착하기에 적절한 때는 아니지만, 설탕을 사고 싶어하는 베트남 사람도 있다는 걸 잊지 마세요."

"베트남 사람요?" 아그네스가 숨을 헉 들이켠다. "그 패피스트들?"

"아그네스의 아버지는 열심히 일하셨네, 요하네스." 미어만스가 쏘아붙인다. "가톨릭 신자의 배를 채우기 위해서는 아니었지."

"돈이야 어디서 들어오든 다 좋은 것 아닌가? 진정한 사업가라면 그 사실을 알고 있지. 베네치아와 밀라노에서도 우리 네덜란드인들이 숨을 쉬는 것처럼 설탕을 먹어."

"그만 가지, 아그네스." 프란스가 말한다. "피곤해. 배도 부르고."

그는 생각에 병마개를 덮듯 머리 위에 모자를 도로 폭 눌러쓴다. 어색한 침묵이 커져가자 아그네스는 서서 기다린다.

"살펴 가세요." 요하네스가 말한다. 그의 환한 미소가 눈 뒤에 서린 피로까지 감추진 못한다.

"신이 함께하시길." 아그네스가 말하며 남편의 팔에 팔짱을 낀다. 두 사람이 마호가니 패널 벽을 따라 학살당한 테이블보, 쓰러진 은주전자, 남아 있는 음식 부스러기 사이로 걸어가는 동안 넬라의 마음속에 근심이 번져간다.

"요하네스." 그녀가 말한다. "마린은 우리가 저 사람들을 초대해야 한다고……."

요하네스가 한 손을 넬라의 어깨에 얹는다. 그 무게에 넬라가 축 늘어진다. "넬라," 그가 한숨을 쉰다. "저런 사람들은 항상 더 많은 걸 원하게 만들어야 해요."

아그네스는 어깨너머로 그들을 돌아보며 오만한 시선을 던진다. 그러나 넬라는 과연 그 말이 맞을지 확신이 서지 않는다.

서재

돌아가는 길, 바지선에서 요하네스는 해변으로 떠밀려온 바다표범처럼 널브러져 있다.

"사람을 참 많이 아시네요, 요하네스. 모두 당신을 숭배해요."

그가 미소 짓는다. "그 사람들이 내게 돈이 없어도 말을 걸었을 거라고 생각해요?"

"우리가 부자인가요?" 그녀가 묻는다. 미처 생각해보기도 전에 튀어나온 말이다. 그녀의 목소리에서 근심이 너무도 선명하게 배어난다. 물음표가 너무 크고 책망하는 투다.

그가 그녀 쪽으로 고개를 돌린다. 머리카락이 그의 뺨과 벤치 사이에 끼어 있다. "무슨 일 있었어요?" 그가 묻는다. "마린은 무시해요. 마린이 하는 말들도. 워낙 걱정하길 좋아하는 애거든요."

"마린 때문이 아니에요." 넬라가 대답하지만 말하고 나니 정말 마린 때문인지 궁금해진다.

"누군가 당신에게 열변을 토한다고 해서 그게 반드시 진실이란 법은 없어요. 예전에 난 더 큰 부자였어요. 또 지금보다 가난했던 때도 있었고. 하지만 눈에 띌 정도로 큰 차이가 났던 적은 없었어요." 음식과 고단한 저녁에 취한 그의 말투가 늘어진다. "나의 부를 실제로 만질 수는 없어요, 넬라. 그건 허공에 떠 있거든요. 때론 부풀어오르고 때론 쪼그라들죠. 그러다 다시 부풀어오르고 말이죠. 부유함으로 살 수 있는 물건은 단단하겠지만 막상 손을 뻗어보면 구름처럼 공허한 거예요."

"하지만요. 어떻게 보면 동전 한 닢보다 더 단단한 건 없지 않을까요?"

그가 하품을 하며 눈을 감고, 넬라는 아무 예고 없이 흩어졌다가 다시 뭉치곤 하는 수증기 덩어리에 불과하다는 남편의 돈을 상상해본다. "요하네스, 할 얘기가 있어요." 넬라가 잠시 머뭇거린다. "실은, 제가 미니어처리스트 한 명을 고용했는데……."

흘긋 보니 그는 이미 포만감의 나른함에 굴복한 상태다. 넬라는 그가 깨어나기를, 그래서 그에게 뭐든 좀 더 물어볼 수 있기를 바란다. 프란스와 아그네스가 떠난 뒤 그는 불편해 보였다. 잿빛 눈동자는 사적인 상념들 속을 거닐었고, 다시 한 번 마음의 문을 잠갔다. 왜 프란스는 자기 아내보다 떨떠름한 태도로 요하네스를 대하는 것일까? 왜 요하네스는 그들을 집으로 초대하지 않았을까?

넬라는 손에 남아 있는 아그네스의 머릿기름 꽃향기를 맡는다. 레이스 페티코트 속에서 배가 꼬르륵 소리를 낸다. 조금 더 먹어둘 걸 그랬다는 생각이 든다. 처진 눈꺼풀과 턱살이 요하네스의 나이를 말해준다. 그는 동화에 나오는 서른아홉 살 남자의 얼굴처럼 우락부락해 보인다. 그녀는 그가 쾌활하게 수다를 떨다가 침묵이 흐르고, 곧이어 또다시 그 어두운 혼돈 속으로 들어서는 상상을 해본다. 그녀는 눈을 감고 자신의 손을 평평한 배에 올려놓는다. **요하네스도 당신을 버려놓겠지만요.**

문득 마린의 방에 숨겨져 있던 연애편지의 기억이 되살아난다. 그 편지는 어디서 온 것이며, 며칠이나, 혹은 몇 년이나 그 책갈피에 꽂혀 있었을까? 넬라는 그 편지를 마린이 어떻게 읽을지 궁금하다. 기뻐하면서? 아니면 경멸하면서? 수수한 검은 드레스 속에 감추어진 흑담비의 보드라운 감촉, 그녀의 선반에 신부의 부케 대신 놓여 있는 노랗게 변색된 해골. 아니, 그 누구도 마린을 버려놓지는 못할 것이다. 그녀가 용납하지 않을 테니까.

어둑어둑한 배 안에서 넬라는 손을 들어 결혼반지를, 분홍색 조개껍데기 같은 손톱들을 바라본다. 아센델프트에는 시내 광장이 딱 한 곳뿐이었지만 그곳 사람들은 그녀의 이야기를 들어주었다. 여기서 그녀는 인형일 뿐이고 사람들이 자기 이야기를 쏟아내는 대상일 뿐이다. 그녀가 결혼한 남편만 그런 게 아니다. 온 세상이 그렇다. 은세공업자들, 시누이, 이상한 이웃들, 길을 잃은 것 같은 기분이 드는 집, 그녀를 두렵게 하는 그 작은 집. 겉으로는 모든 게 넘쳐나지만 넬라는 왠지 뭔가 빼앗긴 것 같은 기분이다.

집 안으로 들어서면서 어떻게든 대화를 이어가야겠다는 생각에 넬라가 요하네스에게로 돌아선다. 그러나 요하네스는 어느새 레제키와 이야기하느라 몸을 구부리고 있다. 요하네스는 레제키를 가장 좋아하는 게 분명하다. 그가 개의 머리를 손바닥으로 정성스럽게 쓰다듬자 레제키는 신이 나서 이를 드러낸다. 아무도 거실 촛불을 밝히지 않았다. 집 안이 너무 어둡고 높은 창으로 새어드는 달빛도 없다.

"맛있는 거 먹었나, 우리 공주님?" 그가 묻는다. 그의 목소리는 다정하고 애정이 듬뿍 담겨 있다. 개가 타일 바닥을 근육질의 꼬리로 때리며 화답하자 요하네스가 껄껄 웃는다.

그 웃음소리가 넬라는 거슬린다. 그녀가 원하는 관심을 한낱 동물에게 빼앗기다니. "전 그만 잠자리에 들게요." 그녀가 말한다.

"그렇게 해요." 그가 말하며 몸을 일으킨다. "오늘 피곤할 텐데."

"아뇨, 요하네스. 피곤하지 않아요."

그녀는 요하네스가 시선을 회피할 때까지 그를 똑바로 쳐다본다. "난 오늘 만난 사람들을 정리해두어야 해요." 그가 서재 쪽으로 향한다. 개도 곧장 그 뒤를 따른다.

"개가 곁에 있어 주나요?" 넬라가 묻는다. 결혼해서 열하룻밤을 혼자 지내다니. 하느님이 세상을 만든 시간보다 더 긴 시간을.

"날 도와주죠." 그가 말한다. "문제가 있을 때 그 문제를 바로 해결하려고 하면 풀리지 않아요. 그런데 녀석을 쓰다듬다보면 답이 나와요."

"쓸모가 있네요."

요하네스가 미소를 짓는다. "쓸모가 있죠."

"오토는 얼마 주고 샀어요? 그 사람도 쓸모 있나요?" 그녀가 묻는다. 그녀의 목소리는 차갑고 날이 서 있다.

요하네스의 표정이 어두워지고 넬라는 자신의 얼굴이 벌겋게 달아오르는 것을 느낀다. "아그네스가 뭐라고 하던가요?"

"아무 얘기도 안 했어요." 그녀가 대답한다. 그러나 아그네스의 말이 피부 밑에서 스멀거리고 있는 것은 사실이다.

"오토의 첫 월급만 선불로 주었어요." 그가 말한다. 그의 목소리는 침착하다.

"오토는 당신이 자길 해방시켰다고 생각하고 있나요?"

요하네스가 입을 굳게 다문다. "그게 거슬려요, 페트로넬라? 이 집에서 그와 함께 사는 게?"

"전혀요. 단지…… 전 한 번도…… 그러니까 제 말은…….."

"남자 하인은 오토 말고는 둬본 적이 없어요." 요하네스가 대답한다. "앞으로도 그럴 거고."

그가 돌아선다. 가지 말라고, 넬라는 생각한다. 이대로 가버리면 난 이 복도에서 투명인간이 되어버릴 거라고, 그러면 다시는 날 찾지 못할 거라고. 넬라는 그의 곁에 순하게 앉아 있는 개를 가리킨다. "얘가 레제키인가요? 다나인가요?"

요하네스가 돌아서서 한쪽 눈썹을 올리고는 애정 어린 손길로 개를 쓰다듬는다. "계속 지켜봤잖아요. 이 녀석이 레제키, 배에 점이 있는 녀석이 다나."

나도 알고 있다고, 넬라는 생각한다. 위층 캐비닛 안에서 기다리고 있는 작은 개들을 떠올리면서. "이름이 이상해요."

"당신이 수마트라 사람이라면 이상하지 않을 걸요."

"레제키가 무슨 뜻이죠?" 넬라는 자신이 어리고 한심하게 느껴진다.

"행운." 그가 말하고는 서재로 들어가 문을 닫는다.

넬라는 복도의 어둠 속을 멍하니 쳐다본다. 서늘한 한 줄기 바람이 분다. 마치 대리석 타일 건너편의 어딘가에서 또 하나의 문이 열렸다가 닫힌 것처럼. 뒷목의 털이 곤두선다. 어둠 속에 누군가 있다.

"누구세요?" 그녀가 소리친다.

부엌 쪽에서 숨죽인 목소리들, 다급한 투덜거림, 이따금 팬이 달그락거리는 소리가 들려온다. 누군가 보고 있는 것 같은 느낌은 서서히 잦아들고, 비록 멀리서 들려오는 소리일지언정 부엌의 소음이 그녀를 안심시킨다. 이 집은 넬라의 균형 감각을 마비시킨다. 넬라는 마음을 가라앉히려고 손을 뻗어 요하네스의 서재 문을 어루만진다. 바로 뒤에서 누군가 숨을 들이켜는 소리가 들리고 스커트 자락에 무언가가 스치는 것 같은 느낌이 든 순간 그녀는 양손으로 서재 문을 두드린다.

"마린, 나중에."

"넬라예요!"

요하네스는 대답이 없다. 넬라는 두려움에 압도당하지 않으려 애쓰며 어둠 속을 쳐다본다. "요하네스, **제발**, 문 좀 열어줘요!"

문이 열리는 순간 방 안에서 새어나오는 노란 불빛이 너무도 반가워 넬라는 그만 울음을 터뜨릴 뻔한다.

서재를 보고 가장 먼저 떠오른 생각은, 그의 서재가 이 집에서 가장 사람 사는 곳 같다는 것이다. 이 서재에는 분명한 목적이 있다. 목적에 충실한 이곳이야말로 남편과 가장 가까운 공간이다.

안으로 들어서자 그가 문을 닫는다. 넬라는 복도에서 느낀 공포를 떨쳐내려 안간힘을 쓴다. "밖엔 아무도 없어요, 넬라." 그가 말한다. "어둠뿐이에요. 왜 그만 잠자리에 들지 않고요?"

넬라는 그가 어떻게 자신의 두려움을 눈치챘는지 궁금하다. 아그네스가 오토에 대해 이런저런 이야기를 했다는 걸 알았던 것처럼. 요하네스에게 감시당하는 건 부엉이에게 감시당하는 것 같고, 그녀는 생각한다. 옴짝달싹 못 하는 기분이다.

밖에는 어느덧 비가 내린다. 조용히 내리는 밤비. 리듬이 있고 친근하다. 조그만 방 안에는 싸한 종이 냄새가 가득하고, 높은 나무책상이 벽 모서리에 자리 잡고 있고, 두루마리 편지들과 금으로 만든 잉크스탠드가 있다. 초의 연기가 검은 테두리 장식을 한 낮은 천장에 자욱하고, 터키 양탄자의 소용돌이 문양은 그 위에 펼쳐진 낯선 언어들이 적힌 서류들 때문에 보이지 않는다. 빨간색 밀랍 봉인들이 곳곳에 널려 있고, 그중 어떤 것은 바닥에 깐 양털 깔개에 파묻혀 있다.

벽마다 지도가 붙어 있다. 마린의 방에서 본 것보다 더 많은 지도가. 넬라는 버지니아 주의 모양과 나머지 아메리카 대륙, 태평의 바다*, 말루쿠 제도, 일본을 본다. 각각의 나라는 다이아몬드 모양의 가느다란 빗금으로 지워져 있다. 이 방의 지도에는 소망이 담긴 질문이 아닌 명확한 사실이 기록되어 있다. 창문 밑에 짙은 색 나무로 만든, 거대한 자물쇠가 달린 궤짝이 있다. "돈을 보관하는 금고예요." 간이 의자에 앉으며 요하네스가 말한다.

넬라는 요하네스가 부엉이보다는 늑대 같기를 바란다. 그러면 아내로서의 본분까지는 아니더라도, 그녀의 역할은 훨씬 더 분명해질 것이다. "전, 고맙다고 말하고 싶었어요." 그녀가 머뭇거린다. "캐비닛 선물 말이에요. 전 그 캐비닛에……."

"고마워할 필요 없어요." 그가 다시 한 번 손을 내저으며 말한다. "내가 할 수 있는 최소한의 선물이니까."

"하지만 감사의 마음을 보여드리고 싶었어요."

넬라는 아그네스 미어만스의 기품을 흉내 내려 애쓰면서 떨리는 손길로 그의 셔츠 자락을 만지작거린다. 넬라는 그러한 일체감을, 그러한 결혼의 이미지를 실현하고 싶다. 그러나 그는 반응하지 않는다. 마치 떼쓰는 아이의 손처럼 그녀의 손가락이 그의 옷자락을 붙잡는다.

* 오늘날의 태평양.

"그래요?" 그가 말한다.

넬라는 손을 내려 그의 허벅다리 위에 얹는다. 지금껏 한 번도 이런 식으로 남자를 만져본 적은 없다. 이토록 고압적인 남자라면 더더욱. 두툼한 울 바지 밑으로 근육질의 다리가 느껴진다. 단단한 근육질의 다리. "당신이 외국어로 말할 때 너무 멋져요." 그녀가 말한다.

그 순간 넬라는 말을 잘못했음을 깨닫는다. 그는 의자에서 일어난다. "뭐라고요?" 그가 말한다.

요하네스가 얼마나 당혹스러워하는지, 넬라는 자신이 한 말을 씻어내려는 듯 양손으로 입을 가린다. "전 단지……, 그건 단지……."

"이리 와요." 그가 그녀의 말을 자른다. 놀랍게도 그는 넬라의 머리카락을 거칠게 쓸어넘긴다.

"미안해요." 그렇게 말하면서도 넬라는 자신이 정확히 무얼 잘못했는지 모른다. 그가 몸을 숙이고 그녀의 가냘픈 팔을 잡은 뒤, 그녀의 입술에 키스한다.

키스의 충격이, 와인과 게의 놀랍고도 뜨거운 잔향이 그녀를 공격하고 넬라는 그의 손길에 긴장하지 않으려고 사력을 다한다. 그녀는 입술을 조금 더 벌린다. 그의 입에서 이 압력을 분출시킬 수만 있다면. 그는 계속 그녀를 잡고 있고 넬라는 두려움에 굴복하기 전에, 얼른 그의 바지춤으로 손을 가져간다. 이것이 여자들이 해야 하는 일이라면, 연습을 해야만 그나마 즐길 수 있을 테니까.

넬라는 그것을 바로 찾는다. 그녀가 전혀 아는 바 없는 불룩한 그것. 그러나 엄마가 말한 것과 같은 단단한 막대가 아니다. 그것은 웅크린 벌레에 가깝다.

넬라의 손에 스프링이 달린 것만 같다. 요하네스는 놀라서 펄쩍 뛰며 그녀를 밀쳐내고 책상 가장자리로 물러선다. "넬라," 그가 말한다. "이런 젠장!"

"전……."

"가." 그가 소리친다. "나가!"

레제키가 훈계하듯 딱 한 번을 짖고, 넬라가 비틀거리며 복도로 나가자 요하네스는 문을 쾅 닫는다. 그가 자물쇠 채우는 소리가 들리고 다시 어두운 복도에 홀로 남겨진 넬라는 두려움을 느끼며 위층 방으로 뛰어올라간다.

캐비닛은 방 한구석에 있다. 그녀는 커튼을 젖힌다. 마치 모욕처럼 요람이 달빛에 반짝인다. 넬라는 캐비닛의 다리를 발로 찬다. 나무와 거북 등딱지는 꿈쩍도 하지 않고, 뼈에 금가는 소리가 들린다. 고통에 신음하면서도 그녀는 울지 않는다. 넬라는 절뚝거리며 방 안을 돌아다니다가 남편의 그림들을 뒤집어놓는다. 사냥꾼에게 붙잡힌 토끼에서부터 썩은 석류까지, 하나씩, 전부 다.

계단

"그림들이 왜 죄다 뒤집혀 있대요?" 코넬리아가 가장 가까이에 있는 그림을 제자리로 돌려놓으며 묻는다. 석류에서 기어나온 애벌레가 액자 가장자리로 움직이고 있다. 하녀는 몸서리를 치면서 캐비닛을 흘금 바라본다. "여기서 사는 법을 터득하실 거예요, 마담." 그녀가 나지막이 말한다. "터득하려고 노력하셔야 해요."

넬라는 한쪽 눈을 뜨고 코넬리아를 바라본다. 어젯밤의 모욕감이 다시 밀려든다. 그 일 때문에 침대에서 일어날 수 없다. 넬라는 베개 속에 얼굴을 파묻는다. 어젯밤 복도에 있었던 사람은 코넬리아였을까? 그 끔찍한 상황이 펼쳐지는 것을 목격한 사람은? 그렇다면 왜 날 안심시키지 않았을까? 아내로서 좌절당하는 순간을 누군가 엿보았다고 생각하니 기분이 참담하다.

요하네스의 거절은 넬라의 영혼을 필름처럼 감싼다. 머리를 부숴서라도 진실한 사랑에 대한, 부부의 잠자리에 대한, 웃음과 아이들에 대한 이 한심한 생각들을 없애고 싶다. 코넬리아가 짙은 파란색 배경의 굴 그림을 뒤집는 순간 넬라는 벽이, 죽은 사냥감과 흐드러진 꽃을 확대한 그림들이 그녀에게 다가오는 것처럼 느껴진다.

"마담 마린이 아주 끔찍한 그림만 이 방에 넣어주셨네." 코넬리아가 말한다. 이건 또 하나의 빵 부스러기다. 이 미소, 코넬리아가 던져주는 정보. 마린의 교활함은 더 교활한 사람에게 배신당하고 있다.

코넬리아가 커튼을 젖힌다. 10월 말의 아침 햇살은 방 안의 모든 것에 냉혹한 선명함을 드리운다. 그녀가 파턴 한 짝을 벗어 조그만 발을 내밀며 얼굴을 찌푸린다. "믿으실지 안 믿으실지 모르겠지만요," 그녀가 말한다. "저도 발이 피곤할 때가 있다고요." 중심을 잡고 서서 그녀가 발바닥을 문지르기 시작한다. "얼마나 피곤한지, 꼭 죽은 사람 발 같아요."

넬라가 몸을 일으킨다. 아센델프트에는 이런 하녀가 없었다. 여기가 아니면 그 어떤 곳에서도 코넬리아는 이런 자유를 누릴 수 없고 이런 말과 행동을 할 수 없을 것이다. 코넬리아의 목소리가 밝다. 얘기하고 싶은 눈치다. 발바닥을 주무르는 쾌감이 너무도 커서 자신의 안주인이 어떻게 생각할지 따위는 안중에도 없는 것 같다. 이 집 특유의 분위기인 것 같다고, 넬라는 생각한다. 내가 이해하지 못하는 자유분방함. 이 집의 일상은 온통 뒤죽박죽이고, 뭔가 잘못된 것 같지만, 그러면서도 그들 모두의 면면을 훤히 드러내준다. 코넬리아의 양말은 얼마나 너덜너덜한지, 온통 십자 모양으로 기워놓은 울 조각보 같다. 마린은 저것보다 좋은 양말을 줄 수 없었을까? 넬라는 구름처럼 만질 수 없는 부유함에 대해 요하네스가 했던 말을 떠올린다.

요하네스를 슬쩍 만지던 기억, 아무 반응 없이 웅크리고 있던 그것의 느낌이 되살아난다. 넬라는 몸서리를 친다. 줄에 매단 토끼 그림을 바로 놓는 코넬리아의 모습에 넬라는 피부에 스멀거리는 분노를 느낀다. **네가 뭘 안다고.** 넬라는 말하고 싶다. **너도 한번 결혼해봐.**

"코넬리아." 넬라가 말한다. "마린은 왜 그렇게 아그네스의 설탕을 팔고 싶어하지? 우리가 가난해?"

코넬리아가 입을 쩍 벌린다. "마담, 당치도 않은 말씀이세요. **가난하냐고요?** 이 도시의 모든 여자가 마담 자리에 앉을 수만 있다면 자기 오른팔이라도 내놓을걸요."

"**설교**는 필요 없어, 코넬리아. 내가 묻고 있잖아."

"예를 갖추어 부인을 대하고, 연회장에 데려가고, 드레스를 사주고, 3천 길더짜리 캐비닛을 사주는 남편을 두셨는데 그런 말씀을 하세요? 주인님은 우리를 먹여주시고 돌봐주세요. 오토도 같은 말을 할걸요."

"오토는 결국엔 넘칠 거라고 했어."

"시뇨르는 존경할 점이 많은 분이세요." 코넬리아가 대답한다. 그녀의 말이 무언가를 밀어붙이려는 듯 절박하다. "시뇨르는 투트를 자식처럼 키우셨어요. 시뇨르가 아니면 누가 그렇게 하겠어요? 영어와 프랑스어를 할 줄 아는 하인이 오토 말고 또 있겠냐고요. 누가 지도를 만들고, 하를럼 울 한 필의 품질을 확인하겠어요? 그리고……."

"하지만 코넬리아, 그런 걸 할 줄 알아서 실제로 오토가 무얼 하지? 우리가 **실제로** 할 수 있는 일이 뭐지?"

코넬리아는 심기가 불편해 보인다. "제가 보기엔요, 마담. 마담의 삶은 이제 막 시작되었어요. 자, 이거요." 하녀가 앞치마 안주머니에서 큼직한 소포를 꺼내 넬라의 침대 위에 올려놓는다. "바깥계단 위에 있던데요. 마담 앞으로 왔어요. 뭐 잘못됐나요?"

"아니야, 아무것도." 넬라가 얼버무린다. 태양 표시가 찍힌 불청객 소포가 침대 커버 위에 놓여 있다.

"오늘은 청어가 아니에요. 좋아하실 것 같아서요." 코넬리아가 소포를 바라보며 말을 잇는다. "겨울 잼들하고 크림 버터를 내놓을 거예요. 시뇨르가 이른 저녁식사를 청하셔서요." 그녀가 벗었던 파텐을 주워 다시 신는다.

"그랬겠지." 넬라가 말한다. "정말 음식에서 자아를 발견하는 사람 맞네. 곧 내려갈게."

문이 닫히자 넬라는 조심스럽게 소포를 들어본다. 주문한 적 없는데. 분명 미니어처리스트에게 거래를 중단한다고 편지를 보냈는데. 그 사실을 기억하면서도 넬라의 손가락은 포장지를 찢는다. 이런 소포를 열어보지 않을 사람이 어디 있겠어? 넬라는 자기 행동을 합리화한다. 편지의 내용을 기억하고 있다. **동인도회사 고위직 상인의 아내로서 한낱 기능공에게 주눅 들진 않습니다.**

쪽지가 들어 있다. 쪽지를 펼쳐보니 이런 글귀가 적혀 있다.

나는 떠오르기 위해 싸우리라.

"아, 그러신가요? 미니어처리스트 씨?" 넬라가 소리 내어 말한다.

그녀가 소포 봉투를 옆으로 기울이자 조그만 살림살이가 쏟아진다. 곡식 낟알 두 개 길이의 다리미, 조그만 바구니, 삼베 자루와 들통 몇 개, 빗자루 하나, 빨래 말리는 화로. 냄비, 팬, 조그만 나이프, 포크. 수놓은 쿠션, 두 여자와 한 남자의 초상화가 그려진, 둘둘 만 걸개그림. 분명 아래층 요하네스의 서재에 걸린 것과 똑같은, 예수를 놓고 논쟁을 벌이는 마르다와 마리아의 그림일 거라고, 넬라는 확신한다. 두려움이 분노와 뒤섞이기 시작한다.

조그만 금테 액자는 꽃병과 기어가는 애벌레의 유화다. 흔한 소재라고, 넬라는 중얼거린다. 코넬리아가 방금 전에 제자리에 놓은 실제 그림을 바라보며 침착하려 애쓴다. 아름답게 제본된 책도 몇 권 있다. 어떤 건 스타위버르* 동전보다도 작고 알아볼 수 없는 손글씨로 뒤덮여 있다. 연애편지가 들어 있기를 내심 기대하며 책을 펼쳐보지만 아무것도 없다. 조그만 인도 지도와 앞표지에 B라고 적힌 성경책도 한 권 있다.

다른 물건들과 별개로 헝겊 속에서 반짝이는 무언가가 넬라의 시선을 끈다. 헝겊 속에는 조그만 황금색 열쇠가 리본 끝에 달려 있다. 넬라는 차가운 아침 햇살에 열쇠를 흔들어본다. 그녀의 손톱보다 크지 않은, 아름다운 열쇠의 자루 부분에는 섬세한 무늬가 새겨져 있다. 이렇게 작은 열쇠로 어떤 문을 열 수 있을까. 쓸모는 없지만 정교하다.

소포 봉투 속에 다른 건 없다. 다른 쪽지도, 설명도 없다. 묘하게 반항적인 글귀와 조그만 선물들 외에는. 코넬리아는 이 작업을 중단해달라는 그녀의 편지를 분명히 전달했다고 맹세했다. 그는 왜 내 말을 듣지 않는 걸까?

그러나 조그만 작품들을 바라보면서, 그 놀라운 아름다움과 알 수 없는 목적들을 바라보면서, 넬라는 자신이 과연 그가 중단하기를 원하는지 의문스럽다. 미니어처리스트는 분명 그럴 의사가 없다. 넬라는 조심스럽게 새로 들어온 물건들을 캐비닛 안에 진열한다. 하나씩, 하나씩. 불현듯 감사의 마음이 그녀를 스친다.

• 20스타위버르는 1길더에 해당한다.

"어디 가?" 한 시간 뒤 홀을 가로지르는 넬라에게 마린이 묻는다.

"아무 데도요." 넬라가 대답한다. 마음은 벌써 태양 간판 집에, 미니어처리스트의 집 문 뒤에서 그녀를 기다리고 있을 해명에 달려가 있다.

"그럴 줄 알았어." 마린이 말한다. "구 교회에서 펠리콘 목사가 설교를 하신다는데 같이 가면 어떨까 해서."

"요하네스도 가나요?"

요하네스는 가지 않는단다. 최근 물가를 파악하기 위해 바우르서 거래소에 가봐야 한단다. 넬라는 남편이 회피하는 것이 과연 목사의 설교인지 궁금하다.

칼베르스트라트에 가보고 싶은 마음이 간절한 넬라는 일부러 마린의 뒤로 쳐진다. 마린의 발은 운하 길이 못할 짓이라도 했다는 듯 사정없이 밟아댄다. 주인이 없으면 절대 행복하지 않은 레제키는 요하네스와 바우르서에 갔다. 다나를 맨 뒤에 처지게 하고 싶지 않아서 넬라는 다나와 함께 걷는다. 다나는 새로 온 안주인 쪽으로 축축한 검은 코를 쳐들고는 순순히 넬라의 옆에서 걷는다. "평소에 교회에 개를 데리고 가?" 넬라가 코넬리아에게 묻는다.

하녀가 고개를 끄덕인다. "마담 마린은 개를 혼자 두면 안 된다고 하세요."

"나도 피보 데리고 올걸."

"당치도 않은 소리!" 마린이 어깨너머로 돌아보며 말한다. 넬라는 자신의 말을 엿듣는 그녀의 능력이 놀랍다.

화창한 날이고, 적갈색 지붕들은 주홍빛에 가깝고, 운하에서 새어나오는 악취를 희석할 정도로 바람이 차다. 육로에는 마차가 달그락거리며 지나다니고, 물길은 남자, 여자, 물건, 심지어는 양 몇 마리를 싣고 지나가는 배로 북적인다. 일행은 헤렝라흐트와 페이젤스트라트를 지나 다리를 건너 터프마켓에서 구 교회로 향한다. 가는 방향을 똑바로 보고 걷지 않으면 자갈에 걸려넘어질 거라고 코넬리아가 말해주기 전까지 넬라는 본래 가고자 했던 방향을 애틋하게 보며 걷는다.

보트, 창문, 운하 길의 사람들이 그들을 본다. 바르무스트라트의 높고 좁다란 실크 가게를 지날 때에도, 이탈리아의 마욜리카•, 리용의 실크, 스페인의 태피터••, 뉘른베르크의 도자기, 하를럼의 리넨을 파는 가게들을 지날 때에도, 내딛는 발걸음마다 암스테르담 사람들이 다양한 표정으로 그들을 쳐다본다. 도대체 무엇이 그들의 시선을 끄는 걸까. 바로 그 순간 넬라는 뻣뻣하게 굳어 있는 오토의 뒷목을 본다. 오토가 다나를 앞세우려고 소리를 지른다. "저게 말도 하네!" 누군가의 말에 한 차례 웃음이 터진다.

오토가 지나갈 때, 여자들과 함께 걷는 그의 모습을 보고 놀라지 않는 사람은 거의 없다. 어떤 이의 표정은 의혹으로, 또 어떤 이의 표정은 경멸 혹은 노골적인 두려움으로 변한다. 매혹된 듯 멍한 표정을 짓는 사람도 있고 무관심한 사람도 있지만 그렇다고 해서 그 나머지 사람들의 표정이 상쇄되는 것은 아니다. 그들 일행이 바르무스트라트에서 벗어나 구 교회 후문 쪽으로 걷고 있을 때, 얼굴이 얽은 남자가 어느 집 문 앞의 낮은 의자에 앉아 있다가 지나가는 오토를 보고 소리친다. "나도 일거리를 못 찾고 있는데, 저런 짐승

• 15세기경 이탈리아에서 발달한 도자기. 흰 바탕에 여러 물감으로 무늬를 그린 것이 특징이다.
•• 광택이 있는 뻣뻣한 견직물. 특히 드레스를 만드는 데 쓰인다.

한테 일자리를 주다니, 원!"

마린이 멈칫하는 사이 코넬리아가 걸음을 멈춘다. 코넬리아는 그 곰보 남자에게 다가가 한쪽 주먹을 들어 그의 턱 가까이 들이밀고 말한다. "여긴 암스테르담이야, 이 곰보딱지야!" 그녀가 말한다. "능력만 있으면 된다고!"

넬라가 숨을 죽이고 초조하게 웃지만 남자가 코넬리아의 코앞에 주먹을 쳐드는 순간 그 웃음이 잦아든다. "물론 여긴 암스테르담이지, 이 망할 년아. 능력이 있으면 친구를 분별할 줄 알아야지!"

"코넬리아, 입 함부로 놀리지 마." 마린이 말한다. "내버려둬."

"저런 놈은 혀를 잘라버려야 해요."

"코넬리아, 정말 기가 차서! 우리도 다 같은 짐승이니?"

"투트가 여기 온 지도 벌써 십 년인데, 변한 게 하나도 없잖아요." 하녀가 중얼거리며 마린에게로 돌아온다. "다들 익숙해질 거라 하셨잖아요."

"곰보딱지? 코넬리아, 어떻게 그런 말을 할 수 있어?" 마린이 말한다. 그러나 넬라는 그녀의 목소리에서 그 말에 대한 분명한 공감을 느낀다.

오토의 시선은 암스테르담 건물들 저편의 지평선으로 향한다. 곰보딱지를 보지는 않는다. "다나!" 그가 부른다. 다나가 걸음을 멈추고 고개를 들더니 그에게로 돌아온다. "너무 멀리 가지 마세요, 아가씨." 그가 말한다.

"나? 아니면 개?" 코넬리아가 한숨을 쉰다.

사람들의 눈은 계속 휘둥그레지지만 그 남자 외에는 그런 말을 대놓고 하는 사람은 없다. 넬라는 사람들이 마린을 쳐다보는 것도 느낀다. 여자치고는 지나치게 큰 키에 기다란 목, 높이 쳐든 얼굴. 마린은 선수상*처럼 지나간 자리에 뒤를 돌아보는 얼굴들의 파도를 남긴다. 넬라는 그들의 눈으로 마린을 본다. 흠잡을 데 없이 반듯한 외모의 완벽한 네덜란드 여자가 목적지를 향해 걷고 있다. 그녀에게 없는 것은 오직 남편뿐.

"이러니까 요하네스가 교회에 안 오는 거야." 마린이 오토에게 하는 말을 넬라가 듣는다. 오토가 대꾸하지 않자 마린이 뒤를 돌아본다. "미어만스 부부, 저녁식사에 초대했어?" 마린이 넬라에게 묻는다.

넬라는 망설인다. 거짓말을 할까. "아직요." 그녀가 대답한다.

마린이 걸음을 멈춘다. 자신의 분노를 감추지 못한 채 품위 없이 입을 쩍 벌리고는, 잿빛 눈동자의 섬광으로 넬라를 책망한다.

"초대하라고 **시킬** 수 없었어요." 넬라가 말한다.

"이런!" 웅덩이에 발을 디딘 마린이 소리를 지른다. 그녀가 나머지 셋을 남겨둔 채 저만치 앞서간다. "전부 다 내가 해야 해?"

---

* 뱃머리에 부착되는 갖가지 장식용 상像. 바다의 마신魔神과 적을 위협하거나 배의 위용을 보이기 위해 장식했다. 주로 사람의 얼굴 혹은 상반신, 동물상인 경우가 많다.

설교

넬라는 한 번도 구 교회에 와본 적이 없다. "누가 펠리콘 목사님이야?" 넬라가 코넬리아에게 속삭인다. "성경 얘기라면 집에서도 충분하지 않아?"

코넬리아가 얼굴을 찌푸린다. 마린이 엿들었기 때문이다. "신자라면 공개적으로 찬양을 해야 하는 거야, 페트로넬라." 마린이 말한다.

"그러기 위해 어떤 수모를 당하더라도요?" 오토가 웅얼거린다.

마린은 못 들은 척한다. "펠리콘 목사." 그녀가 한숨처럼 내뱉는다. 마치 특별히 좋아하는 배우의 이름을 말하듯이. "그리고 키비타스*가 지켜보고 있잖아."

아센딜프트에도 작은 교회가 있다. 그에 비하면 이 교회 건물은 어마어마하다. 높이 솟아오른 흰 기둥들이 아치문을 받치고 있고, 그 한복판에 신도석이 있다. 유리창 몇 개에 성화가 그려져 있고, 스테인드글라스 성인들을 통해 스며든 햇살이 맑은 붉은색과 황금

* 도시 혹은 국가를 뜻하는 라틴어.

색, 엷은 하늘색과 초록색으로 바닥에서 일렁인다. 넬라는 그 물속으로 뛰어들 수도 있을 것 같지만 바닥에 새겨진 죽은 자들의 이름이 일깨워준다. 그 물이 실은 돌임을.

교회는 북적인다. 산 자들이 그들의 권리를 주장하고 있다. 넬라는 이런 수준의 소음이 용인된다는 사실이 놀랍다. 아버지, 어머니, 수다, 인사치레, 줄을 묶지 않은 개와 조그만 아이들. 개 짖는 소리와 아이들 떠드는 소리가 하얗게 칠한 벽을 긁고, 천장의 목재에서만 아주 조금 흡수될 뿐이다. 개 한 마리가 한쪽 다리를 들어 기둥에 대고는 보란 듯이 오줌을 갈긴다. 주위를 둘러보니 사방이 불빛이다. 마치 앞으로 한 시간 동안 하느님의 유일한 관심은 오직 이 높은 건물과 그 안에서 숨 쉬는 심장들뿐이라는 듯.

넬라는 시선을 낮추어 교회로 밀려드는 사람들을 본다. 그리고 그 순간, 심장이 뜨거운 피를 훅 하고 아랫배로 보낸다.

칼베르스트라트에서 보았던 이상한 여자가 이곳에 와 있다. 그녀는 옆문 근처 의자에 홀로 앉아 있고, 창으로 스며든 햇살에 금발이 반짝인다. 그녀는 이번에도 넬라를 보고 있다. 그 시선은 평범함과는 거리가 멀다. 적극적이고, 무언가를 묻는 듯한 호기심 어린 눈빛. 그러나 너무도 꼼짝 않고 앉아 있어서 스테인드글라스에 그려진 성인 중 한 명이 떨어진 게 아닐까 하는 생각마저 든다.

넬라는 불완전한 자신의 모습이 적나라하게 파헤쳐지는 것 같은 느낌에 압도당한다. 그녀의 시선에 저항하기에 넬라는 너무 무기력하다. 그런데 이번에는 여자의 시선이 오토, 코넬리아, 마린, 그리고 다나에게로 움직인다. 여자는 그 다섯을 모두 간파한다. 넬라가 인사를 하려고 손을 드는 순간 마린의 목소리가 끼어든다. "외출하기엔 너무 늦었어."

"네?" 넬라가 손을 내리며 묻는다.

"개 말이야." 마린이 말하며 몸을 숙여, 바닥에 엉덩이를 대고 앉아 있는 다나를 안아 들어보려 애쓴다. 다나는 꿈쩍도 하지 않고 버티며 낑낑거린다. 다나는 주둥이를 여자 쪽으로 향한 채 돌바닥을 긁어댄다. "얘가 왜 이러지?" 마린이 허리를 펴고 자기 등을 어루만진다. "조금 전까지만 해도 괜찮더니."

넬라는 여자가 앉아 있던 자리를 돌아본다. 그러나 그곳에는 빈 의자만 덩그러니 놓여 있다. "어디 갔지?"

"누가요?" 코넬리아가 묻는다.

스머드는 햇살에도 불구하고 교회가 서늘하게 느껴진다. 와자지껄한 소리가 높아졌다가, 낮아졌다가, 다시 높아지고, 사람들은 끊임없이 서로 뒤섞이지만 여자가 앉아 있던 의자는 여전히 비어 있다. 다나가 짖어대기 시작한다.

"아무것도 아냐." 넬라가 말한다. "조용히 해. 여긴 하느님의 성전이잖아."

코넬리아가 키득거린다. "둘 다 시끄러워." 마린이 말한다. "사람들이 항상 지켜보고 있다는 거 명심해."

"알고 있어요." 넬라가 말하지만 마린은 이미 자리를 떴다.

설교단은 칼뱅파●의 형식에 충실하게 교회 신도석 중앙에 설치되었고, 가장 좋은 옷을 차려입은 신도들이 그 주위에 모여 웅성거리고 있다. "고깃덩어리에 꼬이는 날파리들 같구나." 마침내 넬라 일행이 따라잡았을 때 마린이 못마땅한 듯 말한다. 마린은 품위를

● 프로테스탄트 종교개혁자 칼뱅에게서 시작된 종파. 개신교의 주류를 이루면서 유럽 전역에 개혁교회가 자리 잡았다. 특히 가톨릭교회의 미사를 폐지하고 예배를 설교 중심으로 만들었다.

잃지 않고 천천히 신도석을 걷는다. "우린 신도석에 앉지 않을 거야. 하느님 말씀은 멀리까지 가니까. 네 살짜리 아이도 아니고, 펠리콘 목사를 보겠다고 저렇게 몰려들 필요가 뭐 있어."

"경건한 척하는 사람일수록 제 눈에는 오히려 그렇게 안 보여요." 오토가 말한다.

마린의 입가에 엷은 미소가 번졌다가 아그네스와 프란스 미어만스 부부가 시야에 들어온 순간 잦아든다. 강렬한 꽃향기를 풍기며 아그네스가 다가온다. 얼음장처럼 차가운 무덤 석판을 휩쓰는 거대한 스커트 자락 속에서 헤엄을 치면서. "그 야만인을 데리고 왔어." 오토에게 시선을 고정한 채 아그네스가 남편의 귀에 들릴 정도의 목소리로 말한다.

"시뇨르 미어만스, 마담 미어만스." 마린이 허리의 주머니에서 〈시편〉을 꺼내 마치 던질 물건의 무게를 가늠하듯 이 손에서 저 손으로 옮겨든다. 여자들끼리 무릎을 굽혀 인사한다. 프란스 미어만스가 고개를 숙이며 낡은 가죽 제본 위에서 신경질적으로 움직이는 마린의 가냘픈 손가락을 바라본다.

"오빠는 같이 안 오셨나요?" 아그네스가 묻는다. "최후의 심판이……."

"오빠는 일하러 나갔어요. 오늘은 다른 방식으로 하느님께 경배하려나 보네요." 마린이 대답한다. 그 말에 프란스가 코웃음을 친다. "사실이랍니다, 시뇨르."

"아무렴요." 그가 말한다. "바우르서는 경건한 자들의 안식처라고 알려져 있으니까요."

"은세공업자 길드에서 오빠가 미처 말씀을 못 드렸다더군요." 그의 말을 무시하며 마린이 말한다. "오빠가 두 분을 식사에 초대하려 했는데, 일이 워낙 많다 보니 정신이 없었나 봐요." 마린이 잠시 말을 멈춘다. "저희 집에 오셔서 식사 한 번 하시죠."

프란스가 코를 훌쩍인다. "우린 그럴 필요가……."

"영광입니다, 마담 브란트," 아그네스가 얼른 끼어든다. 그녀의 검은 눈빛이 감출 수 없는 흥분에 반짝인다. "하지만 이런 초대는 부인 되시는 분이 직접 하셔야 하는 게 아닌가요?"

넬라의 얼굴이 벌겋게 달아오른다. "내일 저녁에 식사하러 오세요." 경직된 목소리로 마린이 말한다.

"내일요?" 넬라는 도저히 나서지 않을 수 없다. 서두르는 건 마린답지 않다. "하지만……."

"설탕 원뿔 하나 가져오세요. 같이 맛보고 두 분의 행운을 기원하며 건배하게요."

"우리의 카리브 해 보물을 맛보고 싶으세요?" 아그네스가 요란한 털 칼라 속에 턱을 파묻는다. 그녀의 칠흑 같은 홍채가 마린의 잿빛 눈동자를 파고든다.

마린은 미소를 짓는다. 비록 억지로 짓는 미소이긴 해도, 그렇게 미소 지을 때 마린이 얼마나 매혹적인지 넬라는 새삼 느낀다. "맛보고 싶어요." 마린이 말한다. "진심으로."

"아그네스," 프란스가 말한다. 아내의 이름이 일종의 경고가 된다. "이제 그만 자리를 잡지."

"내일 갈게요." 아그네스가 덧붙인다. "당신이 한 번도 맛보지 못했던 달콤함을 가지고."

두 사람이 멀어져간다. 큰 소리로 인사를 하고, 손을 흔들고, 고개인사를 하면서.

"죽이고 싶어." 멀어지는 두 사람의 뒷모습을 바라보며 마린이 중얼거린다. 누구를 두고 하는 말인지 넬라는 궁금하다. "카리브해 보물 좋아하시네! 도대체 왜 이런 일을 맡아가지고!"

"하지만 우리한테도 필요한 일 아닌가요, 마담?" 코넬리아가 웅얼거린다. "지난번에 그렇다고 마담이 말씀하셨……."

마린이 고개를 획 돌린다. "내가 했던 말 앵무새처럼 따라하지 마. 엿듣기나 하고. 네가 뭘 알아! 내일 저녁식사 준비나 잘해."

코넬리아가 움츠러들며 몸을 구부려 개를 돌보느라 바쁜 척한다. 상처받은 자존심은 가면으로 가린 채. 마린은 관자놀이를 문지르면서 통증을 느끼는 듯 눈을 감는다. "괜찮으세요?" 왠지 나서야 할 것 같은 생각에 넬라가 묻는다.

마린이 그녀를 본다. "괜찮아."

"자리를 잡아야겠어요." 오토가 말한다. "성가대석에 자리가 있습니다." 움직임 하나하나에 숨죽이고 수군거리는 사람들 때문에 오토의 얼굴은 자줏빛이 되었다.

펠리콘 목사가 설교단으로 올라간다. 쉰 살은 되어 보이는 그는 키가 크다. 깔끔하게 면도를 했으며, 회색 머리카락은 짧고 단정하다. 옷깃은 널찍하고 눈부시게 희다. 그의 차림새는 정성스럽게 수발을 드는 하인들을 거느리고 있음을 암시한다.

펠리콘은 인사말을 하는 수고조차 하지 않는다. "부도덕한 행위들!" 개와 아이들, 바닥을 쓰는 발자국과 바깥에서 들려오는 갈매기 울음소리를 뚫고 그의 목소리가 울려퍼진다. 정적이 내리고, 모든 시선이 그에게로 집중되지만 오토 혼자 고개를 숙인 채 깍지 낀 자신의 손만 바라본다. 넬라는 아그네스를 쳐다본다. 아그네스는 마치 넋이 나간 어린아이처럼 목사를 우러러보고 있다. 참 이상한 여자라고, 넬라는 생각한다. 말도 번지르르하고 도도하게 굴다가 이내 어린애 같은 모습이 되고 사람들한테 잘 보이려 애쓰는 모습이라니.

"우리 도시에는 안을 들여다볼 수 없는 닫힌 문이 많습니다." 펠리콘이 말을 잇는다. 강렬하고 저돌적이다. "하지만 여러분의 죄를 하느님으로부터 숨길 수 있을 거라고 생각하지 마십시오." 그의 가느다란 손가락이 설교단 가장자리를 잡는다. "하느님은 기필코 찾아내십니다." 펠리콘의 목소리가 사람들의 머리 위로 울려퍼진다. "숨겨진 것들은 반드시 드러나게 되어 있습니다. 하느님의 천사들이 창문으로, 여러분 심장의 열쇠 구멍으로 들여다볼 것입니다. 하느님은 여러분의 행동을 지켜보십니다. 우리의 도시는 습지 위에 지어졌으며, 한때 하느님의 노여움을 샀습니다. 그러나 우리는 승리했고 물을 우리 편으로 만들었습니다. 하지만 방심하지 마세요. 우리에게 승리를 안겨주었던 것은 바로 분별과 이웃에 대한 사랑이었습니다."

"옳소!" 신도석의 한 남자가 소리친다. 아기가 울기 시작한다. 다나는 낑낑거리며 넬라의 스커트 밑으로 들어가려 한다.

"수치심의 고삐를 단단히 조이지 않으면," 펠리콘이 말한다. "우리는 모두 바다로 돌아가게 될 것입니다. 이 도시를 위해 바로 서십시오! 여러분 자신의 마음을 들여다보고, 여러분이 이웃에게 어떤 죄를 지었는지, 또 이웃이 어떤 죄를 저지르고 있는지 생각해보십시오!"

정의감에 벅차오른 그는 효과를 극대화하기 위해 잠시 말을 멈춘다. 넬라는 신도들이 자신의 갈비뼈를 드러내고, 박동하는 죄지은 심장을 들여다보고, 또 다른 사람의 심장을 들여다보고 나서 도로 몸을 닫는 모습을 상상한다. 교회 한구석에서 찌르레기가 날개를 파닥거린다. 누군가 내보내주어야 한다고, 넬라는 생각한다.

"쟤들은 항상 저렇게 갇히네." 코넬리아가 중얼거린다.

"또다시 하느님의 분노를 사선 안 됩니다." 신도석에서 공감하는 웅성거림이 일어나고, 펠리콘의 목소리는 감정이 격해진 탓에 약간 떨린다. "탐욕입니다. 탐욕이야말로 우리가 잘라내야만 하는 고질병입니다. 탐욕은 나무요, 돈은 그 밑으로 깊숙이 뻗어 있는 뿌리입니다!"

"목사님의 근사한 옷도 다 돈이지요." 코넬리아가 웅얼거린다. 넬라는 웃음을 참느라 숨이 막힐 것 같다. 그녀는 용기를 내어 프란스 미어만스를 흘긋 본다. 아내는 온통 설교에만 주의를 빼앗겨 있는 반면, 그는 브란트 일가를 보고 있다.

"바다의 힘을 우리가 다스렸다고 스스로를 속여서는 안 됩니다." 펠리콘은 달래는 듯한 콧소리로 목소리 톤을 조절하고 나서 다시 칼을 뽑아든다. "그렇습니다, 우리는 엄청난 부를 일구었습니다. 하지만 언젠가 그 부유함이 우리 모두를 익사시키고 말 것입니다. 그 운명의 날, 여러분은 어디에 계시겠습니까? 어디 계시겠느냔 말입니다! 설탕을 뿌린 사탕과 두툼한 치킨파이 속에 팔꿈치까지 담그고 있을 겁니까? 실크와 다이아몬드 속에 파묻혀 있을 겁니까?"

코넬리아가 한숨을 쉰다. "그럴 수만 있으면 좋겠네." 그녀가 중얼거린다. "정말 좋겠어."

"조심하십시오. 조심하셔야 합니다." 펠리콘이 경고한다. "이 도시는 번창하고 있습니다. 돈은 여러분에게 날개를 달아줍니다. 하지만 그것은 여러분의 어깨에 짊어진 굴레와도 같습니다. 그 굴레로 여러분의 목 주위가 멍들고 있다는 것을 아셔야만 합니다."

마린이 두 눈을 꼭 감는다. 금방이라도 울음을 터뜨릴 것 같은 표정이다. 넬라는 마린이 정신적 희열을 느낀 것이기를, 펠리콘의 신성한 경고에 완전히 압도당한 것이기를 바란다. 프란스 미어만 스는 여전히 그들을 보고 있다. 마린이 눈을 뜨고 그 사실을 알아 차린다. 그녀의 손마디가 성경을 더욱 세게 움켜쥔다. 마린은 자세를 고쳐 앉는다. 창백한 얼굴에 참담함이 드리워진다. 넬라는 목이 메지만 감히 기침을 하지 않는다. 펠리콘의 연설이 절정에 다다르자 신도들의 몸이 움츠러들고 경직된다.

"간음하는 자, 돈에 미친 자, 남색자*, 도둑." 목사가 외친다. "그들을 경계하십시오, 그들을 색출하십시오! 이웃에게 위험의 구름이 밀려들고 있다고 전하십시오. 악마가 여러분의 문간을 넘지 못하게 하십시오. 왜냐하면 한번 그 병에 걸리면 떨쳐내기 힘들기 때문입니다. 우리가 서 있는 바로 이 땅이 갈라질 것이며, 하느님의 분노가 이 땅에 스며들 것입니다!"

"옳소!" 신도석의 남자가 다시 한 번 외친다. "옳소!"

다나가 점점 더 불안해하며 짖어대기 시작한다. "입 **다물어!**" 코넬리아가 속삭인다.

"그런 것들을 떨쳐버리기 위해 여러분이 무얼 할 수 있겠습니까?" 본래의 우렁찬 목소리로 돌아간 펠리콘이 마치 예수처럼 양팔을 높이 쳐들고 외친다. "**사랑하세요!** 아이들을 사랑하세요! 아이들이야말로 이 도시를 꽃피울 씨앗입니다. 남편은 부인을 사랑하세요. 부인은 순종하십시오. 그것만이 성스럽고 선한 삶입니다. 집

* 남성 간 성행위를 하는 사람을 일컫는 말. '동성애자'라는 말이 등장하기 이전에는 '남색자'라고 비하해 불렀으므로 원서의 표현을 그대로 옮겼다.

안을 청결히 하십시오. 여러분의 영혼도 청결해질 것입니다!"

설교가 끝났다. 해방감의 한숨, 동의의 웅성거림, 깨달음, 기지개. 넬라는 현기증이 나기 시작한다. 무덤의 석판들이 불빛에 반짝인다. 순종하라. 아내를 사랑하라. **당신은 창문으로 스며드는 햇살, 그 햇살 속에서 나는 따스해집니다. 나의 사랑.** 아기가 다시 울음을 터뜨린다. 아기 엄마가 아기를 달래지 못하자 넬라와 마린이 함께 고개를 든다. 아기 엄마는 신도석에서 일어나 옆문으로 빠져나간다.

넬라가 마린의 시선을 따라가본다. 두 사람 모두 아기 엄마가 빠져나간 자리의 네모난 황금빛 햇살을 아련한 눈빛으로 바라보고 있다. 암스테르담이라는 강렬한 신세계에서, 이 차가운 도시의 교회 안에서, 예배하는 한 시간이 일 년처럼 길게 느껴진다.

☀

그날 밤 넬라의 방에서는 달빛이 그녀의 캐비닛을 군데군데 비춘다. 숨죽인 맥박처럼 방 안에 울려퍼지는 시계추 소리는 그녀의 귓가에서 점점 더 커지는 것만 같다. 넬라는 말없이 그녀를 지켜보던 교회의 여자를 생각한다. "왜 나한테 말을 걸지 않았어요?" 아홉 칸의 어두운 방들을 바라보며 넬라가 소리 내어 묻는다. "나한테 원하는 게 뭐죠?"

물론 대답은 들리지 않는다. 캐비닛 안의 가구들이 일렁이는 은빛 광채를 발한다. 넬라는 생각한다. 내일 미니어처리스트를 찾아가서 주문하지 않은 물건을 전부 다 돌려주고 오겠노라고. 주문하지도 않은 물건을 보내는 건 분명 옳은 일이 아니라고. 금지구역을 침범한 거라고.

아셴덜프트를 벗어나서 기쁜 건 사실이다. 그러나 넬라가 마음 붙일 곳은 어디에도 없다. 들판의 고향 집도 그렇고, 운하들 한복판의 이 집도 그렇다. 넬라는 관념 속 결혼과 현실 속 결혼 사이에서, 아름답지만 쓸모없는 캐비닛과 그 캐비닛이 암시하는 섬뜩한 진실 사이에서 난파되어 표류하고 있는 것 같은 기분이다. 그녀에 대한 요하네스의 무관심이 가슴에 사무치기 시작한다. 그는 바우르서로, 동인도회사로, 감자가 가장 포슬포슬하다는 이스턴 아일랜드 식당 부근의 창고로 툭하면 사라져버린다. 그는 그녀에게 전혀 관심이 없고 교회에도 가지 않는다. 적어도 마린은 날 멍들게 할 정도의 관심은 있다고, 넬라는 생각한다. 이 얼마나 한심한 노릇인가. 꼬집은 것을 그나마 고맙게 여겨야 하다니. 그녀의 닻은 내려졌지만 박힐 곳을 찾지 못하고 자신을 관통한다. 거대한, 멈출수 없는 위험한 닻은 바닷속으로 떨어진다.

소곤거리는 소리에 그녀가 자기연민에서 벗어난다. 넬라는 바로 앉으며 여전히 공기 중에 배어 있는 백합향을 맡는다. 나도 이젠 백합향이 지겹다고, 넬라는 생각한다. 그녀는 살금살금 방을 가로지른 뒤 문을 열며 소리에 귀 기울여본다. 복도는 얼어붙은 듯 차갑지만 분명히 복도에서 두 사람의 소리가 들린다. 다급한 숨소리가 말을 삼킨다. 흥분하고 겁에 질린 목소리다. 그리고 분명 부주의한 목소리다. 속삭임이 집 안에 울려퍼지는 걸 보면. 속삭임이 멈추고, 두 개의 문이 닫히고, 온 집 안이 정적에 휩싸이자 넬라는 자기가 잘못 들은 게 아닐까 의심이 든다. 넬라는 복도를 따라 걸어가서, 난간 축 사이에 이마를 대고, 다시 귀를 기울여본다. 그러나 정적만 감돈다. 마치 말하던 사람들이 벽 속으로 사라져버린 것처럼.

어디선가 바닥 긁는 소리가 들리기 시작한다. 그 순간 넬라의 팔 뒤쪽의 털이 곤두선다. 점점 더 커지는 소리에 아래층을 내려다보면서, 넬라는 속이 뒤집힐 것만 같다. 그러나 자세히 보니 레제키다. 레제키는 그녀를 빤히 쳐다보다가 슬금슬금 타일 바닥을 가로지른다. 레제키는 마치 바닥에 쏟아진 액체처럼 움직인다. 주인도 없이, 체스판 밖으로 굴러나가는 말처럼.

아내

정오 무렵, 이미 코넬리아는 부엌에서 미어만스 부부와의 저녁 만찬을 준비하느라 몇 시간을 보낸 뒤다. 호화로운 만찬이 될 예정이다. 요하네스가 동양에서 유통하는 온갖 향료로 조미한 겨울철 요리의 향연이 될 것이다.

넬라가 내려가 보니 코넬리아가 식탁에 앉아 커다란 양배추를 자르고 있다. "시장하세요?" 계단 아래서 다나를 옆에 달고 어슬렁거리는 어린 안주인을 올려다보며 그녀가 묻는다.

"늑대처럼." 넬라가 대답한다. 넬라는 코넬리아의 얼굴에서 잠을 설친 기미를 찾아본다. 그러나 이 하녀는 그저 정신이 없어 보일 뿐이다.

"이렇게 임박해서 알려주다니!" 코넬리아가 말한다. "음식 다 만들 때까진 마른 빵하고 청어로 때우라고 마담 마린이 말씀하셨어요. 이 양배추에 옷을 입혀야 하는데." 넬라의 얼굴을 보자마자 코넬리아가 조금 누그러든다. "아, 여기. 퀴퍼르트▪ 드세요. 방금 구운 거예요." 코넬리아가 접시 하나를 넬라 쪽으로 밀어놓는다. 기름에 구워 설탕을 뿌린 조그만 팬케이크가 높이 쌓여 있다.

"한나가 자기 남편 가게에서 무얼 건네준 거야?" 다나는 불가의 잠자리로 가고, 코넬리아의 손이 남아 있는 양배추 위를 맴돈다. 살갗은 벌겋고 손톱은 비누에 허옇게 절었다.

"지금 드시고 계시잖아요." 코넬리아가 몸을 앞으로 숙이며 말한다. 그녀의 눈동자는 너무도 동그랗고 파랗다. 홍채 가장자리에는 검은 테가 둘러져 있다. "아노드의 가게에 마지막으로 남아 있는 가장 좋은 설탕이래요. 한나 말이 맞아요. 이 도시에서 유통되는 설탕은 품질이 너무 형편없어요. 시뇨르가 아그네스 미어만스의 설탕을 전부 해외에 파신다는 건 정말 수치스러운 일이에요."

코넬리아의 나눔 덕분에 껍질에 금이 가고 넬라는 마음이 따뜻해진다. 열린 화덕의 따스한 불길 속에서 양배추마저도 초록빛 구체로 빛을 발하는 것 같다.

⚓

넬라는 차가운 공기를 깊이 들이마시다가 오물 냄새에 기침을 한다. 여름에는 운하가 지옥이겠지, 생각하며 골든 벤드를 따라 걷는다. 하지만 지금은 혼자 걷는 기분이 상쾌하다. 동행 없이 혼자 걷는 여자의 모습은, 남편이 바지선에서 말했던 것처럼 그다지 희귀한 풍경이 아니라서 사람들의 시선도 전혀 느껴지지 않는다. 길을 물어가며 페이젤스트라트를 지나고 레휠리르스드바르스트라트를 지나 칼베르스트라트로 접어들자마자, 넬라는 곧바로 **인간은 눈에 보이는 모든 것을 장난감으로 여긴**다라는 글귀가 적힌 태양 간판을 찾아낸다. 넬라가 육중한 문을 두드려본다. 거리는 북적이지 않는다. 사람들은 따스한 집 안에 머물고 싶을 것이다. 다시 한 번 문을 두드릴 때 넬라가 내쉬는 숨결이 수증기로 변한다.

"계세요?" 그녀가 소리친다. 제발 대답 좀 하라고, 넬라는 생각한다. **"계세요? 넬라 오트만이에요. 페트로넬라 브란트. 할 얘기가 있어요. 주문하지 않은 물건을 보내셨더군요. 마음에 들지만 왜 그러셨는지 모르겠어요."**

넬라는 발소리가 나는지 들어보려고 묵직한 나무문에 귀를 대어 보지만 아무 소리도 들리지 않는다. 넬라는 뒤로 물러나 유리창 안을 들여다본다. 안에는 초가 밝혀져 있지 않고 모든 게 고요하다. 그런데도 분명 인기척이 느껴진다.

창가에 얼굴이 나타나자, 넬라는 칼베르스트라트 대로 한복판으로 비틀거리며 물러선다. 충격적인 깨달음에 숨이 목에 걸려 넘어가지 않는다. 유리가 두꺼워서 왜곡되어 보이는 건지는 몰라도 머리카락만큼은 틀림없다. 교회에서 그녀를 쳐다보던 바로 그 여자.

여자의 얼굴은 창백한 동전 같고, 어두운 유리창에 비친 그림자들 속에서 금발이 빛을 발한다. 여자는 손바닥을 유리창에 대고 그 자세로 꼼짝도 하지 않은 채 차분히 거리를 내다본다.

"당신?" 넬라가 말한다. 여자는 조금도 움직이지 않는다. "당신이 왜……."

"그 여자 안 나와요." 남자의 목소리가 들려온다. "아무리 불러봐, 나오나. 당국에 신고할까 생각중이에요."

넬라가 말하는 사람 쪽으로 돌아선다. 그는 멀지 않은 곳, 울 가게로 보이는 어느 가게 앞에 앉아 있다. 넬라는 침을 꿀꺽 삼킨다. 곰보 남자. 곰보딱지. 오토를 짐승이라고 불렀던, 코넬리아가 길거리에서 마주 소리를 질렀던 그 남자다. 가까이 보니 바다수세미처럼 얼굴이 온통 분홍빛 분화구로 가득하다.

넬라는 다시 창문 쪽을 바라본다. 그녀는 사라졌고 창문은 텅 비어 있다. 집 안에는 마치 아무도 그 집에 산 적이 없다는 듯 무거운 정적이 감돈다. 넬라는 달려가 문을 두드리기 시작한다. 그렇게 두드리면 집이 살아날 수도 있다는 듯이.

"말했잖아요. 안 나온다고. 세상 혼자 사는 여자예요." 곰보딱지가 말한다.

넬라가 돌아서서 문에 등을 기댄다. "저 여자 누구죠? 어떤 여잔지 알려주세요."

그가 어깨를 으쓱한다. "말을 많이 하지 않아요. 억양도 희한하고. 아무도 몰라요."

"아무도 모른다니, 믿을 수 없어요."

"정신이 제대로 박힌 사람들만 있는 건 아니니까. 저 여잔 사람들과 어울리지 않아요."

넬라는 잠시 숨을 고른다. "《스미트 명부》에 이 주소로 미니어처리스트의 광고가 있었어요. 이 집에 사는 사람은 저 여자뿐이란 말씀이신가요, 시뇨르?"

곰보딱지가 바지에 붙은 울 조각을 털어낸다. "그렇습니다, 마담. 저 여자가 집 안에서 무얼 하는지 알 게 뭡니까?"

"모든 것, 그러나 아무것도 아닌 것." 넬라가 대답한다.

"여자들이나 **그렇게** 생각하겠지요."

행정관, 길드, 그리고 곰보딱지 같은 위선적인 청교도인들이 버젓이 눈뜨고 있는데 암스테르담 시내 한복판에서 여자 혼자 살다니. 저 엷은 머리카락 속에 도대체 무슨 생각을 감추고 있기에 이토록 숨 막히게 아름다운, 주문하지도 않은 물건을 보내는 걸까.

단지 그 이유가 궁금할 뿐이라고, 넬라는 생각한다. 넬라는 눈을 감고 교회에서 본, 그리고 그전에 칼베르스트라트에서 본, 말로 표현할 수 없는 여자의 시선을 떠올린다. 사실이라기엔 너무도 멋지다. 여자였다니! 두 번째 편지에서 자신이 썼던 글을 떠올리는 순간 수치심이 그녀의 몸을 관통한다. **시뇨르, ……앞으로는 일체의 거래를 중단하겠습니다.** 그러나 그런 편지는 문제가 되지 않는 것 같다. 여자는 규율 어기기를 즐기는 듯하다.

"저런 여자는 꼭 한 가지 부류밖엔 없지요." 곰보딱지가 말을 잇는다. "매춘부. 저 여자 소포를 배달하러 오는 남자도 외국인이더구만. 저런 짓거리를 하는 놈들은 모조리 이스턴 아일랜드에 몰아놓아야 하는데. 열심히 일해서 잘살아보려 하는 사람들은 절대 저런 인간들하고……."

"여기 산 지는 얼마나 됐어요?"

"한 서너 달 됐을까. 저 여자가 뭐 그렇게 중요합니까?"

"중요하지 않아요." 넬라가 말한다. 거짓말이 입안에서 껄끄럽다. 배신하는 것 같은 기분이다. 넬라는 애써 마음을 다잡는다. 여자를 보호해야 할 것 같은 생각이 들지만 정확히 왜 그런지는 알 수 없다. "전혀 중요하지 않아요."

위층 창문 한 곳에서 얼핏 인기척이 난 것도 같지만 울 가게 위층 창문의 또 다른 여자의 그림자에 흐릿해진다. 울 가게 여자는 양탄자를 길 쪽으로 턴다. 가게 앞의 소란이 짜증스러운 눈치다.

"저, 혹시 저 여자와 얘기할 기회가 있으시면……."

"그럴 일 없수다." 곰보딱지가 말을 자른다. "저 여자는 악마에 씌었어요." 넬라는 길더 한 닢을 꺼내 그의 더러운 손에 쥐여준다. "만약 저 여자하고 얘기를 하게 되면," 그녀가 돌아서서 창문에 대고 말한다. "넬라 브란트가 미안해한다고 전해줘요! 지난번 편지는 무시하라고. 왜 그러셨는지 알고 싶어한다고. 그리고 이 말도 전해주세요. 다음에 보내주실 물건 기대하겠다고."

창문에 대고 그렇게 외치면서도 넬라는 자기가 하는 말이 과연 진심인지 의문이 든다. 과부와 창녀만이 혼자 산다. 어떤 여자는 행복하게, 어떤 여자는 마지못해. 저 미니어처리스트는 자기가 만든 물건을 보내고 이 도시를 서성이면서, 저 위에서 도대체 무얼 하는 걸까? 넬라는 여자가 무엇을 갖고 노는지는 몰라도 그게 장난감이라는 생각은 들지 않는다.

넬라는 다시 칼베르스트라트로 돌아선다. 미니어처리스트의 특별한 존재가 곰보딱지 같은 사람들에게 낭비되고 있다고, 넬라는 생각한다. 그녀가 어떤 사람으로 밝혀지건, 그 눈동자만으로도, 그 꿰뚫어보는 눈빛만으로도, 수많은 단서와 이야기로 가득 찬 믿을 수 없는 소포만으로도, 그녀의 존재는 **특별할** 것이다. 태양 간판 집에 그녀의 몸이 연결되기라도 한 것처럼 뒷목이 당겨지는 것 같아 얼른 뒤를 돌아본다.

그러나 칼베르스트라트는 여전히 고요하다. 그 한복판에 이상한 존재를 숨기고 있음을 알지 못한 채.

⚓

집으로 돌아온 넬라는 위층 캐비닛으로 달려가 손끝으로 미니어처리스트의 작품들을 어루만져본다. 물건마다 제각기 다른 에너지가 담겨 있고 그녀가 꿰뚫어볼 수 없는 의미가 담겨 있다. 캐비닛에 얽힌 미스터리가 캐비닛에 더 빠져들게 만든다. 그녀가 날 선택했다고, 넬라는 생각한다. 그 깨달음에 마음이 환해지고, 더 알고 싶어 애가 탄다.

코넬리아의 목소리와 발소리에 넬라는 몽상에서 깨어난다. 하녀가 방문으로 얼굴을 들이밀자 넬라는 서둘러 캐비닛 커튼을 닫는다. "미어만스 부부가 곧 오실 텐데," 코넬리아가 큰 소리로 떠든다. "시뇨르가 아직 안 오시네요."

아래층으로 내려가 보니, 코넬리아와 오토가 집 여기저기를 광내고, 쓸고, 닦고, 커튼과 쿠션의 먼지를 터느라 진이 다 빠진 상태다. 집 안 꼴이 말이 아니라 재정비를 해야 하는데 그게 도무지 불가능한 일이라는 듯이. 파양스 도자기*와 중국 도자기가 전시용 부엌에서 반짝거리고, 가구에 박힌 진주 광택이 윙크를 하고, 수지 양초는 어느새 전부 밀랍으로 교체되었다. 넬라는 사랑스러운 밀랍 향기를 들이마신다.

"혼란을 덮으려 수선을 떨어봐야 얼마나 갈지." 오토가 지나가며 중얼거린다. 넬라는 그 말이 무슨 뜻인지 궁금하다.

마린은 가장 좋은 검은색 드레스를 입었다. 향수를 뿌릴 정도로 저자세를 취하지는 않되, 거대한 스커트 자락의 방패로 무장한 그녀가 응접실을 서성인다. 그녀의 걸음걸이는 마치 시계추처럼 길고도 규칙적이다. 가냘픈 손가락이 〈시편〉을 만지작거리고, 희고 빳빳한 레이스 머리띠로 머리카락을 얼굴 위로 완전히 넘겼다. 반듯한 이목구비는 근엄하다. 넬라는 수선한 드레스 중 한 벌을 코넬리아의 도움을 받아 입었다. 금색 드레스다. "요하네스는 어디 있어요?" 넬라가 묻는다.

"곧 올 거야." 마린이 말한다.

---

* 프랑스의 채색 도자기.

광을 낸 바닥을 가로지르며 마린이 불안한 발걸음을 내디딜 때마다, 넬라는 위층으로 올라가 미니어처들을 바라보면서 다음번엔 뭐가 올지 단서라도 찾아봤으면, 그게 안 된다면 그 글귀들이 어떤 의미인지라도 생각해봤으면 하는 마음뿐이다.

마침내 미어만스 부부가 도착하고, 그들을 따라 운하의 차가운 바람이 집 안으로 들이닥칠 때에도 요하네스는 돌아오지 않는다. 오토가 닦아놓은 창문의 판유리가 어둠 속에서 반짝거리면서 이른 황혼에 깜빡이는 스무 개의 촛불 그림자를 담는다. 초에서 풍겨오는 달콤한 향이 식초와 잿물의 싸한 향과 뒤섞인다.

아그네스는 설령 마린이 하인들을 혹사시키며 애쓴 흔적을 알아차렸을지언정 일절 언급하지 않는다. 안으로 들어서는 그녀의 자세는 완벽하고, 교회에서 보았던 어린애 같은 모습은 자취를 감추었다. 두 사람은 서로 무릎을 굽혀 인사한다. 넓은 스커트 자락이 바닥을 쓰는 소리만이 정적을 가른다. 프란스가 앞으로 나선다. 긴장한 기색이 역력하다. 마린이 손을 내밀고 그가 손을 잡는다. 그의 손에 낀 결혼반지가 마린의 창백한 피부를 배경으로 요란하게 빛난다. 시간이 느리게 흐르고 불빛이 그들 주위에서 반짝인다.

"시뇨르." 마린이 말한다.

"마담."

"들어오세요, 두 분 다." 그녀가 손을 거두고 부부를 응접실로 안내한다.

"그 검둥인 집에 있나요?" 아그네스가 큰 소리로 묻지만 마린은 못 들은 척한다.

휘감고 있는 어마어마한 옷감의 양으로 인해, 여자들이 불가에 자리를 잡는 데만 몇 분이 걸린다. 미어만스는 창가에 서서 밖을 내다본다. 넬라의 눈은 초록색 벨벳 의자에 고정된다. 의자에 박힌 구리 못과 나무에 새겨진 사자들. 그리고 캐비닛 속에 있는 그 의자의 축소판을 생각한다. 미니어처리스트는 어떻게 내게 그 의자를 보낼 수 있었을까? 궁금하다. 꼭 알고 싶다.

그러나 가슴 속에서 두려움의 맥박이 고동친다. 멀리서 지켜보면서 내 삶에 대해 이러쿵저러쿵 말하는 이 여자는 과연 누구일까? 넬라는 본능적으로 창밖을 내다본다. 웬 여자가 길가에 서서 안을 들여다보고 있을지도 모른다는 생각에. 하지만 거리는 그 사이 좀 더 어두워졌고 창가에 선 미어만스의 그림자가 사람들을 쫓아낼 것이다.

"코넬리아한테 커튼을 치라고 해야겠어." 마린이 말한다.

"아니에요." 넬라가 말한다.

마린이 그녀를 쳐다본다. "날씨가 추워, 페트로넬라. 그게 좋을 것 같아."

"내 옆에 앉아요." 아그네스가 끼어들며 말한다.

넬라는 황금빛 드레스 자락을 펄럭이며 아그네스의 옆으로 간다. "그렇게 입으니 꼭 동전 같네!" 아그네스가 외친다. 그녀의 한심한 말은 높고도 선명하게 공중으로 던져졌다가 쿵 소리를 내며 바닥에 떨어진다.

"요하네스는 어디 있죠?" 프란스가 묻는다.

"곧 올 거예요. 시뇨르" 마린이 말한다. "갑자기 일이 생겨서 늦어지네요."

아그네스가 남편을 흘긋 본다. "실은 우리가 좀 피곤해서요."

"그러세요?" 마린이 대답한다. "왜 피곤하신가요, 마담?"

"아그네스. 아그네스라고 불러요, 마린. 십이 년이 지나도록 왜 이름을 안 부르는지 모르겠네요." 아그네스가 웃는다. **하!** 하는 웃음소리가 넬라를 움찔하게 만든다.

"아그네스." 마린이 나지막이 말한다.

"주로 피로연 때문이죠." 아그네스가 은밀한 목소리로 말을 잇는다. "겨울 전에 치르는 결혼식이 너무 많아서요. 코넬리스 드 보어가 아네체 더크만스하고 결혼한 거 아세요?"

"제가 모르는 이름들이네요." 마린이 말한다.

아그네스는 아랫입술을 내미는 것으로 항의를 표한다. "항상 이런 식이라니까." 그녀가 넬라에게 말한다. 장난기 어린 훈계와 교묘하게 가시 돋친 말이 섞인 말투다. "난 결혼식이 **너무 좋더라.**" 그녀가 말한다. "안 그래요?"

마린과 넬라 둘 다 대꾸를 하지 않는다. "결혼이란 건……." 아그네스가 청중을 의식한 듯 일부러 말을 멈춘다.

마린의 손은 무릎 위에서 꼼짝도 하지 않는다. 그대로 비석에 새길 수도 있을 것 같다. 넬라는 대화가 엉켜버렸음을, 막다른 골목에 다다랐음을 느낀다. 하지 않은 말들이 마음속에 응어리진다. 들리는 건 장작 타는 소리와 창가에 선 프란스가 무게중심을 옮길 때마다 나는 가죽 부츠 비거덕거리는 소리뿐이다. 부엌에서 코넬리아가 만드는 음식 냄새가 풍겨온다. 육두구와 로즈마리에 절인 수탉 요리, 생강에 절인 파슬리와 비둘기 요리.

"꼭 알고 싶은 게 있어요." 아그네스가 선포한다. 놀라움이 담긴 눈빛으로 마린이 아그네스를 쳐다본다. "결혼 선물로 요하네스가 **무얼** 사주던가요, 넬라?"

넬라와 마린의 눈과 마주친다. "집이요." 넬라가 대답한다.

"어쩜! 어떻게 그런 **기발한** 생각을 했을까! 사냥용 별장인가요?

우리도 브루멘달에 별장을 하나 살 생각이거든요."

"그 집은 거북 등딱지로 덮여 있어요." 슬슬 상황을 즐기기 시작하며 넬라가 말한다. 아그네스의 눈이 쟁반처럼 커다래진다. "들어가서 살 수는 없는 집이죠."

아그네스는 당황한 표정이다. "왜 못 살아요?"

"캐비닛 사이즈로 축소해놓은 집이거든요." 마린이 말한다. 창가에 서 있던 프란스가 돌아선다.

"아, 그런 집!" 아그네스가 혀를 찬다. "난 또 진짜 집을 말하는 줄 알았네."

"아그네스도 그런 집 갖고 있어요? 페트로넬라의 집은 백랍으로 뒤덮여 있어요." 마린이 말한다.

아그네스의 어린 여자애 같은 모습이 다시 한 번 고개를 든다. 그녀의 얼굴에 순간적으로 오기가 스친다. "물론 있죠. 제 건 은으로 덮여 있어요." 그녀가 대답한다.

그녀의 허풍이 침묵하는 여자들 사이에서 어설픈 거짓말로 녹아내린다. 모두가 차마 고개를 들지 못하고 그녀의 드레스 원단만 쳐다본다. "누굴 고용해서 그 집을 꾸몄나요?" 마침내 아그네스가 묻는다.

넬라는 머뭇거린다. 아그네스가 칼베르스트라트로 가서 그 여자를 만난다는 건, 그런 여자가 존재한다는 사실을 알게 된다는 건, 생각하고 싶지도 않다. 그녀의 비밀이 파헤쳐지고, 그녀가 지닌 가장 좋은 것이 쪼아먹히는 기분일 것 같다.

약점을 감지한 듯 아그네스가 몸을 앞으로 숙인다. **"누구죠?"**

"전……."

"제 어머니가 장난감을 물려주고 가셨어요. 페트로넬라가 그걸

171

쓰고 있고요." 마린이 말한다.

"어머나, 마린!" 아그네스가 말한다. "당신한테도 어린 시절이 있었단 거예요?"

"백포도주 좀 가져올게요." 아그네스의 말과 넬라의 표정에 나타나는 고마움을 모두 무시하며 마린이 말한다. "오토가 내오는 걸 잊었나 보네요."

마린이 오토의 이름을 부르며 밖으로 나가자, 아그네스가 그 모습을 지켜보며 의자에 기댄다. "가엾어라." 그녀가 한숨을 쉬며 말한다. "가엾어." 아그네스가 수심 가득한 얼굴로 넬라를 본다. "왜 저렇게 불행하게 사는지 모르겠어요." 그녀가 몸을 숙이며 양손으로 넬라의 손을 잡는다. 손이 연못에서 꺼낸 개구리처럼 축축하다. "넬라, 우리 남편들은 한때 정말 좋은 친구였어요." 아그네스는 넬라의 손을 꽉 움켜잡는다. 비틀어진 반지들이 넬라의 손을 파고든다. "두 사람은 북해에서 가장 끔찍한 폭풍을 함께 이겨냈죠."

"여보, 당신은 지나간 일에 너무 연연해." 창가에 서 있던 그녀의 남편이 말한다. "오늘이 더 흥미롭지 않아?"

아그네스가 웃는다. "당신도 남편한테 들었겠지만, 두 사람은 스물두 살에 동인도회사의 배에서 만났잖아요? 에콰도르에 갔다가 북동무역풍 덕분에 카리브 해의 폭풍을 피할 수 있었죠." 아그네스는 오랜 세월에 걸친 반복 덕분에 마치 동화처럼 그 사건을 암송한다.

"여보."

"두 사람은 재능이 매우 뛰어나서 국가의 영광을 위해 일하고 있었어요. 물론 프란스는 결국 스탓하위스에서 일하게 되었지만, 암스테르담의 벽돌은 요하네스를 결코 가둘 수 없었죠."

프란스가 응접실 문 앞에 서자 아그네스의 시선이 한 마리 매처럼 그를 쫓는다. "요하네스한테 바타비아 얘기 들었어요?" 그녀가 넬라에게 묻는다.

"아뇨."

"거기서 물건을 팔아서 가져간 돈을 **네 배**로 불렸잖아요. 문자 그대로 돈을 주머니에 쓸어담고는 일행과 함께 돌아왔어요."

딱히 정의할 수 없는 경멸이 가미된 아그네스의 감탄은 넬라에게 최면을 거는 것만 같다. 이런 얘기가 프란스의 심기를 불편하게 만드는 게 분명하지만 넬라는 더 듣고 싶어 안달이 난다.

"벌써 십칠 년 전 얘기야, 아그네스." 프란스가 말한다. 그의 목소리는 단호하면서도 다정하다. "그 친구 요즘엔 이스턴 아일랜드에서 감자 먹는 걸 더 좋아해."

그가 응접실 밖으로 나간다. 본래 여기 사는 사람이라 어디로 가야 할지 정확히 안다는 듯이. 홀을 가로지르던 그의 무거운 발소리가 멈추자, 넬라는 의자에 앉아 잠시 휴식을 취하는 그의 모습을 상상해본다. 하지만 무엇에 지쳐 휴식한다는 건지 알 수 없다.

그러나 프란스는 한 가지 사실에 대해서만큼은 옳다. 아그네스는 넬라가 만나본 사람들 중 과거 이야기를 좋아하는 유일한 사람이다. 과거는 엄마에게 고통을 주었고, 아버지를 흐느껴 울게 만들었다. 암스테르담의 다른 사람들은 모두, 바다에 잠겨버릴지 모르는 습지 위에서일지라도 앞으로 나아가고 높이 쌓아올리기를 원하는 것 같다.

아그네스는 숨이 가빠 보이고, 조금 흥분한 모습이다. 그녀는 어깨를 으쓱하며 양손을 들어 보이고는 스커트 위의 보이지 않는 먼지를 털어낸다. "남자들이란." 아그네스는 다시 우회적이고 어른스러운 모습으로 돌아간다.

"맞아요." 넬라가 말한다. 프란스 미어만스와 요하네스 브란트처럼 서로 다른 사람도 없을 거라는 생각이 든다.

"우리 설탕 하나를 하녀에게 주었어요." 아그네스가 말한다. "프란스가 저녁식사 후에 한번 맛을 보자고 하더군요. 마린도 한 스푼 먹을까요?" 그녀가 눈을 감는다. "그 완벽한 원뿔! 프란스가 그동안, 정말 **훌륭하게** 일을 처리해주었어요. 덕분에 정제과정이 순조롭게 진행되었지요."

"농장을 혼자 상속받으신 걸로 알고 있는데, 그런가요?"

아그네스가 눈을 깜빡인다. "모든 걸 신에게 맡기는 순간……," 그녀가 웅얼거린다. "항상 더 많은 걸 얻는 법이죠, 마담 브란트."

넬라는 아그네스의 확신을 본능적으로 거부한다. 두 사람 사이에 드리워진 침묵에 실망하며 아그네스가 허리를 편다. "설탕을 더 들여올 예정이지만, 당신의 남편이 우리 설탕을 잘 팔아주어야 해요." 그녀가 말한다. "수리남의 날씨가 항상 좋지는 않은 데다 외국인들이 끊임없이 아버지 농장을, 그러니까 우리 농장을 공격하고 있거든요. 이번이 향후 몇 년간 유일한 수확일 수도 있어요."

"그렇겠네요, 마담. 저희를 선택해주셔서 진심으로 영광입니다."

아그네스의 표정이 눈에 뜨이게 부드러워진다. "남편 사무실에는 가보셨나요?" 그녀가 묻는다.

"아직 한 번도요, 마담."

"난 스탓하위스에 자주 가는 편이에요. 내가 가면 프란스가 좋아하거든요. 이 공화국을 다스리면서 그가 이룬 업적을 본다는 건 정말 흥분되는 일이죠. 그이는 특별한 사람이에요. 그건 그렇고," 아그네스가 말을 잇는다. "마린이 당신한테도 저녁마다 청어를 먹게 하나요? 그 자기수양을 위한 음식 고문 말이에요."

"우린……."

"청어 한 마리로 때우는 저녁식사에 수수한 검은 드레스." 아그네스가 한 손을 가슴에 얹고 다시 한 번 눈을 감는다. "하지만요, 마담, 이 **마음속**에 뭐가 있는지, 우리의 진정한 모습이 무엇인지, 하느님은 아실 거예요."

"전……."

"**당신**이 보기에도 마린이 아파 보여요?" 아그네스가 갑자기 눈을 크게 뜨며 예전처럼 근심 어린 표정으로 묻는다. 넬라는 무슨 말을 해야 좋을지 알 수 없다. 아그네스의 변덕스러운 대화가 피곤하다. 아그네스는 불규칙한 파장으로 불행을 발산하는 것 같다. 그러면서도 한편으로는 너무도 자신감이 넘쳐서 그로 인한 혼란을 상쇄한다. 그녀는 무언가에 굶주려 있고, 넬라는 그녀를 충족시킬 수 없다.

"마린은 항상 가장 강한 여자였어요." 아그네스가 말한다.

레제키가 짖는 소리가 아그네스의 말에 대답을 해야만 하는 상황에서 넬라를 구한다.

"아!" 손님이 옷매무새를 고친다. "마침내 남편께서 집에 돌아오셨군요."

대화

넬라의 허기와 코넬리아의 뛰어난 요리 솜씨에도 불구하고 저녁 식사는 고통스럽다. 보송보송한 흰 식탁보 위에서, 아그네스는 라인Rhein 백포도주 석 잔을 마시고 펠리콘 목사의 훌륭한 설교와 그의 독실함에 대해, 항상 감사하는 자세가 얼마나 중요한지에 대해 떠든다. 그녀가 봤다는, 손이 잘린 채 라스파위스*에서 석방된 가엾은 도둑들에 대해서도.

"라스파위스가 뭐죠?" 넬라가 묻는다.

"남성 전용 감옥이에요." 아그네스가 대답한다. "스핀하위스*는 사악한 여자가 가는 감옥이고, 라스파위스는 거친 남자를 길들이는 감옥이죠. 미치광이들이 사는 곳." 목을 앞으로 빼고 눈을 부릅뜬 채 광기를 연상시키는 동작을 하며 말을 잇는다. 너무도 충격적인 광경이다. 아그네스가 그 장면을 연출할 때 프란스는 식탁보만 쳐다본다. "집에서 버린 사람을 안전하게 가둬달라고 그 가족이 감옥에 돈을 줘요." 그녀가 반지 낀 손가락으로 넬라를 가리킨다. "하

---

* 1596년도에 설립된, 주로 소년 범죄자들을 수용하던 암스테르담의 교도소.

지만 **진짜** 미친 남자는 이 도시의 황금을 보관하는 창고 옆, 스탓하위스의 지하 고문실로 보내죠."

마린은 거의 말을 하지 않고 오빠만 흘금흘금 본다. 요하네스는 아그네스와 연거푸 잔을 부딪히며 술을 마신다. 코넬리아가 첫 번째 코스를 마칠 무렵, 두 사람은 이미 한 잔을 더 비운 상태다.

요하네스는 애써 몸을 추스르고는 있지만 눈동자가 흐릿해졌고 면도하지 않은 수염이 그을린 얼굴을 은빛으로 물들인다. 그는 자기 앞에 놓인 음식에 조금 과할 만큼 집중하면서 생강소스를 곁들인 비둘기 고기를 연신 포크로 찍어댄다. 아그네스가 점점 더 한심한 소리를 해대자 프란스 미어만스가 나서서 대화의 방향을 사업 이야기로 돌려보려 애쓴다. 그는 사탕수수 즙과 구리 장비, 설탕 원뿔, 노예에게 벌을 주어야 할 시점에 대해 토론하고 싶어한다. 요하네스는 격해진 감정을 가까스로 억누르며 당근을 우적우적 씹는다.

자두파이와 진한 크림을 앞다투어 삼키고 나니 마침내 식사는 끝나고, 손님들이 이곳에 온 진짜 이유를 더는 회피할 수 없는 상황이 된다. 마린이 고개를 끄덕이자 코넬리아가 도자기 접시에 설탕을 받쳐 들고 나온다. 마치 갓 태어난 아기를 안듯 조심스럽게. 그녀의 뒤로 오토가 스푼을 담은 쟁반을 들고 나온다.

넬라는 설탕 덩어리를 살펴본다. 팔뚝 길이 정도의 반짝이는 입체도형은 원뿔 모양이고, 촘촘하게 크리스털 조각을 박아넣은 것 같다.

"수확량의 반 정도는 선적하기 전에 모양을 만들어." 미어만스가 말한다. "나머지 반은 암스테르담에서 정제하고."

"스푼?" 요하네스가 손을 내밀며 말한다. 모두가 맛을 본다. "코녤리아, 오토, 두 사람도 맛을 봐. 두 사람이 진짜 전문가니까." 그가 말한다.

아그네스가 입술에 힘을 주며 코끝을 벌름거린다. 코넬리아는 조심스럽게 스푼을 들고, 오토에게도 건넨다.

요하네스가 조그만 접이식 나이프를 꺼내 설탕을 잘라내려고 몸을 일으키는 순간, 프란스가 의자에서 일어서며 허리춤에서 단검을 꺼낸다. "내가 하지." 단검을 번득이며 그가 말한다. 요하네스는 미소를 지으며 자리에 앉는다. 마린은 양손을 다마스크 식탁보 위에 올려놓은 채 경직된 자세로 앉아 있다.

처음 베어낸 설탕이 원뿔 밑에 소복이 쌓인다. "당신 먼저." 프란스가 말하며 과장스러운 동작으로 아내에게 설탕을 내민다. 아그네스가 환하게 웃는다. 그는 설탕을 일일이 나누어준다. 요하네스와 오토만 빼놓고. **"맛이 기가 막히네."** 입에 설탕 한 스푼을 털어넣고 프란스가 말한다. "당신 아버지는 아들을 낳는 축복은 누리지 못하셨을지 몰라도, 대신 최고의 설탕을 선물로 받으셨어."

넬라는 입안에서 녹는 설탕을 음미한다. 달콤하고 오톨도톨한 설탕 가루는 순식간에 사라진다. 바닐라향의 여운이 남고 혀를 입천장에 붙여놓는다. 마린은 스푼을 든 상태로 설탕의 달콤함을 외면하고 있다. 마린이 스푼 손잡이를 꽉 움켜쥘 때에도, 입을 거의 벌리지 않고 설탕을 얼른 삼켜버릴 때에도, 아그네스의 시선은 한 번도 마린을 떠나지 않는다.

"훌륭하네요." 마린이 엷은 미소를 짓는다.

"한 번 더 들어보시겠어요?" 아그네스가 묻는다.

"코넬리아, 어떻게 생각해?" 요하네스가 묻는다. 마린은 하녀에게 경고의 시선을 보낸다.

"아주 훌륭합니다, 시뇨르. 맛있어요." 그렇게 소심한 코넬리아의 목소리를 넬라는 처음 듣는다.

"오토, 자네 생각은 어떤가?" 요하네스가 묻는다.

"정말 감사한 일이죠! 당신이 우리에게 돈을 벌어주게 될 거예요, 요하네스!" 아그네스가 끼어들며 말한다. 요하네스는 미소를 지으며 반짝이는 흰 가루를 한 번 더 받는다. 넬라는 오토가 조심스럽게 입을 닦는 모습을 지켜본다. 그의 움직임 하나하나가 절제된 최소한의 동작이다.

"베네치아엔 언제 갈 생각인가?" 프란스가 묻는다. "팔라초와 곤돌라…… 또 하나의 고향과도 같은 곳이지."

한 번 더 먹으려던 마린이 스푼을 내려놓는다. "베네치아?" 그녀가 묻는다.

"곤돌라가 뭐예요, 여보?" 아그네스가 남편에게 묻는다. 목소리는 맹하고, 눈은 백포도주의 취기와 사랑받고 싶은 욕망으로 반짝인다.

"세 텅 바토."• 그가 대답한다.

"아!" 아그네스가 말한다.

"한 달 내로 갈 생각이네." 요하네스가 말한다. "같이 가겠나, 프란스? 어때?" 그가 손가락 하나를 들어 보이며 덧붙인다. "이런, 자네가 물을 얼마나 힘들어하는지 깜빡 잊었군."

프란스가 콧소리를 낸다. "험한 물살을 견딜 수 있는 사람은 드물어."

"사실이야." 요하네스가 잔을 비운다. "하지만 그걸 견딜 수 있

• 프랑스어로 '배를 말하는 거야'라는 뜻.

는 사람은 항상 있지."

마린이 식탁에서 일어선다. "페트로넬라, 류트 연주해줄래?"

"류트요?" 오빠의 악기를 연주하지 말라던 마린의 경고가 떠올라 넬라는 놀라움을 감출 수 없다.

"류트."

두 사람의 눈이 그날 저녁 들어 세 번째로 마주친다. 마린의 얼굴에 드리워진 피로감을 느끼며 넬라는 그 이상 토를 달지 않는다. "좋아요, 마린." 그녀가 말한다. "할게요."

☘

류트를 연주하는 건 즐거운 일이다. 서둘러 줄을 조율하고 그 위에 손가락을 올려놓으며 관객의 표정을 바라보는 건 그보다 더 즐거운 일이다. 말발굽 모양으로 배열한 의자들 앞에서 사십여 분을 연주하는 동안 넬라는 처음으로 호의적인 관심의 주인공이 된다. 오토와 코넬리아도 와서 연주를 듣는다.

양이 줄어든 문제의 설탕 원뿔은 다시 아그네스의 손가방 속으로 들어가고, 정적이 내려앉고, 순간과 순간이 소박한 선율과 그 선율이 만드는 한심한 사랑 노래와 엮인다. 요하네스는 뿌듯함에 가까운 표정으로 어린 아내를 바라본다. 마린은 불길을 바라보며 음악에 귀를 기울이고, 아그네스는 박자에 안 맞게 고개를 끄덕이고, 그녀의 남편은 의자에서 엉덩이를 들썩인다.

미어만스 부부는 11월 중에 요하네스에게 진행 상황을 전해듣기로 약속하고는 곧장 자리를 뜬다. 마린이 문을 닫는다. "드디어 갔네." 그녀가 한숨을 내쉰다. "설거지는 아침에 해." 마린이 코넬리아에게 말한다. 코넬리아는 밤새 해도 다 못할 설거지를 면제받자 기쁨을 감추지 못한다.

자신이 이룬 쾌거에 기분이 좋아진 넬라는 류트를 양손으로 잡고 홀의 창가에 기대선다. 아그네스와 프란스가 집 앞 계단을 내려가고 있다.

"**거북 등딱지**래요, 프란스." 아그네스는 목소리를 낮추려는 노력조차 하지 않는다. 어쩌면 와인을 많이 마셔서 목소리를 낮출 수 없는 건지도. "더구나 **백랍**을 섞은."

"아그네스, 조용히 해."

"참 이상한 결혼 선물도 다 있지. 하여간 똑똑한 사람은 생각하는 것도 별나다니까! 나도 하나 살래요, 프란스. 머지않아 우리도 형편이 될 테니까. 저 여자 것보다 더 좋은 걸로 사줘요."

"난 그 친구가 정말 똑똑한지도 잘 모르겠고……."

"그리고 하느님 맙소사, 설탕 먹을 때 마린 표정 봤어요? 그거 보려고 **몇 주**를 기다렸네. 프란스, 지금까진 하느님이 저 사람들한테 자비를 베푸셨지만……."

"그 제멋대로인 혀 좀 그만 놀려."

계단에서 멀어지면서 미어만스 부인이 입을 다물고, 그 뒤로도 그들의 침묵은 깨지지 않는다.

버려진 소녀

다음 날 아침 넬라가 눈을 떠 보니 코넬리아가 이미 불을 지펴놓았다. 넬라는 혼자 옷을 입는다. 상체를 조이는 가슴 옷•은 입지 않는다. 코넬리아가 고래수염을 당겨주어야 하는 옷보다는 셔츠에 조끼를 입는 게 편하다.

"나한테 온 물건 없어?" 그녀가 아래층에서 오토에게 묻는다.

"없습니다, 마담." 그의 목소리가 편안하다.

아그네스의 말이 여전히 넬라의 머릿속에서 울린다. **내가 가면 프란스가 좋아하거든요.** 류트 연주로 우쭐해진 건 사실이지만 그날 저녁 만찬은 그녀에게 불만의 여운을 남겼다.

아그네스 미어만스를 따라하고 싶은 생각은 추호도 없지만 그녀가 이 집안의 누구보다 결혼에 대해 많이 아는 건 사실이다. 요하네스를 격려하고, 일하는 그를 칭송해주고 싶다. 그러면 그도 나를 칭송해줄지 모른다. 넬라는 요하네스의 사무실로 그를 찾아갈 생각이다. 그다음엔 태양 간판 집에 가봐야지. 곰보딱지가 서성거리

• 15-16세기 유럽에서 유행한 여성 상의.

지 않으면 미니어처리스트가 나와서 이야기를 나눌지도 모른다.

모든 방이 다시 한 번 티끌 하나 없이 완벽하지만 집 안에 격전 뒤의 피로가 감돈다. 숨을 죽이고 있는 것 같은 기분이 든다. 요하네스의 서재는 문이 열려 있고, 그의 지도와 서류들이 여전히 바닥에 뒹군다.

그녀는 식당으로 들어가 마린을 보고 멈추어 선다. 제대로 옷을 갖추어 입지 않고 블라우스와 스커트에 실내용 가운만 걸치고 있다. 마린이 가운을 단단히 여민다. 밝은 갈색 머리카락이 어깨 밑에서 느슨하게 흔들거리며 엷은 육두구향을 풍긴다. 보드랍고 풍성해 보이게 하는 렌즈를 통해 마린을 보는 것 같다.

"요하네스는 벌써 구 호흐스트라트로 갔어요?" 넬라가 묻는다.

오토가 다가와 커피를 두 잔 따른다. 쌉싸름한 커피향이 그녀의 감각을 깨운다. 주전자 주둥이에서 튄 커피 몇 방울이, 마치 지도 위의 버진 제도처럼 식탁보 위에 번진다. 오토는 자신이 만든 얼룩에 시선을 집중한다.

"왜?" 마린이 묻는다.

"베르겐이 어디 있는지 물어보려고요."

"베르겐은 노르웨이에 있어. 오빠 귀찮게 하지 마."

"하지만……."

"하고많은 도시 중에 왜 베르겐이 어디 있는지 알고 싶지? 거기 사람들이 하는 일이라곤 생선 장사뿐인데."

코넬리아는 생각에 잠긴 듯 고개를 숙인 채 현관홀의 흑백 타일 바닥을 쓸고 있다. 오토가 아래층 부엌으로 내려가니 그의 뒤로 커피 주전자의 향이 남는다. 엷은 10월의 햇살이 창문마다 흐릿하게 스며들고, 숨겨두었다가 도로 꺼낸 수지 양초에는 이미 불을 붙여 놓았다. 넬라는 빗장을 젖히고 문을 연다. 바깥공기가 들어오자 코넬리아가 비질을 멈추고 허리를 편다. "이제 겨우 8시예요, 마담." 그녀가 머리를 바로 하고는 마치 창을 들 듯 두 손으로 빗자루를 잡고 묻는다. "이렇게 이른 시각에 어딜 가시게요?"

"볼일이 좀 있어." 넬라가 말한다. 코넬리아의 미심쩍은 표정에 짜증이 치민다. 도로 갇혀버린 것 같은 기분이 든다. 류트 연주로 얻은 미약한 권력은 어느새 사라지고 없다.

"여자들은 볼일이 없어요, 마담." 코넬리아가 말한다. "여자는 자고로 주제를 알아야 해요." 따귀를 한 대 얻어맞은 기분이다. 아센덜프트에서라면 어떤 하녀도 감히 하지 못할 말이다.

"집에 계세요." 비참에 가까운 표정마저 지어 보이며 코넬리아가 고집을 부린다. 넬라는 돌아서서 바깥공기를 들이마신다. 초가 풍기는 탁한 향기와 감시하는 하녀의 얼굴을 뒤로 한 채. "어디든 혼자 가시는 건 안 돼요." 한결 누그러진 목소리로 하녀가 중얼거리고는 넬라의 팔을 잡는다. "전 단지……."

"**너**와는 달리, 코넬리아, 나는 내가 원하면 어디든 갈 수 있는 몸이야."

⚓

사무실에서 일하는 남편의 모습, 자신의 부를 일구려 애쓰는 모습을 직접 보는 건 재미있을 것이다. 이것은 그를 이해하는 하나의 방법이다. 넬라는 클로베니르스뷔르흐발로 접어들고, 바다 냄새가 풍겨오기 시작한다. 먼 바다 한복판에 떠 있는 커다란 배의 돛대들이 보인다. 운하를 따라 걸으며 넬라는 아끼는 개들을 본떠 만든 미니어처를 요하네스에게 보여줄까 생각해본다. 그걸 보면 분명히 좋아할 텐데.

그녀는 방패와 흉갑 들을 크기별로 분류해서 쌓아놓은 무기고 근처, 구 호흐스트라트에 위치한 동인도회사의 아치형 정문을 지난다. 이곳은 이 도시의 중심지다. 공화국의 중심지라고 할 수도 있을 것이다. 그녀의 아버지는 공화국 군비의 반을 암스테르담에서 충당한다고 말한 적이 있다. 이 도시의 부와 권력이 미심쩍다는 말투였지만, 아버지의 목소리에 담긴 경계심에는 아련한 동경도 섞여 있었다.

넬라는 첫 번째 정원 안으로 들어선다. 반복되는 벽돌 건물의 풍경이 어지럽다. 저만치에서 남자 둘이 이야기를 나누다가 그녀가 지나가는 것을 보고 고개 숙여 인사한다. 그녀가 무릎을 굽혀 인사하자 그들이 호기심 어린 눈초리로 본다. "여기서 여자를 보긴 처음이네." 첫 번째 남자가 말한다.

"밤이면 몰라도." 그의 친구가 거든다. "바닐라 머스크향을 풍기는 여자들."

"요하네스 브란트를 찾고 있어요." 그녀가 말한다. 그들의 음흉한 태도에 불안해져서 목소리에 긴장이 감돈다. 두 번째 남자의 이마는 빨간 여드름이 뒤덮고 있다. 이제 막 소년티를 벗었다. 하느님이 붓으로 너무 짓궂은 장난을 쳤다고, 넬라는 생각한다.

남자들이 자기들끼리 눈빛을 주고받는다. "저 아치문을 지나 두 번째 정원으로 들어가시면 왼쪽 끝에 문이 하나 있을 겁니다." 첫 번째 남자가 말한다. "그 위의 사무실은 출입금지구역이에요." 그가 덧붙인다. "여자는 못 들어가요."

두 번째 아치문을 지날 때는 남자들의 시선에 등이 따갑다. 왼쪽 끝에 있는 문을 두드려보았지만 아무도 나오지 않는다. 넬라는 조바심을 내며 문을 밀어본다. 드문드문 보이는 가구와 건물 벽에 소금기가 스며들어 실내를 더 눅눅하게 만들고 있다. 안쪽으로 나선형 계단이 있어 넬라는 그 계단을 오른다. 오르고 또 올라 마침내 그나마 통풍이 되는 층에 이르자 긴 복도가 이어지고 그 끝에 다시 참나무 문이 있다.

"요하네스?" 그녀가 부른다. 난 항상 그 사람 이름을 부르고 있다고, 그녀는 생각한다. 항상 그의 문 앞에서 기다리고 있다고. 그녀는 그의 사무실 쪽으로 달려간다. 한 마리 고양이처럼 날렵하게, 그를 놀래줄 생각에 점점 더 설레는 맘으로.

복도 끝 문의 손잡이는 뻑뻑하다. 힘껏 밀어젖힌 문이 열리는 순간, 남편의 이름이 목 안에서 토막나버린다.

방 안쪽에 놓인 소파에 요하네스가 눈을 감고 발가벗은 채 늘어져 있다. 그의 음부 위에 맴도는 짙은 곱슬머리 때문에 남편은 움직이지 못한다.

그 곱슬머리는 남편의 몸에 붙어 있는 것만 같다. 넬라는 그 머리가 움직이는 것을 본다. 위로 아래로, 위로 아래로. 그 머리에도 몸이 달려 있다. 소파에 반이 가려진 호리호리한 상체와 무릎 꿇은 다리.

문 닫히는 소리에 요하네스가 눈을 번쩍 뜨고 아내를 발견한다. 그의 눈이 휘둥그레진다. 그가 몸을 벌떡 일으킨다. 곱슬머리도 고개를 든다. 잭 필립스. 그가 창백한 얼굴을 그녀에게 돌리는 순간 벌어지는 입, 충격에 휩싸이는 눈. 그는 엉덩이를 바닥에 대고 소파 앞에 똑바로 앉는다. 번들거리는 그의 맨가슴이 겁에 질린 넬라의 시선을 끈다.

마치 물속에서 움직이는 것처럼, 요하네스는 자신을 가리지 않는다. 아니 가리지 못한다. 움직임이 굼뜨고 숨을 못 쉬는 것 같다. 그의 그것, 그의 **벌레**는 돛대처럼 높이 솟아올라 있다. 너무도 단단하고, 반듯하고, 반짝일 만큼 촉촉하다. 요하네스는 잭을 밀어내고 건장한 창녀처럼 일어선다. 그의 널찍한 가슴은 젊은 남자에 비해 털이 지나치게 무성하다.

아침의 여린 햇살이 그들 모두를 창백하게 만든다.

"넬라!" 그녀의 남편이 말한다. 그러나 넬라는 머리에 불이 붙은 것 같아 그의 말이 들리지 않는다. "당신은 여기 오면…… 당신이 왜 여기에……."

잭이 요하네스에게 셔츠를 던져주는 순간 마법은 깨어진다. 그들은 허둥댄다. 갈팡질팡하는 팔, 손가락, 무릎. 둘 다 어설프고 겁에 질렸다. 그 허둥대는 모습을 바라보면서 넬라는 무릎이 풀려버린다.

바닥에 주저앉은 넬라는 가까스로 고개를 들고, 일어선 남편을 바라본다. 그가 손을 뻗는다. 그녀를 향해서인지, 잭을 향해서인지, 옷을 향해서인지 확실히 알 수 없다. 마치 공중에 있는 보이지 않는 밧줄을 잡으려 애쓰는 것 같다. 버면지 출신의 잭은 윗옷을 벗은 채 곱슬머리를 쓸어넘긴다. 웃는 걸까? 찡그리는 걸까? 어쩌면 둘 다일까? 머릿속에서 울려퍼지는 괴성에 그런 생각들이 잦아들고 그녀의 두 손이 눈을 가린다.

그녀가 마지막으로 본 것은 요하네스의 페니스다. 그의 허벅다리 위에서 힘이 빠지기 시작한 길고 어두운 빛깔의 그것.

침묵이 넬라의 귀에 내리고, 가슴 한복판이 고통으로 찢어진다. 검은 홀씨 한 개로 시작된 수치심은 수천 개의 홀씨로 번져가고, 겨울잠을 자고 있던 상처가 마침내 제 목소리를 낸다. 그가 그녀의 말을 들을 수 있는지, 그 말이 입 밖으로 나오고 있는지, 그녀 자신도 알지 못한다. **"멍청이, 멍청이, 멍청이."** 그녀가 눈을 꼭 감고 속삭인다. 다리는 납덩이같고, 살갗은 뜨겁고, 몸은 맷돌처럼 무겁다. 그녀의 몸에 남자의 손길이 느껴지고, 들어 올려지고, 머리가 축 늘어진다. 그녀는 요하네스의 흰 발가락 다섯 개를 본다. 마린이 그녀를 꼬집은 이후 처음으로 누군가가 그녀의 몸을 만지고 있다.

"넬라!" 익숙한 목소리가 들려온다.

코넬리아다. 코넬리아가 이곳에 왔다. 넬라는 방에서 끌려나와 끝없는 복도를 허겁지겁 비틀거리며 걷는다. 마치 파도에서 도망치듯이.

요하네스가 그녀의 이름을 부르고 있다. 넬라는 그의 목소리를 듣지만, 대답할 수 없다. 할 수 있다고 해도 과연 그러고 싶을까? 그녀의 입은 말을 만들지 못한다. 말은 그녀의 혀에서 질식해버린다.

코넬리아가 그녀를 마지막 계단까지 부축하고 그녀에게 한 발 그리고 또 한 발 내디디라고 명령한다. 하느님 맙소사, 마담, 걸으세요. 제발 집에 도착할 때까지 걸으세요. 두 사람은 여전히 뜰에 서 있는, 아까 보았던 남자들을 만난다. 젊은 여인의 얼굴에 드리워진 황폐함을 아무도 보지 못하도록 코넬리아가 넬라의 얼굴을 가린 채 그녀를 부축한다.

클로베니르스뷔르흐발로 접어들자 북받쳐오르는 고통에 넬라가 오열한다. 코넬리아는 그녀의 입을 세게 틀어막는다. 그녀의 울음은 이 살벌한 감시의 거리에서 달갑지 않은 관심을 끌 것이다.

두 사람이 집에 도착한다. 저절로 열리듯 문이 열리지만 곧바로 어둠 속에서 기다리고 있는 마린과 오토의 모습이 보인다. 얼굴을 가린 채, 넬라는 코넬리아를 방패 삼아 그녀에게 몸을 의지하며 계단을 오른다. 넬라는 침대로 올라가 신혼 이불을 덮고 숨을 쉬어보려고, 눈물을 삼켜보려고 애쓴다.

가슴 깊은 곳에서 울음이 터져나온다. 비명이 공중을 가른다.

누군가가 그녀의 이마를 쓰다듬는다. 쓰다듬고 또 쓰다듬다가 그녀를 끌어안은 다음 목 안으로 물을 넣어준다. 넬라의 울부짖음이 마침내 잦아들다가, 마지막 울음이 멈춘다. 오토, 마린, 코넬리아가 마치 구유를 바라보는 동방박사 세 사람처럼 몸을 숙이고 그녀를 바라본다. 그 얼굴들은 수심 어린 보름달 같다.

남편이 원하는 사람은 내가 아니라고, 넬라는 생각한다. **멍청이.** 처음부터 아니었다고…….

얼굴들이 사라지고, 넬라는 나락으로 떨어지고, 발가벗은 남편의 모습은 어두운 연못 속으로 사라져버린다.

1686년 11월

같은 샘 구멍에서 단 물과 쓴 물이 함께
솟아 나올 수 있겠습니까?

〈야고보서〉 3장 11절

THE
MINIATURIST

제
2
부

안에서 밖으로

거부할 수 없는 달콤한 향이 그녀를 깨운다. 넬라는 눈을 뜨고 침대 발치에 앉아 있는 마린을 본다. 깊은 생각에 잠긴 채, 무릎 위에 웨이퍼 한 접시를 올려놓고 있다. 남을 의식하지 않는 마린의 모습은 한결 부드러워 보인다. 잿빛 눈동자는 낮게 내리깔렸고, 입매는 우울한 직선을 그린다. 일주일 내내 넬라가 잠든 척하는 동안 마린은 넬라 곁에 앉아 있었다.

요하네스와 잭 필립스의 모습이 며칠이 지나도록 넬라의 머릿속에서 파닥거린다. 끊임없이 날갯짓을 하는 나방처럼. 넬라가 자신의 의지로 날 수 없게 만들었는데도 멈추지 않는다. 넬라는 나방을 마취시키고 날개를 떼어버렸다. 그런데도 사라지지 않는다.

그녀가 사무실에 도착하기 전에 두 사람은 또 무슨 짓을 했을까? 그들의 침대는 펼쳐진 지도였다. 그들은 종이로 만든 세계 위에 군림하는 신이었을까? 암스테르담의 이런 삶을 감당할 수 없다고, 넬라는 생각한다. 어디론가 멀리 떠나버렸으면. 마음은 열여덟 살보다 어린데 이미 팔순 노인의 짐을 졌다. 마치 일생이 한꺼번에 몰아쳐서 헤어날 길 없는 온갖 추측의 바닷속을 헤매고 있는 것만 같다. 암스테르담을 내 것으로 만들 수 있다고 생각하다니, 요하네스 브란트와 어울린다고 생각하다니, 얼마나 어리석었던가. 나는 스스로 날개를 뽑아버렸다. 나는 존엄성을 잃었다.

사람이 살지 않는 캐비닛 집이 방 한구석에 우두커니 서 있다. 누군가 캐비닛의 커튼을 젖혀놓았고 햇살이 내부를 비출수록 집도 커지는 것 같다. 마린도 캐비닛에 호기심을 느낀다. 그녀는 웨이퍼 접시를 바닥에 내려놓고 천천히 캐비닛 쪽으로 다가가 미니어처 응접실을 만져본다. 마린은 요람을 꺼내 손바닥 위에 올려놓고 앞뒤로 흔들어본다.

"만지지 말아요." 넬라가 쏘아붙인다. 일주일 만에 처음 내뱉은 말이다. "그건 당신 물건이 아니에요."

마린이 깜짝 놀라며 요람을 제자리에 놓는다. "장미수 웨이퍼 가져왔어." 그녀가 말한다. "시나몬하고 생강소스도. 코넬리아가 구이 판을 새로 장만했거든."

코넬리아가 무슨 장한 일을 했다고 구이 판을 장만했을까. 벽난로의 불이 지펴졌고 쇠 살대 위에서 불길이 훨훨 타오른다. 밖에는 겨울이 성큼 다가왔고, 방 안에서도 한기가 느껴진다.

"육체의 굶주림이 영혼에는 더 좋은 거라고 하지 않으셨어요?" 그동안 코넬리아가 문밖에 놓아둔 휘츠폿■과 하우다 치즈를 받아먹었지만 넬라는 그렇게 말한다. 마린에 대한 증오심이 금방이라도 폭발할 듯 끓어오른다.

"먹어." 마린이 말한다. "제발. 얘기는 그다음에 하자."

넬라는 접시를 든다. 델프트 꽃무늬와 섬세한 잎사귀가 그려진 접시다. 마린이 넬라의 베개를 정돈하고, 다시 침대 발치에 앉는다. 황금빛 웨이퍼는 바삭거리도록 완벽하게 구워졌고 장미수가 따뜻한 생강즙과 어우러진다. 방 한구석 새장 속에서 피보가 짹짹거린다. 마치 넬라의 떨떠름한 기쁨을 감지한 듯이.

본 것을 있는 그대로 전하면 마린이 뭐라고 할지, 넬라는 궁금하다.

"침대 밖으로 좀 나오고 싶지 않아?" 마린은 농부와 친구가 되어 보려 애쓰는 여왕처럼 군다.

넬라가 캐비닛을 가리킨다. "내가 저 안에 들어가 있는 꼴을 보면 당신은 더 행복하겠죠."

"그게 무슨 소리야?"

"이 집에서의 내 삶은 끝이에요."

그 말에 마린이 움찔한다. 넬라는 먹다 남은 웨이퍼 접시를 시누이 쪽으로 밀어놓는다. "더는 당신 명령은 듣지 않겠어요, 마린. 이젠 나도 다 알아요."

"페트로넬라, 정말 네가 다 안다고 생각해?"

"네." 넬라가 깊은 숨을 내쉰다. "당신이 알아야 할 게 있어요."

창백한 마린의 얼굴이 벌겋게 달아오른다. "그게 뭔데?" 그녀가 말한다. "뭐야?"

자신이 숨기고 있는 진실로, 넬라는 잠시나마 권력을 가진 것 같은 기분이 든다. 그녀는 침대보 위에 손을 깍지 끼고 심각한 표정의 마린을 쳐다본다. 몸이 침대에 닻을 내린 듯 무겁게 느껴진다.

"일주일 내내 침대에 누워만 있었던 이유가 있어요. 요하네스는, 당신의 오빠는…… 차마 입에 담을 수 없네요."

"무얼?"

"요하네스는, 당신의 오빠는…… **남색자**예요."

마린이 눈을 깜빡인다. 뇌리에 박혀 있던 요하네스와 잭의 모습이 다시 살아난다. 웨이퍼 한 꺼풀이 넬라의 목에 걸려 있다. 마린은 여전히 말이 없다. 침대보의 자수, 잎사귀와 숲속의 새들 속에서 물결치는 굵은 B자를 바라보고 있다.

"그래서 화가 났다면 정말 유감이야, 넬라." 마린이 나지막이 말한다. "오빠 다른 남편과는 달라. 나도 인정해."

넬라는 그녀의 말을 선뜻 이해하지 못한다. 그 순간 마린의 얼굴이 그녀를 향해 열린다. 책장이 펼쳐지듯이. 감각의 파문이 그녀의 몸을 관통한다. 그 파문이 그녀의 뺨을 붉게 물들이고, 그녀의 혈관을 타고 달린다.

"알고 있었어요? **알고 있었던 거예요?**" 넬라는 울음이 터질 것만 같다. 사무실 소파에 잭과 함께 있는 남편을 본 것보다 더 끔찍하다.

"세상에, 난 **정말** 바보였군요. 이곳에 도착한 순간부터 난 바보였어요."

"우린 널 비웃은 적 없어, 페트로넬라. 단 한 번도. 널 바보로 만들 생각은 없었어."

"당신들은 날 모욕했어요. 내 두 눈으로 똑똑히 봤어요. 그 사람이, 그 남자와, 역겹고 끔찍한 짓을 하는 것을……."

마린이 일어서서 창가로 다가간다. "오빠가 그렇게 역겹기만 한 사람이니?"

"뭐라고요? **역겹고말고요.** 남색자들…… 펠리콘 목사가 말했잖아요. **그들을 모두 경계하라고. 하느님의 분노가 이 땅에 스며들 거라고.** 난 그 사람 아내예요, 마린!" 넬라의 입에서 말이 쏟아져나온다. 그녀가 말하리라고 생각조차 못했던 말이다. 한 마디 한 마디 내뱉을수록 마음이 가벼워진다. 금방이라도 날아오를 수 있을 것처럼.

마린은 손끝이 하얗게 되도록 손바닥을 유리창에 넓게 펼친다.

"그 설교를 그렇게 똑똑히 기억하고 있다니 놀랍구나."

"당신은 요하네스가 날 사랑하지 않으리란 걸 알고 있었어요!"

마린이 입을 여는 순간 그녀의 목소리가 갈라진다. "너라면 사랑하지 않을 수 없을 거라 생각했어. 나라고 항상 다 아는 건 아니야." 그녀가 말을 멈춘다. "오빠 널 좋아해."

"**애완동물**처럼 좋아하죠. 그나마 레제키를 더 좋아하고요. 저는 이 속임수를, 이 모욕감을, 도저히 용서할 수 없어요. 내가 이렇게 되리라는 걸 당신은 알고 있었어요. 내가 남편을 기다렸던 수많은 밤은……."

"나는 속임수라고 생각하지 않았어, 넬라! 그건 기회였어. 모두에게."

"**당신이?** 요하네스가 날 직접 고르긴 했나요?"

마린이 머뭇거린다. "오빠…… 내키지 않아했어. 원하지 않았지만, 내가 요구했지. 이 도시에 사는 네 아버지의 친구 중 한 명이 경제적 어려움에 처하게 된 네 아버지 이야기를 했어. 네 어머닌 아주 적극적이셨어. 난 모두를 만족시킬 수 있을 거라고 생각했고."

넬라는 접시를 바닥으로 밀친다. 접시가 바닥에 떨어지며 세 조각으로 깨진다. "나한텐 어떤 기회였나요, 마린?" 그녀가 소리친다. "전부 다 당신 마음대로였잖아요. 당신이 내 옷을 주문했고, 당신이 장부를 관리하고, 당신이 날 교회에 끌고 가고, 사람들이 다 쳐다보는 길드 파티에 날 밀어넣고. 류트 연주를 시켰을 때는 당신한테 감사했어요. 한심한 노릇이죠. **내가** 이 집의 안주인인데 실상은 코넬리아보다도 나을 게 없죠."

두 사람 사이의 기류가 격앙되자 마린이 두 손으로 얼굴을 가린다. 마린이 냉정을 잃지 않으려 애쓰는 모습을 보면서 넬라는 오히려 힘이 솟는다.

"마린, 침착한 척 연기하지 말아요. 이건 재앙이에요." 눈물이 솟구친다. 넬라는 눈물을 멈추어보려 애쓰지만 그녀의 의지를 배신하며 뺨을 타고 흘러내린다. "지옥 불에서 타고 있는 남자와 내가 어떻게 행복할 수 있어요?"

마린의 얼굴이 분노의 가면으로 변한다. "조용히 해. **조용히** 하라고. 너희 집안은 이름 말고는 가진 게 없어. 네 아버지는 가난만 남겨주었어. 넌 결국 농부 아내로 생을 마감해야 했을 거야."

"그게 뭐가 어때서요?"

"십 년 뒤에도 네가 그런 말을 할 수 있을까? 댐이 무너지고 가진 거라고는 아무것도 없는데 먹여야 할 아이 열 명이 네 발치에서 뛰어다녀도? 넌 경제적 안정이 필요했고 상인의 아내가 되고 싶었어!" 넬라는 잠자코 있다. "페트로넬라, 이제 어쩔 셈이지?"

마린의 말에 담긴 두려움이 커질수록 넬라는 진정한 권력은 결국 자신에게 있음을 깨닫는다. 마린은 내가 행정관을 찾아갈 거라고 생각하는 걸까? 넬라는 놀라움에 휩싸인 채, 일그러진 마린의 얼굴을 쳐다본다. 그리고 자신이, 아센델프트 출신의 열여덟 살 소녀가, 실제로 암스테르담 행정관을 찾아가 존경받는 자신의 남편이 악마에 씌었다고 말할 수도 있다는 사실에 현기증을 느낀다.

물론 그럴 수도 있을 거라고, 넬라는 생각한다. 지금 같아선 그렇게 하고 싶다고. 잭 필립스도 신고할 수 있을 것이다. 작정한다면 누가 날 막을 것인가? 내 말 한마디로 이 여자의 삶을 뭉개버리고, 모든 수치심에서 벗어날 수도 있을 것이다.

그녀의 생각을 읽기라도 한 듯 마린이 입을 연다. "넌 이 집안사람이야, 페트로넬라 브란트. 이 집안의 진실은 새에 묻은 기름처럼 너한테 들러붙어 있어. 네가 원하는 게 뭐지? 빈곤한 삶으로 돌아가는 것? 우리의 비밀이 발설되면 오토와 코넬리아는 어떻게 될 것 같아?"

마린이 날개처럼 양팔을 벌린다. 넬라는 몸이 침대 속으로 오그라드는 것만 같다.

"우리가 할 수 있는 일은 아무것도 없어, 페트로넬라. 우리 여자들이 할 수 있는 일은," 마린이 말한다. "**아무것도 없다고.**" 마린의 눈동자는 지금껏 넬라가 한 번도 보지 못한 강렬함으로 달아오른다. "우리가 할 수 있는 일은 고작 다른 사람들이 저지른 실수를 꿰매는 것뿐이야."

"아그네스는 행복해 보이던데요."

"아그네스? 아그네스는 주어진 역할을 하고 있을 뿐이야. 자기 대사가 끝나면 어떻게 될 것 같아? 그 농장은 아그네스 아버지 소유야. 남편한테 넘겨주면서 퍽도 좋아하더군. 그러면서 자기가 똑똑한 줄 알고 있다니 정말 기가 찰 노릇이지. 물론 여자 중에도 일을 하는 사람이 있긴 하지!" 마린이 소리친다. "허리가 부러지도록 일해도 남자가 버는 돈의 반도 못 벌어. 게다가 우린 재산을 소유할 수도 없어. 법정에 사건을 회부할 수도 없고. 사람들은 생각하지. 여자가 할 수 있는 일이라고는 자기 남편의 자산이 될 아이를 낳는 것뿐이라고."

"하지만 당신은 결혼을 하지 않았고, 그리고……."

"남편이 한시도 **내버려두지** 않는 여자도 있어. 몸이 쭈그렁 망태기가 될 때까지 아이를 낳고 또 낳아야 하지."

"내버려두지 않아서 그렇게 되는 거라면 기꺼이 쭈그렁 망태기가 되겠어요! **부인 따로, 애인 따로!** 어차피 다들 그렇게 사는 거 아닌가요?"

"아이를 낳다가 죽는 여자가 얼마나 많은지 알아, 페트로넬라? 얼마나 많은 여자아이가 송장 아내가 되는지 아느냐고!"

"소리 지르지 말아요! 장례식이라면 아센딜프트에도 있다고요. 그게 위험한 일이라는 건 나도 알아요."

"페트로넬라……."

"우리 엄마도 그 사람에 대해 알고 있었나요? 그랬나요?"

마린이 멈칫한다. "모르셨을 거야. 하지만 네가 상상력이 풍부한 아이라고 했어. 강인하고 유능하다고. 이 도시에서 잘 성장할 거라고. '넬라는 스스로 길을 찾을 거예요'라고 네 어머니가 편지에 썼어. 너 같은 아이한테 아센딜프트는 좁을 거라고. 난 기꺼이 그 말을 믿었고."

"그건 사실일 수도 있어요." 넬라가 말한다. "하지만 내가 제대로 된 여자의 삶을 살지 말지, 그건 당신이 결정할 문제가 아니었어요."

마린의 경멸 어린 웃음이 넬라의 살갗을 긁는다. "그게 무슨 뜻이지? 제대로 된 여자라니?"

"제대로 된 여자는 결혼을 하고 아이를 낳아요."

"그렇다면 난 뭐가 되지? 난 제대로 된 여자가 아닌가? 내가 알기론 난 제대로 된 여잔데."

"우리 둘 다 아니죠."

마린이 이마를 문지르며 한숨을 쉰다. "세상에! 너한테 화를 내고 싶지 않아. 그런데 나도 모르게 그렇게 되어버렸네. 미안해."

사과의 진정성이 화해의 순간을 만든다. 탈진한 넬라는 침대에 눕고 마린은 깊은 한숨을 내쉰다. "이 도시에서 말은 곧 물이야, 넬라." 그녀가 말한다. "소문 한 방울에 우리가 익사할 수도 있어."

"당신들의 미래가 위태로워서 나의 미래를 희생시켰나요?" 넬라가 말한다.

마린은 눈을 감는다. "이 결혼은 네게도 도움이 됐어. 안 그래?"

"아센델프트에 있었다면 적어도 익사하진 않았겠죠."

"하지만 거기서 네 삶은 물 밑에 있었어. 소 몇 마리, 허술한 집, 따분한 일상. 나는 이 결혼이 너에게 모험을 가져다줄 거라고 생각했어."

"여자는 모험을 하지 않는다면서요." 넬라가 쏘아붙인다. 그 말을 하는 순간에도 넬라는 칼베르스트라트의 미니어처리스트를 떠올린다. "지금 우리가 위기에 처했나요? 우리에게 왜 설탕 판 돈이 필요하죠? 꼭 그래야 할 필요가 없다면 요하네스는 설탕을 팔지 않을 거예요."

"적을 가까이에 두어야 하니까."

"아그네스 미어만스는 당신 친구라고 알고 있는데요."

"설탕을 팔아서 벌어들인 돈이 우릴 지켜줄 거야." 마린이 대답한다, 창밖을 내다보면서. "암스테르담에서는, 드높은 영광에도 불구하고, 하느님이 끝까지 우릴 지켜주진 않아."

"당신이 어떻게 그런 말을 할 수 있죠? 당신처럼 독실한 신자가……."

"내 믿음은 내 통제력과 무관해. 우린 가난하지 않아. 하지만 설탕은 높아지는 파도에서 우릴 지켜줄 댐이야. 너도 우릴 지켜줄 거야, 페트로넬라."

"내가 당신들을 지켜준다고요?"

"물론. 그리고 내 말 믿어. 우린 정말 고맙게 생각하고 있어."

마린의 어설픈 감사가 넬라의 몸속에 퍼지며 그녀의 존재감을 깨운다. 넬라는 침대보의 소용돌이무늬에 집중한다.

"마린, 만약 아그네스와 프란스가 요하네스의 실체를 알게 되면 어떤 일이 벌어지죠?"

"그 사람들이 자비를 베풀어주면 좋겠지만," 마린이 잠시 말을 멈추고 의자를 찾는다. "그러지 않을 거야."

무거운 침묵 속에서 마린은 마치 인형처럼, 의자에 털썩 주저앉는다. 양팔과 목을 축 늘어뜨리고 턱을 가슴에 댄 채로. "오빠 같은 사람들이 어떤 벌을 받는지 알아?" 그녀가 말한다. "익사시켜. 치안판사들이 목에다 돌을 매달고 물속에 던져." 절망이 마린의 몸을 끌어 내리는 것 같다. "하지만 그 사람들이 오빠의 시신을 끌어 올려서 배를 가른다고 해도 원하는 건 찾지 못할 거야." 마린이 말한다.

"왜죠?"

마린의 창백한 뺨에 눈물이 줄을 긋는다. 그녀는 슬픔을 가라앉히려는 듯 손으로 가슴을 누른다. "왜냐하면 그건 오빠의 영혼 속에 들어 있으니까. 영혼 속에 들어 있는 걸 꺼낼 수는 없으니까."

결단

한 시간 뒤 넬라는 피보를 넣은 새장을 들고 방에서 나온다. 계단 난간 옆 창문으로 스며든 가느다란 햇살이 벽을 엷은 레몬빛으로 물들인다. 마린의 조그만 방에서 요하네스의 목소리가 들린다. 숨죽인 목소리가 고조되었다가 잦아든다. 새장을 계단 위에 올려놓고 넬라는 복도를 따라 걷는다.

"도대체 그놈하고는 왜 떨어지질 못하는 거야? 이 일이 결국 어떻게 끝날지 생각하면 도저히 견딜 수 없어."

"그 아이한텐 아무도 없어, 마린."

"오빠가 과소평가하는 거야." 마린은 지친 목소리다. "그런 아이는 신의가 없어."

"넌 항상 사람을 나쁘게만 봐."

"그 아이를 보는 거야, 오빠. 걔가 우리 피를 빨아먹을 거야. 지금까지 돈을 얼마나 줬지?"

"설탕 지키는 일을 돕고 있잖아. 적절한 임금을 준 것뿐이야. 그래야 배달하면서 이 부근을 돌아다니지 않을 테니까."

넬라는 마린의 침묵의 박자를 잰다. "오빠가 지금 얼마나 눈이

202

멀어서 그렇게 생각하는지 모르겠지만," 애써 분노를 억누르는 목소리로 마침내 그녀가 입을 연다. "왜 그 창고가 이 집보다 안전하다고 생각해? 그놈은 우리와 관계가 있는 모든 것에서 최대한 멀리 떨어뜨려놓아야 해. 페트로넬라가 자기 엄마한테, 아니면 행정관한테 이 사실을 알리면 그땐 어쩔 거야?"

"넬라는 그런 짓을 할 아이가……."

"그런 아이를 오빠는 존재조차 인정하지 않고 있잖아."

"그건 사실이 아니야. 함부로 몰아세우지 마. 난 캐비닛도 사줬고, 드레스도 사줬고, 파티에도 데려갔어. 그 이상 뭘 어떻게 해?"

"뭘 어떻게 해야 하는지는 오빠가 더 잘 알잖아."

긴 침묵이 흐른다. "난," 요하네스가 말을 잇는다. "넬라가 우리 퍼즐의 잃어버린 한 조각이라고 생각했어."

"그런데 이제 다시 잃어버리게 생겼어. 오빠가 자초한 일이야. 오빠 다른 사람들 따윈 안중에도 없고……."

"내가? 너의 위선이야말로 숨 막혀, 마린. 8월에 난 분명히 경고했어. 난 이 결혼을……."

"그리고 나도 경고했지. 잭과 관계를 정리하지 않으면 끔찍한 일이 일어날 거라고."

넬라는 더는 참을 수 없다. 그녀는 다시 계단으로 가서 새장을 집어 든다. 계단을 내려가는 동안 그녀는 자신이 지금처럼 강했던 적도, 지금처럼 두려움에 떨었던 적도 없었음을 깨닫는다. 넬라는 요하네스가 일그러진 얼굴로 머리카락을 잿빛 해초처럼 헝클어뜨린 채 물속으로 사라지는 모습을 상상해본다. 그녀가 그렇게 만들 수 있다. 오랜 세월 동안 이 집의 벽과 저 육중한 문이 그들을 보호

했지만 얼마 전 그 문을 열고 넬라를 안으로 들였다. 그래서 어떻
게 되었는가. **우린 배신자를 좋아하지 않아.** 마린의 말이 그녀에게 되
돌아온다. 넬라가 반쯤 소속되어 있는 이 가족의 묘한 결속을 일깨
워주는 말이다. 그들은 이제 그녀의 신의가 어느 쪽에 있는지 보려
고 기다리고 있다.

넬라는 계단 마지막 칸에 앉아 새장을 옆에 놓는다. 피보는 얌전
히 횃대를 움켜잡고 앉아 있다. 넬라는 찰캉 소리와 함께 새장 문
을 열어젖힌다. 작은 새가 놀라 펄쩍 뛰어오르더니 호기심에 고개
를 돌리고 구슬 같은 눈을 깜빡이며 그녀를 바라본다.

처음엔 조금 망설이다가, 이내 용기를 내어 날아오른다. 널찍한
홀을 빙그르르 돌다가 높이, 더 높이 난다. 커다란 원을 그리며 퍼
덕거리다가 타일 바닥에 엄청난 양의 똥을 철퍼덕 떨어뜨린다. 내
가 알 게 뭐냐고, 넬라는 생각한다. 이 빌어먹을 타일에 똥칠을 해
버리라지.

넬라는 벽에 기대어 피보가 나선을 그리며 날아오르는 모습을
바라본다. 열려 있는 앞쪽 창문으로 들어오는 한기에 몸서리가 쳐
진다. 작은 새는 홀의 이쪽 끝에서 저쪽 끝으로 날아다닌다. 넬라
는 피보의 날갯짓에 공기가 뒤섞이는 것을 느낀다. 종잇장처럼 펄
럭이는 뼈와 깃털. 주인이 볼 수 없는 서까래에 앉을 때 발톱이 닿
는 소리.

아센델프트의 교회 묘지에 너무 일찍 묻힌 여자들에 대한 엄마
의 경고에도 불구하고, 넬라는 항상 언젠가는 아기를 낳을 거라고
생각하고 있었다. 넬라는 아기를 숨긴 풍선 같은 배의 불룩한 곡선
을 상상하며 자기 배를 만져본다. 이 집에서의 삶은 도무지 말이
되지 않는다. 이것은 게임이고, 가짜 연습이다. 나는 누구인가? 이

제 무얼 해야 하나?

"시장하세요?" 목소리가 들려온다.

창백하고 수심 어린 표정으로 부엌 계단에서 올라오는 코넬리아를 보고 넬라는 깜짝 놀란다. 넬라는 굳이 그녀에게 거기서 뭐하고 있었느냐고 묻지 않는다. 이 집에서는 누구도 완벽하게 혼자일 수 없다. 항상 누군가가 지켜보거나 엿듣고 있다. 그녀 자신도 엿듣지 않았던가? 발자국, 문 닫는 소리, 숨죽인 속삭임을.

"아니." 그녀가 말한다. 그러나 배가 고프다. 은세공업자 파티에서 나왔던 음식을 전부 다, 쉬지 않고 먹을 수 있을 것 같다. 실체가 있는 존재가 된 것 같은 기분이 들 때까지 한 톨도 안 남기고 다 먹을 수 있을 것 같다.

"새를 저렇게 날아다니도록 내버려두시게요?" 낮게 날아 어둠 속으로 이동하는 피보의 초록빛 깃털을 손가락으로 가리키며 코넬리아가 묻는다.

"응." 넬라가 대답한다. "피보는 여기 도착한 날부터 저렇게 날기만 기다렸어."

넬라가 몸을 앞으로 숙인다. 하녀는 무릎을 꿇고 앉으며 양손을 넬라의 무릎 위에 올려놓는다. "이젠 여기가 집이에요, 마담."

"이런 비밀투성이 집을 어떻게 우리 집이라고 부를 수 있겠어?"

"이 집엔 단 하나의 비밀이 있을 뿐이에요." 코넬리아가 말한다. "아니면 마담도 비밀이 있으신가요?"

"아니." 하지만 넬라는 속으로 미니어처리스트를 떠올린다.

"아센덜프트에는 뭐가 있었나요, 마담? 한 번도 얘기를 안 하시네요. 그립지도 않으신가 봐요."

"아무도 묻지 않았으니까. 아그네스 빼고는."

"제가 듣기로는, 거긴 사람보다 소가 더 많다면서요?"

"코넬리아."

그러나 넬라는 피식 웃으며 마음을 누그러뜨린다. 무너져가는 집, 호수, 어린 시절의 추억이 얼마나 아득히 멀게 느껴지는지. 다시 돌아갈 수도 있을 것이다. 내가 사실을 말하면 엄마도 결국 날 용서할 테니까. 만약 내가 여기 머문다면, 요하네스는 목사와 행정관의 눈을 피해 위험을 무릅쓰며 탈출구를 찾을 것이다. 그는 욕망 앞에서 영원히 저주받을 미래를 잊을 것이다. 반면 나는 아무것도 갖지 못할 것이다. 엄마가 될 수도 없고, 은밀한 밤의 비밀을 나눌 수도 없고, 살아 있는 영혼이 자랄 수 없는 캐비닛 말고는 집안 살림을 꾸려갈 필요도 없다.

하지만 넬라는 생각한다. **나는 떠오르기 위해 싸우리라.** 그게 바로 미니어처리스트가 내게 보낸 메시지라고. 아센델프트는 조그맣고, 마을 사람 수는 제한되어 있고, 과거의 수렁에 빠져 있다. 이곳 암스테르담에서 캐비닛의 커튼이 그녀에게 새로운 세계, 이상한 세계의 문을 열어주었고, 풀고 싶은 수수께끼를 던져주었다. 아센델프트에는 미니어처리스트가 없다.

칼베르스트라트에 살고 있는 여자는 모호하고 불확실하다. 어쩌면 위험할 수도 있다. 그러나 지금 그 여자는 넬라가 나만의 것이라고 말할 수 있는 유일한 존재다. 만약 고향으로 돌아간다면, 미니어처리스트가 왜 자신을 선택했고 뜻밖의 선물을 보냈는지, 그 배후의 진실이 무엇인지 결코 알아내지 못할 것이다. 넬라는 자신이 미니어처리스트의 소포가 멈추지 않고 계속 오기를 바란다는 것을 안다. 마음이 변덕을 부릴 때면 미니어처리스트가 그녀를 살아 있게 하는 것 같다는 생각마저 든다.

"코넬리아, 너 내 뒤를 밟았지? 요하네스의 사무실에 간 날."

하녀는 시무룩해진다. "그랬어요, 마담."

"난 미행당하는 건 좋아하지 않아. 하지만 그날은 따라와줘서 고마워."

이야기들

부엌에서 하녀가 넬라에게 뜨거운 향료주를 넣은 칸데일*을 건네고 자신도 한 잔 마신다. "드디어 평화가 왔네요." 코넬리아가 말한다.

"난 평화를 원하지 않아, 코넬리아. 난 남편을 원해."

"파이가 곧 익을 거예요." 앞치마에 손을 닦으며 하녀가 대답한다. 부엌 화로의 통나무 하나가 쩍 하고 쪼개지면서 비처럼 불꽃을 뿌린다. 넬라는 옆에 놓인 조그만 조리대 위에 칸데일을 내려놓는다. **당신을 아프게 하지 않을 거예요, 페트로넬라.** 은세공업자 길드로 가는 바지선에서 요하네스가 한 약속이다. 그녀는 친절이 적극적인 행동이라고 생각했다. 하지만 어떤 행동을 하지 않는 것, 자제하는 것 역시 친절일 수 있을까?

넬라는 남색이 자연의 질서에 위배되는 죄악이라고 생각했다. 암스테르담 목사의 설교와 어린 시절 아센덜프트의 목사가 했던 설교는 거의 다르지 않다. 그러나 영혼에 지니고 있는 것 때문에

---

* 영어로는 '커들'로 알려진, 와인과 향료를 섞은 음료.

누군가를 죽이는 것은 얼마나 정당한 일인가? 마린의 말이 옳다면, 그것이 제거될 수 없다면, 그렇다면 그런 고통을 감수하는 것이 옳은가? 넬라는 칸데일을 한 모금 마시며, 그 강렬한 맛이 검고 차가운 바다 밑으로 가라앉는 요하네스의 끔찍한 모습으로부터 자신을 멀리 데려가주기를 바란다.

"제가 말린 콩도 좀 넣었어요. 새로 개발한 조리법이에요." 코넬리아가 말한다. 스토브 문이 열리는 순간 열기가 훅 뿜어져 나와 부엌을 채운다. 코넬리아는 파이를 쟁반에 담고 포도주스, 양고기와 버터를 곁들여 넬라에게 내민다.

"코넬리아, 마린이 사랑했던 사람이 있어?"

"사랑했던 사람요?"

"응, 사랑했던 사람."

코넬리아가 접시를 힘주어 잡는다. "마담 마린은, 사랑은 현실일 때보다는 환상일 때 아름답고, 손에 잡힐 때보다는 좇을 때 아름답다고 말씀하시죠."

넬라는 스토브의 불길이 아치 모양을 이루었다가 사그라드는 것을 지켜본다. "그렇게 말할 수도 있겠지, 코넬리아. 하지만 내가 뭘하나 찾았거든. 편지. 마린이 방에 숨겨놓은 연애편지."

코넬리아의 얼굴에서 순식간에 핏기가 가신다. 넬라는 머뭇거리다가 위험을 감수하기로 한다. "프란스 미어만스가 쓴 거야?" 그녀가 속삭인다.

"하느님 맙소사!" 코넬리아가 기겁을 한다. "설마 그럴 리가. 두 분은 한 번도……."

"코넬리아, 넌 내가 여기 있길 원해. 그렇지? 내가 소란을 일으키는 걸 원치 않지?"

하녀가 턱을 쳐들고 넬라를 내려다본다. "지금 저하고 **협상**을 하시는 건가요, 마담?"

"어쩌면."

코넬리아가 잠시 망설이다가 간이의자를 가까이 끌어당기고 자신의 손을 넬라의 가슴에 얹는다. "맹세할 수 있으세요, 마담? 아무한테도, 절대로 말하지 않겠다고?"

"맹세할게."

"그럼 말씀드리죠." 하녀가 목소리를 낮추며 말한다. "아그네스 미어만스는 항상 발톱을 숨긴 암고양이 같았지요. 항상 고고하고 기품 있는 척하면서…… 하지만 자세히 보세요, 마담. 그 눈빛에 서린 수심을 보시라고요. 아그네스는 마담 마린에 대한 감정을 숨기지 못해요. 왜냐하면…… 마담 마린이 자기 남편의 마음을 훔쳐 갔으니까요."

"뭐?"

코넬리아가 일어선다. "손이 바쁘지 않으면 얘기를 할 수 없어요. 올리쿠컨*을 만들어야겠어요." 아몬드 한 접시, 정향 한 줌과 시나몬을 들고 와 으깨며 하녀가 속삭인다. 비밀과 확신의 기운이 번진다. 넬라는 그 기운이 접시 위에 놓인 파이보다 더 맛깔스럽게 느껴진다.

코넬리아가 아무도 오지 않는지 계단 쪽을 확인한다. "마담 마린이 처음 프란스 미어만스를 만난 건 마담 넬라보다 훨씬 더 어렸을 때였어요." 그녀가 말한다. "프란스 미어만스는 시뇨르의 친구였고, 두 분은 재무국 직원으로 일하고 있었어요. 시뇨르는 열여덟 살이었고 마담 마린은 열한 살쯤이었지요, 아마."

넬라는 어린 마린을 상상해보려 애쓰지만 아그네스의 말이 옳다. 상상조차 불가능하다. 마린은 항상 지금 모습 그대로였을 것 같다. 넬라의 머릿속에 이상한 연애편지가 떠오른다. "하지만 아그네스는 프란스와 요하네스가 동인도회사에서 스물두 살 때 만났다고 했는데."

"다 그 여자가 꾸며낸 거예요. 아니면 프란스가 거짓말을 했거나. 프란스 미어만스는 동인도회사에서 일한 적이 없어요. 그 사람은 시뇨르를 암스테르담 재무국에서 만났고, 결국엔 스탓하위스에서 법 만드는 일을 하게 되었죠. 친구는 공화국에서 가장 큰 회사에 들어가 큰 바다로 나아가 일하고 있는데 사무실에 갇혀 있으려니, 뭐 썩 내키진 않았겠죠. 그 사람은 뱃멀미가 심하거든요, 마담. 상상할 수 있으세요? 뱃멀미하는 네덜란드 사람이라니?"

"나도 배보다는 말이 좋아." 넬라가 말한다.

코넬리아는 어깨를 으쓱한다. "말이든 배든 타고 있는 사람을 밖으로 떨어뜨릴 수는 있겠네요. 어쨌든 프란스 미어만스는 마담 마린을 성 니콜라스 축일 만찬에서 처음 만났어요. 시턴, 호른, 비올 연주에 맞춰 마담 마린은 프란스와 여러 번 춤을 추었지요. 마담 마린은 그가 왕자라고, 너무도 미남이라고 생각했어요. 지금은 너무 많이 먹어서 저렇게 되었지만, 그때만 해도 꽤 인기 있는 남자였거든요."

"그런 걸 어떻게 다 알아, 코넬리아? 그때 네가 **태어나긴** 했어?"

코넬리아가 얼굴을 찌푸리며 밀가루와 생강 반죽에 손을 넣고 저어 걸쭉하게 만든다. "그때 전 아기였고 고아원에 있었지요. 하지만 제가 다 꿰어 맞췄어요. **열쇠 구멍!**" 그녀가 속삭이며 파란 눈동자로 의미심장하게 넬라를 쳐다본다. "제가 마담 마린을 간파한 거죠." 사과가 담긴 조그만 바구니를 끌고 와 칼로 껍질을 벗겨내면서 코넬리아가 이어서 말한다. "마담 마린은 좀 특별한 분이세요. 우리 모두가 풀고 싶어하는 매듭과도 같은 분이랄까요."

그러나 넬라는 이 세상에 마린을 풀어낼 만큼 노련하고 섬세한 손이 있을지 의문이다. 수줍게 아량을 베풀다가도 이내 차가운 말을 쏟아붙이는 변덕스러운 성격을 생각해보면, 마린이야말로 그들 중 가장 단단하게 묶인 매듭이다.

코넬리아가 반죽을 다시 젓기 시작하자 넬라는 심장이 갈비뼈 밑에서 부풀어오르는 것 같다. 코넬리아는 날 구하려고 요하네스의 사무실까지 쫓아왔다. 만약 그게 사실이라면, 코넬리아야말로 진정한 친구다. 넬라는 그 사실이 감당하기 벅차다. 금방이라도 양팔을 벌려 고아원 출신의 이 이상한 사람을, 뛰어난 음식 솜씨로 사람의 마음까지 치유하는 이 사람을 끌어안아주고 싶다.

"시뇨르와 프란스 미어만스는 좋은 친구였어요." 코넬리아가 말한다. "가끔 페르케이르스펄*을 하러 이 집에 들렀지요. 사랑은 그 이후에 왔어요. 열한 살 나이에 마담 마린이 사랑에 대해 무얼 알았겠어요?"

"난 거의 열아홉 살이고, 결혼도 했잖아, 코넬리아. 하지만 어린 아이보다 사랑에 대해 더 안다고 할 순 없어."

코넬리아가 얼굴을 붉힌다. 나이를 먹는다고 해서 반드시 더 알게 되는 건 아니라고, 넬라는 생각한다. 단지 의심할 이유만 더 많아질 뿐이다.

"마담 마린이 열네 살 때 부모님이 돌아가셨어요. 시뇨르는 재무국을 나와 동인도회사로 들어갔고," 코넬리아가 말을 잇는다. "프란스는 스탓하위스로 들어갔지요."

"부모님은 어떻게 돌아가셨지?"

"어머니는 항상 편찮으셨는데, 출산 뒤에 더 허약해지셨어요. 마담 마린을 낳으시고는 근근이 버티셨지요. 물론 시뇨르와 마담 마린 말고도 아이가 더 있었는데, 모두 살아남지 못했어요. 어머니가 돌아가시고 일 년이 지난 뒤 아버지가 열병에 걸리셨고, 그때 시뇨르는 처음으로 동인도회사의 배를 타고 바타비아로 나가셨더랬지요. 마담 마린은 열다섯 살이 되었고 프란스 미어만스는 당시 스탓하위스에서 일하고 있었는데, 마담 마린은 보호자 없이 그 사람을 만날 수 없었어요."

넬라는 뜨거운 파란 하늘 아래, 딸각거리는 조개껍데기와 피로 얼룩진, 달구어진 백사장에 서 있는 남편의 모습을 상상해본다. 마린과 프란스가 마호가니 가구와 숨 막히는 벽화, 느리게 흐르는 운하와 교회 종소리에 시들어갈 때, 해적질과 모험을 하고 있는 그의 모습을.

"시뇨르는 프란스를 동인도회사로 데려가려고 설득했어요. 기회를 잡으라고 했죠. 마담 마린은 프란스를 비난하지 말라고 했어요. 누구에게나 오빠에게 주어진 것과 같은 기회가 오는 건 아니라고, 오빠도 그편이 더 좋은 거 아니냐고."

코넬리아가 적신 건포도 한 접시를 나무주걱 끝으로 휘젓는다. "문제는요, 프란스가 시뇨르와 상대가 되지 않았다는 거예요. 프란스는 기회의 문을 열 수 없었고, 사람들에게 영감을 주지도 못했지요. 시뇨르는 큰 부자가 되었지만, 프란스는 아주 미미한 성공을 거두었어요. 그로부터 오 년 뒤 마담 마린이 스무 살이 되었는데, 프란스 미어만스가 예고 없이 집으로 찾아왔지요. 그동안 자기가 돈을 모았다면서 시뇨르에게 마린과 결혼하고 싶다고 했어요."

"오 년이나 기다렸다고? 그래서 요하네스가 뭐라고 했어?"

"안 된다고 했어요."

"뭐? 오 년을 기다렸는데 결국 거절당했다고? 하지만 도대체 왜? 평판이 나쁜 사람은 아니었잖아. 안 그래? 어쩌면 진심으로 사랑했을 텐데."

"시뇨르가 하시는 일엔 다 그럴 만한 이유가 있겠지요."코넬리아가 방어적으로 말하며 반죽 한 덩이를 끓는 기름에 넣는다.

"그렇겠지, 하지만······."

"프란스 미어만스는 미남이었어요. 뭐 취향에 따라 다르게 볼 수도 있겠지만요."코넬리아가 말한다. "하지만 평판이 썩 좋은 편은 아니었어요."그녀가 말을 멈춘다. "성격이 좀 괴팍해서 항상 가진 것보다 더 많은 걸 원했어요. 그날 모욕당한 이후 다시는 오지 않았어요. 지금까지요."

그녀가 새로 구운 도넛을 꺼내 미리 준비한 설탕 쟁반 위에 놓는다. "마담 아그네스가 가져온 설탕 원뿔 윗부분을 좀 긁어냈어요." 코넬리아가 조금 창피해하며 말한다.

"아마 요하네스에게는 마린이 필요했겠지."넬라가 말한다. "꼭 두각시 아내. 그러고 보니 아내가 둘이나 있네."코넬리아가 얼굴을 찌푸린다. "코넬리아, 지금도 마린이 이 집 안주인이잖아. 마린이 얼마나 엄격한지, 우리에게 얼마나 규율을 강요하는지 너도 잘 알잖아. 사실 그건 내가 할 일인데 말이야. 하지만, 요즘 마린이 좀 혼란스러워 보여. 너도 눈치챘어?"

코넬리아는 잠자코 있다. "전 모르겠던데요, 마담." 잠시 후, 그녀가 말한다.

"그래서 결국 마린도 요하네스가 무슨 짓을 했는지 알아냈어?"

"결국엔 아셨죠. 하지만 그땐 이미 프란스가 마담 마린의 친구

중 한 명과 결혼을 한 뒤였어요. 아그네스 핑커." 코넬리아는 마치 말벌의 부위를 말하듯 그 이름을 내뱉는다. "아그네스의 아버지는 서인도회사 직원으로 신세계*에서 부자가 되었지요. 자기 딸이 부자가 아닌 사람과 결혼하는 걸 반대했어요. 시뇨르 핑커는 괴물이었어요. 딸에게 재산을 물려주지 않으려고 여든의 나이에도 아들을 얻으려 했어요. 아그네스가 프란스와 결혼한 건 처음이자 마지막 반항이었지요. 아그네스는 프란스를 미치도록 좋아했거든요. 아그네스가 길드의 다른 부인들을 마담 마린에게서 돌아서게 만들었어요. 그래야 두 사람의 관계가 끝날 테니까요. 아그네스는 약간의 권력을 원했지만 때마침 아버지가 돌아가시면서 농장을 유산으로 남겨주었지 뭐예요."

넬라는 코넬리아가 이야기한 여자들을 떠올린다. 이 집을 찾아와서 오토의 머리에 새를 올려놓았다는 여자들. 아그네스 핑커도 그중 한 명이었을까? 그래서 마린이 다시는 오지 못하게 했을까?

"아주 성대한 결혼식이었지요." 코넬리아가 말을 잇는다. "프란스가 엄청난 돈을 빌려서 결혼식을 치렀다는 건 의심의 여지가 없고요. 덕분에 빚더미에 올라앉게 되었지요. 사흘 내내 파티가 열렸어요. 하지만 성대한 결혼식을 두고 뭐라고들 하는지 잘 아시잖아요. 그게 다 서로에 대한 욕구가 없는 걸 감추기 위한 거라고."

넬라가 얼굴을 붉힌다. 그 모순이 사실이라면, 간소한 결혼식 이후 그녀와 요하네스는 침실을 한 번도 벗어나지 않았어야 옳다.

"프란스와 아그네스는 결혼한 지 십이 년이 되었는데, 아직도 아이가 없어요." 코넬리아가 말한다. "하지만 이제 아그네스의 설탕

---

* 남북 아메리카와 오스트레일리아 대륙을 일컫는 말.

농장이 프랑스의 손에 떨어졌어요. 상속자보다 더 좋은 거죠. 어쩌면 프랑스는 설탕으로 자기만의 유산을 만들 수도 있겠지만 마담 마린에 대한 사랑은 변하지 않을 거예요."

그녀가 넬라에게 처음 튀긴 올리쿠컨를 넘겨준다. 여전히 따뜻하다. 튀김가루 부스러기가 넬라의 치아 아래쪽으로 떨어져 아몬드와 생강, 정향과 사과 맛이 완벽하게 어우러진다. "마린은 아직도 그 사람을 사랑해?" 넬라가 묻는다.

"제가 보기엔 분명히 그래요. 프랑스가 해마다 선물을 보내거든요. 돼지, 꿩, 한 번은 사슴 엉덩이 살을 보낸 적도 있어요. 마담 마린은 한 번도 돌려보내지 않아요. 두 사람이 유지하고 싶어하는, 아주 오래되고 조용한 대화법이라고나 할까요. 물론 뒷감당은 다 제가 하지만요. 털을 뽑고, 잡고, 속을 채우고, 튀기고, 끓이고. 목걸이를 선물하면 좀 좋아요?" 코넬리아가 젖은 행주로 반죽 그릇을 닦는다. "그래서 시뇨르가 프랑스의 청혼에 퇴짜 놓았다는 걸 마담 마린이 알게 된 거예요. 프랑스와 아그네스의 결혼식이 끝난 직후 첫 번째 선물이 도착했을 때."

"그게 뭐였는데?"

"제가 이 집에 막 왔을 때였어요. 마담 마린이 아주 조용히 소금에 절인 새끼 돼지를 들고 홀에 서 있더라고요. 아주 불행해 보였어요. '이 사람이 나한테 왜 이런 선물을 보내는 거지, 오빠?' 마담 마린이 물었어요. 그래서 시뇨르가 마담을 데리고 서재로 갔고, 아마 그때 설명을 하신 것 같아요."

"세상에."

코넬리아는 심각한 표정이다. "그날 이후 프랑스는 항상 무얼 보내왔어요. 이름을 쓰거나 하진 않는데, 우린 모두 그 사람이 보냈다는 걸 알았어요." 그녀가 이마를 문지른다. "하지만 연애편지라면 얘기가 다르죠." 그녀가 말한다. "연애편지는 위험해요. 마담 넬라, 그냥 눈을 질끈 감고 못 본 척하세요."

⚓

넬라는 위층으로 올라가 올리쿠컨 부스러기를 피보에게 준다. 머릿속은 온통 젊은 마린이 얼굴을 붉히며 왕자님 같은 프란스를 쳐다보는 모습으로 가득하다. 마치 부모님이 젊은 시절 사랑에 빠진 모습을 상상하는 기분이다. 나라면 사랑을 위해 일어설 거라고, 넬라는 생각한다. 땅속으로 파고드는 대신 구름을 헤치고 높이 설 거라고. 그녀는 무중력상태에서 사랑에 취한, 황홀경에 빠진 자신의 모습을 떠올려본다.

서까래가 비어 있다. 넬라는 피보의 이름을 부르며, 두 팔을 벌리고, 1층 방을 돌아다닌다. 피보가 날개를 퍼덕이며 익숙한 몸, 구슬 같은 눈동자로 자신에게 내려앉기를 바라면서. 2층으로 올라가 혹시 캐비닛 안으로 들어간 건 아닐까 생각하며 캐비닛 안도 들여다본다. "피보?" 그녀가 외친다. 마린의 방문은 닫혀 있다. 잠을 청하는 모양이다. 피보가 깃털이 뽑힌 채 매달려 있는 장면이 악몽처럼 머리를 스친다.

가구가 거의 없는 요하네스의 방도 비어 있다. "피보?" 넬라가 다시 한 번 부른다. 그녀의 목소리를 듣고 자신이 참견할 문제가 발생했음을 감지한 다나가 몸을 일으킨다. 넬라는 잔혹한 자연의 섭리에 따라 잉꼬가 개의 이빨에 우지끈 씹히는 상상을 한다. 가슴을 관통하는 두려움에 떨며 넬라는 아래층으로 뛰어내려간다. "코넬리아?" 그녀가 외친다. "혹시……."

그 순간 넬라는 본다. 비스듬히 열려 있던 현관홀 창문이 활짝 열어젖혀져 있고, 거기서 찬바람이 들어오는 광경을.

✢ 여덟 개의 인형

오후 내내, 그리고 저녁이 되도록 코넬리아와 넬라는 운하 길을 오가며 새의 이름을 불러봤지만 허사였다. 서까래들은 다 비어 있고 날갯짓 소리 또한 들리지 않는다. 혹독한 추위 속에서 길을 잃은 피보는 오래 버티지 못할 것이다. 밤사이 기온이 뚝 떨어져 헤렝라흐트 운하에 살얼음이 얼었고, 과거의 삶과 연결된 마지막 실한 가닥은 그렇게 하늘로 날아가버린다. "미안해." 넬라가 중얼거린다. "정말 미안해."

피보 실종으로 인한 걱정과 수면 부족으로 탈진한 넬라는 다음 날 아침, 문 앞에서 빨간색과 파란색 꽃으로 만든 조그만 꽃다발과 쪽지를 발견한다. 미니어처리스트가 보낸 편지일지도 모른다는 생각에 가슴이 벅차오르지만 놀랍게도 편지는 큼직하게 대문자로 쓴 그녀의 이름으로 시작된다. 마침표를 향해, 열정적이고 비스듬한 글씨로 다급하게 써내려갔다.

넬라,

파란 페리윙클은 당신의 어린 시절 친구를 위해,
빨간 페리스카리아는 당신의 회복을 위해.
새 한 마리를 사드리고 싶지만,
그래봐야 한심한 모조품이 될 것 같아서요.

요하네스

넬라는 어둠침침한 방에서 꽃향기를 맡아본다. 달콤한 향기가 그녀의 슬픔과 함께 되살아나는 모욕감과 싸운다. 남은 삶을, 부부의 잠자리 없이, 쾌락을 사랑하는 이 복잡한 남자의 부인으로 산다는 건 과연 어떤 것일까? 요하네스는 사교 모임이나 길드의 파티, 만찬에 그녀를 데리고 갈 것이다. 심지어 그녀의 친구가 되기를 원한다. 그러나 사랑이 영원히 봉인되었기에, 넬라에겐 끝없이 외로운 밤과 갈망의 낮이 있을 것이다. 미니어처리스트가 무언가를 빨리 보내주었으면. 무슨 선물을 보낼지 두려워하는 것만으로도 주의가 분산될 수 있을 텐데.

넬라는 페리윙클 두 송이를 귀 뒤에 꽂아본다. 남자의 손길이 닿지 않는 삶은 상상조차 해본 적이 없지만 마음 깊은 곳에서 조그만 목소리가 들려온다. **사실 넌 그 사람이 그 짓을 하지 않아서 다행이라고 생각하고 있잖아.** 물론 요하네스의 알몸을 직접 본 것이 충격적이었음은 인정한다. 이 집에 도착한 이후 그녀의 마음속 커다란 한 부분은 오랫동안 생각해온 진짜 아내, 진정한 여인의 모습으로 변신해야 한다고 부추겼고, 넬라는 노력했다. 변신을 오랫동안 갈망하며 마음속에 견고하게 새겨왔기에 그 모호함에 대해서는 의식하지 못하고 있었다. 이제 **진정한 여인**이라는 말은 그 의미를 잃었다.

넬라의 단순한 바람은 산산조각이 났고 그녀의 머릿속에서 안개가 되었다. 진정한 아내가 된다는 게 도대체 어떤 의미일까?

문 두드리는 소리에 넬라는 상념의 회로에서 깨어난다. "오토한테 물어봤는데," 코넬리아가 고개를 들이밀며 말한다. 퉁퉁 부은 넬라의 눈을 보고 조금 망설인다. "오토는 창문을 열어두지 않았대요. 저도 안 그랬고요……."

"누구 탓도 하지 않아, 코넬리아."

"다시 돌아올지도 몰라요."

"돌아오지 않을 거야. 내가 어리석었어."

"여기요." 코넬리아가 말하며 태양 표시가 찍힌 소포를 내민다. "문 앞에 놓여 있었어요."

넬라의 몸이 뜨거워진다. 마치 내 말을 엿듣는 것 같다고, 넬라는 생각한다. 심지어 내가 말을 하지 않을 때조차도. 이 여자는 도대체 무슨 말을 하려는 걸까?

"혹시, 잭이 가져왔어?" 그녀가 묻는다. 빨리 뜯어보고 싶은 마음에 소포 위에 놓인 손가락이 떨린다.

그의 이름을 듣는 순간 코넬리아가 움찔한다. 안주인의 떨리는 손에 시선을 고정한 채로. "집 앞 계단을 청소하려고 나갔는데, 그게 거기 있던데요." 그녀가 말한다. "제가 감히 말씀드리는데요, 그 영국인은 절대 이 근처에 얼씬거리지 않을 거예요. 마담, 소포 속에 뭐가 들어 있어요?"

아직 칼베르스트라트의 여자 이야기를 할 준비는 되지 않았다. 사생활이라는 게 존재하지 않는 이곳에서, 넬라는 사생활을 간절히 원한다. 미니어처리스트가 보낸 물건을 빨리 혼자 보고 싶어서 애가 탄다.

"아무것도 아니야. 내가 캐비닛에 넣으려고 주문한 물건이야."
그녀가 말한다.

"물건?"

"그만 가봐."

코넬리아가 어깨 너머로 흘금 그녀를 쳐다본 뒤 방을 나서자 넬라는 침대 위에 앉아 소포의 내용물을 꺼낸다. 눈앞에 있는 물건에 넬라는 완전히 무방비 상태다.

여덟 개의 인형이 파란 벨벳 위에 놓여 있다. 마치 살아 있는 것 같은, 기가 막히게 섬세한 인형들이다. 인간이 도달할 수 없는 수준의 완벽함을 지녔다. 부러질까 봐 조심조심 인형을 들어보면서, 넬라는 거인이 된 기분이다. 요하네스가 그녀의 손바닥 위에 있다. 그는 짙은 파란색 외투를 어깨에 걸치고 있다. 한 손은 주먹을 쥐고 있고, 다른 한 손은 마치 사람을 반기듯 손바닥을 펴 보이고 있다. 머리카락은 넬라가 본 것보다 길어서 어깨 조금 밑까지 내려온다. 검은 눈과 그늘진 얼굴 때문에 실제보다 왜소해 보인다. 허리에 차고 있는 묵직한 동전 자루는 거의 다리만큼 기다랗고, 요하네스는 실제보다 말랐다. 동전 자루가 고관절을 당겨 그를 한쪽으로 기울어지게 만든다.

넬라의 인형은 머리카락이 모자에서 삐져나와 있다. 실제로도 툭하면 그런 것처럼. 깔끔한 회색 드레스를 입은 그녀의 미니어처가 그녀를 똑바로 쳐다본다. 얼어붙은 얼굴에 놀란 기미가 서려 있다. 한 손은 빈 새장 안에 놓여 있고 새장 문은 활짝 열려 있다. 넬라는 온몸을 감도는 묘한 전율을 느낀다. 마치 살갗 바로 밑을 바늘로 찌르는 것처럼. 인형의 다른 손은 쪽지를 들고 있고 쪽지에는 굵은 검은색 글씨가 있다.

상황은 바뀔 수 있다.

더는 자신의 미니어처를 볼 수 없어서 넬라는 코넬리아를 집어
든다. 하녀의 파란 눈동자가 명랑하게 그녀를 쳐다보고 있다. 한쪽
손을 얼굴께로 들고 있는데, 자세히 보니 손가락을 입에 대고 있
다. 그다음은 오토. 그 역시 실제보다 가냘프다. 넬라는 그의 팔을
만져본다. 소박한 옷 밑으로 굴곡진 근육이 감추어져 있다. 그녀는
얼른 손을 뗀다. "오토?" 그녀가 소리 내어 말한다. 인형이 대답을
하지 않자 바보가 된 것 같은 기분이 든다.

그다음은 마린이다. 그녀의 잿빛 눈동자는 보이지 않는 수평선
을 향하고 있다. 틀림없는 마린이다. 가냘픈 얼굴, 표출하고 싶어
안달이 난 생각들을 억누르는 근엄한 입. 입고 있는 옷도 똑같이
칙칙하다. 검은 벨벳, 널찍한 칼라. 넬라는 넋을 잃고 손가락으로
마린의 가냘픈 손목, 가느다란 팔, 높은 이마와 반듯한 목을 쓰다
듬어본다. 코넬리아가 말해준 비밀이 떠올라서 넬라는 드레스 상
체의 안감을 만져본다. 손끝에 고운 흑담비가 만져진다.

세상에! 넬라는 생각한다. 어떻게 이럴 수 있지? 미니어처리스트
는 도를 넘어서고 있다. 조그만 황금 열쇠, 흔들리는 요람, 두 마리
개. 거기까지는 어느 상인 집안의 유쾌한 일상의 한 단면이라고 주
장할 수도 있을 것이다. 하지만 이 인형들은 얘기가 다르다. 대체
미니어처리스트가 마린이 어떤 속옷을 입는지 어떻게 알았을까?
피보가 날아간 건 어떻게 알았을까?

잠긴 상자 속에 들어 있는 또 다른 잠긴 상자 속에 살고 있다고
생각했건만, 넬라가 중얼거린다. 미니어처리스트는 우릴 지켜보고
있다. 시중에 나와 있는 가장 좋은 검은색 울 원단을 사용한 것 같

은 마린의 스커트 자락을 떨리는 손끝으로 쓰다듬다가, 넬라는 시누이 인형을 미니어처 응접실 가장 안쪽, 아무도 보지 못하는 곳에 숨겨놓는다.

그다음엔 남자 인형이다. 요하네스보다 키가 조금 작은 인형은 커다란 챙 모자를 쓰고 칼을 든 채 성 조지 시민군 제복을 입고 있다. 커다란 얼굴과 두둑한 상체를 축소해놓았지만 분명 프란스 미어만스다. 그다음은 아그네스. 극단적으로 조인 허리. 손가락에는 조그만 색유리 조각으로 만든 커다란 반지를 끼고 있다. 얼굴은 넬라가 기억하는 것보다 갸름하지만 낯익은 진주알이 검은 머리띠를 수놓고 있다. 커다란 십자가가 목에 매달려 있고, 한 손에는 개미만 한 원뿔 모양 설탕을 들고 있다.

마지막으로 벨벳에서 떨어진 여덟 번째 인형을 보고 넬라는 비명을 지른다. 바닥에서 인형을 집어 보니 가죽 재킷, 소매 단추를 잠그지 않은 흰 셔츠, 가죽 부츠를 신은 다리까지 영락없는 잭 필립스다. 머리는 거칠게 헝클어졌고, 입술은 체리의 붉은빛이다. 미니어처리스트는 왜 끔찍한 남자의 기억을 되살려주려는 건지, 넬라는 궁금하다. 왜 내가 이 남자를 집에 두어야 하지?

인형은 대답 없이 그녀를 빤히 쳐다본다. 실제와 너무나 똑같다. 넬라는 벨벳으로 헐겁게 감싼 인형들을 침착하게 바라본다. 그러고는 인형을 하나씩, 하나씩 미니어처 집 곳곳에 숨긴다. 세심하게 관찰하고 정성들여 만든 인형들이다.

인형에 악의가 담긴 건 아니겠지? 넬라는 스스로를 납득시키려 애쓴다. 그런데 인형마다 평범하지 않은 무언가가 깃들어 있고, 꼭 집어 말할 수 없는 평가가 담겨 있다. 단순한 모방 이상의 무언가가 있다.

검은색 헝겊으로 싼 물건이 하나 남았다. 다른 것들보다 크기가 작다. 넬라는 감히 헝겊을 풀어볼 엄두가 나지 않지만 그러기에는 충동이 너무 강렬하다. 마침내 헝겊을 펼쳐본 넬라는 멀미가 난다. 헝겊 속에는 초록색 미니어처 새가 들어 있다. 반짝이는 검은 눈으로 그녀를 쳐다보고 있는데, 어느 불운한 새에게서 뽑아낸 진짜 깃털로 만들었다. 조그만 발톱은 철사로 만들고 왁스를 칠해서 어디든 구부려 올라앉을 수 있게 했다.

그녀의 세계가 축소되었다. 그런데도 그 어느 때보다 감당하기가 벅차다.

넬라는 방 안을 돌아본다. 혹시 이 방에, 침대 밑에, 미니어처리스트가 숨어 있는 건 아닐까? 넬라는 웅크리고 앉아 침대 밑을 들여다보고, 무방비 상태의 여자를 잡으려는 듯 커튼을 홱 젖혀도 보고, 심지어는 캐비닛 커튼까지 들춰본다. 그러나 그런 생각을 비웃기라도 하듯, 눈에 보이는 것이라고는 텅 빈 공간뿐이다. 구름 속의 넬라. 그녀가 자신을 질책한다. 네가 아주 환상의 나래를 펼치는구나. 아센델프트 출신의 공상가 소녀는 거기 두고 왔어야지.

창밖을 내다보니 거리를 오가는 사람들이 보인다. 오늘 헤렝라흐트 가는 분주하다. 운하가 얼어서 수월한 교통편이 사라졌다. 청어 장수는 한쪽 구석에서 발을 구르며 몸을 데우고, 독한 추위 때문에 옷을 잔뜩 껴입은 신사와 숙녀 들이 하인을 데리고 걷는다. 지나가던 사람 중 몇 명이 고개를 들어 넬라를 쳐다본다. 그들의 얼굴이 겨울 하늘을 향해 피어난 스노드롭* 같다.

넬라는 다리 쪽을 돌아본다. 얼핏 스치는 엷은 빛깔의 머리카락

* 이른 봄에 피는 작은 흰 꽃.

을 보았다고, 넬라는 확신한다. 살갗이 따끔거리고 속이 울렁거린다. 저 여자일까? 헤렝라흐트 가 이쪽 끝에서 꽤 많은 사람들이 다리를 건너고 있다. 넬라는 창문 밖으로 몸을 길게 뺀다. 그 여자가 **틀림없다.** 어두운 빛깔의 사람들 틈에 묻혀, 반짝이는 머리카락이 추위를 뚫고 빠르게 움직인다. "잠깐만요!" 넬라가 창밖에 대고 소리친다. "나한테 왜 이러는 거죠?"

지나가던 사람들이 키득거린다. "저 여자 미쳤나?" 한 여자가 말한다. 넬라는 부당하고 끔찍한 참견에 얼굴이 화끈거린다.

그러나 머리카락은 사라진다. 대답을 듣지 못한 질문만 허공에 덩그러니 남겨놓고서.

물 위에 쓰다

넬라는 계단을 뛰어내려간다. 미니어처 피보를 주머니 깊숙이 넣고서. 파턴을 신은 채 현관 쪽으로 달려나가다가 식당 쪽에서 마린과 요하네스의 격앙된 목소리가 들려와 갑자기 멈추어 선다. 넬라는 미니어처리스트를 쫓아가고 싶은 마음과 남매의 말다툼을 엿듣고 싶은 마음 사이에서 망설인다.

"가겠다고 했잖아, 오빠. 가야 해." 마린의 목소리는 낮고, 이상할 정도로 감정이 격하다. "항구로 가는 배를 준비해달라고 했어. 코넬리아가 여행 가방도 챙겼고."

"뭐? 두어 주 뒤에 갈 거야." 요하네스가 대답한다. "시간은 아직 충분해."

"벌써 11월이야, 오빠! 겨우내 설탕이 필요할 제과점과 파티를 생각해봐. 12월에 가면 너무 늦어. 창고에 습기가 차면 설탕에 좋을 리가 없잖아."

"이 추운 겨울에 이 배 저 배로 옮겨 타느라 내 뼈에 습기가 차는 건 괜찮고? 뇌물을 주는 게 얼마나 지겨운지, 이탈리어를 하는 게 얼마나 피곤한지, 토스카나 궁전 크기 얘기밖에 할 줄 모르는 추기경들과 저녁식사를 하는 게 얼마나 피곤한지 알기나 해?"

마린이 코웃음을 친다. "오빠 말이 맞아, 난 그런 거 몰라. 하지만 모든 상황을 고려해볼 때 오빠가…… 여길 떠나 있는 게 현명한 선택일 거야."

"현명하다니. 왜?" 요하네스의 목소리가 여동생을 압박하기 시작한다. "나 없을 때 또 무슨 일을 꾸미려고?"

"일을 꾸미려는 게 아니야, 오빠. 생각을 정리할 거야. 페트로넬라도 마찬가지고."

"난 피곤해, 마린. 나도 곧 마흔이야."

"외국에서 팔고 싶다고 한 건 오빠였잖아. 만약 오빠가 아내의 침실을 찾아간다면, 앞으로 십오 년 혹은 십육 년 뒤 이 모든 것을 아들한테 물려줄 수도 있겠지. 그때는 술집에서 노망 부리면서 살건 말건 상관 안 해."

"너 방금 뭐라고 했어? **아들**?"

넬라는 그 뒤로 이어진 침묵의 맛이 느껴지는 것 같다. 방 안에 있는 요하네스와 마린, 그리고 밖에 있는 그녀 사이에 침묵이 눈의 담요처럼 내린다. 사람이 그 위에 쓰러지면 그대로 사라져버릴 것처럼. 넬라는 뺨을 벽에 기댄 채 기다린다. 남편의 목소리에 담긴 것은 갈망이었을까? 아니면 그저 놀라움이었을까? 은세공업자 파티에서 아그네스가 한 말은 얼마나 정확한가. 어떻게 장담하느냐는 게 상속자에 대한 요하네스의 생각이라고 했다. 상황이 바뀔 수 있다면, 넬라는 주머니 속 미니어처 새를 만지며 생각한다. 상황이 바뀔 수 있다면, 사람도 바뀔 수 있는 것 아닐까.

"마린," 요하네스가 한숨을 쉬어 넬라의 생각을 흩어놓는다. 그 말투가 망상 속 눈을 녹인다. "네가 강요한 완벽한 삶, 이 형식적인 삶은 결국 우리에게 전혀 도움이 되지 않아. 십오 년 뒤 아마 난 죽어 있을걸."

"우리 운명이라면 나도 잘 알아, 오빠. 그래서 괴로워."

"만약 가야 한다면," 그가 말한다. "오토를 데리고 가야겠어."

"우리한텐 오토가 필요해." 마린이 말한다. "여자 셋이서 장작 팰 남자도 없이 살라고? 곧 얼음이 얼 텐데."

"내 사업은 네 멋대로 주무르면서 장작 하나 못 패겠단 거야? 그렇다면," 코웃음을 쳐도 마린이 거들지 않자 요하네스가 말을 잇는다. "내가 데리고 갈 수 있는 사람은 한 명뿐이네."

"그건 꿈도 꾸지……."

넬라가 식당으로 들어선다. 사무실에서의 만남 이후 남편을 마주하는 건 처음이다. 의자에서 일어서는 요하네스의 표정에 고통이 스친다. 그는 어정쩡하게 마룻바닥을 가로지른다. "넬라, 당신 혹시……." 그가 묻는다.

"저게 뭐죠?" 말허리를 자르고 마린이 들여다보던 지도를 가리키며 넬라가 묻는다.

"데바르바리*의 베네치아 지도." 마린이 넬라의 귀 뒤에 꽂혀 있는 페리윙클 꽃잎을 바라보며 말한다.

"잉꼬 찾는 일엔 운이 따라주었나요?" 요하네스가 묻는다.

넬라는 양손을 주머니에 집어넣는다. "아뇨. 못 찾았어요."

"이런." 요하네스가 말을 멈추고 생각에 잠긴 듯 턱을 문지르며 그녀를 찬찬히 살펴본다. 그러다가 마린에게 눈을 돌린다. "베네치아에 좀 다녀와야겠어요. 아그네스의 설탕 문제로 그쪽 사람들하

• 이탈리아의 화가이자 판화가.

고 얘기를 좀 해봐야 할 것 같아서."

"베네치아요?" 그녀가 그의 말을 받는다. "크리스마스에도 집을 비울 건가요?"

"그게, 장담할 수 없게 됐네요."

"그렇군요." 놀랍게도 닐라의 목소리에서 실망의 기색이 감돈다. 마린이 고개를 든다.

"그게 최선이라는 결론에 도달했어요." 요하네스가 말한다.

"뭘 위한 최선이죠?"

"설탕." 그가 대답한다.

"우리 모두." 마린이 말한다.

마린의 계획대로 요하네스는 집 앞에서 동인도회사의 상선에 오른다. 바지선이 요하네스를 항구로 데려갈 것이고, 항구에서 다시 자기 배를 탈 것이다. 집 앞에 서 있던 닐라는 요하네스가 마지못해 한 손을 들 때 몸을 떤다. 닐라도 그와 똑같이 손을 든다. 그녀의 손바닥은 차가운 바람과 마주한 상태로 조금도 흔들리지 않고 작별의 뜻만을 담고 있다. "꽃을 머리에 꽂았네요." 그가 말한다.

"네." 닐라는 그의 그을린 피부를, 희끗희끗한 눈가 주름을, 은빛 턱수염의 흔적을 바라본다. "회복을 위한 거예요."

그녀의 말에 요하네스는 할 말을 잃은 듯이 보인다. 그리고 그 순간, 두 사람 사이에서 시간이 잠시 멈춘 듯했던 그 짧은 순간, 닐라는 자신의 키가 더 커진 것 같은, 품위라는 것을 손안에 잡을 수도 있을 것 같은 기분이 든다.

레제키가 밖으로 달려나와 혼자 남겨진 것에 대한 불만을 드러내며 짖는다.

"샘플로 쓸 설탕은 챙겼어?" 마린이 묻는다.

"내 말이면 충분해, 마린." 요하네스가 대답한다. 말끝이 흐려진다. 도대체 이 남자는 누굴까. 내 작별인사에 이토록 감동하는 이 남자는.

"데려가지 그래?" 마린이 묻는다.

"거추장스러울 거야. 부디 잘 돌봐줘." 요하네스가 말한다.

넬라는 요하네스가 개를 두고 하는 말이길 바란다. 마린이 오빠에게 얼마나 쌀쌀맞게 구는지 보고 있기가 민망할 정도다. 어쨌든 그는 떠난다. 이게 마린이 원하던 바 아니던가? 미니어처리스트가 이 이상한 여자를 설명할 만한 단서를 곧 보내주겠지. 마린의 인형에는 단서가 없다. 넬라는 생각한다, 오늘 밤 태양 간판 집에 꼭 가보겠다고.

마린이 천천히 안으로 들어간다. 마치 추위에 관절이 얼어붙은 것처럼. 코넬리아가 안주인의 힘겨운 걸음걸이를 지켜본다. 넬라는 오토와 나란히 서서, 바지선을 타고 골든 벤드를 따라 점점 더 작아져가는 남편의 모습을 바라본다. "베네치아에 가고 싶지 않았어?" 넬라가 묻는다.

"전에 가봤습니다, 마담." 오토가 대답한다. 그의 시선은 바지선이 흩어놓은 수면에 고정되어 있다. "도제• 의 궁전은 한 번 가본 걸로 충분합니다."

"난 가보고 싶어." 넬라가 말한다. "날 데려갔으면 좋았잖아."

코넬리아와 오토가 자기들끼리 눈짓을 주고받는다. 집으로 돌아서면서 세 사람은 운하 어귀의 높은 지점에 서 있는 잭 필립스를

• 베네치아 공화국을 다스렸던 강력한 지도자.

본다. 넬라는 속이 울렁거린다. 잭은 양손을 주머니에 넣고 있고, 머리카락은 언제나처럼 거칠다. 그는 멀어져가는 요하네스의 배를 향해 소리를 지른다. 오토가 넬라를 집 쪽으로 민다. 오토의 손길이 닿는 순간 넬라는 맥이 빠져서 순순히 그를 따라 안으로 들어간다. 코넬리아가 문 닫는 소리를 뒤로한 채로.

↯

밖에서는 겨울밤이 깊어가고 있다. 하늘은 깊고 검푸른 강이고, 별들이 흐르는 강물에 전등처럼 박혀 있다. 넬라는 미니어처 피보를 무릎 위에 올려놓고 창가에 앉아 있다. 잭도 한참 전에 운하에서 사라졌다. 요하네스는 지금쯤 어디 있을까? 신비로운 곤돌라를 탈까? 도제의 궁전에 다시 갈까? 물론 갈 거라고, 넬라는 생각한다. 요하네스니까. 그녀는 캐비닛 쪽으로 몸을 돌려 피보를 조심스럽게 벨벳 의자 위에 올려놓는다. **상황은 바뀔 수 있다.** 넬라는 자신의 진짜 새를 떠올리지 않으려 애쓴다. 이런 밤에 밖에 있으면 매와 부엉이의 먹이가 될 텐데. 어쩌면 미니어처리스트가 새를 보호해주진 않을까? 그런데 이 짧은 깃털은 어디서 구했을까? 그 여자가 피보의 깃털을 뽑고 해친다는 건 상상만 해도 견딜 수 없다.

이제 그만 알아낼 때가 되었다. 이 시간에 칼베르스트라트는 꽁꽁 얼어붙었을 거라고 생각하면서, 넬라는 외투를 입는다. 미니어처리스트를 밖으로 끌어내기까지 시간이 얼마나 걸릴지 알 수 없는 일이다.

그녀는 미니어처리스트가 보낸 조그만 황금 열쇠를 자신의 인형 목에 걸고는 그 인형을 진짜 침대 위에 올려놓는다. "난 두렵지 않아." 넬라가 소리 내어 말하며 인형의 조그만 쇄골에서 반짝이는 열쇠를 본다. 그러면서도 이렇게 미니어처를 놓아두는 것 말고는 무사 귀가를 보장할 방법이 없다는 생각을 떨쳐버릴 수 없다. 넬라는 지금껏 한 번도 한밤중에 외출해본 적이 없다. 아센덜프트에서 한밤중에 나갔다간 닭장을 공격하던 늑대를 만날 수도 있었다. 암스테르담의 늑대는 많이 다를 것이다.

조용히 문을 열자 수증기로 눅눅해진 복도에 라벤더 향기가 진동한다. 넬라는 그 향기를 들이켠다. 복도 끝에서 나는 물소리 외에 집 안은 쥐죽은 듯 고요하다. 비밀을 무기처럼 지니고 있는 마린, 담비 드레스를 입으면서 청어만 먹는 그녀가 자정의 목욕을 즐기나 보다. 이 시간에 목욕을 한다는 건 엄청난 호사다. 넬라는 그녀의 야행성 쾌락이 놀랍다. 유혹을 이기지 못하고 넬라는 복도 끝으로 살금살금 걸어가 열쇠 구멍에 눈을 대어본다.

등을 돌리고 있는 마린의 모습이 시야를 가려 조그만 방의 대부분을 차지하는 욕조가 보이지 않는다. 더운물이 찰랑거리는 저 욕조를 누가 방으로 가져다주었을까. 마린이 직접 했을 리가 없는데. 시누이는 넬라가 생각했던 것처럼 마르지 않았다. 뒤에서 보니 허벅지와 엉덩이에 제법 살집이 있다. 주로 스커트에 가려져 있던 부분이다. 마린에게는 옷이 먼저다. 옷이 그녀가 어떤 사람이 되고 싶은지 세상에 알린다.

그러나 옷을 벗은 마린은 전혀 다른 존재다. 피부는 희고 팔다리는 길다. 물 온도를 확인하려고 마린이 몸을 숙이는 순간 넬라는 그녀의 가슴이 결코 작지 않음을 확인한다. 가장 가혹한 코르셋으로 가슴을 조여왔던 게 분명하다. 마린의 젖가슴은 팽팽하고 둥글다. 마치 다른 사람의 가슴 같다. 자신이 보고 있는 것이 마린의 몸이라는 사실이 묘하게 넬라를 불안하게 한다.

마린이 한쪽 다리를 들어 구리 욕조 속에 넣고 반대쪽 다리를 마저 넣은 다음, 마치 아픈 사람처럼 천천히 물에 몸을 담근다. 고개를 뒤로 젖히고, 눈을 감는다. 물이 그녀를 덮는다. 마린은 물속에 몇 초 몸을 담갔다가, 한쪽 다리로 욕조 옆면을 디디면서 수면 위로 고개를 내민다. 말린 라벤더 봉오리가 수면 위에 떠다니며 향기를 퍼뜨리고, 마린은 분홍빛으로 변할 때까지 살갗을 문지른다.

목 주위에서 곱실거리는 젖은 머리카락이 연약한 소녀의 머리카락 같다. 앞쪽 선반에, 책과 동물 해골 옆으로 촛불에 보석처럼 반짝이는, 설탕에 절인 호두 한 접시가 놓여 있다. 마린이 사람들 앞에서 튀김이나 와플, 빵 같은 것을 먹는 모습을 넬라는 한 번도 본적이 없다. 아그네스가 가져온 설탕 외에는. 그나마도 겨우 삼켰다. 부엌에서 훔쳐왔을까? 아니면 코넬리아가 마린의 은밀한 입맛 충족에 공모했을까?

참 당신답네요, 마린. 넬라가 생각한다. 설탕에 절인 호두를 방에 숨겨놓고는 마지팬을 좋아한다고 날 비난하다니. 설탕과 청어. 마린의 식단은 그녀의 가증스러운 모순을 너무도 잘 드러낸다.

"너 도대체 무슨 짓을 한 거야?" 마린이 갑자기 허공에 대고 묻는다. 넬라는 얼어붙는다. "무슨 짓을 한 거냐고!"

마린은 대답 없는 허공을 쳐다보면서 잠시 기다린다. 넬라는 열쇠 구멍에 눈을 대고 꼼짝도 하지 않는다. 외투 펄럭이는 소리가 너무 크게 들릴까 봐 두렵다. 잠시 후 마린이 힘겹게 욕조 밖으로 나와 양쪽 팔과 다리의 물기를 수건으로 닦아낸다. 새처럼 먹는 여자치고는 제법 건강해 보인다. 단맛의 쾌락을 용납할 수 없다고 온 세상에 떠벌리는 여자치고는. 긴 리넨 잠옷을 입고 마린은 욕조 왼편의 침대에 앉아 책등을 훑어본다.

넬라는 그녀에게서 눈을 뗄 수 없다. 지금은 완벽한 스커트도, 검은 가슴 옷도, 머리에 두른 반달 모양의 광채도 없다. 이제야 넬라는 그 속에 무엇이 있는지 본다. 마린의 맨살을 본다. 마린은 손을 뻗어 책 한 권 속에 들어 있는 편지를 꺼낸다. 그 연애편지가 틀림없다. 그러나 마린은 그 편지를 형체를 알아볼 수 없을 정도로 갈기갈기 찢는다. 편지는 욕조의 수면에 떠다니는 흰 꽃잎이 된다. 마린은 양손으로 머리를 감싸쥐고 흐느껴 울기 시작한다.

마린의 흐느낌이 귓가로 흘러들어올 때 넬라는 생각한다. 이런 그녀의 모습을 보면, 분명히 내가 더 강한 사람이라고 느껴져야 한다고. 그런데 이 순간조차 마린은 넬라가 이해할 수 있는 범주를 벗어나고 있다. 자신이 생각하는 사랑의 정의처럼, 마린은 뒤를 좇을 때 가장 아름답다. 이렇게 무방비 상태로 노출된 마린의 모습은 더 갈피를 잡을 수 없다. 마린의 신뢰를 얻는다면, 그래서 그녀의 고통을 나누고, 그 고통을 치유할 수 있도록 돕는다면 어떤 기분이 들지 넬라는 궁금하다.

갑자기 슬퍼진 넬라는 돌아선다. 그런 일은 일어나지 않을 것이다. 찰나의 발가벗은 친밀감이 그녀의 몸을 관통하면서 춥고 어두운 밖으로 나가려던 욕망을 잠재운다. 넬라는 잠들고 싶다. 내일 가야지. 일단 오늘은 황금 열쇠를 목에 두른 조그만 분신을 캐비닛 안에 돌려놓아야지.

넬라가 외투를 단단히 여민 뒤 방으로 향할 때 계단 위쪽에서 그림자 하나가 움직인다. 발뒤꿈치 하나가 이내 어둠 속으로 사라진다.

얼음 위의 소년

죽은 소년이 헤렝라흐트 운하의 수면 위로 떠오른다. 팔다리는 잘리고 몸체와 머리만 남았다. 시신을 꺼내려고 사람들이 얼음을 깨는 동안 마린은 현관문 뒤에 숨어 그 광경을 지켜본다. 운하는 일 년 내내 쓰레기장이다. 추위로 운하가 얼어붙으면서 지난날의 과오가 만천하에 드러난다. 요하네스가 떠난 지도 이 주째에 접어들었고 운하 물이 두껍게 얼어갈수록 점점 더 소소한 물건들이 떠오른다. 부서진 가구, 요강, 서로 얼어붙은 가엾은 열 마리 새끼고양이. 넬라는 상상한다. 얼음을 녹이자 고양이들이 살아나는 광경을 지켜보는 상상, 그들이 겪었던 고통이 한낱 꿈이 되는 상상. 관할 당국에서 도살한 고깃덩어리를 옮기듯 시신을 들고 간다. 마린은 살인 사건이 미제로 남을 거라고 예측한다.

"시체를 운하에 유기하려고 밤중에 일을 저지르는 거야." 그녀가 말한다. 넬라는 마린의 목욕물에서 풍기던 라벤더향이 느껴지는 것만 같다. 마린은 혼란스러운 표정으로 창밖을 내다보며 이 방 저 방 서성거린다.

넬라는 혼자 방에서 숄을 두 겹이나 어깨에 두르고 잭 필립스의 인형을 손에 쥐고 있다. 요하네스가 없으니 잭 필립스의 인형을 보기가 덜 거북하다. 잭의 외모는 생기가 넘치고, 입고 있는 가죽 재킷은 아름답다. 넬라는 그의 머리카락을 살짝 잡아당긴다. 지금 잭이 머리에서 통증을 느낄까. 그럴 수도 있을 것 같다. 그랬으면 좋겠다. 갑자기 권력자가 된 것 같은 느낌이 들고 파괴하고 싶은 욕망이 고개를 든다. 애써 그런 욕망을 억누르면서도 한편으로는 고소해하면서, 넬라는 그를 캐비닛 위에 올려놓는다. 잭이 옆으로 쓰러진다.

밖에서는 거리의 부랑아들이 얼어붙은 운하에서 얼음을 지치며 논다. 아이들의 가벼운 몸은 새로 언 얼음에 전혀 위협이 되지 않는다. 미끄러지며 신이 나 소리를 지르는 아이들을 보니 카렐이 생각난다. 크리스토플! 다니엘! 피에터! 넬라가 문을 열자 아이들이 서로 이름 부르는 소리가 들려온다. 집을 나서며 본능적으로 하늘에서 사랑스러운 초록빛을 찾아보지만 눈에 띄지 않는다.

얼음 지치는 아이들 중 한 명은 맹인 소년이다. 넬라가 도착하던 날, 청어를 훔치던 그 아이. 다른 아이들이 그를 버트라고 부른다. 버트는 제대로 먹지도 못한 것 같은데도 친구들과 함께 빙글빙글 돌며 얼음을 지치는 해방감을 즐기는 것 같다. 넬라는 그가 다른 아이들처럼 빠르게 도는 모습을 보고 놀란다. 넘어질 때를 대비해 한 팔을 내밀고 있다. 미끄러운 얼음 위에서 아이들은 지극히 평등하다. 버트가 미끄러져나간다. 저 멀리 영원히 얼어붙은 빛줄기를 향하여.

넬라가 칼베르스트라트에 가려고 나설 때마다 마린이 나타나 그녀에게 할 일을 준다. 인형과 미니어처 피보 이후로 소포가 오지 않아 넬라는 조바심이 난다. 어느덧 12월이고 요하네스가 떠난 지도 이 주가 되었다. 넬라는 밖으로 나가 가족들에게 줄 선물을 사겠다고 선언한 뒤 암스테르담 거리를 돌아다니며 물건을 산다. 카렐을 위해 밀라노의 말채찍을 고르고, 어머니를 위해 튤립이 그려진 도자기 꽃병을 산다. 성공한 상인의 아내의 이야기를 담아줄 물건들이다. 그러나 여동생에게 줄 맛있는 진저브레드를 사러 코넬리아와 함께 뷘스 가로 향하면서도, 넬라는 끊임없이 엷은 금발과 감시하는 서늘한 눈빛을 찾는다. 감시당하고 싶다는 생각마저 든다. 그러면 그나마 살아 있는 것 같을 텐데.

넬라는 칼베르스트라트에 가고 싶지만 코넬리아의 구슬림 때문에 결국 아노드 마크브레드의 제과점으로 간다. 아라벨라는 암스테르담 최고의 과자를 먹을 자격이 있다면서.

"진저브레드는 금지됐어." 한나가 굳은 표정으로 말한다. "사람 형상은 안 된대. 아노드가 얼마나 화가 나서 펄펄 뛰는지, 금방이라도 폭탄을 던진 것 같더라니까. 할 수 없이 진저브레드 가족을 전부 부수어서 조각으로 팔아야 했어."

"뭐라고? 왜?"

"행정관." 그걸로 다 설명이 된다는 듯 한나가 말한다. 코넬리아가 몸을 부르르 떤다.

아노드는 남자나 여자, 남자아이나 여자아이 형상 과자 제작이 실제로 금지되었으며, 페이젤담 가의 인형 가게에서 인형을 파는 것도 금지되었다고 알려준다. 그는 그렇게 된 이유가 가톨릭과 관계있다고 말한다. 우상을 섬겨선 안 되기 때문이고, 만질 수 있는 물건보다 보이지 않는 것이 더 중요하기 때문이란다. "인형이야 좀 요사스러운 물건이긴 하지만." 코넬리아가 코웃음을 치며 말한다.

"그렇다고 교회에서 하는 일이 다 옳은 건 아니죠," 아노드가 말한다. "비용을 생각해봐요."

"개 모양으로 만들면 되지 뭐." 언제나처럼 쾌활하게, 한나가 말한다.

넬라는 진저브레드 대신 곤충도감을 산다. 여동생은 아노드의 최고급 비스킷을 더 좋아하겠지만, 책을 통해 무언가를 배울 수 있다면 그편이 나을 거란 생각도 든다. 8월만 해도 그런 생각은 하지 못했을 것이다. 넬라는 자신이 **달라진** 듯한 기분이다. 마치 무언가가 그녀를 조종하고 있고, 그녀가 미끼를 문 것처럼.

집으로 돌아오니 마린이 채찍을 위아래로 훑어본다. "이게 얼마짜리야? 네 동생은 아직 어리잖아."

"요하네스도 저한테 캐비닛을 사주었잖아요." 자신이 산 물건을 흡족해하며 넬라가 말한다. 갑자기 권력이 생긴 것 같고 부자가 된 것 같다. "저도 따라해봤어요."

요하네스가 떠난 지 삼 주째에 접어들자 문마다 창틀마다 고드름이 맺힌다. 심지어 정원 거미줄에도 조그만 수정 바늘 같은 고드름이 맺힌다. 네 사람은 추위 속에서 눈을 뜨고, 몸을 떨며 잠자리에 든다. 넬라는 봄이 오기를 기다리고, 꽃이 피기를 기다린다. 흙내음, 새로운 동물, 양털의 모근에서 나는 생생하고 기름지고 싸한 향이 그립다. 문간에 서서 미니어처리스트가 보낸 무언가가 도착하기를 기다려보지만 아무것도 오지 않는다. 행정관들이 크리스마스에 인형을 금지했다는 한나의 말을 떠올리자, 미니어처리스트가 앞으로 뭐든 보낼 수나 있을지 걱정스럽다.

방으로 돌아와 보니 마린이 캐비닛을 만지고 있다. 그 모습에 깜짝 놀라 넬라는 달려가 커튼을 치려 한다.

"허락도 안 받고 남의 방에 들어오셨네요!"

"맞아. 허락 안 받았지." 마린이 대답한다. "어떤 느낌일지 궁금했어." 그녀는 손에 무언가를 들고 있다. 초조해 보인다. "페트로넬라, 우리 얘기를 다른 사람한테 했어?"

제발, 하느님. 넬라는 생각한다. 마린이 자기 인형을 본 게 아니기를. 마린이 손바닥을 펼쳐 보인다. 잭 필립스가, 실제처럼 아름다운 그의 인형이 놓여 있다. "우리한테 왜 이러는 거야?"

"마린⋯⋯."

"가구와 개까진 이해할 수 있어. 하지만 **잭 필립스** 인형이라니."

놀랍게도 마린은 창문을 홱 열어젖히더니 잭을 밖으로 내던진다. 넬라가 창문으로 달려가 보니 이미 공중을 가르며 날아가고 있다. 잭이 얼어붙은 운하 한복판에 떨어진다. 하얀 얼음 위에 죽은 듯 홀로 누워 있다. 두려움이 엄습해온다. "그러지 말아야 했어요, 마린." 넬라가 말한다. "이건 아니죠."

"불장난하지 마, 페트로넬라." 마린이 쏘아붙인다.

누가 할 소리. 얼음 위에 떨어진 인형을 바라보며 넬라가 생각한다. "이건 내 캐비닛이에요. 당신 게 아니라고요." 마린이 문을 닫고 나설 때 넬라가 소리친다.

잭은 여전히 얼음 위에 있다. 넬라는 레제키를 구슬려 인형을 물어 오게 하려고 애써보지만 레제키는 털을 곤두세우고 으르렁거리더니 내빼버린다. 넬라는 직접 운하를 가로지르고 싶지만 버트 같은 아이처럼 몸이 가볍지도 않고 아이들에게 부탁할 용기도 나지 않는다. 그녀는 얼음이 깨져서 물에 빠져 죽는 자기 모습을 상상해본다. 단지 인형 하나 때문에. 이유는 모르지만 왠지 보호해야만 할 것 같은 인형 하나 때문에. 잭은 캐비닛 가까이 두는 것이 가장 안전할 것 같다. 거기선 그를 감시할 수 있을 테니까. 넬라는 마지못해 집으로 돌아온다. 속으로 마린에게 욕을 퍼부으면서.

그날 밤, 넬라는 불안한 잠에 빠져든다. 마린이 찢어버린 연애편지가 그녀의 머릿속을 떠다닌다. 잭이 그 말을 하고 있다. 그의 영국식 억양은 출렁이는 파도 위의 배와도 같다. **당신은 창문으로 스며드는 햇살, 그 햇살 속에서 나는 따스해집니다. 천 시간이 흘러도 생생할 한 번의 손길.**

잭이 넬라의 마음속 복도를 거닐고 있다. 얼음에 젖은 채, 마린의 동물 해골을 곱실거리는 머리 위에 쓰고서. 넬라는 깜짝 놀라 잠에서 깨어난다. 꿈이 너무도 생생해서 잭이 방 한구석에 있는 것만 같다.

다음 날 아침은 성 니콜라스 축일인 12월 6일이다. 커튼을 열고 집 앞을 내려다보는 순간 넬라는 숨이 턱 막힌다. 잭의 인형이 집 앞 기둥에 기대서 있다. 싸늘한 햇볕을 쬐면서.

반역자

넬라는 살금살금 밖으로 나가 얼어붙은 인형을 계단에서 집어 든다. 거리는 아직 텅 비어 있다. 얼음 위에서 물안개가 피어오른다.

"다들 어디 갔어요?" 잭을 주머니에 숨긴 채 아침 식탁에서 넬라가 묻는다. 마린은 청어 한 마리를 세심하게 발라내고 있을 뿐 아무 말도 하지 않는다.

"행정관들이 다시 한 번 성공했네요." 헤렌브로트와 두툼한 노란색 동그라미 모양의 하우다 치즈가 담긴 접시를 들고 오면서 오토가 침울한 목소리로 말한다. 그는 이 도시의 관료에 대한 짜증을 거의 즐기는 것 같다. 마치 요하네스처럼. 마린이 청어를 포기하고 그릇에 담긴 콤포터•를 젓기 시작한다. 스푼을 잡은 손가락 끝에서 푸른빛이 감돈다. 그녀는 반짝이는 자두 액체를 바라보며 젓고 또 젓는다. "인형이나 꼭두각시 같은 걸 만드는 게 공식적으로 금지됐어." 마린이 말한다. 넬라는 다리에 닿는 잭의 얼어붙은 인형을 느낀다. 그 성가신 인형이 드레스 위에 어둡고 축축한 동그라미를 그

• 설탕에 졸여 차게 식힌 과일 디저트.

린다. "패피스트나 하는 짓이지." 마린이 말을 잇는다. "우상숭배. 인간의 영혼을 좀먹는 악랄한 술수야."

"그런 걸 두려워하시나 봐요." 넬라가 말한다. "인형이 살아나기 라도 한다는 건가요?"

"그야 모를 일이지요." 코넬리아가 말한다. 두 여자처럼 넬라도 옷을 여러 겹 껴입고 하를럼 숄로 몸을 꽁꽁 두르고 있다.

"말 같지도 않은 소리 하지 마." 마린이 쏘아붙인다. 목욕을 하면서 입술 가장자리에 눈처럼 설탕가루를 묻힌 채 흐느껴 우는 시누이의 모습을 넬라는 또 상상해본다. 남몰래 모피를 입고, 남몰래 설탕에 절인 호두를 먹고, 불경스러운 자신의 오빠를 수호하는 마린은 두 개의 다른 세상에서 살고 있다. 사람들 앞에서 드러내는 빈틈없는 예절은 하느님에 대한 두려움 때문일까 아니면 자기 자신에 대한 두려움 때문일까? 세심하게 숨긴 그녀의 심장 속에서는 어떤 거짓말이 숨 쉬고 있을까?

매서운 바람이 거실 벽 틈새로 스며들어온다. 집이 더 춥게 느껴진다. 마치 밤사이 스며든 공기가 아직 그대로 남아 있는 것처럼. "불을 지폈는데도 조금도 나아지는 게 없네. 안 그래요?" 넬라가 말한다.

"장작이 떨어져가요." 오토가 말한다.

"추위에 떠는 경험을 해보는 것도 나쁠 건 없어." 마린이 말한다.

"하지만 경험이라는 게 꼭 무언가를 견디는 것일 필요가 있을까요, 마린?" 넬라가 묻는다.

모두 마린을 쳐다본다. "사람은 고통 속에서 진정한 자아를 발견하는 거야." 그녀가 말한다.

넬라는 코넬리아를 따라 따듯한 작업용 부엌으로 내려간다. 잭은 여전히 주머니 속에 있다. 코넬리아는 자두 콤포터 단지를 달그락거리다가 파이 반죽을 밀기 위해 밀방망이를 꺼내 휘두른다. 오토가 헝겊 하나를 들고 와 부엌 문가에 진열된 요하네스의 봄 부츠를 닦는다. "오토, 다락방에서 석탄 좀 가져다줄래? 마담 마린은 모르실거야." 코넬리아의 말에 정신이 딴 데 팔린 채 오토가 고개를 끄덕인다. "마담 마린은 궁핍한 생활을 즐기시지만, 사실 이 도시 사람들은 뼛속까지 쾌락을 즐기죠." 코넬리아가 말한다. "제가 부엌 냄비를 전부 다 걸고 맹세하는데, 보나마나 집집마다 문을 걸어 잠그고는 여자들이 남자 형상의 진저브레드를 배가 터져라 먹고 있을걸요. 행정관들이 뭐라고 하건."

"아니면 남자들이 아내 형상을 본떠 만든 과자를 야금야금 갉아먹고 있거나." 넬라가 덧붙인다. 그녀의 농담은 소화되지 않은 채 허공에 떠 있다. 먹을 수 있는 남자를 손에 든 아내 이야기를 하다니. 한 번도 갉아먹혀본 적 없는 넬라는 수치심에 얼굴을 붉힌다. 주의를 딴 데로 돌리려고 넬라는 다른 집에서 펼쳐질 흥겨운 풍경을 상상해본다. 집 안에서 한창인 축제. 종이 사슬과 전나무 가지로 장식된 집, 스토브에서 막 구워낸 빵, 웃음소리, 시나몬 와인을 넣은 칸데일. 바로 오늘, 어린이와 뱃사람의 수호자인 성 니콜라스의 축일에, 이 도시 전체에 걸쳐 감추어진 반항의 축제 속에서 벌어지고 있는 일들이다. 신테르클라스*는 그들의 것이다. 그들의 폭식, 그들의 죄와 함께.

지금은 곧 태어날 예수를 경배하기 위해 뜨거운 사막을 가로지

---

* 신테르클라스 데이, 12월 5일. 어린이들의 수호 성인인 성 니콜라스의 생일을 기념하는 날.

르는 동방박사 세 사람을 상상하기가 어렵다. 넬라는 문과 창문을 열어젖히고, 그 계시의 정신을 기리고 싶다. 창문을 열면 마음이 열릴 수도 있을 테니까. "곧 크리스마스네요." 코넬리아가 말한다. "그다음엔 예수 공현일Epiphany•이죠." 그녀의 목소리에 남모를 기쁨이 배어난다.

"그날이 뭐가 그렇게 특별해?"

"시뇨르가 투트하고 절 근사하게 입혀주시고 식탁에 함께 앉게 해주시거든요. 물론 온종일 일도 안하고요." 코넬리아가 덧붙인다. "음식은 만들어야 해요. 마담 마린이 거기까지는 용납하지 않으시거든요."

"당연히 그러겠지."

"왕의 케이크도 만들 거예요." 코넬리아가 말한다. "반죽에 동전을 하나 넣어서 그 동전을 씹는 사람이 그날 왕이 되는 거예요."

오토가 웃는다. 씁쓸함을 머금은 웃음이다. 그 웃음에 넬라가 그에게로 고개를 돌린다. 너무도 오토답지 않다. 오토는 넬라와 눈을 맞추지 않는다.

"이게 너한테 왔어." 마린이 부엌 계단으로 내려오며 말한다.

미니어처리스트가 새로 무언가를 보냈다는 생각에 가슴이 뛰지만 소포에 적힌 글씨를 보는 순간, 편지를 열기도 전에 마음이 짠해진다. 엄마가 투박한 글씨로, 축일을 아센덜프트에서 보내라고 딸과 사위를 초대했다. **카렐이 누나를 보고 싶어한단다.** 글씨의 곡선과 직선들이 넬라에게 더는 존재하지 않는 삶을 고통스럽게 일깨워준다.

• 1월 6일. 세 명의 동방박사가 예수의 탄생을 경축하려 베들레헴에 도착한 날을 기념하는 축일.

"갈 거야?" 마린이 묻는다.

넬라는 마린의 질문에 담긴 애절함이 놀랍다. 지난 삼 주 동안 마린에게 무언가가 스며들었다. 까다로운 성격 속에 연약함이 느껴진다. 정말 내가 여기 머물기를 원하는 것 같다고, 넬라는 생각한다. 내가 과연 다시 돌아갈 수 있을까? 벵골 실크 드레스로 납작한 배를 가려야 하고, 배 속에서 자라나는 아이를 자랑할 수도 없는 이 결혼은 공허한 승리일 뿐인데도? 요하네스는 다정한 남편 역할을 별 탈 없이 해낼 것이다. 냉정을 잃지 않는 것에 관해서라면 믿을 만한 사람이다. 그러나 나는 그럴 수 없을 것이다. 엄마의 희망 어린 얼굴을 보는 순간 냉정을 잃을 것이다.

"아뇨." 넬라가 대답한다. "여기 있는 게 나을 것 같아요. 선물을 보낼래요. 고향엔 내년에 갈래요."

"우리도 파티하자." 마린이 제안한다.

"청어 없이요?"

"두말하면 잔소리지."

여자들의 약속이, 한 쌍의 나방처럼 공중에 새로운 에너지를 불어넣으며 스쳐지나간다.

넬라는 착잡한 심정으로 잭을 캐비닛에 되돌려놓는다. 그를 지켜볼 수 있는 편이 더 나은 것 같긴 하지만 그래도 그는 여전히 거슬린다. 그날 밤 늦게, 불법 악사들이 집 앞에서 돈을 구걸하며 노래를 부른다. 넬라는 창밖으로 몸을 빼고 낮게 울려퍼지는 악사들의 노래를 듣는다. 오토와 코넬리아는 악사를 보고 싶어하면서도 마린이 뭐라 할지 두려워하면서 홀을 서성인다. "성 조지 시민군이 올지도 몰라요." 코넬리아가 말한다. "그 사람들 칼을 못 보셔서 그래요. 평화를 지키려고 순찰을 한다지만, 그러다가 피를 볼 수도 있다고요."

"바이올린이 부서지는 것도 보게 될까? 기대된다." 넬라가 덤덤하게 말한다.

코넬리아가 웃는다. "꼭 시뇨르처럼 말씀하시네."

마린이 넬라에게 창문을 닫고 커튼을 치라고 말한다. "창밖으로 몸을 빼고 있으면 사람들이 널 볼 거야. 세탁부나 그보다 더 천한 여자인 줄 알걸." 마린이 낮게 소리치자 코넬리아가 서둘러 자리를 피한다. 마린은 넬라의 뒤쪽, 불을 켜지 않은 홀의 어둠 속에서 서성거린다. 그러나 넬라는 계속 악사들의 노래를 듣고, 오토도 조금 떨어져서 노래를 듣는다.

리코더 소리가 더 빨라지고, 드러머는 넬라의 심장 소리에 화답하듯 팽팽한 돼지가죽을 두드려 자극적이고 고집스러운 리듬을 울린다. 오토는 벌집을 쑤시면 안 된다고 말하지만, 넬라의 마음 한편은 언제나 시골 소녀일 것이다. 그녀는 위층 미니어처 방 속에 있는 잭을, 그리고 그 모두를 생각한다. 무슨 일이건 일어나기를 기다리는 그들을. 아니라고, 넬라는 생각한다. 벌에 쏘이는 것 따윈 하나도 두렵지 않다고.

흥분한 여우

다음 날 아침, 넬라는 악사들이 왔을 때 피어난 반항심과 크리스
마스에 머물기로 한 결심 덕에 생기를 되찾는다. 넬라는 미니어처
리스트에게 여태껏 쓴 것 중 가장 긴 편지를 써서 들고 칼베르스
트라트로 향한다.

친애하는 마담(당신이 여자라는 것을 알고 있어요. 이웃들이 기꺼
이 알려주더군요),

인형 여덟 개와 제 잉꼬의 미니어처를 보내주셔서 감사합니
다. 헤렝라흐트 다리에서 어린 시절과의 마지막 연결고리를
잃어버린 것을 깨닫고 절망에 빠진 저를 지켜보셨겠지요. 저
의 작은 새를 다시 돌려보내준 것은 위로인가요, 아니면 냉혹
한 가르침인가요?

당신의 물건을 배달하던 남자가 한 짓을 당신도 알고 있나
요? 그가 일으킨 불행을 알고 있나요? 그 영국 남자의 인형을
앞 계단에 도로 올려놓은 것도 당신일 거라고 짐작합니다만,

자부심이 대단한 장인이신지, 그저 성가신 사람인지 도무지 알 수 없군요. 훌륭한 작품을 얼음 위에 던져서 미안하지만, 당신의 의도는 여전히 미스터리로 남아 있고 모두 불안해하고 있어요.

행정관들이 어떤 형태로든 사람을 만드는 것을 금했다고 하더군요. 그들의 분노가 두려우신지요. 당신이 만든 세계들, 조그만 우상들은 제 마음속으로 파고들어와 떠날 줄을 모릅니다. 당신은 한동안 아무것도 보내주지 않았어요. 내게 무얼 보내주실지 걱정이 되는 것도 사실이지만, 그보다 당신이 작업을 완전히 중단할까 봐 더 두렵습니다.

제 생각에는 아직도 제가 물건을 주문할 수 있는 입장이라고 생각합니다. 그렇지 않은가요? 그러니 저를 위해 페르케이르스펄 게임판을 만들어주세요. 제가 가장 좋아하는 전략과 기회의 게임입니다. 크리스마스에 고향 집에 가지 못할 것 같고, 지금 제 삶에는 그런 재미가 부족합니다. 부디 미니어처로 절 기쁘게 해주세요.

언젠가 우린 만날 거예요. 당신과 나. 꼭 그렇게 되길 바랍니다. 반드시 그렇게 될 거라고 확신해요. 당신이 날 이끌고 있다는 느낌이 들어요. 하지만 제 희망 속엔 두려움도 있습니다. 당신이 내게 비추는 불빛이 순수하지 않을지도 모른다는 두려움이죠. 당신에 대해 좀 더 알게 되기 전엔 마음 편히 쉴 수 없지만, 일단은 긴 편지로 서로에 대한 좀더 깊은 이해를 대신해야 하겠군요. 약속어음을 동봉했습니다. 500길더예요. 이 돈으로 앞문의 뻑뻑한 경첩을 손보시기를.

감사와 기대를 담아,

이어 넬라는 **페트로넬라 브란트**라고 서명한다.

그녀는 하얗게 펼쳐진 얼음을 감상하려고 창밖을 내다본다. 서리 내린 도시는 아름답다. 공기는 성글고, 벽돌은 더 붉고, 페인트 칠한 창틀은 정갈한 눈동자 같다. 넬라는 운하 길을 따라 서둘러 걷는 오토를 보고 깜짝 놀란다. 호기심이 발동한 넬라는 아침도 먹지 않고 코트도 걸치지 않은 채, 주머니에 편지를 넣고는 아무도 보지 않을 때 집을 빠져나가 그의 뒤를 밟는다. 오토는 담 스퀘어를 가로지르고, 새로 지은 스탓하위스 건물을 지난다. 프란스 미어만스가 일하는, 아마 지금도 일하고 있을 그곳. **그 사람 부인의 설탕을 팔아줘요, 요하네스**, 넬라가 생각한다. 자갈길을 걷기 쉽도록 모래를 뿌려놓은 곳에서는 뛰면서, 그에게 조용히 메시지를 전한다. 그러고는 목욕하던 마린을 떠올린다. "너 도대체 무슨 짓을 한 거야?" 미어만스 부부가 그들의 삶에 아예 없으면 좋을 텐데.

성 니콜라스 축일의 억압이 지나간 뒤, 암스테르담은 마음껏 그 이점을 즐기고 있는 것 같다. 태양은 높이 떠오르고, 오래된 교회의 종들이 반짝이는 건물 꼭대기에서 울려퍼진다. 그 소리가 사뭇 웅장하다. 네 개의 높은 종소리가 하늘을 메운다. 성스러운 아기의 탄생을 알리면서. 하느님의 목소리처럼 깊고 낮고 긴 종소리가 그 요란한 종소리 밑에 깔린다. 교회 공동체 규율의 명목으로 이런 소리는 크게 울려도 되는가보다.

고기 굽는 냄새가 진동한다. 불경스럽게도 교회 정문 바로 앞에 자리 잡은 와인 가게를 오토가 지나친다. 펠리콘 목사가 상인들을 내쫓지만 암스테르담 시민들은 와인 튜린•의 무게에 밑으로 늘어진 가대를 부러운 듯 쳐다본다.

"저거 돼지엉덩이가죽보다 더 질기구만." 한 남자가 웅얼거린다. "이건 길드에서 준비한 거고 행정관들이 허락한 거 아닌가?"

"이보시오. 하느님이 길드보다 우선이지!" 그의 친구가 근엄한 목소리로 말한다.

"펠리콘은 그렇게 생각하길 바라겠지."

"이봐, 기운 내. 이것 좀 보게." 두 번째 남자가 코트 안주머니에서 붉은 액체가 담긴 조그만 병 두 개를 꺼낸다. "이 안에 오렌지 조각도 들어 있어."

두 사람은 덜 신성한 장소로 향하고, 넬라는 그들이 떠나서 내심 기쁘다. 넋 나간 듯 오토를 쳐다보려고 그들이 멈추어 서지 않은 것은 더 기쁘다. 펠리콘의 시선이 그녀에게 머물지만, 알아차리지 못한 척한다. 오토가 고개를 숙이고 교회로 들어선다.

안으로 들어서던 넬라는 몸서리를 친다. 교회 안이 바깥보다 더 춥게 느껴진다. 오토를 미행하는 중인데도 밝은 금발을, 수수한 갈색과 흰색의 교회 내부 장식 속에서 그 반짝이는 황금빛을 찾아 두리번거리지 않을 수 없다. 그녀는 주머니 속 편지를 두드려본다. 오늘 같은 축일에 미니어처리스트는 이곳에 오지 않을까? 노르웨이에 있는 가족을 위해, 행정관들의 관대한 처분을 위해 기도하러 오지 않았을까? 넬라의 상상력이 자아낸 실이 대화를 수놓고, 대화의 조각보를 헐겁게 꿰매기 시작한다. 당신은 누구죠? 왜 이런 일을 하는 거죠? 원하는 게 뭐죠? 문제는, 미니어처리스트에게 곧장

• 수프 따위를 담는, 뚜껑 달린 움푹한 그릇.

다가가면 그녀가 사라져버린다는 것이다. 하지만 미니어처리스트는 너무도 자주, 넬라를 지켜보고 또 기다리고 있는 것 같다. 넬라는 문득 누가 사냥꾼이고 누가 표적인지 궁금해진다.

넬라는 오토에게서 눈을 떼지 않는다. 신도석에 밀집된 의자는 대부분 비어 있고, 달리 갈 곳이 없어서 온 듯한 몇 사람만 드문드문 앉아 있을 뿐이다. 보통은 다른 사람이 보고 있을 때 공동 예배를 드리는 것이 관례다. 그래야만 그들의 기도가 더 순수해진다는 듯이. 오토가 자리에 앉고, 넬라는 기둥 뒤에서 그를 지켜본다.

그의 입술이 열정적으로 움직인다. 이것은 침착한 기도가 아니다. 거의 광기에 가깝다. 오토가 이곳에 왔다는 것이, 더구나 혼자 왔다는 것이 놀랍다. 그의 처지와 감수해야 할 일들을 감안했을 때, 도대체 어떤 필요 때문에 하느님의 집에 모습을 노출시켜야 했을까? 넬라는 비틀어진 오토의 손을, 그의 몸에 깃든 두려움을 본다. 왠지 다가가서는 안 될 것 같다. 그런 상태인 사람을 방해해서는 안 될 것 같다.

넬라는 몸을 떨며 의자를 둘러보고, 오래된 가톨릭 성화로 채워진 흰 벽과 천장을 본다. 미니어처리스트가 모습을 드러내기를, 넬라는 간절히 바란다. 어쩌면 여기 숨어서 오토와 자신을 지켜보고 있지는 않을까?

뒤쪽에서 오르간 연주가 시작되고, 그 웅장한 소리가 넬라의 몸을 속속들이 흔들어놓는다. 넬라는 요란한 오르간 소리를 좋아하지 않는다. 류트의 가벼운 소리, 리코더의 높고 편안한 소리가 더 좋다. 추위를 피해 교회로 들어온 고양이 한 마리가 묘 위를 살금살금 지나간다. 털이 쭈뼛 서 있다. 고양이의 기척에 오토가 고개를 들자 넬라는 기둥 뒤에 숨는다. 요란한 오르간 소리에 귀를 막고 눈을 감는다. 현기증이 난다.

어떤 손길이 그녀의 소매를 스친다. 넬라는 감히 볼 엄두가 나지 않아서 눈을 더 꼭 감는다. 그 순간 떠오르는 생각. 그 여자야. 그 여자가 왔어.

"마담 브란트?" 목소리가 들려온다.

넬라가 눈을 뜬다. 아그네스 미어만스가 눈앞에 서 있다. 지난번에 보았을 때보다 훨씬 야위어 보이고, 수수한 얼굴은 가냘파져서 토끼와 여우 털로 만든 목도리 속에서 창백하게 빛난다. 그녀가 넬라의 소매를 잡았던 손을 거둔다. "마담 브란트?" 그녀가 되풀이한다. "괜찮으세요? 코트도 안 입고 오셨네요. 전 순간적으로 혹시 성령이 깃드신 게 아닌가 생각했어요."

"마담 미어만스. 전…… 기도하러 왔어요."

아그네스가 넬라에게 팔짱을 낀다. "아니면 야만인을 감시하려고?" 그녀가 속삭이며 기둥 안쪽 오토가 앉아 있는 곳을 가리킨다. "잘하셨어요. 항상 조심해야 해요, 넬라. 그런데 왜 저렇게 넋이 나갔대요?" 아그네스가 말하고는 메마른 '하' 소리를 낸다. "이리 와요." 그녀는 여우 목도리 하나를 풀어 넬라에게 둘러주고 단단히 여민다. 넬라는 이번에도 과일향 머릿기름 냄새를 맡는다. 털이 축축하고 차갑다.

"마린은 통 교회에 안 나오네요." 아그네스가 넬라의 목에 두른 털을 다독이며 말한다. 그녀는 한시도 손을 가만히 두지 못하는 것 같고, 넬라는 반지를 끼지 않은 손이 얼마나 허전해 보이는지 새삼 느낀다. 반지가 없는 아그네스는 반쯤 발가벗은 것 같다. 오르간이 갑자기 연주를 멈춘다. 아그네스는 잘 가꾼 겉모습 속에서 균열이 일어나고 있는 것처럼 불안해 보인다. "브란트도 못 봤고요." 그녀가 말을 잇는다. "당신도."

"남편은 출장중이에요."

아그네스의 코끝이 벌름거린다. "출장중이라고요? 프란스는 말 안 하던데."

"몰랐겠죠. 두 분의 일 때문에 출장을 간 걸로 알고 있어요, 마담. 베네치아에 갔거든요." 그녀는 어떻게든 벗어나려 애쓴다. "그만 가봐야 해요, 마담 미어만스. 마린이 몸이 안 좋거든요."

벗어나고 싶은 건 사실이지만 넬라는 곧바로 자신의 변명을 후회한다. 아그네스의 눈이 휘둥그레진다. "왜요?" 그녀가 묻는다. "어디 아픈가요?"

"겨울이라 그런 거겠죠."

"마린은 절대 아프지 않아요." 아그네스가 말한다. "제 주치의를 보내드릴 수 있어요. 마린은 의사를 믿지 않지만요."

오르간 선율이 다시 시작된다. 한 음, 그리고 그 위로 떨어지는 또 한 음. 넬라의 귀에는 불협화음이다. "조만간 나아질 거예요, 마담. 감기의 계절이니까요."

아그네스가 다시 넬라의 소매에 손을 얹는다. "이 얘기를 하면 아마 침대에서 벌떡 일어날걸요. 이 말을 전해줘요. 내가 물려받은 재산 전체가 아직도 이스턴 아일랜드의 창고에 있다고." 그녀는 거의 씩씩거리며 말한다. "사탕수수 밭은 믿을 수 없어요, 마담. 다음 번 수확이 어떨지 누가 알겠어요? 우리가 어렵사리 정제한 설탕을 당신 남편이 단 한 개도 못 팔았어요. 그런데 지금 **빈손으로** 베네치아에 갔다고요? 우리에겐 그 돈이 필요해요."

"남편이 설탕을 배급할 거예요. 남편의 말만으로도 충분하다고……."

"프란스가 창고에 다녀왔어요. 두 눈으로 똑똑히 봤대요. 얘기를 듣고도 도저히 믿기지 않더라고요. 천장까지 쌓여 있는 설탕이! 프란스가 말하더군요. 머지않았다고. 곧 다 얼어버릴 거라고. 돈을 만져보기도 전에 설탕이 썩기 시작했다고."

격해지는 아그네스의 불안감을 바라보는 동안 오르간 연주가 넬라의 갈비뼈 안에서 진동한다. 오토를 찾아보니 보이지 않는다. "저희를 믿으세요, 마담……."

"남편은 바보가 아니에요!" 아그네스가 쏘아붙인다. "남편은 요하네스 브란트가 이 일의 적임자가 아니라고 했지만 내가 우겼다고요. 내가요. 브란트 가 사람들은 자기들이 세상을 다 가질 수 있다고 생각하지만 사실 그렇지 않아요. 내 남편을 우습게보지 말아요, 마담. 나도 마찬가지고요." 나타난 것만큼이나 갑작스럽게 아그네스가 돌아선다. 넬라는 몸을 앞으로 숙인 채 유난히 품위 없는 걸음으로 서둘러 나가는 아그네스를 지켜본다. 조그만 옆문을 열고 아그네스가 사라진다.

넬라는 어서 집으로 돌아가 이 불편한 대화를 마린에게 전달하는 게 최선이라는 생각이 든다. 그러나 미니어처리스트의 집을 아직 방문하지 못했다. 아그네스의 분노 때문에 머리가 빙글빙글 돈다. 넬라는 코넬리아를 시켜 편지를 전해야겠다고 생각한다. 넬라는 교회에서 나와 다시 헤렝라흐트로 향한다.

마린에게 말해야겠다는 생각에 허겁지겁 집 앞에 다다른 순간 넬라는 무언가 잘못되었음을 느낀다. 현관문이 활짝 열려 있고, 불을 밝히지 않은 홀은 입을 벌린 구멍 같다. 개 짖는 소리가 들리지만 사람 목소리는 들리지 않는다. 그녀는 잠시 머뭇거리다가 소리를 내지 않고 계단을 올라 현관 앞에 선다.

그녀가 처음 본 것은 그의 부츠다. 보드라운 양가죽 부츠는 그 사이 흠집이 생겼다. 부츠를 본 순간 넬라의 속이 울렁거린다. 넬라는 겁에 질린 채, 독이 오르고 잔뜩 흥분한 얼굴로 현관홀의 타일 바닥을 가로지르는 잭 필립스를 본다.

균열

두 사람이 서로 마주 보고 서 있다. 잭은 면도를 하지 않았고, 제대로 먹지 못한 것 같다. 한때 윤기가 흐르던 피부는 까칠하다. 뚫어지게 보는 눈 밑에 자줏빛 멍이 있다. 가죽 재킷에 비록 흠집이 나긴 했지만, 부츠를 신은 그는 여전히 존재감을 내뿜는다. 넬라가 마지막으로 잭을 가까이에서 보았을 때, 그는 윗옷을 벗고 있었고 남편이 흘린 땀으로 범벅이 되어 있었다. 그날의 기억에 넬라는 숨이 가쁘다.

코넬리아가 부엌 계단을 뛰어올라와 그를 밖으로 밀어내려 한다. "잠깐만요. 드릴 게 있어서 왔어요, 마담." 잭이 자긴 아무 잘못이 없다는 듯 양손을 들어 보인다. 넬라는 네덜란드어 특유의 굴리고 늘이는 발음을 못 하는 그의 이상한 영국식 억양을 기억한다. 그가 재킷 안에 손을 넣자 코넬리아는 고양이처럼 긴장한다. "배달하러 왔어요." 그가 말한다.

"뭐라고요? 당신은 지금 우리 설탕을 지켜야 하잖아요." 넬라가 말한다. "요하네스 말이……."

"이런 젠장, 꼭 생쥐처럼 찍찍거리네."

그가 손을 앞으로 내민다. 마치 내미는 소포가 넬라를 향한 자신의 모욕을 더욱 빛내주리란 듯이. 소포는 지난번보다 더 작지만 분명 여자가 보낸 것이다. 검은 태양 표시. 넬라가 소포를 낚아챈다. 그의 손이 잠시라도 그 물건 가까이 있는 게 싫다.

두려움에 얼굴이 하얗게 질린 채 코넬리아가 위층으로 뛰어올라간다. "만나야겠어요." 잭이 말한다. "돌아왔어요? 요하네스! 여기 있어요?" 그가 서재 쪽을 향해 소리친다.

위층에서 문이 열리자마자 넬라는 코넬리아의 격앙된 속삭임을 듣는다.

"베네치아에 갔다는 게 사실입니까?" 잭이 말한다. "정말 빤한 수작이군."

그동안 부정해왔던 두 남자 사이의 친밀감을 의식하며 넬라가 얼굴을 붉힌다. "우리의 담 스퀘어 대신 리알토 섬을 선택했다?" 잭이 미소를 짓는다. "더 싱싱한 생선을 구했겠군." 그가 넬라에게 다가선다. 그의 목소리에서 집요함이 느껴진다. "일하러 간다고 했을 때, 그 말을 믿었어요?"

"감히 당신이 어떻게 여기서 그런 말을……."

"난 그 사람에 대해 당신이 앞으로도 결코 알 수 없을 것들을 알고 있어요, 마담. 베네치아에서 일하는 사람은 없어. 밀라노라면 또 모를까. 하지만 베네치아는 어두운 터널 같아서 창녀와 소년들이 가장 밝은 불빛에 꼬여들죠, 나방처럼."

넬라는 잭의 목소리에 최면 걸린 듯 자신의 몸이 가벼워지는 것을 느낀다. 어쩌면 그는 자기네 나라에서 정말 훌륭한 배우였을지도 모른다. 그녀의 심장이 콩알만큼 작아져서 갈비뼈 안에서 이리저리 뛰어다닌다.

"웬 소란이야!" 계단 위에서 위엄 있는 마린의 목소리가 들려온 다. "현관문이 왜 아직 열려 있지?"

그녀의 목소리에 잭이 불빛 속으로 걸어 들어오면서 양팔을 크 게 벌린다. 참으로 아름다운 남자라고, 넬라는 생각한다. 너무도 야 성적인 남자라고. 그에게서 눈을 뗄 수 없다. "페트로넬라, 문 닫 아." 마린이 명령한다.

"이런, 난 갇히기 싫은데."

"어서 닫아, 페트로넬라. **당장.**"

넬라는 떨리는 손으로 문을 닫는다. 홀이 어둠침침해진다. 무엇 을 위해 문을 닫았는지, 넬라로서는 짐작조차 할 수 없다. 요하네 스는 이 거친 남자에게서 벗어나 다행이라고 생각할까? 아니면 이 매혹적인 존재, 제멋대로 날뛰는 목소리를 그리워하고 있을까?

뭔가 찢기는 소리에 넬라가 돌아선다. 잭이 길고 가느다란 칼로 정물화를 그었다. 풍성한 꽃과 곤충들이 상처처럼 벌어지고 꽃잎 들은 이상한 각도로 덜렁거린다. 마린 뒤에 서 있던 코넬리아가 구 역질 같은 신음소리를 낸다.

"그러지 말아요!" 넬라가 비명을 지른다. **목소리 낮춰!** 넬라는 생 각한다. **그의 말이 옳아. 넌 생쥐야. 넌 이 집 안주인이 아니야.** 배 속이 울렁거리고 입안이 바짝 마른다. "오토." 오토를 불러보려 했지만 그녀의 목소리는 작은 속삭임에 불과하다.

"필립스 씨!"

그와 대조적으로 마린의 목소리에 서린 냉기가 계단을 타고 내 려와 잭을 얼어붙게 만든다. 잭이 이곳에서 유일한 배우는 아닌 것 이 분명하다. 마린은 자신의 영역을 침범한 짙은 색 머리카락의 남 자에게 집중하며 전혀 다른 사람으로 변신한다.

"그만 떨어지라고 몇 번이나 경고하지 않았던가요?" 그녀가 묻는다. 그 말이 위협적 존재감을 몇 배로 증폭시키며 홀 안에 울린다. 잭은 칼을 쥐었던 손에 힘을 빼고는 바닥에 침을 뱉는다.

"그거 닦아." 마린이 말한다.

잭이 그녀 앞에서 칼을 휘두른다. "당신 오빠는 가격만 맞으면 개하고도 붙어먹을 인간이야."

"필립스 씨."

"사람들이 자기 여동생하고도 붙어먹었을 거라고 하더군. 당신 오빠가 당신한테 그 짓을 해줄 유일한 남자라고."

마린이 한 손을 든다. "매번 똑같은 타령이군요." 그녀가 말하며 손바닥을 칼끝에 점점 더 가까이 들이댄다. 잭이 조금 뒷걸음을 치지만 날카로운 칼끝과 마린의 손바닥 사이에는 3센티미터의 공간도 없다. "당신은 얼마나 용감한가요, 잭?" 마린이 다정한 목소리로 묻는다. "기어이 내 피를 보고 말 건가요? 그게 당신이 원하는 건가요?"

잭이 칼자루를 고쳐쥔다. 마린이 손바닥을 칼끝에 바짝 대자 그가 칼을 뒤로 뺀다. "못된 년!" 그가 말한다. "이제 자기 밑에서 일하지 말라고 하더군. 누가 결정한 거지?"

"이것 보세요, 잭." 마린이 말한다. 목소리는 조용하고도 침착하다. "우리 전에도 이런 대화를 나눈 적 있죠? 어린애처럼 굴지 말고 얼마면 떠날 수 있는지 액수를 말해요."

"돈을 원하는 게 아니야. 당신이 참견하면 어떤 일이 일어나는지 보여주고 싶었을 뿐이야." 잭이 비명을 지르며 칼끝을 자기 몸 쪽으로 돌린다. 넬라가 미처 상황을 파악하기도 전에, 마린이 한 손을 들어 잭의 뺨을 친다. 그는 양팔을 늘어뜨리고 어리둥절한 표정으로 그녀를 바라본다.

"왜 그렇게 나약하지?" 마린이 낮게 소리친다. 그러나 넬라는 마린도 떨고 있음을 느낀다. "너 같은 놈은 한순간도 믿을 수 없어."

잭이 뺨을 문지르며 자신을 추스른다. "당신이 요하네스가 날 버리게 만들었잖아!"

"난 그런 짓 한 적 없어." 마린이 말한다. "오빠는 자유로운 사람이고, 오빠가 당신한테 한 말을 믿기로 선택한 건 당신이야. 그리고 그건 우리 아버지 유품이야." 그녀가 칼을 가리키며 말한다.

"네 오빠가 나한테 줬어."

마린은 주머니에서 구겨진 지폐를 한 움큼 꺼내 잭에게 내민다. 손가락이 그의 손바닥에 스친다. "여긴 너 같은 놈이 올 데가 아니야." 그녀가 말한다.

잭이 생각에 잠긴 듯 돈을 만지작거리다가, 느닷없이 마린을 자신에게로 당겨 그녀의 입에 거칠게 키스한다.

"맙소사!" 넬라가 중얼거린다.

두 사람을 떼어놓아야 할 것 같아 코넬리아와 넬라 모두 마린에게 다가선다. 그러나 마린이 한 손을 들어 두 사람을 멈춰 세운다. 마치 **물러서, 한 번은 치러야 하는 일이야**라고 말하는 것처럼.

코넬리아는 두려움과 혼란 속에서 멈춰 선다. 마린은 뻣뻣한 자세로 서서 남자에게 팔을 두르지 않는다. 그러나 키스는 끝날 줄 모른다. 그는 왜 저런 짓을 하는 걸까? 마린은 왜 저런 짓을 허락하는 걸까? 그러면서도 마음 한편으로는, 지금 이 순간 마린이 어떤 기분일지, 그 사랑스러운 입술의 감촉이 어떤 느낌일지 궁금해하지 않을 수 없다.

앞문이 열린다. 교회에 갔던 오토가 돌아와 문 앞에 선다. 마린과 잭이 엉켜 있는 모습을 본 순간, 그의 온몸이 얼어붙는다. 그의 몸속 무언가가 부러지는 것 같다. 그는 두 사람에게 달려든다. "칼을 들고 있어!" 넬라가 소리치지만 오토는 멈추지 않는다.

넬라의 비명에 잭이 마린에게서 떨어지고, 마린은 비틀거리며 계단 쪽으로 뒷걸음친다. "이 할망구 꼭 생선처럼 밍밍하네." 그가 오토의 얼굴에 대고 빈정거린다.

"나가." 오토가 낮게 소리친다. "내 손에 죽지 않으려면."

잭이 허겁지겁 현관으로 향한다. "왕처럼 차려입어봐야 네놈은 짐승이야." 그가 말한다.

"쓰레기 같은 놈." 오토의 목소리가 마치 펠리콘 목사의 목소리처럼 홀 안에 울려퍼진다.

잭이 얼어붙는다. "뭐? 방금 뭐라고 했지?"

오토가 잭에게 다가선다. "오토!" 마린이 소리친다.

"요하네스가 널 없애버릴 거야, 이 짐승 새끼야." 잭이 말한다. "요하네스는 네가 한 짓을 다 알고 있어. 요하네스가 널……."

"**투트!** 그 사람한테서 떨어져! 어리석은 짓 하지 마!"

"누가 문 좀 닫아!"

"검둥이는 믿을 수 없다고 했거든."

오토가 주먹을 쳐든다. "**안 돼!**" 코넬리아가 비명을 지르고 잭이 움찔한다.

그러나 오토는 그저 손바닥을 잭의 가슴에 살짝 댄다. 강철로 만든 깃털 같은 그의 손바닥이 영국 남자의 거친 숨결과 함께 오르락내리락한다. "너야말로 시뇨르한테 아무것도 아니야, 이 **애송이** 자식아." 오토가 중얼거린다. "그만 **꺼져.**"

오토가 손을 떼는 순간 레제키가 홀로 들어온다. 밖에서 새어들어오는 엷은 잿빛 햇살이 레제키를 흐린 버섯 빛깔로 물들인다. 레제키가 잭을 향해 으르렁거린다. 양쪽 귀를 머리 위에 반듯하게 세운 채. 타일 위에 낮게 웅크리면서 레제키가 그를 쫓아내려고 짖어댄다. "레제키!" 오토가 소리친다. "들어가!"

잭의 눈동자 속에서 번득이는 두려움의 섬광에 넬라가 앞으로 나선다. "잭." 넬라가 말한다. "잭, 약속할게요. 요하네스한테 당신이⋯⋯."

그러나 잭은 레제키의 머리에 칼을 꽂는다.

마치 모두가 물속에 잠긴 것처럼, 그 누구도 숨을 쉴 수가 없다. 칼날이 역겨운 퍽 소리와 함께 털과 살을 가르고, 레제키가 바닥에 털썩 쓰러진다.

어디선가 낮은 울음소리가 새어나오고 그 소리가 점점 더 높아진다. 넬라는 문득 그것이 코넬리아의 울음소리임을 깨닫는다. 코넬리아는 레제키가 쓰러진 쪽으로 비틀거리며 다가선다.

레제키가 캑캑거리기 시작한다. 잭이 칼을 너무 깊이 박아서 코넬리아의 손으로는 뺄 수 없다. 시커먼 피가 진홍빛 스커트 자락처럼 번져간다. 코넬리아는 다정하고 떨리는 손길로 레제키의 머리를 든다. 레제키가 숨을 헐떡인다. 빨갛게 변한 혀가 헐떡거리는 입 밖으로 축 늘어진다. 다리의 신경이 경련하다가 고요해지자 코넬리아가 레제키를 꼭 끌어안는다. 잦아드는 온기를 어떻게든 지켜보려는 듯이. "죽었어요." 코넬리아가 속삭인다. "시뇨르의 개가 죽었어요."

오토가 문을 닫고 잭과 바깥세계 사이를 가로막고 선다. 그의 몸이 문을 막는다. 잭이 레제키의 머리에서 칼을 뽑자 피가 뿜어져

나와 바닥을 적신다. "비켜!" 그가 소리치며 머리로 오토의 가슴을 들이받고 칼을 쳐든다. 두 사람의 몸싸움, 칼을 찾는 손. 그리고 다음 순간, 잭이 비틀거리며 물러선다. 그는 겁에 질린 눈으로 자신의 몸을 내려다본다.

잭이 넬라에게 돌아선다. 칼이 그의 가슴에 꽂혀 있다. 쇄골 바로 밑이지만 위험할 정도로 심장에 가깝다. 그의 양손이 칼자루 주변을 더듬는다. **세상에!** 마린이 저만치 떨어져서 소리친다. **안 돼, 제발, 하느님!** 잭은 양팔을 앞으로 내밀고 망아지처럼 무릎을 후들거리면서 바닥에 주저앉아 넬라의 스커트 자락에 매달린다. 두 사람이 함께 흑백 타일 위에 앉는다. 그의 셔츠는 축제의 붉은빛으로 물들기 시작한다. 뒤섞인 피비린내도 그의 소변 냄새를 덮진 못한다.

"오토," 넬라가 말한다. 그러나 그녀의 목소리는 갈라진 속삭임으로 나올 뿐이다. "도대체 무슨 짓을 한 거야?"

잭이 넬라를 가까이 당기고 넬라는 두 사람의 몸 사이에 꽂혀 있는 칼의 단단한 열기를 느낀다. 그가 그녀의 귀에 대고 고통에 겨워 흐느낀다. "피가 나요." 그가 애원한다. "난 죽고 싶지 않아요."

"잭⋯⋯."

"일어나." 마린이 소리친다. "**일어나!**"

"마린, 이 사람 죽어가고⋯⋯."

"마담 넬라." 잭은 마치 생명줄을 붙잡듯 넬라를 더욱 세게 끌어안으며 그녀의 귓가에 속삭인다.

"괜찮을 거예요." 넬라가 말한다. "의사를 부를게요."

그의 목소리가 그녀의 모자에 파묻힌다. 그러나 잭은 웃는 것 같다. "오, 마담." 그가 속삭인다. "우리 꼬마 아가씨. 날 죽이려면 이따위 바늘 갖고는 어림도 없어."

그 말을 이해하기까지 넬라에게 시간이 필요하다. 잭은 두 발로 일어서서, 가슴에 칼이 꽂힌 채, 현관 쪽으로 향한다. 그는 자신의 연기에 취해 선술집의 주정뱅이처럼 비틀거린다. 피에 흠뻑 젖은 셔츠, 가슴에 비죽 솟은 칼자루, 살려달라는 애원. 넬라는 그의 허풍과 이 상황을 도무지 연결하지 못한다. 곧 죽을 사람처럼 그녀를 속여놓고 기뻐하는 그의 섬뜩한 모습.

"당신 말을 믿었어." 넬라가 속삭인다.

오토가 충격에 휩싸인 채 뒤로 물러선다. 잭이 문을 열고 천천히 옅은 햇살 속으로 걸어나가더니, 돌아서서 고개를 깊이 숙여 인사한 뒤 칼자루를 움켜잡는다. 그는 움찔하며 칼을 뽑고는 두려움에 휩싸인 넬라의 표정을 보고 뿌듯해한다. "이게 필요하겠지." 그가 말한다. 한 손으로는 상처를 누르고 다른 손으로 피 묻은 칼을 들고서. "살인미수. 증거."

"심장이 찔렸어야 했는데." 넬라가 말한다.

"감쪽같이 속았지?" 그가 말하며 승자의 미소를 짓는다. 이마를 덮은 거친 곱슬머리는 푸석하고, 손에 든 단검에서는 피가 뚝뚝 떨어진다. 잭은 다시 돌아서서 비틀거리며 뛰어내려간다.

잭의 입술이 남긴 붉은 자국으로 얼굴이 얼룩진 마린은 벽에 기댄 채 털썩 주저앉는다. "오 하느님!" 그녀가 중얼거린다. 잿빛 눈동자가 오토를 향한다. "오 하느님, 우릴 구하소서!"

1686년 12월

그 늠름하고 멋진 모습에 그만 반해 버렸지요.
예루살렘의 아가씨들아, 나의 임은 이런 분이란다.
나의 짝은 이런 분이란다.

〈아가서〉 5장 16절

THE
MINIATURIST

제
3
부

얼룩

　"자루에 담긴 레제키를 시뇨르가 발견하셨거든요."코넬리아가
홀에서 말한다. 슬픔으로 먹먹해진 목소리로. 뻣뻣한 개의 시신을
빈 자루에 담는 코넬리아의 모습을 넬라가 지켜본다. "팔 년 전 동
인도회사 뒤쪽에서요. 다 죽어 있었대요, 새끼 강아지들이. 저 녀석
만 빼고."

　"대걸레가 필요해, 코넬리아. 레몬주스하고 식초도."

　코넬리아가 고개를 끄덕인다. 대리석 타일 곳곳에 여전히 핏자
국이 남아 있지만 하녀는 꿈쩍도 하지 않는다. 잭이 찢어놓은 그림
은 벽에 늘어져 있다. 마린이 그림을 다 찢어내라고 말한다. "시뇨
르는 신경 안 쓰실 거예요, 마담." 오토가 말했지만 마린이 우긴다.
"오빠 때문이 아니야." 그녀가 말한다. "찢어진 그림을 내가 못 보
겠어." 잭이 저지른 일을 오토가 마무리한다. 나무틀에서 캔버스를
뜯어내는 그의 손이 조금 떨린다.

　부엌에서 마린과 오토가 낮은 목소리로 이야기를 주고받는다.
내 잘못이라고, 넬라는 생각한다. 마린이 밖으로 던진 걸 내가 안
으로 들여왔어. 그런데 다음 날 그가 앞 계단에 놓여 있었어. 앞으

로 닥칠 불길한 일을 암시하듯이. 만약 그곳에 그를 가져다놓은 사람이 미니어처리스트라면, 이 홀에서 일어날 일의 전조로 그 인형을 가져다놓았다면, 도대체 왜 그랬을까? 왜 이 불길한 인형을 애당초 가까이 두게 했을까? "코넬리아," 넬라가 몸을 일으키며 말한다. "여길 치워야 해." 넬라는 레제키의 다리를 자루 속에 넣으려 애쓰지만 그러기엔 다리가 너무 길다.

넬라와 코넬리아는 레제키의 발이 흉하게 삐져나온 자루를 들고 부엌으로 내려간다. 번쩍거리는 냄비들 틈에서 사건의 여파가 느껴진다. 크리스마스가 거의 코앞인데 주인이 사랑하는 개가 죽다니, 섬뜩한 사육제의 서막을 알리는 것만 같다. 개를 죽인 범인은 밖에서 활보하고 있다. 단지 몸에 난 상처만 보듬고 있진 않을 것이다.

오토는 떨리는 손을 오래된 참나무 식탁 위에 올려놓는다. 넬라는 아무 생각도 할 수 없다. 그를 위로하고 싶지만 오토는 넬라를 쳐다보지도 않는다. 불가에 늘어져 있던 다나가 넬라가 든 자루를 보며 낑낑거린다. "지금 묻을까요?" 코넬리아가 묻는다.

불안한 정적이 감돈다. "아니." 마린이 말한다.

"하지만 냄새가 날 텐데……."

"일단 창고에 둬."

넬라가 레제키를 촉촉한 양토와 감자 위에 조심스럽게 눕힌다. "딱하기도 하지." 그녀는 목이 멘다. "편히 쉬기를."

"잭이 절 고소하면 어쩌죠?" 오토가 부엌 안쪽에서 말한다. "칼도 갖고 있고, 보여줄 상처도 있고, 그 잘난 혀로 온갖 이야기를 지어내서 떠벌릴 텐데. 시민군이 절 체포할 거예요. 그 사람들이 잭에게 왜 여기 왔었냐고 물으면 어쩌죠?"

"바로 그거야." 마린이 주먹으로 식탁을 친다. "잭 필립스에 대해서라면 내가 좀 알아. 그 인간은 인생의 굴곡을 즐겨. 떠벌리기도 좋아하고. 하지만 결코 당국에 고소하진 않을걸. 그래봐야 자기 목숨을 내놓는 꼴이야. 그자도 그걸 알아. 그자는 영국인이고, 남색한이고, 한때 배우였어. 행정관들이 그 세 가지보다 더 싫어하는 게 있을까?"

"그자는 돈이 없어요, 마담. 절박하면 무슨 짓인들 못할까요." 오토가 말한다. 그의 표정이 어두워진다. "만약 행정관들이 그자에게 왜 여기 왔는지를 물으면, 시뇨르가 휘말리게 돼요."

오토가 고개를 젓는다. 코넬리아는 헤렌브로트 한 바구니와 치커리, 그리고 어울리지 않게 노란 하우다 치즈 한 조각을 들고 부산을 떤다. 코넬리아가 스토브 앞에서 바삐 움직이는 동안 넬라가 치즈를 자른다. 오늘 저녁식사에는 감자와 버섯이 없을 것이다. 코넬리아가 창고 안으로 들어가기는커녕 문 쪽을 쳐다보지도 못하기 때문이다. 넬라는 투박한 부엌의 소리에 집중한다. 냄비 부딪히는 소리, 양파가 버터에 보드라워지는 소리, 베이컨 기름이 튀는 소리. 불규칙하면서도 지속적인 박자가 지금은 그 어떤 악사가 연주하는 축제의 선율보다 훌륭하다.

넬라는 튀긴 베이컨을 내놓는 코넬리아의 걱정으로 해쓱해진 얼굴을 본다.

"시뇨르는 절 구해주셨어요." 오토가 말한다. "저에게 모든 걸 가르쳐주셨어요. 그런데 그 은혜를 이렇게 갚다니요. 레제키……."

"오토가 한 짓이 아니라 잭이 한 짓이야. 그리고 갚아야 할 빚 따위는 없어." 마린이 말한다. "오빠는 자기가 좋아서 오토를 데리고

270

온 거야."

코넬리아가 묵직한 팬을 싱크대에 담그며 낮은 소리로 욕을 내뱉는다.

"시뇨르가 절 고용하셨어요, 마담." 오토가 말한다.

마린은 빵에 베이컨 기름을 앞뒤로 묻히지만 먹지는 않는다. 넬라는 마린의 기분을 헤아릴 수 없다. 그녀는 단호해 보일뿐더러 일련의 사건에 주눅 들지 않는 것처럼 보이면서도 언제나처럼 짜증을 돋운다.

"놈은 살아 있어." 마린이 쏘아붙인다. "오토는 아무도 죽이지 않았어. 오빠는 레제키 일을 더 안타까워할 거야."

마린의 말이 오토의 가슴에 꽂히는 것 같다. "제가 모두를," 그가 말한다. "제가 모두를 위험에 빠뜨렸어요."

마린이 손을 뻗어 오토의 손을 잡는다. 희귀한 광경이다. 그들의 손가락. 검고 흰 손가락. 코넬리아는 시선을 떼지 못한다. 오토가 손을 빼고 계단으로 향한다. 그의 모습을 지켜보는 마린의 얼굴에서 핏기가 가시고 눈은 피로해 보인다. "페트로넬라, 옷 좀 갈아입어." 그녀가 말한다. 목소리가 거의 속삭임에 가깝다.

"왜요? 뭐가 잘못됐나요?"

마린이 그녀를 가리킨다. 넬라가 내려다보니 영국인의 피를 뒤집어쓴 코르셋과 셔츠가 온통 갈색으로 변해 있다.

☩

위층으로 올라간 넬라는 속옷 바람으로 앉아 있고, 코넬리아가 잭의 피를 스펀지로 닦아낸다. 넬라에게 가운을 입혀주고 나서 하녀가 양해를 구한다. "오토가 걱정이 되어서요, 마담. 저 말고는 얘기할 사람이 없어요."

"그럼 내려가봐."

넬라는 혼자 있게 되어 안도한다. 아침의 긴장과 잭이 잡았던 팔의 흔적 탓에 몸이 욱신거린다. 그녀는 캐비닛에서 자신의 인형을 찾는다. 코넬리아와 함께 미니어처 부엌에 힘없이 누워 있다. 그렇게 하면 통증이 사라질 거란 듯 넬라가 인형을 지그시 눌러본다. 인형을 힘껏 누르자 그녀의 갈비뼈도 아프다. 짧은 순간, 미니어처리스트가 만든 분신이 실제 자신의 팔다리와 다르지 않다는 생각이 든다. 결국 나는 내 상상의 산물에 불과한 건 아닌지. 그러나 콩으로 만든 조그만 얼굴은 아무것도 알려주지 않는다. 넬라는 여전히 혼란과 슬픔 속에 남겨져 있다.

넬라의 침대 위에 미니어처리스트의 소포가 놓여 있다. 불과 몇 시간 전에 잭이 들고 온 것이다. 홀의 의자 밑에 두고 올까 생각도 했다. 열어봐야 할지 확신이 서지 않았다. 가만히 바라보고 있자니 또다시 축축한 두려움이 온몸에 번져온다. 그러나 넬라 말고 누가 이 소포를 열어볼까. 그녀는 자기 외의 다른 사람이 열어보는 건 견딜 수 없다.

미니어처리스트가 가르침을 멈추지 않을 이상한 선생님이라면, 넬라는 가장 태만한 제자가 된 기분이다. 그녀는 이 가르침의 의미를 파악하는 데 실패했다. 그녀는 미니어처리스트가 원하는 게 무엇인지 설명해줄 물건을 원한다. 소포를 열어보니 물건이 딱 하나 들어 있다.

조그만 페르케이르스펄 게임판이 손바닥 위에 놓여 있다. 보드의 삼각형들은 색만 입힌 게 아니라 나무무늬까지 새겨져 있다. 미니어처 주머니에 말도 들어 있다. 말에서 나는 향기가 고수 씨앗을 반으로 잘라 검은색과 붉은색으로 칠했음을 알려준다.

넬라는 게임판을 떨어뜨린다. 스커트 주머니를 뒤져보지만 오늘 아침 쓴, 미니어처리스트에게 게임판을 주문하는 편지가 주머니에 없다. 분명히 내가 갖고 있었다고, 넬라는 생각한다. 오늘 아침엔 갖고 있었어. 오토의 뒤를 밟아 교회에 갈 때에도, 분명히 주머니에 있었어. 아그네스에게 들은 얘기를 하려고 집으로 달려왔다가 홀에서 서성이는 잭을 봤고, 그 뒤로는 편지 생각을 완전히 잊고 있었다.

시간이 녹아버렸다. 붙잡을 수 없을 때 시간은 아무 의미도 없다. 소포 봉투를 거꾸로 들어 보니 조그만 종이 쪽지가 팔랑거리며 떨어진다.

넬라.
튤립tulip이 자라는 땅에 순무turnip는 자랄 수 없어요.

내 이름을 썼다고, 넬라는 생각한다. 그 사실이 주는 은밀한 기쁨은 이어진 문장의 기이함에 용해되어버린다. 당혹감이 밀려든다. 미니어처리스트는 내가 순무라고 말하고 있는 걸까? 순무와 튤립은 전혀 다른 생명체다. 순무는 본질적으로 실용적이고 소박한 반면 튤립은 장식용이고 사람이 재배하는 것이다. 넬라는 본능적으로 자신의 얼굴을 만진다. 마치 그 정갈한 필체가 그녀의 뺨을 흙에서 난 단단하고 통통한 아센덜프트의 칙칙한 채소로 바꾸어놓을지도 모른다는 듯이. 미니어처리스트는 영리하고, 품위 있고, 화려하다. 그녀의 힘은 시선을 끈다. 내게 그만 손을 떼라는 그녀 방

식의 경고일까? 내가 결코 이해하지 못할 거라고 말하려는 걸까?

넬라는 캐비닛 집으로 손을 뻗어 잭의 인형을 꺼낸 뒤 가죽 재킷을 벗긴다. 조그만 생선용 나이프 하나를 엄지와 검지 사이로 집어서 마치 핀을 꽂듯이, 그가 숨이 막히도록 목 근처를 찔러본다. 나이프는 보드라운 그의 몸을 파고들어 은빛 화살처럼 비죽이 솟아 있다.

넬라는 잭을 다시 캐비닛에 올려놓는다. 잭의 인형이 자신의 처참한 상황을 더 명확하게 보여준다. 넬라는 레제키의 시체를 떠오르게 하는 개의 모형을 집어 든다. 요하네스가 널 데리고 갔어야 했는데. 넬라가 작은 개에게 말한다. 가장 아끼는 개에게 무슨 일이 일어났는지 어떻게 설명해야 할까? 레제키를 추억하라고 이 모형을 선물로 주어야지. 불순한 생각이 밀려든다. 이 모형은 남편에게 잭이 실제로 어떤 인간인지 알려줄 것이다.

개의 머리를 쓰다듬던 넬라의 손끝이 개의 목과 견갑골 사이에서 얼어붙는다. 조그만 몸 위에 울퉁불퉁한 빨간 표시가 있다. 십자 표시 비슷한 모양이다. 넬라는 창가로 다가간다. 틀림없는 빨간색 십자 표시다. 가슴이 뛰기 시작하고 목이 탄다. 오늘 이전에도 그런 표시가 있었는지 기억나지 않는다. 자세히 보지 않았다.

아마 우연이겠지. 미니어처리스트가 붓질을 하다가 머리에 빨간 물감을 한 방울 떨어뜨렸나? 아마 실수를 알아차리지 못했고, 그래서 빨간 물감이 두개골의 굴곡을 따라 번졌을 것이다. 레제키의 모형이 넬라 손바닥 위에 축 늘어져 있다. 레제키의 머리는 관절로 연결되어 있다. 머리 뒤쪽의 십자 표시라니, 엽기적 세례. 방 안이 냉랭하기도 하지만, 정말 넬라의 꽁무니뼈까지 오싹하게 만들고 있는 건 얼룩이 묻은 레제키다.

넬라는 생각을 가다듬으려 애쓴다. 오토가 무슨 짓을 할지 미니어처리스트가 알았던 것 같지는 않다. 오토는 잭의 어깨를 칼로 찔렀지만 잭의 인형은 멀쩡한 상태로 왔다. 미니어처리스트에게 그 얘기를 해야 했는데. 결국 이 모든 소품에는 어떤 의미가 담겨 있는 것일까? 일종의 전조일까? 아니면 그저 운 좋게 맞아떨어진 추측일까?

칼베르스트라트에 가야겠다고, 넬라는 생각한다. 이번에는 옆길로 새지 말자고, 이번에는 미니어처리스트가 밖으로 나올 때까지 기다리자고. 곰보딱지와 온종일 서 있어야 한다고 해도 어쩔 수 없다고.

넬라는 개를 도로 캐비닛 안에 넣는다. 코넬리아와 마린이 패피스트의 우상에 관해 나누었던 대화가 머릿속을 맴돈다. 코넬리아는 우상이 살아나지 않는다는 보장이 없다고 했다. 레제키의 모형이 넬라가 이름 붙일 수 없는 힘을 발산하고 있는 것만 같다. 캐비닛 집 자체도 나무골조가 빛을 발하는 것 같고, 거북 등딱지는 너무 화려하고, 실내는 너무 호화롭다. 넬라는 조그만 새장을 든 자신의 미니어처를 바라본다. 비어 있는 금박 새장. 넬라는 미니어처리스트가 예전에 보냈던 글귀를 조용히 읊조린다. **상황은 바뀔 수 있다. 모든 여자는 자신의 운명을 설계하는 건축가다. 나는 떠오르기 위해 싸우리라.**

누가 떠오르기 위해 싸우겠다는 건지. 누가 건축가라는 건지. 미니어처리스트? 아니면 나? 대답을 듣지 못한 오래된 질문이 떠오른다. 도대체 이 여자는 왜 이런 짓을 하는 걸까? 미니어처리스트는 이름도 없이, 이 사회의 변방에 살면서, 사회의 규범을 따르지 않는다. 튤립이건 순무이건, 우리는 결국 누군가에 의해 존재한다.

비록 그 누군가가 우리의 어머니뿐일지언정. 레제키는 죽고, 피보는 사라지고, 잭은 활보하고, 이스턴 아일랜드에서는 아그네스의 설탕이 상하고 있다. 넬라는 혼란이 다가오고 있음을 느낀다. 그녀의 바람은 이 혼란을 어떻게든 통제하는 것뿐이다.

미니어처리스트가 그녀를 도와주어야만 한다. 미니어처리스트는 알고 있다. 이 집 사람들은 잔뜩 겁에 질려서 고작 한다는 일이 인형을 창밖으로 내던지는 것뿐이다. 그러나 다 부질없는 노릇이다. 넬라는 펜과 종이를 들고 편지를 쓴다.

친애하는 마담,

튤립이 지상에서 꽃을 피우는 동안 순무는 땅속에서 자랍니다. 튤립은 우리의 눈을 즐겁게 하지만 순무는 우리 몸에 영양을 줍니다. 그렇지만 그 두 가지 모두 흙에서 살지요. 그들은 제각기 다른 쓸모가 있을 뿐 어느 한 가지가 다른 것보다 더 소중하진 않습니다.

넬라는 망설인다. 하지만 도저히 억누를 수 없어서, 계속 써내려간다.

그리고 튤립의 꽃잎은 떨어집니다, 마담. 순무가 흙을 묻히고 의기양양하게 싹을 틔우며 일어서기도 전에 떨어지지요.

넬라는 자신이 너무 무례한 건 아닌지, 너무 노골적인 건 아닌지 걱정한다.

절 도와주세요.

그리고 덧붙인다.

　제가 어떻게 해야 하나요?

　그녀는 펜을 내려놓는다. 채소 이야기를 꺼낸 게 너무 한심하다는 생각이 들지만, 요하네스의 개에게 무슨 일이 일어날지 미니어처리스트가 처음부터 알고 있었다는 생각을 하면 두려워진다. 레제키의 목에 있는 십자 표시를 보기 전에 넬라는 그녀를 감시자, 스승, 혹은 논평가 정도로 생각했지만, 지금은, 글쎄, 그보다는 예언자에 가깝다. 그녀는 또 무엇을 알고 있을까? 무엇을 막을 수 있을까? 그보다 더 끔찍한 질문. 그녀가 피할 수 없다고 판단한 일은 무엇일까?

✞

　넬라가 방에서 빠져나온 것은 다음 날 동이 틀 무렵이다. 미니어처리스트에게 쓴 네 번째 편지가 외투 주머니 속에 있다. 이번에는 꼭 움켜쥐고 있겠다고, 넬라는 생각한다. 그 여자 손에 직접 건네줄 때까지. 칼베르스트라트에서 어떤 일이 벌어질지 조금 두렵다. 자신의 세상을 들여다보는 건 물론이고 직접 지어올리는 것 같은 여자와 마침내 직접 대면한다니.
　한 손에 초를 들고 넬라는 천천히 현관문의 빗장을 젖힌다. 문을 열자 하늘 저편에서 밝아오는 어스름한 햇빛이 반긴다. 집 안 깊숙한 곳에서 철벅거리는 소리가 들린다. 그녀는 그 자리에 얼어붙는다. 철벅거리는 소리는 계속 이어진다. 넬라는 운하 길을 바라보고 다시 부엌 쪽을 돌아보며 어쩔 줄을 모른다. 미니어처리스트를 만나러 가려고 할 때마다 이 집 안의 무언가가 날 붙잡는군.

결국 집 안에서 나는 철벅거리는 소리가 그녀의 관심을 붙들고 만다. 무시하기에는 너무도 선명하다. 그동안 속삭임과 소음을 너무 오래 들었다고 넬라는 생각한다. 현관문을 닫고 계단을 내려가 전시용 부엌을 지나 소리를 따라간다. 초 하나를 들고 넬라가 지나갈 때 동그란 마욜리카 접시, 델프트 도자기, 사기그릇 들이 마치 거대한 찬장에 일렬로 줄 선 눈처럼 빛을 발한다.

그녀가 멈춰서서 냄새를 맡는다. 금속 냄새, 젖은 흙, 거친 호흡. 넬라는 본능적으로 레제키를 떠올린다. 레제키가 살아났다. 미니어처리스트가 이 집에 있다. 그녀가 레제키를 살렸다. 넬라는 천천히 전시용 부엌과 작업용 부엌을 구분하는 복도를 따라 걷는다. 그 끝에 조그만 문이 있다. 맥주와 피클을 보관하는 곳이다. 냄새가 더 강렬해진다. 혀 안쪽에서 느껴질 정도로. 피 냄새. 틀림없는 피 냄새다. 숨소리가 더 커진다.

넬라가 멈춰 서 손가락을 손잡이에 댄다. 레제키가 그 뒤에 있다는 악몽과도 같은 확신, 그 기다란 다리로 자루에서 빠져나오려 애쓰고 있다는 확신. 넬라는 침을 꿀꺽 삼키고 저장실 문을 열어젖힌다. 극한의 공포를 느끼면서.

그곳엔 마린이 있다. 엷은 빛을 발하는 램프가 소매를 걷어붙인 그녀 곁의 테이블 위에 놓여 있다. 램프 옆에는 흰 헝겊들이 있다. 그 헝겊으로 피를 닦고 있는 것 같다.

"뭐하는 거예요?" 넬라가 묻는다. 비록 이 낯선 광경이 너무도 혼란스럽긴 하지만 안도감이 밀려든다. "대체 뭐하는 거냐고요."

"나가." 마린이 낮게 외친다. "내 말 안 들려? **나가라고!**"

마린의 목소리에 담긴 광기, 얼굴에 번져가는 분노, 뺨에 묻은 핏자국에 충격을 받은 넬라는 뒷걸음질 친다. 넬라는 저장실 문을 닫고 부엌 계단을 올라 현관홀로 향한다. 마음속에서 레제키의 빨간 얼룩이 마린의 핏빛 헝겊과 뒤섞이지만, 넬라는 비틀거리며 앞문을 열고 새벽 속으로 걸어나간다.

달콤한 무기

길게 늘어선 상가와 소음으로 가득한 거리 칼베르스트라트가 아직은 비교적 조용하다. 덜그럭거리며 수레를 끌고 가는 과일 행상들이 이따금 보이고, 연한 갈색 고양이 한 마리가 전날 밤 운하로 들어가지 않은 쓰레기더미를 파헤치며 대범하게 돌아다닌다. 노란 눈동자가 넬라를 향해 반짝인다. 녀석이 뚱뚱한 몸을 길게 늘인다. 넬라는 녀석의 교활한 먹이 사냥을 목격한 유일한 증인이다.

넬라는 태양 간판을 찾아낸다. 그리고 그 앞에 서서 눅눅한 공기, 안개의 여운, 지푸라기로 황급히 덮은 쓰레기 냄새를 들이켠다. 넬라는 날카롭고 당당하게 문을 두드리고 기다린다. 아무도 나오지 않는다. 하지만 난 기다릴 거예요, 마담 튤립. 주머니 속 편지를 두드리면서 넬라가 생각한다. 대답을 들을 때까지 기다리고, 기다리고, 또 기다릴 거라고.

그녀는 한 걸음 뒤로 물러서서, 네 개의 창문과 황금빛 태양 표시, 그리고 그 밑에 새겨진 글귀를 본다. **인간은 눈에 보이는 모든 것을 장난감으로 여긴다.** 조롱처럼 들려서 화가 난다. **나는** 그러지 않는다고, 생각한다. 적어도 더는 그러지 않는다고. 미니어처 피보와 레제키, 레제키 목의 붉은 얼룩은 장난감 같지도 않고 위로를 주지도 않는다.

"거기 있는 거 알아요." 이른 시각임에도 불구하고 그녀가 소리친다. "난 이제 어떻게 해야 하죠?"

곧바로 뒤쪽 가게 문이 열린다. 돌아서 보니 앞치마를 두른 뚱뚱한 남자가 서 있다. 넓적한 얼굴에 배는 몸통에서 족히 30센티미터는 튀어나왔고, 양손을 허리에 얹고 있다. 그의 뒤로 보이는 작고 서늘한 가게에는 염색하지 않은 털실들이 길게 늘어져 있고 양가죽도 몇 개 벽에 걸려 있다.

"이봐요. 그렇게 소리 질러봐야 안트베르펜•까지 안 들릴 거요."

"죄송합니다. 미니어처리스트를 만나러 왔어요."

남자가 눈썹을 치켜올린다. "뭐요?"

넬라가 집 안을 다시 한 번 들여다보자 남자가 추위에 발을 구른다. "아, 그 여자! 그 여잔 대답 안 해요." 그가 한결 친절한 목소리로 말한다. "부질없는 짓이에요."

넬라가 다시 그에게로 돌아선다. "그렇다고 들었어요. 하지만 전 기다릴 거예요."

그가 그 집을 흘깃 쳐다본다. "그러다가 얼어 죽을 거요. 그 집엔 일주일 넘도록 사람이 없거든요."

넬라의 가슴에 작은 허탈감이 번진다. "그럴 리가 없는데." 넬라가 말한다. "바로 어제, 저 여자가 저한테……."

"아가씨 이름이 뭐죠?" 울 상인이 묻는다.

"왜요?"

• 벨기에 제일의 항구 도시.

"어쩌면 줄 게 있을지도 몰라서요."

"제 이름은……" 넬라가 잠시 멈춘다. "페트로넬라 브란트예요."

"잠깐만요." 그가 가게의 어둠 속으로 사라졌다가 조그만 꾸러미를 들고 돌아온다. 겉에 태양 표시가 찍혀 있다. "저 집 문간에 놓여 있더군요. 고양이가 물어갈지도 모른다고 생각했지. 그 영국인 친구는 이제 배달을 안 하는 것 같고, 그래서 보관해두었어요."

그가 넬라의 손바닥 위에 소포를 올려놓고 미니어처리스트의 반짝이는 태양 간판을 올려다본다. "저게 도대체 뭔 소리랍니까?" 그가 묻는다. "인간은 눈에 보이는 모든 것을 장난감으로 여긴다?"

"사람들은 자기가 거인이라고 생각하지만 사실은 그렇지 않다는 뜻이에요."

그가 눈썹을 치켜올린다. "그렇군요. 그럼 내가 작다고 생각해야 된단 소린가?"

"그런 게 아니고요. 단지 세상의 모든 것이, 보이는 그대로는 아니라는 뜻이에요."

"이만하면 거대하지 않습니까." 울 상인이 팔을 활짝 벌리고 웃는다. "그건 분명히 말할 수 있는데."

넬라는 그만 마음을 접고 엷은 미소를 지으며 그의 어깨너머로 어두운 가게를 바라본다. 그리고 소포를 꼭 움켜쥔다. "혹시 여기서 일하시던 분 안 계신가요? 천연두 자국 있는 사람?"

"아, 있었지요. 두 주 동안 여기서 울을 날랐는데, 갑자기 그만뒀어요."

"왜 그만뒀나요?"

"겁을 먹었더라고."

"겁을 먹었다고요?"

"완전히 겁에 질렸던데. 한밤중에 내뺐어요. 뭔 일이 있었는지 아무도 몰라요."

멀지 않은 곳에서 발소리가 들려온다. 칼베르스트라트를 따라, 쿵쿵. 울 상인은 가게로 들어간다. "성 조지 시민군!" 그가 중얼거리며 앞문의 셔터를 내린다. "어서 피하세요, 아가씨. 자칫하면 깔려 죽어요."

"잠시만요," 넬라가 황급히 말한다. "이 여자분은 어디로 갔죠? 그 여자가 가는 걸 보셨어요?"

그러나 성 조지 시민군은 이미 모습을 드러내고, 노란 눈의 고양이는 때맞춰 자리를 피한다. 군인들은 모두 널찍한 가슴에 빨간 리본을 달고 있다. 붉은빛이 겨울 햇살 속에서 한 줄기 피처럼 반짝인다. 금속으로 앞코를 씌운 군화가 길을 쓸어내고, 과하게 장착한 무기들이 엉덩이에서 찰랑거린다. 진주 빛깔 권총과 돈데르뷔스▪를 보란 듯이 차고 있다.

그중 프란스 미어만스의 모습도 보인다. 그는 가슴을 앞으로 내밀고 태양 간판을 쏘아본다. "시뇨르?" 넬라가 불러보지만 미어만스는 그녀를 본 순간 창을 가슴에 바짝 붙이며 외면해버린다. 그들은 흙먼지 속으로 사라지고, 암스테르담의 아침을 향해 씩씩하게 진격한다. 거리에 적막이 감돌고 넬라는 문득 추위에 발가락이 얼얼해졌음을 깨닫는다.

넬라는 꾸러미를 풀어본다. 프란스 미어만스의 무례함에 화가 나고, 또다시 그녀에게서 달아난 미니어처리스트에게 화가 난다. 이 여자를 찾아올 때마다 매번 허탕을 치고 혼자 남겨지는군.

그러나 그녀의 분노는 기쁨으로 녹아내린다. 왜냐하면 그녀의 눈앞에 조그만 케이크와 과자들이 놓여 있기 때문이다. 퓌퍼르트와 십자무늬 와플, 조그만 진저브레드 사람들. 흰 가루를 뿌린 올리쿠컨. 동그랗고 먹음직스럽다. 진짜 반죽으로 만든 것 같지만 만져보니 단단하고 차갑다. 밑에 깔려 있는 종이에서 넬라는 또 다른 글귀를 발견한다.

달콤한 무기를 방치하지 마세요.

넬라는 창문을 올려다본다. "달콤한 무기?" 그녀가 소리치며 자신의 간청이 담긴 편지를 미니어처리스트의 집 문 밑으로 밀어넣는다. 아침 햇살이 유리창 위에서 일렁이며 미니어처리스트의 비밀을 감춘다. 넬라는 먹을 수 없는 섬세한 음식을 바라보다가 가까운 운하에 던져버리고 싶은 충동을 느낀다. 도대체 이 여자는 무슨 말을 하는 걸까? 이런 설탕 뿌린 과자로는 그 어떤 전쟁에서도 이길 수 없다고, 넬라는 생각한다.

빈 공간

집으로 돌아와 보니 코넬리아가 문 앞에서 기다리고 있다. "무슨 일이야?" 당황해 쩔쩔매는 표정을 보고 넬라가 묻는다.

"시뇨르가," 코넬리아가 속삭인다. "베네치아에서 돌아오셨어요. 레제키가 어디 있냐고 물으셔요."

"뭐?" 넬라는 집 안에 감도는 긴장을 느낀다. 한 움큼의 두려움이 목 밑에서 치밀어오른다. 창고에 있는, 피로 물든 레제키의 시체를 생각한다. 그 사실을 알지 못한 채 레제키의 날카로운 발톱이 내는 틱, 틱 소리를 기다리는 요하네스도.

"직접 말씀하세요, 마담." 코넬리아가 애원한다. "전 못해요."

넬라는 조용히 앞문을 닫고 바닥을 훑어본다. 핏자국이 보이지 않자 안도한다. 코넬리아가 걸레질을 하고 또 했고, 타일에 식초와 레몬주스, 끓는 물과 양잿물을 부었다. 그러나 위층 캐비닛 집에 있는 미니어처 레제키의 머리에 새겨진 빨간 십자가는 지울 수 없다. "왜 내가 해야 해, 코넬리아?" 그녀가 묻는다.

"마담은 강한 분이시잖아요. 마담이 말씀하시는 편이 나아요."

넬라는 자신이 강하다고 느끼지 않는다. 준비도 못 한 데다 해야 하는 이야기가 한마디로 기가 막히다. 나한테 필요한 건, 이 진실을 조금이라도 달콤하게 해줄 약간의 거짓말이라고, 그녀는 생각한다. 그런 얘기를 도대체 어떻게 꺼내야 할까?

요하네스는 응접실 한복판에 서 있다. 그의 시선이 응접실 벽화 위에 기대어놓은 속 빈 액자에 머물고 있다. 그는 걸개그림 두 점을 사왔다. 두툼한 실로 짠 수학적 문양의 직물이다. 이런 걸개그림이라면 이미 스무 점, 혹은 서른 점은 있을 거라고, 넬라는 생각한다. 이런 게 왜 더 필요할까? 실내는 얼음처럼 차고 그는 여전히 여행용 외투 차림이다.

놀랍게도 요하네스의 눈이 반짝인다. 남편은 진심으로 반가운 표정이다.

"요하네스," 그녀가 말한다. "무사히 돌아오셨군요. 베네치아는, 지내기 좋던가요?" 잭의 어설픈 네덜란드 말이 귓가에 울린다. **더 싱싱한 생선.**

요하네스는 홀에서 풍겨오는 식초향에 코를 찡그린다. 코넬리아의 부산한 부엌이 어서 그 향기를 삼켜주기를.

"베네치아가 베네치아죠, 뭐." 그가 말한다. "베네치아 사람들은 말이 많아요. 춤을 얼마나 췄는지 내 무릎에 버겁더군요."

뜻밖에도 그가 넬라를 한껏 끌어안는다. 넬라의 머리는 겨우 요하네스의 가슴뼈에 닿는다. 그는 넬라의 귀를 자신의 심장을 느낄 수 있는 곳에 대고 누른다. 그의 턱이 정수리에 파고들자 넬라는 어설픈 포옹 속에서 뜻밖의 위안을 느낀다. 넬라는 요하네스와 이런 수준의 접촉을 해본 적이 없다. 그녀의 발이 마치 뗏목에 매달리듯 바닥에서 들어올려진다. 그러나 눈을 감는 순간 레제키의 피투성이 얼굴이 떠오르고, 눈꺼풀을 아무리 문질러도 그 모습이 사라지지 않는다.

"이렇게 보니 기뻐요, 넬라." 그녀를 내려놓으며 요하네스가 말한다. "왜 실내에 불을 안 피웠지? 오토!" 그가 소리친다.

"저도 기뻐요, 요하네스." 그녀가 대답한다. 속으로 할 말을 찾아보지만 단어들이 떠오르나 싶다가 이내 사라져버린다.

"난…… 우리 좀 앉을까요?"

그가 한숨을 쉬며 의자에 앉지만 넬라는 여전히 서 있다.

"왜 그래요?" 그가 묻는다. 목소리에 담긴 걱정이 그대로 그녀를 부수어놓을 것만 같다.

"아무것도 아니에요, 요하네스. 그동안…… 전, 아그네스가 저한테 화가 났어요." 그녀가 얼버무린다. 도저히 말할 수 없다. 그 말을 할 수 없다. 아그네스 미어만스의 소식으로 그가 사랑하는 개 이야기를 덮어버리는 편이 쉬울 것 같다.

요하네스의 표정이 어두워진다. "아그네스가 왜 화가 났죠?"

"교회에서 만났어요. 자기네 설탕이 아직 창고에 있는데, 조만간 얼기 시작할 거래요."

요하네스가 손으로 옆얼굴을 쓸어내린다. "그 여잔 당신한테 그런 말을 할 권리가 없어요."

오토가 석탄 한 바구니를 들고 응접실 문 앞에 나타난다. 그는 고개를 들지 못하고 서성거린다.

"아, 불," 요하네스가 말한다. "들어오게, 오토. 우릴 좀 따뜻하게 해줘."

"시뇨르. 잘 다녀오셨습니까."

"코넬리아가 무얼 만들고 있지?"

"보리를 곁들인 돼지 간 푸딩입니다, 시뇨르."

"내가 가장 좋아하는 12월 요리군! 그걸 먹을 만큼 내가 잘한 게 있는지 모르겠네." 요하네스가 미소를 짓고는 코를 킁킁거리다가 빈 액자를 쓰다듬는다. "이게 왜 이렇게 됐지? 내가 아주 좋아하는 그림이었는데."

어스름한 불빛 속에서 오토의 안색이 거의 잿빛으로 변한다. 요하네스가 그를 날카롭게 쳐다본다.

"사고가 있었어요." 넬라가 말한다.

"그랬군. 어서 불쏘시개를 넣게, 오토. 발이 얼어서 떨어져나갈 것 같아."

넬라가 돌아보니 문간에 마린이 서 있다. 얼굴이 초췌하다. 그녀는 잠시 머뭇거리다가 벽과 가까운 거리를 유지하며 안으로 들어선다.

"베네치아에서 설탕을 얼마나 팔았어?" 마린이 묻는다.

"불을 세게 지펴주게, 오토."

"오빠, 얼마나 팔았냐고."

요하네스는 빈 액자를 무릎 위에 올려놓는다. 그의 상체가 액자 속에 있고, 그는 액자의 빈 공간 속에서 포즈를 취한다. 왕의 포즈를 취하고는 스스로 뿌듯해하며 재미있어한다. "내가 예상했던 대로 진행이 느리더라고." 그가 말한다. "차라리 새해에 가는 게 나을 뻔했어."

"센 불은 설탕을 실제로 팔고 나서 붙이지 그래?" 이어지는 요하네스의 침묵은 마린의 화를 더 돋우는 것 같다. "탐욕이 가정의 파멸을 가져올 거야, 오빠."

"네 환영 인사는 갈수록 못 들어주겠구나, 마린. 한겨울에 날 이탈리아로 밀어낸 건 너였어. 나한테 탐욕에 대해 얘기하지 마라. 그리고 부탁인데, 성경구절 인용은 그만 좀 해. 슬슬 지겨워진다. 네가 얼마나 경건한지도 의심스럽거니와."

마린이 웃는다. 이상한 소리가 공기를 가른다. "항상 불경한 사람은 **오빠**지, 내가 아니야." 그녀가 말한다. 그녀의 말 한 마디, 한 마디가 팽팽하게 당겨진 줄에 매달려 있는 것 같다.

그는 외투를 벗어 바닥에 던져놓는다. "이 집이 네 집인 양 굴지 마. 이 집 안주인은 페트로넬라야."

그의 말은 마치 번개처럼 허공을 가르며 넬라에게 날아와 박히지만 마린은 믿을 수 없다는 듯 요하네스를 쳐다본다. "그럼 페트로넬라한테 가지라고 해." 그녀가 말한다.

그렇게 쉽게? 넬라가 생각하며 그녀를 돌아본다. 있을 수 없는 일이다. 마린의 말이 진심일 리 없다.

"오빠의 집을 지키려고 내 평생을 바쳤어." 마린이 오빠에게 한 걸음 다가서며 말한다. "우린 단지 오빠 욕망의 포로일 뿐이야."

요하네스는 손바닥에 불을 쬐며 한숨을 쉰다. "포로라고?" 그가 무릎을 꿇고 불을 피우는 오토에게 고개를 돌린다. "오토, **자네**가 포로라고 생각하나?"

오토가 침을 꿀꺽 삼킨다. 그의 목소리는 속삭임을 겨우 면했다. "아닙니다, 시뇨르."

"넬라. 내가 당신을 감금하고 있어요?"

"아니에요, 요하네스." 넬라가 대답한다. 비록 그가 찾아주기를 기다리던 수많은 공허한 밤은 스스로 포로라고 느끼기에 충분했지만. 넬라는 당장 방으로 올라가 이불을 뒤집어쓰고 혼자 누워 있고 싶다.

"이 집은 우리 모두에게 유일하게 자유로운 곳이야." 요하네스가 의자에 앉은 채 몸을 앞으로 숙이고 양손으로 머리를 감싼다. "그리고 마린, 적어도 너는 그 사실을 부정할 수 없을걸."

"한심한 소리 하지 마." 마린이 쏘아붙인다. 넬라가 듣기에 이미 여러 번 했던 말다툼인 것 같다. 불길처럼, 논쟁의 열기도 빠르게 번져나간다. "오빠 너무 이기적이야. 내가 여기 있는 게 오빠한테 편하겠지. 오빠가 하는 짓을 숨기려는 노력조차 하지 않으면서."

요하네스가 여동생을 올려다본다. 축 늘어진 얼굴, 어두운 눈빛. 넬라는 그가 얼마나 피로해 보이는지 새삼스레 느낀다. "이게 나한테 편하다고? 그게 네가 네 자신에게 하는 거짓말이야?" 그가 말한다. "마린, 나는 내 영혼의 뜻을 거스르고 어린애와 결혼을 했어. 널 위해서."

"난 어린애가 아니에요." 넬라가 중얼거린다. 그러고는 그 말의 무게를 못 이기고 의자에 털썩 주저앉는다. 넬라는 자신이 어린애처럼 느껴진다. 요하네스가 한순간에 그녀를 그렇게 만들어버렸다. 넬라는 엄마가 보고 싶다. 그녀의 고통을 알아줄 사람이, 레제키의 시체를 치워줄 사람이 필요하다.

"그래도 변한 게 하나도 없잖아." 요하네스의 애원에도 아랑곳하지 않고 마린이 말한다. "미어만스의 설탕에 대한 오빠의 그 무심한 태도 때문에 우리의 미래가……."

요하네스가 액자 틀을 발로 차는 바람에 액자가 부서진다. 액자 조각이 광을 낸 바닥에 미끄러진다. 때마침 코넬리아가 소매를 걷어붙이고 이마의 땀을 닦으며 응접실로 들어선다. 하녀는 포도주와 빵이 담긴 접시를 들고 부서진 액자를 바라보며 문 앞에서 서성인다.

"그러니까 그런 일은 왜 떠맡았냐고!" 요하네스가 말한다.

"내가 평생 한 일이 그거잖아. 오빠 눈에 보이지 않는 것들을 살수 있다고 생각하지. 침묵, 충성, 사람들의 영혼……."

"네가 뭘 안다고……."

"말해봐. 오빠가 들키는 순간 어떻게 될까? 오빠의 정체를 행정관들이 알면 어떻게 되지?"

불가에 앉아 있는 오토는 목이 메는 것 같다.

"빌어먹을 행정관들이 건드리기에 난 너무 부자야."

"아니." 마린의 목소리가 거칠다. "**아니.** 오빠 그동안 신경을 쓰지 않았어. 우리 집 회계장부를 두 번씩 확인하는 사람은 바로 나야. 그동안 내가…… 이것만 얘기할게. 회계장부 상태는 한마디로 한심하기 짝이 없어."

요하네스가 의자에서 일어선다. 그는 삼십 여 년 동안 갈고닦은 노련함으로 마린의 말 한 마디, 한 마디에 딴지를 건다.

"넌 항상 네가 남들과 다르다고 생각했지. 안 그래, 마린? 결혼도 안하고, 내 사업에 참견하면서, 동인도 지도들을 벽에 붙여놓고, 여행에 관한 책을 갖고 있다고 해서, 썩은 산딸기와 동물 해골을 걸어놓고 있다고 해서, 바깥세상이 **실제로** 어떻게 돌아가는지 네가 알고 있다고 생각해? 널 안락하게 지켜주기 위해 내가 무슨 일을 하는지 쥐뿔도 모르는 사람은 바로 **너야.**" 마린의 눈빛이 뚫을 듯 그를 쏘아본다. "나쁜 소식이 있어." 마린이 말한다.

안 돼. 넬라가 생각한다. 이런 식으론 안 돼. 오토가 커다란 석탄 한 조각을 마룻바닥에 떨어뜨린다. 검은 부스러기가 바닥에 흩어진다.

"행정관들은 마음만 먹으면 독신녀라는 이유로 언제든 널 괴롭힐 수 있어." 요하네스가 그녀에게 다가서며 구슬리듯 말한다. "네가 할 일은, 마린, 돈 많은 남자와 멋지게 결혼하는 것뿐이야. 젠장, **결혼만 하면** 되는데, 넌 그것조차 못 했잖아. 우리가 노력은 했지. 안 그래? 널 결혼시키려고 노력은 했지만, 암스테르담의 모든 상인이 네 성에 차지 않았고……."

마린의 목에서 어둡고 갈라진 목소리가 새어나오고 입술이 일그러진다. 오랜 세월에 걸쳐 쌓인 분노가 그녀의 얼굴에 표출된다.

"내 말 듣고 있어, 오빠?"

"넌 태어난 순간부터 쓸모도 없고 친구도 없는 골칫거리였어."

"오빠의 영국인이 어제 찾아왔어. 오빠의 정부. 그 작자가 무슨 짓을 했는지 알아?"

"그만!" 넬라가 소리친다.

"그 작자 덕분에, 오빠가 사랑하는 레제키가 죽었어."

요하네스는 꿈쩍도 하지 않는다. "지금 뭐라고 했어?"

"내 말 들었잖아."

"뭐? 뭐라고?"

"잭 필립스가 홀 한복판에서 레제키의 머리에 칼을 꽂았어. 난 분명히 경고했어. 그자가 위험하다고."

요하네스가 의자 쪽으로 천천히 뒷걸음을 치더니, 이상할 정도로 조심스러운 동작으로 의자에 앉는다. 마치 나무에 닿는 것이 내키지 않는다는 듯이. "거짓말." 그가 말한다.

"오토가 없었으면 우릴 다 죽였을지도 몰라."

"마린!" 넬라가 소리친다. "그만해요!"

요하네스가 아내를 쳐다본다. "사실이에요, 넬라? 아니면 내 여동생이 지금 거짓말을 하는 건가요?"

넬라는 말을 하려고 입을 열어보지만 말이 나오지 않는다. 그녀의 표정을 보고, 마치 비명을 억누르듯, 요하네스가 자신의 입을 막는다.

오토는 불가에서 일어선다. 그의 눈에 눈물이 글썽인다. "칼을 갖고 있었습니다, 시뇨르. 저는 그자가, 전 결코……."

"잭은 죽지 않았어. 오토가 자비심을 보여줬지." 마린이 끼어든다. "오빠의 어린 영국 애인은 일어서서 밖으로 나갔고, 오빠의 부인이 레제키의 시신을 창고에 가져다두었어."

"오토?" 요하네스가 마치 가까스로 던지는 질문처럼 오토의 이름을 부른다. 그가 양손을 얼굴에서 떼어낸다. 그의 얼굴은 슬픔의 파도를 기다리는 거칠고 텅 빈 공간 같다.

"너무도 순식간에 일어난 일이었어요." 넬라가 속삭인다. 그러나 요하네스는 이상한 기운에 이끌리듯, 충격에 휩싸인 채 여동생을 지나치고, 문 앞에 서 있던 코넬리아를 지나친다. 그가 비틀거리며 홀을 가로질러 부엌 계단을 내려가는 소리를 모두 듣는다. 넬라가 그의 뒤를 따르고 그가 창고 문을 여는 소리를 듣는다. 요하네스의 상실감이 복도에 울려퍼진다. "사랑하는 내 아가!" 그가 비명을 지른다. "사랑하는 내 아가! 어쩌다가 이렇게 됐어……."

넬라는 조용히 그에게 다가간다. 한편으로는 멈추어 서고 싶지만, 다른 한편으로는 그를 위로해야 한다는 생각이 든다. 요하네스는 무릎을 꿇은 채, 피로 얼룩진 자루 밖으로 반쯤 삐져나온 뻣뻣한 개를 품에 안고 있다. 레제키의 머리가 주인의 팔에 올려진다. 상처는 어둠침침한 공간에서 번들거리고, 이빨은 괴상한 미소를 지으며 드러나 있다.

"정말 유감이에요." 넬라가 말한다. 그러나 요하네스는 말을 할수 없다. 그는 아내를 올려다본다. 믿을 수 없다는 듯, 자신의 사랑을 품에 안은 채, 젖은 눈으로.

증인

그 뒤로 이틀간 이어진 침묵 속에서 집은 스스로 상처를 보듬는 것만 같다. 마린은 방에 틀어박혀 있고, 코넬리아는 크리스마스 때 고아원에 보낼 구호 상자를 준비한다. 올해는 케이크도 크기가 작고 고기파이 수도 줄었다. 오토는 그들 모두를 피하며 정원에서 얼어붙은 땅만 애꿎게 찌르고 있다. "그러다가 구근 망가져, 투트." 코넬리아가 말하지만 오토는 말을 듣지 않는다. 넬라는 돼지 족발 스튜 끓는 냄새를 맡고, 접시와 그물국자가 코넬리아의 비참한 심정에 박자를 맞추어 달그락거리는 소리를 듣는다.

요하네스는 이틀 밤 내리 외출한다. 듣게 될 대답이 두려워 아무도 어디 가느냐고 묻지 않는다. 말다툼 이후 두 번째 날, 방에 혼자 있던 넬라는 캐비닛 앞에 서서 스러져가는 햇살 속에서 아그네스의 인형을 들어본다. 집 안 어딘가에서, 누군가가 구역질하는 소리가 들린다. 양철대야에 구토물이 쏟아지는 소리, 속삭이는 소리, 뒤집힌 속을 가라앉힐 상큼한 민트 차 향기. 넬라도 안에서 도사리고 있는 근심을 토해내고 싶다. 그녀는 요하네스가 이스턴 아일랜드의 창고에 가 있기를, 설탕 사업을 추진하고 있기를 바란다. 그러나 교회에서 만난 아그네스의 행동에는 어딘가 석연치 않은 점이 있다. 넬라는 아그네스가 단지 사업 때문에 분노한 건 아닐 거라고 생각한다.

아그네스의 미니어처를 살펴보던 넬라는 문득 등골이 오싹해지고 팔에 소름이 돋는다. 아그네스의 설탕 원뿔의 꼭짓점이 완전히 검은색으로 변해버렸다. 그녀는 비명을 지르며 검은 부분을 긁어내보지만 마치 그을음처럼 다른 부분까지 번져버린다. 넬라는 설탕을 떼어내야겠다고 생각한다. 정원에 묻어야지. 그 힘을 가둘 수있게. 그런데 아그네스의 조그만 손까지 같이 떨어져버린다.

넬라는 불구가 된 인형을 바닥에 던진다. 잘린 손이 여전히 검게 변한 설탕을 쥐고 있다. "미안해." 인형에게, 아그네스에게, 미니어처리스트에게. 그녀는 중얼거리지만 정확히 누구에게 사과하는 건지는 알 수 없다. 부러진 아그네스의 손은 복원이 불가능하다. 왠지 다 자신의 잘못인 것만 같다.

궂은 날씨가 조그만 얼룩을 만들었을 수도 있다. 하지만 캐비닛은 2층에 있고 2층은 습하지 않다. 굴뚝에서 그을음이 들어왔을까? 그러나 캐비닛은 굴뚝과 거리가 멀다. 모든 논리적인 가능성은 적절치 않아 보인다. 레제키의 표시처럼 이 검은 얼룩도 처음부터 있었을까? 너무 작아서 알아차리기 힘들었을까? 아니면 아그네스에 대한 그녀의 두려움이 설명할 수 없는 방식으로 설탕에 번진 것일까? 아니라고, 넬라는 생각한다. 말도 안 되는 소리라고. 이것은 그녀가 놓친 또 하나의 경고일 뿐이다. 그녀는 캐비닛 속 구운 과자, 요람, 그림, 식기, 책을 들여다본다. 인형과 개가 처음 도착했을 때 좀 더 주의를 기울였더라면 좋았을 텐데. 혹시 그녀가 보지 못한, 언제 터질지 모르는 조그만 폭탄이 또 있을까?

마린은 우상숭배라며 이 인형들을 싫어한다. 그러나 검게 변한 설탕, 레제키의 붉은 표시, 이 정교한 기술의 놀라운 작품 속엔 우상숭배 이상의 무언가가 있다. 그것은 넬라가 여전히 설명할 수 없는 일종의 침범이다. 이 캐비닛 속에는 이야기가 들어 있다. 아마도 넬라의 이야기인 것 같지만 정작 이야기를 하는 이는 넬라가 아니다. 그녀가 내 삶을 실로 짜고 있는데, 난 그 직물을 볼 수 없다.

넬라는 《스미트 명부》를 다시 한 번 펼쳐본다. 책갈피에 꽂혀 있던 미니어처리스트의 글귀가 마치 흩어지는 색종이 조각처럼 책에서 떨어진다. 그녀는 미니어처리스트의 광고를 찾는다. **브뤼허스의 위대한 시계 제조공 루카스 윈델브레크를 사사. 모든 것, 그러나 아무것도 아닌 것.**

그곳을 찾아갈 때마다, **매번** 열리지 않는 문을 바보처럼 두드렸다고, 넬라는 생각한다. 나는 전부를 원했지만 분명 아무것도 얻지 못했다. 광고를 보니, 다른 접근 방식이 필요하다는 생각이 든다. 왜 전에는 그런 생각을 못 했는지. 이제는 긴 편지도, 지적이고 철학적인 반박도, 튤립과 순무도, 추위 속에서 달려가 칼베르스트라트에서 수모를 당하는 일도 없을 것이다.

넬라는 마호가니 책상으로 달려가며 기억을 되살려본다. 자신이 요하네스의 문 앞에서 기다렸던 첫날, 헤렝라흐트 가의 사람들, 청어를 들고 있던 맹인 소년, 웃는 여자들. 미니어처리스트는 그때부터 나를 알았을까? 집에서 겉도는 서러움을 이야기로 풀어낼 나만의 방과 책상, 그리고 종이 한 장이 얼마나 간절했는지도 알고 있었을까?

넬라는 종이 한 장을 꺼내 펜에 잉크를 묻혀 편지를 쓰기 시작한다.

친애하는 시뇨르 윈델브레크,

예전에 선생님 밑에서 도제 생활을 했던 분에 관해 알고 싶어 편지를 드립니다.

제가 아는 사실은 그분이 여자이고, 키가 크며 머리카락 색깔이 밝고, 영혼을 꿰뚫을 듯 사람을 본다는 것뿐입니다. 시뇨르, 그 여자분이 제 삶에 들어왔고 그녀가 보내준 미니어처가 점점 더 저를 불안하게 합니다. 왜 저를 직접 만나주지는 않으면서 자기 작품에 집중하게 만드는 걸까요?

그분이 어떻게 선생님께 왔고 또 어떻게 떠났는지 알려주세요. 그녀 안의 어떤 힘이, 제가 요구하지도 않은 아름답고 신비로운 메시지를 담은 미니어처 속에 제 삶이 담기도록 한 걸까요? 저는 그분을 제 선생님이라고 생각했는데, 외람되지만 지금은 예언자라고 여기고 있습니다. 그러나 그분이 예전에 남을 염탐하는 악마였고, 그분을 쫓아내셔야 했던 것이라면 답장을 주세요.

고통스러운 기대를 품고 기다리겠습니다.

페트로넬라

문 두드리는 소리가 들린다. 넬라는 편지를 책 밑에 넣어놓고 캐비닛 커튼을 친 다음, 미니어처리스트의 글귀가 적힌 쪽지들을 주워모은다.

"들어오세요." 그녀가 말한다. 놀랍게도 요하네스가 들어온다. "그 사람 찾았어요?" 가운을 두르고 쪽지를 주머니에 넣으며 그녀가 묻는다. 넬라는 잭의 이름을 말할 수 없다. 그 누구도 감히 입밖에 내진 않았지만, 지난 이틀 밤을 요하네스는 분명 그와 함께 있었을 것이다.

"젠장, 아뇨." 어설픈 도둑처럼 손을 앞으로 내밀며 그가 말한다. 마치 잭이 그의 손가락 사이로 빠져나갔다는 듯이.

"요하네스, 퓌퍼르트를 훔쳐 먹고 거짓말하는 어린애 같아요."

그가 눈썹을 치켜올린다. 넬라도 자신의 당돌함이 놀랍지만 갈수록 요하네스에게 감정을 숨기기가 어렵다. 비난을 부정하진 않으면서도 요하네스는 넬라를 다독이려 애쓴다. "페트로넬라," 그가 말한다. "당신이 어린애가 아니란 건 알고 있어요."

그의 친절은 잔인함보다 더 아프다. "내가 이해할 수 없는 게 너무 많아요." 침대커버 위에 앉아 닫힌 캐비닛을 바라보며 넬라가 말한다. "때로는 집 안에 한 줄기 햇살이 스며드는 것 같아요. 마치 선물처럼. 그러다가 또 어떤 날은 무관심의 장막에 휩싸이는 것 같아요."

"그런 관점에서 본다면 사실 우리 모두가 어린애나 마찬가지예요." 요하네스가 말한다. "응접실에서 했던 말은 진심이 아니었어요. 마린이, 마린이 날……."

"마린은 당신이 안전하기를 원해요, 요하네스. 저처럼요."

"난 **안전**해요." 그가 대답한다.

그의 말에 넬라는 깊은 불안을 느끼며 눈을 감는다. 그 오랜 세월 동안 마린은 어떤 기분이었을까. 자신의 의지로 삶의 모든 시련을 이겨낼 수 있다고 생각하는 사람을 돌보아야 했던 마린. 그러나 그런 요하네스도 암스테르담 사람이라고, 넬라는 생각한다. 혼자서는 살 수 없다는 사실을 그 자신도 당연히 알지 않을까?

"이건 당신이 상상했던 결혼 생활이 아니겠죠." 그가 말한다.

넬라가 그를 바라본다. 파티의 풍경, 가정의 안락함, 통통한 아기들의 자지러지는 웃음소리. 그 모든 것이 마음속에 나타났다가 암흑 속으로 사라져버린다. 그런 건 다른 넬라의 것이다. 결코 존재하지 않을 넬라.

"그런 상상을 했던 제가 어리석었어요."

"아니." 그가 말한다. "우린 상상하기 위해 태어났어요." 그는 여전히 돌아설 생각을 하지 않는다. 넬라는 최근에 미니어처리스트에게 받은 물건을 다시 떠올린다. 겨자색 커튼 뒤에 숨긴, 조그만 바구니에 담긴 빵과 케이크.

"요하네스, 베네치아에서 아그네스의 설탕을 팔았나요?"

그가 침대 끝에 털썩 앉는다. "산 넘어 산이에요, 넬라." 그가 한숨을 쉰다. "정말 문자 그대로, 또 은유적으로. 이 시기에 물건 살 사람을 찾는 건 시간이 좀 걸릴 거예요."

"하지만 **한 명이라도** 찾았나요?"

"두어 명. 추기경 한 명하고 신부의 창녀들. 다들 형편이 좋지 않아요." 그가 서글프게 웃는다.

"사람을 더 찾아야 할 거예요. 두어 명밖에 못 찾았다고 하면 마린이 더 괴롭힐걸요. 내가 마린이 아니라 다행인 줄 알아요."

요하네스가 미소를 짓는다. "당신이 이런 여자일 거라고는 기대하지 않았는데."

넬라의 첫 번째 집착은 그녀의 삶을 미니어처 속에 욱여넣은 노르웨이 여자를 향한 것이고, 두 번째 집착은 요하네스의 재산이 바닷가에서 썩지 않게 막는 것이다. 그 두 가지는 아센덜프트에서 그녀의 어머니가 그려준 그림과는 사뭇 다르다.

"날 잘 몰랐잖아요."

"칭찬하는 거예요." 요하네스가 말한다. "당신은 정말 특별해요." 그가 무안한 표정으로 말을 멈춘다. "1월이 되면 다시 나가서 그 사람들을 위해 돈을 벌 거예요. 내 물건은 항상 잘 팔리니까." 그가 양팔을 활짝 벌린다. 마치 헤렝라흐트에 있는 이 집의 수준과 장식품이 그 명확한 증거라는 듯.

"**약속**할 수 있어요, 요하네스?"

"약속해요."

"난 당신의 맹세를 전에도 한 번 믿었어요." 넬라가 말한다. "이번엔 약속을 지켜주길 바라요."

집 안 어딘가에서 추시계가 벨벳의 시간을 알린다.

"이거요." 넬라가 침대에서 일어나 캐비닛 커튼을 조심스레 젖힌다. "이거 가지세요."

그녀가 레제키의 인형을 그의 손에 올려놓자 요하네스가 눈앞에 놓인 물건을 정확히 파악을 하지 못해 눈을 껌뻑이며 내려다본다. "레제키?" 그가 중얼거린다.

"안전하게 지켜주세요."

요하네스는 잠시 그 자리에 서서 손 위에 놓인 조그만 모형에 시선을 고정한다. 그러고는 들어 올려 보드라운 잿빛 털과 조그맣고 똘망똘망한 눈, 가느다란 다리를 만져본다. "이런 건 처음 봐요. 그렇게 여행을 다녔지만."

그는 빨간 표시에 대해 말을 하지 않는다. 요하네스가 보지 않기로 했다면, 그편이 더 낫다는 생각이 든다. "당신이 준 결혼 선물이잖아요." 넬라가 속삭인다. "레제키는 사람이 아니니까 괜찮겠지만, 그래도…… 행정관들한텐 말하지 말아요."

요하네스가 그녀를 본다. 너무 감동해서 할 말을 잃은 듯, 마치 부적이라도 되는 듯 그녀가 준 선물을 꼭 움켜쥐고서. 그가 나간 뒤 넬라는 방문을 닫는다. 그가 조용히 자기 방으로 돌아가는 소리를 들으며 묘한 마음의 평화를 느낀다.

그러나 다음 날 새벽, 코넬리아가 그녀를 거칠게 깨운다. 하늘에 오렌지색과 짙은 푸른색 줄이 그어져 있다. 5시도 채 안 되었을 텐데. 넬라는 붉은 피로 물든 헝겊과 쪼그라든 방들의 꿈을 꾸다가 몸서리를 치며 깨어나 차가운 아침 공기를 느낀다.

"무슨 일이야?"

"일어나세요, 마담, 일어나세요."

"일어났어. 대체 무슨 일이냐니까?" 그녀가 묻는다. 코넬리아의 어둡고 침울한 얼굴을 바라보는 순간 두려움이 엄습해온다. "요하네스한테 무슨 일 있어?"

코넬리아의 손이 마치 한 쌍의 낙엽처럼 넬라의 몸에서 떨어진다. "시뇨르가 아니고요. 오토예요." 그녀가 속삭인다. 목소리가 떨린다. "오토가 사라졌어요."

영혼과 지갑

코넬리아는 요하네스 옆에서 하인 두 명 몫을 하느라 바쁘게 움직인다. 그에게 부츠를 신겨주고, 주머니에 조그만 파이를 넣어주고, 자신의 두려움을 억누르며 사과를 먹인다. 요하네스가 재킷 속에 팔을 넣는다. "내 양단• 외투 어디 있지?"

"이런 상황에 그런 걸 묻다니 참 오빠답네." 피로에 지친 목소리로 마린이 말한다.

"못 찾았어요, 시뇨르." 코넬리아가 말한다.

"부두 쪽으로 나가볼 거야." 요하네스가 말한다. "왜 그렇게 급히 떠난 거지?"

"설탕도 확인해봐요." 그를 쫓아나가며 넬라가 말한다.

요하네스가 믿을 수 없다는 듯 그녀를 쳐다본다. "투트가 먼저야." 그가 말한다. "투트를 잃을 순 없어요."

그러나 넬라는 위층에 있는 아그네스의 검게 변한 설탕 생각을 떨쳐버릴 수 없다. 그건 하나의 경고라고, 넬라는 생각한다. 레제

• 금색이나 은색 명주실로 두껍게 짠 비단.

키에 대해 경고했던 것처럼 미니어처리스트가 경고해주는 거라고. 설탕을 잃기 전에 조치를 취해야 하지 않을까? 하지만 요하네스는 이미 떠난 뒤고, 남편 창고에 예고 없이 여자가 나타날 수는 없다.

오토의 침대에는 다툰 흔적이 없다. 가구가 부서지지도 않았고, 문을 강제로 열지도 않았다. 옷이 몇 벌 사라졌을 뿐.

"시뇨르의 외투를 가져간 게 틀림없어요." 코넬리아가 말한다.

"팔려고 그랬는지도 모르지." 넬라가 말한다.

"자기가 간직하고 입으려는 거 같아요. 왜 떠나야 했을까요?"

그 순간 넬라는 코넬리아에게 새벽 5시에 오토의 방에서 무얼 하고 있었는지 묻지 않았음을 깨닫는다. 그러나 코넬리아는 문자 그대로 넋이 나간 상태고 그 사실을 추궁해봐야 득 될 일이 없을 것 같다.

"코넬리아," 마린이 위층에서 부른다. "이리 와."

마린이 응접실에 앉아 있다. 외투 세 개, 숄 하나, 울 스타킹 두 겹을 껴 신고, 어설픈 동작으로 석탄에 불을 지피려 애쓴다. 허리를 펴자 마린이 너무도 거구처럼 보인다. 넬라와 코넬리아보다 훨씬 커 보인다. "석탄에 불을 못 붙이겠어." 그녀가 말한다. 그 말이 팬 위의 버터처럼 미끄러지듯 새어나온다.

"불 지피는 건 투트가 하는 일인데요, 마담." 코넬리아의 목이 메는 건 석탄의 짙은 연기 때문이 아니다. 그녀의 눈에 눈물이 차오른다. "전 이런 거 잘 못해요." 하녀가 쇠살대 앞에 무릎을 꿇고 앉는다. 그녀의 접힌 몸은 마음의 거울이다. "운하 길을 따라 수소문을 해봤어요." 그녀가 중얼거린다. "라스파위스나 스탓하위스 감옥으로 끌려가는 아프리카 사람은 아무도 못 봤대요."

"코넬리아!" 마린이 말하며, 레제키 소식을 듣고 요하네스가 앉았던 의자에 털썩 앉는다. 마린의 눈은 충혈됐고 겹겹이 껴입은 옷을 추스르느라 가만히 있지 못한다. 코넬리아가 주말에 먹다 남은 애플 타르트를 가져오자 마린은 한 입 먹고 옆에 내려놓는다.

넬라는 미니어처리스트에게 기도를 보낸다. 지금 이 순간 어디 있을지는 몰라도. **마담, 부디 제 남편에게 날개를 달아주세요. 떠나는 배보다 빨리 날게 해주세요. 사랑하는 오토를 이 땅에 머물게 해주세요.**

"오토는 여길 탈출할 거야." 마린이 그녀의 머릿속에서 꿈틀거리는 무언가를 응고시키려는 듯 관자놀이를 문지른다. "런던으로 갈 거야. 사람들 틈에 섞이려고 템스 강변으로 가겠지."

"확신이 있으신가 봐요." 넬라가 말한다.

"아무 일도 없을 거라고 그렇게 말했건만." 코넬리아가 말한다. "왜 내 말을 듣지 않았을까요?"

"두려웠겠지." 마린이 말한다. 그녀의 호흡이 거칠어진다. 애플 타르트를 들고 다시 한 입을 베어먹고는 혼잣말 하듯 말을 잇는다. "떠난 게 차라리 나아. 여길 떠나는 걸로 오토가 우릴 지켜준 거야. 만약 오토 같은 사람이 행정관들한테 잡히면 어떻게 되겠어?"

"마린?" 넬라가 말한다. "오토가 떠나리란 걸 알고 있었나요?"

넬라의 질문에 마린은 당황한 기색을 완전히 감추지는 못한다. "오토는 분별 있는 사람이야." 그녀가 대답하고는 고개를 돌리더니 스커트 자락을 매만진다.

"그래서 오토에게 떠나라고 했나요?" 넬라가 다그친다. 애매한 답변 속에 마린이 감추고 있을 대답들이 그녀를 화나게 한다.

"그게 두 가지 나쁜 일 중에 그나마 덜 나쁜 일이야." 마린이 말한다. "제안은 했지만 강요하진 않았어."

"마린이 제안을 어떤 식으로 하는지는 나도 알아요."

코넬리아가 비참한 두려움이 깃든 표정으로 그녀를 쳐다본다. "오토를 떠나보내신 거예요, 마담? 잭이 오토를 고소하지 않을 거라고 하셨잖아요."

"잭은 사람 뒤통수를 치는 데는 도가 튼 인간이지. 기회주의자야. 그자가 우릴 공격하기로 작정하면 오토는 재판도 못 받을 거고 살 가망이 없어."

"당신은 정말 우리를 마음대로 가지고 노는군요, 마린. 재판을 받건 못 받건, 오토는 밖에서 죽을 수도 있어요."

코넬리아가 일어선다. "오토는 시뇨르의 하인이잖아요."

"내 하인은 아니란 거야?" 마린이 애플타르트 조각을 벽을 향해 던지고, 타르트는 가까스로 코넬리아를 비껴간다. 타르트가 전원 풍경을 유화로 그린 벽화에 맞고 터지자 하녀가 놀라 펄쩍 뛴다. 그림 속의 양 위에 검은 총알처럼 건포도가 튄다.

"나야말로 오토를 가장 걱정하는 사람 아닌가?" 마린이 소리친다. "오빠는 신경도 쓰지 않잖아!"

"지금 오토를 찾으러 나가셨잖아요!"

"오빤 자기밖에 몰라!" 마린이 낮게 소리친다. "그게 지금 우리가 이런 상황에 처하게 된 이유고." 건포도가 벽화에서 미끄러져 바닥에 떨어진다. 마린은 옷의 무게에 짓눌린 채 천천히 방에서 나간다.

†

크리스마스는 본래의 의미를 잃은 채 발을 질질 끌며 지나가고,

오토의 행방은 여전히 묘연하다. 고아원에는 음식을 기부했고, 요하네스는 겨울잠을 자고 있는 싸늘한 정원에 레제키를 묻는다. "시뇨르의 저런 모습은 처음 보네요." 수심 가득한 창백한 얼굴로 코넬리아가 넬라에게 말한다. "심지어는 성경구절도 읽으셨어요. 몸은 여기 계시지만 마음은 **여기** 계시지 않는 것 같아요."

맥없이 축 늘어진 모습으로 요하네스는 매일 외출을 한다. 사라진 하인을 찾고 미어만스의 설탕 팔 곳을 알아본다면서. 넬라는 설탕이 아직도 창고에 그대로 있고, 프란스가 몹시 화가 나 있다고 마린에게 말해야 할 것 같은 기분이 든다. 하지만 두 사람이 할 수 있는 일도 없거니와 마린의 기분은 도무지 종잡을 수 없다.

검게 변한 미니어처 설탕이 머릿속을 떠나지 않아 넬라는 매일 설탕을 확인해본다. 분명히 얼룩이 번져갈 거라고 생각하면서. 그러나 설탕의 상태는 그대로이고, 넬라는 그 사실에 의지한다. 어느덧 넬라는 미니어처리스트의 예지력을 완전히 신뢰하고 있다. 떠오르기 위해 싸우겠노라고, 넬라는 생각한다. 그런데 어디서 떠올라야 하는지 모른다는 게 문제다. 막다른 골목이라고, 넬라는 생각한다. 말도 못하고 힘도 없는 한낱 포대 자루의 종말이라고.

오토가 어디에 있을지 짐작조차 가지 않는다. 그의 실종은 그들 중 누구도 대답할 수 없는 질문이다. 그의 인형조차 아무것도 알려주지 않는다. 넬라는 그의 행방에 대한 이 집 사람들의 추측에 기댈 수밖에 없다. 마린은 런던에 갔을 거라고 단언하고, 요하네스는 콘스탄티노플•에 갔을 거라고 말한다. 코넬리아는 그가 분명히 이곳 해안 어딘가에 있을 거라고 확신한다. 오토가 자의로 멀리 떠났

• 터키 이스탄불의 옛 이름. 동로마 제국의 수도.

을 거라는 사실이 코넬리아로서는 받아들이기 힘들다.

"항구 도시에 있는 게 나을 텐데." 넬라가 말한다. "아센덜프트 사람들은 오토에게 문을 열어주지 않을 거야."

"정말이요? 이 추위에?" 코넬리아가 묻는다.

"그러고도 남겠지." 마린이 말한다.

"오토가 떠날 생각을 했다는 걸 믿을 수 없어요." 넬라가 마린을 보며 말하지만 마린은 고개를 돌린다. "왠지 오토답지 않아요."

"넌 여기서 겨우 팔 주를 살았을 뿐이야, 페트로넬라." 마린이 쏘아붙인다. "평생을 같이 지내도 사람 속은 모르는 거야."

코넬리아는 식초와 레몬주스를 이용한 청소, 쓸기와 광내기, 빨래, 걸레질, 솔질과 먼지 털기에 느슨해지기 시작한다. 넬라는 브뤼허스의 루카스 윈델브레크에게 편지를 보내고 답장을 기다린다. 겨울 날씨가 우편배달부를 굼뜨게 만들 수도 있지만 그나마 그 편지가 최후의 보루인 것 같다.

넬라는 아직 창고에 있는 설탕에 대해 요하네스가 얘기한 적 있는지 마린에게 물어보기로 마음먹는다. 내려가 보니 마린이 홀에서 서성이고 있다. 마린은 두 주 전 오빠와 말다툼을 한 응접실을 바라보고 있다. 설탕에 절인 호두가 그녀의 방에서 밖으로 나왔다. 응접실 보조 테이블 위의 그릇에 호두가 담겨 있고 그중 반 정도를 벗겨낸 껍질이 딱정벌레처럼 반짝인다. 넬라는 놀라며 호두를 바라본다. 이건 마린답지 않다. 설탕 뿌린 간식을 사람들이 보는 데서 먹다니. 하긴, 만약 내가 카렐과 그런 싸움을 했다면 내 체중만큼 마지팬을 먹었겠지.

"마린, 물어볼 게 있어요." 넬라가 말한다.

마린이 숄을 꽉 움켜쥐며 얼굴을 찌푸린다.

"왜 그래요?"

"호두," 마린이 대답한다. "너무 많이 먹었어." 마린은 얼른 돌아서서 위층 자기 방으로 뛰어가고 대화는 그렇게 끝나버린다.

코넬리아와 넬라는 가장 따뜻한 부엌에서 많은 시간을 보낸다. 어느 늦은 오후, 마린은 잠을 자고 있고 요하네스는 외출 중일 때, 거칠게 문 두드리는 소리가 들려온다.

"시민군이 오토를 잡으러 온 거면 어쩌죠? 하느님! 우릴 구하소서!" 코넬리아가 속삭인다.

"어차피 여기 없는데 뭐. 안 그래?" 마린 앞에서는 결코 인정하지 않을 생각이지만, 넬라는 오토가 사라져준 게 다행이라고 생각한다. 몰려온 사람들 틈에 있을 잭과 오토를 가리키는 그의 손가락을 상상해본다.

문 두드리는 소리가 멈추지 않는다. "내가 나갈게." 넬라가 말한다. 침착한 척이라도 해보려 애쓰면서. 안주인이 손님을 맞이하는 집이라니, 집안 꼴이 말이 아니다.

그러나 창밖을 내다보니 넓은 챙 모자를 쓴 길고 퉁퉁한 얼굴 하나만 보인다. 넬라가 문을 연다. 시민군이 아니라는 안도감은 프란스 미어만스가 모자를 벗고 안으로 들어서는 순간 곧바로 잦아든다. 12월의 추위가 그와 함께 들이닥치고, 그는 손가락으로 모자의 챙을 만지며 고개를 숙인다.

"마담 브란트," 그가 말한다. "남편을 만나러 왔습니다."

"지금 바우르서에 있을 거예요." 마린이 말한다. 넬라가 깜짝 놀라 돌아보니 계단에 마린이 서 있다. 그가 오리란 것을 마린은 알고 있었던 것 같다. 긴장감이 감돌고 넬라는 두 사람 모두에게서 애정의 기미가 배어나길 기다린다. 전혀 없다. 당연하다고, 넬라는 생각한다. 마린은 시치미 떼는 데는 선수니까.

"바우르서에는 이미 가봤습니다." 프란스가 말한다. "동인도회사에도 가봤고 술집 몇 군데도 둘러보았지요. 놀랍게도 아무 데도 없더군요."

"난 오빠의 보호자가 아니랍니다, 시뇨르." 마린이 말한다.

그 말에 프란스가 눈썹을 추켜올린다. "그렇다면 더더욱 유감이 군요."

"기다리시는 동안 와인 드시겠어요?" 넬라가 묻는다. 마린은 어둠 속에서 나올 생각을 하지 않는다.

그가 넬라에게 돌아선다. "교회에서 집사람한테 당신 남편이 베네치아에서 우리 설탕을 팔 거라고 했다면서요."

넬라는 뒷목에 닿는 마린의 따가운 시선을 느낀다. "네, 시뇨르. 이제 돌아왔으니⋯⋯."

"돌아왔단 건 알고 있습니다, 마담. 그런 사람은 움직임이 일일이 관찰되기 마련이죠. 베네치아의 패피스트들로부터 무사히 돌아왔다더군요. 크리스마스도 지나갔고, 새해가 거의 다가오고 있고, 그래서 제 자신에게 물었죠. 내 돈은 어디 있지?"

"분명히 조만간⋯⋯."

"요하네스는 저에게 편지를 쓰지 않았습니다. 그래서 어젯밤에 베네치아 여행이 어떻게 됐는지 알아보려고 창고에 갔지요. 아그네스를 데리고. 그러지 말아야 했는데!" 그가 마린 쪽으로 홱 돌아선다. 그의 눈동자가 분노로 이글거린다. "설탕은 한 톨도 처분되지 않았더군요, 마담. 빌어먹을, 단 한 톨도 말입니다. 당신들은 쓸모없는 정도가 아니에요. 우리 전 재산이, 우리 미래가, 창고에서 썩어가고 있어요. 만져봤더니, 어떤 건 이미 **곤죽**이 되었더군요."

마린은 충격을 받아 상황을 파악하지 못하면서도 평정을 유지하려 애쓴다. 프란스의 분노 앞에서 무방비 상태로 떨고 있는 마린을 보면서 죄책감이 넬라의 온몸을 관통한다.

"프란스," 마린이 더듬거린다. "절대 그럴 리가……."

"그것만으로도 요하네스 브란트를 파멸시키기에 충분해요. 이미 나에겐 그를 파멸시킬 만한 이유가 충분히 있었지만 말입니다. 하지만 창고에서 나오다가 우리는 그보다 더 끔찍한 광경을 목격했어요. 훨씬 더 끔찍한 광경을."

마린이 어둠 속에서 조금 앞으로 걸어나온다. "오빠는 설탕을 팔려고 애쓰고 있어요." 마린이 나지막이 말한다. "분명히 말씀드리지만……."

"우리가 무얼 보았는지 아십니까, 마담? 창고 벽에서?"

코넬리아가 부엌 계단을 뛰어올라온다. 넬라의 심장이 몸 밖으로 기어나온다. 그녀는 코넬리아의 손을 잡고 이 남자를 빙 둘러서고 싶다. 프란스와 방망이질하는 그녀의 심장을 둘 다 가두고 통제하기 위해서. 나는 왜 마린에게 미리 알리지 않았을까? 넬라는 생각한다. 프란스의 분노가 끓어오르는 동안 그녀 주위의 공기도 전율한다. 마린은 이미 미심쩍어하고 있었다. 그러나 내가 일찌감치 설탕이 전혀 팔리지 않았다고, 프란스가 이미 그것을 봤다고 알려주었더라면, 마린이 이 상황을 막을 수도 있었을 것이다. 마린은 이 집안의 기강을 잡을 유일한 사람이다.

계단에 선 마린은 프란스가 다가올수록 움츠러든다. 로맨틱한 장면, 애틋한 사랑과는 정반대의 광경이 펼쳐지고 있다. 프란스가 마린을 내려다볼 때, 그들의 오랜 이야기 중 두 가지 장면이 넬라의 머리를 스친다. 소금에 절인 새끼 돼지와 책 속에 숨겨진 프란스의 아름다운 연애편지. **부디 그녀에게 친절하기를**, 넬라는 기도한다.

"그를 봤습니다." 프란스가 말한다. 강렬한 그의 목소리는 낮고, 최면을 거는 것만 같다. "그의 무모한 장난을 봤어요."

"무슨 말씀이신지." 마린이 말한다. "무모한 장난이라니요?"

"마담도 잘 아실 텐데요." 그가 말한다. "창고에서 요하네스가 여가를 어떻게 보내는지 말입니다. 도저히 보지 않을 수 없는 광경이더군요."

"도대체 무슨 말씀이신지." 마린이 말한다.

"난 봤어요." 프란스가 말한다. 그가 허리를 펴고 넬라에게로 돌아선다. "온 세상이 알아야 합니다, 마담. 당신의 역겨운 남편이 남자아이를 데리고 어떤 쾌락을 즐기고 있는지."

프란스의 말이 스며드는 것을 막으려는 듯 넬라가 눈을 감는다. 그러나 이미 너무 늦었다. 다시 눈을 떠 보니 프란스는 흉측할 정도로 즐거워 보인다. 그의 시선을 피하려 고개를 돌리면서, 당신이 그 사실을 처음 알려준 건 아니라고, 넬라는 생각한다. 적어도 나의 남편은 내게 그 정도 호의는 베풀었다고.

여자들 중 누구도 입을 열지 않는다. 프란스는 그들의 침묵에 짜증이 나는 것 같다. "요하네스 브란트는 타락했어요." 그가 말한다. 마치 두려움으로 인한 마비 상태를 바늘로 찔러 확인해보듯이. "이 도시의 과일 속에 기생하는 버러지 같은 놈이에요. 저는 선량한 시민으로서의 의무를 다할 생각입니다."

"뭔가 착오가 있을 거예요." 마린이 중얼거린다.

"아뇨. 착오는 없습니다. 더구나 그 소년은 요하네스가 자기를 공격했다고 주장하고 있습니다."

"**뭐라고요?**" 넬라가 묻는다.

"당신은 오빠의 친구잖아요." 마린의 목소리는 숨이 가쁘다. 그녀의 손이 난간에서 미끄러진다. "어떻게 될지 알면서 처벌받게 하지 말아요."

"그 인간과 나의 우정은 오래전에 이미 끝났어요."

"그럼 왜 설탕을 오빠한테 팔아달라고 부탁했죠? 그 수많은 상인 중에서 하필 왜 오빠를 선택했죠?"

"아그네스가 고집을 부리더군요." 그가 모자를 머리에 거칠게 눌러 쓰며 말한다.

"하지만 당신도 동의했잖아요, 프란스. 오빠에 대한 애정이 없다면 왜 동의했죠?"

그녀의 말을 막으려는 듯 프란스가 양손을 든다. "우리의 설탕은 그의 영혼처럼 버려졌어요. 그가 저지르는 죄악을 목격한 순간, 마치 하늘을 찢고 악마가 나온 것 같더군요."

"그 악마는 우리 모두에게 떨어질 거예요, 프란스. 당신이 계속 이런 식으로 나간다면요. 당신은 하느님에 대한 의무를 다한다고 말하지만 결국엔 돈 때문이겠죠. 돈, 재산. 예전의 당신은 이렇지 않았어요."

창고의 벽 앞에 함께 있던 남자는 잭일 거라고, 넬라는 생각한다. 아니, 제발 잭이기를. 적어도 일관성이 있기를. 시시각각 변하는 이 재앙의 그림자 속에 제발 일말의 사랑이 있기를. 요하네스는 자신이 발각되었다는 사실조차 모른 채 아직도 창고에 있을까? 알아야 할 텐데. 피해야 할 텐데.

"남편과 얘기하셨나요?" 넬라가 묻는다.

프란스가 조롱 섞인 표정으로 그녀를 돌아본다. "물론 못했지요." 그가 말한다. "아그네스는…… 우린…… 황급히 자리를 떠야 했어요. 아직도 충격에서 벗어나지 못한 상태라."

"제발 이 싸움에서 이기려 하지 말아요, 프란스." 마린이 애원한다. "당신이 우리 모두를 파멸시킬 거예요. 우리가 어떻게든 대책을 세워볼 테니……."

"**대책**? 대책에 대해 감히 함부로 말하지 마세요, 마담. 요하네스가 이미 내 인생의 대책을 충분히 짓밟았으니까."

"프란스, 우리가 설탕을 팔게요. 그걸로 이 일을 마무리할 수 있도록……."

"아니요, 마린." 그가 문을 확 열어젖히며 말한다. "이제 난 예전의 내가 아닙니다. 이 흐름을 거스를 순 없어요."

탈출

프란스 미어만스가 매서운 추위 속으로 뛰쳐나간 뒤 마린은 다리가 풀려버린다. 유난히 아름다운 나무가 쓰러지는 모습처럼 차마 보기 힘든 광경이다. 코넬리아가 그녀에게 달려가 일으켜세우려 한다. "믿을 수 없어." 마린이 넬라를 바라보며 말한다. "사실일까? 오빠가 정말 그렇게 바보 같은 짓을 했을까?"

"침대로 가세요, 마담." 코넬리아가 마린을 일으키려 애쓰며 말한다. 코넬리아는 마린의 무게에 굴복하고, 마린은 하녀를 밀어내고 홀 계단에 주저앉는다.

"프란스는 행정관들한테 갈 거야." 마린이 말한다. 그 말이 프란스가 남기고 간 여린 공기에 멍을 들인다. 마린의 모습은 너무도 섬뜩하다. 죽은 눈빛, 축 늘어진 몸, 영혼을 잃은 목소리. "우리에게 관용을 베풀려고 온 게 아니었어. 때를 알려주러 온 거야."

"그렇다면 우리가 그 사람의 오만을 이용해야죠." 넬라가 말한다. "요하네스는 자기가 들켰다는 걸 모르고 있어요. 도망칠 시간이 많지 않아요."

"시뇨르까지?" 코넬리아가 말한다. "우리끼리만 살 순 없잖아요."

"더 좋은 생각 있어?" 넬라가 묻는다.

현관홀에 정적이 감돈다. 자신의 우울함에 불안해진 넬라는 다나의 보드라운 귀를 손끝으로 쓰다듬으며, 위층의 검게 변한 아그네스의 설탕을 떠올린 다음, 요하네스가 어디 있을지를 생각한다. 프란스는 설탕 때문에 화가 났고, 금단의 열매를 즐기는 요하네스를 보고 더 화가 났을 것이다. 어쩌면 수천 길더의 돈으로 브란트를 향한 그의 분노를 무력화할 수도 있을 것이다.

"방법은 아직 모르겠지만 내가 설탕을 팔아야겠어요." 그녀가 말한다. "프란스는 돈을 원해요."

마린이 그녀를 올려다본다. "이미 일부는 곤죽이 되었다잖아."

"맞아요. 하지만 일부만 그렇다고 했어요. 과장했을 수도 있고요. 거짓말하기를 좋아하니까요. 자기 물건을 팔아주면 입을 다물지도 몰라요."

"분명히 말하는데, 그 사람 입을 다물게 할 수 있는 건 아무것도 없어. 그리고 네가 뭘 하겠다는 거야? 유럽 곳곳에 있는 구매자들을 네가 다 알아, 페트로넬라? 런던의 요리사, 밀라노의 제빵사, 공작부인, 후작부인, 술탄 들을 아냐고. 다섯 나라 말은 할 줄 알아?"

"난 지금 한 줄기 빛을 찾고 있는 거예요, 마린. 이 안개 속에서."

그로부터 한 시간 뒤, 넬라는 캐비닛 집 앞에 서서 방들을 바라본다. 이제 어떻게 해야 할지 단서라도, 징조라도 찾아보려고. 황금 추시계가 남편이 아직 돌아오지 않았음을, 시간이 흘러가고 있음을 섬뜩하게 규칙적으로 알려주고 있다. 참 이상도 하지. 때로는 몇 시간이 며칠처럼 느껴지고, 때로는 너무도 빨리 획 지나가버린다. 창밖은 매섭게 춥고, 발가락이 얼얼하다. 얼음 밑에서 끌어낸 남자의 시체처럼 그녀의 살도 죽어버린 것만 같다. 적어도 그녀의 숨결은 뿌연 김을 만든다. 난 아직 살아 있다고, 그녀는 생각한다.

커튼 사이로 달빛이 새어들어온다. 유난히 환한 달빛이 캐비닛 백랍의 소용돌이 문양을 구석구석 밝혀서 나무 위에 번진 수은으로 만든다. 아홉 개의 방이 모두 환하게 밝아지고, 그 안에 있는 사람들의 얼굴이 엷은 빛을 발한다. 넬라의 약혼 기념 컵은 엷은 빛깔 골무이고, 요람의 레이스는 반짝이는 거미줄이다. 아그네스의 잘린 손은 은 장신구처럼 의자 위에서 반짝이고, 설탕은 끝부분을 제외하면 눈부시게 희다. 넬라는 설탕 꼭대기가 더 어두운 빛깔로 변했는지 확인해본다. 확실히 알 수 없다. 검은 부분은 여전히 확연하고 손바닥 위에 마치 죽은 물체처럼 놓여 있다.

나는 운명을 설계하는 건축가는 고사하고 벽돌공도 못 된다고, 넬라는 생각한다. 미니어처리스트의 함축적인 글귀와 아름다운 작품 들은 여전히 그들만의 세상에 갇혀 있다. 한편으론 촉각을 자극하면서도 결코 손에 닿지 않는다. 오늘 밤 캐비닛 안의 소품들은 그녀를 조롱하는 것만 같다. 미니어처리스트가 이런 일을 하는 이유를 이해하지 못할수록, 미니어처리스트가 더 강하게 느껴진다. 루카스 윈델브레크가 편지를 받았기를, 그래서 명료한 깨달음을 얻고 해법을 찾을 수 있기를 넬라는 기도한다.

넬라는 캐비닛에서 남편의 인형을 들어 손바닥 위에 올려본다. 미니어처리스트는 일이 이렇게 되리란 걸 알았을까? 요하네스가 부둣가에서 자신의 적에게 발견되리란 것을? 그의 허리는 돈 자루 무게 탓에 여전히 한쪽으로 기울었다. 돈 자루가 가벼워진 것 같지는 않다. 그 사실에서 용기를 얻으려 해보지만 제대로 의미를 파악한 건지 자신의 직관을 완전히 신뢰할 수 없다.

현관문 여닫는 소리가 들리고 곧이어 요하네스가 서재로 들어가는 익숙한 소리가 들려온다. 넬라는 인형을 다시 캐비닛에 넣어두고 계단을 뛰어내려가 곧장 서재로 들어간다.

"요하네스, 어디 있었어요?" 양탄자의 보드라운 울에 그녀의 발이 닿는다. 섬유에 밴 레제키의 체취가 사라질 줄 모른다.

"넬라?"

그는 지치고 늙어 보인다. 그의 모습에 그녀 자신도 늙은 것만 같다. 자신이 발각되었다는 사실을 모르고 있는 게 분명하다. 그는 전혀 모르고 있다. 넬라가 달려가 그의 소매를 붙잡는다. "어서 여길 떠나야 해요, 요하네스. 피해야 해요."

"그게 무슨……."

"하지만 이것만은 알고 가세요. 당신은 나한테 최선을 다했어요. 캐비닛 선물, 은세공업자의 파티, 꽃다발과 드레스 전부 다. 그 누구와도 나누어본 적 없는 대화를 당신과 나누었어요. 떠나기 전에 그것만은 알아주셨으면 해요."

"앉아요. 그리고 진정해요. 당신, 아파 보여요."

"요하네스, 안 돼요." 넬라가 멈추어 서서, 지도와 서류, 황금 잉크스탠드를 둘러본다. 그의 강렬한 잿빛 눈동자를 제외한 모든 것을. "아그네스와 프란스가…… 그 사람들이 당신을 봤어요, 요하네스. 남자와 함께 창고에 있는 당신을."

그가 간이의자에 기댄다. 몸속 톱니바퀴들이 고장이 나서 서서히 멈추는 것만 같다.

"행정관들이 당신을 죽일 거예요." 그의 침묵에 넬라가 다그친다. 자신의 허망한 말들이 서로 포개어지는 것을 듣는다. "잭과 함께 있었나요? 어떻게 그럴 수 있어요? 그 사람은 당신을 배신하고 레제키를……."

"날 배신한 건 잭 필립스가 아니에요." 요하네스가 말한다. 넬라는 그렇게 거친 요하네스의 목소리를 들어본 적이 없다. "이 도시죠. 우리 모두가 보이지 않는 새장 속에서 보낸 시간들."

"하지만 잭이……."

"끊임없는 감시 속에서 산다면 누군들 그렇게 변하지 않을까요. 편협한 신앙심…… 그 속에서 서로서로 감시하면서 우리 모두를 옭아맬 밧줄을 꼬고 있었어요."

"하지만 당신이 말했잖아요. 길만 제대로 찾는다면, 이 도시는 감옥이 아니라고."

그가 양 손바닥을 편다. "이 도시는 감옥이에요. 그리고 그 감옥의 창살은 살인적인 위선으로 만들어졌죠. 탈출이 불가능해지기 전에 오늘 밤 떠나야겠어요."

그는 경황이 없고 고통에 휩싸여 있다. 하는 말이 그답지 않다. 넬라는 자신의 뼈가 몸을 뚫고 무너져내리는 것 같은 기분이 든다. 남편의 양탄자 위로 쓰러지면 다시는 일어나지 못할 것만 같다. "어디로 가려고요?"

"미안해요, 사랑스러운 아가씨." 그의 달콤함은 견디기 힘들다. "당신한텐 말하지 않는 편이 나을 것 같아요. 그 사람들이 당신에게 내 소재를 물을 테니까요. 그 사람들은 무슨 수를 써서라도 당신한테서 대답을 얻어내려 할 테고." 그가 책상 위를 뒤적이더니 그녀에게 서류를 한 장 내민다. "설탕에 관심이 있을 만한 사람들의 목록을 작성해두었어요. 이걸 마린한테 전해줘요. 회계장부를 훤히 꿰뚫고 있으니까 문제없을 거예요. 동인도회사에서 내가 신임하는 대행인 이름도 알려줄게요."

"그럼 수수료를 나누어야 하는 거 아닌가요, 요하네스? 그러면 수익이 감소할 텐데."

"당신도 신경을 쓰고 있었군요." 그가 어렵사리 미소를 짓고는 금고를 열어 돈을 한 뭉치 꺼낸다. 넬라는 금고가 텅 비었음을 알아차린다. "하지만 당신이 대행인 도움 없이 어떻게 설탕을 팔 수 있겠어요?"

"다시 돌아올 건가요?"

요하네스가 한숨을 쉰다. "이곳은 전세계 그 어느 도시와도 달라요, 넬라. 화려하고 풍요롭지. 하지만 이곳을 내 고향이라고 부른 적은 없었어요."

"그럼 어디가 당신 고향인가요, 요하네스?"

그가 벽에 붙은 지도를 본다. "나도 모르겠어요……." 그가 말한다. "위로가 있는 곳. 그런 곳을 찾기가 쉽진 않겠죠."

그날 밤 넬라는 외투를 입고 추위에 움츠리며 집을 나서는 요하네스를 혼자 배웅한다. "잘 있어요." 그가 말한다.

"당신이…… 보고 싶을 거예요."

그가 고개를 끄덕이고 넬라는 촉촉해진 그의 눈을 본다. "당신은 혼자가 아니에요." 애써 감정을 억누르며 말한다. "코넬리아가 있으니까." 그가 멈추어 서서 자루의 끈을 조절한다. 그는 원치 않는 모험에 나서는, 몹시 여리고 나이 든 남자처럼 보인다. "여러 나라에 친구가 많으니 괜찮을 거예요." 그가 말한다. 얼음장 같은 추위 속에서 그의 숨결은 뜨거운 연기 같다. 그리고 넬라는 그 연기가 사라지는 것을 지켜본다. "당신을 생각할게요. 마린을 잘 지켜보고 보호해줘요. 당신이 생각하는 것보다 훨씬 도움이 필요한 아이예요. 당신한테 청어만 먹이는 건 용납하지 말고."

그의 농담이 화살처럼 가슴 깊숙한 곳에 박힌다. 넬라는 미처 예상치 못했던 엄청난 고통에 휩싸인다. 넬라는 너무 늦게 찾아온 동지애를, 촉박한 시간 속에 찾아온 서로에 대한 이해를 도저히 감당할 수 없다. "요하네스," 그녀가 속삭인다. "다시 돌아오겠다고 약속해줘요."

그러나 그녀의 남편은 대답하지 않는다. 그는 운하 길을 따라 숙련된 실종자처럼 돈 자루를 옆구리에 끼고 걷는다.

밤은 깊어지고, 별들은 다정하지 않고, 추위는 그녀의 목에 닿는 칼날 같다. 하지만 넬라는 기다린다. 요하네스와 그를 멀리 데려가는 어둠을 구별할 수 없을 때까지.

말발굽

딸그락거리는 소리에 넬라는 잠에서 깨어난다. 요하네스의 서재에서 잠이 든 넬라의 얼굴에 양탄자가 자국을 남겨놓았다. 처음에는 헤렝라흐트 가의 하녀들이 물동이에 걸레를 담그고 계단을 닦으며 1686년 마지막 날의 잔해를 쏠어내는 소리라고 생각했다. 요하네스의 아름다운 지도를 바라보면서 넬라는 잠시 모든 것을 잊는다. 그러다가 어느 순간, 프랑스의 분노와 요하네스의 탈출이 머릿속으로 밀려들어서 고요한 생각에 이르는 모든 길을 혼잡하게 한다. 그녀는 천장을 바라본다. 촛불이 남긴 그을음이 아그네스의 미니어처 설탕 얼룩만큼이나 검다.

누군가 그녀의 이름을 부른다. 코넬리아가, 높고 날카로운 목소리로 그녀를 부르고 있다. 마담 넬라! 마담 넬라! 넬라는 눈을 비빈다. 딸그락거리는 소리가 멈춘다. 어리둥절한 넬라는 금고 위에 올라서서 창밖을 내다본다. 빨간 띠를 두른 널찍한 가슴, 광을 낸 금속장신구, 칼과 총. 성 조지 시민군이다. 현관문 두드리는 소리가 들리기 시작한다. 코넬리아가 서재로 달려들어온다. "그 사람들이에요!" 겁에 질린 목소리로 코넬리아가 낮게 소리친다. **"그 사람들**

이 왔어요!"

넬라는 눈을 감고 지금쯤 요하네스가 배를 타고 멀리 떠나 있으리라는 사실에 안도한다. 문 두드리는 소리가 계속 이어지자 마린이 내려와 세 여자는 다급하게 의논한다. 다나가 그들 틈에서 껑충껑충 뛴다.

"떠났어?" 마린이 묻는다. 넬라가 고개를 끄덕이는 순간 마린의 얼굴에 고통이 스치지만 이내 무표정한 얼굴로 돌아간다. "저 사람들 앞에서 내가 무슨 말을 하게 될지 모르겠어." 마린이 말한다. 넬라가 개를 진정시키려 애쓰는 동안 마린이 계단을 오른다.

"마린, 안 돼요!"

"난 이성을 잃을 거야. 프란스 미어만스가 있다면 더더욱."

"뭐라고요? 설마 저 사람들을 나 혼자 상대하라는 건……."

"난 널 믿어, 페트로넬라."

마린이 사라진다. 현관 계단 꼭대기에는 성 조지 시민군 여섯 명이 부유한 전사의 복장을 갖추어 입고 서 있다. 그들은 은과 백랍으로 만든 흉갑에, 허리에는 돈데르뷔스를 차고 있다. 넬라는 아무 말 없이, 양손을 깍지 끼고 서 있다. 속이 뒤집힐 것만 같다. 프란스 미어만스가 그들 틈에 없다는 사실을 안도와 함께 깨닫는다.

"요하네스 브란트를 만나러 왔습니다." 가장 문 가까이에 있던 시민군이 말한다. 헤이그 억양이 있다. 음절이 딱딱 끊어지는 것으로 보아 암스테르담 출신이 아니다.

"여기 없습니다, 시뇨르." 넬라가 대답한다. 턱이 빠져버렸는지 입이 다물어지질 않는다. 왜 왔는지는 묻지 않겠다고, 넬라는 생각한다. 조금도 실마리를 주지 않겠다고, 더는 우릴 모욕할 기회를 주지 않겠다고.

시민군이 그녀의 눈을 본다. 그는 요하네스만큼 키가 큰 편이고, 유난히 공들여 매만진 턱수염을 제외하면 완전히 대머리다. 희끗희끗한 수염 끝은 구식으로 뾰족하게 다듬었다. "지금 어디 있습니까?" 그가 묻는다.

"출장중이에요." 숨결처럼 빠르게 거짓말을 둘러대지만 혀가 퉁퉁 불어난 것 같고 왠지 그녀의 귀에도 사실을 말하는 것처럼 들리지 않는다. 넬라는 마린의 도도함을 흉내 내보려 애쓴다. 그러나 넬라를 내려다보는 그들의 집단적 자신감을 그녀도 느낄 수 있다. 반짝이는 훈장과 소속감을 더해주는 다림질한 붉은 띠. 그녀를 향해 내민 가슴과 가장 훌륭한 음식으로 채워진 뚱뚱한 배.

"그자가 여기 있다는 걸 알고 왔습니다." 또 다른 군인이 말한다. "집 앞에서 소란을 피우는 것은 원치 않으시겠지요."

"좋은 하루 되세요." 그녀가 말하고 문을 닫으려 한다. 군인이 발을 내밀어 저지한다. 나머지 다섯 명이 키득거리자 그가 문을 힘껏 밀고, 젊은 여자와 반백의 군인은 짧은 순간 작은 힘겨루기 속에 갇힌다. 그가 넬라를 가볍게 이기고, 결국 여섯 남자가 집 안으로 들어온다. 그들의 무거운 발소리가 대리석 타일 위에 울려퍼진다. 철모를 벗고 걸개그림과 액자, 아름답게 광을 낸 계단, 벽에 달린 촛대, 반짝이는 창문을 둘러본다. 군인이라기보다는 부검 보고서를 작성하는 변호사들 같다.

"어이," 첫 번째 군인이 코넬리아를 향해 소리친다. "가서 주인 모셔와." 코넬리아가 꼼짝도 하지 않자 그가 칼자루를 잡는다. "가서 데려오지 않으면 너도 데려갈 줄 알아." 그가 말한다.

"스핀하위스에 데려가서 교육 좀 받게 하지." 또 다른 남자가 웃으며 말한다.

넬라는 이 여섯 남자가 실제로 전투를 해본 적이 있는지 궁금하다. 자신들이 입고 있는 제복을 지나치게 좋아하는 사람들 같다. 도망쳐요, 요하네스. 커져가는 두려움을 억누르며 넬라는 생각한다. 멀리, 멀리 도망쳐요.

"이미 말씀드렸다시피 그 사람은 여기 없어요." 넬라가 말한다. "자, 이제 그만들 돌아가주시죠."

"우리가 왜 그자를 찾는지는 알고 계십니까?" 첫 번째 남자가 물으며 넬라에게 다가온다. 나머지 다섯 명은 느슨한 말발굽 모양을 만들며 그녀와 코넬리아를 둘러선다. "우리는 스탓하위스의 최고 행정관인 스하우트▪ 슬라바르트의 명을 받고 왔습니다, 마담 브란트. 스탓하위스의 간수들이 남편분을 기다리고 있습니다."

"문 닫아." 넬라가 말하자 코넬리아가 종종걸음을 치며 문으로 향한다. 하녀가 외부의 햇빛을 차단하자 실내가 어두워진다. "제 남편을 찾아서 직접 통보하시지요."

"남편을 잃어버리기라도 했단 겁니까?" 또 다른 군인이 묻는다.

"난 어디 있는지 알 것 같은데." 또 다른 남자의 대답이 조금 더 허심탄회한 웃음의 파문으로 이어진다. 이 남자들이 전부 죽어버렸으면 좋겠다고, 넬라는 생각한다.

"어느 영국인이 이스턴 아일랜드에서 공격을 당했다고 당국에 고소를 했습니다, 마담." 첫 번째 남자가 말한다. "그 영국인은 자기네 국왕의 이름을 내걸고 들고 일어날 태세던데요. 사건 정황을 증명해줄 증인도 둘이나 있습니다."

미어만스 부부와 잭이 작당을 한 모양이라고, 넬라는 생각한다. 잭이 또 한 차례 연기의 대가로 돈을 받은 것은 의심의 여지가 없다. 아그네스와 프란스가 잭 필립스와 공모하다니, 상상하기 어려운 일이지만 힘을 합쳐 달콤한 복수를 할 수 있다면 무슨 짓인들 못할까. 넬라는 그들의 인형 머리를 뽑아버리는 상상을 한다. 세 사람의 머리를 뽑아 힘을 잃게 만드는 상상.

상황은 그녀의 통제권 밖으로 벗어나고 있다. 넬라는 절망적인 심정으로 한 가닥 친절을 갈구한다. 혹은 이런 상황을 불편해하는 기색이라도. 어떤 허점이라도. 그걸 찾아 가루를 내버려야지. 그들 중에 요하네스보다 나이가 많아 보이는, 그러나 요하네스와 똑같이 그을리고 사심 없는 얼굴의 남자가 있다. 두 사람의 눈이 마주치는 순간 그가 그녀의 시선을 피한다. 넬라는 한 자락 수치심이길 바라는 그 모습을 물고 늘어진다.

"성함이 어떻게 되시는지요, 시뇨르?"

그녀가 묻는다.

"알버스입니다, 마담."

"지금 여기서 무얼 하시는 건가요, 시뇨르 알버스? 이런 짓을 하실 분은 아니잖아요. 가서 살인자를 잡고 도둑을 잡으셔야죠." 그러나 그녀의 말은 먹히지 않는다. 자신이 듣기에도 절박하고 겁에 질린 목소리다. "제 남편은 이 위대한 공화국을 만드는 데 일조했어요. 그렇지 않은가요?"

"적절한 처우를 받을 수 있도록 조처하겠습니다."

"말씀은 그렇게 하셔도 부인이 계신 댁으로 돌아가시면 다 잊으시겠죠."

"남편 되시는 분은 지금 곤경에 처해 있습니다, 마담 브란트." 첫 번째 남자가, 요하네스의 영광으로 가득 찬 홀을 저벅저벅 걸어다닌다. "여기 있는 것 중 그 어떤 것도 남편을 구하지 못해요."

분노가 치밀어오른다. 부주의한 분노다. "감히 그런 말씀을 하시다니요!" 그녀가 소리치며 그에게 다가서자 나머지 군인들은 놀란 물고기 떼처럼 흩어진다. "당신들이야말로 영광의 제복을 빌려 입은 불완전한 인간들이죠."

"마담!" 코넬리아가 애원한다.

"나가세요." 그녀가 낮게 소리친다. "당신들 전부 다. 감히 제 집에서 짐승처럼 떠드는 당신들은 도대체……."

"마담," 저만치에 서 있던 첫 번째 군인이 소리친다. "남색을 즐기는 부인의 남편이야말로 훨씬 더 짐승에 가깝지요."

그의 말이 허공에 맴돈다. 넬라는 그 말에 숨이 차고 남자들의 침묵 속에 얼어붙는다. 그 말이야말로 암스테르담의 건물, 암스테르담의 교회와 대지 밑에 설치된 뇌관을 건드리는 말이고, 그들의 소중한 삶을 산산조각 내는 말이다. 그 말은 이 도시의 용어사전에서 **탐욕**과 **홍수** 다음으로 끔찍한 단어다. 그 말은 곧 죽음을 의미하고, 시민군은 그 사실을 알고 있다. 지휘관의 대범함에 말문이 막혀버린 그들은 넬라의 눈을 쳐다보지 못한다.

위층에서 거의 들릴락 말락 한, 딸깍 하는 문 닫는 소리가 들린다. 현관 밖에서 계단을 뛰어올라오는 발소리가 이상하고 정지된 그 순간을 깨뜨린다. 모두가 어린 소년을 돌아본다. 아홉 살이나 되었을까. 그가 현관으로 고개를 들이민다. 신이 나서 얼굴에 생기가 넘치고, 숨을 헐떡이느라 입을 벌리고 있다. "찾았어요!" 그가 소리친다.

"죽었든?" 알버스가 묻는다.

소년이 싱긋 웃는다. "살아 있어요. 내륙 1.5킬로미터 지점에서 잡았어요."

넬라는 속이 뒤집히는 것 같다. 무릎이 꺾여 차갑고 단단한 바닥을 향한다. 쓰러지기 직전 누군가 그녀를 붙잡는다. 알버스가 그녀를 조심스럽게 일으켜세운다. 소년이 전한 소식이 서서히 스며들자 넬라가 휘청거린다. 숨을 쉴 수 없다. 남편이 정당한 재판을 받을 수 있을지 전혀 개의치 않는 이 사람들 틈에서, 그녀는 너무도 외롭다.

"어디 있든, 크리스토펄?" 첫 번째 군인이 묻는다.

"텍셜에서 배를 타고 있었어요." 크리스토펄이 홀 안으로 들어선다. 자신을 둘러싼 웅장함에 그의 눈이 정신없이 돌아간다. "선발대가 잡았어요. 새끼 고양이처럼 징징거리던데요." 그가 고양이 우는 소리를 낸다.

"이거야 원." 알버스가 웅얼거린다.

"그럴 리가 없어. 거짓말이야." 넬라가 중얼거린다.

소년이 코웃음을 친다. "스탓하위스에 한 번도 가본 적이 없다고 농담을 하더라고요. 이젠 그런 말 못 하겠죠."

알버스가 소년의 머리를 쥐어박는다. "공손하게 굴어." 그가 꾸짖자 소년이 아프다고 소리를 지른다.

첫 번째 군인이 알버스를 저지한다. "크리스토펄은 공화국을 위해 큰 공을 세우지 않았나." 그가 말한다.

"제 남편도 그랬죠." 넬라가 쏘아붙인다. "이십여 년 동안."

알버스가 넬라를 향해 돌아선다. "더는 마담을 붙잡고 있지 않겠습니다."

그들이 문으로 향한다. "잠깐만요." 넬라가 말한다. 말을 꺼내기 너무도 힘들다. "이제…… 그이를 어쩌실 거죠?"

"그건 제가 말씀드릴 수 있는 사안이 아닙니다, 마담. 스하우트가 증거를 검토하실 겁니다. 청문회가 열리고 재판이 열리겠지요.

저희가 들은 이야기가 사실이라면, 길게 끌 것 같지는 않군요."

그들이 현관 계단을 내려가고, 승리의 마스코트가 된 크리스토플은 시민군 틈에 끼어 운하를 따라 시내로 향한다. 알버스가 한 번 뒤를 돌아보고는 넬라에게 고압적이고도 무안해하는 듯한 고개 인사를 한다. 군인들의 발걸음은 불규칙하다. 그들이 거둔 성공의 흥분이 기강을 흐리기라도 한 듯이. 그들은 이내 서로 웃고 밀치며 편안하게 걷는다. 그들이 시야에서 사라질 때까지 크리스토플의 웃음소리가 울려퍼진다.

넬라는 12월 한낮의 우울한 바람에 몸서리를 친다. 헤렝라흐트 가의 창틀 뒤에 서 있던 몇 개의 그림자가 그녀의 시선에 뒤로 물러설 뿐 그 누구도 도우러 나서지 않는다.

✢

"죽이고 말 거예요." 홀 계단 위에 웅크리고 앉아 있던 코넬리아 가 말한다.

넬라가 웅크리고 앉으며 양손을 코넬리아의 무릎에 얹는다. "진 정해. 아무래도 스탓하위스로 쫓아가야겠어."

"그건 안 돼." 마린이 숄을 두르고 나타난다. 촛불의 불빛이 그녀 의 형체를 길게 늘어뜨린다.

"안 된다고요?"

"그래봐야 관심만 더 끌 거야."

"마린, 그 사람들이 무슨 짓을 할지는 알아야 하잖아요!"

"죽일 거예요." 코넬리아가 되풀이하고는 몸을 떨기 시작한다. "익사시킬 거예요."

"코넬리아, 제발."

마린이 눈을 감고 관자놀이를 문지르는 모습을 보고 넬라는 그녀의 무기력함에, 어떻게든 상황의 주도권을 잡아 통제할 생각을 하지 않는 모습에 분노가 치민다. "당신은 왜 그렇게 냉정하죠, 마린? 나라면 오빠의 운명을 그렇게 쉽게 포기하지는 않을 거예요."

"네가 한 짓이 바로 그거잖아, 페트로넬라. 네 남동생을 아센딜프트에 남겨두고 혼자 탈출했잖아."

"그건 탈출이 아니었어요."

"탈출이 아니었다고?" 마린이 말한다. "들판에서 소젖을 짜마시면서 근근이 생활했던 네가?"

"억지 부리지 말아요. 도대체 나한테 왜 이러는 거죠?"

마린이 천천히 계단을 내려온다. 한 걸음 한 걸음, 느리지만 이상할 정도로 정확하게. "오빠가 나한테 항상 뭐라고 했는지 알아?" 그녀가 묻는다. 목소리에 서린 독기가 겨울 공기를 가르고 넬라의 팔에 난 털을 곤두서게 만든다. "'자유는 영광스러운 거야. 네 자신에게 **자유**를 줘, 마린. 새장의 철창은 바로 네가 만든 거야.' 자유로워지는 건 좋지만 항상 누군가는 그 자유의 대가를 치러야 하지."

"당신의 자기 연민 때문에 우린 아무것도 할 수 없군요. 당신에게도 기회가 있었지만 당신이……."

마린이 양팔을 뻗어 넬라의 손목을 잡고 벽으로 밀어붙인다. "이거 놔요!" 걷잡을 수 없는 마린의 분노에 주눅이 든 넬라가 비명을 지른다. 코넬리아는 두려움에 뒷걸음을 친다.

"내가 오빠를 버리는 게 아니야." 마린이 말한다. "오빠가 날 버린 거지. 오빠는 비밀을 지킬 수 없었지만 난 우리의 비밀을 지켰어. 내 빚은 물론이고 오빠의 빚까지 갚았어. 네가 우릴 이해한다고 생각하는 모양인데, 사실 넌 아무것도 몰라."

"전 알아요."

마린이 그녀를 놓아준다. 넬라는 벽에 기댄 채 축 늘어진다. "아니, 페트로넬라." 그녀가 말한다. "그렇지 않아. 이건 네가 풀기엔 너무 단단한 매듭이야."

숨겨진 사람들

넬라는 요하네스의 집 계단 위에 서 있다. 한 해 마지막 날이 축하도 없이 지나가고 있다. 그녀는 추위에 쪼개어지고 달빛에 변형되고 싶다. 운하 길은 텅 비었다. 헤렝라흐트의 집들 사이로 흐르는 운하의 얼음은 흰 실크 띠와도 같다. 운하 위의 달은 지금까지 본 그 어떤 달과도 다르다. 간밤보다 더 커진, 놀라울 정도로 환한 힘의 동그라미다. 손을 뻗으면 닿을 것만 같다. 마치 하느님이 인간의 손이 닿도록 하늘에서 밀어 내려놓은 것처럼.

넬라는 요하네스도 스탓하위스의 지하 어딘가에서, 감옥 창살 틈으로라도 그 달을 볼 수 있기를 바란다. 탈출하려 했기 때문에 그는 더 죄인처럼 보인다. 오토는 어디 있는지. 미니어처리스트는 어디 있는지. 아직도 숨어다니는 걸까? 코넬리아가 아니었다면 나도 도망쳤을 거라고, 넬라는 생각한다. 이 집은 한 명씩 사람이 줄어가지만 캐비닛은 더 꽉 차 보이고, 더 살아 있는 것 같다.

문 안쪽에서 이상한 냄새가 풍겨오기 시작한다. 넬라는 집 안으로 들어온다. 부엌에서 나는 냄새가 아니다. 2층에서 꿀꺽거리는 소리, 숨을 헉 들이켜는 소리가 들려온다. 넬라는 기이한 냄새를 따라 위층으로 올라가서 긴 복도를 지난다. 마린의 방문에서 가냘 픈 촛불의 빛이 새어나온다. 이번에는 달콤한 라벤더향도, 샌들우 드향도 아니다. 구역질나는 썩은 채소 냄새다.

냄새가 지독한 무언가를 태우는 모양이라고, 넬라는 생각한다. 잘못 만든 향초라든가. 꿀꺽거리는 소리는 흐느낌이다. 넬라는 몸 을 숙여 열쇠 구멍을 들여다본다. 열쇠 구멍이 막혀 있다.

"마린?" 그녀가 속삭인다.

대답 없이 울음소리뿐이다. 넬라는 조금 열린 문을 밀어본다. 방 에서 악취가 진동한다. 엉겨붙은 덤불의 싸한 냄새와 알 수 없는 성분을 우려내려고 물에 불린 뿌리, 쌉쌀한 냄새를 풍기는 잎사귀. 마린은 침대에 앉아 운하 빛깔의 초록색 액체가 담긴 유리잔을 들 고 있다. 헤렝라흐트의 오물을 한 국자 떠담은 것 같다. 그녀가 수 집한 동물 해골은 바닥에 끌어내려져 있고, 어떤 것은 부서져 노란 뼛조각이 되어 있다. 벽에 걸려 있던 지도는 반으로 찢어졌다.

"마린? 이게 대체 무슨……."

넬라의 목소리에 마린이 고개를 든다. 그녀의 얼굴은 눈물로 얼 룩져 있고 안도감에 두 눈이 감긴다. 마린의 손에서 힘이 빠지고 넬라가 잔을 빼앗는다. 넬라는 마린의 뺨에, 목에, 가슴에 손을 대 어주며 떨리는 몸을, 쏟아지는 눈물을 진정시키려 애쓴다. "왜 그 래요?" 넬라가 묻는다. "우리가 그를 구할 거예요. 약속해요."

"오빠 때문이 아니야. 난……."

마린은 말을 잇지 못한다. 이상하게 고분고분한 마린의 몸은 여 전히 그녀의 손 밑에 있다. 넬라는 역한 혼합물의 냄새 때문에 어 지럽다. 넬라는 마린의 구토, 두통, 전에 없이 설탕을 찾는 모습, 애 플 타르트와 설탕에 절인 견과류를 떠올린다. 마린의 피로, 변덕,

느리게 움직이는 모습을 떠올린다. 검은 털로 안감을 댄 검은 드레스, 갈기갈기 찢어버린 비밀 연애편지. **사랑해요. 사랑해요. 머리끝부터 발끝까지, 당신을 사랑해요.** 라벤더 욕조에서 허공에 대고 울며 "도대체 무슨 짓을 한 거지?"라고 울부짖던 마린.

마린은 넬라의 손길을 막지 않는다. 그래서 넬라의 손은 천천히, 시누이의 풍만한 가슴을 지나, 허리선 높은 스커트의 조이는 부분 밑에 감추어져 있던 배로 향한다.

마린의 배로 손이 내려가는 순간 넬라는 비명을 지른다.

시간이 멈춘다. 말이 나오지 않는다. 단지 자궁 위에 놓인 손과 경이로움과 침묵만이 있을 뿐. 마린이 감추고 있던 배는 단단하고 커다랗고 달처럼 둥글다. 마린이? 넬라가 속삭인다. 그 말을 입 밖에 내었는지는 알 수 없다.

넬라가 숨을 내쉬는 순간, 아기가 조그만 집에서 꿈틀거리고 조그만 발이 발길질을 한다. 넬라는 무릎을 꿇는다. 마린은 여전히 조용히, 꼿꼿하게 앉아 있다. 피로감이 가득한 눈은 넬라 뒤쪽 보이지 않는 지평선에 고정되어 있다. 비밀을 지키기 위한 노력이 그녀의 얼굴에서 빠져나간다.

이건 조그만 아기가 아니다. 금방이라도 세상에 나올 것 같은 아기다.

"난 결국 못 마셨을 거야."

마린이 한 말은 그게 전부다.

⚓

방의 벽이 무대 칸막이 정도로밖에 느껴지지 않는다. 칸막이가 무너지고 있고 그 너머에는 지금까지 거의 엿볼 수 없었던 또 다른 풍경이 펼쳐지고 있다. 사방으로 뻗어나가는 페인트칠하지 않은 공간, 표지판도, 눈에 뜨이는 지형이나 건물도 없는 공간, 그저 끝없이 펼쳐진 공간뿐이다. 마린은 여전히 잠자코 앉아 있다.

캐비닛 속 조그만 요람을 떠올리는 순간 전율이 넬라의 몸을 관통한다. 미니어처리스트는 이 사실을 어떻게 알았을까? 마린의 시선이 초에 고정되어 있다. 수지가 아닌 밀랍 초이고 상쾌한 벌꿀향이 풍겨온다. 불꽃이 영혼처럼 춤을 춘다. 작은 불빛의 신이 마비된 그들의 생각을 비웃는다. 어디서 시작해야 하나. 무슨 말을 해야 하지?

"아무한테도 말하지 마." 마침내 마린이 속삭인다.

"마린, 이 집안에 더는 비밀이 있어선 안 돼요. 코넬리아는 알아야 해요."

마린이 한숨을 쉰다. "이미 알고 있을 수도 있어. 코넬리아가 의심할까 봐 그동안 돼지 피로 헝겊을 적셨어." 그녀의 눈동자가 넬라를 향한다. "이 집의 열쇠 구멍이 어떤지는 너도 잘 알잖아."

"저장실에서 헝겊을 적시고 있었군요. 전 헝겊을 빠는 거라고 생각했어요."

"보고 싶은 걸 본 거지."

넬라는 눈을 감고, 창고에서 피 묻은 손을 치켜든 마린의 모습을 떠올린다. 비밀을 지키기 위해 그렇게까지 해야 했을까. 있지도 않은 월경을 준비하고, 몸이 똑같은 상태인 척하며 외모를 유지하고. 마린의 불룩한 배에 넬라는 넋을 잃는다. 마린은 자신을 복제했다. 두 개의 마음, 두 개의 머리, 네 개의 팔, 네 개의 다리. 마치 요하네스에게서 훔친 지도에 주석으로 기재되어 있던, 항해일지에서 보고된 괴물처럼. 너무도 감쪽같이 숨겼다.

얼마나 여러 차례, 아그네스, 요하네스, 이 도시 전체의 눈을 피해 기회를 엿보아야 했을까? 너무도 충격적인 일이고, 이 모든 게 마린이 저지른 일이라는 점이 더더욱 충격적이다. 성경 따위는 내던져버리고 살과 살을 맞대고 간음을 하다니. 그러나 이건 사랑이라고, 넬라는 생각한다. 사랑이 사람을 그렇게 만든 거라고.

마린은 고개를 숙이고 양손으로 머리를 감싼다. "프란스." 그녀가 말한다. 그녀가 숨겨왔던 진실, 그녀의 삶을 망가뜨릴 수도 있는 진실을 전하는 데 그 이름이면 충분하다.

"지금은 설탕 때문에 화가 나서 그래요, 마린. 그 사람은 당신을 사랑해요." 마린이 고개를 든다. 그녀의 지친 얼굴에 놀라움이 깃든다. "그 사람한테 아기에 대해 말해요. 그러면 요하네스를 해치지 않을 거예요. 그랬다간 당신이 위험에 처하게 될 테니까."

"안 돼, 페트로넬라." 마린이 말한다. "코넬리아가 지어낸 얘기와는 달라." 두 사람은 잠시 침묵 속에 앉아 있다. 넬라는 아그네스와 함께 목격한 일에 대한 소식을 전하던 프란스의 흉측한 공격성과 승리감에 취한 표정을 떠올린다.

"하지만…… 아기를 살리고 싶잖아요. 안 그래요?"

마린이 배를 쓰다듬는다. "응." 그녀가 말한다. "살리고 싶어."

"사람들은 이 일을 알 필요가 없어요, 마린. 우린 숨기는 데 선수잖아요."

마린이 눈을 문지른다. "난 잘 모르겠어." 그녀가 한숨을 쉰다. "만약 살아남으면 이 아이는 오명을 쓰게 될 꺼야."

"오명이라니요?"

"어머니의 죄, 아버지의 죄……."

"아기잖아요, 마린. 악마가 아니에요. 멀리 떠나면 되잖아요." 넬라가 다정하게 말한다. "시골로 내려가서 살아요."

"시골엔 할 일이 없잖아."

넬라가 혀를 깨물고 가시 돋친 말을 삼킨다. "맞아요. 염탐하는 사람도 없죠."

"임신이 프랑스어로 뭔지 알아, 넬라? 엉상트_{Enceinte}."

넬라는 짜증이 치민다. 마린도 자기 오빠처럼 툭하면 외국어를 들먹이며 대화의 방향을 틀고 세상 물정에 밝은 척 연막을 친다.

"그 말에 어떤 다른 뜻이 있는지 알아?" 마린이 집요하게 묻고 그제야 넬라는 그녀의 목소리에 담긴 막연한 두려움을 느낀다. "포위. 벽. 덫."

넬라는 그녀 앞에 무릎을 꿇는다. "몇 달이나 됐어요?" 현실적으로 상황에 대처하고 싶어 넬라가 묻는다.

마린이 숨을 내쉬며 양손을 배 위에 얹는다. "일곱 달쯤."

"일곱 달이라고요? 그런데도 알아차리지 못했어요. 엄마가 임신한 모습을 네 번이나 보았는데도 전혀 눈치채지 못했어요."

"제대로 보질 않은 거겠지, 넬라. 가슴을 동여매고 스커트를 부풀렸으니까."

넬라는 웃지 않을 수 없다. 이런 상황에서도 마린은 몸을 옥죄어 모두의 눈을 피해 진실을 숨긴 자신을 뿌듯해하고 있다. "하지만 최근엔 걷기가 힘들었어. 공을 안고 있어서 몸이 구부러지는 것 같았어."

"머잖아 티가 났을 거예요. 스커트와 숄을 아무리 많이 껴입어도."

"다행히 키가 크잖아. 대식가처럼 보였겠지. 내가 지은 죄의 형상화랄까."

넬라가 유리잔을 흘금 쳐다본다. 이 조제약preparation을 마셨으면 마린은 죽을 수도 있었다. **조제약**이라는 말이 마치 무언가의 시작처럼 느껴진다. 실제로는 끝인데도. 아센델프트에서도 어떤 여자아이가 헬레보레•와 박하로 만든 약물을 마시고 죽었다. 소문에 의하면, 오빠의 친구들에게 강간을 당했는데 그중 한 명의 아이를 임신했단다. 여자아이의 아버지가 조제약을 만들었는데 뭐가 잘못되었는지 다음 날 아침 가족들이 그녀를 묻었다.

시골 사람들은 치명적인 독버섯을 알아본다. 그러나 일곱 달째라면 너무 늦었다. 그동안 그토록 조심하며 숨겨왔건만, 하마터면 마린도 죽을 뻔했다. 마린도 그 사실을 알고 있었을까? 아니면 몰랐을까? 어느 쪽이든 넬라는 마음이 편하지 않다.

"독은 어디서 구했어요?"

"책을 보고 만들었어." 마린이 말한다. "재료는 약제상 세 곳에서 구했어. 오빠는 네가 자기가 구해온 씨앗과 잎사귀를 전부 훔쳤다고 생각하지만 사실 그중 반은 암스테르담의 돌팔이 의사가 처방해준 거야."

"하지만 왜 하필 오늘 밤이죠? 그 전엔 어떻게 해야 할지 몰랐나요?" 마린이 대답을 거부하며 고개를 돌린다. "마린, 그런 조제약은 일찍 쓰지 않으면 무척 위험해요." 넬라가 추궁하지만 마린은 여전히 대답이 없다.

"마린, 이 아이가 살기를 원해요?"

마린이 자신의 배를 어루만진다. 여전히 말은 하지 않고, 넬라가 볼 수 없는 영원을 쳐다본다. 넬라의 눈동자가 쌓아놓은 책 더미

• 미나리아재비과 식물로, 독초의 하나.

로 향한다. 그중 한 권이 눈에 들어온다. 스테파누스 블랑카르트의 《어린이 질병》이다. 지난번 이 방에 왔을 때 보지 못했다니 믿기지 않는다.

마린도 그 책을 쳐다보고 있다. 겁에 질렸으면서도 한편으로는 이상할 정도로 어려 보인다. 넬라가 그녀의 손을 잡는다. 약한 맥박이 손에서 손으로 전해진다. "처음 온 날, 마린이 내 손가락을 만지던 게 생각나요." 넬라가 말한다.

"아니. 난 그런 적 없어."

"마린, 난 똑똑히 기억해요."

"네가 무슨 선심이라도 쓰는 것처럼 나한테 손을 주었지. 넌 정말…… 자신감이 넘쳤어."

"그렇지 **않았어요.** 당신이 내게 손을 내밀었어요. 마치 나가라고 바깥을 가리키는 것처럼. 열일곱치고는 뼈가 단단하다고 했어요."

"참 한심한 말을 했구나." 혼란스러운 듯한 목소리다.

"더구나 난 열여덟 살인데."

그 말에 마린의 긴장이 누그러들고 대화는 끝난다. 마린이 넬라에게 몸을 기대어오면서 두 사람은 조용한 휴전에 돌입한다. 넬라는 오늘 저녁, 이 조그만 지도의 방에서 일어난 일을 믿을 수 없다. 받아들이기에는 너무도 엄청난 사실이다. 그녀의 마음은 윙윙거리며 방 안을 맴돌고 빠져나갈 길을 찾는다. 너무도 많은 것을 묻고 싶지만 어디서 시작해야 할지 알 수 없다.

두 사람은 지금껏 한 번도 경험 못 한 휴식을 취하고 있다. 그 순간 넬라에게 한 가지 생각이 떠오른다. 이 아이를 통해 요하네스가 마땅히 했어야 하는 남편으로서의 도리를 증명할 수 있을 것이다. 우리는 훌륭한 네덜란드 가족을 이룰 수 있을 것이다. 그러나 마린의 얼굴을 바라보는 순간, 넬라는 입이 떨어지지 않는다. **당신의 아기를 나한테 줘요, 마린. 당신 오빠 목숨을 구해요.** 쉽게 꺼낼 수 있는 말이 아니다. 그 말을 받아들이는 것은 말을 하는 것보다 더 힘들 것이다. 마린은 평생 희생하며 살아왔으니 이런 제안은 조심스럽게 해야 한다. "산파를 찾아야겠어요." 넬라가 나지막이 말한다.

"창고에 가서 설탕을 확인해봐." 마린의 대답이다. 그녀의 몸이 경직되기 시작한다.

"하지만 마린! 당신은 어쩌려고요?" 넬라는 이렇듯 자신을 분리해낼 수 있는, 마치 주머니 속에 보석을 넣듯 아기의 존재를 배제할 수 있는 마린의 능력이 놀랍다. 마린이 불안정한 자세로 침대에서 일어나 해골이 흩어진 바닥을 가로지른다. 스커트를 입지 않아서 몸의 굴곡과 부풀어오른 가슴이 그대로 드러난다. 닻이 내려진 마린의 육체, 그 벽 뒤에는 아기가 뒹굴고 있다. 그 아기는 소유자인 동시에 소유당한 자이다. 아기가 아직 만난 적 없는 엄마는 아기에게는 신과도 같은 존재다. 아기가 곧 나올 거라고, 넬라는 생각한다. 마음을 열고 살고 싶은 그녀의 바람에도 불구하고, 넬라는 이것이야말로 앞으로 평생 간직해야 할 가장 큰 비밀임을 알고 있다.

설탕에 대한 언급이 그녀의 마음속에 한 가지 기억을 떠올려준다. "요하네스가 설탕을 팔 사람들 목록을 주었어요." 넬라가 마지못해 말한다. 태어나지 않은 아기로부터 화제를 돌리는 게 영 내키지 않는다.

"그래? 다행이네."

그러나 넬라가 말을 잇기도 전에 문에서 멀어지는 발소리가 들린다. "코넬리아," 마린이 말한다. "저 아이는 평생을 엿들으며 살았어!"

"내가 얘기할게요."

마린이 한숨을 쉰다. "그래야 할 것 같아. 또 이상한 얘기 꾸며내기 전에."

"그럴 필요 없을 거예요." 문으로 향하며 넬라가 말한다. "이 집에서 진실보다 더 기막힌 건 없으니까요."

기댈 곳 없이

코넬리아는 넬라의 방에서 처음엔 잠자코 꿋꿋하게 이야기를 듣다가, 결국 이기지 못하고, 뼈가 재가 된 듯 침대에 털썩 주저앉는다. "**그럴 줄** 알았어요." 그녀가 말한다. 그러나 혼란에 휩싸인 그녀의 얼굴이 당당한 말투와 어긋난다. 넬라는 하녀에게 다가가 그녀를 꼭 끌어안는다. 가엾은 코넬리아. 너도 속았구나. 모두가 멀쩡히 눈을 뜨고 감쪽같이 당했다. 이것은 마린의 속임수 중 단연 가장 훌륭한 속임수다. 사실이라는 것만 빼고.

"뭔가 잘못 됐다는 건 알고 있었어요." 코넬리아가 말한다. "하지만 믿고 싶지 않았죠. 아기를 가지셨다니!"

"우릴 속이려고 짐승 피를 헝겊에 묻혔대." "참 영리하시네." 코넬리아가 대답한다. 그녀의 찌푸린 얼굴이 못마땅한 경탄으로 바뀐다.

"결혼도 안 한 여자가 임신하는 것보단 확실히 영리하지."

"마담!" 코넬리아는 화가 난 것 같다. 넬라는 이 고아에게 마린의 독약에 대해서는 말하지 말자고 생각한다. 하지만 밀려드는 애정과 함께 넬라는 깨닫는다. 이 열쇠 구멍의 여왕은 이미 전부 다

엿들었을 거라고.

이제 곧 아기가 태어난다. 마린의 비밀은 밝혀졌고, 이제 넬라는 부풀어오른 커튼에서도, 침실의 동그란 베개에서도 아기를 본다. 그녀는 코넬리아의 뒤쪽, 침대 한복판을 본다. 마린은 내가 결코 갖지 못할 것을 가졌다. 뜻밖에도 프란스와 마린이 함께 있는 모습이 넬라의 머릿속에 떠오른다. 두 사람의 몸, 마린의 다리 사이를 파고드는 부풀어오른 그의 몸, 고통의 막대, 마린의 속옷을 말아내리고, 그녀의 몸을 열고, 그 열기에 비명을 지르는 프란스. 그렇게 상상하는 건 옳지 않다고, 넬라는 생각한다. 그 이상의 뭔가가 있을 것이다. 왜냐하면 그는 마린의 손길이 천 시간을 머문다고 생각하는 남자고, 그녀는 햇살 속에 자신이 서 있다고 생각하는 남자이기 때문이다. 그런 시적 감수성을 지닌 사람이 어떻게 아무 감흥 없이 그 일을 치를 수 있겠는가?

"아기를 어떻게 하죠?" 코넬리아가 묻는다.

"마린은 사설 고아원에 보낼 생각인 것 같아."

코넬리아가 벌떡 일어선다. "그건 안 돼요! 우리가 키워야 해요, 마담!"

"코넬리아, 그건 네가 결정할 일이 아니야." 넬라가 말한다. "내가 결정할 일도 아니고." 감옥에 있을 요하네스를 생각하며 그녀가 덧붙인다.

하녀가 팔짱을 낀다. "제가 씩씩하게 아기를 돌볼게요."

"그럴 수도 있겠지, 코넬리아. 하지만 네가 가질 수 없는 걸 꿈꾸지는 마."

너무 잔인한 말이라는 것을 넬라도 알고 있지만 걷잡을 수 없는 피로감이 밀려든다. 지금 그녀는 마린처럼 말하고 있다. 코넬리아가 그녀에게서 돌아서더니 캐비닛으로 다가간다. 달이 구름 뒤로 숨었고 촛불의 빛이 거북 등딱지를 고르지 않게 비춘다.

코넬리아가 노란 커튼을 젖히고 안을 들여다본다. 화를 낸 것이 무안해서 넬라는 막지 않는다. 하녀가 요람을 집어 손바닥 위에 올려놓고 앞뒤로 흔든다. "예뻐라!" 하녀가 감탄하며 말한다.

눈치챘어야 했다고, 넬라는 생각한다. 수많은 소품 중에 마린이 처음 고른 것이 바로 요람이었다. 그것 말고 또 뭘 놓쳤을까? 너무도 많다. 나는 지금도 놓치고 있다.

코넬리아가 마린의 인형을 꺼낸다. "**마담**이네." 하녀가 임신한 자신의 안주인을 믿지 않는 표정으로 쳐다본다. "마담을 제 손바닥 위에 올려놓은 것 같아요."

미니어처 마린이 두 사람을 올려다본다. 입은 굳게 다물었고 잿빛 눈동자는 흔들림이 없다. 코넬리아는 마린의 스커트 자락을 매만진다. 보드라운 검은색 울은 두툼해서 감촉이 좋다. 하녀는 마린을 촛불에 비춰본다. "부디 별 탈 없으시기를, 마담." 코넬리아가 양손에 인형을 쥐고 중얼거린다. 미니어처 마린의 배에 키스하는 순간 그녀가 화들짝 놀라며 인형에서 떨어진다.

"왜 그래? 코넬리아, 왜?"

"안에 뭐가 있어요."

넬라가 코넬리아에게서 인형을 빼앗아 스커트를 들추고, 속치마를 들추고, 마린의 몸이 나올 때까지 몇 겹을 더 들춘다. 코넬리아가 발견한 것에 넬라의 손이 닿는 순간 흥분은 역겨움이 된다. 미니어처리스트가 또 한 번 그들을 이겼다.

축소된 마린의 몸에는 태어나지 않은 아기의 굴곡이 있다. 작은 혹, 호두 한 알, 아직은 아무것도 아니지만 머지않아 태어날 그것.

인형은 복도 끝 방에 있는 실제 인물처럼, 시간이 흐를수록 몸이 무거워지는 것 같다.

코넬리아는 겁에 질린다. "**임신한** 마담 마린의 인형을 주문하신 거예요?" 옥수수꽃처럼 파란 하녀의 눈빛이 그녀를 향한 비난으로 반짝일 때, 넬라는 자신의 몸을 가눌 수 없을 것 같다. "어떻게 우릴 배신할 수 있어요?"

"아니야. 절대 그런 게 아니야." 넬라가 애원하다시피 말한다. 무너지기 시작한다. 헐거운 벽돌, 댐의 구멍.

"소문이 얼마나 무서운지 잘 아시면서……."

"난, 난 이걸 주문하지 않았어, 코넬리아."

"그럼 누가 주문했어요?" 코넬리아는 경악한다.

"그냥 받았어. 난 류트 하나만 주문했는데, 그런데……."

"그럼 누가 우릴 염탐한단 건가요?" 하녀가 인형을 마치 방패처럼 들고는 방 안에서 빙그르 돈다.

"미니어처리스트는 스파이가 아니야, 코넬리아. 그 여잔 그 이상의 무언가가……."

"여자라고요? 그 편지는 남자 공예가한테 보내는 건 줄 알았는데요?"

"그 여자는 예언자야. 마린의 배를 봐! 그 여자는 우리 삶을 들여다보고 있어! 우릴 도와주려고, 우리에게 경고하려고……."

코넬리아가 인형을 하나씩 꺼내 단서를 찾아보려고 인형들의 몸을 누르고 바닥에 던진다. "경고를 한다고요? 도대체 뭐 하는 여자래요? 이 미니어처리스트의 정체가 뭐냐고요." 하녀는 자기 자신의 인형을 손에 쥐고 두려움에 떨며 쳐다본다. "하느님 맙소사, 전항상 조심하며 살았어요, 마담. 순종하며 살았다고요. 하지만 이 캐비닛이 도착한 이후, 제가 그렇게 닫으려고 애썼던 문들이 열려버렸어요."

"그게 그렇게 나쁜 일인가?"

마치 미친 사람 보듯 코넬리아가 그녀를 쳐다본다. "시뇨르는 감옥에 계시고, 오토는 사라졌고, 마담 마린은 이 집안 원수와의 수치스러운 비밀을 간직하고 계시고요! 이제 세상이 무너지고 있는데, 이 **미니어처리스트**인지 뭔지 하는 여자가 그동안 계속 지켜보고 있었다고요? 그 여자가 어떻게 우리한테 경고하는데요? 어떻게 우릴 도왔는데요?"

"미안해, 코넬리아…… 정말 미안해. 하지만 마린한테는 말하지 말아줘. 그 대답은 미니어처리스트가 알고 있어."

"그 여잔 한낱 염탐꾼일 뿐이라고요!" 코넬리아가 씩씩거린다. "저 위에 계신 하느님 말고는 누구도 우리 인생을 맘대로 주무르지 못해요."

"우리가 마린의 비밀을 몰랐는데 그 여잔 어떻게 알았을까, 코넬리아?"

"우린 알아냈을 거예요. 결국 알아냈잖아요. 그 여자가 우리한테 말해줄 필요는 없었어요."

"이걸 봐." 넬라가 아그네스의 검게 변한 설탕을 하녀에게 보여준다. "처음에 도착했을 땐 분명히 흰색이었어."

"불에 그을린 자국이잖아요."

"문질러도 **지워지질** 않아. 레제키는 머리에 표시가 있었어. 잭이 찌른 바로 그 자리에."

코넬리아가 캐비닛에서 물러선다. "이 마녀는 대체 **누구래요?**" 그녀가 낮게 소리친다.

"그 여잔 마녀가 아니야, 코넬리아. 노르웨이에서 온 여자야."

"노르웨이의 마녀가 암스테르담의 스파이가 됐군요! 감히 이런 사악한 물건을 보내다니……."

"사악한 물건이 아니야."

코넬리아의 분노에 넬라의 심장은 타들어간다. 혼자만의 소유이자 비밀이었던 미니어처리스트와 함께 그녀 자신이 해부되어 내장이 파헤쳐지는 것 같은 기분이다.

"난 이 도시에 아무것도 없었어, 코넬리아. **아무것도.** 그런데 이 여자가 내게 관심을 보였어. 왜 날 선택했는지도 모르겠고, 그녀가 보내는 메시지를 항상 이해할 수 있는 건 아니지만, 난 이해하려고 노력하고 있고……."

"그 여자가 우리 말고 또 누굴 알아요? 이제 **어쩔** 셈이래요?"

"나도 몰라. 제발 내 말 믿어줘. 내가 그만하라고 부탁했는데도 내 말을 듣지 않았어. 꼭 나의 불행을 이해하는 것처럼 계속 물건을 보냈어."

코넬리아가 얼굴을 찌푸린다. "하지만 제가 행복하게 해드리려고 노력했어요. 제가 곁에 있었는데……."

"그건 나도 알아. 어쨌든 내가 알아낸 거라고는 그 여자가 브뤼허스의 어느 시계 제조공 밑에서 도제 생활을 했다는 것뿐이야. 내가 편지를 보냈는데, 그 사람도 이 여자처럼 침묵을 지키고 있어." 넬라는 자신의 목소리가 흐느낌으로 변하기 직전임을 깨닫는다. 뜨거운 눈물이 쏟아져나올 것 같다. "하지만 펠리콘 목사가 뭐라고 했지? 세상의 모든 숨겨진 것은 결국에는 드러나기 마련이라고 했잖아."

"여자는 도제 생활을 못 해요." 코넬리아가 말한다. "남자들은 여자를 훈련시키려 하지 않아요. 재봉사나 냄새나는 토탄 운반하는 사람들 말고는 어떤 길드에서도 여자를 받지 않을걸요. 왜 받겠어요? 어차피 세상을 만드는 건 남자들인데."

"그 여자는 분과 초를 만들었어, 코넬리아. 시간을 창조했어."

"마담이 드실 철갑상어를 끓이거나, 파이 양념을 하거나, 유리창을 닦지 않았더라면 **저도** 만들었겠네요. 저도 사악한 인형을 만들고, 사람들을 염탐하고⋯⋯."

"**너도** 염탐하잖아. 그런 면에선 너도 그 여자랑 똑같아."

코넬리아는 몸이 달아오르고 숨이 거칠어지면서 입술을 비죽거리다가 자신의 인형을 캐비닛 속에 넣는다. "전 그 여자랑 **달라요.**"

넬라는 자신의 다양한 감정을 추스른다. "내가 냉정을 잃으면 안 되는데." 그녀가 작은 소리로 말한다.

잠시 침묵이 흐른다. "저도 마찬가지예요, 마담. 하지만 저의 세상은 지난 며칠 동안 너무도 빨리 바뀌었어요. 다 무너졌어요."

"알아, 코넬리아. 나도 알아."

잠시나마 마음의 평화를 얻기 위해 넬라가 캐비닛의 커튼을 친다. 코넬리아는 그에 답하듯 잠자코 넬라의 방 창문에 커튼을 친다. 두 사람은 잠시 숨죽인 절반의 어둠 속에 서 있다.

"마담 마린한테 가봐야겠어요." 코넬리아가 말하며 캐비닛에서 단호하게 돌아선다. 넬라는 젊은 시절의 미니어처리스트를 상상해본다. 코넬리아의 말도 일리가 있다. 아무도 그 미니어처리스트의 시계를 사지 않았을 것이다. 남자가 만든 시계를 샀을 것이다. 그래서 그녀는 기술을 향상시킬 수 없었을 것이고, 남자들이 만들어놓은 인공적 리듬을 다스리려 애쓰는 대신 자신의 내면으로 향했을 것이다. 도대체 어느 시점에 더욱 친밀하고 불규칙한 인간의 내

면세계를 파고들기 시작했을까? 그리고 왜 나를 선택했을까? 넬라는 캐비닛 한쪽에 머리를 기댄다. 서늘한 나무가 그녀의 살갗을 연고처럼 어루만진다. 내 이야기를 내게 보여줌으로써 미니어처리스트는 작가가 되었다고, 넬라는 생각한다. 어떻게 하면 내 이야기를 되찾을 수 있을까.

1687년 1월

너희는 너희의 하느님 야훼께서 불어나게 하시어
오늘날 하늘의 별처럼 많아졌다.
너희 선조들의 하느님께서 약속하신 대로
너희를 천 배나 더 불어나게 복을 내려 주시기를 바라지만,
너희 가운데 귀찮고 시끄러운 일이 생기고 시비가 벌어지게 되면,
나 혼자서는 너희를 맡을 수 없으니.

〈신명기〉1장 10-12절

THE
MINIATURIST

제

4

부

홀씨

암스테르담 사람들에게 새해 첫날은 창문을 열어 찬 공기를 들이고 거미줄을 걷어내고 나쁜 기억을 떨쳐버리는 의식을 치르는 날이다. 넬라는 하녀처럼 차려입는다. 코넬리아는, 메달처럼 창고 열쇠를 목에 두르고 부츠를 신는 안주인을 돕는다.

변화의 날인 예수 공현일도 지나지 않았지만 이제 더는 낭비할 시간이 없다. 하녀는 악마가 악귀를 거느리고 금방이라도 들이닥칠 거라 기다리는 듯한 표정이지만, 마린에게 인형 스커트 속에 숨겨져 있던 비밀과 검게 변한 아그네스의 설탕에 대해서는 말하지 않겠다고 약속했다. "안정을 취해야 해." 넬라가 말했다. "아기를 생각해야지."

넬라는 하녀의 허름한 외투를 걸친다. 꼿꼿하게 서보려 애쓰지만 나락으로 곤두박질치는 것 같은 기분이다. 넬라는 자신이 상상했던 것보다 훨씬 더 깊이 이 도시의 늪지와 수렁으로, 진흙과 바다였던 시간 속으로 빠져드는 것만 같다.

"이스턴 아일랜드에 혼자 가시면 안 돼요." 코넬리아가 말한다.

"선택의 여지가 없어. 너는 마린하고 같이 있어줘. 오래 걸리지 않을 거야."

"다나를 데리고 가세요. 마담을 지켜줄 거예요."

넬라는 집을 나서 헤렝라흐트 가로 들어선다. 다나가 곁에서 따라온다. 묵직한 열쇠가 가슴에 느껴진다. 스탓하위스에 있는 요하네스를 먼저 만나고 싶다. 그러나 암스테르담은 돈이 최고인 도시고, 합리적으로 판단해야만 한다. 넬라는 이스턴 아일랜드에서 무얼 보게 될지 궁금하다. "나 아니면 누가 이 일을 하겠어요, 마린?" 오늘 아침 일찍 넬라가 마린에게 간청했다. "요하네스는 감방에 있어요. 아그네스와 프란스가 우리에게 자비를 베풀지 않기로 결심했다면 뇌물을 줘서라도 잭의 마음을 돌리는 수밖에 없어요."

마린이 배에 손을 얹은 채 고개를 끄덕였다. 임신 사실이 알려지고 나니 배가 더 커진 것 같다. 아라벨라를 임신했을 때 넬라의 엄마는 자신이 거대한 빵 덩어리 같다고 말한 적이 있다. 이제 마린도 자신을 증명할 때를, 몸이 견딜 수 있는지 확인할 때를 기다리는 것 같다. 마린이 말한 너무 단단한 매듭이란 도대체 어떤 의미일까?

"그다음엔 요하네스를 찾아가볼 거예요. 들여보내주기만 하면." 넬라가 덧붙인다. "전하고 싶은 말 없어요?"

마린의 얼굴이 슬픔에 휩싸인다. 그녀는 양손을 옆으로 축 늘어뜨리고 응접실 쪽으로 눈을 돌리며 자리를 피한다. "내가 무슨 할 말이 있겠어?"

"그래도……."

"희망은 위험한 거야, 페트로넬라."

"아무것도 없는 것보단 나아요."

추위가 매섭다. 얼굴을 긋는 작고 날카로운 칼 같다. 빨리 봄이 오면 좋겠다고, 넬라는 생각한다. 그리고 곧바로, 시간이 빨리 가기를 기다리는 것이 마린과 요하네스에게도 좋은 일인지 생각해본다. 봄이 올 무렵 그들의 세계는 발치에 무너져내릴 것이다. 암울한 생각을 떨쳐버리려고 넬라는 걸음을 재촉해 십여 분 만에 도시 동부에 이른다.

미니어처리스트가 칼베르스트라트를 떠났다는 사실이 마음에 걸린다. 넬라는 아직 희망을 버리지 않았다. 아직도 거리에서 금발 머리카락이 언뜻 스쳐지나가기를, 누군가 문을 두드리고 소포를 가져오기를 애타게 기다린다. 그러나 며칠째 침묵뿐이다. 코넬리아에게는 미니어처리스트가 가야 할 길을 보여주고 있다고 말했지만, 넬라는 혼자 어둠 속에서 헤매는 기분이다. 그동안 일어난 일과 앞으로 닥칠 일을 이해하려면 더 많은 글귀가, 더 많은 미니어처가 필요하다. **돌아와요.** 이스턴 아일랜드를 향해 몇 개의 다리를 건너며 넬라는 생각한다. **당신 없이 나 혼자서는 못 하겠어요.**

보이는 곳마다 물이다. 호수는 유리처럼 고요하다. 여린 해가 구름 뒤로 숨으면 얼룩진 거울처럼 군데군데 흐릿해진다. 요하네스가 가장 좋아하는 감자 요리를 판다는 식당이 근처일 텐데. 그가 이곳을 좋아했다는 건 그리 놀랍지 않다. 바다가 가깝고 인적이 드물다. 숨을 만한 곳이 많을 것이다.

창고들이 모습을 드러내기 시작한다. 도시의 원 안에 옹기종기 모여 있는 집보다 훨씬 더 널찍한 벽돌 건물이 하늘 높이 솟아 있다. 오늘 아침 이스턴 아일랜드는 텅 비어 보인다. 아마도 대다수의 사람이 새해를 맞으며 과음을 해서 아직 잠자리에 있을 것이다. 넬라의 아버지는 새해 첫날, 저녁이 되도록 잠자리에서 일어나지 않았다. 그러다가 일어나서는 해가 바뀌어봐야 달라진 게 하나도 없다고 말했다. 여긴 그렇지 않다고, 넬라는 생각한다. 이젠 모든 게 달라졌다. 넬라는 자신의 발소리를 듣고, 바쁜 걸음에 다나가 얕게 헐떡이는 소리도 듣는다.

평화로운 분위기에도 불구하고 내륙에서 분리된 이곳의 땅 조각들에는 응집력 같은 것이 느껴진다. 이 땅의 모든 것은 오직 한 가지 목적을 지니고 있다. 바로 물자 분류, 선체 수리, 선원과 선장 들의 생활 기반 마련을 통한 무역거점 확보다. 마린이 일러준 방향대로 따라가던 넬라는 마침내 요하네스의 창고에 다다른다. 6층짜리 건물로, 조그만 검은색 문이 앞쪽에 있다.

자물쇠에 기름을 잘 쳐두어서 문이 쉽게 열린다. 그녀는 코넬리아의 너무 큰 스커트와 앞치마 매무새를 만진다. 두 사람은 어느쪽이 더 나쁠지 의논했다. 주인의 창고에서 붙잡힌 하녀, 혹은 남편의 창고에서 붙잡힌 아내. 하녀가 낫다는 데 의견이 모아졌다. 요하네스 브란트의 평판에 마담 페트로넬라가 이스턴 아일랜드의 창고를 염탐하고 다녔다는 소식까지 보탤 필요는 없었다. 넬라는 프란스와 아그네스가 이곳에 와서 건물 뒤쪽으로 살금살금 걸어가는 상상을 해본다.

"여기 앉아 있어, 아가." 그녀가 다나에게 명령하고 눈앞에 닥친 일에 집중하려 애쓴다. 그녀는 개의 머리를 쓰다듬는다. "사람이 오면 짖어." **아예 경비견을 한 마리 두어야겠어.** 그녀가 생각한다. **잭이 사라져버렸으니.**

건물 내부로 들어선 순간, 넬라는 숨이 막힌다. 길고 가느다란 사다리 맨 밑에 서 있는 자신이 너무도 작게 느껴진다. 사다리는 요하네스의 물건이 높이 쌓인 다섯 층의 창고로 이어져 있다. 요하네스는 모든 것을 가졌으면서도, 너무도 자주 아무것도 가진 게 없는 자의 공허감에 사로잡히는 사람이다.

자기 임무의 다급함을 떠올리며 넬라는 설탕을 찾기 위해 사다리를 오르기 시작한다. 남편의 인생을 타고 오르는 것 같은 기분이 든다. 그녀는 동굴 같은 공간을 오르고 또 오른다. 스커트 자락이 가로대에 걸려 하마터면 사다리에서 떨어질 뻔하기도 한다. 중국산 흑단 병풍들과 뱅골산 실크를 지나고, 정향과 육두구와 메이스*가 담긴 '말루쿠'**라고 적힌 상자를 지나고, 후추와 실론 시나몬 껍질이 담긴 '말라바르산'이라고 적힌 상자를 지나고, 찻잎이 담긴 '바타비아 경유'라고 적힌 상자를 지난다. 고가로 보이는 목재, 구리 관, 양철 조각, 하를럼 울 더미도 보인다. 델프트 접시와 '에스파냐' '헤레스'라고 적힌 와인 통을 지나고 황화수은, 코치닐, **거울과 매독용** 수은, 금과 은으로 만든 페르시아산 장신구도 지난다. 사다리의 가로대를 붙잡으면서 넬라는 비로소 오빠가 하는 일에 매혹되었던 마린을 이해한다. 숨이 차고 들뜬 상태로, 넬라는 이것이야말로 진정한 삶이라고 생각한다. 이것이야말로 진정한 모험가가 하는 일이다.

맨 꼭대기 층에 올라가서야 설탕을 찾아낸다. 요하네스는 설탕을 바다 한복판, 습기에서 떨어진 곳에 놓고 리넨 천을 씌워놓았다. 그의 세심함에 감탄한 넬라는 하마터면 울음을 터뜨릴 뻔한다. 프란스의 말만 듣고 요하네스가 설탕을 창고 맨바닥에 비상용 돛과 타르칠도 하지 않은 밧줄 틈에 굴리는 줄 알았다. 그러나 아니었다. 요하네스는 신경을 쓰고 있었다. 설탕이 얼마나 많은지 천장

---

* 육두구 열매 선홍색 씨의 껍질을 말린 것.
** 인도네시아 동쪽 끝에 있는 제도. '향료의 제도'로 알려져 있다.

대들보에 닿아 있다.

넬라는 비틀거리며 사다리에서 내려와 리넨 덮개의 한쪽 끝을 조심스럽게 들어본다. 설탕은 마치 대포알처럼 차곡차곡 쌓여 있다. 한 개가 비는 것으로 보아 아그네스가 그날 저녁 가지고 왔던 설탕을 여기서 빼낸 게 틀림없다. 미심쩍은 설탕*이었다. 그런 설탕이 존재한다면. 이게 무너져내리면 깔려 죽겠다고, 넬라는 생각한다.

설탕 원뿔이 족히 천 개는 넘을 것 같다. 넬라는 비교적 최근에 정제된 것으로 보이는 설탕 옆에 무릎을 꿇고 앉는다. 아직 깨끗하고, 환하게 빛나며, 암스테르담 시를 상징하는 세 개의 십자가가 찍혀 있다. 수리남에서 정제된 나머지 반은 만져보니 조금 축축하고 흰 가루가 약간 묻어난다. 수리남에서 온 것 중 사 분의 일 정도는 뒤쪽에 얼룩이 번져가고 있다. 이미 물을 먹은 설탕에서 귀한 결정체를 얻어낼 방법은 없다. 하지만 그렇다고 해도 프랑스의 말은 과장이 심했다. 그는 자기가 보고 싶은 것만 보았다. 설탕을 말릴 수도 있을 것이다. 상한 원뿔의 일부도 건질 수 있을 것이다.

기분이 좋아진 넬라는 손가락에 묻어난 설탕의 맛을 본다. 넬라는 상한 설탕을 핥은 대가로 레케르헤이트에 대한 탐욕으로 죽는 상상을 해본다. 펠리콘 목사가 퍽도 좋아하겠군.

그녀는 주머니에서 요하네스의 목록을 꺼낸다. 화려한 이름으로 가득 차 있다. 백작과 추기경, 공주, 남작의 이름에다가 런던, 밀라노, 로마, 함부르크, 심지어 동인도회사의 해외 기지에서 여가를 달콤하게 만들고 싶어하는 사람들의 이름이다. 요하네스가 스페인과

• 영단어 'sweetener'에는 설탕, 회유 수단이라는 의미가 있다.

영국의 일반인과도 거래를 텄다는 사실은, 이 나라가 그들과 전쟁 중임을 감안하면 참으로 놀라운 일이다. 은세공업자 파티에서 그가 프란스에게 했던 말이 떠오른다. **해외에서 우린 못 믿을 사람으로 통하고 있어. 난 그런 사람이 되고 싶은 생각은 없네.**

설탕의 양이 그녀가 생각하던 것보다 훨씬 많다. 요하네스와 마린이 처한 절박한 상황이 넬라의 어깨를 짓누른다. 이 설탕을 해외에서 팔아줄 대행인을 고용하면 이윤의 상당 부분을 떼이게 될 거라고 넬라가 말했을 때, 요하네스는 부정하지 않았다. 그들에겐 가까이 있는 사람, 이 상황을 이해하는 사람, 설탕을 절실히 원하는 사람이 필요하다. 넬라는 일어서서 허리에 손을 얹고 프란스와 아그네스의 생계 수단을 바라보며 곰곰이 생각해본다. 마침내 한 가지 생각이 떠오른다. 그녀가 암스테르담에 도착한 첫 달, 포장하지 않은 케이크를 무릎 위에 올려놓고 눈을 커다랗게 뜨고 앉아 있던 사람이 한 말. 넬라는 품위와 전문성을 지닌 그녀가 마음에 들었다. **아침엔 벌꿀, 오후엔 마지팬.**

넬라는 남편의 목록을 구긴다. **좋았어.** 그녀가 남편의 왕국을 이루고 있는 벽과 대들보, 통나무지붕에 대고 소리친다. 이제 뭘 해야 할지 알겠어.

✤ 스탓하위스

넬라는 보초를 따라 스탓하위스 감옥의 지하 1층 복도를 걷다가 다시 옆으로 길게 뻗은 건물 부속 동을 따라 걷는다. 수감자들의 거친 기침 소리와 불평 소리가 들린다. 생각했던 것보다 넓다. 걷는 내내, 넬라는 비율 개념을 초월하여 설명할 수 없는 방식으로 건물이 팽창하는 느낌을 받는다. 감방 옆에 감방, 벽돌 옆에 벽돌. 도무지 건물의 구조를 이해할 수 없다.

비명 소리와 신음 소리, 철창에 무언가 쨍그랑거리는 소리와 훌쩍이는 소리가 들린다. 수컷들의 괴성이 만드는 불협화음을 떨쳐 버리려 애쓰며, 커져가는 두려움을 보초가 알아차릴까 봐 넬라는 고개를 꼿꼿하게 쳐든다.

그녀와 보초는 감옥 안뜰의 가장자리를 따라 걷는다. 뜰 한복판에 볼트를 움직여 조일 수 있도록 나무판자로 만든 괴상한 기구가 있다. 날카로운 쇠못이 일렬로 박혀 있는 기구도 보인다. 죄수들은 문자 그대로 정신개조를 위해 이곳에 끌려왔다. 넬라는 기구들에서 시선을 돌린다. 가슴 속에 감춘 열쇠를 만지며 절대 주눅 들지 않겠다고 마음을 다잡는다. 새로운 계획이 여전히 머릿속에서 환하게 반짝인다. **달콤한 무기를 방치하지 마세요.**

"여깁니다." 보초가 요하네스의 감방 문을 열며 말한다.

그는 필요 이상으로 오래 머뭇거리다가 넬라가 안으로 들어가자 감방 문을 잠근다.

"너무 빨리 오지 마세요." 넬라가 말하며 창살 틈으로 그에게 1길더를 건넨다. 이 도시가 가르쳐준 거라고, 넬라는 생각한다. 보초는 돈을 주머니에 넣는다. 그의 발소리가 점점 작아지다가 사라진다. 밖에서 먼 하늘을 맴도는 갈매기 소리와 달그락거리며 자갈길을 달리는 수레 소리가 들려온다.

요하네스는 어둠 속에서 조그만 테이블에 기대어 있다. 간이의자조차 없어서 그녀는 문에 기대선다. 눅눅한 공기, 이끼가 뒤덮은 벽, 위도 표시도 없는 초록색 섬. 요하네스는 수심 어린 표정이지만 뿜어내는 에너지는 강렬하다. 모든 권리를 빼앗긴 이곳에서조차 그에게는 사람의 마음을 움직이는 힘이 있다. "뇌물 먹었어요?" 그가 묻는다.

"저 사람들을 친구로 두어야 해요." 광물질의 두툼한 벽이 그녀의 목소리를 삼킨다.

"꼭 마린처럼 말하네요." 미소를 지으며 그가 말한다.

얻어맞아서, 양쪽 눈 주위가 죽어가는 튤립 빛깔이다. 머리카락은 표백된 해초처럼 거칠고 옷은 더러워졌다. 테이블에 몸을 지탱하고 선 그의 팔이 떨린다. "성경을 못 읽게 하더군요." 그가 말한다. "성경 말고도 읽을거리는 전부 다 안 된대요."

구겨진 설탕 매입자 목록을 넣은 주머니가 아닌 반대편 주머니에서 넬라는 종이에 싼 훈제햄 세 장과 헝겊에 싼 빵 반 쪽, 조그만 올리쿠컨 두 개를 꺼낸다. 넬라가 감방을 가로질러 그에게 다가가 손바닥을 펴자 요하네스가 순순히 받아든다. 감동한 표정이 역력하다. "들켰으면 큰일 났을 텐데."

"맞아요." 그녀가 말하며 다시 물러서고는 발끝으로 감방 구석을 쓸어본다. "가까스로 피했어요."

넬라는 감방 구석을 바라본다. 갓 태어난 생쥐들이 지푸라기를 버스럭거리며 서로 뒤엉킨다. 그녀는 짚으로 만든 자리 위에 털썩 앉는다. 깊은 슬픔이 가슴 속으로 파고들며 넬라의 투지를 흐려놓는다. "그 사람들이 뭐래요?"

요하네스가 시커먼 눈을 가리키며 말한다. "말수가 적은 사람들이더라고요."

"처음 만났을 땐," 슬픔을 억누르려 안간힘을 쓰며 넬라가 말한다. "성경이나 하느님, 죄악, 수치심 같은 건 신경 안 썼잖아요."

"그걸 어떻게 알았어요?"

"교회에도 가지 않았고, 마린이 집에서 기도할 때마다 좀 쑤셔했잖아요. 이런저런 물건을 사들였고요. 좋은 음식을 먹고 당신이 누릴 수 있는 쾌락을 즐겼잖아요. 당신이 당신 자신의 신이었고, 운명의 설계자였죠."

그가 미소를 지으며 감옥의 벽을 손으로 가리킨다. "그래서 결국 내가 설계한 건물을 한번 봐요."

"하지만 당신은 그동안 자유로웠어요. 그렇지 않은가요? 당신이 가봤던 곳들을 생각해봐요." 넬라가 침을 꿀꺽 삼킨다. 말을 이어가기가 힘들다.

"마린이 늘 내게 말했지요. 난 부주의함과 단호함이 끔찍하게 조화돼 있다고."

"그래서 잭에게 돌아갔나요?"

그 이름에 잠겨버린 듯 요하네스가 눈을 감는다. "그 사람은 당신을 배신했어요. 돈에 매수됐고……."

"레제키를 찔러 죽인 이후로 잭한테는 동전 한 닢 주지 않았어요." 요하네스가 말한다. 그의 말은 마치 돌덩이처럼 툭툭 떨어진다. "설탕을 지켜달라고 그를 고용했지만 마린이 너무 걱정해서 해고했어요. 물론 나도 마린 말이 일리 있다고 생각했고. 그래서 잭이 다시 배달 일을 하게 됐는데, 거기서부터 일이 꼬이기 시작했어요. 레제키가 죽은 뒤 내가 잭을 **만난 건** 사실이에요." 그의 얼굴이 어둠침침한 감방 안에서 한결 보드라워진다. "자신이 저지른 일에 대한 죄책감으로 어쩔 줄 몰라 하더군요."

넬라가 혀를 깨문다. 어쩌면 잭에게는 가책을 느끼는 척하는 것 말고 달리 할 수 있는 일이 없었을 것이다. 그리고 요하네스는 그것이 진심이라고 믿는 수밖에 없었을 것이다.

"그 사람은 당신한테 엄청나게 큰 존재인가 봐요. 그런 일을 용서하다니." 넬라가 말한다. 그는 잠자코 있다. "요하네스, 당신은 그 사람을…… 사랑했나요?"

요하네스가 그녀의 질문을 깊이 생각한다. 넬라는 그가 자신을 진지하게 대한다는 사실이 새삼 놀랍다. "잭은…… 뭐랄까. 잡을 수 없다고 여기던 무언가를…… 굉장히 빨리 현실로 만들었어요. 그 속도가 놀라웠지요. 잭은 나한테 거짓말을 했고, 덕분에 진실을 볼 수 있었어요. 때로는 그림이, 비록 실제가 아니지만 더 많은 걸 보여주는 것처럼요. 잭은 어느 순간 내게 사랑과 구분할 수 없는 어떤 것이 되어버렸어요. 무슨 말인지 알겠어요? 사랑의 비유가 사랑이 남긴 혼란보다 더 근사했던 거죠."

뜻밖의 선물처럼, 요하네스는 정직한 자신의 모습을 보여주고 있다. 두 사람 사이에 흐르는 물이 몹시 맑고 투명한 것 같지만 막상 넬라가 눈을 감는 순간 보이는 건 흐르지 않고 고여 있는 물이다.

"당신은 괜찮아요?" 그가 묻는다.

"마린은, 사랑은 손에 넣을 때보다 좇을 때 더 좋은 거라고 하던데요." 넬라가 말한다.

그가 눈썹을 올린다. "마린다운 말이네요. 더 좋은 게 아니라 더 쉬운 거겠죠. 상상력은 항상 더 미더우니까. 하지만 그렇게 좇기만 하다간 결국 지쳐버리고 말죠."

우리 모두는 무얼 좇고 있는 건지, 넬라는 궁금하다. 물론 지금은 삶을 좇고 있는 것이리라. 요하네스가 서재에서 말한, 보이지 않는 밧줄로부터의 탈출. 혹은 그 속에서라도 행복을 누리는 것.

"텍설에서 잡히지 않았으면 어디로 갈 생각이었어요?"

"런던. 오토를 찾을 생각이었어요. 마린은 오토가 런던에 있다고 확신했거든요. 마린은 잘 지내요?"

"당신에겐 힘이 있어요, 요하네스." 그 질문을 빨리 지나쳐야 할 것만 같다. 그렇지 않으면 그녀의 얼굴이 마린의 비밀을 드러내버릴 것 같다. "은세공업자 파티에서 당신을 보았어요. 당신이 직접 그렇게 말하기도 했죠. 행정관들은 당신을 건드리지 못할 거라고."

그가 넬라 옆, 지푸라기 위에 앉는다. "이건 중죄예요, 넬라. 남자 둘이 붙어 있었으니. 그런 죄목에는 누구도 힘을 쓸 수 없어요. 하느님 말고는. 그런 죄인을 방치한다는 건 결국 그 죄를 용인하는 게 될 테니까요. 행정관들은 그 죄를 처벌하는 모습을 보여야만 하겠죠."

"그럼 프란스 미어만스가 마음을 바꾸게 만들면 되잖아요!"

요하네스가 떨리는 손으로 정수리를 만진다. 마치 거기서 대답을 찾으려는 듯이. "이미 오래전 일이지만," 그가 말한다. "내가 프랑스 미어만스를 몹시 불행하게 만든 적이 있어요. 그 뒤로 내가 엄청난 사업적 성공을 거두는, 더 큰 죄를 지었고요. 그 여파가 이제 날 잡으러 오네요."

넬라는 젊은 요하네스가 집으로 찾아온 프란스를 돌려보내는 모습을 상상한다. 여동생은 창문 뒤에 숨어 밖을 내다보았을 것이다. 당시의 끔찍한 모욕이 이제 그들을 포위하고 있다.

"설탕을 팔아달라는 제안을 받아들이면서 어쩌면 이번 기회에 화해할 수도 있겠다고 생각했어요." 요하네스가 말한다. "하지만 프란스는, 마음이 얼어붙었더군요. 오랜 시간 동안 브란트 가에 복수할 날만 손꼽아 기다려왔던 거죠. 난 프란스가 증오하는 모든 걸 가졌고, 또 그렇게 되고 싶었어요. 그리고 아그네스는…… 글쎄. 아그네스는 항상 프란스의 뒤를 따르면서 그가 떨어뜨리는 독 부스러기를 주워 먹겠지요."

"아그네스는 당신을 숭배하는 것 같던데요."

"그렇다면 상황은 더 악화되겠죠." 요하네스의 눈동자는 햇빛이 들지 않는 감방에서 회색 구슬처럼 반짝인다. "와줘서 정말 기뻐요. 사실 난 그럴 자격도 없는데." 그가 말하며 그녀의 손을 잡는다.

비록 사랑받지 못할지라도 이건 고마운 일이라고 넬라는 생각한다. 넬라는 진짜 사랑을 대신할 무언가를 찾고 있다. 언제쯤 멈출 수 있을까? 그녀는 아직도 다른 어느 곳보다 그의 곁에 머물고 싶다.

"내가 자백하지 않으면 재판이 열릴 거예요." 요하네스가 말한다. "아마 몇 주 내로. 어느 쪽이건 난 살아서 이곳을 나가진 못할 거예요."

"그런 말 하지 말아요."

"내가 조처를 해둘게요. 당신, 마린, 코넬리아 그리고 만약 돌아온다면, 오토를 위해서." 요하네스는 갑자기 사무적인 태도를 취한다. 마치 누군가의 유언장에 따라 분배를 시행하는 공중인처럼.

"암스테르담 스헤펜방크▪ 사람들 몇 명이 청문회에 참석하겠지만 스하우트 피에터 슬라바르트가 재판을 진행할 거예요."

"왜 스하우트 혼자 재판을 진행을 하지 않고요?"

"죄질이 나쁘니까요. 피고가 나라서 그렇기도 하고요. 사건이 충격적일수록 선량한 시민을 더 많이 참석하게 하죠." 그가 말을 멈춘다. "아마 재판은 순식간에 끝나지 않을까 싶어요."

"요하네스……."

"이런 중죄는 대개 사형을 언도받거든요." 그의 목이 메기 시작한다. "그리고 스하우트는 책임을 분담하고 싶어해요. 재판에 많은 사람이 참석할수록 판결이 더 정당해 보일 테니까."

"내가 잭을 만날 거예요." 넬라가 말한다. "돈을 주고 말을 바꾸어달라고 할 거예요." 그녀는 요하네스의 텅 빈 금고를 생각하고, 창고 맨 꼭대기 층에 있는 변질된 설탕을 생각한다. "나한테 다 계획이 있어요."

"이 도시엔 호위병이 있어요." 요하네스가 말한다. "사람들은 그를 냉혹한 양치기라고 부르죠." 그가 그녀의 손을 꼭 쥔다. "직업은 목사지만 속은 괴물이에요."

마지막 말이 눅눅한 공기 속에 맴돈다. 거대하고 물리칠 수 없는 적처럼. 넬라는 자신의 얼굴을 만져본다. 감방의 습기 때문에 얼굴이 너무도 차다. 요하네스는 어떻게 이런 곳에서 하루라도 버틸 수 있었을까?

"그의 희생자들이 실려나가는 걸 봤어요." 요하네스가 말한다. "뼈들이 다 관절 밖으로 삐져나왔는데…… 다시 끼워맞출 수도 없을 지경이더군요. 다리는 더 이상 다리가 아니고, 팔은 물에 젖은 솜덩어리고, 내장은 상한 고깃덩어리예요. 자백을 하게 만들려고 날 비틀고 찢어발길 거예요. 결국 난 말을 할 거고, 그걸로 다 끝이에요."

요하네스는 그녀의 어깨에 자신의 얼굴을 최대한 깊이 파묻는다. 넬라는 살 속으로 그의 코가 파고드는 것을 느끼며 양팔을 그에게 두른다. 그를 머리끝부터 발끝까지 씻겨주고 싶다. 다시 싱그럽게 만들어주고 싶고, 손톱 밑에 카르다몸 향료가 파고들게 만들고 싶다. "요하네스," 그녀가 속삭인다. "**요하네스, 당신한텐 아내가** 있잖아요. 내가 있잖아요. 증거로 충분하지 않을까요?"

"충분하지 않아요."

그러면 아기는요? 그녀는 묻고 싶다. 아기가 있으면 어떨까요? 마린의 비밀이 혀끝에서 맴돈다. 시간이 필요하다고, 넬라는 생각한다. 내가 원하는 건 오직 시간뿐이라고. 두 달 뒤 우리가 어떤 이야기를 만들어낼 수 있을지 누가 알겠는가?

"요하네스," 그녀가 말한다. "내가 당신한테 충분했길 바라요."

요하네스가 그녀에게서 떨어지며 두 손으로 그녀의 얼굴을 감싼다. "당신은 기적이었어요."

어느덧 감방에 스며드는 햇빛이 사그라든다. 머지않아 보초가 돌아올 것이다. 넉 달간의 결혼 생활 중에 남편과 단둘이 이렇게 긴 시간을 보내기는 처음이다. 넬라는 서재에서 요하네스에게 그가 얼마나 멋진 사람이었는지 얘기했던 기억을 떠올린다. 그를 바라보고 있는 지금, 그 말이 여전히 진실임을 느낀다. 그가 하는 이야기와 박식함, 세상의 위선을 덤덤히 받아들이는 모습, 당당하고자 하는 욕망. 그가 손을 들어 촛불의 빛에 비추어본다. 굵고 울퉁불퉁한 손가락이 아름답다. 부디 그가 살 수 있기를.

그와 나눈 뭉클한 대화, 너무도 급박하게 변해가는 상황, 한때 사람이 살았지만 비어버린 방, 너무도 다른 비밀을 간직한 남매의 육체. 그 모든 것이 그녀로 하여금 미니어처리스트 이야기를 꺼내고 싶게 만든다. 계단을 내려와 대리석 위에 놓인 캐비닛을 본 것이 아주 오래전 일처럼 느껴진다. 그때 그녀는 얼마나 불쾌해했고 마린은 얼마나 화를 냈던가.

"혹시 잭이 칼베르스트라트의 누구 밑에서 일했는지 얘기한 적 있나요?"

"잭은 여러 사람 일을 했어요."

"베르겐에서 온 여자는요? 금발이고, 시계 수리공 밑에서 일을 배웠다던데."

요하네스가 설탕을 뿌린 도넛을 작게 한 입 깨물고는 테이블 위에 놓인 초에 불을 붙인다. 넬라는 머리 위에 닿는 그의 서늘한 시선을 느낀다. "아니요." 그가 말한다. "들었으면 기억했을 거예요."

"내가 캐비닛을 꾸미려고 고용한 미니어처리스트예요. 레제키 모형을 만든 여자."

요하네스의 눈빛이 반짝인다. "여자라고요?"

"네, 그렇게 알고 있어요."

"정말 대단한 기술과 관찰력을 가졌더군요. 기회가 닿았으면 내가 후원자가 되었을 텐데." 그가 주머니에 손을 넣어 무언가에 홀린 듯한 표정으로 조그만 개를 조심스럽게 꺼내 든다. "어딜 가든 이 녀석을 데리고 가요. 이게 얼마나 큰 위안이 되는지 몰라요."

"정말요?" 그녀가 속삭인다. 요하네스가 미니어처를 건네주고 조심스럽게, 넬라가 받아든다. 떨리는 손가락으로 쥐 머리 같은 레제키의 머리를 어루만진다. 빨간 표시가 없다. 넬라는 다시 살펴본다. 그러나 그녀가 똑똑히 보았던 붉은 표시는 흔적조차 없다.

"이해가 안 가네." 그녀가 숨을 내뱉듯 말한다.

"나도 그래요. 이런 물건은 본 적이 없어요."

넬라는 개의 머리를 다시 한 번 살펴본다. 아무것도 없다. 내가 본 게 실제였을까? 그녀가 스스로에게 묻는다. 확신에 대항하며 의심이 고개를 든다. 지난 몇 달간 그녀가 본 것과 보지 못한 것이 머릿속에서 소용돌이친다.

"가끔 궁금해요. 내가 아직 여기 있는지." 요하네스가 말한다. "벌써 죽은 건 아닌지."

"당신은 살아 있어요, 요하네스. 살아 있어요."

"참 알 수 없는 세상이야." 그가 말한다. "인간은 살아서 돌아다니면서 자기들이 죽지 않았음을 서로 확인하지요. 우린 이게 레제키가 아니란 걸 알면서도 한편으로는 레제키라고 느끼고 있잖아요? 이 단단한 물체가 형체 없는 추억을 만들어요. 그 반대였다면 얼마나 좋을까요. 우리 마음이 우리가 원하는 것을 빚어낼 수 있다면." 그가 한숨을 쉬며 그녀의 얼굴에서 손을 거둔다. "오토가 떠났을 때, 내가 아는 나의 일부는 이미 죽었는지도 몰라요."

그가 잠시 멈추었다가 레제키를 다시 주머니에 넣는다. "이제 이 감방이 내 활동 영역이 되었네요." 그가 말하며 이상한 풍차처럼 양팔을 벌린다. "벽돌 사이로 수평선이 보여요. 당신도 한번 봐요."

넬라는 그 말을 듣고 그에게서 돌아선다. 더는 그 좁은 방을 견딜 수 없다. 이끼와 생쥐, 새처럼 울부짖는 사람들의 절규. 요하네스는 새장에 갇혀 있다. 그녀의 커다란 부엉이가 까마귀 떼에 둘러싸여 있다. 넬라는 겨울 햇살 속으로 비틀거리며 걸어나온다. 그제야 울음을 터뜨린다. 도시의 벽에 기대서서, 걷잡을 수 없는 눈물을 조용히 흘린다.

페르케이르스펄

앞문을 여는 순간 설탕의 상태와 요하네스의 처지에 대해 마린에게 말하고 싶은 욕망은 목 안에서 잦아들고 만다.

현관홀 한복판에 양철 흔들다리가 달린 실물 크기 요람이 있다. 참나무로 만들고 장미와 데이지, 인동, 수레국화 장식을 새겼다. 후드도 달려 있고, 벨벳으로 안감을 댔으며 가장자리는 레이스로 장식했다. 아름답고도 충격적이다. 위층 캐비닛 안에 있는 요람의 실물 크기 복제판이다.

요하네스와의 만남 탓에 여전히 멍한 상태로, 넬라는 문을 닫는다. 결혼 자체가 허구인 여자에게 요람을 보낸 것은 조롱이었겠지만 이제 현실이 되었다. 코넬리아가 부엌에서 서둘러 올라온다.

"이게 뭐야?" 넬라가 묻는다. "혹시 이거……."

"아니에요." 코넬리아가 날카롭게 대답한다. "마담 마린이 주문하셨어요. 레이던에서 상자에 포장된 상태로 왔어요."

넬라는 요람 본체의 목재를 만져본다. 손끝에서 노래를 하는 것만 같다. 쪽매붙임이 너무도 섬세하다. "그 여자가 보내준 것하고 똑같아."

"알아요." 코넬리아가 대답한다. "마담의 그 여자."

응접실에서 마린이 모습을 드러낸다. 가까이서 보니 이제 마린의 배 둘레는 참나무만 하다. "기가 막히게 잘 만든 물건이야." 그녀가 말한다. "내가 상상한 것과 똑같아."

"이거 만들어 배달하는 데 얼마나 들었어요?" 넬라는 줄어드는 요하네스의 돈이 마침내 연기가 되어 날아가는 상상을 한다. "마린, 혹시 이웃사람이 이 물건이 배달되는 걸 보기라도 하면 뭐라고 생각하겠어요?"

"너와 똑같은 생각을 하겠지."

"네?"

"네가 무슨 생각을 하고 있는지 모를까 봐?" 마린이 무거운 걸음으로 그녀에게 다가온다. "내 아기를 빼앗고 싶어하잖아."

마린은 사람의 마음을 어떻게 그토록 빨리 읽어내는 것일까? 아니라고 펄펄 뛰어볼까? 하지만 그게 무슨 소용이 있을까? 우리 사이에 더는 비밀이 있어선 안 된다고 말한 사람은 바로 나인데.

"마린, 마린의 아이를 빼앗고 싶은 게 아니에요. 하지만……."

"하지만 그러면 오빠한테 득이 될 거라고 생각하잖아." 마린이 금방이라도 배를 할퀴기라도 할 거라는 듯이 양손으로 배를 감싸며 넬라를 몰아붙인다. "마지막 희생이라고 해야 하나? 오빠와 널위해 내 아기를 포기하는 걸?"

"요하네스가 스탓하위스 감옥에 있어요, 마린. 잠시 동안만 내아기인 척한다고 해서 잘못될 게 뭐가 있죠? 그렇게 하면 요하네스도 다른 남자들과 똑같은 욕망을 지닌 사람이란 걸 증명할 수 있잖아요. 마린은 요하네스의 목숨을 구하고 싶지 않아요?"

"넌 정말 모르는구나."

"뭘 모른단 거죠? 당신보다 내가 더 많이 알아요."

"페트로넬라, 이 아기는 오빠에게 도움이 되는 것과는 거리가 멀어. 그것만은 믿어도 돼."

"나도 알아요, 마린. **안다고요.** 내가 우리 모두를 구하려고 애쓰는 동안 당신은 우리에게 얼마 남지도 않은 돈이나 쓰고 있잖아요."

느닷없이 날아온 따귀에 넬라는 얼굴이 얼얼하다.

"당신 같은 여자를 요하네스가 어떻게 사랑할 수 있었겠어요?" 넬라가 말한다. 화가 치밀어 악랄해진 상태에서 미처 막을 겨를도 없이 터져나온 말이다.

"오빤 날 사랑했어." 마린이 말한다. "사랑하고 있고."

"산파를 구해야 해요." 넬라가 나지막이 말한다. "나 혼자 이 출산을 감당하긴 벅차요."

마린이 코웃음을 친다. "넌 아무것도 감당할 필요 없어."

"그만들 하세요! 그만하시라고요!" 코넬리아가 애원한다.

"마린, 그건 법으로 정해져 있어요."

"아니. 절대 안 돼." 마린이 요람 끝을 거칠게 민다. 요람이 앞뒤로 흔들린다. 비어 있는 요람이 묘한 적대감을 불러일으킨다. "그것 말고 또 어떤 법이 있는지 알아, 페트로넬라?" 그녀의 뺨은 벌겋게 달아오르고, 머리카락은 모자에서 삐져나왔다. "산파는 아버지의 신분을 적게 되어 있어. 우리가 아이 아버지를 밝히지 않으면 산파가 당국에 고소할 거야." 그녀가 거친 숨을 몰아쉬며 요람을 멈추어 세운다. "지금까지 항상 그래온 것처럼, 이번 일도 나 혼자 처리할 거야."

마린이 배에 손을 댄다. 그러나 이번에는 마치 뜨거운 석탄을 만진 것처럼 얼굴을 찌푸린다.

그날 오후, 넬라는 천천히 복도를 서성인다. 조용한 방들을 보니 집 안에 그녀 외에는 아무도 없는 것 같다. 창고 열쇠는 여전히 그녀의 목에 걸려 있다. 그녀의 체온으로 따뜻해진 열쇠는 요하네스가 사줄 수 있는 그 어떤 은목걸이보다 소중하다.

코넬리아는 요람에 줄을 묶어 마린의 조그만 방으로 끌고 올라간다. 요람은 기대를 품고 기다린다. 해골, 지도, 날개 사이에 남은 공간을 거의 다 차지한 채. 마린의 비밀에 대한 하녀의 태도는 급격히 달라졌다. 이제 아기는 하나의 기적이고, 그들에게 닥친 모든 문제를 녹여줄 용광로다. 코넬리아는 보이지 않는 아기의 존재를 숨결처럼 느끼고, 신선한 공기라도 되는 양 들이마신다. 추위라면 치를 떨면서도 창문을 열어젖히고 다시 청소를 시작했다. 침대 기둥과 마룻바닥, 찬장, 창틀, 라벤더 오일 버너에 밀랍을 바르고, 창문을 식초로 닦고, 새 시트에 레몬즙을 뿌린다. 넬라는 생각한다. 우울한 것보다는 차라리 이게 낫다고.

1층 안쪽, 운하 길의 염탐하는 시선에서 멀리 떨어진 방에, 마린과 코넬리아가 페르케이르스펄 게임판을 설치하는 소리가 들린다. 넬라는 위층에 있는 고수 씨로 만든 말을 떠올린다. 미니어처리스트가 정교하게 만든 나무상자가 기적처럼 실물로 변했다는 생각이 든다. 브뤼허스의 루카스 윈델브레크에게서 소식을 듣는 건 거의 포기했다. 아마도 편지가 길을 잃은 모양이라고, 넬라는 생각한다. 넬라는 마린과 코넬리아가 무얼 하는지 보려고 살금살금 문으로 다가간다.

"내 몸뚱이가 꼭 고래 같아." 마린이 한숨을 쉰다.

"그럼 아기는 마담의 어린 요나네요." 하녀가 웃으며 말한다. 넬라는 아침의 말다툼으로 여전히 기분이 안 좋다. 마린 혼자 모든 일을 처리하는 건 아니라고, 넬라는 생각한다. 오늘 창고에, 스탓하위스에 다녀온 사람이 누군데. 하지만 그들에겐 그 문제를 짚고 넘어갈 시간이 없다. 시간은 조만간 사라져버릴 마지막 남은 사치다.

아그네스가 마린의 모습을 본다면 뭐라고 할까? 프란스 미어만스는 분명히 이런 결과를 예측할 수 있었을 것이다. 아내의 눈을 피해 몰래 마린을 만났으니까. 두 사람 다 자연의 섭리가 결국 그녀의 발목을 잡을 거라는 걱정은 하지 않았을까?

"발길질을 하고 있어." 마린이 자기 몸을 내려다보며 코넬리아에게 말한다. "거울 앞에 서 있으면, 몸속에서 발길질하는 조그만 발이 보여. 이런 건 한 번도 본 적 없는데."

넬라는 본 적이 있다. 어린 동생들이 엄마의 자궁벽을 찰 때. 그러나 그 얘기를 하진 않을 생각이다. 경이로움에 휩싸여 있는 마린의 모습이 보기 좋다.

"나도 보고 싶어요." 그녀가 말하며 방으로 들어선다.

"또 그럴 때 알려줄게." 마린이 말한다. "가끔 손일 때도 있어. 꼭 고양이 앞발 같아."

"사내아이 같아요?" 넬라가 묻는다.

"그런 것 같아." 불룩한 배를 거만하게 두드리며 마린이 말한다. 그녀의 손가락이 마치 애무하듯 배 주위를 맴돈다. "그동안 책을 읽었거든." 테이블 위에 놓인 블랑카르트의 《어린이 질병》을 가리키며 마린이 말한다.

코넬리아는 무릎을 굽혀 절을 하고는 밖으로 나간다. "곧 나오겠어요." 넬라가 말한다.

"뜨거운 물, 수건, 그리고 내가 물고 있을 막대가 필요해." 마린이 말한다.

마린의 말에 넬라는 오직 연민을 느낄 뿐이다. 그녀는 코넬리아에게 전해들은 마린의 어머니 이야기가 떠오른다. **마담 마린을 낳으시고는 근근이 버티셨지요.** 마린은 엄청난 양의 출혈, 몸의 저항, 소음과 끔찍한 공포를 알고는 있는 것일까? 마린은 그녀의 몸속에 밀폐되어 있는 이 생명체처럼, 그녀 또한 아기에게 강력한 의지를 행사하기로 결심한 것 같다. 자신은 외부 세계의 혼란에 영향을 받지 않는다는 듯이. 고통에도 면역이 있다는 듯이.

"우리 게임 한 판 할까?" 페르케이르스펄 말을 동전처럼 줄지어 세워놓고 마린이 말한다. "먼저 해."

넬라는 이것을 화해의 제안으로 받아들이고 첫 번째 말을 판 위에 놓는다. 마린은 넬라의 움직임을 관찰하고, 넬라의 동그란 말을 바라보면서, 두 개의 이빨 같은 주사위를 손안에 넣고 흔든다. 그녀는 검은 말을 어디에 놓을지 고심한다.

"마린," 넬라가 말한다. "창고에 대해 전혀 묻질 않네요."

마린은 계속 페르케이르스펄 판만 쳐다본다. 넬라는 의지와는 달리, 인내심이 한계에 달하는 것을 느낀다. "요하네스에 대해서도 묻지 않고요."

마린이 고개를 든다. "뭐?"

"그 사람들이…… 요하네스를 고문할…… 거래요."

"**그만.**" 마린이 내뱉는다.

"우리가 손을 쓰지 않으면……."

"꼭 그렇게 날 고문해야겠어? 내가 오빠를 만나러 갈 수 없는 거 알잖아!"

"하지만 마린의 도움이 필요해요. 중요한 증인이 두 명이잖아요, 마린. 프란스와 아그네스. 그게 어떤 의미인지 생각해봐요."

마린은 너무도 평온해진다. "프란스가 우리 집에 나타난 순간부터 그게 어떤 의미인지는 알고 있었어."

"그럼 프란스한테 말해요, 마린. 그의 아기를 가졌다고."

마린은 아주 조심스럽게 주사위를 페르케이르스펄 판 위에 내려놓는다. 마린은 숨이 차 보이고, 이맛살을 찌푸리고 입을 조그맣게 오므리고 있다. "그게 쉬운 일인 것처럼 말하네." 그녀가 나지막이 말한다. "네가 뭘 안다고."

"당신이 생각하는 것보단 많이 알아요." 넬라는 하려던 말을 멈춘다. 흥분을 가라앉히려 애쓰며 비밀을 다시 저 깊숙한 곳에 밀어넣는다. "프란스는 남자잖아요." 넬라가 좀 더 애정 어린 말투로 덧붙인다. "**뭔가** 할 수 있는 일이 있을 거예요."

"내 말 믿어. 그 사람이 할 수 있는 일은 거의 없어."

"그 사람한텐 상속자가 없잖아요, 마린······."

"뭐? 지금 내 아이를 놓고 거래를 하라는 거야? 아그네스가 그 소식을 들으면 퍽도 좋아하겠다." 마린이 갑자기 일어서서 조그만 방을 서성인다. "그렇게 되면 아그네스한테는 우리를 매장시킬 더 확실한 이유가 생기는 셈이지. 넌 왜 항상 쓸데없는 참견을······."

"참견하는 게 아니에요. 이건 생존의 문제예요."

"넌 생존에 대해 아무것도 몰라."

"무슨 일이 있었는지 알고 있어요, 마린." 넬라가 불쑥 내뱉는다. "코넬리아한테 들었어요."

"**무슨** 일?"

"마린과 프란스가 사랑했는데, 요하네스가 두 사람의 결혼을 막았다면서요."

마린이 중심을 잃지 않기 위해 벽을 짚는다. 다른 팔을 구부려 태어나지 않은 아기를 받쳐든다. "뭐?" 그 목소리는 기이하고도 격렬한 쇳소리 같다.

"프란스가 마린에게 고통을 주려고 아그네스와 결혼했다는 거 알아요. 그리고 지금은 아그네스도 그 사실을 알고 있어요. 프란스가 마린을 바라보는 눈빛을 봤어요. 소금에 절인 새끼 돼지 이야기도 들었고 책갈피에 있는 연애편지도 봤어요. 계속 내가 아무것도 모른다고 말하는데, 나도 알 건 다 알아요."

"소금에 절인 새끼 돼지." 마린이 넬라의 말을 되풀이한다. 그녀는 오랫동안 가라앉아 있다가 다시 떠오르는 기억을 바라보듯 잠시 말을 멈춘다. "코넬리아가 감히 너한테 그런 말을 했다고?"

넬라가 문 쪽을 바라본다. 문밖에 코넬리아가 있음을 확신하면서. "코넬리아한테 화내지 말아요. 내가 말하라고 했어요. 알아야 했어요. 중요한 일이니까."

마린은 잠시 아무 말도 하지 않는다. 그녀는 깊은 숨을 내쉬며 의자에 앉는다. "프란스는 자기 아내를 사랑해." 그녀가 말한다. 넬라가 대꾸하려 하자 그녀가 한 손을 든다. "사랑이 어떤 모습인지넌 몰라, 페트로넬라. 두 사람이 십이 년을 함께했다는 걸 결코 과소평가해선 안 돼."

"하지만……."

"나머진 아주 그럴듯하네. 문 뒤에서 엿듣고 짜맞춘 이야기. 나라도 그렇게 잘 지어내진 못했을 거야. 내가 코넬리아한테 일을 더 많이 시켰어야 했는데."

"그건 짜맞춘 이야기가 아니에요……."

"내가 꽤 근사하게 나오네. 안 그래? 오빠는 별로 그렇지 않고. 하지만 진실은 조금 달라." 마린의 손이 떨린다. "오빠가 프란스 미어만스의 청혼을 거절한 건 사실이야." 마린이 말한다. 그녀의 목소리가 무겁다.

"알아요."

"하지만 내가 원해서 그렇게 해준 거야."

넬라는 페르케이르스펄 판의 말을 바라본다. 말들이 시야에서 빠져나가는 것 같다. 지금 듣고 있는 얘기는 말이 되지 않는다. 마린의 폭로가 그녀를 찌른다. 넬라의 확신은 빗나갔다.

"난 프란스를 사랑했어." 마린이 힘겹게 말한다. 그녀가 내뱉은 말은 빳빳하다. "내가 열세 살 때. 하지만 결혼하고 싶진 않았어."

형언할 수 없는 슬픔에 휩싸였으면서도, 마린의 얼굴에서 창백한 태양과도 같은 감정이 떠오르는 것을 넬라는 느낀다. 아마 마침내 진실을 고백하는 데서 오는 쓸쓸한 안도감일 거라고, 넬라는 생각한다.

그러나 넬라는 여전히 이해할 수 없다. 장면과 배우는 익숙하지만 그들이 예정에 없던 역할을 하고 있다. **내가 프란스 미어만스를 몹시 불행하게 만든 적이 있어요.** 스탓하위스 감방에서 요하네스는 말했다. 그렇다면 왜 그는 넬라에게 아무 말도 하지 않았을까? 왜 자신에게 씌워진 누명을 벗지 않았을까? 그게 바로 마린과 그를 서로 옭아매는 의리의 밧줄인가? 너무 미끄러워서 넬라는 잡을 가망조차 없는 밧줄?

"열여섯 살이 되었을 때, 나 자신을, 내가 가진 것을 포기하고 싶지 않았어." 마린이 나지막이 말한다. "내겐 이미 가정이 있었어. 오빠가 집을 비웠을 땐 내가 가장이었지."

잿빛 눈동자에 눈물이 차오른다. 그녀가 마치 날개처럼 양팔을 벌리면서 그들이 앉아 있는 방을 가리킨다. 친근한 동작이다. "그런 걸 가진 여자는 없었어. 과부가 아닌 이상. 그러다가 코넬리아와 오토가 왔어. 새장의 철창은 우리가 만든 거라고 오빠는 말했지. 내게 자유를 주겠다고 약속했어. 오랜 세월 동안 난 오빠를 믿었어. 내가 진정으로 자유롭다고 믿었어." 그녀의 손이 배를 향해 날아간다.

"마린, 당신은 미어만스의 아기를……."

"어떤 결함이 있건 간에, 오빠는 항상 내가 나 자신일 수 있게 해준 사람이야. 하지만 오빠는, 나도 오빠에게 그런 사람이었다고 말할 수 없겠지!"

마린이 손가락으로 눈 밑을 누른다. 마치 그렇게 하면 눈물을 멈출 수 있다는 듯이. 부질없는 짓이다. 눈물은 계속 흐르고 마린은 끝내 흐느껴 울기 시작한다. "난 내가 가져서는 안 되는 걸 오빠한테서 빼앗았어."

"마린, 그게 무슨 뜻이죠?"

마린은 적절한 말을 찾으려 몸부림친다. 그녀가 가냘픈 손으로 얼굴을 감싸고 긴 숨을 내쉰다. "프란스가 청혼했을 때, 난 어떻게 거절해야 할지 몰랐어. 그럴 준비가 안 된 상황이었지. 내가 느끼는…… 내키지 않는 마음을 그가 알게 되는 것보다는, 어쩔 수 없이 그렇게 되었다고 생각하게 하는 편이 나을 것 같았어. 그래서 오빠한테 나 대신 비난을 감수해달라고 했던 거야."

그녀의 눈동자가 고통으로 거칠어진다. "그래서 오빠가 그렇게 해주었어. 거짓말을 했어. 날 위해서. 그때 난 어렸어. 우리 모두 어렸지. 그 일이 결국 이런 화를 부를 거라고는……." 마린이 손으로 입을 막아보지만 울음을 멈추지는 못한다. "두 사람의 우정은 완전히 깨져버렸어." 그녀가 말한다. "서로에 대한 이해도. 단지 내가 누군가의 아내가 되는 것을 견딜 수 없었기 때문에."

희망의 설탕

남편의 창고 밖에서 넬라는 한나와 아노드 마크브레드를 기다린다. 목에 건 요하네스의 목걸이가 느껴진다. 그녀의 마음은 마린과 요하네스에 대한 새로운 진실로 어지럽다. 서로에 대한 남매의 이해에는 빛으로 이루어진 만큼의 어둠이 깃들어 있었다. 이제 사랑은 그 모습을 바꾸었다. 때로 한 줄기 햇살은 마음에 구름을 드리운다. 넬라의 어머니를 포함한 모든 여자가 결혼을 여자로서 힘을 행사할 수 있는 유일한 일로 여겼던 반면, 마린은 무언가를 내어주어야만 하는 것이라고 생각했던 것 같다. 넬라는 결혼이란 굳건한 사랑을 바탕으로 여자의 힘을 키우는 것이어야 한다고 생각해왔다. 그러나 실제로 그런가? 마린은 결혼하지 않은 자신이 더 강하다고 믿었다. 사랑은 구속되지 않은 상태로 남았고, 실제로 놀라운 일들이 벌어졌다. 아기, 그리고 감옥. 물론 그런 일도 일어났다. 그러나 마린은 자신의 운명을 선택했고, 만들었다.

자신의 과거를 밝힌 뒤 마린은 뭔가 주의를 분산시킬 일을 요구했고, 넬라는 그 기회를 이용했다. 그렇게 매정한 일은 아니었다고, 창고 벽에 기대서서 넬라는 스스로에게 말한다. 반드시 필요한 일이었다고. 넬라가 운하 길의 시선을 피해 뒷방의 조그만 테이블에 앉아 있는 동안 마린은 요하네스의 필체로 아노드 마크브레드에게 편지를 썼다. 마크브레드를 불러 설탕을 맛보여주고 국내에 판매를 부탁하자는 넬라의 새로운 제안에 마린도 동의했다. 기다리는 사람들에게 신속하게 설탕을 팔기 위한 방편이었다. 결혼 생활이 내 삶에 어느 정도는 영향을 주었다고, 넬라는 씁쓸하게나마 생각한다.

마린의 목소리가 넬라의 머릿속에서 재생된다. "이윤의 폭은 우리가 정하는 거야. 설탕 원뿔이 천오백 개 있어. 일을 제대로만 하면, 내 계산으로는 3만 길더 정도를 벌 수 있어. 일단 실제로 팔 가격보다 높게 불러." 그녀가 말한다. "그 사람들이 설탕을 산다면 우린 이윤을 삼등분해야 하고, 가장 큰 몫이 프랑스에게 가야해."

"하지만 아노드가 요하네스 소식을 들었으면 어쩌죠? 만약 그가 안 사겠다고 하면?"

"이건 신앙이냐 돈이냐의 문제야. 아노드 마크브레드가 천사이기 이전에 암스테르담 시민이길 기도하는 수밖에."

"우리가 설탕을 빨리 팔아치우려 한다는 걸 알고 있을 수도 있어요. 상한 부분을 볼 수도 있고."

"그래도 흔들리지 마, 넬라. 가격을 올리고 상한 부분 때문에 가격을 깎아주는 척해."

중요한 상황에 처하면 슬픔으로 향하는 다리를 접어 올리고 누구도 도달할 수 없는 영역에 머무는 마린을 넬라는 존경할 수밖에 없다. 이런 큰일을 하기에 자신이 너무 어린 건 아닌지, 그래서 이 일에 매몰돼버리진 않을지, 자신의 야망에 익사하는 건 아닌지 넬라는 걱정이 된다. 그러나 마린은 그녀가 듣고 싶은 말을 전부 해주었다. "페트로넬라." 마린이 나지막이 말했다.

"네?"

"너 혼자 하는 게 아니야. 내가 있어."

뒤집힌 페르케이르스펄 판 위에서 마린이 손을 뻗어 그녀의 손을 꽉 움켜쥐었다. 놀랍게도, 넬라는 가슴이 터질 것만 같았다.

넬라는 차가운 겨울 햇살 속에서 제과점 부부가 걸어오는 모습을 본다. 스탓하위스에서 일어난 일을 말해준 사람이 있었는지는 알 수 없지만, 체포된 부유한 상인의 스캔들은 아직 이 도시의 거리 곳곳까지 스며든 것 같지 않다. 코넬리아는 운하 길에 별다른 변화는 없다고 말한다. 알버스가 예의상 스탓하위스 감옥 보초들의 입을 막은 것일까? 그러나 요하네스 브란트에게 무슨 일이 일어났는지 모두 알게 되는 건 시간 문제다. 잘난 척하기 좋아하는 아홉 살 아이 같은 크리스토플의 입은, 딸린 식구가 있는 감옥 보초의 입보다 막기 힘들 것이다. 암스테르담의 외형은 상호 감시와 개인의 영혼을 질식시키는 이웃들 덕분에 번창하고 있다.

밖에서 보니, 창고 그림자 속의 아노드는 한결 덜 흥분한 것처럼 보인다. 앞치마를 벗고 단정한 검은색 슈트에 모자를 쓰고 있다. 벌집 쟁반을 두드리던 때와 전혀 다른 위엄을 풍긴다. 마치 바깥공기가 그를 줄여놓은 것 같다.

"시뇨르, 마담." 열쇠를 자물쇠에 꽂으며 넬라가 말한다. "새해 복 많이 받으세요. 두 분 다 와주셔서 감사합니다."

"남편께서 보낸 편지에는 부인이 나오실 거라는 얘기는 없었는데요." 넬라 혼자 있는 모습을 보고 당혹감을 감추지 못한 채 아노드가 말한다.

"맞아요, 시뇨르." 넬라가 기민한 한나의 눈빛을 느끼며 말한다. "그런데 남편이 지금 출장중이에요."

"마린 브란트는요?"

"친척 집에 갔어요, 시뇨르."

"그렇군요." 아노드는 넬라의 성별과 나이가 못 미더운 기색이 역력하다. 그녀가 속이려고 연기라도 하고 있다는 듯이. 넬라는 코트 소매 속에서 양 주먹을 꼭 쥐며 두고 보라고, 생각한다.

"이쪽으로 오시죠, 시뇨르, 마담. 발 조심하시고요."

아노드와 한나를 사다리 위로 안내하면서 넬라는 집에 두고 온 아그네스의 미니어처 손을 떠올린다. 캐비닛 안의 설탕은 더는 검게 변하지 않았을지도 모르지만, 축소된 세상 밖에서는 또 하루가 흘렀다. 또 하루의 날씨와 또 하루의 습기. 무엇을 보게 될지 알 수 없다. 과거의 진실이 현재의 진실은 아니다. 아노드가 씩씩거리며 사다리를 올라오고 한나가 그 뒤를 따라 또박또박 걸어 올라온다. 그 소리를 들으면서, 넬라의 심장은 더 거세게 뛴다.

"여기예요." 꼭대기 층에 다다르자 넬라가 설탕을 가리킨다.

"이렇게 많을 줄은 몰랐는데." 아노드가 말한다.

"돈으로 따지면 얼마나 될지 상상해보세요." 넬라의 말에 그가 눈썹을 추어올린다. 넬라는 한심한 말을 떠벌리는 자신의 모습에 얼굴이 찌푸려진다. **마린을 생각해.** 그녀가 생각한다. **요하네스처럼 상냥하게 굴어.**

한나가 수리남 설탕 쪽으로 걸어가더니 숨을 헉 들이켠다. "이건 상한 건가요?" 그녀가 묻는다.

"몇 개는요." 넬라가 말한다. "날씨가 도와주질 않았어요."

아노드는 마치 제대 앞의 목사처럼 경건하게 무릎을 꿇는다. "맛을 봐도 되겠습니까?" 아노드가 묻는다.

"그러세요."

아노드는 수리남 설탕 한 개와 암스테르담의 십자가 세 개가 찍힌 설탕 한 개를 꺼낸다. 그는 주머니에서 조그만 칼을 꺼내 전문가다운 손놀림으로, 각 설탕을 한 조각씩 베어낸다. 그리고 조각을 다시 반으로 잘라 한나와 나눈다. 수리남 샘플을 입에 넣어보고 두 사람이 눈을 맞춘다.

두 사람은 말없이 서로에게 무슨 얘기를 하는 것일까? 분명 대화하고 있다. 두 사람은 암스테르담 샘플도 똑같이 베어 입안에 녹여보고 침묵 속의 대화를 나눈다. 진정한 목적이 무엇이건, 결혼은 분명 흥미로운 일이라고 넬라는 생각한다. 누가 우아한 한나를 아노드 마크브레드 같은 둥글둥글한 퓌퍼르트와 짝지어줄 생각을 했을까? 요하네스가 여기 있었더라면. 여러 나라의 언어를 알고 상인들의 침묵을 이해할 수 있는 사람. 감방 안 요하네스의 모습은 그녀로서는 감당하기 힘들다. 넬라는 설탕에 집중하려 애쓴다.

"여기 천오백 개의 설탕 원뿔이 있어요." 그녀가 말한다. "칠백오십 개는 수리남에서, 나머지는 여기서 정제했어요. 이걸 전부 팔 계획이에요."

"브란트 씨는 동양권에서 주로 거래를 했던 걸로 아는데요?"

"맞아요. 그런데 수리남 농장의 물량이 넘쳐서 여기서 팔기로 했어요. 오늘 오후에 다른 분들도 오기로 했어요." 넬라가 거짓말을 한다. "그분들도 무척 기대하고 있죠."

한나가 조심스럽게 입가를 닦아낸다. "암스테르담 건 얼마죠?"

넬라는 잠시 생각하는 척한다. "3만." 그녀가 말한다.

한나의 눈이 놀라움에 휘둥그레진다. "그렇게는 안 됩니다." 아노드가 말한다.

"유감이지만 사실이에요." 한나가 말한다. "우리한텐 그런 돈이 없어요."

"돈은 꽤 벌었지만." 아노드가 웅얼거린다. "바보는 아니거든요."

"우리는 케이크 만드는 사람들이에요. 설탕 파는 사람들이 아니고." 한나가 말하며 남편을 향해 얼굴을 찌푸린다. "우리 쪽 일에 길드는 없을지 몰라도 제과업은 여전히 행정관들의 변덕과 진저브레드 우상에 대한 패피스트들의 증오심에 영향을 받고 있어요."

"품질이 좋은 설탕이에요. 보시면 아시겠지만. 품질만으로도 잘 팔릴 거예요. 설탕의 인기는 식을 줄 모르잖아요. 마지팬, 케이크, 와플." 넬라가 말한다. 그녀는 천장까지 높이 쌓인 설탕을 바라보고 있는 아노드의 표정을 살핀다. "시뇨르의 제과점은 명성이 자자해질 거예요." 그녀가 덧붙인다. "저 설탕이 어떤 기회의 문을 열어줄지 한번 상상해보세요."

넬라는 자신의 말에 확신이 없다. 그러나 넬라는 한나가 미소를 감추고 있다고 생각한다. 그들에게 3만 길더가 있을 것 같진 않지만 이 도시에서는 아무것도 장담할 수 없다. 엄청난 액수이긴 하지만 달리 어쩌겠는가? 마린이 높은 가격을 부르라고 했다. 아노드가 편안하게 가격을 깎을 수 있도록. 그들에겐 그들의 몫이 필요하고 아그네스도 그녀의 몫이 필요하다. 넬라는 절박해지기 시작한다.

"9천 드리죠." 아노드가 말한다.

"9천에 이 설탕을 다 드릴 순 없어요."

"좋아요. 그럼 900길더에 암스테르담 설탕 백 개를 가져가서 잘 팔리는지 어떤지 알아보겠습니다. 이윤이 남으면 더 가지러 오죠."

넬라는 아노드처럼 빨리 계산해보려 애쓴다. 그는 설탕 한 개를 9길더에 사려고 하고 있다. 그러나 한 개에 20길더는 받아야 한다. 넬라가 보기에 그는 작정을 하고 왔다. "가격이 너무 낮아요, 시뇨르. 3천 500길더는 주셔야죠." 그녀가 말한다.

아노드가 웃는다. "1천 100." 그가 대답한다.

"2천."

그가 입 꼬리를 올린다. "1천 500."

"좋습니다, 시뇨르 마크브레드. 하지만 관심 있는 고객 두 분이 오늘 오후에 오기로 했어요. 남은 설탕을 어떻게 하실지 결정하시도록 사흘 더 말미를 드릴게요. 하지만 그 사람들이 더 높은 가격을 부르면 두 분의 기회는 날아가요."

"좋아요." 마크브레드가 감명을 받았다는 듯, 팔짱을 끼고 대답한다. 행복한 표정이다. 넬라는 처음으로 그의 미소를 본다. "그 가격에 백 개."

넬라는 현기증이 난다. 원하던 만큼 잘하진 못했지만 적어도 그들의 물건이 유통될 것이다. 암스테르담에서, 말이 물인 이곳에서. 지금 그들에게 필요한 것은 맛있는 빵 한 쟁반일 뿐이다. 넬라는 수리남 설탕을 바구니에 담는다. 코넬리아에게 말려보라고 할 생각이다.

아노드는 넬라에게 빳빳한 지폐로 1천 500길더를 내어준다. 돈을 만지는 기분이 짜릿하다. 돈이 지닌 잠재력. 종이로 만든 구명 뗏목. 1천 길더는 곧장 프린센라흐트의 아그네스와 프란스에게로 가야 한다. 요하네스에게 불리한 증언을 막는 데 도움이 될 것이다. 나머지 500길더는 잭 필립스에게 주어야 한다. 그들의 몫은 나중에 생각할 것이다.

한나는 바구니에 설탕을 담기 시작한다. "코넬리아는 어떻게 지내요?" 그녀가 묻는다.

겁에 질려 있다고, 넬라는 말하고 싶다. 그녀는 부엌에 묶여 있다. 미친 듯이 사보이 양배추를 쪼개고, 봄 양파와 부추를 써는 것을 보고 나왔다. "잘 지내요. 고맙습니다, 마담 마크브레드."

"쇠퇴하는 사람도 있고, 흥하는 사람도 있고." 설탕 원뿔의 산을 바라보고 고개를 저으며 아노드가 말한다.

한나가 넬라의 손을 꼭 잡는다. "이 설탕을 팔고 다시 돌아올게요." 그녀가 말한다. "그것만은 약속할 수 있어요."

주머니 속 지폐를 작은 승리의 깃발인 듯 뿌듯해하며 서둘러 집으로 향하는데 비가 내리기 시작한다. 이건 시작일 뿐이다. 넬라는 한나 마크브레드를 신뢰한다. 프린셍라흐트에 가서 아그네스와 프란스 미어만스를 만나는 건 별로 내키지 않지만, 중요한 건 수익이다. 마린처럼 본래의 모습은 저 안에 넣어두어야지. 돈을 보는 순간 이상하게 얼어붙은 프란스 미어만스의 심장이 녹을 수도 있고, 오랫동안 잠들었던 관대함이 살아날 수도 있다. 다른 사람의 삶을 끝내고 싶은 욕망을 지니려면 그 자신이 엄청난 불행을 지녀야만 한다.

현관홀로 들어서서 빗방울을 털어내는데 코넬리아가 우는 소리가 들려온다. 조용한 흐느낌이 부엌에서 새어나온다. 넬라는 변색된 수리남 설탕이 담긴 바구니를 내려놓고 아래층으로 뛰어내려간다. 스커트 자락을 밟아 넘어질 뻔한다.

채소 껍질이 초록색과 흰색 리본처럼 바닥에 뒤엉켜 있다.

"뭐야?"

넬라가 테이블 위의 편지를 가리킨다. "그 여자가 보낸 거야?" 들뜬 마음에 그녀가 묻는다. 마침내 미니어처리스트가 돌아온 모양이라고, 넬라는 생각한다. 달려가 편지를 집어 들고 읽는 순간 날카로운 두려움이 그녀를 벤다. 아노드에게서 받은 돈과 설탕을 팔았다는 흥분은 순식간에 사라져버린다.

"세상에," 그녀가 말한다. "오늘?"

"네." 하녀가 대답한다. "그 노르웨이 염탐꾼이 이건 예측을 못했네요."

야수는 인간이 길들여야 한다.

스탓하위스 재판정은 창문이 높게 나 있고 위층에 관람석이 있는 네모난 방으로, 교회 예배당과 바닥으로 꺼진 감방의 중간에 해당되는 공간이다. 황금도, 벨벳도, 어떤 호화로움도 없고, 눈부시게 흰 벽이 전부인 데다 가구는 어둡고 수수하다. 그곳을 제외한 스탓하위스의 나머지 공간은 입이 쩍 벌어질 정도로 웅장하다. 황금색 처마돌림 띠까지 아치 기둥이 높이 솟아 있고 대리석에 새긴 지도는 햇살에 반짝인다. 그러나 법을 집행하는 이 방의 분위기는 차분하다.

스하우트인 피에터 슬라바르트와 여섯 남자가 요하네스의 청문회를 위해 속속 들어와 자리에 앉는다. "저 사람들이 스헤펜방크 의원인가 봐." 넬라가 속삭이자 코넬리아가 고개를 끄덕인다. 코넬리아는 떨리는 몸을 진정시킬 수 없다. 여섯 남자는 연령대가 다양하다. 잘 차려입은 사람도 있지만 그중 누구도 판결을 내리는 스하우트처럼 망토를 입고 띠를 두르지는 않았다. 개성은 이 도시에서 감점 요인으로 작용한다. 넬라는 요하네스의 혐의 앞에서 그들이 증오심으로 똘똘 뭉친 독선적인 집단이 될 것 같아 두렵다.

넬라는 스하우트 슬라바르트를 똑바로 쳐다볼 수 없다. 그는 두 꺼비와 여간 닮은 게 아니다. 흉측하게 둥글넓적한 얼굴, 큼직한 입과 멀건 눈동자. 주변 관람석은 이 도시의 구경꾼들로 채워지기 시작한다. 간혹 여자도 보이고 심지어 아이도 몇 명 보인다. 넬라 는 요하네스가 붙잡혔다는 소식을 전한 고자질쟁이 꼬마 크리스토 플을 알아본다.

"어린 물고기는 데려오지 말았어야지." 코넬리아가 웅얼거린다. 수많은 조그만 물고기가 그녀를 불안하게 한다. 마치 커다란 고래 를 잡아 올리는 광경을 구경하러 모여든 것 같다.

그녀와 코넬리아가 앉은 자리의 왼편에 한나와 아노드 마크브레 드의 모습이 보인다. 그들은 알고 있다고, 넬라는 생각한다. 고개 인사를 하면서도 마음이 무겁다. 그러나 아노드는 그녀 쪽을 바라 보며 자신의 코를 살짝 친다. 그녀와 한편임을 알리는 그 몸짓에서 넬라는 위안을 얻으려 애쓴다. 그는 처음부터 알고 있었을까? 아노 드는 천사이기보다는 뼛속까지 암스테르담 시민일 수도 있다는 가 능성이 그녀를 위로한다. 하지만 이내, 이 재판의 결과에 따라 그 가 다시 돌아와 남아 있는 설탕 값을 깎으려 들지도 모른다는 생각 이 든다.

맞은편 관람석 맨 앞줄에 아그네스 미어만스가 모피를 껴입고 앉아 있다. "저 여자 얼굴이 왜 저렇게 됐대요?" 코넬리아가 속삭 인다. 아그네스는 넬라가 12월에 교회에서 보았을 때보다 훨씬 더 수척해 보인다. 어딘가 아픈 것 같다. 무릎 위의 무언가를 만지작 거리며 재판정 아래를 내려다보는 그녀의 광대뼈와 눈두덩이 두드 러져 보인다. 아그네스가 갑자기 자기 앞쪽의 나무난간을 잡는다. 손톱이 엉망으로 갈라져 있다. 한때 완벽했던 그녀의 머리띠는 비딱하게 걸쳐져 있고, 머리띠에 박힌 진주알은 광택을 잃었다. 옷도 아무렇게나 대충 걸친 것 같다. 그녀는 갇힌 짐승처럼 재판장 안을 두리번거리며 무언가를 찾는 듯 보인다.

"왜 저러는지 알 것 같아요, 마담." 코넬리아가 말한다. "양심의 가책 때문에 저러는 거예요."

그러나 넬라는 확신이 없다. 아그네스가 꼬마 여자애처럼 만지작거리고 있는 저 물건은 뭘까? 그녀가 소맷부리 속에 집어넣는 저 조그만 물건은.

프란스 미어만스는 아내의 뒷자리에 넓은 챙 모자를 쓰고 앉아 있다. 두 사람은 왜 나란히 앉지 않았을까. 큼직하고 잘생긴 그의 얼굴은 비를 맞은 것처럼 젖어 보인다. 그는 재킷 매무새를 고치고는 너무 덥다는 듯, 재킷을 앞으로 잡아당긴다. 넬라는 주머니를 두드려본다. 아노드에게서 받은 돈이 여전히 주머니에 있다. 돈이 들어오고 있다고, 엄청난 돈이 들어오고 있다고 프란스를 설득해야 한다. **이 난장판을 여기서 덮어주세요. 잘못 생각했다고 말해주세요.** 아그네스가 증인 노릇을 할 상태가 아니라는 건 당신도 알잖아요. 머릿속으로 논쟁을 벌이면서 넬라는 그와 눈을 마주쳐보려 하지만, 그는 도무지 그녀 쪽을 보지 않고 아래층을 향하고 있는 아내의 머리만 쳐다본다.

요하네스가 들어서는 순간 사람들이 일제히 숨을 들이켠다. 넬라는 손으로 입을 틀어막는다. 코넬리아는 터져나오는 비명을 억누르지 못한다. "시뇨르!" 그녀가 말한다. "우리 시뇨르가!"

요하네스는 경호원들의 도움을 뿌리치지만 제대로 걷지 못한다. 의원들이 그를 지켜본다. 그들의 얼굴이 굳어진다. 요하네스는 고문당한 게 분명하다. 그러나 생명의 위협을 받을 정도는 아니다.

그가 한쪽으로 비틀거린다. 양쪽 발목에는 움직일 힘이 거의 남아 있지 않다. 마치 자루처럼 양발을 번갈아 질질 끈다. 요하네스는 벽돌 틈으로 수평선도 볼 수 있다고 말했지만, 불과 며칠 사이에 그는 너무도 변했다. 눈동자는 뭉툭한 돌멩이 같다. 요하네스는 자리에 앉으면서 이미 너덜너덜해진 외투자락을 마치 금으로 만든 제복인 양 뒤로 젖힌다.

그러나 나사와 조임쇠의 잔혹함은 어떤 면으로는 전혀 통하지 않았다. 저 볼품없는 죄수는 분명 자신의 비밀을 지켰다. 만약 그렇지 않다면 지금 누구도 이 재판정에 와 있지 않을 것이다. 아무 얘기도 하지 않은 걸까? 청문회의 목적은 언어적 모욕을 통해 그의 죄를 밝혀내는 것이다. 이번에는 시민들이 지켜볼 것이고, 이는 또 다른 형태의 잔혹함이다. 요하네스가 감방에서 무슨 말을 했던가? 많은 사람이 재판에 참석할수록 더 정당해보일 거라고 했다.

넬라는 은세공업자 파티에서 보았던 그의 모습을 떠올려본다. 그가 지닌 매력, 해박한 지식과 재치, 사람을 끌어당기는 힘. 그 사람들은 다 어디 갔을까? 왜 어린아이와 말단직원들만 그의 싸움을 구경하러 왔을까?

"지팡이라도 짚고 나오시지……." 코넬리아가 넬라에게 작게 속삭인다.

"아냐, 코넬리아. 우리가 저 사람들의 잔혹성을 이해하길 바라는 거야."

"그리고 우리의 연민을 시험하시네요." 한나 마크브레드가 그녀 곁으로 다가와 넬라의 손을 잡는다. 세 여자가 하나의 사슬을 이루고, 넬라는 가슴이 벅차오른다. 지금껏 넬라는, 요하네스가 마린이 원하는 삶을 부정했다고 믿어왔다. 그런데 실제로는 요하네스가 마린을 자유롭게 했다. 요하네스는 강한 심장을 지닌 사람이다. 그러나 그 심장이 그를 어디로 이끌었는가.

가장 도움이 필요한 이 순간, 마린이 오빠의 은혜를 갚을 수만 있다면. 잭에게 말을 바꾸어달라고 설득하거나 프란스의 분노를 가라앉히기엔 이미 너무 늦었는지도 모른다. 이제 시에서도 관여하고 있으니 현장에서 발각된 남색 용의자에 대한 분노로 일어선 저 사람들을 과연 무엇이 막을 수 있을까? **나의 부를 실제로 만질 수는 없어요.** 요하네스는 말했다. **그건 허공에 떠 있거든요.** 그러나 아기는 단단한 살로 이루어진 존재다. 당신의 아기를 우리에게 빌려줘요, 마린. 적어도 평범한 결혼인 척 위장이라도 하게.

미니어처 요람, 마린의 조그맣게 부풀어오른 배, 아그네스가 손에 쥔 설탕과 완벽한 잭의 인형을 떠올리면서 넬라는 자신이 무얼해야 하고, 무얼 막아야 할지 미리 알려주지 않은 미니어처리스트에게 욕설을 내뱉는다. 피할 수 없는 일에 대해 가르쳐주지 못한다면 예언자가 무슨 소용인가.

한나가 그녀에게 몸을 기댄다. "오늘 아침 가져간 설탕의 반은 이미 사기로 한 사람이 있어요, 마담. 아노드가 설탕 일부를 헤이그로 가져가고 싶어해요. 거기 가족이 있거든요. 제 생각엔 머지않아 설탕을 더 사러 가게 될 것 같아요. 다른…… 고객들을 만날 때 그 점을 염두에 두어주세요."

넬라는 수치심을 억누르려 애쓴다. 아노드에게 허세를 부린 건 별로 마음에 걸리지 않는다. 그는 오히려 허세를 즐기는 사람 같다. 그러나 한나에게는 왠지 그래서는 안 될 것 같다. "고객 중에 그 설탕이 누구 물건인지 아는 사람이 있나요?"

그 말에 이번에는 한나가 얼굴을 붉힌다. "아노드가 설탕 공급처

394

에 대해서는 말을 하지 않고 있어요." 그녀가 말한다. "하지만 워낙 품질 좋은 설탕이라 악마의 물건이라고 해도 팔 수 있을 거예요."

한나의 말이 넬라에게 희망을 준다. 그러나 이 재판정에서 요하네스가 처한 곤경은 그녀의 통제를 벗어나 그 자체로 동력을 얻은 것처럼 느껴진다. 더 거세진 빗줄기가 조용히 지붕을 두드린다.

"선량한 암스테르담 시민 여러분," 스하우트 슬라바르트가 말문을 연다. 그의 목소리는 깊고도 부드러워서 평범한 시민들이 앉아 있는 딱딱한 나무벤치까지 울려퍼진다. 여기, 삶의 절정을 누리는 자, 법 권력의 최고 지위에 오른 자가 있다. 이 도시 시민의 삶이 그의 손아귀 안에 있다. 그는 잘 먹고 잠도 푹 잘 거라고, 넬라는 생각한다. 그의 발밑에 있는 고문실의 공포는 그에게 말루쿠 제도만큼이나 먼 나라 얘기일 것이다.

"우리는 이 도시에서 성공을 거두었습니다." 슬라바르트가 말한다. 그의 치하에 관람석이 술렁이고, 스헤펜방크의 의원들이 동의하듯 고개를 끄덕인다. "우리는 이 땅과 바다를 길들였습니다. 그리고 그 풍요로움을 만끽하고 있지요. 여러분은 모두 정의로운 시민입니다. 여러분을 찾아온 풍요라는 행운 속에서 여러분은 인생을 낭비하지 않았습니다. 하지만……." 슬라바르트가 하던 말을 멈추고 손가락을 높이 들어 요하네스를 가리킨다. "여기 이 사람은 교만에 빠졌습니다. 자신이 가족과 이 도시, 교회, 우리 시 위에 군림한다고 생각한 것이지요. 심지어 하느님 위에도!" 슬라바르트가 잠시 말을 멈추어 침묵으로써 열변에 힘을 불어넣는다. "요하네스 브란트는 돈으로 무엇이든 살 수 있다고 생각했습니다. 그에게 세상의 모든 것은 돈이었지요. 심지어 젊은 청년의 양심마저도. 그는 육체적 쾌락을 위해 젊은 청년을 이용하고 돈으로 매수하려 했습니다."

사람들이 술렁인다. **교만, 쾌락, 육체.** 금기의 세 단어가 여기 모인 사람들에게 전율을 일으킨다. 그러나 넬라는, 마치 마린이 만든 독초처럼, 싹을 틔우는 두려움을 느낀다.

"그런 식의 비난은 불가합니다." 요하네스의 목소리가 거칠게 갈라진다. "스헤펜방크는 아직 판결을 내리지 않았고, 결정을 대신 해줄 수는 없습니다. 그들에게도 권한을 주십시오, 시뇨르. 모두 분별 있는 사람들이니까요."

스헤펜방크 두어 명이 자존감으로 얼굴이 밝아진다. 나머지는 경외와 혐오가 뒤섞인 눈빛으로 요하네스를 쳐다본다.

"훌륭한 위원회이지요." 슬라바르트가 말한다. "하지만 최종 판결은 내가 합니다. 당신은 남색 강간을 부인하는 겁니까?"

그것이 바로 관람객들이 기다리던 말이다. 그 말은 사람들 틈으로 파고들어 시험하는 것만 같다. 그 말을 흡수할, 이 희귀한 중죄의 맛을 음미할 담력이 있는지를. "부인합니다." 요하네스가 말한다. 그는 절던 다리를 앞으로 뻗는다. "여러분의 고된 노력에도 불구하고."

"대답은 간결하게 하세요." 슬라바르트가 말하며 서류를 뒤적인다. "런던 버먼지 출신 잭 필립스의 증언에 따르면, 12월 29일 일요일, 이스턴 아일랜드의 창고에서 당신이 그를 공격했으며 강간했다고 주장하고 있습니다. 하느님을 섬겨야 하는 날, 그는 거의 걸을 수도 없을 정도로 맞고 멍이 들었습니다."

관람석이 폭발한다. "조용!" 슬라바르트가 소리친다. "다들 조용히 하세요."

"제가 아닙니다." 소란 속에서 요하네스가 말한다.

"증인들이 분명히 당신을 봤다고 성경에 대고 맹세했습니다."

"그게 저였다는 것을 어떻게 압니까?"

"당신의 얼굴은 누구나 압니다, 시뇨르 브란트. 지금은 겸손을 가장할 때가 아닙니다. 당신은 사람들의 본보기가 되는 권력자이자 부유한 지도층 인사입니다. 당신은 부두, 창고, 선착장에서 자주 목격되었습니다. 당신이 저지른 행위는…….."

"저질렀다고 주장되는 행위지요."

"모든 선과 정의에 위배됩니다. 당신이 당신의 가족, 도시, 국가에 저지른 행위는 악마의 행위입니다."

요하네스가 고개를 들어 높은 창밖으로 희고 네모진 하늘을 바라본다. 스헤펜방크 의원들은 좁은 의자에서 안절부절못한다. "제 양심은 깨끗합니다." 그가 나지막이 말한다. "판사님이 저에 대해 비난하시는 것은 모두 판사님의 치아만큼이나 가짜입니다."

아이들이 키득거린다.

"법정 모독은 남색만큼이나…….."

"제가 법정을 모독했을 수도 있겠군요, 시뇨르 슬라바르트. 그래서 어쩌시겠습니까? 당신의 허영심을 위해 저를 두 번 익사시키시겠습니까?"

슬라바르트의 두꺼비 눈깔이 튀어나오고, 살 오른 뺨은 가까스로 억누른 분노와 함께 밑으로 축 늘어진다. 조심해요, 요하네스. 넬라는 생각한다.

"내가 질문을 하면," 슬라바르트가 말한다. "모든 시민이 법에 대해 응당 보여야 하는 존경을 담아 답변하세요."

"먼저 존경받을 질문을 하시죠."

스헤펜방크는 이 대화를 즐기는 것 같다. 그들의 머리가 두 사람 사이로 왔다 갔다 한다.

"결혼하셨습니까?" 슬라바르트가 묻는다.

"했습니다."

넬라는 의자에 앉은 채로 움츠러든다. 아그네스가 그녀를 쳐다본다. 입술을 일그러뜨리면서.

"당신은 어떤 남편입니까?"

"멀쩡한 남편입니다. 보시다시피."

관람석에 있던 남자 몇 명이 웃고 요하네스가 고개를 든다. 그는 난간에 기댄 코넬리아를 알아보고 애써 미소를 지어 보인다.

"그건 질문에 대한 답변이 아닙니다." 슬라바르트가 말한다. 그의 목소리가 조금 높아진다. "당신은 좋은 남편입니까, 나쁜 남편입니까?"

요하네스가 어깨를 으쓱한다. "제 생각에는 좋은 남편인 것 같습니다. 아내는 만족하고 있습니다. 부유하고 안락하게 살고 있죠."

"상인다운 대답이군요. 부유하다고 해서 만족하는 건 아닙니다."

"아, 그렇군요. 돈에 대한 판사님의 번뇌를 잊고 있었네요. 막노동꾼한테 그렇게 말씀해보시지요. 이 나라를 물 위에 떠 있게 하려고 노력하지만 집세나 겨우 내고 사는 사람한테요. 안락하다고 반드시 행복한 건 아니라고 한번 말씀해보세요."

관람석에서 공감하는 듯한 웅성거림이 새어나오고 스헤펜방크 몇 명이 무언가를 적는다. "아이가 있으신가요?"

"아직 없습니다."

"왜 없지요?"

"결혼한 지 넉 달밖에 되지 않았습니다."

코넬리아가 넬라의 손을 잡는다. 요하네스는 자신도 모르는 사이 마린의 아기로 자신을 구할 기회를 내쳐버리고 있다.

"부인과는 얼마나 자주 잠자리를 하십니까?"

요하네스가 잠시 침묵한다. 개인의 침실까지 침범하려는 그런 질문이 얼마나 무례한지 보여주려 했다면 그의 노력은 실패다. 스헤펜방크는 목을 앞으로 길게 빼고 있다. 프란스 미어만스도 마찬가지다. 아그네스는 마치 까마귀처럼 양손으로 난간을 붙잡은 채 기다리고 있다.

"최대한 자주 합니다." 요하네스가 말한다. "저는 출장이 잦으니까요."

"결혼이 늦으셨군요, 시뇨르."

요하네스가 관람석을 올려다본다. "제 아내는 오래 기다린 보람이 있었지요."

그의 다정함이 여운을 남기고 넬라는 차오르는 슬픔을 느낀다. 그녀의 뒤에 앉은 두 여자가 부러움의 한숨을 내쉰다.

"오랜 세월 동안 다양한 길드에서 견습생을 고용하셨지요." 슬라바르트가 말한다.

"그건 암스테르담 시민이자 동인도회사의 고참직원으로서 제 의무입니다. 그런 일을 할 수 있는 것도 행복이지요."

"조금 지나친 행복일 수도 있겠군요. 오랜 세월에 걸쳐, 견습생은 젊은 남자가 압도적으로 많았고……."

"존경심을 담아 묻겠습니다. 견습생은 원래 모두 젊은 남자 아닌가요?"

"그 숫자가 다른 고참 길드의 회원이나 동인도회사보다 훨씬 더 많습니다. 여기 숫자가 나와 있군요."

요하네스가 어깨를 으쓱한다. 그의 어깨는 비뚤게 올라간다. "그 사람들보다 제가 더 돈이 많으니까요." 그가 말한다. "사람들은 저에게 배우고 싶어합니다. 제가 여기 있는 이유도 바로 그것 때문이라고 생각하는 사람도 있을 줄 압니다만."

"무슨 뜻이죠?"

"언제나 가장 형편없는 사냥꾼이 가장 큰 사슴을 원하는 법이지요. 스하우트 슬라바르트, 만약 제가 익사한다면 누가 제 사업을 인수하겠습니까? 당신이 다 쪼개서 스탓하위스 감옥에 가둬버릴 건가요?"

"당신은 암스테르담 시를 모욕하고 있습니다!" 슬라바르트가 소리를 지른다. "역겹기 짝이 없는 불경스러움이군요." 스하우트가 스헤펀방크를 둘러본다. "이 도시가 무슨 놀이터인 줄 알고, 지금껏 우리가 쌓아온 것을 모조리 폄하하고 있어요."

"그건 사실이 아닙니다. 당신의 생각일 뿐이지요."

"당신은 흑인을 하인으로 고용했습니다. 그렇지요?"

"그는 다호메이의 포르토노보 출신입니다."

"그를 가까이 두고 우리의 방식을 가르쳤어요. 야수를 길들인 것이지요."

"도대체 무슨 말씀을 하고 싶은 겁니까, 슬라바르트? 무슨 생각을 하고 계신 거죠?

"단지 당신의 취향이 특이하다는 점을 지적하는 겁니다, 시뇨르 브란트. 당신의 많은 동료가 그 사실을 입증할 겁니다. 고소인 들여보내세요."

슬라바르트가 내뱉는 말에 요하네스는 놀라 눈이 휘둥그레진다.

"고소인이라고?" 넬라가 코넬리아를 돌아본다. "오늘은 혐의를 묻는 청문회로 알고 있는데?"

하지만 그렇지 않다. 그의 발소리가 들려온다. 경호원들이 요하네스의 고소인을 데리고 재판정으로 들어오는 순간, 넬라와 코넬리아는 두려움에 휩싸인 채 고개를 떨어뜨린다.

배우

영국 남자의 모습을 본 코넬리아가 넬라의 손을 잡는다. 레제키를 죽인 남자가 재판정으로 들어온다. 그의 거친 머리카락은 윤기를 잃었고 어깨에는 피 묻은 붕대를 감고 있다.

"저거 저 사람 피 아니야." 넬라가 중얼거린다. "지금쯤 다 나았을 텐데." 잭이 청중석 쪽을 바라본다. 넬라는 아그네스가 의자에서 움츠러드는 모습을 본다.

그의 모습에, 실물 크기 영국 악마의 등장에 스헤펜방크가 자세를 고쳐 앉는다. "당신이 영국 버먼지 출신의 잭 필립스입니까?" 슬라바르트가 묻는다.

관람객의 시선과 수군거림에 잭은 잠시 혼란에 빠진 듯 보인다. 레제키를 찌르고 나서 현관홀에서 선보인 완벽한 연기를 떠올리며, 넬라는 그가 정말 겁에 질린 건지 그런 척하는 건지 가늠하지 못한다.

"그렇습니다." 잭이 요하네스의 발치에 갑옷용 장갑을 던지듯 그 말을 툭 내뱉는다. 그의 이상한 네덜란드어가 실내에 울린다. 관람석에 있던 몇 명이 대놓고 키득거린다.

"원고에게 성경을 주십시오." 슬라바르트가 근엄하게 말하자 법정의 사무직원이 작고 두툼한 성경 한 권을 들어 보인다. "성경에 손을 얹고 진실만을 말하겠다고 선서하십시오."

잭은 떨리는 손가락을 성경 표지에 올려놓는다. "선서합니다." 그가 말한다.

요하네스의 표정은 가면 같아 읽을 수 없고, 잭은 그의 시선에 응하지 않는다. "이 사람을 알아보시겠습니까?" 슬라바르트가 요하네스를 가리키고 잭은 여전히 고개를 숙이고 있다. "다시 한 번 묻겠습니다. 이 사람을 알아보시겠습니까?"

잭은 여전히 그를 쳐다보지 않는다. 죄책감일까? 아니면 템스 강변 극장에서 배운 연기로 두려움을 가장하는 것일까? "귀머거립니까?" 슬라바르트가 조금 큰 소리로 말한다. "아니면 내 말을 못 알아듣는 건가요?"

"잘 알아듣고 있습니다." 잭이 말한다. 그의 눈동자가 요하네스에게 향하더니 요하네스의 구부정한 다리와 너덜너덜해진 외투에 머문다.

"그를 어떤 죄목으로 고소했지요?" 슬라바르트가 묻는다.

"강간, 폭행 및 뇌물죄로 고소했습니다."

스헤펜방크가 술렁인다. "고소장을 위원회에 읽어드리겠습니다." 슬라바르트가 헛기침을 한다. "'나, 영국 버먼지 출신의 잭 필립스는 벳하니엔스트라트 인근 클로베니르스뷔르흐발의 토끼 간판 집에 거주하던 중, 12월 29일에 피고에게 붙잡혀 강간당했습니다. 저를 강간한 사람은 암스테르담의 상인이자 동인도회사의 간부인 요하네스 마뒤스 브란트입니다. 저는 제 의지와 상관없이 폭행을 당했고 저항했다는 이유로 어깨를 칼에 찔렸습니다.' 덧붙이고 싶은 사항은 없습니까?" 안경 너머로 잭을 쳐다보며 슬라바르트가 말한다.

"없습니다."

코넬리아가 넬라를 돌아본다. "저 사람이 방금 자기가 시뇨르에게 찔렸다고 했어요? 그럼 이제 투트는 안전한 걸까요?" 코넬리아는 도저히 믿기 힘들다는 듯한 표정이다. "그나마 작은 기적이네요, 마담."

그러나 넬라는 그다지 기쁘지 않다. 그 거짓말은 요하네스의 하인은 자유롭게 할지언정 그를 죽음의 위협으로 더욱 단단히 옥죄고 있기 때문이다.

"이 내용이 모두 사실입니까?" 슬라바르트가 고소장을 가리키며 묻는다.

"네, 시뇨르. 칼날이 제 심장을 겨우 빗나갔다는 사실이 빠진 것만 빼고요."

"알겠습니다. 그가 어디서 당신을 붙잡던가요, 필립스 씨?"

"이스턴 아일랜드입니다. 저는 이따금 동인도회사 창고에서 짐꾼으로 일하고 있습니다."

"그가 어떤 방식으로 접근하던가요?"

"그게 무슨 말씀이시죠?"

"요하네스 브란트가 당신을 붙잡기 전에 어떻게 행동하던가요?"

"제정신이 아니었습니다."

잭은 저런 말을 네덜란드어로 어떻게 아는 거냐고, 넬라가 생각한다.

"두 사람은 이야기를 나누었습니까?"

잭의 연기에 물이 오르고 있다. 뜸 들이는 데 도가 튼 배우답게 그는 관람객이 각자 속으로 던지는 질문과 빗소리만 들도록 잠시 기다린다.

"그가 말을 걸던가요?" 슬라바르트가 되풀이한다.

"저보고 조카뻘이라면서 어디 사느냐고 물었습니다."

"조카뻘이라고 했다고요?" 슬라바르트가 스헤펜방크 쪽으로 몸을 돌린다. "이런 부류의 인간은 모든 면에서 특이하지요. 가족의 호칭마저도 조롱의 대상으로 바꾸니 말입니다. 다른 말은 하지 않던가요, 필립스 씨?"

"저를 지켜보고 있었다고 했습니다." 잭이 말한다. "다시 만나면 제가 사는 곳에 가보고 싶다고 했습니다."

"그래서 뭐라고 대답했습니까?"

"밀치면서 건드리지 말라고 했습니다."

"그 뒤에는 어떻게 됐나요?"

"그가 제 외투 소매를 붙잡더니 자기 창고로 끌고 갔습니다."

"그다음엔?" 잭이 잠자코 있다. "그다음엔 어떻게 됐습니까?" 슬라바르트가 독촉한다. "당했습니까?"

"네."

"강간을 당했습니까?"

"네."

스헤펜방크의 의원 두 명이 갑자기 기침을 하면서 의자를 삐걱거린다. 관람석이 웅성거린다. 많아야 세 살이나 되었을까. 청중석에서 가장 어린아이가 겁에 질린 채 난간 기둥 사이로 그들을 쳐다본다.

스하우트는 잭을 향해 몸을 숙인다. 그의 양서류 눈 속에 엷은 기쁨이 스친다. "당신을 폭행하면서 무슨 말을 하던가요?"

"저를…… 저를 가질 수밖에 없었다고 했습니다. 자기가 어린 조카를 얼마나 사랑하는지 보여주겠다고 했어요."

"당신도 대꾸를 했습니까?"

잭은 어깨를 뒤로 젖히고 피 묻은 붕대를 보여주려 가슴을 내민다. "저는 그의 몸속에 악마가 있다고 말했습니다. 그다음엔 당신이 **바로** 악마라고 했지만 그는 멈추지 않았습니다. 저처럼 가엾은 인간이 자기 같은 남자에게 당하는 게 어떤 기분인지 보여주겠다고 했습니다. 제가 원하는 건 다 해주겠다고 했고, 반항할 때마다 절 때렸습니다."

"여기, 고소인이 고소장을 들고 스탓하위스에 왔던 당시의 신체 상태에 관한 외과의사 진술서가 있습니다." 슬라바르트가 스헤펜방크에 서류를 건네준다. "그가 칼로 찔렀군요, 젊은이. 칼이 조금만 밑으로 내려갔어도 심장에 구멍이 날 뻔했군요."

젊은이. 유화적인 단어. 가엾은 젊은이 잭, 어둠 속 악마에게 잡힌 가엾은 젊은이 잭. 슬라바르트의 동정심이 누구에게로 향하고 있는지 분명히 인식하는 순간, 요하네스는 마치 자신의 뼈가 돌로 만들어졌다는 듯 무겁게 축 늘어진다.

"그렇습니다." 잭이 말한다. 그 말에 요하네스가 고개를 든다. 잭은 다급하게 스헤펜방크 쪽으로 고개를 돌린다. "그리고 절 때렸습니다. 걷지도 못할 정도로."

"다 거짓말입니다." 요하네스가 끼어든다.

"저자는 저한테 말을 걸 수 없습니다, 스하우트." 잭이 말한다. "저한테 말하지 말라고 해주세요."

"조용히 하십시오, 브란트 씨. 발언 기회를 따로 드리겠습니다. 필립스 씨, 그날 밤 당신을 공격한 사람이 요하네스 브란트가 확실합니까?"

"확실합니다." 잭이 말하지만 그의 무릎은 후들거리기 시작한다.

"저 친구 곧 기절할 것 같은데요." 바닥으로 쓰러질 듯 비틀거리는 잭을 보며 요하네스가 말한다.

"데리고 나가세요." 슬라바르트가 잭을 향해 손짓을 한다. 두 명의 경호원이 그를 일으켜세운다. "내일 아침 일곱 시까지 휴정하겠습니다."

"스하우트 슬라바르트," 요하네스가 말한다. "오늘은 혐의를 확인하는 날로 알고 있는데, 고소인을 출석시키다니요. 도대체 이게 무슨 장난입니까? 제가 질문할 기회는 언제 주죠? 당신은 제 명예를 훼손하고 사람들에게 충격을 주었습니다. 저에게도 발언권을 주셔야지요."

"당신은 말이 너무 많아요. 아직 증인도 나오지 않았습니다."

"법률 조항에도 그렇게 되어 있습니다." 요하네스가 말한다. "양측 모두에게 발언 기회를 주어야 합니다." 그가 성경을 가리킨다. "재판할 때에 한 쪽을 편들면 안된다. 세력이 있는 자이든 없는 자이든 똑같이 들어 주어야 한다. 재판이란 하느님께서 몸소 하시는 일이니 아무도 두려워하지 말라. 너희가 판결하기에 벅찬 사건은 내가 들어줄 터이니 나에게 올려라." 요하네스가 말한다. "〈신명기〉입니다. 확인해보시죠."

"기회를 드릴 겁니다, 브란트 씨." 슬라바르트가 대답한다. "하지만 지금은 휴정합니다. 내일 아침 7시에 속개합니다."

요하네스와 잭은 서로 다른 문으로 안내된다. 잭은 줄곧 고개를 들지 않지만 요하네스는 잠시 관람석을 쳐다본다. 코넬리아와 넬라는 이미 일어서 있다. 넬라가 한 손을 들어 보이자 그가 고개를 끄덕이고는 문을 나선다.

사람들이 기지개를 켜고 놀라움과 실망이 뒤섞인 표정을 주고받는다. 한심한 소풍객은 주머니에 손을 넣어 견과류와 치즈, 햄 조각 따위를 꺼낸다.

아그네스는 서둘러 자리를 뜬다. 넬라는 그녀의 가냘픈 몸에, 새 같은 걸음걸이에 다시 한 번 놀란다. 프란스 미어만스는 이미 사라져 보이지 않는다.

시간이 많지 않다는 것을 넬라는 알고 있다. "시간이 없어." 그녀가 코넬리아에게 말한다. "어서 마린에게 돌아가."

한나가 곧바로 호기심 어린 표정을 짓지만 넬라는 코넬리아에게 경고의 눈빛을 보낸다. 한나도 알아선 안 돼. 코넬리아는 거의 알아차리기 힘든 끄덕임으로 답한다.

아그네스가 빠져나간 문으로 향하던 넬라는 아그네스가 앉았던 자리의 바닥에 널브러진 싱그러운 오렌지 껍질 틈에서 무언가를 발견한다. 파턴을 신은 조그만 발이 벤치 밑으로 나와 있다. 무릎을 꿇고 앉으면서, 넬라는 저 발을 본 적 있다고 생각한다.

그 발은 황금빛 드레스를 입은 조그만 인형의 발이다. 넬라의 얼굴이다. 노란색 머리띠 밑으로 머리카락이 삐져나와 있다. "세상에, 어쩜!" 그녀가 한숨처럼 내뱉는다. 이 넬라는 캐비닛에 있는 넬라보다는 덜 놀란 표정이다. 눈빛이 한결 침착하다. 넬라는 본능적으로 미니어처 인형의 몸을 훑는다. 상처라도 있나 봐야지. 다가올 위험에 대비해야 하니까.

그러나 지금껏 거의 들여다보지 않았던 더 어두운 마음 한구석에서는, 자신이 아기의 징후를 찾고 있음을 넬라는 알고 있다. 아기의 징후는 없다. 숨겨진 혹은 없다. 넬라는 슬픔을 밀어낸다. 적

어도 상처나 부러진 곳은 없다고 스스로를 위로한다. 아직 내 차례
는 오지 않았다고.

돈과 인형

아그네스는 인형을 몇 달 동안 갖고 있었을지도 모른다. 아그네스는 내 캐비닛을 탐냈다고, 넬라는 생각한다. 자기도 갖고 있는 척했지만 설탕 파티 이후 집 앞 계단에서 내게 들켰다. **저 여자보다 더 좋은 걸로 사줘요.** 그녀가 프란스에게 말했다. 아그네스가 내 인형을 구할 수 있는 곳은 오직 한 곳 아닐까? 이 인형은 너무도 날 닮았고 너무도 정교하다. 이 인형이 다른 사람을 위해 만들어졌다는 사실을 넬라는 받아들이기 힘들다.

넬라는 반짝이는 자신의 인형을 아노드에게서 받은 돈이 든 주머니에 함께 넣고, 미어만스를 찾으려 서둘러 계단을 내려간다. 비는 조금 잦아들었고 햇살은 뿌옇다. 관람객들이 물웅덩이를 피하며 좁은 계단 주위를 맴돌고 있다. 넬라는 펠리콘 목사의 구식 흰 주름과 긴 망토를 발견한다. 티 하나 없이 깔끔한 얼굴, 잿빛 머리카락의 왕관, 광기 어린 목사의 눈빛. 양털에 들러붙는 티끌처럼 사람들이 목사를 둘러싼다. "이건 죄악입니다." 후두두 떨어지는 빗속에서 그가 단언한다. "여러분도 감을 잡으셨겠지요. 요하네스 브란트는 죄악으로 가득한 삶을 살았습니다."

"사치를 즐기다 그렇게 된 거예요." 곁에 있던 여자가 말한다.

"하지만 이 도시에 돈을 벌어다주었어요." 한 남자가 말한다. "그가 우리를 부자로 만들어주었어요."

"정확히 누구를 부자로 만들어주었단 겁니까? 그자가 자기 **영혼**에 무슨 짓을 했는지 보세요." 펠리콘이 말한다. 그는 영혼이라는 말을 마치 자신의 마지막 호흡을 요하네스 브란트라는 혐오스러운 인간에게 할애한다는 듯 내뱉는다.

어디선가 음식 썩는 냄새가 풍겨오고, 식당의 매캐한 고기 냄새가 벽을 타고 번져온다. 펠리콘이 넬라에게로 눈을 굴린다.

"어디 아프신가요?" 펠리콘과 함께 있던 여자 중 한 명이 묻는다. 그러나 넬라는 숨 쉬는 것조차 힘들다.

"그 **부인**이잖아." 누군가 속삭이고 더 많은 사람이 그녀를 향해 고개를 돌린다. 볼 테면 보라고, 넬라는 생각한다. 그 남자의 부인을 보라고. "맞아요." 그녀가 소리친다. "제가 그의 아내예요."

"하느님이 전부 다 보고 계세요, 마담." 첫 번째 여자가 말한다. "전부 다요."

넬라는 주머니 속 인형을 꽉 움켜쥐면서 반대 방향으로 걷는다. 그녀는 요하네스가 없는 집을 상상해본다. **안 돼,** 그녀는 생각한다. 남편이 그녀의 손아귀를 빠져나가는 것만 같다. **그를 죽게 내버려둘 순 없어.**

"마담 브란트."

돌아서 보니 프란스 미어만스가 서 있다. **침착해, 넬라 엘리자베스.** "시뇨르." 그녀가 말한다. "당신을 찾고 있었어요. 부인께선 어디 계시죠?"

프란스가 머리 위의 모자를 누른다. "아그네스는 친정에 갔습니다." 그가 말한다. "내일 돌아올 거예요. 그동안 아그네스는…… 좀 제정신이 아니었어요. 그 끔찍한 광경을 목격한 이후로……."

"중단하셔야 해요, 시뇨르. 돈 때문에 친구를 죽일 셈인가요?" 그녀가 머뭇거린다. "마린을 이렇게까지 불행하게 하면서?"

프란스가 웅덩이에 발을 딛는다. "요하네스 브란트는 내 친구가 아닙니다, 마담. 아그네스는 하느님 앞에 선 증인이고요. 마담 마린에게는 유감스러운 일이지만, 당신 남편이 저지른 죄는 처벌받지 않고 넘어갈 수 없는 일이에요."

"요하네스가 잭과 함께 저지른 짓이 문제가 아닌 거죠? 그렇죠?" 넬라가 낮게 속삭인다. "십이 년 전에 일어난 일 때문이잖아요. 제 남편이 당신의 삶을 망쳤다고 생각하시겠지만 그건 남편이 한 일이 아니었어요."

미어만스의 가슴이 부풀어오른다. "마담……."

넬라는 절박하다. "무슨 일이 있었는지 저도 알아요, 시뇨르. 당신과 마린 사이에. 마담 아그네스가 질투하는 것도 이해는 하지만……."

"조용히 하세요!" 그가 낮게 소리친다. "말도 안 되는 상상은 혼자 하시죠."

"십이 년 전 요하네스가 당신을 위한 결단을 내렸죠." 그녀가 말한다. "하지만 요하네스는……."

"이런 대화를 더는 용납할 수 없습니다, 마담." 미어만스는 다급하게 양쪽 거리를 둘러보더니 모자챙에 스며들고 네모난 부츠 앞축을 적시는 비 때문에 얼굴을 찌푸린다. "아그네스는 제 아내예요."

"하지만 아직 끝나지 않았잖아요, 시뇨르 미어만스. 그것 말고도 당신이 알아야 할 게 있어요." 넬라가 1천 길더를 꺼낸다. 조그만 인형이 그 사이에 끼어 있다. "당신이 받을 돈의 일부예요." 그녀가 말한다. "요하네스가 당신의 설탕을 상당량 팔았어요, 시뇨르. 아노드 마크브레드에게."

"1천 길더라니. 누굴 바보로 압니까?" 그 순간 미어만스의 표정이 변한다. 그의 얼굴이 두려움 때문에 굳어진다. "**그건** 뭐죠?"

그는 겁에 질린 표정으로 인형을 본다. 그녀는 성 조지 시민군이 칼베르스트라트를 행진할 때 태양 간판 집을 바라보던 미어만스의 모습을 떠올린다. "그거 어디서 났죠?" 그가 소리친다.

"이건…… 이건 저예요."

"치워요. 당장."

넬라는 심호흡을 한다. 마린 이야기를 하는 것만이 그의 광기를 멈출 유일한 수단일 것이다. "시뇨르," 그녀가 말한다. "마린이……."

"그거 아무한테도 보여주지 마세요. 내 말 아시겠어요?" 프란스가 털어낸 모자챙의 빗물이 넬라의 드레스에 튄다.

넬라는 인형을 주머니에 넣는다. "왜요?" 그녀가 묻는다. 하지만 그는 대답하지 않는다. "시뇨르, 아그네스가 당신 집 모양의 캐비닛을 주문했나요?"

"폭탄이 떨어졌어도 그 저주받은 미니어처만큼 우리 결혼 생활을 파괴하진 못했을 겁니다." 넬라에게서 돈을 가로채며 그가 쏘아붙인다. "돈을 세어보고 이만 작별인사를 드릴까 합니다."

"돈은 더 들어올 거예요. 그럼 남편에 대한 당신의 계획도 다시 생각하시겠죠?"

"계획은 없어요, 마담. 이건 하느님의 뜻입니다."

"미니어처리스트가 무얼 보내던가요?"

프란스가 비 맞은 돈을 높이 들어 보인다. "이걸 벌 궁리나 하셔야 되는 거 아닙니까?"

빗방울이 굵어지기 시작한다. 구경꾼들이 그들 곁을 지나 다시 관람석 쪽으로 몸을 피한다. 넬라는 프란스의 팔을 잡아세운다. "혹시 미니어처리스트가 앞으로 일어날 일에 대한 것들을 보내던가요, 시뇨르? 아니면 이미 일어난 일에 대한 것이던가요?"

"사악한 예고와 불쾌한 조롱, 어떤 네덜란드인도 용인할 수 없는 수준이더군요." 그는 잠시 머뭇거렸지만 결국 그 얘기를 할 기회를, 자기 말을 믿어줄 사람이 있다는 안도감을 뿌리치지 못한다. "소포와 글귀를 숨겨도, 아그네스가 어떻게든 찾아내더군요. 아니면 그 물건이 아그네스를 찾았거나. 아그네스를 불안하게 만든 건 질투가 아닙니다, 마담. 그 캐비닛이에요. 당신의 캐비닛을 보지 않았다면 그런 일은 일어나지 않았겠죠."

"그런 일이라니요? 아그네스는 지금 건강한가요?"

"'이건 진실이야.' 아그네스는 계속 그렇게 말하더군요. '그 사람이 내게 진실을 말해주고 있어'라고. 그래서 미니어처리스트를 체포하려고 직접 칼베르스트라트로 찾아갔습니다."

"설마 당신이⋯⋯."

"당신의 캐비닛은 미완성으로 남게 될 겁니다, 마담. 아그네스의 캐비닛이 완전히 부수어진 것처럼. 행정관들은 길드 관할권도 없이 이 도시에서 혼자 일하는 사람이 있다는 사실을 아주 흥미로워하더군요. **미니어처리스트**라니, 쳇." 그가 코웃음을 친다. "그게 제대로 된 직업이기나 합니까?"

두려움이 넬라를 찢어놓는다. 몸에 아무 감각이 없다. 보이는 것이라고는 프란스의 커다란 얼굴과 돼지 같은 눈, 널찍한 턱뿐이다.

"시뇨르, 미니어처리스트에게 무슨 짓을 했죠?"

"그 악랄한 작은 스파이는 사라졌더군요. 하지만 다시는 돌아오지 못하게 조처해놓았습니다. 암스테르담 출신도 아닌 사람을 명부에 올려준 마커스 스미트에게도 엄청난 벌금을 부과했고요. 칼베르스트라트의 그 집에는 실제로 이 도시에 거주하는 사람이 살게 될 겁니다." 미어만스가 1천 길더를 코밑에 대어본다. "저한테 이 돈이 얼마나 큰 모욕인지 모르시는군요, 마담. 수만 길더를 벌 수도 있었어요. 요하네스의 태만이 제 생계를 망쳐놓았어요."

그는 얼마나 돈에 집착하는 사람인가. 그리고 그 외의 모든 것에는 얼마나 부주의한가. 넬라의 피가 그녀의 신경을 뜨겁게 달군다. 신경 줄기에서 연기가 나고, 끊어진다. "아그네스의 설탕을 봤어요." 그녀가 말한다. "당신이 빌린 그 영광을. 다 썩진 않았더군요. 하지만 당신은 썩었어요. 당신의 부인도. 당신의 청혼을 거절한 마린은 정말 운이 좋았어요."

그 말에 미어만스가 주춤거리며 물러선다. "그리고 전 믿어요, 시뇨르." 그녀가 말한다. "아니, 알아요. 만약 요하네스가 그 설탕을 다 팔았더라도, 당신은 그 사람이 익사하는 걸 기어이 보고 말았으리란 걸."

"무례하군요. 도대체 당신이 뭔데……."

"돈이나 잘 챙겨두세요." 넬라는 이렇게 말한 뒤 돌아서면서 하늘에 대고 외친다. "부디 미니어처리스트가 당신들 두 사람을 지옥 끝까지 쫓아가기를!"

탄생

넬라는 스탓하위스에서 칼베르스트라트 쪽으로 서둘러 발길을 돌린다. 그러나 달려오는 발소리와 코넬리아의 비명이 그녀를 멈춰 세운다. "마담! 마담!"

"코넬리아? 나 방금 프란스 만나서……."

"하셨어요? 마담 마린 얘기?" 넋 나간 표정으로 거리를 위아래로 살피며 코넬리아가 묻는다. 빗속의 어둠침침한 햇살 아래, 낯빛은 푸르고, 보이지 않는 꽃이라도 든 것처럼 양손을 꽉 움켜쥐고 있다.

"아니." 넬라는 갑자기 피로를 느낀다. "거래를 했어. 한 사람의 생명을 돈으로 사기 위해."

코넬리아의 얼굴이 시무룩해진다. "증인을 서지 말라고 설득하셨어요?"

"일단 그 사람의 소중한 설탕을 판 돈 1천 길더를 주었어. 그렇다고 상황이 달라질 거라고 장담은 못해, 코넬리아. 하지만 노력은 했어. 그 사람이 미니어처리스트한테 해코지를 한 것 같아. 거기로 행정관들을 보냈대. 그 여자가 어떻게 됐는지……."

"집으로 가셔야 해요."

"하지만……."

"**지금 당장.** 마담 마린의 심장에 이상이 생겼어요."

⚘

"만져봐." 두 여자가 도착해서 문을 닫자마자 마린이 어둠 속에서 천천히 걸어나오며 말한다. "심장이 너무 빨리 뛰어."

넬라는 마린의 목에 손가락을 대어보고 급격하게 빨라진 맥박을 느낀다. 마린이 숨을 헉 들이켜며 그녀에게 손을 내민다.

"왜 그래요?"

"진통," 그녀가 씩씩거리며 겨우 말한다. "몸이 부서질 것 같아."

"**진통**요?" 코넬리아가 겁에 질린 표정으로 묻는다. "아직 진통 기미는 없다고 하셨잖아요."

마린이 신음한다. 그녀의 검은 울 스커트를 적신 액체가 바닥으로 흘러 스커트 자락 주위로 점점 더 큰 원을 그린다.

"위층으로 가요." 애써 침착한 목소리로 넬라가 말한다. 그러나 그녀의 심장도 빠르게 뛰고 있다. "내 방으로 가요. 부엌에서 물 나르기에 더 가까우니까."

"때가 된 건가?" 마린이 묻는다. 그녀의 목소리는 두려움으로 높아져 있다.

"그런 것 같아요. 산파를 **불러야만** 해요."

"안 돼."

"입을 다물어달라고 돈을 주면 되잖아요."

"무슨 돈으로? 요하네스의 금고를 너만 훔쳐본 줄 알아?"

"**제발**, 마린. 그 정도 돈은 있어요! 진정해요."

"너와 코넬리아 말고 다른 사람이 있는 건 싫어." 마린이 넬라의 손을 꽉 잡는다. 그 손에 매달리면 모든 게 다 괜찮을 거라는 듯이. "여자들이 늘 겪어왔던 일이잖아, 페트로넬라. 너 말고는 아무도 봐선 안 돼."

"뜨거운 물 가져올게요." 코넬리아가 부엌으로 달려간다. 넬라는 의자 위에 펼쳐진 블랑카르트의 책을 본다.

"어떻게 해야 하는지 알아, 페트로넬라?"

"해볼게요." 카렐이 태어날 때 넬라는 네 살이었고, 아라벨라를 엄마의 몸에서 빼낼 때는 아홉 살이었다. 넬라는 그 비명, 헐떡거림, 집 안을 돌아다니는 소 같은 울음소리를 기억한다. 이불은 피로 물들었고, 나중에 장작불에 태우려고 뒤뜰에 쌓아놓았다. 엄마의 축축한 얼굴에 드리우던 얇은 햇살, 아버지의 경탄하는 얼굴.

물론 그 외에 다른 일도 있었다. 살아남지 못한 아기들이 있었다. 넬라가 더 컸을 때 일이었다. 넬라는 눈을 감고 산파가 했던 일을 떠올리려 애쓴다. 작은 시체를 잊으려 애쓴다.

"다행이야." 마린이 말하지만 얼굴이 창백하다.

"진통이 심할 때……." 넬라가 말한다. "엄마는 일어나서 걸어다녔어요."

두 시간 가까이, 몸속에서 천둥이 칠 때마다 마린은 신음하며 위층에서 걸어다니고 있다. 넬라는 창가에 서서, 짚 위에 앉아 있는 요하네스, 갇힌 공간에서 출구를 찾으려고 연기를 한 쟉, 비에 젖은 자존심과 돈다발을 들고 있는 미어만스, 칼베르스트라트에서 올 메시지를 기다리는 아그네스를 생각한다. 미니어처리스트는 지금 어디 있을까? 넬라는 곁눈질로 노란 커튼 뒤에 살아 있는, 시간이 정지된 인형으로 가득 찬 캐비닛 집을 본다. **당신의 캐비닛은 미완성으로 남게 될 겁니다, 마담.**

밖에서는 빗줄기가 더욱 거세진다. 1월의 비는 차고 무자비하다. 개 한 마리가 휙 지나가고, 황갈색 고양이의 흐릿한 그림자도 보인다. 갑자기 역한 냄새가 방 안에 진동한다. 창가에서 돌아선 넬라는 끔찍한 두려움이 서린 마린의 얼굴을 본다. 마린은 자신의 발치에 떨어진, 피로 범벅된 뜨거운 대변을 바라보고 있다.

"세상에!" 양손으로 얼굴을 감싸며 마린이 말한다. 넬라가 그녀를 침대로 이끈다. "내 몸이 더 이상 내 몸이 아니네. 난……."

"그런 생각하지 말아요. 이건 좋은 징조니까."

"도대체 무슨 일이 일어나는 거지? 몸이 무너지고 있는 것 같아. 아기가 나오고 나면 내 몸은 남아나지 않을 거야."

넬라는 배설물을 닦아내고 더러운 수건을 뚜껑 달린 물동이 속에 넣는다. 돌아보니 마린이 몸을 웅크린 채 모로 누워 있다. "이런 걸 상상하진 않았는데." 쿠션에 얼굴을 파묻은 채 마린이 말한다.

"맞아요." 넬라가 깨끗한 젖은 수건을 건네어준다. "상상하는 것과는 다르죠."

마린이 쥐고 있던 라벤더 잎을 부수어 향을 깊이 들이마신다. "너무 피곤해." 그녀가 말한다. "기운이 하나도 없어."

"괜찮을 거예요." 넬라가 말한다. 그러나 말뿐이라는 것을 그녀도 알고 있다. 넬라는 복도로 나가 신선한 공기를 들이켠다. 침실의 탁한 공기와 서서히 엄습해오는 두려움에서 마침내 벗어나 안도하면서. 코넬리아가 계단으로 올라와 넬라의 손을 잡고 미소를 짓는다. "이건 축복이에요, 마담." 코넬리아가 말한다. "마담이 우리 집에 오신 건."

밤이 오고, 비는 멎지 않고, 진통은 계속된다. 마린의 몸은 나선형으로 비틀어지는 것 같나. 싶고 소용돌이치는 고통이라고, 마린이 말한다. 나는 피로 가득 찬 구름이야, 마린이 중얼거린다. 거대한 멍이고. 살갗이 찢어지고 또 찢어지는 것 같아. 편안하도록 겉치마를 벗겨서 이제 마린은 면 블라우스와 페티코트만 입고 있다.

마린은 고통을 실은 배이고, 고통 그 자체다. 예전 그녀의 모습은 찾을 길이 없다. 코넬리아와 넬라는 마린의 이마를 닦아주고, 진정시키기 위해 관자놀이에 향유를 문질러준다. 넬라는 마린이 산 같다고 생각한다. 거대하고 뿌리를 깊이 박아서 움직일 수 없는 산. 그녀의 몸 안에 있는 아기는 그녀의 몸을 타고 내려오는 순례자다. 마린의 몸이 마비된 상태일 때 움직이는 순례자. 한 걸음을 내디딜 때마다, 마린의 옆구리를 찌르고 발로 찰 때마다, 순례자는 점점 더 힘을 얻는다.

마린이 비명을 지른다. 머리카락이 이마에 붙어 있고 매끄럽던 얼굴은 벌겋게 부어올랐다. 마린이 침대 난간 너머로 몸을 구부리더니 바닥에 토한다.

"도움을 청해야 해." 넬라가 속삭인다. "지금 마린의 상태를 봐. 어차피 알아차리지도 못할 거야."

땀에 젖고 일그러진 마린의 얼굴을 바라보며 코넬리아가 입술을 깨문다. "알아차리실걸요." 두려움으로 눈을 반짝이며 코넬리아가 속삭인다. "그럴 수 없어요. 마담 마린은 다른 사람이 아는 걸 원치 않으세요." 마린이 토해낸 옅은 빛깔 액체 위에 던진 수건으로 토사물이 스며드는 것을 바라보며 코넬리아가 말한다. "설령 부른다 해도 누굴 부르겠어요?"

"《스미트 명부》에 누구든 있겠지. 우리는 뭘 해야 하는지 아무것도 모르잖아." 넬라가 속삭인다. "이렇게 토하는 게 정상이야?"

"이 녀석 지금 어디쯤 있어?" 마린이 중얼거리며 쿠션에 입을 닦는다. 넬라는 수분을 흡수하도록 젖은 수건의 가장자리를 입가에 대어준다.

"페티코트 속을 들여다봐야 해." 다시 코넬리아에게 다가가며 넬라가 중얼거린다.

코넬리아의 얼굴이 하얗게 질린다. "그랬다간 제 목을 치실걸요. 벗은 등도 못 보게 하시는 분인데."

"봐야 해. 안 그러면 이 진통이 정상인지 알 수 없잖아."

"그럼 보세요, 마담." 코넬리아가 말한다. "전 못해요."

마린의 눈꺼풀이 파르르 떨리고 목 안쪽에서 낮은 신음이 새어 나오기 시작한다. 그 소리는 마치 집합 나팔소리처럼 그녀의 몸 안에서 점점 더 높아진다. 마린이 또 한 차례 찌르는 듯한 비명을 내지르는 순간, 넬라는 그 이상 주저하지 않고 무릎을 꿇은 다음 마린의 페티코트를 들추어본다. 마린의 다리 사이를 들여다본다는 건 상상조차 할 수 없는 일이다. 그건 신성모독이다.

그러나 넬라는 페티코트 속의 탁한 공기 속으로 머리를 넣고 보아야 할 곳을 본다. 그녀의 눈에 보인 것은 세상에서 가장 특이한 광경이다. 넬라는 물고기도 아니고, 새도 아니고, 신도 아니고, 사람도 아니지만, 그 모두를 이상하게 합쳐놓은 것 같은 무엇을 본다. 그것은 마치 다른 세계에서 온 것 같다. 거대하게 늘어난 조그만 그것. 아기의 머리가 막고 있는 커다란 입.

넬라는 조그만 정수리를 보고, 시트의 열기 속에서 헛구역질을 한 뒤 머리를 밖으로 뺀다. "보여요." 그녀가 들뜬 목소리로 말한다.

"보여?" 마린이 힘없이 묻는다.

"지금 힘을 주어야 해요." 넬라가 말한다. "아기 머리가 보일 때 힘을 주어서 밀어내야 해요."

"난 너무 지쳤어. 아기가 알아서 나와야 해."

넬라가 다시 페티코트를 걷고 아기를 만지기 위해 손을 뻗는다. "아기의 코가 아직 나오지 않았어요, 마린. 이러면 아기가 숨을 못 쉬어요."

"힘을 주세요, 마담. 힘을 주셔야 해요!" 코넬리아가 소리친다.

마린이 괴성을 지르자 넬라는 마린의 입에 나뭇가지를 물린다. "자, 힘을 줘요!"

마린은 어금니가 나무에 박히도록 힘을 주고, 나뭇가지 뒤로 침을 꿀꺽 넘긴다. 나뭇가지를 뱉어내며 말한다. "이 녀석이 날 찢어 놓고 있어." 그녀가 헐떡인다. "느껴져."

넬라가 페티코트를 들추고 코넬리아는 눈을 가린다. "찢어지지 않았어요." 넬라가 말한다. 그러나 자줏빛 털 한복판에 빨간 틈이 보이고, 피가 더 많이 흐른다. 넬라는 그 사실을 혼자만 알고 있다. "나오고 있어요!" 그녀가 소리친다. "계속 힘을 줘야 해요, 마린. 힘을 줘요."

코넬리아는 창가에 서서 길고 열정적인 기도를 시작한다. **하늘에 계신 아버지.** 그러나 마린은 울부짖기 시작한다. 끝나지 않을 듯한 고통의 비명을 지른다. 그 순간, 어떤 예고도 없이, 느닷없이, 아기의 머리가 빠져나온다. 머리는 아래를 향하고 있고 코를 시트에 박고 있다. 젖은, 검은 머리카락으로 뒤덮인 머리다.

"머리가 나왔어요! 힘을 줘요, 마린! 어서!"

여자들의 귀가 찢어지도록 마린이 비명을 지른다. 엄청난 양의 피가, 뜨거운 액체가 침대를 적신다. 넬라는 속이 메스껍다. 피의 양이 적절한 건지 아닌지 알 수 없다. 아이를 밀어내려고, 마린은 코넬리아의 손이 빠져라 잡아당긴다. 넬라는 머리가 45도 정도 회전한 그 조그만 생명이 스스로 빠져나오려 애쓰는 광경을 경이로워하며 지켜본다.

아기의 한쪽 어깨가 빠져나오자 마린이 다시 소리를 지른다. 아기가 머리를 침대 반대 방향으로 돌린다.

"힘주세요, 마담, 힘주세요." 코넬리아가 격려한다.

마린이 더 세게 힘을 준다. 마린은 고통에 완전히 굴복한다. 더는 저항하지 않고 고통을 자신의 일부로 받아들인다. 그러다가 그녀가 멈춘다. 완전히 탈진한 상태로, 움직이지도 못한 채 침대 위에서 숨을 헐떡인다. "못 하겠어⋯⋯." 그녀가 내뱉는다. "심장이⋯⋯."

코넬리아가 마린의 가슴에 가만히 손을 대어본다. "새처럼 펄떡거려요, 마담." 그녀가 말한다. "방망이질을 해요."

방 안에 정적이 감돈다. 넬라는 무릎을 꿇고 앉아 있고, 코넬리아는 베개 옆에 서 있고, 마린은 무릎을 세운 채 별처럼 사지를 축 늘어뜨리고 있다. 벽난로 불길은 낮게 잦아들었고 마지막 남은 장작을 뒤적여줄 때가 되었다. 밖에는 오직 빗소리뿐이다. 다나가 안으로 들어오고 싶어 문을 긁어댄다.

여자들은 기다린다. 반대쪽 어깨, 인형처럼 조그만 어깨가 마린의 넓어진 늪에서 빠져나온다. 마린은 다시 숨을 헐떡이기 시작하고, 넬라는 아기의 어깨와 찻잔만 한 머리, 미끄러운 몸을 마지막으로 쏟아지는 피와 함께 받아낸다. 양손이 피에 흠뻑 젖은 넬라는 핏덩이의 무게를 느낀다. 두 눈은 철학자처럼 감고 있고, 팔다리는 축축하고 푸르스름하며 군데군데 흰 점액이 묻어 있다. 아기는 그녀의 떨리는 손안에 단단히 웅크리고 있다. 넬라가 확인해본다. 마린의 고동의 순례자는 여자아이다.

"마린," 아기를 들어 올리며 넬라가 말한다. "마린, 봐요!"

코넬리아가 기쁨에 겨워 소리를 지른다. "여자아이예요!" 그녀가 외친다. "꼬마 아가씨네!" 아기에게 달려 있는, 금속 같은 근육질의 기다란 탯줄이 마린의 몸속으로 뱀처럼 연결되어 있다. "칼 가져와." 넬라가 코넬리아에게 말한다. "이걸 잘라야 해."

코넬리아가 허겁지겁 달려나간다. 마린은 숨을 헐떡이며 아기를 보려고 팔꿈치로 지탱하며 몸을 일으킨다. 그녀는 도로 털썩 누우며 가까스로 입을 뗀다. "내 딸……." 그녀가 말한다. 목소리는 격하면서도 공허하다. "살아 있어?"

넬라가 아기를 바라본다. 말라가는 액체를 온몸에 뒤집어썼고 피 묻은 숙모의 손자국으로 뒤덮여 있다. 검은 머리카락은 머리에 말라붙었고 눈은 여전히 감고 있다. 마치 아직은 자신을 드러낼 때가 아니라는 듯이.

"울지 않네." 마린이 말한다. "왜 울지 않는 거지?"

넬라는 물동이에서 따듯하게 적신 수건을 가져와 아기의 가냘픈 팔과 다리, 가슴을 닦아내기 시작한다. "그렇게 하는 거 맞아?" 마린이 묻는다.

"네." 넬라가 대답한다. 하지만 그냥 하는 말이다. 깨어나 아가, 넬라는 생각한다. 깨어나.

코넬리아가 큰 고기를 저밀 때 쓰는 칼을 들고 나타난다. 아기는 여전히 조용하고 방 안에는 죽음의 침묵이 감돈다. 모두가 생명의 탄생을 알리는 소리를 간절히 기다리고 또 기도한다.

넬라는 코넬리아에게 아기를 넘겨주고 탯줄을 자르려 애쓴다. 그러나 인간의 살이란 참나무보다도 질기다. 넬라가 톱질을 하다 시피 해서 탯줄을 자르자 시트와 바닥에 피가 튄다. 다나는 방 안으로 살금살금 들어와 천천히 걸어다니며 먹을 게 있나 두리번거린다.

개가 들어와서인지 아니면 탯줄을 서툴게 잘라서인지 아기가 울기 시작한다.

"오, 하느님 감사합니다!" 코넬리아가 울음을 터뜨린다.

마린도 길고 거친 호흡을 내쉬고는 흐느껴 운다.

조그만 아기는 넬라의 손안에 담겨 있고, 코넬리아가 탯줄을 짧게 감아 검푸른 리본으로 묶는다. 남은 탯줄이 아기의 배 위에서 까딱거린다. 조그만 소녀는 마침내 전투에서 승리한다.

아기의 실핏줄을 타고 피가 흐르기 시작한다. 넬라가 젖은 수건으로 아기를 힘주어 닦으면서 놀라움에 휩싸인 채 그 모습을 지켜본다. 그녀의 곁에 서 있던 코넬리아가 몸을 숙인다. "보이세요?" 그녀가 속삭인다.

"뭐가?" 넬라가 묻는다.

"보세요." 코넬리아가 아기를 가리키며 묻는다. "보시라고요."

"테아!" 마린의 말에 모두 깜짝 놀란다. 마린의 목소리는 거칠고 무겁다. "아기 이름은 테아야." 그녀가 침대에서 불안한 듯 뒤척인다. 여전히 몸속에 연결된 탯줄에서 피가 흘러나온다. 마린은 팔을 들어보려 하지만 그러기엔 너무 지쳤다.

"테아!" 넬라가 마린의 가슴에 아기를 안겨주는 모습을 바라보면서 코넬리아가 중얼거린다. 아기는 엄마의 거친 숨결 속에서 꼼지락거린다. 마린의 손가락이 테아의 등을, 등뼈의 굴곡을, 고양이 같은 척추의 굴곡을 느낀다. 눈에서 눈물이 흐르고 마린은 다시 한 번 흐느껴 운다. 코넬리아는 그녀를 달래고 이마를 쓸어준다. 엄마의 목 밑으로 파고드는 아기를 마린이 꼭 품는다.

마린은 승리감과 고통이 뒤섞인 경탄의 표정을 짓는다. "넬라?" 그녀가 말한다.

"네?"

"고마워. 두 사람 다 고마워."

코넬리아가 이불을 한데 모으는 동안 세 사람이 눈빛을 주고받는다. 마린의 호흡이 약간 덜거덕거리는 소리를 낸다. 살갗을 오그라들게 만드는 소리다. 그녀는 창문으로 고개를 돌려 어둠이 내린 운하를 바라본다. 마침내 비가 멎었다. 촘촘하게 구획을 나눈 옥상, 풍향계, 박공지붕 위로 별이 총총 박힌 하늘에 달이 떠 있다. 반듯하지 않은 반쪽짜리 반짝이는 빛.

닫혀 있는 캐비닛의 벨벳 커튼을 돌아보며 문득 넬라는 요하네스가 이 집을 주문할 때 빠뜨린 게 있음을 깨닫는다. 마린의 방은 어디 있지? 씨앗과 지도, 껍데기와 표본으로 가득 찬 마린의 공간은? 두 칸의 부엌, 서재, 응접실, 침실, 심지어 다락방도 있는데. 아마도 요하네스는 마린을 보호하려 했을 것이다. 어쩌면 그 방을 만들 생각을 못 했을 수도 있다. 미니어처리스트는 마린의 작은 공간에 대한 글은 보내지 않았다. 그녀만의 비밀 공간은 그렇게 자리를 찾지 못한 채 빠져나갔다.

거짓말쟁이

넬라와 코넬리아는 응접실에서 끌어온 장미목의자에 앉아 눈을 붙이려 애쓴다. 침대에서 마린이 한숨을 쉬거나 신음할 때마다 두 사람은 몸을 뒤척인다.

넬라가 눈을 떠 보니 시계 종이 8시를 알린다. 방 안에 역한 냄새가 남아 있다. 노출된 장기, 배설물, 피, 여린 살덩이. 벽난로 불이 꺼졌다. 벽난로 주위에 쓸모도 없는 라벤더 꽃봉오리들이 흩어져 있고, 마린이 진통할 때 쓰러진 은주전자가 뒹군다. 넬라는 남편을 만나야 할 시각에서 한 시간이나 늦었음을 깨닫는다.

넬라는 정신없이 커튼을 젖힌다. 코넬리아가 눈을 뜨고 침대로 달려간다. "요하네스한테 가야 해. 지금 당장."

"저 혼자 두고 가지 마세요." 코넬리아가 애원한다. "뭘 어떻게 해야 할지 하나도 모른단 말이에요."

마린의 베개는 땀으로 젖어 있고, 강보에 싸인 테아는 품에 잠들어 있다. 그들의 목소리를 듣고 엄마가 된 마린이 눈을 뜬다. 번들거리는 땀으로 뒤덮인 그녀의 피부에서는 여전히 옅은 육두구 냄새가 풍기고 넬라는 그 향을 들이마신다. 스탓하위스에 가야 한다.

그러나 이 상태의 마린을 두고 가기가 불안하다.

"넬라, 그 사람들이 오빠한테 무슨 짓을 하는지 보고 와서 알려줘." 마린이 말한다. 어젯밤보다 더 기운 없는 목소리다. "어서 가. 코넬리아, 넌 내 옆에 있어."

코넬리아가 마린의 손을 잡고 아이에 대한 강한 애정을 담아 키스한다. "아무렴요, 마담. 있고말고요."

넬라는 침대 발치로 다가간다. 탯줄이 여전히 마린의 몸속으로 이어져 있다. 탯줄 한쪽 끝은 매트리스 위에 엉켜 있다. 넬라는 탯줄을 잡아당겨본다. 마치 밀려드는 두려움의 마개를 뽑듯이. 그러나 꿈쩍도 하지 않고, 마린은 고통에 신음한다.

"좀 주무셔야 해요." 코넬리아가 말한다. "가만히 두어야 해요."

"네가 사람을 부르고 싶어하는 거 알아, 넬라." 마린이 속삭인다. "하지만 아무도 알아선 안 돼."

마린의 배는 테아가 빠져나오고 난 뒤에 조금 줄어들었지만 아직도 응어리가 만져진다. 넬라가 배를 누르자 마린이 움찔한다. 뭔가 잘못됐다고, 넬라는 생각한다. 다 잘못됐다고. 응어리는 딱딱하고, 움직이지 않는다. 혹시 두 번째 아기가, 좀 더 조용한 쌍둥이 아기가 남아 있는 것일까. 이 혼란 속으로 나오기를 꺼리는 아기. 내가 좀 더 잘 알았으면. 엄마가 곁에 있었으면. 지금처럼 자신이 무기력하게 느껴지긴 처음이다.

마린이 사레가 들린다. 마린이 격하게 폐를 비우는 동안 코넬리아가 테아를 안고 있다. "마담?" 코넬리아가 말하지만 마린은 손을 내젓는다. 자기 오빠와 똑같은 몸짓이다.

엄마가 내는 기괴한 소리에 테아도 소리를 내기 시작한다. 가슴이 미어지는, 그러면서도 활기찬 소리. 새로운 목소리로 내는, 회귀 본능을 지닌 짧은 빽빽거림. 넬라는 코넬리아를 방 한구석으로 부른다. "보세요, 마담. **보시라고요.**" 초조한 표정으로 테아를 바라보며 코넬리아가 말한다. "이제 우린 어쩌면 좋아요?"

"무슨 소리야?"

"있을 수 없는 일이잖아요. 이럴 수는 없어요!"

"《스미트 명부》에서 찾아." 코넬리아의 말을 무시하며 넬라가 낮게 소리친다. "유모하고 산파를 불러와. 지금 마린의 상태가 어떻게 된 건지 알 수 있는 사람이면 누구든."

코넬리아는 겁에 질린 표정으로 아기를 바라본다. "마담이 절 죽이실걸요."

"코넬리아, 시키는 대로 해. 요하네스는 서재 금고에 돈을 보관해. 입을 다무는 조건으로 달라는 대로 줘. 만약 돈이 충분치 않으면 은식기를 팔아."

"하지만 마담……." 넬라가 방에서 빠져나간다. 멈추어 서기에는 너무 절망적이다.

⚹

숨이 차고 얼굴이 벌겋게 달아오른 채 스탓하위스에 도착했을 때, 관람석은 이미 꽉 차 있고 재판은 진행중이다. 그녀는 어쩔 수 없이 뒷자리에 앉는다. 진이 빠지고, 정신이 혼미하고, 머리도 욱신거리고, 눈은 피로하고 건조하며, 손톱 밑은 마린의 피로 붉게 물들어 있다. 넬라는 요하네스에게 마린이 무슨 일을 해냈는지, 집에 어떤 기적이 기다리는지 소리치고 싶지만 그럴 수 없다는 걸 안다. 도대체 우리는 어떤 세상에 살고 있는 걸까? 존재를 알리는 것만으로 테아를 위험에 빠뜨릴 수도 있는 세상이라니.

넬라는 관람석 청중들의 머리 너머로 재판정 아래쪽을 내려다본다. 요하네스는 고개를 꼿꼿하게 쳐든 채 만신창이가 된 몸으로 한치의 흔들림 없이 앉아 있다. 슬라바르트는 자신의 책상 앞에 앉아 있고, 스헤펜방크는 그 옆에 나란히 있다. 잭은 아래층 구경꾼 틈에서, 판석 한가운데 놓인 의자에 꼿꼿하게 앉아 있는 프란스 미어만스를 바라보고 있다.

아그네스는 왜 곁에 없을까? 내가 무얼 놓친 거지? 흥분한 듯, 기대에 들뜬 듯, 몸을 앞으로 숙인 펠리콘 목사의 뒤통수가 보인다. "아그네스 미어만스도 증언을 했나요?" 넬라가 옆에 선 여자에게 묻는다.

"7시에 했어요, 마담. 떨더라고요. 죽어도 못 놓겠다는 듯이 성경을 움켜잡고 있던데요." 여자가 고개를 저을 때 슬라바르트의 목소리가 귀에 들어온다. 스하우트는 이미 한창 달아오른 상태다.

"부인께서 12월 29일에 목격한 광경을 증언하셨습니다, 시뇨르 미어만스." 그가 말한다. "여성의 판단력을 의심하는 것은 아닙니다만, 남편께서 증언할 차례가 되었으니 좀 더 심도 있게 얘기해봅시다. 그날 밤 목격한 것을 증언해주시지요, 시뇨르 미어만스."

의자에 앉아 있는 미어만스는 창백하고 비대하다. "창고 후문 근처를 걷고 있는데, 목소리가 들렸습니다. 시뇨르 브란트가 웬 청년을 벽에 밀어붙이고 있더군요. 청년의 얼굴이 벽돌담에 닿은 상태였고요. 두 사람 다 바지가 발목까지 내려와 있고 모자가 벗겨진 상태였습니다."

그 말에 사람들이 일제히 숨을 들이켠다. 치욕과 강렬한 욕망이 한데 뒤엉킨 광경이다. "잭 필립스는, 나중에야 그의 이름을 알게 되었지만, 놓아달라고 애원하고 있었습니다. 그가 우리를 보고 도움을 청했습니다. 제 아내는 보셨다시피, 극도로 불안한 상태입니다. 아내는 시뇨르 브란트를 식사에 초대한 적도 있거든요."

프란스의 떨리는 목소리가 방 안을 채운다. 넬라에게는 스탓하위스의 벽이 점점 더 가까이 다가오는 것처럼 느껴진다.

"계속하세요." 슬라바르트가 말한다.

"브란트가 지르는 쾌락의 비명을 들었습니다." 미어만스가 말한다. "저는 아그네스를 남겨두고 그에게 다가갔지요. 브란트의 눈빛은 욕정으로 가득 차 있었습니다. 제가 다가가자 바지를 치켜올리더니 필립스 씨를 때리기 시작했습니다. 쉴 새 없이, 미친 듯이. 그가 들고 있던 칼로 잭의 어깨를 찌르는 모습을 보았습니다. 거의 심장을 찌를 뻔했어요. 잭이 한 말은 결코 거짓이 아닙니다. 여자는 결코 보아서는 안 될 광경이었지요. 남자도 마찬가지고요."

프란스의 증언에 재판정은 완전히 넋이 나간다. 요하네스는 고개를 숙인 채, 저항하는 듯한 자세를 유지하며 만신창이가 된 몸으로 구부정하게 앉아 있다.

"프란스 미어만스," 슬라바르트가 말한다. "당신은 요하네스 브란트 씨를 오랫동안 알고 지내셨습니다. 목격한 사건에도 불구하고, 당신의 선량한 아내가 성경에 대고 맹세했음에도 불구하고, 이제 이자에게도 선함이 있음을 확인해주실 기회를 드리겠습니다."

"알겠습니다."

"브란트는 두 사람이 서로 잘 아는 사이라고 말했습니다."

"젊은 시절 함께 일했습니다."

"그는 어떤 사람이었나요?"

미어만스는 괴로워하는 것처럼 보인다. 그는 요하네스의 구부정한 등을 보지 못하고, 자신의 뾰족한 모자 끝을 본다. "약삭빠른 친구죠." 그가 말한다. "자기주장이 강하고요."

"요하네스 브란트가 당신의 물건을 팔고 있었던 걸로 아는데, 맞습니까?"

넬라는 감각이 서서히 무디어지는 것을 느낀다. 마지막 남은 기운이 심장에서 빠져나가는 것 같다. 이제 요하네스의 발치에 또 다른 혐의가 던져질 것이다. 직무 태만. 그것은 암스테르담에서 결코 작은 죄가 아니다.

"그렇습니다." 프란스가 말한다.

"그 문제와 관련해서, 설탕은 관리가 잘 되었습니까? 브란트가 제대로 일을 처리하던가요?"

프란스가 망설인다. "네." 그가 말한다. "그렇습니다."

넬라가 허리를 펴고 앉는다. 프란스는 왜 저런 말을 할까? 그의 말대로라면, 설탕은 전부 다 완벽한 상태로 보존된 것이다. 스헤펜방크의 두어 명이 기록하는 모습이 보인다. 그 순간 넬라는 프란스가 요하네스에 대한 자신의 원한을 드러내지 않을 생각임을 깨닫는다. 팔지 못한 설탕 문제를 덮어둠으로써, 프란스는 이것이 요하네스에 대한 사적 원한으로 보일 가능성을 배제하고 있다. 프란스는 요하네스가 자신을 변호할 기회 자체를 막고 있다. 그는 이 사건이 하느님과 나라에 대한 불경스러운 행위로만 보이기를 원한다. 더구나 요하네스는 설탕 판매가 부진했음을 인정하지 않을 것이다. 그 사실을 인정하는 순간 그의 이름에 먹칠하는 사람은 바로 자신이 될 테니까.

프란스가 그토록 계산적인 사람일 거라고 넬라는 미처 생각지 못했다. 그는 자신의 친구를 파멸시키기로 작정하고 있다. 그러나 아노드 마크브레드를 쳐다보던 넬라는 프란스가 설탕의 상태가 양호함을 공식적으로 인정해줌으로써, 어쩌면 브란트 가에게 의도치 않은 선물을 주었다는 생각을 한다. 넬라는, 비록 작은 것이지만 그 사실에 감사하며 상황에 집중하려 애쓴다.

"그렇다면 그가 훌륭한 상인이었다고 말씀하시겠습니까?" 슬라바르트가 묻는다. 프란스는 숨을 깊이 들이마신다. "진실만을 말하겠다고 맹세하셨지요?" 슬라바르트가 다그친다. "자, 어떻습니까?"

"성서에 대고 맹세하건대, 그 점에 대해서는 회의적입니다."

"**무능한** 상인이라고 보신다는 겁니까?"

"솔직히 말씀드리면, 자기중심적인 성향이 명성에 가려졌다고 생각합니다. 그의 성공이 전부 다 타당하다고 보진 않습니다."

"그런데도 당신 물건을 팔아달라고 그를 고용했습니까?"

"그건 제 아내가……." 그가 말끝을 흐린다.

"부인이 이 문제와 무슨 상관이 있습니까?"

프란스는 모자를 바닥에 떨어뜨렸다가 줍는다. 요하네스가 고개를 든다. 그는 친구에게서 시선을 떼지 않는다.

"브란트는 항상 막무가내로 자신의 주장을 관철시킵니다." 프란스가 말하고는 요하네스 쪽으로 돌아선다. "하지만 난 자네가 실제로 이렇게까지 막무가내인지는 몰랐네. 자네가 준 뇌물, 갈수록 불어나는 빚, 나한테 진 빚은 물론이고 길드, 회사직원, 그리고 친구들에게 진 빚까지……."

"누굴 말하는 건가?" 요하네스가 말한다. "지금 날 정식 고소하는 건가? 그 사람들을 내게 보여주게. 그 사람들 장부를 보여줘."

"오늘 내가 여기 온 건 자네의 영혼 때문이야……."

"난 자네한테 진 빚이 없네, 프란스. 난 누구한테도 빚을 지지 않았어."

"하지만 하느님이 내게 말씀하셨네, 요하네스."

"**하느님**이라고 했나?"

"더는 침묵해서는 안 된다고."

말하는 순간에도 그 말의 억지스러움에, 그곳에 있는 사람들 모두가 느끼는 쓸쓸함에 프란스 자신마저 놀라는 것 같다.

"자넨 한 번도 침묵한 적이 없어, 프란스. 날 폄하하는 것에 관해서라면."

"제 오랜 친구는 구원이 필요합니다, 스하우트 슬라바르트. 그는 온전치가 않습니다. 악마의 그늘 안에 살고 있어요. 그날 밤 그를 목격한 뒤에 저는 도저히 침묵할 수 없었습니다. 암스테르담의 시민이라면 누구도 그럴 수 없을 것입니다."

그는 연설을 마친 뒤 후련함을 기대하는 듯 고개를 들지만 그런 감정은 없다. 그저 혐오감으로 가득 찬 요하네스의 얼굴이 앞에 있을 뿐이다. 요하네스는 고통 속에서 천천히 허리를 편다. 위층에 앉아 있는데도 넬라는 그의 뼈가 덜그럭거리는 소리를 듣는다.

"우린 모두 나약한 인간들이네, 프란스." 요하네스가 말한다. "하지만 개중엔 조금 더 나약한 인간이 있기 마련이지."

프란스가 고개를 숙인다. 모자가 손에서 미끄러진다. 들썩이는 그의 어깨가 사람들을 고요한 긴장 속에 머물게 한다. 프란스에게 요하네스는 자기 모습을 비춰보는 거울이다. 그는 거울에서 자기 모습 대신 검은 구멍을 보았다. 누구도 프란스를 다독이지 않는다. 누구 한 명 그가 한 일을 위로하지도, 축하하지도 않는다.

"프란스," 요하네스가 말한다. "자넨 무자비하게 자신의 쾌락만을 좇는 남색자를 붙잡지 않았나? 이 도시의 운하와 거리를 청소하는 데 일조한 것 아닌가? 그런데 왜 그렇게 질질 짜고 있지?"

관람석에서 야유와 휘파람소리가 새어나온다. 슬라바르트는 그와 스헤펜방크가 판결을 내릴 수 있도록 조용히 하라고 소리를 지른다.

"안 됩니다!" 요하네스가 큰 소리로 외친다. 그의 시선이 미어만스에게서 스하우트에게로 옮겨간다. "이건 옳지 못합니다."

재판정이 조용해지고 청중들은 위험한 욕망을 지닌 매력 넘치는 이 남자를, 반듯하게 질서 잡힌 사회를 찢어발긴 이 남자를 보려고 목을 길게 뺀다. 요하네스는 의자에 몸을 지탱하며 힘겹게 자리에서 일어난다. "피고에게도 발언할 기회를 주는 것이 규정입니다."

슬라바르트가 헛기침을 한다. 그는 혐오감을 감추지 않고 요하네스를 쳐다본다. "발언 기회를 원합니까?"

날개가 부러진 새처럼 요하네스는 양팔을 최대한 멀리 뻗는다. 요하네스의 검은 망토가 바닥에 아무렇게나 떨어지는 순간, 잭이 비명을 지른다.

"피에터 슬라바르트, 당신은 오늘 아침에 그 망토를 걸치셨겠지요." 요하네스가 말한다. "자네도 그랬을 테지, 프란스 미어만스. 자신의 죄와 나약함을 침대 밑 상자 속에 숨겨두고는 화려한 외투로 전부 감출 수 있기를 바라면서."

"당신 자신에 대해 얘기하세요, 요하네스 브란트. 내 얘기 말고." 슬라바르트가 말한다.

요하네스가 그를 바라본다. "이 방 안에 죄인이 나 혼자입니까?" 그가 물으며 주위를 둘러보고 관람석을 올려다본다. "정녕 나 혼자입니까?"

대답이 없다. 관람석은 정적에 휩싸인다. "성인이 된 바로 그 순간부터 난 이 도시를 위해 일해왔습니다. 꿈에서도 본 적 없는 땅으로 항해를 했지요. 이 공화국을 위해, 뜨거운 해안에서, 험한 바다에서, 물려받은 것보다 더 위대한 영광을 일구어내기 위해 목숨을 걸고 싸우고, 죽고, 일하는 사람들을 보았습니다. 부단히 노력했고, 쌓아 올렸고, 결코 안주하지 않았습니다. 스하우트 슬라바르트께서는 제 아프리카 다호메이 출신 하인을 언급하셨지요. 교역의 결과인 설탕을 넣은 차와 빵을 드시면서, 다호메이가 어디 붙은 나라인지는 알고 계신지요? 프란스 미어만스는 제 자유를 비판하지만 본인의 자유는 죄책감 없이 즐기고 있습니다. 지도를 좀 보세요, 시뇨르. 그리고 배우세요.

저희는 고아 소녀를 집에 들였습니다. 견습생을 후원했습니다. 지칠 줄 모르고 거친 파도와 싸웠습니다. 그 파도는 우리 모두를 익사시킬 것입니다, 여러분. 저는 수많은 회계장부를 보았고, 수많은 동인도회사의 배가 물속으로 침몰하는 것을 목격했습니다. 그러나 그 과정에서 누구도 갈취한 적은 없습니다. 그 어떤 영혼도 뇌물로 매수한 적 없습니다. 저는 아내를 행복하게 해주려고 노력했습니다. 함께 있을 때 아내가 저를 행복하게 해주었듯이 말입니다. 하지만 문제는, 시뇨르, 마담, 넓은 세상을 보지 못하는 자들이 여러분의 넓은 세상을 무너뜨리려 한다는 겁니다. 그들은 아무것도 가진 게 없지요. 벽돌과 대들보만 있을 뿐 하느님이 주신 위대한 환희를 전혀 알지 못합니다." 그가 잭을 바라본다. "저는 진심으로 그들을 가엾이 여깁니다. 그들은 제가 보았던 이 공화국의 영광을 결코 지켜내지 못할 것입니다."

요하네스가 노인처럼 걸어 프란스에게 다가간다. 그가 손을 드는 순간 프란스는 주먹이 날아올 거라고 예상한 듯 움찔한다. 요하네스는 떨고 있는 그의 어깨에 손을 얹는다.

"프란스," 그가 말한다. "자넬 용서하겠네." 요하네스의 손길에 프란스의 몸이 축 늘어지는 것 같다. "그리고 자네도, 잭 필립스."

잭이 고개를 들고 요하네스와 눈을 맞춘다. "저를?"

"넌 호수에 던져진 돌멩이일 뿐이야. 하지만 네가 일으킨 파장이 결코 너에게 평화를 주진 않을 거야."

"끌고 나가!" 요하네스를 가리키며 슬라바르트가 소리친다. 스헤펜방크 사람들은 홀린 듯이, 마치 인간계의 거인이라는 듯이, 그의 손이 닿기만 해도 부스러질 거라는 듯이, 요하네스를 쳐다본다. 재판정은 온통 웅성거림과 혀 차는 소리로 가득하고, 펠리콘은 흥분해서 어쩔 줄 모르는 표정이다. 죽음이 허공에 맴돌면서 그들에게 공포, 혹은 그 너머의 행복을 암시한다. 사람들은 요하네스의 퇴장을 원치 않는다. 그를 이곳에 두고 싶어한다. 관람객을 조용하게 만든 부유한 사람은 전에도 있었지만, 이토록 강한 영향력을 행사하고, 치안판사의 틀니를 지적하여 웃음을 유도한 사람은 없었다.

그러나 요하네스는 끌려나가고 스헤펜방크는 슬라바르트의 주위로 반원을 이루며 모인다. 프란스는 하얗게 질려 부들부들 떨면서 멀찌감치 떨어진 자리에 앉는다. 시의 권력이 집행되려는 순간이고 사람들 몸에 긴장이 감돈다. 넬라도 다르지 않다. 다리 사이에 압력이 느껴진다. 두려움 때문에 오줌을 지릴 것만 같다.

시간이 흐른다. 십 분, 그리고 이십 분, 삼십 분. 이 사람들이 요하네스의 운명을 결정하는 광경을 지켜보기가 끔찍하다. 관용의 가능성은 늘 있다고 넬라는 생각한다. 그러나 반원 한가운데 앉아 있는 슬라바르트가 다른 사람들의 귀에 대고 계속 뭐라고 웅얼댄다.

마침내 그들이 흩어져 좌석으로 돌아간다. 판사가 판석 중앙으로 느릿느릿 걸어와 요하네스를 다시 한 번 불러들이라고 명한다. 죄수는 누구의 도움도 받지 않고 다친 발을 질질 끌며 천천히 걸어 들어온다.

요하네스는 판사 앞에 서서 그의 눈을 똑바로 쳐다본다. 넬라도 어둠 속에서 일어나 한 손을 든다. "나 여기 있어요!" 그녀가 속삭이지만 요하네스는 슬라바르트의 얼굴만 바라보고 있고, 넬라는 자신의 두려움을 이길 정도로 큰 소리를 내지 못한다.

"당신은 현장에서 발각되었습니다." 슬라바르트가 말한다. "남색은 우리 사회의 신성과 정직을 파괴하는 범죄입니다. 당신은 교만에 빠지고 부유함에 눈이 멀어 하느님을 잊었습니다. 당신의 쾌락을 보고 들은 사람들이 있으며, 당신의 죄 역시 보고 들은 사람들이 있습니다."

슬라바르트가 법정 중앙의 사각형 안에서 원을 그리며 돈다. 요하네스는 뒷짐을 지고 있다. 넬라의 마음속에서 무언가가 복받쳐 오른다. 그녀는 그 감정을 가두려고 사력을 다한다.

"죽음은 누구도 피할 수 없습니다." 슬라바르트가 낮게 읊조린다. "죽음이야말로 우리 삶에서 유일하게 분명한 것이지요."

안 돼, 넬라는 생각한다. **안 돼, 안 돼, 안 돼.**

"1687년 1월 9일, 나, 피에터 슬라바르트, 암스테르담 시의 스하우트와 우리 시의 스헤펜방크 의원 여섯 명은 요하네스 마퇴스 브란트에게 잭 필립스에 대한 강간과 상해, 그 뒤에 이어진 뇌물 공여와 관련하여 유죄를 선언하는 바입니다. 따라서 피고에게 적절한 형벌로, 일요일 일몰 무렵 목에 돌을 매달아 바다에 익사시킬 것을 명합니다. 요하네스 브란트가 새로이 받는 세례가 여러분 모두에게 경종을 울리기를 바랍니다. 타락한 영혼에 하느님의 자비가 함께하기를."

찰나의 순간, 법정이 넬라의 손이 닿을 수 없는 곳으로 아득히 멀어진다. 육체도, 정신도 없는 상태에서 그녀는 허공을 붙잡고 무너져가는 세상을 멈추려 애쓴다. 요하네스가 쓰러지자 넬라가 가두려 했던 고통이 몸 밖으로 물밀 듯 쏟아져나온다. 법정은 소음으로 가득차고, 그녀를 삼켜 나락으로 떨어뜨린다. 넬라는 저항하려 애쓰면서 사람들을 밀치고 복도로 나가려 한다. 기절하기 전에 밖으로 나가야 한다는 생각뿐이다. 사람들이 이미 요하네스를 일으켜 밖으로 끌고 나가고 있다. 그의 발이 판석 위로 들린다.

"요하네스!" 그녀가 소리친다. "내가 당신을 구할게요!"

"**안 돼요.**" 목소리가 들려온다. 넬라는 분명히 그 목소리를 들었다고 확신한다. 관람석 맨 꼭대기 층에서 들려오는 여자 목소리. 넬라는 돌아서서 미친 듯이 목소리의 주인공을 찾는다. 그리고 그 순간 그녀는 본다. 갑자기 움직이는, 언뜻 스쳐가는, 틀림없는 바로 그 엷은 금발을.

딸들

상상조차 못했던 높은 음정으로 그녀의 피가 노래를 부른다. 넬라는 스탓하위스에서 뛰쳐나온다. 이렇게 빨리 뛰어보긴 난생처음이다. 어렸을 때 카렐과 아라벨라를 쫓아 숲과 들판을 뛸 때보다 더 빨리 달린다. 사람들이 그녀를 돌아본다. 웬 미친 여자가 입을 벌리고 바람 때문에 눈물을 흘리면서 달린다고 생각하겠지. 그녀는 어디 있을까? 미니어처리스트는 어디로 갔을까? **행정관들은 아직 그녀를 잡지 못했다.** 넬라가 비틀거리며 건물 밖 계단을 내려와 보니 그녀는 온데간데없다. 넬라는 헤일리헤베흐 가를 지나 칼베르스트라트에 접어든다. 항상 날렵한 편이지만, 지금은 어떤 힘에 의해 거의 날아가는 것 같다.

그러나 미니어처리스트의 집에 이르렀을 때 넬라는 갑자기 멈추어 선다.

문은 그대로 남아 있지만 태양 간판이 사라졌다. 태양의 광선들은 벽돌에서 거칠게 떼어냈고, 글귀가 반쯤 사라져 **장난감으로**라는 글자만 남아 있다. 벽돌 먼지가 계단에 쌓여 있고, 문은 열려 있다.

마침내 하고많은 날 중 하필 오늘, 넬라는 그 집에 들어갈 수 있다. 넬라는 거리를 두리번거린다. 울 가게 상인은 보이지 않는다. 무단침입으로 스핀하위스에 잡아넣으라지. 나도 익사시키라지.

넬라는 문을 열고 조그만 방으로 들어선다. 충격적일 만큼 아무것도 없다. 마룻바닥은 긁히고 더럽혀져 있다. 휑하니 드러난 벽에 텅 빈 선반이 있다. 코넬리아에게 식초와 밀랍으로 여길 청소하라고 하면 신이 나서 할 텐데. 아예 사람이 살지 않는 집 같다. 안쪽으로 방이 또 하나 있지만 그곳 역시 사람이 사는 흔적은 없다. 넬라는 나무계단을 조용히 오른다. 갈비뼈가 부풀어오른 그녀의 폐를 가까스로 가두고 있을 거라 생각하면서.

마침내 위층에 다다른 순간 숨이 목에 턱 걸린다. 널찍한 작업대가, 네 벽을 빙 두르고 있다. 마룻바닥엔 먼지가 뽀얗고 창문은 빗물로 얼룩진 또 하나의 네모난 방이다. 그러나 작업대 위에는 하나의 세계가 펼쳐져 있다.

마무리 못 한 조그만 가구들이 작업대 한쪽에 흩어져 있다. 반쯤만들다 만 참나무, 물푸레나무, 마호가니, 너도밤나무의자와 테이블, 큰 침대와 작은 침대, 심지어 관도 보이고, 서랍장, 사진이 보인다. 열 개, 스무 개의 캐비닛을 채우고도 남을, 평생 쓰고도 남을 물건들이다. 재만 남은 아궁이에는 초소형 구리 냄비와 완성되지 않은 주석 차받침들이 외국 동전처럼 뒹굴고, 축소판 촛대는 조그만 덩굴손처럼 팔을 뻗고 있다.

그리고 인형이 있다. 인형 시민의 행렬은 끝도 없이 이어진다. 노인, 젊은 여인, 목사, 군인, 청어 장수, 눈에 붕대를 맨 소년. 앞치마를 맨 불그스름한 둥근 얼굴의 남자는 아노드 마크브레드일까? 어떤 사람은 머리가 없고 또 어떤 사람은 다리가 없다. 얼굴이 텅 빈 사람들도 있고, 조그만 모자를 쓰고 공들여 곱슬머리를 만들어 붙인 나방 크기의 머리도 있다.

떨리는 손으로 넬라는 암스테르담 시의 새 요하네스를 찾아본다. 그가 죽지 않을 수 있을지 모른다는 절박한 마지막 염원을 담아서. **일요일 일몰 무렵.** 그 세 마디가 마치 영원히 끝나지 않을 저주처럼 마음속에서 천천히 맴돈다. 손톱보다 크지 않은 아기도 보인다. 엷은 미소를 짓고 눈을 감은 채 웅크린 아기.

그 순간 넬라가 비명을 지른다. 눈앞에 손바닥에 올려놓을 수 있을 만큼 조그만 미니어처 집이 있다. 그녀의 집이다. 아홉 개의 방에 다섯 사람이 들어 있고 목조공예는 신중하고도 섬세하다. 모든 방에 그녀가 받은 미니어처의 미니어처가 있다. 초록색 의자, 류트, 요람. 너무도 놀란 넬라는 자신의 삶을 손안에 쥐어본다.

넬라는 아기와 그 집을 함께 코트 주머니에 넣고 조금 망설이다가 아노드도 넣는다. 우상에 대한 코넬리아의 오랜 미신을 완전히 떨쳐버리기는 어렵지만 그래도 넬라는 그것들을 꼭 움켜쥔다. 미니어처 요하네스가 없다는 사실을 어떻게든 위로받고 싶은 절박한 심정으로.

넬라의 왼쪽에는 차곡차곡 쌓아 집게로 집어놓은 편지 꾸러미가 있다. 떨리는 손으로 넬라는 편지들을 뒤적여본다.

당신을 만나러 몇 번이나 찾아왔어요. 하지만 여전히 나오지 않으시더군요.

당신의 미니어처를 받았습니다. 그와 결혼하지 말라는 의미인가요?

남편이 당장 중단하라고 합니다. 하지만 그러면 난 살 수 없을 것 같아요.

열두 살 된 나의 고양이를 만들어 보내셨군요. 당장 중단해주실 것을 부탁드립니다.

감사합니다. 그가 죽은 지 십 년이 되었는데 지금도 매일 그가 그리워요.

어떻게 알았죠? 어떤 광기 같은 것이 엄습해옵니다.

어떤 편지는 단지 목록에 불과하다.

강아지 두 마리, 검은색과 흰색. 그중 한 놈은 아주 작고 왜소합니다. 아름다운 얼굴이 보이는 거울.

넬라는 자신이 보낸 편지를 찾아본다. 있다. 작년 10월 이곳에 도착했을 때 쓴 편지다. 그때만 해도 마린은 거슬렸고 코넬리아는 친구로 느껴지지 않았다. **확실히 단정할 수는 없지만 작은 물건을 만드는 기술을 사사하셨다고 알고 있습니다.** 무척이나 오래전 일처럼 느껴진다.

오랜 시간 동안 그녀는 감시당하고, 보호받고, 교육받고, 조롱당했다고 생각해왔다. 그러나 지금처럼 자신이 나약한 존재라고 느낀 적은 없었다. 여기, 그녀가 있다. 수많은 암스테르담 여자들, 그들의 은밀한 두려움과 희망 속에 그녀가 숨어 있다. 그녀는 그들과 다르지 않다. 그녀는 아그네스 미어만스다. 그녀는 열두 살 소녀다. 그녀가 바로 매일 남편을 그리워할 바로 그 여자다. 우리는 하나의 집단이다, 우리 여자들은. 우리 모두가 미니어처리스트의 노예다. 나는 그녀가 내 삶을 훔쳤다고 생각했지만, 사실은 그녀가 내 삶의 부속물을 열어 보여주었고, 나로 하여금 들여다보게 만들었다.

눈물을 닦으며 넬라는 다시 편지를 읽어본다. 잭이 집에 나타나던 날 잃어버린, 페르케이르스펄 게임판을 만들어달라고 부탁한 긴 편지까지. 그 편지에는 여전히 500길더의 약속어음이 붙어 있다. **이 돈으로 앞문의 뻑뻑한 경첩을 손보시기를.** 그렇게 썼다. 그러나 미니어처리스트는 어음을 현금으로 바꾸지도 않았다. 그녀는 돈을 받지 않았다.

그날 교회에서도 날 지켜보고 있었을 거라고, 넬라는 생각한다. 오토가 기도를 하러 갔던, 아그네스가 소매를 잡은 그날. 내가 페르케이르스펄을 원한다는 사실을 알아내려면 살금살금 다가와 내 주머니를 뒤지는 방법밖엔 없었을 텐데. 흔히 암스테르담에서는 감시자마저 항상 감시를 당한다고 말한다. 심지어 볼 수 없는 사람들조차.

그러나 이 모든 것은 넬라가 말한 예언자 여인보다는 코넬리아가 말한 스파이와 더 맞아떨어진다. 미니어처리스트의 향기를 맡으려는 듯 넬라는 종이 냄새를 맡아본다. 어쩌면 노르웨이 소나무 향을 맡을 수도 있지 않을까. 아니면 호숫가의 서늘한 민트향이라도. 하지만 마른 종이 냄새일 뿐이고, 넬라의 방 냄새만 엷게 배어 있다. 이 편지는 미니어처리스트를 위해 쓴 것이고 어쨌든 그녀는 편지를 받았다.

편지 밑에 주석이 달려 있다.

잉꼬-초록색. 남편-있음, 요하네스 브란트. 떠오르기 위해 싸우고 있음. 열쇠 없는 수많은 문. 한 명 이상의 탐험가. 개. 시누이. 하녀. 그들의 세상을 담아내지 못하는 지도. 끊임없는 탐색자, 나의 땅에 심어놓은 튤립, 자랄 공간이 충분치 않음. 돌아가지 마. 외로움. 영국 남자를 만나봐. 그가 깨달을 수 있도록 설득해.

나의 땅에 심어놓은 튤립. 넬라가 중얼거린다.

누군가 아래층에서 문을 닫고 투박한 부츠발로 돌아다닌다. 넬라는 절박한 심정으로 숨을 곳을 찾는다. 방 안쪽으로 가 보니 정돈되지 않은 좁은 침대 하나 말고는 아무것도 없다. 넬라는 침대 밑으로 들어가서 기다린다.

"거기 있니?" 목소리가 묻는다. 남자 목소리고, 다정하면서도 약간은 불만이 깃든 말투다. 넬라의 귀에는 낯선 억양이다. 이 도시 사람이 아니다. "나 왔다." 그가 말한다. "편지가 너무 많이 오더구나. 이런 거 하지 말라고 내가 몇 번이나 말하든."

그가 기다리고, 넬라도 기다린다. 바닥의 먼지가 그녀의 코를 간질이고, 미처 막을 틈도 없이 재채기가 나와버린다. 발소리가 더 커진다. 그가 나무계단을 올라오고 있다. 그는 작업대를 서성거리면서, 물건을 집어 들었다가 내려놓는다. 미니어처리스트의 작품을 훑어보면서 그가 중얼거린다. "이 엄청난 재능을 이런 데 낭비하다니." 그가 하는 말이 들린다.

그가 멈추어 선다. 넬라는 얼어붙는다. 숨조차 쉴 수 없다.

"페트로넬라, 왜 침대 밑에 숨어 있니?" 그가 다른 방에서 소리친다. 넬라는 움직이지 않는다. 그러나 전율이 그녀를 관통하고 머릿속에서 피가 고동친다. 목이 조여오고 눈이 뜨거워진다. **내 이름을 어떻게 알았지?**

"네 발이 보여." 그가 말을 잇는다. "어서 나오렴, 아가. 이럴 시간이 없어." 마지막 말을 하며 그가 껄껄 웃는다. 넬라는 두려움에 토할 것만 같다.

"어서 나오렴, 페트로넬라, 네게 일어난 이상한 일에 대해 얘기해보자꾸나."

그의 목소리는 차갑지 않다. 끔찍했던 오늘의 남은 시간만큼은 세상을 마주하기보다는 미니어처리스트의 지저분한 침대 밑에 있고 싶은 마음이 굴뚝같다. 하지만 그의 제안이 너무도 다정하고 솔깃해서 넬라는 침대 밖으로 기어나간다.

눈앞에 선 노인을 본 순간 넬라는 놀라 비명을 지른다. 그는 너무도 작다. 그녀가 그보다 두 배는 크다. "누구세요?" 그녀가 묻는다.

노인은 촉촉한 눈동자가 휘둥그레진 채 뒷걸음친다. 정수리에 외롭게 솟아오른 한 줌의 흰머리는 마치 뒤늦게 생각이 나서 만들어 붙인 것 같다. "페트로넬라가 아니잖아." 어리둥절한 표정으로 그가 말한다.

"제가 페트로넬라인데요." 넬라가 말한다. 두려움이 고개를 든다. 내가 페트로넬라 맞지 않나? 물론 맞고말고. "누구세요?" 위협적인 목소리를 내려 애쓰며 그녀가 다시 묻는다.

노인이 미심쩍은 표정으로 그녀를 쳐다본다. "난 루카스 윈델브레크라고 해요." 넬라가 침대에 털썩 주저앉는다. "떠나버렸네." 그가 방을 둘러보며 서글픈 목소리로 말한다. "떠난 게 분명해."

"미니어처리스트 말인가요?"

"페트로넬라."

넬라는 고개를 젓는다. 마치 귀에서 그 이름을 떨쳐내려는 듯이. "시뇨르, 여기 살던 여자의 이름이 페트로넬라였나요?"

"그랬지요, 마담. 이 나라에서 희귀한 이름이던가요?"

그렇지는 않다고, 넬라는 생각한다. 넬라의 어머니도 그 이름을 썼고, 아그네스가 은세공업자 파티에서 그런 말을 한 적도 있다. "하지만 그 여잔 노르웨이 출신이잖아요." 넬라가 자신의 혼란을 정리하려 애쓰며 말한다. "베르겐 출신이잖아요."

윈델브레크의 얼굴에 구름이 지나간다. "그 아이 에미가 베르겐 출신이지요. 페트로넬라는 나와 함께 브뤼허스에서 자랐어요."

"왜죠?"

"왜냐고?" 윈델브레크가 쓸쓸한 표정으로 방 안을 둘러본다. "왜냐하면 페트로넬라는 내 딸이니까."

넬라는 그가 내뱉은 마지막 말을 듣는다. 그러나 앞뒤가 맞지 않는다. 미니어처리스트를 **딸**이라고 부르다니, 있을 수 없는 일이다. 딸이라는 말은 넬라에게 아센델프트, 엄마, 묘한 안정감, 인간의 결함에 대한 위로를 연상시킨다. "믿을 수 없어요." 넬라가 말한다. "그 여자는 미니어처리스트예요. 그 여자는 결코……."

"우리 모두가 어디서든 태어나야 하지요, 마담." 윈델브레크가 말한다. "그 아이가 알에서 태어나기라도 한 줄 알았나요?"

그 질문이 넬라의 마음속에서 맴돈다. 분명히 전에도 들은 적이 있는 말이다.

"아이 엄마의 가족이 그 아이를 받아들이지 않았어요."

"왜죠?"

윈델브레크는 아무 말도 하지 않고 그저 고개만 돌린다.

"제가 편지를 보냈어요, 시뇨르." 넬라가 말하고는 현기증을 느끼며 도로 침대에 앉는다.

"그랬다면 수많은 편지 중 하나였겠군요."

넬라의 시선이 편지 무더기로 향한다. 다른 방의 작업대 위에 놓인 편지 꾸러미가 보인다. "따님이 저에게 겁을 주었기 때문이에요." 넬라가 말한다. "하지만 답장을 안 하더군요. 당신도 마찬가지고요. 왜 이런 것들을 저에게 보내는지 알고 싶었어요."

"솔직히 말씀드리지요, 마담. 난 지난 몇 년 동안 내 딸을 보지 못했어요." 그가 헛기침을 하며 한 줌의 머리카락을 헝클고는, 마치 수면 위로 떠오르는 슬픔을 막으려는 듯 머리를 두드린다. "이런 편지가 계속 오기에 그 아이가 《스미트 명부》에 광고를 냈다는 걸 알았지요. '모든 것 그러나 아무것도 아닌 것.'"

"하지만……."

"페트로넬라가 당신을 겁주려 했다는 건 나로서는 믿기 힘든 일이네요."

넬라는 아그네스를 생각한다. 그녀의 이상하고 혼란스러운 태도를. "따님이 여러 사람에게 겁을 주었다고 생각해요, 시뇨르."

그가 얼굴을 찌푸린다. "내 딸은 세상에 대한 호기심이 많은 아이랍니다, 마담. 하지만 내가 보기에 그 아이는 자기 눈에 비친 이 세상의 방식을 무척 경멸했어요. 그 아이는 늘 말했지요. 자기 손길이 닿지 않는 곳에 무언가가 있다고. 그리고 그걸 '찰나의 영원'이라고 불렀어요." 그는 침대 가장자리에 앉는다. 발이 바닥에 닿지 않는다. "시계나 만들면서 살았으면 좀 좋아!" 그가 탄식한다. "그러나 페트로넬라는 정해진 시간의 경계 밖에 살고 싶어했어요. 항상 제멋대로였고, 항상 궁금해했지요. 시계에 매달려 살아가는 사람, 틀에 박혀 살아가는 사람을 조롱했어요. 내가 하는 일은 그 아이한테 너무 갑갑했을 테고, 그 아이가 내 작업실에서 만든 물건은 거의 팔리지 않았지요. 물론 뛰어난 작품이었다는 건 나도 인정하지만. 그 아이가 만든 물건에 내 이름을 붙여서 내가 만든 거라고 말하기 싫었어요."

"왜죠?"

그가 미소를 짓는다. "왜냐하면 그 물건은 시간을 알려주지 않았으니까! 다른 걸 담고 있었어요. 사람들이 떠올리고 싶지 않은 기억. 도덕성과 상처 입은 마음. 무지와 어리석음. 숫자가 있어야 할 자리에 사람들의 얼굴을 그렸어요. 12시 종이 울리면 시계에서 그들에게 보내는 글귀가 튀어나오게 했지요. 자기가 그 사람들의 영혼을, 시와 분에 얽매이지 않는 내면의 시간을 볼 수 있기 때문이라고 하더군요. 고양이 한 마리를 길들이는 것 같았어요."

"따님이 사람의 영혼을 볼 수 있다고 믿으셨나요?" 넬라가 되묻는다. "따님은 저에게 무슨 일이 일어날지 알고 있는 것 같았어요."

윈델브레크가 턱을 문지른다. "영혼을 볼 수 있냐고요?" 그가 묻고는 딸의 작업대를 바라본다. "저에게 편지를 보낸 다른 여자처럼 철석같이 믿고 있군요. 자기 삶에 대한 주권을 포기하고 싶어 안달이 났어요."

"그렇지 않아요! 한 가지 분명한 건요, 시뇨르. 따님이 제 주권을 되찾아주었다는 거예요."

자신이 한 말이, 그 주장이 너무도 진실이어서 그녀는 잠시 침묵한다. 윈델브레크가 자신의 손바닥을 펼친다. "그 아이는 당신이 원래 가지고 있던 것을 돌려주었지요." 그가 미소를 짓는다. 쑥스러워하면서도 흡족한 표정이다. "내가 할 수 있는 말은 이것뿐입니다, 마담. 내 딸은 자신이 하고 있는 일에 어떤 목적이 있다고 믿었어요. 하지만 난 그 아이가 지닌 특별한 관찰력이 지나치게 멀리 갈 수 있다는 걸 일깨워주려 했어요. 그 아이가 본 것을 똑같이 볼 건지 말 건지, 사람들이 선택할 수 있어야 한다고, 그렇지 않으면 시간만 낭비하는 거라고. 만약 내 딸이 답장을 하지 않았다면, 그건 아마 당신이 이해했다고 생각했기 때문일 거예요. 그 아이가 하려는 말을 깨달았다고 생각한 거지요."

넬라는 눈물이 차오르는 것을 느낀다. "하지만 전 모르겠어요." 그녀가 말한다.

"과연 그럴까요?"

넬라는 자신의 손금을 바라본다. 손바닥을 벗어나, 그녀가 볼 수 없는 곳들로 뻗어나간 손금들. 넬라는 손금을, 굽이치는 자신의 지도들을 꼭 움켜쥔다. "어쩌면 알고 있는지도 몰라요." 그녀가 말한다. 윈델브레크는 날카로운 질문으로 그녀를 불편하게 한다. 넬라는 헤렝라흐트의 집으로 달려가 마린과 코넬리아, 테아 곁에 있고 싶다. 다나의 곁에 앉아 녀석의 귀를 쓰다듬어주고 싶다. 하지만 그들은 요하네스에 대해 물어볼 것이고 넬라는 그들에게 말해야 할 것이다. **일요일 일몰 무렵.** 넬라는 자신에게 그럴 기운이 남아 있는지 알지 못한다.

"딸아이가 그 긴 세월 동안 무슨 일을 했는지 나는 몰라요. 얼마나 희한한 기술을 배웠는지, 얼마나 이상한 친구를 뒀는지." 윈델브레크가 말한다. "그 아이는 내가 아는 가장 영리한 사람이죠. 하지만 내 딸을 보거든, 마담. 제발 집으로 돌아오라고 전해주세요."

넬라는 딸을 잃은 윈델브레크에게서 돌아선다. 그는 아름다운 작품들을 천천히 상자에 담는다. "여기 둘 순 없어요." 그가 말한다. "하지만 버리지는 않을 겁니다. 어쩌면 브뤼허스로 가지러올지도 모르니까." 그의 목소리에 확신은 없다.

넬라는 다음번 배달을 기다리는 암스테르담의 여자들을 생각한다. 어떤 이는 두려움 속에서 기다릴 테고, 대부분 희망을 품고 기다릴 것이다. 또 어떤 이는 자신의 삶을 지탱해줄 다른 무언가가 필요해서, 도무지 종잡을 수 없는 그녀의 특별한 능력에 기대지 않고는 살 수 없어서, 멍한 눈빛으로 배달을 기다릴 것이다. 그들은 자신의 행복을 기다릴 것이다. 그러다가 넬라에게 그랬던 것처럼 어느 순간 배달이 오지 않으면 어떻게 할까? 여자들은 미니어처리스트에게 편지를 보냈고, 미니어처리스트는 그 편지를 그들 자신이라는 화폐와 맞바꾸었다. 그렇게 여자들은 자기 자신을 소유하게 된다. 거래하고, 비축하고, 소비할 수 있는 자신을.

넬라는 칼베르스트라트를 걷는다. 상인들의 외침에도 아랑곳 않고. **일요일 일몰 무렵.** 어떻게 말해야 하나. 넬라가 스스로에게 묻는다. 요하네스의 목에 돌을 매달아 바다에 던질 거라는 얘기를 어떻게 해야 하나.

넬라는 멍한 상태로 거리를 지나 골든 벤드에 다다른다. 코넬리아가 문 앞에 서서 기다리고 있다. 그녀의 모습을 본 순간, 요하네스의 소식도, 루카스 윈델브레크의 비밀도, 미니어처리스트의 이야기도 모두 목 안에서 사라져버린다. 코넬리아는 창백한 데다 표정이 어둡다. 나이보다 훨씬 더 늙어 보인다.

"우리가 뭔가 잘못했어요." 코넬리아는 그렇게만 말한다. "우리가 잘못했어요."

닫히는 문

지금 이 순간, 시간을 가늠하기가 쉽지 않다. 넬라는 최근의 기억을 더듬어본다. 깨어 있는 마린을 두고 스탓하위스로 달려갔다가, 다시 거기서 칼베르스트라트로, 오지 않을 구원을 찾으러 갔었다. 전부 다 오늘 하루에 일어난 일이다. 그러나 슬라바르트의 선고와 윈델브레크의 비밀을 들은 것이 마치 작년 일 같다. 마린은 시간을 삼켰고, 창백한 피부의 지도를 들여다보아도 그녀가 언제 가라앉았는지, 어떻게 사라졌는지 넬라는 도무지 읽어낼 수 없다.

마지막 순간까지 영리함을 잃지 않은 덕분에 마린은 아무도 보지 않을 때 떠날 수 있었다. 그녀의 영혼이 손가락 사이로 빠져나갔다. 마지막 숨을 내쉴 때조차도 마린은 죽음의 순간을 혼자 간직했다.

"안 돼." 넬라가 울음을 삼킨다. "**안 돼요.** 마린, 내 말 들려요?"

그러나 마린이 이제 그곳에 없다는 것을 넬라는 알고 있다. 넬라는 침대 맡에 코넬리아와 함께 서서 마린의 얼굴을 만져본다. 빗속에 누워 있었던 것처럼 얼굴이 촉촉하다.

코넬리아는 몸을 떨면서 마린이 남긴 유일한 유산인 아기를 생기 없는 그녀의 젖가슴에서 떼어낸다. 그러고는 한 손으로 조그만 머리를 받쳐들며 안는다. 코넬리아가 강보로 겹겹이 감싸놓아서 아기의 얼굴만 보인다. 넬라와 코넬리아는 침대 옆에서 충격에 휩싸인 채 여전히 마린의 시중을 들고 있다.

"이럴 수는 없어." 넬라가 한숨처럼 내뱉는다.

"손을 쓸 수 없었어요." 열려 있던 문 앞에서 웬 여자가 말한다. 넬라는 놀라 펄쩍 뛰고는 그들 쪽으로 다가오는 덩치 좋은 여자를 두려움에 휩싸인 채 바라본다. 아센델프트의 소 치는 여자처럼 팔을 둘둘 걷어붙였다.

"누구신지……."

"리스베스 티머스라고 해요." 여자가 불쑥 내뱉는다. "이 집 하녀가 《스미트 명부》에서 보고 절 찾아왔어요. 아기를 빨리 여기서 데리고 나가셔야 해요."

"가장 가까이 사는 사람이었어요." 코넬리아가 넬라에게 중얼거린다. 테아를 꼭 끌어안고 있는 코넬리아의 목소리는 거칠다. "**그렇게** 하라고 하셨잖아요, 마담."

넬라는 마린의 몸을 낯선 사람의 날카로운 시선으로부터 가리면서 리스베스 티머스를 바라본다. 기이한 정적 속에서, 넬라는 자신의 무모함이 놀라울 따름이다. 코넬리아에게 문을 열어젖히고 그들의 비밀을 누설하라고 시키다니. 닭장에 침입한 한 마리 여우 리스베스는 양손을 허리에 짚고 서 있다.

"유모래요." 코넬리아가 말한다. "그런데 산모 시험은 통과하지 못했대요."

"내가 이래 봬도 자식을 넷이나 낳았어요." 리스베스가 그들의 대화를 엿듣고 침착하게 대답한다. 그녀가 그들에게 다가오더니 테아를 코넬리아의 팔에서 받아낸다.

"안 돼요!" 코넬리아가 소리를 지르지만 리스베스는 아기를 문간으로 데리고 가서 의자 하나를 끌어온다. 유모는 아기를 앞뒤로 찬찬히 살펴본다. 마치 테아가 시장에 진열된 의심쩍은 채소라도 되는 양. 그녀는 붉게 물든 손가락으로 테아의 조그만 모자를 쓰다듬더니, 주저하지 않고 코르셋을 풀고 윗옷을 풀어헤친다. 그녀는 거무스름한 분홍빛 젖꼭지를 테아에게 물려 젖을 먹인다. "일을 제대로들 못하셨네." 그녀가 말한다.

"무슨 말씀이세요?" 코넬리아가 묻는다. 넬라는 그녀의 목소리에 담긴 막연한 두려움을 읽는다.

리스베스가 고개를 들고 그녀를 바라본다. "이렇게 겹겹이 싸맸잖아요."

지친 넬라는 화가 치민다. "잔소리를 하라고 돈을 지불한 게 아니에요, 티머스 부인." 넬라가 말한다.

"이것 좀 보세요." 리스베스도 굴하지 않고 말한다. "요맘때 아기의 팔다리는 왁스나 마찬가지라고요. 잘못 싸맸다간 한 살쯤 되어서 척추가 휘거나 다리가 비틀어져요."

그녀가 테아를 가슴에서 떼고는 마치 소포처럼 풀어헤치기 시작한다. 아기의 모자도 벗긴다.

잔뜩 긴장하고 경계하는 표정으로 코넬리아가 앞으로 한 발자국 나선다.

"왜 그래?" 넬라가 묻는다. 스탓하위스로 서둘러 달려가느라 넬라는 오늘 아침 아기가 태어났을 때 제대로 보지 못했다. 하지만 이제야 코넬리아가 어쩔 줄 모르며 한 말이 떠오른다. **있을 수 없는 일이잖아요. 이럴 수는 없어요.** 당황한 하녀가 그녀에게 무슨 말을 하려 했는지 넬라는 이제야 눈으로 확인한다.

네덜란드인 아기치고는 머리카락이 너무 검고, 피부는 설탕에 절인 호두 빛깔이다. 아기가 눈을 뜨자 동공은 조그만 밤의 연못이다. 넬라가 가까이 다가가본다. 시선을 뗄 수 없다.

"테아," 코넬리아가 한숨처럼 내뱉는다. "오, 투트."

마치 그 말을 듣기라도 한 듯 오토의 딸이 하녀에게 고개를 돌린다. 그리고 그들에게 갓 태어난 아기의 시선을, 온전히 자기만의 것인 세상을 건넨다.

리스베스가 고개를 들어 넬라를 바라보며 말을 잇기를 기다린다. 방 안 침묵이 점점 두터워지자 넬라의 머릿속에서 여러 말이 내달리기 시작한다. 이 아기는 도움이 되는 것과는 거리가 멀어. **이 아이가 살아남는다면 오명을 쓰게 될 거야.** 리스베스도 넬라의 심장박동을 들을 수 있을까? 곁에 서 있는 코넬리아는 온몸이 마비된 것 같다.

"도움을 주신 데 대해서는 충분히 보상할게요. 하루에 1길더 드릴게요." 넬라가 가까스로 말한다. 그녀의 목소리에 담긴 전율이 눈앞에 펼쳐진 광경에 대한 충격을 고스란히 드러낸다. 얼굴 속의 얼굴. 떠오르는 비밀. **머리끝부터 발끝까지, 당신을 사랑해요.**

리스베스는 생각에 잠긴 듯 뺨을 부풀렸다가 숨을 내쉬고는 거친 손으로 테아의 검은 머리카락을 다정하게 다독인다. 불법 산파는 벽에 걸린 그림, 추가 달린 시계, 은물병을 바라본다. 그녀의 시선이 미니어처 인형이 들어 있는 거대한 캐비닛으로 향한다. 너무도 호화롭고, 너무도 불필요한 물건이라 넬라는 수치심을 느낀다.

"당연히 도와드려야죠, 마담." 마침내 리스베스가 대답하고는 잠시 말을 멈춘다. "하루에 4길더 주세요."

말을 많이 하기엔 너무 놀란 상태이지만 넬라는 암스테르담에서는 사람들이 숨 쉬는 것처럼 자연스럽게 협상을 한다는 걸 알 정도로는 이곳에 오래 있었다. 넬라는 리스베스가 그들의 비밀보다는 돈에 더 관심이 있는 것 같아 안심했지만, 어쩌면 이 여자는 느닷없이 굴러들어온 행운을 과하게 즐기고 있는 건지도 모른다. 거저 해달라는 것도 아닌데. 넬라가 생각한다. 유모는 수면 밑에서 소용돌이치는 혼란을 아는 것 같지만 불행하게도 자신이 불러야 할 가격 또한 아는 것 같다.

어쩌면 요하네스 말이 옳은지도 모른다. 침묵처럼 추상적인 것마저도 사슴의 엉덩이나 한 쌍의 꿩, 질 좋은 치즈 한 조각처럼 협상 가능한 건지도 모른다. 넬라는 돈이 씨가 마른 요하네스의 금고를 떠올린다. 한나에게 가야겠다고, 넬라는 생각한다. 그 설탕을 전부 다 팔아야 한다. 하지만 언제? 이미 비밀은 새어나가고 있다. 오토가 말한 것처럼.

"하루에 2길더 드릴게요, 마담."

리스베스 티머스가 코를 찡긋한다. "상황의 특수성을 감안할 때 이해하시리라고 생각합니다. 3길더 주세요."

하마터면 프란스 미어만스에게 마린이 당신의 아이를 낳았다고 말할 뻔했다. 넬라는 그가 이 비밀마저 알아차렸다면 어떻게 했을지 상상하며 움찔한다. "그렇게 하죠, 티머스 부인." 그녀가 말한다. "하루에 3길더. 부인이 하시는 **모든** 일의 대가로."

리스베스가 흡족한 듯 고개를 끄덕인다. "전 믿으셔도 돼요. 행정관들한텐 관심 없거든요."

"무슨 말씀이신지요, 티머스 부인."

리스베스가 미소 짓는다. "시치미 떼시긴. 어쨌든 아버지는 아버지잖아요. 똑같은 사람이죠. 게다가 아기가 아주 예뻐요. 오해는 마세요."

"오해 안 할게요." 멍한 머릿속을 통제하려 애쓰며 넬라가 말한다. 오토는 알고나 있을까? 마린이 말했을까? 그래서 도망친 걸까? 코넬리아는 금방이라도 기절할 것 같은 표정이고 넬라는 하녀가 이런 충격적 진실을 상상이라도 했을지 의문이 든다. 마린과 프란스의 이야기를 할 때 코넬리아는 얼마나 자신만만했던가. 마치 열쇠 구멍의 여왕이라도 되는 양 얼마나 으스대며 비밀을 털어놓았던가. 오토는 코넬리아의 친구였고 이 집안에서는 그녀와 동등한 존재였다. 이제 그녀는 왕관을 잃었다.

"사실 아기는 그렇게 하는 걸 좋아해요." 리스베스 말한다.

"무슨 말씀이시죠?" 코넬리아가 차갑게 묻는다.

"꽁꽁 싸매는 거요." 리스베스가 덤덤하게 말한다. 발끈하는 코넬리아를 눈을 깜빡이며 외면하면서. "자궁 속 기억을 떠올려주거든요."

슬픔과 혼란이 코넬리아의 얼굴에 드리워진다. 스탓하위스의 요하네스와 그의 목에 부과된 형벌을 생각하자, 넬라는 또 다른 진실을 차마 코넬리아에게 말할 수 없음을 깨닫는다.

마린의 방에서, 씨앗과 깃털의 한복판에서, 리스베스가 강보로 아기를 싸매는 시범을 보인다. 테아는 순하고 반쯤 잠들어 있다. 잘 싸매고 나서 젖을 대어주자 아기가 깨어나 죽어라 빤다. 아기의 강한 목적의식이 넬라로 하여금 회계장부를 들여다보는 마린, 오빠의 지도를 바라보는 마린을 떠올리게 한다. 넬라는 아름다운 수수께끼, 분홍빛 감도는 토피 빛깔인 테아의 피부를 바라본다. 테아가 코를 훌쩍이고 손가락을 구부려 주먹을 쥔다. 갓 태어난 아기의 얼굴 형태에는 분명 아버지의 흔적이 남아 있지만 동전의 어느쪽인지 가늠하기엔 아직 너무 이르다.

코넬리아는 마치 꿈속을 걷는 사람처럼 집 안의 모든 램프에 불을 붙이고 죽음의 냄새를 가두려 애쓴다. 코넬리아는 자신의 안주인의 영혼이 천국으로 가는 길을 찾을 수 있도록 거울을 전부 다벽 쪽으로 돌려놓는다. 그들은 마린이 굴뚝에 갇히는 것을 원치 않는다. 마린의 영혼이 암스테르담의 지붕 위 구름 속으로 날아가기를 바란다.

마린의 시신을 빨리 치워야 한다고 리스베스가 그들에게 말한다. 공기가 오염되면 테아에게 좋지 않을 거라고. "수수한 이불이나 하나 덮어두세요, 마담."

"수수한 이불요?" 넬라가 말한다. "그럴 수 없어요. 마린에게는 가장 좋은 다마스크를 덮어주어야 해요."

"수수한 걸 더 좋아하실 것 같아요." 조그만 목소리로 코넬리아가 말한다.

아기가 잠들자 리스베스는 3길더를 받아 앞치마 주머니에 넣는다. "아기가 깨어나면 절 부르세요. 여기서 멀지 않아요."

얼마를 받건 절대 앞문으로 나가선 안 된다고 넬라가 고집을 부려서 리스베스 티머스는 부엌문으로 나간다. 그녀는 잠시 걸음을 멈추고 새 안주인에게 돌아선다. "위층에 있는 그 물건은 뭐래요?" 그녀가 묻는다. "한구석에 있는 커다란 찬장 같은 거. 그런 물건은

• 설탕, 버터, 물을 함께 끓여 만든 것.

난생처음 봐요."

"별거 아니에요." 넬라가 말한다. "그냥 장난감이에요."

"장난감 한번 별나네."

"티머스 부인……."

"아기한테 세례를 해주어야 해요. 서두르세요, 마담. 생후 초기에는 위험해요."

넬라의 눈에 눈물이 고인다. 그녀는 슬라바르트의 마지막 평결을 떠올린다. **요하네스 브란트가 새로이 받는 세례가 여러분 모두에게 경종을 울리기를 바랍니다.**

리스베스는 연민과 짜증이 뒤섞인 표정으로 그녀를 쳐다본다. "아기한테 모자를 씌우세요, 마담." 그녀가 속삭인다. "머리카락이 예쁘긴 하지만 그 가엾은 아기도 이 거리에서 어떻게든 살아야 하잖아요."

그 말을 듣는 순간 넬라는 그게 과연 가능한 일인지 생각한다. 그러나 코넬리아는 결코 아기를 떠나보내지 않을 것이다.

코넬리아는 요람 곁에 웅크리고 앉아 있다. 얼굴은 창백하고 무표정하다. 꼭 시들어버린 것 같다. 넬라는 홀에서 코넬리아를 처음 만나던 날의 모습을 떠올린다. 도도하게, 새로 온 식구를 빤히 보던 그 모습. 지금의 코넬리아와 같은 사람이라는 사실이 믿기지 않는다.

"전 노력했어요, 마담."

"넌 네가 할 수 있는 일을 다 했어."

넬라는 잠시 말을 멈추고 귀를 기울여본다. 뒤뜰에서 뻣뻣한 갈색 이불이 환한 불꽃을 만들며 타오른다. 재가 된 이불이 하늘에서 떠다닌다. 넬라는 불꽃 한복판에 있는 네모난 쿠션을 본다. 잎사귀 속에 현란한 빛깔의 새가 있다. **코넬리아가 수를 너무 많이 놓았네.** 매 순간, 마린의 목소리가 들린다.

"테아는 우리가 키울 거죠, 그렇죠, 마담?" 코넬리아가 중얼거린다. "여기가 가장 안전해요."

"가장 최근에 생긴 비밀을 지키려고 벌써 낯선 사람한테 돈을 주기 시작했어. 이게 언제쯤 끝날 것 같아?" 넬라가 말한다. 돈이 바닥나면 끝날 거라고, 마음속 그녀의 목소리가 대답한다.

"제가 죽는 한이 있어도 이 아기를 안전하게 지킬 거예요." 코넬리아의 눈빛은 강렬하다.

"코넬리아, 아센델프트로 아기를 데려가는 한이 있어도 버리는 일은 없을 거라고 약속할게."

지금은 암스테르담이 아니라 아센델프트가 바타비아만큼 멀게 느껴진다. 언젠가 아그네스가 말했던 것처럼. 넬라는 또다시 마린의 목소리를 듣는다. 종소리처럼 선명한 목소리, 촛불의 불빛에 밝아지는 잿빛 눈동자. **시골엔 할 일이 없잖아.**

코넬리아가 고개를 끄덕인다. "밖에 나갈 땐 모자를 쓰면 돼요. 안에 있을 때는 벗겨놓고요."

"코넬리아……."

"펠리콘 목사한테 마담 마린 얘기를 하셔야 해요. 아무 데나 묻을 수는 없잖아요. 성 안토니스 성당에 묻을 수는 없어요. 거긴 너무 멀어요. 여기 이 도시에 계셨으면 좋겠어요."

"먹을 것 좀 만들어볼게." 하녀의 신경이 날카로워지는 것을 감지한 넬라가 말한다. "치즈하고 빵 있어?"

"전 배 안 고파요." 코넬리아가 벌떡 일어서며 대답한다. "하지만 먹을 걸 만들어서 시뇨르한테 가져다드려야겠어요."

코넬리아의 열기 앞에서 맥이 빠진 넬라는 오늘 스탓하위스에서 일어난 일을 설명할 단어를 찾지 못한 채 우두커니 앉아 있다.

넬라는 요하네스를 만나고 싶다. 하지만 먼저 마린의 시신을 처리해야 한다. 눈을 좀 붙이고 나서, 내일 아침 눈 뜨자마자 해야지. 오늘은 목요일이다. 일요일 일몰 무렵까지, 그녀와 코넬리아와 테아는 자유낙하를 하게 될 것이다. 리스베스 티머스가 그들 곁을 맴돌 것이다. 이 도시에서는 페르케이르스펄 게임판에서 말 하나를 빼는 것만큼 쉽게 사람의 목숨을 빼앗는 것 같다.

암스테르담 시를 통틀어 이런 아기는 태어난 적이 없을 것이다. 리스보아 출신의 피부색 어두운 아이들인 세파르디•는 있다. 포르투갈 상인들이 데리고 들어온, 하우트흐라흐트의 유대교 회당 밖에서 주인을 위해 자리를 맡고 기다리는 물라토••도 있다. 오스만튀르크에서 도망쳐온 아르메니아 사람도 있고, 인도에서 무슨 일이 벌어지는지는 아무도 모른다. 하지만 이곳 암스테르담에서는 사람들이 자기만의 삶을 지켜갈 뿐, 결코 이방인과 섞이지 않는다. 사람들이 항상 오토를 쳐다보았던 것도 그런 이유다. 그러나 여기 이 아이는 이 공화국의 극과 극의 결합이다. 수천 마일 떨어진 곳에서 태어난 것이 아니라, 이 조국의 겹겹이 쌓인 비밀 속에서, 골든 벤드 최고의 부촌에서 태어난 아기. 이 아기는 이곳의 자갈길과 운하 길에서 자신의 아버지보다 더 충격적인 존재다.

머리끝부터 발끝까지, 당신을 사랑해요. 오토와 투트, 그가 남긴 편지와 아기는 그의 거울이다. 넬라는 한밤중의 속삭임, 닫히는 문소

• 스페인·북아프리카계 유대인.
•• 백인과 흑인 부모 사이에서 태어난 혼혈인.

리, 밤에 잠을 설쳤느냐고 묻게 만들었던 코넬리아의 멍한 표정을 떠올린다. 교회에서 눈물을 글썽이던 마린. 그로부터 몇 주 뒤, 겁에 질린 채 같은 자리에 앉아 있던 오토. 마린은 그때 그에게 말했을까?

오토와 마린에 대해 넬라가 이해할 수 있는 유일한 사실은 테아이고, 테아는 그녀만의 비밀이 될 것이다. 어머니는 죽고 아버지는 사라진 테아. 넬라는 베르겐의 또 다른 어머니를 생각한다. 늙어가는 아버지와 함께 브뤼허스에서 성장했던, 분노에 휩싸인 또 한 명의 아이. 미니어처리스트는 왜 버려졌을까? 수면 부족으로 미쳐가는 모양이라고 넬라는 생각한다. 넬라는 지나간 시간을 되짚어보면서 오토와 마린에 대해, 또 다른 페트로넬라에 대해 그녀가 놓쳤을지도 모르는 단서를 찾는다. 새날이 밝아온다 해도 조금이라도 더 이해하게 되는 것이 있을지.

넬라는 테아의 얼굴을 들여다본다. "시뇨르 미어만스이길 바랐어요." 코넬리아가 낮은 목소리로 말한다. "그분이기를 바랐어요."

"왜?"

코넬리아는 대답하지 않는다. 그녀의 고백은 여기까지다. 코넬리아는 마린의 비밀스러운 사랑에 대해, 소금에 절인 새끼 돼지와 아그네스의 질투에 대해 확신을 갖고 있었다. **코넬리아한테 일을 더 많이 시켰어야 했는데.** 이야기를 지어내기 좋아하는 코넬리아를 두고 마린은 그렇게 말했다. 프란스의 시선이 마린에게 머물렀던 것은 사실이다. 그러나 마린 자신은 그 어떤 단서도 제공하지 않았다. 사랑에 대해 물었을 때 마린이 뭐라고 했던가? **당신은 그의 아기를 가졌잖아요.** 넬라가 그녀에게 말했다. **난 내가 가져서는 안 되는 걸 오빠에게서 빼앗았어.** 마린의 대답이었다. 늘 그래왔듯이, 마린은 진실과 거짓의 그림자 속에 살며 말을 아꼈다.

"예전처럼 되기를 바랐어요." 코넬리아가 말한다.

"코넬리아," 넬라가 코넬리아의 손을 잡는다. "요하네스에 대해 할 얘기가 있어." 넬라는 꽃처럼 피어나는 슬픔을 느낀다. 꽃잎이 너무 빨리 떨어져 다루기 거추장스러운 한 송이 장미처럼 피어나는 슬픔을. 촉촉한 눈으로, 조용히, 하녀가 침대에 앉는다.

"말씀하세요." 애써 마음을 다잡으며 코넬리아가 말한다.

넬라는 코넬리아의 눈물이 벽을 무너뜨릴 것만 같다. 테아가 잠에서 깨어나고 넬라는 면 강보에 쌓여 울고 있는 아기를 안아든다. 아기는 매혹적이다. 아기는 흰 강보에 싸인 그들의 조그만 사분음표이다. 테아의 조그만 한 쌍의 폐가 방 안을 우렁찬 울음소리로 채운다.

"왜 하느님은 우리에게 이런 형벌을 주시는 걸까요, 마담? 하느님은 애초에 이런 계획을 갖고 계셨을까요?"

"나도 모르겠어. 하느님이 물음표를 던졌을 수도 있겠지. 하지만 대답은 우리야, 코넬리아. 견뎌야 해. 테아를 위해서 우리가 떠올라야 해."

"하지만 어떻게요? 이제 어떻게 살아야 하죠?" 코넬리아가 양손에 얼굴을 파묻고 묻는다. "리스베스를 데려와." 넬라가 말한다. "테아 젖 먹여야지."

평정을 되찾은 코넬리아는 아기 울음소리에 잠잠해진다. 눈물로 얼룩진 멍한 표정으로, 코넬리아는 테아를 안은 넬라를 남겨두고 방을 나선다. 아기와 함께 침대에 눕는데 넬라의 등에 무언가가 배긴다. 밑을 더듬어보니 조그맣고 단단한 물건이 만져진다.

오토, 넬라는 한숨을 내쉬며 오토의 인형을 바라본다. 그의 진짜 딸이 그녀의 다른 팔에 안겨 있다. 넬라는 오토를 캐비닛에서 빼낸 기억이 없다. 마린이 매일 밤 이곳에 오토를 숨겨두고 잠들었을까? 그렇게라도 그를 집으로 돌아오게 하고 싶었을까?

"지금 어디 있어?" 넬라가 묻는다. 비록 인형의 노력은 실패했지만 그 말이 오토를 집으로 돌아오게 할 수 있으리라는 듯이. 테아가 젖을 달라고 운다. 멋진 신세계의 천사 같은 아이. 요하네스와 마린에게 끝이 왔듯이, 이 아기에겐 시작이 있다.

아기가 일으키는 혼란 속에서 넬라는 조용히 특별한 기도를 읊조린다. 아센델프트에서, 아버지의 죽음에 상심했던 카렐은 하느님께 바치는 기도를 썼다. 어머니와 여자 형제들이 그 기도를 들었다. 진심을 담은 반항적이고 유치한 기도였다. 넬라는 그 기도를 테아의 조그만 귀에 대고 읊조린다. 그것은 위로의 간청이고, 부활의 열망이다. 영원히 끝나지 않는 희망이다.

빈 방들

리스베스 티머스는 부엌에서 잔다. 다음 날 아침인 금요일, 눅눅한 공기에 그녀의 얼굴에 이슬이 맺힌다. "그 아가씨 시체 말이에요." 그녀가 말한다. "사람이 필요하실 것 같던데."

넬라는 북받쳐오르는 고마움을 느낀다. 요하네스의 목소리가 들려온다. 자신의 여동생에게 그가 물었다. **마린, 넌 이 집이 무슨 요술로 돌아가는 줄 알아?** 요술은 아니라고, 넬라는 생각한다. 코넬리아와 리스베스 티머스 같은 사람들의 도움으로 돌아간다.

마린이 살아 있을 때는 거의 손끝도 스치지 못했던 코넬리아는 이제 안주인의 몸을 만져야 하고 또 안아야 한다. "만지는 걸 무척 싫어하셨어요." 하녀가 말한다. 테아의 진실이 밝혀진 상황에서, 넬라는 그 말이 얼마나 진실일지 생각해본다.

"이걸로 해요." 코넬리아가 검은색 긴 스커트를 들어 보인다. 오늘 코넬리아는 말이 많다. 마치 자신의 목소리가 스탓하위스에서 그들을 부르고 있는 악마를 쫓아버릴 수 있다는 듯이. 머릿속에서 소용돌이치는 **일요일 일몰 무렵**이라는 말도. 그들이 고른 드레스의 코르셋은 담비와 다람쥐 털로 안감을 댔고 등을 따라 벨벳으로 단을 대었다. "마담 마린한테 딱 어울릴 거예요." 코넬리아가 말한다.

넬라는 젖은 모래 위에 서 있는 것 같은 기분이 든다. 어느 때고 밑으로 꺼져버릴 것만 같다. 겨드랑이는 땀으로 젖고, 배 속이 울렁거린다. "그럼 그렇게 해." 옅은 미소를 지으며 넬라가 대답한다.

리스베스가 얼굴을 찌푸린다. "옷이 다 훌륭하네요." 그녀가 말한다. "하지만 먼저 염을 해야지요."

가장 힘든 대목이다.

마린을 일으켜 세우자 리스베스가 날카로운 칼로 페티코트와 면 블라우스를 잘라낸다. 둘로 갈라지는 마린의 옷을 바라보면서 넬라는 마음을 다잡고 눈앞에 닥친 일에만 집중하려 애쓴다. 테아가 아홉 달 가까이 산, 이제는 텅 비어 축 늘어진 배를 바라보기가 너무도 괴롭다. 엄마 될 준비가 되어 있는 마린의 둥근 젖가슴을 보는 것도 피할 수 없다. 다리 사이에 탯줄이 아직도 남아 있다. 그들이 꺼낼 수 없었던 그것.

코넬리아가 숨을 헐떡인다. 슬픔 때문인지 역겨움 때문인지 넬라는 분간할 수 없다. 테아가 세상으로 나온 입구는 봉합된 것처럼 보이지만 그래도 넬라는 너무 가까이 다가가지 않는다. 피가 더 쏟아질까 봐 두렵다. 그들은 남은 라벤더 오일을 마린의 몸에 바른다. 서서히 강렬해지는 냄새, 묘하게 달콤해지는 향을 듬뿍 바른다.

넬라와 리스베스가 비틀거리며 마린을 들어올리자 코넬리아가 조심스럽게 스커트를 입히고 나서 떨리는 손으로 끈을 조인다. 넬라가 마린의 몸을 앞으로 숙이자 마린의 머리가 그녀의 가슴에 닿는다. 코넬리아가 마린의 한쪽 팔을 코르셋에 집어넣는다. "옷을 입혀드리지 않은 지 한참 됐어요." 숨결은 거칠지만 그녀의 목소리는 밝고 높다. "직접 하셨거든요."

코넬리아는 마린에게 울 양말, M과 B를 수놓은 토끼가죽 슬리퍼를 신긴다. 넬라는 마린의 얼굴을 닦는다. 깨끗한 수건으로 경건하게 닦는다. 리스베스가 그녀의 머리를 풀었다가 꼬아서 깨끗한 흰 모자 속으로 집어넣는다.

"잠깐만." 넬라가 말한다. 그녀는 마린의 조그만 방으로 달려간다. 참나무 요람 속에 테아가 잠들어 있다. 넬라는 대답을 찾지 못한 질문이 적힌 아프리카 지도를 내린다. **날씨? 음식? 하느님?**

"마담 마린의 소지품을 더 넣어야 해요." 넬라가 들고 온 물건을 보고 코넬리아가 말한다. "깃털하고 표본, 책."

"안 돼." 넬라가 말한다. "그건 우리가 보관할 거야."

"왜요?"

"언젠간 테아의 것이 될 테니까."

넬라의 논리와 그런 생각이 불러일으키는 암울함에 압도당한 표정으로, 코넬리아가 고개를 끄덕인다. 넬라는 사 년 뒤의 코넬리아를 상상해본다. 한때 제 엄마가 너무도 부지런히, 너무도 열정적으로 짜맞추었던 더 넓은 세상을 어린 소녀에게 보여주는 모습을. 넬라는 하녀의 파란 눈동자가 공허해지는 것을 본다. 코넬리아 역시 그런 미래를 상상하고 있을까. 침대 위에 앉아 다리를 흔들며, 어머니를 사랑했던 하녀가 꺼내놓은 이상한 유산을 바라보는 테아. 넬라는 코넬리아가 그런 상상으로써 버티기를 바란다. 오늘의 두려움을 떨쳐버리는 데 반드시 필요한, 미래에 대한 상상.

"참 평화로워 보여요." 코넬리아가 말한다.

그러나 넬라는 자신의 시누이의 이마에서 익숙한 주름을 본다. 세금 계산을 하는 것 같기도 하고, 자기 오빠를 생각하는 것 같기도 하다. 마린은 평화로워 보이지 않는다. 죽음을 원치 않는 것처럼 보인다. 마린에겐 아직 할 일이 많았다.

리스베스와 코넬리아가 마린의 방으로 테아를 돌보러 갔을 때, 넬라는 아래층으로 내려가 오토의 연장통을 찾는다. 언제든 사용할 수 있도록 기름 친 그의 도구들이 깔끔하게 정돈되어 있다. 넬라는 그곳에서 자신이 원하는 물건을 찾는다. 도끼, 아센딜프트의 농부들은 그것을 몽둥이라고 불렀다. 어릴 때 본 적 있다. 농부들의 뭉툭한 팔이 몽둥이로 죽어가는 나무를 후려치는 모습을.

잦아드는 오후 햇살 속에서 여자들이 수군거리는 소리가 들리고, 넬라는 처음으로 방문을 잠근다.

넬라는 한쪽 구석에 놓인 요하네스의 아름다운 선물을 본다. 지난 10월, 요하네스는 이 캐비닛은 주의를 분산시킬 소일거리라고 표현했지만, 새로운 삶의 문턱에 서 있던 넬라에게는 집안에서의 부실한 입지에 대한 모욕 이상으로 느껴지지 않았다. 그녀는 사람이 살 수 없는 이 세계를 부정했다. 그러나 어느 순간부터 이 집이 해답을 쥐고 있다고, 미니어처리스트가 구원의 불빛이라고 믿기 시작했다. 어떻게 보면 결국 요하네스가 옳았다고, 넬라는 생각한다. 이 캐비닛의 모든 것이 실제로 그녀의 주의를 분산시키고 있다. 엉뚱한 곳만 쳐다보고 있는 동안 너무 많은 일이 일어났다. 꼿꼿하게 서 있다고 생각했건만 나는 얼마나 멀리 왔는가.

이제야 넬라는 무얼 해야 할지 알 것 같다. 그녀는 캐비닛으로 다가가, 신음하는 나무의 몸통을 내리치던 고향의 남자들처럼 양팔을 번쩍 들어 올린다. 그리고 숨을 한 번 크게 들이켜고는 잠시 멈추었다가 몽둥이를 휘두른다. 날이 거북 등딱지에 꽂히고, 쪼개진 느릅나무를 쓰러뜨린다. 백랍 혈관이 식물 뿌리처럼 꿈틀거리고, 벨벳 커튼이 바닥에서 구겨진다. 넬라는 내리치고 또 내리쳐서 결국 캐비닛 집을 바닥에 무릎 꿇리고 만다.

온몸의 피가 끓어오른다. 넬라는 도끼를 내려놓고 캐비닛의 잔해에 손을 뻗는다. 이탈리아산 가죽 벽지를 찢고, 걸개그림을 찢고, 풀로 붙인 대리석 바닥을 뜯어낸다. 책을 꺼내 조그만 책장을 찢는다. 약혼 기념 찻잔을 손에 넣고 꽉 움켜쥐자 약한 금속이 압력에 굴복한다. 컵 가장자리를 장식하던 부부는 형체도 없이 사라진다. 장미목의자, 새장, 피보, 마지팬 한 상자, 류트를 모아 밟아버린다. 그 모든 것이 형체도 없이, 돌이킬 수 없도록 부서져버린다. 넬라는 손가락을 갈퀴처럼 세워서 프란스의 몸을 해체하고 널찍한 모자를 갈기갈기 찢는다. 마치 죽어가는 한 송이 꽃이라는 듯 잭의 머리를 잡아당긴다. 느릅나무 조각으로 아그네스의 손을 내리친다. 여전히 검게 변한 설탕을 잡고 있는 그 손을. 코넬리아도, 그녀 자신의 인형 두 개도 남겨두지 않는다. 회색빛과 황금빛 인형. 하나는 미니어처리스트가 보내준 것이고, 다른 하나는 아그네스가 스탓하위스 관람석 바닥에 떨어뜨린 것이다. 넬라는 전부 요하네스의 돈 자루와 함께 쌓아놓는다. 주머니 속에 있던 오토와 어린 아기 인형, 마린과 요하네스만 남겨둔다. 테아가 좀 더 자라면 가져도 좋을 것이다. 시간을 초월한 그들의 초상으로.

주머니 속 아노드를 만지작거리며 넬라는 잠시 망설인다. **그냥 인형일 뿐이야.** 그녀가 혼잣말을 한다. 미니어처리스트의 기이하고도 뛰어난 손재주와 염탐하는 능력에 여전히 탄복하면서. **이건 아무 것도 아니야.** 손바닥 위에 놓은 아노드의 무게를 가늠해본다. 대부분의 설탕은 아직 팔리지 않았다. 이런 자신이 싫다고 생각하면서도 넬라는 제과점 주인을 서둘러 스커트 속에 집어넣는다. 눈에 보이지 않는 곳에, 안전하게.

공허해진 데다 탈진한 넬라는 그 이상 부술 수가 없다. 그녀가 받은 결혼 선물이 장작더미로 변했다. 넬라는 그 옆에 털썩 주저앉고는 무릎을 세워 머리를 기댄다. 안아줄 사람이 아무도 없기에 스스로 안아준다. 흐느낌에 흔들리는 자신의 몸을.

과수원의 병충

그날 저녁 코넬리아는 스탓하위스 감옥에 가겠다고 고집을 부린다. 코넬리아는 부지런히 몸을 움직이면서, 암탉과 송아지 고기를 넣은 파이, 장미수와 설탕을 넣은 호박, 양배추와 소고기 요리를 준비했다. 여느 가정집의 향기, 좋은 기구를 갖춘 견고한 부엌의 향기, 주방을 책임지는 지혜로운 요리사의 향기가 풍긴다.

"전 갈 거예요, 마담." 그녀가 말한다. 단호함이 그녀의 얼굴에 생기를 불어넣는다.

"무슨 일이 있었는지 얘기하면 안 돼."

코넬리아는 따스한 음식 보따리를 끌어안는다. 그녀의 눈에 눈물이 고인다. "죽는 한이 있어도 시뇨르의 마음을 아프게 하지 않을 거예요, 마담." 그녀가 말하며 파이를 앞치마 깊숙이 집어넣는다.

"알아."

"하지만 혹시 테아 이야기를 해드리면…… 아기 이야기, 새로운 시작에 대해 이야기를 해드리면 혹시라도…….."

"그러면 자신이 등져야 하는 삶에 더 큰 회한이 남겠지. 견디기 힘들 거야."

피치 못할 끔찍한 선택에 마음 아파하면서도 코넬리아는 고개를 꼿꼿하게 든다. 넬라는 운하 길을 따라 서둘러 걷는 하녀의 쓸쓸한 뒷모습을 바라본다.

리스베스가 부엌에서 테아를 위해 쓸 깨끗한 천을 접고 있다. "잠깐 집을 비워야 하는데, 두어 시간 정도 아기 좀 봐주시겠어요?" 넬라가 묻는다.

리스베스가 고개를 든다. "기꺼이 봐드려야지요, 마담."

리스베스가 어디로 가는지 묻지 않아서 다행이다. 코넬리아와 너무도 다르다. 넬라는 리스베스가 그녀의 방에서 일어난 대참사를 보고 무슨 말을 할지 궁금하다. 자신의 장난감을 부숴버린 어린 신부. "위층에 장작이 있어요." 그녀가 유모에게 말한다. "테아를 따뜻하게 해주세요."

⚜

넬라는 교회 오르간 뒤의 케르크메이스터르•의 방으로 들어선다. 펠리콘 목사가 책상에 앉아 있다. 넬라는 코넬리아 때문에 이곳에 왔다. 넬라는 사람들의 시선에서 벗어난, 성 안토니스 교회에 마린을 묻고 싶었다. "마린이 공동묘지에는 안 묻히고 싶어할까?" 넬라가 코넬리아에게 물었다.

"아뇨, 마담. 이 도시에서 가장 영광스러운 자리에 묻히고 싶어 하실 거예요." 지극히 자연스러운 일이다. 평상시처럼 평온을 되찾는 코넬리아. 이렇게 마린의 유산은 계속 이어진다. 마린이 지녔던

• 교구 위원. 교회 재산을 관리하는 신도 대표를 뜻하는 네덜란드어.

가장 강박적인 집착이 하녀의 마음속에 여전히 살아 있다는 것이 쓸쓸하면서도 위안을 준다.

펠리콘은 자신의 혐오감을 숨기려 애쓰며 넬라를 쳐다본다. 저 사람은 내가 누구인지 알고 있다고, 넬라는 생각한다. 증오심이 고개를 든다. 당신은 스탓하위스 앞에서 사람들이 다 듣도록 소리를 질렀지. 넬라는 부유함으로 무장하고 그를 찾아왔지만, 그의 경멸 앞에서 진주와 은색 드레스가 더러운 갑옷처럼 느껴진다.

"사망신고를 하러 왔어요." 그를 똑바로 쳐다보면서 넬라가 또 박또박 말한다.

펠리콘이 풍성한 칼라 속에 턱을 파묻는다. "이번 주 일요일로 알고 있는데요?" 그가 두툼한 묘지관리 장부를 끌어당기며 말한다. 천국 혹은 지옥으로 가는 이 도시의 모든 시신을 관장하는 큼직한 가죽 제본 장부다. 그가 펜을 잉크에 담근다.

넬라는 자세를 추스르고 심호흡을 한다. "마린 브란트의 사망신고를 하러 왔어요."

펠리콘의 펜이 허공을 맴돈다. 그가 넬라를 쳐다본다. 굳은 얼굴을 장부 위로 길게 빼면서. "사망신고?"

"어제 오후예요."

펠리콘이 펜을 내려놓고 의자 뒤로 몸을 기댄다. "부디 하느님이 함께하시기를." 마침내 그가 말하고는 눈을 가늘게 뜬다. "우리 마린 브란트 자매님께선 어쩌다 세상을 뜨셨나요?"

넬라는 마린의 시신, 피 묻은 이불들, 갓 태어난 테아를 떠올린다. 그리고 그 이전으로 돌아가본다. 뒤엉켜 있는 오토와 마린. 마린의 살아 있는 몸 깊숙이 묻혀 있던 두 사람의 비밀.

"열병으로 죽었어요, 목사님."

그는 놀란 표정이다. "속립열•　말씀이신가요?"

"아뇨, 시뇨르. 한동안 병을 앓았어요."

"하긴, 지난 몇 주 동안 교회에서 통 안 보이더군요." 펠리콘이 양손을 끌어당겨 가느다란 손끝을 턱 밑에 댄다. "혹시 오빠 일로 상심하신 건 아닌가 짐작하고 있었지요."

"그 충격도 영향이 있었을 거예요, 시뇨르. 이미 몹시 허약한 상태였으니까요." 넬라가 나지막이 말한다. 안에서 끓어오르는 증오심 때문에 숨 쉬기조차 힘들다.

"당연히 그렇겠지요." 넬라는 잠자코 있다. 이 남자에게 자신이 원하는 연료를 주고 싶지 않다. "헤뷔르터에서 도와주던가요?" 그가 묻는다.

넬라는 아센델프트에서 치른 아버지의 장례식을 떠올린다. 이웃들이 슬픔에 잠긴 어머니를 도우러 왔다. 시신의 옷을 벗기고, 가운을 입히고, 뻣뻣해진 아버지의 몸을 철판 위에 올려놓고 배설에 대비해 지푸라기를 깔았다. 마을 처녀들이 종려나무 잎사귀와 꽃, 월계수 잎을 가지고 왔다. 마린에겐 그런 헤뷔르터가 없었다. 코넬리아와 그녀뿐이었고, 그들의 두려움 사이로 스며드는 적막감뿐이었다. 리스베스는 살아생전의 마린을 만나본 적조차 없었다. 그나마 코넬리아가 라벤더 오일 버너마다 불을 밝혔다.

마린이 자신의 죽음을 통해 겪어야 하는 품위의 결핍이 가슴 아프다. 헤뷔르터가 있어야 마땅했다. 마린은 선한 사람이었고 강한 사람이었다. 다른 생에서라면 군대를 이끌 수도 있는 사람이었다. 그러나 마린은 그 누구와도 가깝게 지내지 않았다. 단 한 사람이

• 15-16세기에 발생한 전염성 열병. 발한, 발진, 고열이 특징이며, 두세 시간 내에 죽는 일이 많았다.

있었지만, 그는 사라졌다.

"네, 목사님." 넬라가 말한다. "이웃들이 왔었어요. 하지만 빨리 시신을 옮겨야 해요. 교회로 데려와야 해요."

"결혼하지 않으셨지요." 펠리콘이 말한다. "애석한 일입니다."

결혼 자체가 애석한 일인 여자도 있다고, 넬라는 생각한다.

밖에는 완전히 어둠이 내렸다. 교회 예배당에서 파이프 오르간 연주자가 연습하는 소리가 들리고 저녁 기도를 하러 오는 사람들을 위해 횃불도 밝혀두었다. 목사가 일어서고 마치 앞치마라도 되는 양 검은 제복을 매만진다. "이곳에 매장하기 위해 찾아오신 거라면, 그건 불가능합니다." 그가 말한다.

잠시 침묵이 흐른다. 넬라는 허리를 꼿꼿이 펴고 두 발로 굳건히 바닥을 딛고 선다.

"왜죠, 목사님?"

그녀의 목소리는 강하고 침착하다. 그런 목소리를 내려고 노력했기 때문이다. 떨지 않을 것이다. 감정을 들키지 않을 것이다. 펠리콘은 묘지 관리 장부를 덮고, 놀란 표정으로 넬라를 바라본다. 공들여 설명하는 것 따위에는 익숙하지 않은 사람이라는 듯이. "저희는 받을 수 없어요. 가족 문제로 오명을 썼으니까요. 당신도 마찬가지고." 그가 말을 멈추고 돌 같은 눈동자로 그녀를 꿰뚫어본다. "참으로 안타까운 일입니다, 마담."

"안타깝지만 자비를 베풀지는 않으시는군요."

"이곳은 이미 시신이 넘쳐나요. 요즘에는 저의 설교를 산 사람보다 해골들이 더 많이 듣는 지경에 이르렀지요. 악취가 얼마나 진동하는지……" 그가 혼잣말을 한다. "아라비아의 모든 향수를 가져와도 썩어가는 네덜란드인의 악취를 막을 수 없더군요." 넬라를 바라보며 그가 한마디 더 덧붙인다. "마담의 죽음은 유감입니다만 저희는 받을 수 없습니다."

"시뇨르……."

"성 안토니스 교회에 가보세요. 그 사람들이 도와줄 겁니다."

"아뇨, 목사님. 이 도시 밖으론 나갈 수 없어요. 마린은 **여기서** 예배를 드렸어요."

"요즘 시내에 매장을 하는 건 여간 어려운 일이 아닙니다."

"마린 브란트는 그렇게 해야만 해요."

"자리가 없다지 않습니까! 알아들었습니까?"

넬라는 주머니에서 아노드에게 받은 돈 200길더를 꺼내 펠리콘의 장부 위에 올려놓는다. "묘비와 관, 운구할 사람, 그리고 교회 지하에 공간을 마련해주시면, 일이 끝나는 대로 이만큼 더 드릴게요." 그녀가 말한다.

펠리콘이 돈을 바라본다. 남색한의 아내에게서 나온 돈이다. 여자에게서 나온 돈이다. 뿌리 깊은 악의 근원이지만 엄청난 액수의 돈이다. "받을 수 없습니다." 그가 말한다.

"탐욕은 우리가 뿌리 뽑아야 하는 병충이지요." 애절한 표정으로 넬라가 대답한다.

"바로 그렇습니다." 자신의 설교가 재연되는 것을 기뻐하고 있음을 넬라는 느낄 수 있다.

"하느님의 일꾼이신 목사님이야말로 그 병충을 막아야 할 분이시고요." 넬라가 말한다.

"일단 병충을 제거한 뒤에는," 그가 돈을 흘긋 쳐다보며 대답한다. "당연히 그래야죠."

"이 도시의 불운한 자를 도우려면 엄청난 구호금이 필요해요."

"그들을 위해 조처를 취해야겠지요. 그렇게 하지 않으면 병충이 번져나갈 테니까요."

두 사람은 침묵 속에 잠자코 앉아 있다.

"교회 동쪽 구석에 자그마한 공간이 있습니다." 펠리콘이 말한다. "조그만 비석 하나 세울 정도이지요. 그 이상은 안 됩니다."

얼마나 멍청한 인간인가. 그는 다른 사람들과 똑같은 인간이고, 다른 사람들보다 조금도 하느님 가까이 있지 않다. 운구인 비용과 구호금을 내놓기 전에 400길더에서 그가 얼마를 떼어먹을지는 모르는 일이다. 마린이 구석 자리를 좋아할까? 마린은 평생을 구석에서 살았으니 이곳에서 만큼은 신도석 바로 밑을 원할지도 모른다. 그러나 그렇게 되면 사람들이 계속 마린 위로 지나다닐 것이다. 어떤 이는 그런 마지막을 원할지도 모른다. 사람들의 기억에 잊히지 않기를, 기억 속에 남아서 그들을 위해 기도해주기를. 그러나 넬라는 그것이 마린에게 너무 큰 모욕이라는 생각이 든다. 구석자리가 낫다.

"사실을 말씀드리는 겁니다, 마담." 펠리콘 목사가 말한다. "묘지는 꽉 찼어요. 그 구석자리가 저희가 내드릴 수 있는 최선의 자리입니다."

"구석자리도 괜찮습니다." 그녀가 대답한다. "하지만 최상품 느릅나무로 관을 짜주세요."

펠리콘이 펜을 들고 다시 장부를 펼친다. "그렇게 하죠. 장례식은 내주 화요일 저녁 예배를 마치고 나서 해도 되겠죠?"

"좋습니다."

"밤에 치르는 편이 낫습니다. 바닥을 열면 악취가 올라와서 사람들이 기도를 못 하거든요."

"그렇군요."

"몇 사람이나 참석할 예정인가요?" 그가 묻는다.

"많지 않을 거예요." 넬라가 대답한다. "사람들과 교류가 거의 없었거든요." 그 말에 반박할지, 아니면 숨겨진 마린의 삶에 대해 자신이 아는 사실을 털어놓을지 보려고, 넬라는 도전하듯 그 말을 내뱉는다. 마린이 가던 책방. 혹은 마린이 사귄 친구. 거리를 함께 활보하던 그 흑인에 대해서도.

그러나 펠리콘은 입술에 힘을 줄 뿐이다. 은둔 생활은 좋지 않은데. 그의 표정이 무슨 의미인지 넬라는 알 것 같다. 시민 의식, 이웃 간의 감시. 모두가 모두를 감시하는 사회. 그것이 바로 이 도시를 움직이는 힘이다. 염탐하는 눈을 피해 숨어 있는 것이 아니다. "장례식은 간략하게 진행될 겁니다." 돈을 장부 사이에 넣으며 그가 말한다.

"요란한 장례식은 원치 않아요." 그녀가 대답한다.

"아무렴요. 이름과 날짜 말고, 묘비에 무얼 새기시겠습니까?"

넬라는 눈을 감고 검은색 긴 드레스를 입은 마린의 모습을 떠올린다. 너무도 많은 혼란을 감추고 있던 완벽한 모자와 소맷부리. 사람들 앞에서는 설탕을 거부하지만 남몰래 설탕에 절인 호두를 즐겼고, 오토의 연애편지를 숨겨놓았고, 오빠의 방에서 훔친 지도 위 가보지 않은 나라에 주석을 달았던 마린. 미니어처를 그토록 싫어했지만 오토의 인형을 베개 밑에 넣어두었던 마린. 누군가의 아내가 되고 싶진 않았지만 테아의 이름은 혀끝에 담아두고 있었던 마린.

무모하게 잃어버린 마린의 생명이 넬라의 가슴을 무겁게 누른다. 대답을 듣지 못한 수많은 질문. 프란스, 요하네스, 오토. 이 세 사람은 넬라보다 마린에 대해 많이 알까?

"뭐라고 새길까요?" 조바심을 내며 펠리콘이 묻는다.

넬라는 헛기침을 한다. **"트칸 페케이런."** 그녀가 대답한다.

"그게 전부인가요?"

"네." 그녀가 말한다. **"트칸 페케이런."**

상황은 바뀔 수 있다.

• '상황은 바뀔 수 있다'라는 뜻의 네덜란드어.

살아 있음의 정도

토요일 아침, 넬라는 찬장에서 파이를 하나 꺼낸다. 딸기로 만든 파이려니 생각하면서. 판결 이후 거의 먹은 게 없어서 배가 고파 죽을 지경이다.

파이 껍질이 내용물을 착각하게 만든다. 알고 보니 차가운 생선을 숨기고 있다. 바라던 겨울 과일 대신 밍밍한 겨울 생선 넙치가 들어 있다. 가뜩이나 신경이 곤두서 있는데 파이까지 그녀를 조롱하는 것만 같다. 넬라는 비참한 심정으로, 과연 코넬리아가 앞으로 뭐든 설탕에 절일 수 있을지 의문을 품는다. 설탕에 절인 호두는 마린과 그녀의 달콤한 모순을 연상시킬 것이다.

배 속이 요동을 친다. 넬라는 두 개의 설탕 원뿔 간판이 있는, 한나와 아노드의 가게로 향한다.

"더 살게요." 그녀를 보자마자 아노드가 말한다. "벌꿀하고 잘 어우러져요. 빨리 처분하고 싶으실 것 같기도 하고요."

"**아노드!**" 한나가 그를 책망한다. "미안해요, 넬라. 헤이그에서 예절을 배우지 못해서 저 모양이에요."

넬라는 미소를 짓는다. 사업은 사업이다. 내가 당신을 좋아할 필요는 없잖아요, 아노드. 그러나 한나는 마음에 든다. 그녀는 말이 똑 부러진다. 더러운 앞치마를 맨 외교관이다. 넬라는 속으로 다짐한다. 설탕을 다 팔고나면, 아노드의 인형을 양봉장에 버리겠다고. 탐욕스러운 벌 떼에 둘러싸이도록.

"어서 오세요." 한나가 손짓하며 가게 앞쪽의 반들거리는 벤치에 앉으라고 권한다. 아노드는 안으로 들어가 쟁반을 내리친다.

"제가 요즘 시험 삼아 마셔보고 있는 건데요. 이 코코아 음료 한 번 들어보세요." 한나가 밝은 표정으로 말한다. "마담의 설탕을 좀 넣었어요. 바닐라 씨도 몇 개 넣고요."

정말 맛있다. 행복한 어린 시절의 기억처럼 넬라의 몸을 따뜻하게 해준다. "소문 들으셨어요?" 한나가 묻는다.

"무슨 소문이요?"

"행정관들이 사람 형상 비스킷 금지령을 풀었대요. 우리 집 개 모양 과자도 인기 있긴 하지만, 사랑에 빠진 젊은이를 위해 연인의 모양을 본뜬 과자를 만들 수 있게 되어서 정말 기뻐요. 갖고 계신 설탕에도 좋은 소식이고요."

넬라는 감사를 담은 손으로 테라코타 잔을 감싸쥔다. 좋은 소식이지만 마음속에서 그녀를 압도하는 적막감을 걷어내기엔 충분치 않다. "집을 오래 비울 수 없어요." 집을 떠올리며 넬라가 말한다. 새로 꾸려진 그들의 집. 가족 중 절반이 막 서로 만난 집.

"그러시겠죠." 한나가 조심스럽게 그녀를 쳐다보며 말한다.

그녀가 알고 있는지 넬라는 궁금하다. 코넬리아가 마침내 발설했을까? "고맙습니다. 배려해주시고, 저희 물건을 사주셔서."

"그 아이를 위해서라면 뭐든 할 수 있어요." 한나가 말한다.

넬라는 고아원에 함께 지냈을 한나와 코넬리아를 상상해본다.

그들이 서로 했을 약속을. 죽을 때까지 지키자는 피의 맹세를. 한나가 목소리를 낮춘다. "결혼한 뒤로는……." 그녀가 어깨너머로 아노드를 흘금거리며 말한다. "제과점 일로 하루 종일 바빠요."

"한나에겐 아노드가 있잖아요."

"맞아요." 한나가 미소를 짓는다. "매정한 사람은 아니에요. 이기적인 사람도 아니고요. 하지만 사실 우리 신혼살림은 제가 꾸렸어요." 그녀가 몸을 앞으로 숙이고 속삭인다. "필요한 만큼 돈을 드릴게요. 조그만 씨앗 속에서 커다란 꽃이 피어나잖아요."

넬라가 주방을 바라본다. "하지만 아노드가 뭐라고 할까요? 전낮은 가격에 팔 수 없어요."

한나가 어깨를 으쓱한다. "설득할 방법은 얼마든지 있어요. 제돈이기도 하니까요. 결혼하기 전에 제가 돈을 벌어서 모았거든요. 오빠가 바우르서 거래소에서 저 대신 도박을 했는데, 거기서 돈을좀 벌고 난 뒤에 제가 그만하라고 했어요. 다른 사람들과는 달리오빠는 제 말을 들었죠." 한나가 한숨을 쉰다. "아노드는 제 능력을존중해요. 하지만 자기가 일군 왕국의 반이 어디서 온 건지 자꾸잊어버리는 것 같아요. 아노드는 설탕 파는 일을 좋아해요. 덕분에제과점 길드에서 아노드의 입지가 탄탄해졌거든요. 어쩌면 감독관으로 임명될지도 몰라요. 우리가 파는 제품이 훌륭하니까 저 사람도 훌륭하다고 생각해요." 한나가 미소를 짓는다. "새로운 레시피도 구상했고, 확장 계획도 있어요. 다음번에 들여오는 설탕은 헤이그는 물론이고 델프트나 레이던에 가서 팔겠대요." 한나가 말을 멈춘다. "다 내가 그렇게 하라고 부추겼어요."

"같이 갈 건가요?"

"한 사람은 남아서 가게를 지켜야죠. 설탕 삼백 개 더 살게요. 그

리고 6천 길더 드릴게요. 그 정도면 괜찮은 가격이죠? 설탕 결정체
는 저희에겐 다이아몬드보다 더 소중하거든요, 마담 브란트."

그녀는 지금 무엇을 사는 것일까? 평화, 그리고 자신이 힘겹게
이룬 것을 즐길 시간? 한나가 제안한 액수에 넬라의 얼굴이 환해
진다.

"결국엔," 한나가 말한다. "이게 모두에게 이로운 일일 거예요."

한나와 아노드의 가게에서 나온 넬라는 곧장 스탓하위스로 향한
다. 보초가 그녀를 들여보내주자 넬라는 똑같은 복도를 지난다. 요
하네스의 감방 문은 열려 있다. 통상적으로 허락되는 십오 분 이
상의 면회를 위해 이번에는 3길더를 지불하란다. 요하네스의 얼마
안 남은 삶이 몸값을 올리고 있지만 넬라는 열 배라도 지불할 수
있다. 보초에게서 장미수와 호박 냄새가 풍긴다. 받아든 돈의 액수
를 확인한 뒤 그는 고개를 끄덕이고 감방 문을 닫는다.

누군가가, 아마도 코넬리아가 요하네스의 턱수염을 면도한 모양
이다. 그래서 그는 더욱더 곧 죽을 사람처럼 보인다. 두개골이 금
방이라도 밖으로 드러날 것 같다. 새 셔츠를 가지고 올걸. 흐릿한
불빛 속 남편을 바라보며 넬라는 생각한다. 그가 입고 있는 셔츠는
낡은 데다 얇다. 넬라는 요하네스의 몰골을 보고 마음을 다잡으며
침을 삼킨다. 그는 짚방석 위에 앉아 축축한 벽돌에 머리를 대고
긴 다리를 이상한 각도로 뻗고 있다.

그의 모습이 마린과 얼마나 닮았는지, 넬라는 새삼 깨닫는다. 온
화함 속 거만함, 이런 순간에도 여전히 조금은 잘생긴 이목구비.
목이 메어온다. 한쪽 구석에 배설물이 있고 지푸라기로 아무렇게
나 덮었다. 그녀는 고개를 돌린다.

그에게 전부 다 말한다면, 요하네스는 누구에게 더 배신감을 느낄까? 넬라는 오토에게 소리를 지르던 잭의 모습을 떠올린다. **요하네스는 네가 한 짓을 다 알고 있어.** 요하네스는 응접실에서 마린의 경건함에 의문을 제기했고, 마린은 자기가 가져서는 안 되는 오빠의 것을 빼앗았다고 말했다. 요하네스는 알면서도 외면했던 것일까? 믿기 힘든 일이다. 그러나 사실 요하네스라는 사람의 모든 것이 믿기 힘들다. 요하네스와 마린은 오토를 사이에 놓고, 마치 자기 영역이라는 듯 그에 대한 소유권을 주장했다. 누가 그를 더 잘 이해하고, 더 원하는지 논쟁을 벌였다.

먹지 않은 파이 두 개가 요하네스의 곁에 놓여 있다. "상하기 전에 먹어야죠." 넬라가 말한다.

"내 옆에 앉아요." 그가 대답한다. 목소리가 가냘프다.

그는 얼마나 노쇠해 보이는가. 눈동자는 빛을 잃었다. 그의 영혼이 공기 중으로 사라져가고 있음이 느껴지는 것만 같다. 넬라는 그의 영혼을 붙잡고 싶다. 손안에 가두고 싶다. 달아나지 못하게 막고 싶다.

"내가 설탕을 팔고 있어요." 자리에 앉으며 그녀가 말한다. "어느 제과점에서 날 도와주고 있어요."

"내일까지 다 팔진 못할 텐데요." 그가 엷은 미소를 지으며 대답한다.

넬라는 흐느껴 울고 싶은 마음을 애써 억누른다. 코넬리아는 마린의 비밀은 지킨 것 같지만, 그간 일어난 일을 그에게 어떻게 알리지 않을 수 있을까? 그의 여동생, 그가 가장 사랑했던 적이 죽었다는 사실을. 자신과 함께한 여자들에 대한 슬픔조차 표현할 수 없다니, 어떻게 그럴 수 있을까?

"어쨌든 프란스는 뇌물을 받지 않을 거예요." 요하네스가 말한다. "내가 보기엔 세상엔 값으로 따질 수 없는 게 있는 것 같아요. 마린 말이 옳았어요. 추상적인 것들은 거래할 수 없어요. 배신에 대해서만큼은 분명히 그래요."

넬라는 입을 다물겠다고 장담하던 리스베스 티머스를 떠올린다. "하지만 여긴 암스테르담이고……."

"시계추가 하느님에게서 상인에게로 움직이는 곳이죠. 프란스는 내 영혼을 구하기 위한 일이라고 하지만, 사실 그 속을 파고들어가 보면, 내가 자기 설탕을 하룻밤 새에 팔아치우지 않아서 화가 난 거예요. 날 남색한이라고 욕하면서 결국 자기 설탕 때문에 싸우고 있는 거죠."

"그게 유일한 이유일까요, 요하네스? 복수가?"

그가 어둠 속에서 그녀를 바라본다. 넬라는 기다린다. 이제는 말할 거라고, 넬라는 생각한다. 결국 마린이 결혼을 거부했던 일을 이제는 말할 거라고. 그러나 요하네스는 끝까지 충직하다. "설탕은 그에게 많은 의미가 있어요." 그가 말한다. "그런데 내가 무심하게 그걸 조롱했어요."

"왜 그랬나요? 잭 때문인가요?"

"아니. 프란스와 아그네스의 탐욕이 너무 노골적이어서 역겹게 느껴지더군요."

"하지만 당신은 상인이잖아요. 철학자가 아니고."

"탐욕은 훌륭한 상인의 조건이 아니에요, 넬라. 난 나를 위한 일에는 거의 욕심이 없었어요. 아마 감자 정도?" 그가 미소를 짓는다. "감자면 충분했죠. 그리고 당신 말이 맞아요. 난 철학자가 아니에요. 단지 어쩌다 보니 수리남으로 항해를 했던 한 남자일 뿐."

"당신도 설탕이 훌륭하다고 말했잖아요."

그가 어두운 표정으로 감방 안을 둘러본다. "덕분에 나는 충분히 대가를 치르고 있잖아요. 훌륭한 사업의 비결은 너무 연연하지 않는 거예요. 언제든 잃을 준비가 되어 있는 자세. 아무래도 난 너무 연연하지 않았거나, 아니면 너무 연연했거나 둘 중 하나였던 것 같아요."

요하네스에게 닥칠 가장 큰 상실이 그들 앞에 드리워진다. "내가 상황을 잘못 판단했어요. 해묵은 상처가……." 그가 말한다. "지금 와서 무슨 소용이 있겠어요. 이제 할 수 있는 일은 없어요. 코넬리아가 눈물로 나를 익사시키고 가더니, 이제 당신까지. 새 셔츠나 하나 가져다주지. 당신 정말 형편없는 아내야." 그가 그녀의 손을 꼭 잡으며 말한다. "마린한테는 절대 여기 오지 말라고 해요."

상실감이 그녀를 휘감는다. 검은 밀물처럼.

"이런 모습 보이기 싫으니까요." 그가 말한다.

"요하네스. 잭이 왜 당신을 배신했을까요?"

그가 은빛 머리카락을 쓸어넘긴다. "돈, 그리고 돈의 의미 때문이겠지. 돈 때문일 거예요. 다른 이유는 찾을 수 없어요." 침묵이 무거워지고, 넬라는 요하네스가 자신의 고통을 억누르려 애쓰고 있음을 느낀다. "당신도 아그네스의 증언을 들었어야 했는데." 그가 말한다. "워낙 정서적으로 불안한 여자지만 그 순간엔 아예 정신줄을 놓은 것 같더군요."

어두운 생각에서 자신을 끌어내기 위해 요하네스가 빠르게 말을 잇는다.

"아그네스는 항상 프란스를 사랑했어요. 하지만 지나친 사랑은 독이 될 수도 있지요. 그가 시키는 일을 얼마나 기꺼이 했을지, 나는 모르겠어요. 아그네스는 자기 자신의 신을 믿고, 세상의 섭리에 대한 신성한 질서를 믿는 여자예요. 하지만 목요일 아침엔 어딘가 달랐어요. 무척 불안정해 보였어요. 자기가 하는 일이 잘못된 일이라는 걸 너무 잘 알지만 그래도 해야겠다고 마음먹은 사람처럼. 아마 아그네스가 그 순간보다 자기 자신을 더 잘 안 적은 없었을 거예요. 그때처럼 자신의 모습에 놀란 적도 없었을 거고."

그가 조용히 웃고, 넬라는 그 소리를 마음에 담아둔다.

"아그네스와 프란스에 대해 마린이 늘 했던 말이 옳았어요." 그가 말을 잇는다. "그 둘은 어디서나 설탕의 변색된 부분만 보는 사람이라고 했거든요."

넬라의 남편이 사람 보는 눈이 없는 건 분명하다. 그러나 그는 여동생의 가치만큼은 잘 알고 있었다. 오랜 세월 동안 그녀의 영특함을, 그녀의 온화한 모습을 요하네스는 보았을 것이다. 영리한 소녀였던 마린이, 머릿속에 그려놓은 길을 찾지 못해 완강한 여인으로 성장하는 모습도 보았을 것이다. 그는 마린에게, 그리고 넬라에게 너그럽다. 이 세상의 모든 마린과 같은 자아가 그들과 함께 감방의 어둠 속에서 환히 빛나는 것 같다.

넬라는 잭이 아니다. 그녀는 동생에 대해 요하네스가 간직하고 있는 생각을 찢어발기는 사람이 되지는 않을 것이다. 그녀는 그가 무엇을 잃었는지, 그리고 그들 모두 마린에 대해 얼마나 아는 게 없었는지, 요하네스에게 말하지 않을 것이다.

"그 사람들이 미워요, 요하네스." 그녀가 말한다. "제 영혼을 다해서 미워할 거예요."

"아니, 넬라. 그렇게 자신을 낭비하지 말아요. 코넬리아가 당신이 아노드 마크브레드와 거래했다는 이야기를 들려주더군요. 놀랄

일도 아니에요. 하지만 그 얘기를 들으니 기분이 좋았어요. 설탕이 이 공화국 안에 머문다고 생각하니 좋더라고요."

"마린이 많이 도와주었어요." 그녀가 말한다. 그녀는 셔츠 밑에 있는, 맨살을 누르고 있는 창고 열쇠를 느낀다. 침묵으로 빠져들면서 두 사람은 서로 손을 깍지 끼워 잡는다. 마치 그렇게 살을 맞대고 있으면 동트는 것을 막을 수 있다는 듯이.

맷돌

넬라는 정박해 있는 수백 척의 배를 본다. 멀어질수록 점점 좁아지는 동인도회사의 긴 부두를 선체들이 점령하고 있다. 플라이트,* 쾌속 소형갤리선, 쌍돛대 범선, 각진 선미, 이 공화국의 이익을 창출하기 위해 다양한 형태와 목적으로 만든 배다. 대부분 연료를 채우고 출항 준비를 마친 다음, 비바람으로부터 보호하기 위해 돛과 삭구를 접어 올린 채 맨몸을 드러내고 있다.

돛을 펼친 배는 마치 활짝 피어난 것처럼 무역풍을 타고 선원들을 멀리 태워갈 채비를 한다. 소금을 머금은 습기 때문에 어쩔 수 없이 부풀어오른 선체가 삐걱거리며 갑판 위의 모든 생명을 위협한다. 혀에 닿는 바람이 싸하다. 부두 가장자리에 고인 더러운 물, 끝을 모르는 갈매기 배설물, 반쯤 쪼아 먹힌 생선 냄새가 배어 있다. 흐릿해져가는 햇살 아래 배에서 나온 오물이 물속에서 출렁인다.

평상시였다면 배들의 모습이 장관이라 느꼈을 것이다. 파도에 흔들리는 거대한 구조물, 공화국의 운송수단, 모든 이의 더러운 사

• 17세기 북유럽의 돛대가 셋 있는 상선.

업을 대신해주는 전투견. 그러나 저물어가는 일요일 오후의 햇살
속에서 사람들의 시선은 목에 거대한 돌을 매단 남자에게로 쏠려
있다.

결혼식이건 장례식이건, 암스테르담 사람들은 예식이라면 눈살
을 찌푸린다. 예식은 너무 역겹거나 가톨릭식이라 되도록 피해야
한다. 그러나 부유한 남자가 익사하는 광경이라면 얘기가 다르다.
도덕적 심판, 성경에서 도출된 상징성 때문에 당연히 인파가 몰린
다. 부둣가에 사람들이 서 있다. 동인도회사의 수많은 직원, 선장,
승무원. 펠리콘 목사, 스하우트 슬라바르트, 심지어 아그네스 미어
만스도 닳아빠진 털 코트를 입고 나와 있다. 그녀의 남편은 곁에
없다. 상인도 몇 있고 스탓하위스의 간수와 그 아내, 다른 목사, 그
리고 요하네스를 지키는 근엄한 표정의 세 남자가 있다.

넬라는 부둣가 인파 뒤쪽에 서 있다. 펠리콘이 그녀를 보지 않는
척하면서 날카롭게 쳐다본다. 목사가 고용한 운구인들이 어젯밤에
와서 그녀의 시누이를 관에 넣어 데리고 갔다. 이제 마린은 구 교
회에서 마지막 예배를 기다리고 있다.

펠리콘의 시선은 다시 눈앞의 광경으로 돌아간다. 그는 지금 어
떤 내적 희열을 느끼고 있을까. 법과 교회가 피에 굶주린 자신들의
뜻을 관철시켰기에, 그는 역겨울 정도로 뿌듯해 보인다.

넬라는 요하네스에게 오늘 오후 이곳에 오겠노라고 약속했다.
지킬 필요가 없는 나쁜 약속이었다. 어젯밤 두 사람은 그의 감방에
서 한 시간 동안 서로 손을 잡고 앉아 있었다. 간수도 묵인해주었
다. 그 정적, 그 시간을 넬라는 다시 경험하지 못할 것이다. 훗날 넬
라는 그때를 결혼 첫날밤으로, 말이 필요치 않았던 교감의 순간으
로 기억할 것이다. 얽히고설키는 기만적인 힘 대신 더욱 깊고 풍요

로운 언어가 있었다.

떠나는 넬라가 감방 문 앞에 서자 그가 미소를 지었다. 그는 너무도 젊어 보였고, 넬라는 자신이 늙은 것처럼 느껴졌다. 그 침묵의 시간이 그의 슬픔을 모두 그녀에게로 넘겨준 것만 같았다. 요하네스가 모든 것을 비우고, 가볍고도 자유롭게 하늘로 날아갈 때 그녀는 그의 짐을 짊어져야 하리라.

집으로 돌아오니 코넬리아는 리스베스 티머스가 놀라울 정도로 손쉽게 만든 강력한 수면제를 먹고 잠들어 있었다. 리스베스는 해가 뜨자마자 테아에게 젖을 먹이러 와서 집에 가지 않겠다고 했다. "오늘은 제가 좀 더 필요하실 것 같아서요." 그녀가 말했고 그 순간 두 사람의 눈이 마주쳤다. 넬라는 말없이 고개를 끄덕였고, 이제 리스베스가 집에서 그녀가 돌아오기를 기다리고 있다.

넬라는 자신의 발밑에 닿는 땅을, 자신이 서 있는 곳이 불안해 양발을 벌리고 중심을 잡으려 애쓴다. 기세등등한 1월의 바람이 고양이 발톱처럼 날카롭게 코트 속으로 파고든다. 넬라는 외투에 달린 모자를 쓰고, 코넬리아의 수수한 갈색 스커트를 입고 있다. 이 시련을 견디기 위해 넬라는 변장을 했다. 마치 변장을 하면 진실에서 자신을 지킬 수 있다는 듯이.

요하네스도 변장을 하고 있다. 그들은 요하네스에게 맞지도 않는 은색 공단 슈트를 입혔고, 요하네스가 결코 쓰지 않을 깃털 장식 모자를 씌웠다. 옷이 곧 그 사람을 말한다는 진리를 일깨워주는 날카로운 반증이다. 넬라는 사람들 어깨 틈으로 그의 모습을 훔쳐본다. 회색과 검은색 틈에서 반짝이는 밝은 빛깔 소매를 본다. 넬라는 자신도 모르게 옆에 서 있던 여자에게 기댄다. 여자가 깜짝 놀라 그녀를 돌아본다.

"괜찮아요." 넬라의 두려움을 읽고 여자가 말한다. "못 보겠으면 보지 마세요."

여자의 친절이 넬라를 찢어놓는다. 이토록 선량한 사람들이 어떻게 이런 광경을 구경하러 올 수 있을까.

슬라바르트가 요하네스의 어깨에 손을 얹는 순간부터 넬라는 보지 않는다. 그저 눈을 감은 채 들을 뿐이다. 얼굴에 바람이 느껴지고 돛은 젖은 빨래처럼 펄럭인다. 두 명의 집행관이 돌을 잡아끄는 소리가 들린다. 그 끝에 묶인 요하네스는 지금쯤이면 부두 가장자리에 있을 것이다. 0.5톤 가까운 돌이 바닥을 긁으며 끌려가는 소리가 넬라의 피부에 스며들고 뼛속까지 파고든다.

사람들이 일제히 숨을 들이켠다. 넬라의 다리 사이로 오줌이 흘러 울 스타킹을 적신다. 울이 소변을 흡수하고 피부에 쓸린다. 그가 말을 하고 있다. 넬라는 요하네스가 자신을, 마린을, 코넬리아를 찾는 모습을 상상한다. **날 보여주자고**, 넬라는 생각한다. **그를 위해 기도한다고 생각하게 해주자고.**

그러나 바람이 불어 요하네스의 마지막 말을 쓸어버리고, 그녀는 그 말을 듣지 못한다. **요하네스**, 그녀가 속삭인다. 그의 말을 들어보려 애쓰지만 주위에는 온통 사람들의 웅성거림, 기도, 무의미한 말뿐이다. 목소리를 내기에 그는 너무 기운이 없다. 속삭임이 잦아들 무렵, 맷돌은 이미 부두 밖으로 떨어졌다. **요하네스.** 돌덩이가 출렁이는 수면을 때리고 곧장 바닷속으로 가라앉는다.

그녀가 눈을 뜬다. 커다란 파도가 일어 흰 동그라미 왕관을 그린 뒤 이내 사라져버린다.

아무도 움직이지 않는다.

"최고의 상인이었는데." 마침내 한 남자가 말한다. "우린 다 바보야."

사람들이 숨을 내쉰다. 머리카락이 이마를 때린다. "묻을 시신도 없네." 누군가 말한다. "다시 끌어 올리지 않을 거래."

넬라는 돌아선다. 그녀는 살아 있지만 살아 있지 않다. 그녀는 요하네스와 함께 저 물속에 있다. 고개를 숙인 채 벽에 기대선 넬라는 그대로 몸이 부서질 것만 같다. 그의 폐에 물이 차기까지 시간이 얼마나 걸릴까? **빨리 차기를. 빨리 자유로워지기를.**

넬라는 무언가를 느낀다. 뒷목의 털이 곤두서고 무릎이 후들거린다. 넬라는 고개를 들고 엷은 색 머리카락을 찾는다. **아직 여기 있어,** 넬라는 생각한다. **느낄 수 있어.** 넬라는 사람들의 얼굴 너머 저만치에서, 그 서늘한, 살피는 듯한 시선을 찾아본다. 미니어처리스트에게 작별 인사를 할 순간이 오기를 기다린다.

그러나 눈에 들어온 사람은 미니어처리스트가 아니다.

그는 더 말랐고, 떠날 때의 옷차림 그대로 두툼한 양단 외투를 입고 있다. 넋이 나간 짧은 순간, 넬라는 남편이 물에서 나왔다고, 천사들이 그를 살려주었다고 생각한다. 하지만 그는 도저히 다른 사람과 헷갈릴 수 없는 사람이다. 넬라가 그를 알아보고 한 손을 든다. 슬픔으로 입을 벌린 채 오토가 손을 들어 보인다. 다섯 개의 떨리는 손가락, 어둠 속에서 빛나는 하나의 별.

같은 날 저녁
1687년 1월 12일, 일요일

가서 밤새도록 놀며 한껏 사랑에 취해봅시다.
남편은 멀리 길을 떠나 집에 없답니다.
돈주머니를 가지고 떠났으니 보름 안에는 오지 않을 거예요.

〈잠언〉 7장 18-20절

THE
MINIATURIST

제
5
부

노바 홀란디아

아마도 목격한 광경에 충격받은 모양이라고 넬라는 생각한다. 넬라가 소매를 잡아끌자 그의 발이 포장된 보도 위에서 질질 끌린다.

"집으로 가자." 넬라가 말한다. "집으로 가." 넬라는 너무 고통스럽고, 너무 가슴이 아파 숨조차 쉴 수 없다. 어느덧 해가 저물고 땅거미가 내린다. 그녀는 왕관 모양으로 튀어오르던 물과 요하네스가 물속으로 끌려들어가던 소리를 떨쳐버리려 애쓴다. 슬픔에 온몸이 마비될 것 같아서, 운하 길에 공처럼 동그랗게 말려서 꿈쩍도 하지 않을 것 같아서, 그녀의 발걸음이 빨라진다.

오토가 넋 나간 표정으로 그녀에게 돌아선다. 요하네스의 코트를 단단히 여미고서. 그가 부두 쪽을 가리키며 멈추어 선다.

"마담, 저기서 무슨 일이 일어난 건가요?"

"설명 못 해. 무슨 말로 해야 할지 몰라. 그 사람은 갔어."

그가 고개를 흔든다. 여전히 넋이 나가 있다. "체포되신 줄 몰랐어요. 제가 런던으로 가면 모두 지킬 수 있을 거라고 생각했어요, 마담. 저는 절대로……."

"어서 가자."

헤렝라흐트 가에 접어들어 그들의 집이 보이자 오토는 맥이 풀린다. 그는 집의 붕괴를 막아주는 받침대라도 되는 양 돌고래 모양 문고리를 잡는다. 그의 표정이 고통과 자제력 사이에서 격전을 치르고 있다. 문 뒤에서 그가 보게 될 광경이, 넬라의 몸속에서 사악한 꽃처럼 펼쳐진다. 한 사람이 이중의 고통을 감당한다는 건 불가능한 일처럼 느껴지기 때문이다. 이 최악의 귀향길에 함께한 넬라는 오토의 뒤를 따라 비틀거리며 집으로 들어선다. 평화로운 모습이 마린의 부재를 숨긴다.

"이쪽으로." 넬라가 그를 응접실로 안내한다. 리스베스 티머스가 벽난로에 불을 지펴놓아서 몇 주 만에 처음으로 따뜻하다. 춤추는 불길이 상황에 걸맞지 않게 즐겁다.

넬라는 자신의 피가 따스해짐을 느낀다. 불길 안쪽으로 구부러진 백랍이 무릎을 굽혀 인사하고, 거북 등딱지로 장식한 판자가 탁탁 소리를 내며 부서진다.

리스베스는 테아를 품에 안고 응접실 한복판에 선 채, 아기를 바라보는 오토를 마주한다. "누구세요?" 그녀가 묻는다.

넬라는 오토를 향해 돌아선다. 그가 자신을 소개할 여력이 있는지, 그가 리스베스 티머스가 던진 것과 똑같은 질문을 생각하는지 보기 위해서. 마치 꿈결인 듯 오토가 아기를 향해 양손을 내민다. 넬라는 그가 그런 자세를 취하는 것을 전에도 본 적이 있음을 깨닫는다. 그녀가 이곳에 처음 온 날 양손을 앞으로 내밀던 오토. 그때 그는 넬라에게 추위를 막아줄 파턴 한 켤레를 내어주었다.

리스베스가 움츠러든다.

"리스베스, 이쪽은 오토예요. 아기를 오토에게 주세요." 넬라가 말한다.

넬라의 목소리에서 배어나는 선명한 권위에 리스베스는 곧바로 순종한다. "조심해서 안으세요." 유모가 말한다. 오토는 마치 아기가 자신의 삶 자체라는 듯, 아기의 조그만 심장이 그의 심장을 뛰게 한다는 듯, 아기를 품에 안는다. 이 모든 혼란의 한복판에서 벌어지는 이상한 첫 만남을 지켜보면서, 이상하지만 한편으로는 자연스러운 만남을 지켜보면서 리스베스마저도 입을 다문다.

"리스베스," 넬라가 속삭인다. "가서 코넬리아를 깨워요."

단둘이 남게 되자 넬라는 이야기하지 않을 수 없다. "이름은 테아야." 그녀가 말한다. "오토, 할 얘기가 있어."

그러나 테아의 얼굴에 이끌린 오토는, 자신의 조그만 거울에 빨려든 오토는 듣는 것 같지 않다.

"오토……."

"마담 마린은 사내아이일 거라고 했어요." 그가 말한다.

넬라는 무슨 말을 해야 할지 알 수 없다. 말을 하는 게 불가능하다. "알고 있었어?" 마침내 그녀가 묻는다.

그가 고개를 끄덕인다. 벽난로 불가로 다가간 그의 눈에서 넬라는 눈물을 본다. 그 역시 적절한 말을 찾기 위해 몸부림치고 있음을, 어깨를 짓누르는 짐을 조금이나마 덜어줄 말을 찾고 있음을 느낀다. 그가 문득 광을 내지 않은 바닥, 먼지 앉은 장미목의자를 가리킨다. "여기 안 계시는군요." 그가 말한다. 무생물들이 부재의 증거라도 된다는 듯이.

"없어." 넬라가 말한다. "여기 없어." 그녀가 침을 삼킨다. 저 안에 흐느낌이 있음을 알고 있지만, 자신이 울음을 터뜨렸다간 그의 슬픔을 침범하게 될까 봐 걱정된다. "미안해, 오토."

"마담," 오토가 말한다. 그의 목소리가 거칠다. 그 단순한 말을 그의 목소리가 둘로 가른다. 넬라가 고개를 든다. 오토는 황폐한 눈길로 그녀를 본다. "아기를 구하셨잖아요. 아기만 살릴 수 있다면 기꺼이 자기 삶을 놓으셨을 분이에요."

"하지만 왜 그래야 했을까?" 넬라가 말한다. 눈물이 쏟아진다. 이제 눈물을 막을 수 없다. 눈물을 멈추려 노력할수록 더 빨리, 더 많이 쏟아지며 시야를 흐린다. "너무 갑자기 상태가 나빠졌어. 난, 우린…… 마린을 살릴 수 없었어. 노력했는데, 투트, 우린 어떻게 해야 할지 잘……."

"이해합니다." 그가 말한다. 그러나 그의 얼굴에 드리운 고통으로 보아 그가 이해 못 했음이 분명하다. 넬라는 다리가 풀리는 것을 느낀다. 손을 뻗어 의자를 잡는다. 그는 여전히 서서 테아의 머리 윗부분을 바라본다. "아기를 가졌다고 말씀하셨을 때, 그때처럼 단호한 모습은 뵌 적이 없어요." 그가 말한다. "저는 이제 끝이라고 생각했거든요. 그래서 제가 물었어요. '이 아이의 삶은 어떻게 될까요?'"

"그랬더니 뭐라고 했어?"

오토가 테아를 꼭 끌어안는다. "아이의 삶은 아이가 만들어야 한다고 하셨어요."

"오, 마린."

"제가 떠나는 편이 안전하다고 생각했어요. 하지만 돌아올 수밖에 없었어요. 너무 보고 싶었어요."

테아가 지닌 진실, 테아를 존재하게 한 행위가 허공에 맴돈다.

죽음과 손잡은 삶. 아마도 그것은 오토가 영원히 간직하게 될 비밀일 거라고, 넬라는 생각한다. 코넬리아가 그를 도와서 그런 일은 결코 일어나지 않았다는 듯, 테아가 티 없이 순결하다는 듯, 한 그루 나무에서 발견되었다는 듯 살아갈 수 있을지도 모른다. 그러다가 어느 날, 마린과의 이야기가 어떻게, 왜 시작되었는지 오토가 말할지도 모른다. 두 사람이 사랑을 권력이라고 느꼈는지, 아니면 굴복이라고 느꼈는지, 편안하게 서로 마음을 주고받았는지 아니면 시간이 흐를수록 서로 무겁게 짓눌렀는지도.

그 자신이 하나의 지도인 테아. 그 아이는 언젠가 자신이 아빠 얼굴의 두드러진 특징 절반을 닮았음을 깨닫고 엄마는 어디 있는지 궁금해할 것이다. 그때 인형을 주어야겠다고, 넬라는 생각한다. 내가 그 잿빛 눈동자, 가냘픈 팔목, 털로 안감을 댄 옷까지 보여주겠다고. **더는 비밀이 있어선 안 돼요,** 내가 말했다. 나는 그 아이에게 배의 굴곡을, 미니어처리스트의 재능으로 밝혀진 진실을 보여줄 것이다. 네가 거기 있었어, 테아. 페트로넬라 윈델브레크는 네가 오리란 걸 알고 있었고, 그게 좋은 일이라는 것도 알고 있었어. 그분은 너에게 요람도 보내주었어. 네가 태어나기도 전에 네 이야기를 하고 있었는데, 이젠 네가 그 이야기를 끝내야 해.

여전히 약초에 취한 상태로 코넬리아가 리스베스에게 끌려나온다. 코넬리아가 응접실 앞에 선다. 그녀의 얼굴은 하나의 물음표로 변한다. 놀라움이 그녀 앞에 놓인 대답들을 집어삼킨다. "오토!" 그녀가 내뱉는다.

"나 왔어." 초조해하며 오토가 대답한다. "런던에 있었어, 코넬리아. 영국인들은 날 **검둥이, 귀둥이**라고 부르더라. 에메랄드 패럿이라는 곳에 묵었어. 편지를 쓸까도 생각했는데, 난……."

말이 말 위로 포개진다. 오토는 슬픔의 조류에 휘말리고 가장 오랜 친구의 머리에 기대어 그 슬픔을 터뜨린다.

코넬리아가 그를 다독인다. 그녀는 그의 팔꿈치와 어깨, 여전히 테아를 안고 있는 양손을 어루만진다. 진짜 돌아왔음을 확인하려는 듯 그의 얼굴도 만진다. 코넬리아는 사랑이 담긴 열정으로 그의 뒤통수를 움켜쥔다. "이젠 됐어." 그녀가 그를 끌어안고 그의 존재를 들이마신다. "됐어."

여전히 코트를 입은 상태로 넬라는, 두 사람을 응접실에 남겨두고 대리석 타일을 가로질러 다급히 들어오느라 열어둔 현관으로 나간다. 넬라는 문 앞에 서서 현관을 활짝 열어젖힌다. 뺨에 닿는 바람이 차다. 일요일 저녁 종이 암스테르담의 지붕들 위로 울려퍼지기 시작한다. 댕그랑거리는 교회 종소리의 화음이 높이 울려퍼진다. 다나가 어린 안주인을 반기러 걸어나와 쓰다듬어달라고 고개를 들이민다. "우리 아가, 누가 먹을 것 좀 주든?" 넬라가 사랑스러운 귀의 보드라운 털을 문지르며 묻는다.

종소리가 밤을 부를 때 넬라는 희고 조그만 초승달을 본다. 어두워지는 하늘에 떠오른, 여자의 손톱처럼 굽은 달이다. 코넬리아가 앞치마를 매고 홀을 가로질러 부엌으로 향한다. "추워요, 마담." 그녀가 외친다. "어서 들어오세요."

그러나 넬라는 그 자리에 서서 얼어붙은 운하를 바라본다. 녹아내린 얼음 한 줄이 가장자리를 따라 이어져 있다. 따뜻한 물이 헤렝라흐트 가의 겨울 가장자리를 허물기 시작했다. 그 모습이 넬라에게는 마치 구멍을 낸 레이스, 거대한 구유의 가두리 장식처럼 보인다.

코넬리아가 부엌에서 냄비를 떨어뜨린다. 테아가 울음을 터뜨리자 어르는 소리가 들린다. 리스베스와 오토의 목소리가 타일 위에 떠다닌다. 넬라는 칼베르스트라트에서 가져온 미니어처 집을 꺼내려고 코트 주머니에 손을 넣는다. 그러나 그 집은 주머니 속에 없다. 그럴 리가 없다고, 주머니 속을 더듬으며 그녀가 생각한다. 조그만 아기는 여전히 그 자리에 있다. 미니어처 아노드도 있다. 뛰다가 흘렸나? 작업대에 두고 왔나? 분명히 보았다고, 그녀가 스스로에게 말한다. 그건 진짜였다고.

진짜이건 아니건 넬라에겐 이제 그 집이 없다. 그러나 미니어처 리스트가 그 집에 넣었던 다섯 사람은 여전히 이 집에 남아 있다. 젊은 과부, 유모, 오토, 테아, 코넬리아. 그들은 서로의 삶에 간직한 비밀을 알게 될까? 모두 올이 풀린 실 같지만 사실 그렇지 않다고, 넬라는 생각한다. 우리는 희망의 직물을 짠다. 그 직물을 짜는 사람은 누구도 아닌 우리 자신뿐이다.

황혼이 밤으로 넘어가고 육두구 냄새가 풍겨온다. 넬라의 스커트 자락 옆 다나의 조그만 몸이 따스하게 느껴진다. 하늘은 지붕 사이로 흐르는 광활한 바다다. 그 하늘이 어디서 시작되고 어디서 끝나는지, 사람의 눈으로 가늠하기에는 너무도 넓다. 그 깊이가, 넬라에게는 무한한 가능성인 그 깊이가 넬라를 집에서 멀리 데려간다.

"마담?" 코넬리아가 부른다.

그녀가 돌아서서 향료 냄새를 맡는다. 마지막으로 하늘을 한 번 올려다보고, 넬라가 안으로 들어선다.

길더Guilder : 굴덴Gulden. 1680년도에 처음 제조된 은화. 20스타위버르와 160 다위트로 나눌 수 있다. 더 큰 단위의 화폐는 수표 형태로 사용되었다.

돈데르뷔스Donderbuss : 직역하면 '천둥 파이프'. 초기 형태의 엽총이다.

바우르서Bourse : 1609년에서 1611년 사이, 최초의 상품 거래소(바우르서)가 로킨 운하의 일부에 설립되었다. 바우르서는 거래가 이루어지는 상가로 둘러싸인 직사각형 모양의 뜰 형태를 띠었다.

베빈드헤버르Bewindhebber : VOC의 사업 파트너로, 엄청난 자본금을 투자받았다.

스탓하위스Stadhuis : 현재의 시청을 말한다. 사건의 증언과 심의는 스하우트카머르Schoutkamer에서 행해졌고 감옥과 고문실이 건물 지하에 있었다. 사형은 지하에서 스하우트가 피고와 목사의 참석하에 선고했다. 지하의 제한된 공간에서 재판정을 내려다보면서 누구든 판결을 들을 수 있었다. 암스테르담 환전은행이 스탓하위스 지하에 상주했고 다양한 국가의 화폐, 금괴, 은덩이 등을 안전하게 보관했다. 예금자는 예치금과 동일 액수의 길더를 인출할 수 있었다. 환전은행에서는 특정 고객 계좌에서 다른 고객의 계좌로 돈을 이체하는 업무도 담당했다.

스핀하위스Spinhuis : 암스테르담의 여성 감옥으로, 1597년에 설립되었다. 수감자는 방적과 재봉에 투입되었다.

스하우트Schout : 보안관 혹은 법정의 관리인. 최고 행정관으로서 스탓하위스에서 사건의 법적 절차를 관장했다.

스헤페넌Schepenen : 스하우트가 보안관이나 최고행정관이라면, 스헤페넌은 남자 행정관의 모임이다. 빕직 권한을 행사할 때의 스헤페넌은 '스헤펜방크Schepenbank'라고 칭하기도 했다. 스헤펜방크의 기능 중 하나는 범죄자 재판이었으므로, 배심원 혹은 치안 판사단으로서의 역할을 수행했다. 그 결과 스헤펜방크라는 말은 네덜란드의 역사적 정황상, 영어로 '치안판사magistrate'라고 번역되기도 한다.

올리쿠컨Olie-koecken : 초기 형태의 도넛. 밀가루에 건포도, 아몬드, 생강, 시나몬, 정향, 사과를 넣고 기름에 튀긴 뒤 설탕을 입혔다.

파턴Pattens : 보드라운 신발에 흙이 묻는 것을 막기 위한 용도로 실내 혹은 실외에서 신었던 나막신 모양의 신발.

페르케이르스펄Verkeerspel : 보드게임의 일종인 백개먼 게임의 네덜란드 초기 형태. 사람들에게 현실에 안주하지 말라는 의미를 일깨워주기 위한 그림의 소재로도 자주 사용되었다. 페르케이르스펄은 '변화의 게임'이라는 뜻이다.

퓌퍼르트Puffert : 두툼하게 튀긴 팬케이크의 일종.

헤렌브로트Herenbrood : 문자 그대로 옮기면 '신사의 과자'. 부유한 사람들이 주로 먹었으며, 호밀 빵과 대조적으로 정제된 밀가루로 만들었다.

헤뷔르터Hebuurte : 규율을 공동으로 관리하는 지역 공동체. 어려움에 처한 이웃을 돕고 지역 내 갈등을 중재하며 죽음과 매장에 대비하는 등의 도움을 제공했다.

호프트Hooft의 〈진정한 바보True Fool〉: 1671년 발표된 절제, 탐욕, 집착에 관한 희비극. 구두쇠 바레나르에게는 클라르체라는 딸이 있는데, 바레나르가 탐탁지 않아하는 구혼자에 의해 혼전 임신을 하게 된다는 이야기. 17세기 암스테르담은 국제 도서교류의 중심지로 부상했고 도서는 당국의 검열 대상이 되지 않았다. 이 때문에 다른 국가에서 금서인 책들이 암스테르담에서는 출판되었다.

휘츠폿Hutspot: 냄비에 고기와 야채를 함께 넣고 끓인 네덜란드의 전통 음식.

17세기 말 암스테르담의 임금 비교

17세기의 마지막 이십오 년 동안, 암스테르담 시민의 0.1퍼센트가 도시 전체 부의 42퍼센트를 소유했다.

정부 최고위층인 세입징수장관은 1699년에 임금으로 6만 길더를 받았다.

요하네스 같은 부유한 상인은 별도 관리하는 상당 금액의 개인 자산을 제외하고, 일 년에 4만 길더 정도를 벌었을 것으로 추정된다. 크게 성공한 상인의 경우 35만 길더에 달하는 유산을 남겼다고 한다.

암스테르담의 스하우트 혹은 치안판사(공화국 조직 내 고위직 인사)는 일 년에 9천 길더를 벌었다.

외과의사는 일 년에 850길더를 벌었다.

중간 혹은 최고 수준의 길드 조합원(구두수선공, 선박 장비 제조공, 제과점)은 연 수입이 650길더였다. (아노드와 한나는 수입이 높지만, 두 사람의 수입을 합산한 것이다. 바우르서에서도 운이 좋았다.)

평범한 노동자는 일 년에 300길더, 하루에 22스타위버르를 벌었다.

1600년대 후반 암스테르담 부유층의 생활 물가

남자 셔츠 1길더

약제상의 처방 2길더 10스타위버르

여자의 단순한 스커트 2길더

남편의 길드에서 주는 과부의 생활비 주 3길더

조그만 풍경화 혹은 성화 4길더

실내복 10길더

외과의사 회당 진료비 15길더

해전을 묘사한 금테액자그림 20길더

고급스러운 리넨 찬장 20길더

구두 수선 23길더

코이프Cuyp 스타일의 이탈리아풍 사냥 경관 그림 35길더

코트와 조끼 50길더

견과나무를 쓴 고급 리넨 찬장 60길더

다마스크 드레스 95길더

재단사 재단비 110길더

말과 썰매 120길더

랍스터 45킬로그램 120길더

배타적인 길드의 가입비(금은세공업, 화가, 와인상) 400길더

은접시 열두 개 800길더

저소득층 상인과 가족이 사는 집 한 채 900길더

헤렝라흐트 운하 저택을 그린 걸개그림 한 점 900길더

다이아몬드 목걸이 2천 길더

몇 년에 걸쳐 만든 칠백여 개의 소품으로 장식된 미니어처 캐비닛 집
약 3만 길더

미니어처리스트

1판 1쇄 발행 2016년 8월 8일 **1판 6쇄 발행** 2016년 10월 28일

지은이 제시 버튼 **옮긴이** 이진
펴낸이 김강유
편집 박정선 **디자인** 지은혜

발행처 비채
주소 경기도 파주시 문발로 197(문발동) 우편번호 10881
등록 1979년 5월 17일 (제406-2003-036호)
구입 문의 전화 031)955-3100 **팩스** 031)955-3111
편집부 전화 02)3668-3292 **팩스** 02)745-4827 **전자우편** literature@gimmyoung.com
비채 카페 cafe.naver.com/vichebooks **인스타그램** @drviche
트위터 @vichebook **페이스북** facebook.com/vichebook

ISBN 978-89-349-7535-9 03840 책값은 뒤표지에 있습니다.

비채는 김영사의 문학 브랜드입니다.
이 도서의 국립중앙도서관 출판시도서목록(CIP)은 서지정보유통지원시스템 홈페이지
(http://seoji.nl.go.kr)와 국가자료공동목록시스템(http://www.nl.go.kr/kolisnet)에서
이용하실 수 있습니다. (CIP제어번호: CIP2016017833)